Claudia Dahinden

Die Uhrmacherin

SCHICKSALSSTUNDEN

Roman

PENGUIN VERLAG

Sollte diese Publikation Links auf Webseiten Dritter enthalten,
so übernehmen wir für deren Inhalte keine Haftung,
da wir uns diese nicht zu eigen machen, sondern lediglich auf
deren Stand zum Zeitpunkt der Erstveröffentlichung verweisen.

Penguin Random House Verlagsgruppe FSC® N001967

2. Auflage
Copyright © 2022 by Claudia Dahinden
Copyright © 2022 by Penguin Verlag
in der Penguin Random House Verlagsgruppe GmbH,
Neumarkter Straße 28, 81673 München
Dieses Buch wurde vermittelt durch die Literaturagentur Hille & Schmidt.
Redaktion: Susann Harring
Umschlaggestaltung: bürosüd
Umschlagabbildungen: www.arcangel.com / Mary Wethey, www.gettyimages.de /
Heiko Stange / EyeEm, mauritius images / Bildagentur-online /
McPhoto / Alamy / Alamy Stock Photos, www.buerosued.de
Karte Umschlag: Peter Palm, Berlin
Gesamtherstellung: GGP Media GmbH, Pößneck
Printed in Germany
ISBN 978-3-328-10564-0
www.penguin-verlag.de

Für Beat, meinen Mann und besten Freund.
Unsere Story begann vor dreißig Jahren in Fribourg,
und ich freue mich »usinnig« auf alles, was noch kommt!

Im Glossar ab S. 556 finden sich Erklärungen
zu den verwendeten Schweizer Ausdrücken
sowie Begriffen aus der Uhrenindustrie.

Dr guet Fründ

Tuet dir e guete Fründ erbcho,
Zieh vor em s Chäppli ab,
Gang ihm uff alle Wäge noh,
Gang mit em bis zum Grab;
Du weisch jo, wien es Fründe git:
A faltscher Fründschaft fählt's der nit!

Und lauft me zue dr chriseldick,
So dick, wie's dusse schneit,
Chunnt Hans und Bänz und Durs und Vick,
Pass uf, i ha dr's gseit! –
Du chasch ne glych gäng fründlig sy,
Doch schlo nid gschwing uff d'Fründschaft y.

Los au nit uff es gschliffes Wort
Und wenn's di no so rüehrt:
Es suufers Härz am rächten Ort
Isch's, was zur Fründschaft füehrt!
S isch au scho gsi, nimm's hüt au a:
By zwölfe chönnt's e Judas ha!

Und wer i Freude mit dr lacht
Und mit dr briegge cha,
Mit dem hesch rächti Fründschaft gmacht;
So Fründe muess me ha!
Vor so me Fründ zieh's Chäppli ab,
Gang mit em bis zum chüehle Grab!

Franz Josef Schild, Grenchner Arzt und Volksdichter

Der gute Freund

Begegnet dir ein guter Freund,
nimm vor ihm das Käppchen ab,
Geh ihm auf allen Wegen nach,
Geh mit ihm bis aufs Grab;
Du weißt ja, wie es Freunde gibt:
An falscher Freundschaft fehlt's dir nicht!

Und läuft man zu dir dicht gedrängt,
So dicht, wie's draußen schneit,
Kommen Hans und Bänz und Durs und Vick,
Pass auf, ich hab dir's gesagt! –
Du kannst trotzdem freundlich sein,
doch schlag nicht zu schnell in die Freundschaft ein.

Hör auch nicht auf ein geschliffnes Wort,
Und wenn's s dich noch so rührt:
Ein reines Herz am rechten Ort
Ist's, was zur Freundschaft führt!
So war es schon immer, nimm's heut auch an:
Bei zwölfen könnt ein Judas sein!

Und wer in Freude mit dir lacht
Und mit dir weinen kann,
Mit dem hast du rechte Freundschaft gemacht;
Solche Freunde muss man haben!
Vor so einem Freund nimm's Käppchen ab,
Geh mit ihm bis zum kühlen Grab!

Noch eine Umdrehung, dann war es geschafft.

Sarah legte Daumen und Zeigefinger der linken Hand um den Wecker, verstärkte den Druck ihrer rechten Hand auf den Schraubenzieher und drehte das Schräubchen sorgfältig ein. Lehrmeister Flury hatte seinen Lehrlingen klargemacht, dass diese Stücke sorgsam zu behandeln seien, schließlich seien sie keine billigen amerikanischen Produkte, sondern Qualitätsarbeit aus dem französischen Hause Japy, einem Spezialisten »für ganz ordentliches Handwerk hinter glänzender Fassade«, wie er sich ausgedrückt hatte. Und der faustgroße Wecker mit der ziselierten Messingverkleidung und dem geschliffenen Glas, den Sarah gerade bearbeitete, war wirklich eine Schönheit. Ein letztes Mal anziehen …

Ein dröhnendes Scheppern neben ihr. Sarah zuckte zusammen. Der Schraubenzieher glitt ab und hinterließ einen wüsten Kratzer auf dem glänzenden Metall. Verärgert drehte sie sich um.

»Was hast du wieder angestellt?«

Fabrice, ihr schlaksiger Lehrlingskollege, schien sie nicht zu

11

hören. Sein Kopf mit dem dunklen Haar war immer noch über seinen eigenen Wecker gebeugt; er war ganz in seine Arbeit versunken. Dann, als wären ihre Worte über Umwege doch noch bei ihm angekommen, sah er hoch.

»Tut mir leid.« Er hob den Lärmverursacher – die Weckerglocke, die er in Bearbeitung gehabt hatte – vom Boden auf, betrachtete sie abwesend und beugte sich wieder über sein Tischchen.

Sarah schüttelte den Kopf und inspizierte ihren Wecker. Bis auf den Kratzer sah alles perfekt aus. Was würde Lehrmeister Flury zu diesem Malheur sagen? Wahrscheinlich etwas wie: »Präzision und Sorgfalt sind das Alpha und Omega des Uhrmachers!« Und dabei würde er aussehen wie Moses, der mit den Zehn Geboten vom Sinai herunterstieg.

Sie schmunzelte bei diesem Gedanken. Ihr Lehrmeister liebte die Uhren und das Handwerk über alles, und dafür bewunderte sie ihn. Der Kratzer war nur ein winziges Missgeschick; sie würde nicht gleich in Ungnade fallen. Bisher hatte Flury ausschließlich enthusiastische Lobeshymnen auf seine beiden Erstjahrs-Lehrlinge gesungen.

Sie warf einen Blick aus dem Fenster. Es war dunkel geworden, und nun erklang auch schon die Fabrikglocke. Rasch packte sie ihre Werkzeuge zusammen, schlüpfte in ihren Mantel und begab sich mit allen anderen in Richtung Ausgang.

Im Freien begrüßte sie als Erstes die Januarbise, die scharf durch die dünne Wolle schnitt. Sarah schob die Hände tiefer in die Taschen, dankbar, dass sie der Pulk der anderen Arbeiter ein wenig vor der Kälte abschirmte. Am Gasthof Bären vorbei bewegte sich die Schlange der Arbeiter in Richtung Löwenkreuzung und weiter gen Südbahnhof. Sarah wandte sich derweil nach rechts und beschleunigte ihre Schritte. Nur heim in die warme Stube!

Wie ein erlösender Hort tauchte Rosas Häuschen am rechten Straßenrand auf, fast verdeckt von einer gewaltigen Föhre, deren Nadeln sich wie winzige weiße Speere spreizten. Sarah öffnete die Haustür, und sofort wehte ihr süßer Duft entgegen – Rosinen, Mürbeteig, ein Hauch Vanille. Neugierig trat sie in die Küche, wo sich ihre Schlummermutter lächelnd zu ihr umdrehte. »Wie ist es gegangen? Neues Jahr, neues Glück?«

»Fast. Neben Fabrice zu arbeiten war wieder einmal nichts für schwache Nerven. Aber sag: Was backst du da? Ich dachte, es gibt deine berühmte Wintersuppe.«

Rosa wies auf einen Topf, dem weißer Dampf und der Geruch von Lauch und Gewürznelken entwich. »Die ist fertig. Gerade bereite ich die Dreikönigskuchen für Schneiders vor, uns habe ich auch einen gemacht. Die kennt ihr in Luzern, oder nicht?«

»Natürlich. Darauf freue ich mich schon!«

Sarah hängte ihren Mantel und den blauen Kittel in die Garderobe. Wie vertraut ihr dieser Anblick geworden war! Erst ein halbes Jahr war es her, seit sie mit der Lehre zur Uhrmacherin begonnen hatte, erst neun Monate, seit sie im April des vergangenen Jahres nach Grenchen gezogen war – ein Jahr, das seit fünf Tagen der Vergangenheit angehörte. Was mochte 1874 für sie bereithalten?

Rosa trug eben die Suppenschüssel ins Esszimmer, die schwarzbraunen Haare kreuz und quer aus dem lockeren Dutt heraustehend, mit geröteten Wangen und einem strahlenden

Lächeln auf dem Gesicht. Sarah lächelte zurück. Immer noch staunte sie darüber, wie schnell Rosas Häuschen ihr ein Heim geworden war. Bei Schneiders waren sie Arbeitskolleginnen gewesen, doch Rosa hatte sie so hurtig unter ihre Fittiche genommen wie eine Mutterhenne ihr mageres Küken – obschon bei Rosas Kochkünsten kein Küken lange mager blieb!

Rosa schöpfte zwei Teller Suppe, und Sarah griff in das Körbchen, das schon auf dem Tisch bereitstand, und legte sich eine dicke Scheibe von Rosas selbst gebackenem Roggenbrot neben den Teller. Nach einem kurzen Tischgebet machten sie sich über das noch warme Brot und die Lauchsuppe her, die wunderbar schmeckte und Sarahs müde Glieder wärmte. In Windeseile war der Teller leer, und sie seufzte zufrieden.

»Wie war das mit dem schlechten Anfang?«, fragte Rosa nun nach.

»So schlimm ist es nicht. Ein kleines Missgeschick.«

»Bist du denn mit der Arbeit an diesem Ding – wie heißt es schon wieder – fertig geworden?«

»Pendelwecker. Fertig ja, aber Fabrice hat mir einen Strich durch die Rechnung gemacht. Kurz bevor ich fertig bin, lässt das drollige Genie etwas fallen, ich rutsche vor Schreck ab und hinterlasse einen Kratzer auf der Messingfassung. Abgesehen davon wäre der Wecker perfekt. Ich hoffe, Lehrmeister Flury sieht das auch so.«

Rosa tätschelte ihr die Schulter. »Das wird er! Und jetzt schau in dein Zimmer. Ich habe dir für Sonntag das blaue Kleid abgeändert, das deine Mutter dir zu Weihnachten geschenkt hat.«

»Hast du? Wie herrlich!«

Sarah eilte in ihr Zimmer. Da hing es am bemalten Bauernschrank, aus warmem nachtblauem Mohair und mit feiner cremefarbener Spitze an den Ärmeln, die nun nicht mehr an einen Puttenengel erinnerten. Als sie das Kleid in Luzern anprobiert hatte, hatte sie alle Selbstbeherrschung aufbringen müssen, um es würdig entgegenzunehmen.

Dank der fürsorglichen Rosa verströmte der Ofen in ihrem Zimmer bereits wohlige Wärme, und ein selbst geknüpfter Teppich schirmte ihre Füße von der Bodenkälte ab. Sarah strich über die frisch bezogene Bettdecke und warf einen Blick auf das Regal über dem Pult, das Rosas Schwager Ruedi ihr gezimmert hatte. Viel hatte sie nicht aus Luzern mitgebracht: die Uhr, die Vater Pfyffer ihr nach Hannes' Tod geschenkt hatte, ihr Reiseschachspiel. Und daneben lag natürlich die Taschenuhr, die sie mit Paul gebaut hatte.

Sorgfältig hängte Sarah ihren blauen Kittel über ihren Stuhl und legte die Kleider für den morgigen Tag heraus, wusch sich und schaute kurz aus dem Fenster. Eisblumen zierten wie hellgraue Stickerei die nachtdunklen Scheiben, und in der Ferne schimmerte das gedämpfte Licht einer Petroleumlampe durch den Nebel. Die hellgrüne Kirchturmspitze schien in der Luft zu schweben. Wie anders war dieser Abend im Vergleich zu ihrem ersten in Grenchen! Der Blick auf Grenchens Gotteshaus war ihr inzwischen so vertraut wie die spitzen Türme der Hofkirche in Luzern, die sie von ihrem Elternhaus aus sehen konnte. Und wie im fernen Luzern tickte auch in diesem Zimmer nun silberhell die Pfyffersche Uhr.

Sie hatte ihr Schicksal in die eigenen Hände genommen und

für ihre Lehre alles auf eine Karte gesetzt. Und es hatte sich gelohnt: Schon nächste Woche fand ihr Halbjahresgespräch mit Lehrmeister Flury statt, dem sie zuversichtlich entgegensah. Müde, aber zufrieden kuschelte Sarah sich unter die duftende Bettdecke. Der Morgen durfte kommen!

Die Kirchenglocken läuteten durch den frostigen Morgen, während Sarah neben Rosa die Kirchstraße hocheilte. Sie waren spät dran, aber zum Glück strebten noch andere der hohen Holztür zu. Leise betraten sie das Gotteshaus, bekreuzigten sich, beugten hastig die Knie und ließen sich erleichtert in Rosas bevorzugter Reihe nieder.

Wie immer herrschte eine erwartungsvolle Stille, nur unterbrochen vom Rascheln der gestärkten Unterröcke und dem Scharren der Füße in den klobigen Winterschuhen. Sarah warf einen Blick auf die Tafel mit den Kirchenliedern und suchte sie aus dem roten, in Leder gebundenen Gesangsbuch heraus. Sie legte nach wie vor nicht viel Wert auf den wöchentlichen Messebesuch, aber sie hatte Vater versprochen, ihren christlichen Pflichten nachzukommen. Und heute war es ihr leichtgefallen, aus dem Bett zu kommen: Paul hatte geschrieben, dass er nach Grenchen fahren und sie nach der Messe zu einem Spaziergang samt Kaffee und Kuchen im Restaurant Hallgarten abholen würde. Seit sie zusammen Silvester gefeiert hatten, hatten sie sich nicht mehr gesehen. Die Kammfabrik in Mümliswil, bei der Paul arbeitete, hatte das Jahr mit einem Großauftrag begonnen, und Paul hatte wie alle anderen über die Zeit arbeiten müssen. Umso mehr freute sie sich auf das Wiedersehen.

Pfarrer Walser, der eben mit den Ministranten die Kirche betrat, unterbrach ihren Gedankengang. Er wirkte besorgt. »Die heutige Bibelstelle stammt aus Matthäus 5,11«, verkündete er. »»Selig seid ihr, wenn euch die Menschen um meinetwillen schmähen und verfolgen und reden allerlei Übles gegen euch, so sie daran lügen.‹ Liebe Gemeinde, diese Zeit ist da.« Blass und ernst blickte er von der Kanzel auf seine Schäfchen herab. »Unserem Bischof wurden in Solothurn die Fenster eingeworfen. Und das ist noch harmlos, wenn wir an das Schicksal unserer Glaubensgeschwister im Berner Jura denken. In Bonfol wurden dreizehn Personen verhaftet!« Ein sardonisches Lächeln umspielte seine schmalen Lippen. »Aber der Herr ist mit den Seinen, und er sorgt für Gerechtigkeit. Bei der Installation des christkatholischen Pfarrers in Biel wollte keine einzige Musikgesellschaft spielen. Stramme Männer des Glaubens!«

Er redete sich weiter in Rage, und Sarah musterte verstohlen die Gesichter um sich herum. Ihr waren die Streitereien zwischen den Katholiken nach wie vor fremd, und das würde wohl auch so bleiben. Aber das Grenchner Kirchenvolk nahm sie immer noch sehr ernst.

Auch nach der Messe hielt sich die Empörung. Trotz der beißenden Kälte formierten sich die üblichen Grüppchen, die sich unter einer gewaltigen schneebedeckten Linde versammelten. Rosa strebte einigen Kirchgängern zu, unter denen Sarah den Kirchgemeinderatspräsidenten Obrecht ausmachen konnte, außerdem das fromme Gäthchen, das hinter allem und jedem eine Weltverschwörung gegen die Katholiken vermutete. Garantiert würden sie gleich die düsteren

17

Zeiten beweinen. In gebührendem Abstand zu den Gottes-
streitern stellte sich Sarah unter die Linde und ließ den Blick
über den Kirchhof schweifen. Paul war noch nicht zu sehen.
Sie näherte sich Rosas Truppe auf Hörentfernung und stellte
erleichtert fest, dass man vom nahenden Weltuntergang zu
einem interessanteren Thema übergegangen war. Das entnahm sie zumindest den geweiteten Nasenlöchern des alten
Gäthchens. Sarah lächelte. So sah Gäthchen immer aus, wenn
eine besonders würzige Neuigkeit ihr unersättliches Ohr erreichte.

»Und das auf Breidenstein!«, rief Gäthchen gerade in einer
Mischung aus Missbilligung und Zufriedenheit. Sie schüttelte
den Kopf. »So ein Schulgeld, und dann geht ihnen ein Junge
verloren.«

»Wie, verloren?«, fragte Sarah.

»Letzten Freitag ist einer der Auswärtigen verschwunden«,
erwiderte Rosa.

»Ein Junge, der seit zwei Jahren dort ist«, ergänzte Gäthchen missbilligend. »Kein Neuling, der Heimweh hatte! Und
die Landjäger waren noch nicht einmal vor Ort.«

»Dafür hat sich Präfekt Marthaler zum offiziellen Detektiv
ernannt. Er stolpert mit seinem Notizbuch durch die Gänge
und hat mich schon zweimal in die Mangel genommen – als
wäre ich ein Verbrecher!«

Die mürrischen Worte kamen von Ruedi, Rosas Schwager,
der verdrossen auf seinen krummen Beinen hin- und her-
wankte. Rosa tätschelte seinen Arm. »Das meinst du nur. Du
bist sicher der untadeligste Mensch, der auf Breidenstein
arbeitet. Du gibst mir doch recht, Sarah!«

Sarah nickte lächelnd, obwohl sie Ruedi kaum kannte. Er pflegte das Grab von Rosas früh verstorbenem Gatten Fred – seinem Bruder –, und auf ihren regelmäßigen Friedhofsspaziergängen bewunderte sie stets die liebevolle Bepflanzung.

Nach ihren Worten lächelte er Rosa dankbar an, und seine Augen glänzten in seinem faltigen Gesicht wie Stückchen eines zugefrorenen Sees. »Du übertreibst, Schwägerin.«

»Tue ich nicht! Seit du auf Breidenstein die Umgebung instand hältst, sieht es noch schöner aus. Und die Köchin hat mir gesagt, dass du überall hilfst, wo es dich braucht. Dieser Präfekt soll vor der eigenen Türe kehren! Und spätestens wenn die Landjäger kommen, wird er mit seinen Spielchen aufhören.«

»*Falls* sie kommen! Wahrscheinlich sind sie überlastet mit den Übeltaten der Christkatholiken«, sagte Gäthchen grimmig. »Die Endzeit ist nahe! Meinst du nicht auch, Hans?«

Der greise Hans Bühler hob einen gekrümmten Finger, und Sarah seufzte. Jetzt durften sie sich auf eine weitere Sonntagspredigt zum Thema Katholikenverfolgung und Endzeit gefasst machen.

»Vielleicht ist der Junge einfach ausgerissen«, warf Rosa ein.

»Bei seinem Vater haben sie ihn jedenfalls nicht gefunden!« Gäthchens Gesicht verzog sich in heiliger Entrüstung. »Wahrscheinlich treibt er sich in Wirtschaften herum. Die Jugend heutzutage!«

Sie holte tief Luft, doch ein sandfarbener Schopf, der hinter der Linde sichtbar wurde, befreite Sarah von weiteren Qualen.

»Paul ist da! Ich muss los.« Wie schön, dass sie sich sahen! Trotz ihrer Zuversicht war ihr etwas mulmig beim Gedanken an ihr baldiges Halbjahresgespräch. Ein Austausch mit Paul würde ihr guttun. Außerdem war sie gespannt, was es mit den Neuigkeiten auf sich hatte, die er in seinem letzten Brief angekündigt hatte. Seit Herr Schneider, ihr früherer Vorgesetzter und Pauls Vater, diesem versprochen hatte, ihn bei der Pachtzahlung zu unterstützen, war Paul auf der Suche nach einem geeigneten Bauernhof, und sie hofften beide, dass er einen in der Region finden würde. Im letzten halben Jahr hatten sie jede freie Minute zusammen verbracht. Wenn sie beobachtete, wie er die Pferde seines Vaters pflegte und fütterte, und wenn er ihr auf ihren Spaziergängen erzählte, was er auf seinem Hof anpflanzen und wie viele Kühe er halten wollte, wünschte sie ihm nichts mehr, als dass er seinem Ziel endlich näher kam – so wie sie dem ihren.

Eine Viertelstunde später saß sie mit Paul an einem Tischchen im brechend vollen Hallgarten, und obwohl es ringsum schnatterte, Gabeln auf Teller quietschten und Stühle und Tische herumgerückt wurden, schienen sie allein auf einer Insel zu sein. Verstohlen musterte sie Paul. Er wirkte blass und dünn. Wie viele Stunden hatte er wohl letztens arbeiten müssen? Doch das warme Funkeln in seinen Augen war noch dasselbe. Sie liebte es genauso wie die Art, wie ihm seine flachsfarbenen Haare in die Stirn fielen – ein Bild, das sie sich immer in Erinnerung rief, wenn er ihr am meisten fehlte. Lächelnd griff sie nach seiner Hand. »Wie geht es in Mümliswil? Kommst du auch mal zur Ruhe?«

Er seufzte. »Kaum. Die Fabrik hat schon wieder einen neuen Auftrag bekommen – Kämme für die Königin von Dänemark, stell dir vor! Es ist ein Wunder, dass ich heute freibekommen habe.«

»Und ich bin froh darum. Ich habe dich vermisst! Und mich beschäftigt einiges.«

»Mich auch«, erwiderte Paul. »Im Moment gerade, wie bildhübsch du in deinem Kleid aussiehst. Ich kann kaum glauben, dass du hier mit mir sitzen willst.« Er betrachtete sie liebevoll, und Sarah spürte die Röte in ihre Wangen aufsteigen. »Und mir gefällt, wie du dein Haar aufgesteckt hast«, fuhr Paul fort. »Aber das sind die Dinge, die *mich* ablenken. Was ist es bei dir?«

»Ich habe am Dienstag mein Halbjahresgespräch mit Lehrmeister Flury. Ich bin zuversichtlich, aber jetzt, da es näher rückt ...«

»Er wird zufrieden sein. Gefällt dir die Arbeit denn immer noch? Und wie läuft es mit deinem jungen Kollegen – Fabrice?«

»O ja, und wie es mir gefällt! Und Fabrice ist in Ordnung.« Sie lachte. »So jung er ist: Er erinnert mich an einen zerstreuten Professor, wie er vor sich hin murmelt und nur seine Uhrenteile sieht. Er hat ein intuitives Verständnis dafür, wie Dinge funktionieren, und vergisst nie etwas.« Sie seufzte. »Das ist ziemlich einschüchternd. Außerdem stammt er aus einer Fabrikantenfamilie, die sich zu den Christkatholiken zählt. Wie Lehrmeister Flury! Aber das sollte keine Rolle spielen, wenn es um meine Leistung geht. In Sachen Theorie bin ich zuversichtlich, und bisher war auch die Praxis kein Problem. Nur der Pendelwecker hat mir etwas Mühe bereitet.«

»Pendelwecker sind langweilig, soweit ich mich erinnere.«

»Aber es sind die Grundlagen, auf denen jeder Uhrmacher aufbaut!«

»Das wird schon. Und jetzt lassen wir das Fabrikgeschwätz. Ich habe Neuigkeiten.« Paul strahlte und beugte sich vor.

Seine Aufregung ließ auch in Sarah ein Prickeln hochsteigen. »Geht es um die Pacht? Hast du einen Hof gefunden?«

»Ich bin auf eine Anzeige gestoßen – ein Bauernhof in Bettlach. Der Besitzer verlangt mehr Pacht, als Vater mir zugesagt hat, aber ich glaube, ich kann Vater überzeugen, wenn du mir beistehst. Wirst du?«

»Natürlich!« Bettlach – das war fast so gut wie Grenchen. Sarah umschloss seine Hände mit ihren. Es waren schlanke, kräftige Hände, dazu geschaffen, sich um die Tiere auf dem eigenen Hof zu kümmern. »Ich freue mich für dich.«

»Und ich erst! Ich hoffe, es ist kein Traum, aus dem ich erwache, bevor er in Erfüllung geht.«

»Er wird in Erfüllung gehen! Wann willst du mit deinem Vater sprechen?«

»In drei Tagen habe ich ein Gespräch mit dem Bauern, dann wollte ich am übernächsten Mittwoch nach Grenchen kommen und es ihm am Abend sagen. Kommst du mit?«

»Und ob ich das tue!«

Paul lächelte. »Und ich werde am Dienstag an dich denken. Ich bin mir sicher, dass das Gespräch mit Flury gut geht. Du hast Talent, das habe ich damals gleich gesehen. Mach dir keine Sorgen.«

Die liebevolle Zuversicht in Pauls Stimme tat gut. Sarah lächelte ihm zu, dann stürzten sie sich auf die vernachlässigten Kuchenstücke und bestellten eine zweite Runde Kaffee. Eine viel zu kurze Stunde später war es Zeit für Pauls Zug. Sarah umarmte ihn und sah ihm nach, wie er gen Süden zum Bahnhof lief. Wie glücklich er wirkte! Das war es, was sie sich für ihn gewünscht hatte, und sie würde ihm beim Gespräch mit seinem Vater jede Unterstützung gewähren, die er brauchte.

Ein scharfer Wind fegte durch ihre Kleider. Sie zog den Mantel fester um den Körper und strich sich die dunklen Haare aus dem Gesicht, die sich aus ihrem Dutt befreit hatten. Doch die Wärme, die sie im Hallgarten verspürt hatte, hielt sich. Wenn Paul an sie glaubte, tat sie das auch. Und so, wie er ihr Kraft gab, würde sie ihm helfen, sein Ziel zu erreichen.

Im Kabuff von Lehrmeister Flury roch es nach Tabak, Öl und heiß gelaufenem Metall. Wanduhren, Standuhren und Taschenuhren, Wecker und Pendeluhren in verschiedenen Stadien der Reparatur lagerten auf dunklen, schmutzigen Regalen; dazwischen stapelten sich kreuz und quer Werkzeuge. Was die Ordnung anging, die ein Uhrmacher halten sollte, gehörte Sarahs Lehrmeister zur Wasser predigenden, aber Wein trinkenden Sorte.

»Schauen wir mal, mein schönes Kind.« Flury erhob sich von seinem Stuhl und ging auf und ab. Trotz der inneren Anspannung sah Sarah ihm belustigt zu. Jedem anderen hätte sie diese Formulierung übel genommen – sie war schließlich schon sechsundzwanzig Jahre alt! Doch bei ihm kam darin nur väterliches Wohlwollen zum Ausdruck, und das konnte sie gebrauchen.

Wie immer, wenn ihr klein gewachsener, kugelförmiger Lehrmeister über die hehren Prinzipien der Uhrmacherei sprach, schritt er weit aus, reckte den Zeigefinger und das Kinn in die Höhe und dozierte mit einer Inbrunst, die klarmachte, dass es für ihn nichts Heiligeres gab. Allerdings musste sie sich auch heute gedulden, denn er kam selten direkt auf ein Thema zu sprechen. Jetzt ließ er sich zuerst über den Zustand der Uhrenindustrie im Allgemeinen und dem Ergehen der Gebrüder Schild AG im Besonderen aus; ein von ihm gern beackertes, schier unerschöpfliches Thema, weil – so viel hatte sie schon gelernt – das Uhrenmetier nicht besonders stabil war.

»1873 ist der Absatz zurückgegangen«, sagte Flury. »Die Amerikaner produzieren billiger als wir, aber sie verstehen weniger von den Feinheiten unserer Metiers. Wir müssen ...« Er stockte mitten im Satz, den Zeigefinger immer noch gen Himmel erhoben, und nestelte an seinem Kneifer. Dann warf er Sarah einen scharfen Blick zu, als hätte er zwischenzeitlich vergessen, dass sie noch da war.

»Was wollte ich sagen? Ach ja: Wir müssen unsere Stärken ausspielen. Aber jetzt zu Ihrem ersten Halbjahr!« Er kehrte zurück an sein Pult, setzte sich und faltete seine Hände. »Wie gefällt es Ihnen bisher?«

»Sehr gut!« Sarah spürte, wie ihr das Blut ins Gesicht stieg. Sie hatte nicht so enthusiastisch klingen wollen. »Das Drehen und Schleifen fand ich nicht so interessant«, sagte sie rasch. »Ich konnte es kaum erwarten, mit den Uhren zu arbeiten. Aber jetzt bin ich glücklich mit der Arbeit.«

»Das ist gut.« Er musterte sie. »Und schämen Sie sich niemals für Ihre Leidenschaft! Sie werden sie brauchen. Es wird Momente geben, in denen Ihnen die Arbeit langweilig vorkommt oder in denen Sie denken, dass Sie es nicht schaffen. Dann brauchen Sie jede Unze Begeisterung, die Sie jetzt haben.«

Sarah lächelte. Sein Eifer gefiel ihr, aber sie konnte sich nicht vorstellen, dass ihr die Arbeit einmal nicht mehr gefallen könnte.

Er nickte, als wüsste er genau, was sie gerade gedacht hatte, griff nach einem Heft auf seinem Tisch, schlug es auf und fuhr mit seinem ölfleckigen Finger über die Zeilen.

»Dann wollen wir mal sehen. Sie haben sich gut eingearbeitet, sind zuverlässig, pünktlich und mit ganzem Herzen dabei, schwatzen nicht herum und überdehnen die Pausen nicht. In der Theorie« – er sah kurz zu ihr hoch – »sind Sie weiter als die meisten Lehrlinge, die ich bisher unterrichtet habe, sowohl in der Mechanik als auch im geometrischen Zeichnen. Exzellent! Das habe ich bei einer Frau noch nie gesehen.«

Sarahs Kopf fühlte sich an wie ein Heißluftballon. Sie strahlte ihn an, ohne zu wissen, was sie sagen sollte.

Flury hatte seinen Kopf derweil wieder über sein Heft gesenkt. »Kommen wir zur Praxis. Die Schwarzwälder Uhr, die wir im ersten Vierteljahr hatten, haben Sie ausgezeichnet bearbeitet. Der Umgang damit ist Ihnen leichtgefallen. Der Pendelwecker ...«

Seine Stirn legte sich in Falten, und Sarah spürte plötzlich die harte Rückenlehne ihres Stuhls. »Ich weiß, ich ...«

»Der Kratzer ist nicht weiter schlimm, aber Sie haben die Zeiger nicht ausreichend befestigt. Das würde höchstens einen Monat halten. Sonst sind Sie in der Praxis gut unterwegs, aber nicht so herausragend wie Herr Leibundgut. Sie können sich noch steigern.«

Sarahs Hals wurde trocken wie die Luft in Flurys Kabuff. Aber ihr Lehrmeister war noch nicht fertig. »Außerdem müssen Sie an Ihrem Französisch arbeiten. In unserer Gegend ist das wichtig, der Jura ist nahe. Ihre Aussprache ist mangelhaft, ebenso Ihr Wortschatz. Im Moment mögen Sie beides noch nicht brauchen, aber vielleicht arbeiten Sie einmal in einem Geschäft. Ich werde Sie nicht mit Herrn Leibundgut vergleichen; seine Mutter ist eine Welsche. Aber Sie haben auch sonst aufzuholen; den meisten Grenchnern ist das Französische geläufig.« Er schloss das Heft und stand auf, Sarah tat es ihm nach. Prüfend musterte er sie; seine Augen, auf der Höhe ihrer Nase, blickten scharf durch den Kneifer.

»Was ist mit Ihnen? Es ist noch kein Meister vom Himmel gefallen, oder dachten Sie, Sie würden der erste sein?« Er lächelte gutmütig und reichte ihr die Hand. »Adieu, schönes Kind. Sie sind auf gutem Wege.«

Ein gezwungenes Lächeln auf den Lippen, nickte Sarah ihrem Lehrmeister zu und machte sich auf den Heimweg. Es hatte schon eingedunkelt und war eisig, der Himmel ein dunkler Teppich voller kalt funkelnder Sterne. Nach kurzer Zeit brannten ihre Wangen. Als sie am Bären mit seinen erleuchteten Fenstern vorbeikam, warf sie einen Blick hinein. Mehr als ein blauer Kittel war zu sehen; Fabrikarbeiter beim Feierabendumtrunk. Gemütlich und heimelig sah es aus. Auf sie wartete heute niemand, Rosa war noch bei Schneiders.

Die Kälte auf ihren Wangen breitete sich langsam in ihrem Körper aus, und sie hastete voran. Etwas beklommen war ihr schon zumute. Bisher war alles wie von selbst gegangen. War das der Anfang aller Schwierigkeiten? Irgendwie war sie froh, dass sie Fabrice jetzt nicht begegnen musste; sicher hatte er in allen Fächern brilliert.

Zehn Minuten später erreichte sie Rosas Häuschen. Während sie aufatmend den Mantel auszog, fiel ihr Blick auf einen Brief auf der Kommode im Eingangsbereich. Er war von Vater. Die Ablenkung kam wie gerufen; es brachte nichts, zu sehr zu grübeln. Sie eilte in ihr Zimmer, brach das Siegel und begann zu lesen. Wie es Vaters Art war, geizte er mit Informationen zur Familie. Stattdessen informierte er sie über die Plage der Christkatholiken in Luzern, über die mehrheitlich pessimistischen Berichte seines Freundes Segesser aus dem eidgenössischen Parlament und über sein Lieblingsthema: den bevorstehenden zweiten Urnengang zur Bundesrevision. Sarah seufzte innerlich. Es war nicht so, dass sie sich dafür nicht interessierte, aber warum suchte er sich für diese Tiraden ausgerechnet sie aus? Schließlich hatte er einen Sohn vor Ort, mit dem er sich austauschen konnte – der im Gegensatz zu ihr wählen durfte. Aber sie wusste nur zu gut, dass Daniel in dieser Hinsicht kein guter Gesprächspartner war. Ihn interessierte der nächste Stammtisch seiner Mittelschulverbindung mehr als Politik. Widerwillig las sie weiter, stockte jedoch, als sie den Namen Hannes las. Sein mysteriöser Tod hatte sich gerade erst zum zweiten Mal gejährt, und obwohl sie mit Paul glücklich war: Die Erinnerung an ihre erste Liebe, ihren einstigen Verlobten, schmerzte jedes Mal aufs Neue. Ob die Polizei bei den Untersuchungen vorangekommen war? Sie beugte den Kopf tiefer über den Brief.

Wie ich dir erzählt hatte, hat die Polizei die Ermittlungen zu Hannes' Todesfall wieder aufgenommen. In den letzten Monaten hat sie regelmäßig Anzeigen in der Zeitung veröffentlicht, um Personen zu fin-

den, die am Tag des Unfalls auf dem Gütsch waren und etwas gesehen haben. Doch leider hat sich bisher niemand gemeldet. Ich halte dich auf dem Laufenden.

Wie geht es dir? Was macht die Uhrmacherei? Ich hoffe, du hast nach wie vor Freude an der Arbeit und machst deinen Lehrmeister zufrieden. Ich bin mir sicher, dass du zu seinen Besten gehörst!

Sarah legte den Brief auf ihren Sekretär. Wie schnell einen Vergangenheit und Gegenwart doch einholen konnten! Es hatte sie geschmerzt, an Hannes' Todestag nicht an seinem Grab stehen zu können. Stattdessen war sie auf dem hiesigen Friedhof spazieren gegangen, und wie immer hatte ihr ein Besuch dieser Gedenkstätte irdischer Vergänglichkeit wohlgetan. Aber richtig gut würde es ihr erst gehen, wenn sie wusste, wie er an den Rand jenes Felsens gelangt, wie er abgestürzt war. Warum er seine Sonntagkleidung getragen hatte, wo sie doch zusammen hatten wandern wollen …

Sie versuchte, diese Gedanken aus ihrem Gedächtnis zu bannen, aber es fiel ihr schwer. Zwei Jahre; das klang nach einer langen Zeit, in der eine solche Wunde zumindest ansatzweise heilen könnte. Der Schmerz, den sie beim Anblick seines zerschmetterten Körpers im Schnee empfunden hatte, war fast so frisch wie damals. Wann würde die Erinnerung sie nicht mehr so mitnehmen? Und doch hatte sie auch Grund zur Dankbarkeit: Niemals hätte sie es für möglich gehalten, dass sich ihr Herz so rasch für jemand anderen öffnen würde.

Sie wandte ihre Aufmerksamkeit wieder Vaters Brief zu, und ihr Blick wanderte zu den letzten Zeilen. Ein warmes Gefühl breitete sich in ihrer Brust aus. Vater glaubte an sie. Zwar spürte sie einen leichten Druck, weil er erwartete, dass sie Erfolg hatte, dass sie herausragte. Aber das machte nichts – das erwartete sie ebenso.

Entschlossen erhob sie sich, setzte sich vor ihren Spiegel und bürstete energisch ihre dunklen Locken. Ab morgen würde sie früher aufstehen und sich in den praktischen Arbeiten üben; schließlich hatte Rosa ihr eine Rumpelkammer dafür frei geräumt, und ihr selbst angefertigtes Werkzeug nahm sie wie alle Uhrmacher mit nach Hause. Heute Abend würde sie sich die Arbeitsschritte und Griffe einprägen. Bald konnte sie auch mit Paul wieder darüber sprechen; er hatte die Lehre ebenfalls gemacht und konnte ihr weiterhelfen. Und wenn sie vorher ein mitfühlendes Ohr brauchte: Morgen traf sie Pauline und Marie zum Jassen, darauf freute sie sich schon. Aber jetzt war erst einmal Lernen angesagt. Sie beugte sich mit neuem Eifer über ihr Lehrbuch. Es gab nichts, was man mit harter Arbeit nicht schaffen konnte!

»Wie war das Wiedersehen der Liebenden letzten Sonntag?«

Sarah folgte der spitzbübisch lächelnden Pauline ins Esszimmer, wo eine dampfende Kanne auf dem Tisch stand. Schwerfällig ließ sich Pauline auf die Bank fallen. »Marie, kannst du Sarah versorgen? Mir ist die Puste ausgegangen.«

Marie, die sich auf der Eckbank fläzte, setzte sich auf und reichte Sarah eine dampfende Tasse Kaffee.

»Du bist ein Schatz!« Sarah gesellte sich zu Marie auf die Bank, griff nach der Tasse und genehmigte sich einen tiefen Schluck. »Das tut gut! Die Januarbise ist übel. Ich komme mir vor, als wäre ich bis auf die Knochen gefroren.«

»Vom letzten Sonntag muss doch noch ein bisschen Wärme übrig sein«, erwiderte Pauline schmunzelnd. »So ging es mir jedenfalls mit Adolf, als er mir den Hof machte.«

»Das glaube ich dir aufs Wort!« Sarah musterte ihre Freundin fürsorglich. »Aber sag, wie geht es dir? Sollte das Kind nicht schon da sein?«

»Wenn's nach mir geht, schon.« Pauline seufzte. »Wer weiß, vielleicht kommt es während unserem Jass – mir wäre es ganz recht!«, fügte sie augenzwinkernd hinzu.

»Vielleicht helfen ein paar aufregende Neuigkeiten«, erwiderte Sarah. »Stellt euch vor: Paul hat in Bettlach einen Hof gefunden, den er pachten will.«

Pauline griff nach Sarahs Hand und drückte sie. »Das ist ja wundervoll!«

»Nicht wahr? Jetzt muss er nur noch seinen Vater überzeugen. Der Pachtbetrag liegt über der Summe, die ihm Herr Schneider versprochen hat. Aber ich werde ihm helfen und meinen Charme spielen lassen.« Sarah nahm einen weiteren Schluck Kaffee und lehnte sich auf der Bank zurück. Das Esszimmer von Schild-Hugis wirkte mit seinen Holzwänden heimelig, und die Eckbank aus Kirschholz bot genug Platz für ihre Treffen.

»Wie war deine erste Woche auf Breidenstein?«, fragte Sarah Marie.

»Es ist ein wundervolles Institut! Der Direktor, die Lehrer und die Schüler sind sehr nett.« Marie hielt kurz inne. »Aber die anderen Dienstmädchen schauen mich komisch an«, sagte sie schließlich. »Wahrscheinlich wissen sie, was ich vorher gemacht habe. Daran muss ich mich noch gewöhnen.«

Es wurde still am Tisch. Mitfühlend betrachtete Sarah die Freundin mit den rosigen Wangen und den glänzenden hellbraunen Haaren. Von Weitem sah sie immer noch wie kaum zwanzig aus, aber wenn man genauer hinsah, wirkte sie älter. Die dunklen Schatten um die mandelfarbenen Augen hatten sich abgeschwächt, aber verschwunden waren sie noch nicht. Letztes Jahr hatte Marie noch im Fleur, Grenchens einzigem Bordell, gearbeitet. Sarah wurde immer noch mulmig, wenn sie an die Zeit zurückdachte, die sie dort als Dienstmädchen in geheimer Mission verbracht hatte, aber das war natürlich nichts im Vergleich zu den langen Jahren, die Marie als Prostituierte gearbeitet hatte.

Seit jenen dramatischen Tagen, in denen sich die Todesfälle letztes Jahr aufgeklärt hatten, hatten Pauline und Sarah, die enge Vertraute und Freundinnen geworden waren, immer wieder versucht, Marie eine andere Arbeit zu verschaffen. Hartnäckig hatte die Freundin jeden Vorschlag abgelehnt, ohne wirklich begründen zu können, was ihr daran nicht gefiel. Sie hatten nur vermuten können, dass Stolz und Angst vor der Veränderung sie gelähmt hatten. Doch als der Institutsleiter auf Breidenstein ihr auf Zusprache von Paulines Mann Adolf eine Stelle als Dienstmädchen angeboten hatte, hatte sie zur Freude der Freundinnen zugesagt. Dass es nicht leicht werden würde, war klar gewesen; hoffentlich gab Marie nicht auf.

»Wie ist die Arbeit? Kommst du zurecht?«, fragte Sarah.

»Es ist körperlich anstrengend, aber das war es früher auch.«

Sarah schluckte trocken und warf Pauline einen Blick zu. Manchmal beschwor Marie mit einer harmlosen Bemerkung schwer verdauliche Bilder aus der Welt der Freudenmädchen herauf. Es war schwierig, darauf richtig zu reagieren, denn das Letzte, was sie wollten, war, dass Marie sich einmal mehr ausgeschlossen fühlte.

»Ich bin mir sicher, du gewöhnst dich daran. Direktor Breidenstein kann froh sein, dass du für ihn arbeitest! Und die Mädchen werden dich bald wie eine der Ihren behandeln.« Pauline griff nach Maries Hand und lächelte. »Grüß Dorothea von mir; sie hat früher für uns gearbeitet.«

Maries eben noch sorgenvolle Züge hatten sich gelockert. Fröhlich griff sie nach der Kaffeekanne. »Darauf trinke ich noch einen!«

Lächelnd betrachtete Sarah Pauline, das energische Gesicht und das honigblonde Haar, das im Schein der Petroleumlampe glänzte. Ihre Freundin verstand es, Menschen aufzubauen.

»Wo ist Adolf?«, fragte sie dann. »Haben wir ihn vertrieben?«

»Er trifft sich mit Obrechts.« Pauline seufzte. »Sie hatten letztens Streit wegen der Pläne der Christkatholiken, in Grenchen einen Ort für die Messe zu finden. Zum Glück muss ich nicht dabei sein.«

Adolf war eine der Führungsfiguren der neuen christkatholischen Bewegung in Grenchen, die sich wie an vielen anderen Orten der Schweiz, Süddeutschlands und Österreichs nach dem Ersten Vatikanum und dem Unfehlbarkeitsdogma, das von vielen abgelehnt wurde, formiert hatte. Pauline, die im Glauben viel Kraft fand, belasteten die Spannungen zu den früheren Glaubensfreunden in der römisch-katholischen Kirche. Ihr selbst bedeutete das nicht so viel, aber in Anbetracht von Vaters feindlicher Gesinnung gegenüber den Christkatholiken war Sarah dankbar, dass das Thema sie und ihre Freundin bisher nicht auseinandergebracht hatte.

»Die Konflikte wirken sich bis in die Produktion der Schild-Fabrik aus«, erwiderte Sarah nun. »Wenn wir Rohmaterial in den Jura liefern oder bei den Bauern fertige Stücke abholen, werden die Kutschen manchmal von der Polizei aufgehalten. Wahrscheinlich meinen sie, wir bringen Waffen, für welche Seite auch immer.«

»Wechseln wir das Thema«, sagte Pauline entschlossen. »Wie war dein Halbjahresgespräch?«

»Erst gut, dann weniger. Mit meinen praktischen Fähigkeiten ist Flury nicht so zufrieden, wie ich gehofft hatte, und an meinem Französisch hat er einiges auszusetzen.«

Ein Lächeln umspielte Paulines Lippen. »Dann musst du es machen wie ich und ins Welschland gehen.«

»Du meinst, um Manieren zu lernen? Das hat bei dir doch auch nichts gebracht.«

Pauline lachte schallend. »Immerhin musste ich nicht wegen des Französischen hin. Aber genug von der Arbeit. Hat denn keine von euch pikantere Neuigkeiten?«

»Doch, ich.« Marie beugte sich vor. »Ihr habt sicher von dem vermissten Jungen gehört. Heute Morgen wurde in der Post auf Breidenstein ein Brief gefunden. Der Junge wurde entführt!«

»Entführt?«, rief Pauline entsetzt. »Und damit wartest du so lange?! Was stand in dem Brief?«

»Das weiß ich nicht genau«, erwiderte Marie. »Das Kanzleimädchen, das die Post verteilt, hat uns davon berichtet. Der

Brief bestand aus ausgeschnittenen Buchstaben einer Zeitung. Das ganze Haus ist in Aufruhr! Der Vater des Jungen ist auf dem Weg nach Grenchen.«

»Wie schrecklich. Waren die Landjäger schon da?«, fragte Pauline.

»Friedli ist heute aufgetaucht«, erwiderte Marie düster. »Er hat mich misstrauisch angeschaut; wahrscheinlich hat er sich aus dem Fleur an mich erinnert. Gesagt hat er nichts; sicher hatte er Angst, ich könnte ihn auch erkennen. Er hat mit dem Heimleiter und der Kanzleifrau gesprochen; die hat mir erzählt, er habe sie ziemlich wirr befragt.«

»Dass er nicht viel taugt, wissen wir vom letzten Jahr«, bemerkte Sarah trocken. »Hoffentlich holen sie Verstärkung aus Solothurn.«

»Ich halte euch auf dem Laufenden«, erwiderte Marie eifrig. »Und ihr könntet mich einmal über Mittag oder am Abend besuchen. Dann könnt ihr euch selbst einen Eindruck verschaffen.«

»Eine sehr gute Idee«, erwiderte Pauline nachdenklich. Sie runzelte die Stirn. »Ich wollte morgen Abend in die Theateraufführung auf Breidenstein, obwohl Adolf in Sorge ist wegen meines ›Zustands‹, wie er es so liebevoll nennt. Jetzt frage ich mich, ob die überhaupt stattfindet. Hast du etwas gehört?«

Marie nickte. »Die Aufführung findet statt. Der verantwortliche Lehrer hat sich dafür eingesetzt; man will die Jungen, die sich vorbereitet haben, nicht enttäuschen.«

Pauline lächelte. »Wunderbar! Dann gehe ich hin; ich brauche Luftveränderung. Kommst du mit, Sarah?«

»Ich habe es vor. Rosas Schwager Ruedi hat die Kulissen gezimmert und uns eingeladen. Außerdem bin ich gespannt auf den Grenchner *Hamlet*. Wenn das mal gut kommt!«

»Jetzt hörst du dich wie die patrizische Stadtluzernerin an, die du mal warst.«

»Die war ich nie!« Sarah hob das Kinn. »Im Herzen bin ich seit meiner Geburt eine Grenchnerin.«

»Dann solltest du auch zu Bezirkslehrer Feremutschs Vortragsabend kommen«, erwiderte Pauline. »Es werden verschiedene Lehrer aus Breidenstein referieren. Unter anderem wird Lehrer Eberwein über die Grenchner Geschichte sprechen. Er ist ein Freund von Adolf und mir und der netteste Mensch, den man sich vorstellen kann.«

»Kann ich Paul mitbringen, falls er da ist?«

»Natürlich. Wie wäre es jetzt mit unserer Jass-Partie?«

»Unbedingt«, erwiderte Sarah eifrig. »Und da Adolf fehlt, könnten wir es mit dem Bieter versuchen, den ich euch letztens gezeigt habe.«

»Na gut«, meinte Pauline. »Aber da du den besser kennst als wir, bestehe ich auf dem französischen Kartendeck. Du musst dich sowieso daran gewöhnen.«

Sarah grinste. »In Ordnung.« Sie mischte geschickt und verteilte die Karten. Wenn es einen Glaubenskrieg gab, der in der Schweiz noch härter ausgefochten wurde als der katholische, dann war es die Frage, mit welchen Karten man einen Jass klopfte. Als Luzernerin war sie mit dem deutschen Kartendeck aufgewachsen, aber sie hatte sich wohl oder übel überzeugen lassen, auf das französische zu wechseln, das im Bernischen und Solothurnischen verwendet wurde – eine Bekehrung, die ihr Vater ihr hoffentlich nicht übel nahm.

Sie begannen mit dem Jass, und zu ihrer Freude stellte Sarah fest, dass die Freundinnen den Bieter schon sehr gekonnt spielten. Die Fehde wogte hin und her, doch am Ende siegte die Erfahrung mit dem Spiel über die Vertrautheit mit dem Kartendeck, sodass Sarah die Mehrheit der Partien für sich entscheiden konnte.

Um zehn Uhr verabschiedete sich Marie in Richtung Breidenstein, und Sarah eilte die Kirchstraße hinunter zu Rosas Häuschen. Der Abend mit den Freundinnen hatte ihr gutgetan, und sie war gespannt auf das Theaterstück. Allerdings gab die Entführung dem Abend eine beklemmende Note. Der arme Junge! Wer wohl dahintersteckte? Es konnte nicht schaden, morgen die Augen offen zu halten … Bei dem Gedanken schüttelte sie innerlich den Kopf. Hatte sie vom letzten Jahr nicht mehr als genug von Polizeiarbeit?

Die feingewandeten Besucher, die sich vor der imposanten Fassade des Instituts Breidenstein versammelt hatten, verteilten sich auf der schneebedeckten Einfahrt wie dunkle Tuschetupfer. Links und rechts des Weges erhoben sich hohe Schneewälle, die Pferdehufe und die Kutschenräder an den Fahrzeugen der Eltern, die sich die Theatervorstellung ansehen wollten, klangen gedämpft. In der Nacht war eine gewaltige Menge Schnee gefallen, und der Breidensteinpark mit seinen in den Himmel ragenden Mammutbäumen wirkte unter der glitzernden Decke wie ein verwunschenes Niemandsland.

Sarah sah zu den Baumriesen hoch. Letztes Jahr hatte sie erfahren, dass Josef Girard der Ältere, neben Anton Schild der zweite Begründer der Grenchner Uhrenindustrie, das Haus als

Heilbad hatte bauen lassen. Sein Sohn Josef, ein Arzt, hatte sich damals um die Gäste seines Vaters gekümmert, der in dem Gebäude in den Dreißigerjahren auch Umstürzler aus Italien und Deutschland versteckt hatte. Unter Führung der Girards war das »Bachtelenbad« für seine Heilbäder weit über die Region hinaus berühmt gewesen, aber die Konkurrenz hatte in den letzten Jahrzehnten nicht geschlafen. So war es ein Glücksfall für Grenchen und die Girards gewesen, als der Pädagoge Wilhelm Breidenstein ihnen das Haus 1864 abgekauft hatte. Nun beherbergten die Gebäude seit bald zehn Jahren das renommierte Knabeninstitut, und beim Anblick des eindrucksvollen Gebäudes in seiner malerischen Umgebung schien eine ruchlose Entführung noch unbegreiflicher, ja geradezu surreal.

»Wunderbar sieht es aus, nicht?« Rosa strahlte. »Du hättest es als Heilbad erleben sollen, als all die feinen Herrschaften in ihren Kutschen anreisten! Und im Sommer ist es unvergleichlich schön.« Sie deutete zu den hohen Bäumen. »Dort liegen die Badeteiche. Der Weg, auf dem wir gehen, ist dann gesäumt von den schönsten Blumen. Und dann das Haus in der Ferne, mit der großen Veranda – fast wie Schloss Waldegg ob Solothurn!«

»Nur gehört es zum Glück keiner Patrizierfamilie, sondern einem ausgezeichneten Pädagogen«, erwiderte Herr Schneider, der eben neben Rosa getreten war.

Sarah lächelte. »Wie schön, Sie wieder einmal zu sehen, Herr Schneider! Und Sie haben die Kinder mitgebracht.« Sie drückte ihm und Euseb die Hand und umarmte Sophie, die neben ihrem Vater herging. Die Wangen des Mädchens leuchteten rot wie Bratäpfelchen, und ein erwartungsvolles Lächeln lag auf dem aufgeweckten Gesicht.

»Gut siehst du aus, Sophie! Was macht die Schule?«

»Sophie macht sich bestens, Fräulein Siegwart.« Herr Schneider nickte zufrieden. »Die neue Lehrerin hat sich in diesem halben Jahr gut eingearbeitet.«

»Aber mit dir war's schöner!«, flüsterte Sophie deutlich vernehmbar, und ein verschmitztes Lächeln stahl sich auf ihre Lippen.

Sarah lachte und strich dem Mädchen über den Kopf. »Kaum zu glauben, dass es ein halbes Jahr her ist seit unserem Unterricht. Nun bist du bald neun, nicht wahr? Es war eine Freude, mit dir zu arbeiten, Sophie!«

Euseb daneben reckte sich erwartungsvoll. »Ich werde bald zwölf!«

Sarah lächelte verlegen, aber auch erleichtert, weil er offenbar kein ähnliches Lob von ihr erwartete. Sie hätte es schwerlich zustande gebracht: Euseb war eine der härtesten Nüsse gewesen, die sie als Lehrerin zu knacken versucht hatte. Aber am meisten eingebrannt hatte sich in ihrer Erinnerung natürlich das Trauma, das Herrn Schneider die geliebte Frau und seinen Kinder die Mutter entrissen hatte. Auch sie selbst war in den Monaten danach regelmäßig aus Albträumen aufgeschreckt. Doch die verstreichende Zeit hatte die Wunden ansatzweise geheilt, vor allem die Besuche mit Paul bei dessen Vater und Geschwistern, bei denen sie miterleben durfte, dass sich die Kinder langsam erholten. Auch Herr Schneider sah besser aus; er hatte mehr Fleisch auf den Knochen und eine frische Gesichtsfarbe.

»Sind Sie auch ein Shakespeare-Liebhaber, Herr Schneider?«, wandte sie sich an ihren ehemaligen Dienstherrn.

Er schüttelte den Kopf. »Ich hab's nicht so mit dem Theater, aber ich möchte mich mit Breidenstein unterhalten. Ich würde Euseb nächstes Jahr gern herschicken. Der Junge hat sich in der letzten Zeit angestrengt; ich glaube, Ihre Arbeit mit ihm hat sich positiv ausgewirkt.«

»Das freut mich sehr!« Sarah lächelte. Herr Schneider war es wichtig, dass seine Kinder alle Möglichkeiten hatten, und sie hoffte, sein Wunsch würde in Erfüllung gehen. Er hatte etwas Glück verdient.

Sie näherten sich den Grüppchen vor dem Haus, die sich Richtung Außentreppe bewegten. Sarah schloss sich mit Herrn Schneider und den Kindern der Kolonne an, die sich wie ein in Taft und Seide gewandeter Tausendfüßler durch den schmalen Gang schlängelte und in einen Saal von herrschaftlichen Ausmaßen ergoss. Das Parkett trug ein Sternenmuster, an der Decke prunkten riesige Kronleuchter, und durch die hohen Fenster blickte man auf die Auffahrt zum Institut. Unter Murmeln und Rascheln setzten sich die Gäste auf die reichlich gepolsterten Stühle. Nach einigen Minuten gespannten Wartens öffnete sich die Seitentür, und Wilhelm Breidenstein trat vor sein Publikum. Der schlanke Mittvierziger mit dem braunen, gewellten Haar und dem gepflegten Bart begrüßte seine Gäste mit launigen Worten, dann öffnete sich der samtene Vorhang.

Sarah beugte sich gespannt vor. Shakespeares *Hamlet* – ein wahrlich gewagtes Unternehmen! Doch schon nach kurzer Zeit wurde deutlich, dass sich unter den Breidenstein-Schülern vielversprechende Schauspieltalente befanden. Dass nicht alle der wenigen Lehrer, die mitspielten, eine Neigung zum Theater hatten, übersah das Publikum gnädig. Eine erfreuliche Ausnahme bildete der Darsteller des Hamlet, der die zerrissene Seele des Dänenfürsten überzeugend herausstellte. Auch Ruedis Kulissen kamen bestens zur Geltung, und obwohl sie das Stück kannte, fieberte Sarah so enthusiastisch mit, dass sie nach dem Ende der Vorstellung, die frenetischen Applaus erntete, ganz ausgehungert und froh über den gereichten Imbiss war. Sie griff nach einem belegten Brötchen und sah sich um. Herr Schneider hatte sich zum Institutsleiter begeben. Auch Rosa war nirgends zu sehen; wahrscheinlich suchte sie ihren Schwager, um ihm zu seinen Kulissen zu gratulieren.

Mit viel Genuss verzehrte Sarah zwei weitere Brötchen und ließ eine Weile den prächtigen Saal auf sich wirken. Doch nach zehn Minuten wurde sie unruhig. Solche Massenaufläufe waren ihre Sache nicht. Unter den Gästen konnte sie zwei Landjäger ausmachen. Einer war Friedli, der andere wurde von einer Pflanze verdeckt. Ob sie Korporal Ringgenberg geschickt hatten? Neugierig versuchte sie einen Blick auf den zweiten Uniformierten zu erhaschen. Dann sah sie ihn – untersetzt, helles Haar. Sicher nicht Ringgenberg. Schade; sie hätte ihn gern wieder einmal gesehen.

»Hier steckst du! Ich habe mich schon gewundert.«

Sarah drehte sich um und atmete auf. Pauline. Endlich ein bekanntes Gesicht. Sie griff nach dem Arm der Freundin. »Bin ich froh, dich zu sehen. Wo hast du Adolf gelassen?«

»Er steht da drüben. Kommst du mit?«

Adolf Schild unterhielt sich ein paar Meter weiter mit einigen Männern. Zögernd schloss sich Sarah mit Pauline der Herrenrunde an. Adolf lächelte ihr zu. »Sarah, darf ich vorstellen? Vier der besten Lehrer auf Breidenstein. Meine Herren, das ist Sarah Siegwart. Sie war früher selbst eine exzellente Lehrerin!«

Vier Köpfe drehten sich interessiert zu Sarah, und es kam ihr vor, als hätte sie alle schon einmal gesehen – wahrscheinlich im letzten Jahr bei einem der Picknicks mit den Kölliker-Töchtern, dem sich hin und wieder Lehrer des Instituts Breidenstein angeschlossen hatten. Allerdings hatte damals keiner Reste von Puder auf dem Gesicht getragen.

Der schlaksige, hochgeschossene Mann zu ihrer Linken, der den Polonius gegeben hatte, streckte ihr ungelenk die Hand entgegen. Er schien sich in der Menge noch unwohler zu fühlen als sie, strahlte sie aber äußert freundlich an. Sein strohblondes Haar war so hell, dass es fast weiß wirkte. Er hatte freundliche graue Augen und stellte sich als »Georg Schmidt, Chemielehrer aus Baden« vor. Lächelnd griff Sarah nach seiner Hand. Sie hatte kaum losgelassen, als jemand anderes ihre Hand ergriff und kräftig schüttelte. Der Schüttler war ein mittelgroßer Mann mit zerzaustem rötlichem Haar und grünbraunen Augen – Hamlet höchstselbst, die Wangen von der Aufregung und Anstrengung des Spiels noch immer gerötet.

»Lukas Triebold. Es freut mich sehr.« Er lächelte liebenswürdig und sah eher wie ein Schulbub aus als wie der düstere Dänenfürst von vorhin.

»Mich auch. Ich gratuliere Ihnen zu Ihrer Vorstellung. Sie haben den Hamlet genau getroffen!«

»Ist das ein Kompliment, oder denken Sie, ich sei selbst verrückt? Ich kann Sie beruhigen. Ich unterrichte Mathematik, etwas ausgesprochen Normales und Langweiliges.«

»Mathematik ist alles andere als langweilig«, widersprach Sarah. »Sie ist fast das einzige Schulfach, das ich in meinem neuen Beruf noch brauche.«

»Was machen Sie denn?«

»Ich habe vor einem halben Jahr eine Uhrmacherlehre angefangen.«

Er hob sein Glas in ihre Richtung. »Respekt! Ein anspruchsvolles Metier. Wie weit sind Sie? Schon an den Pendelweckern?« Er konstatierte ihre Überraschung mit einem Lächeln. »Mein Vater ist Uhrmacher und hat zeit seines Lebens Lehrlinge ausgebildet – ich bin damit aufgewachsen.«

»Da beneide ich Sie!«

»Nett von Ihnen. Aber da, wo ich herkomme, ist das kein angesehener Beruf. Was ich mir anhören musste …« Er schüttelte den Kopf. »Immerhin kann ich deswegen Reparaturen vornehmen. Ich bin der hiesige Helfer in der Not.« Er grinste unbekümmert, und Sarah musste einfach zurücklächeln. Triebold erinnerte sie an Daniel. Ihr Bruder hatte helleres Haar und war mit seinen dreiundzwanzig um die zehn Jahre jünger als der Lehrer, aber die beiden teilten die Unbekümmertheit und den Hang zum Spitzbübischen.

Jetzt drängte sich Pauline lächelnd dazwischen. »Herr Triebold, wie immer bezirzen Sie gekonnt die schönsten jungen Damen! Aber jetzt müssen Sie weichen; ich möchte Sarah noch einen anderen Herrn vorstellen.«

Triebold verbeugte sich elegant und ließ den »anderen Herrn« vortreten: einen bärbeißig aussehenden Mann mit flächigem Gesicht, dunklen Augen und einem Seemannsschnäuzer, der etwa gleich alt schien wie Triebold und den Claudius gegeben hatte.

»Das ist Joseph Eberwein«, sagte Pauline eifrig. »Er ist ein guter Freund von uns und unterrichtet Griechisch und Latein, Italienisch und Französisch, Geschichte, Geografie und Algebra. Außerdem beherrscht er die spanische und die hebräische Sprache.«

Eberwein lächelte grimmig. »Ich kann alles ein wenig und nichts richtig.«

»Hör nicht auf ihn«, erwiderte Pauline. »Er hat schon mehrere Berufungen abgelehnt, um hierbleiben zu können. Er hält auf schneidige Zucht und gibt sich gern schroff, aber er hat das beste Herz.« Sie legte ihm eine Hand auf den Arm, und Eberwein lächelte ihr zu.

»Die überschwänglichen Worte habe ich kaum verdient, aber herzlichen Dank dafür!«

»Was unterrichten Sie am liebsten?«, fragte Sarah.

»Meine Liebe gehört der Geschichte«, antwortete Eberwein.

»Sicher nicht der Grenchner Geschichte!« Lukas Triebold, der noch neben ihnen stand und dem Gespräch folgte, leerte sein Glas in einem Zug. »Die wäre in fünf Minuten erzählt.«

Eberwein richtete sich auf, als wäre auf ihn geschossen worden. »Grenchen hat eine faszinierende Geschichte, die bis in die Zeit der Kelten und der alten Römer zurückgeht! Sie ...«

»Verschonen Sie uns, lieber Freund. Sie dürfen schöne junge Damen nicht langweilen.«

Triebold schenkte ihr ein warmes Lächeln, in dem ein

Hauch Bewunderung lag, und Sarah spürte verärgert, dass ihr Röte in die Wangen stieg. Welcher Teil von ihr reagierte auf solche Sprüche? Als wären »schöne junge Damen« nicht an Geschichte und Wissen interessiert! Offenbar war sie trotz ihres Glücks mit Paul nicht immun gegen Aufmerksamkeiten des anderen Geschlechts.

Umso entschlossener wandte sie sich an Eberwein. »Mein Vater hätte seine Freude an Ihnen. Er ist Kantonsarchivar in Luzern und liebt seine alten Schinken über alles. Wenn er mich einmal besucht, müssen Sie zum Kaffee kommen.«

»Das werde ich gern tun!«

»Lieber Sie als ich, Eberwein«, warf Triebold ein. »Ich muss mich jetzt verabschieden. Ich muss mit den Schülern sprechen, und ich glaube, es warten noch ein paar Damen auf mich.«

»Immer in Verfolgung oder verfolgt vom schönen Geschlecht!« Ein weiterer Mann verbeugte sich vor Sarah und griff nach ihrer Hand. »Nauck mein Name. Es freut mich!« Wie Schmidt war Nauck offenkundig ein Deutscher.

»Herr Nauck hat eine viel gerühmte Abhandlung über Kristallografie geschrieben«, erklärte Adolf ihr. »Er lehrt Mathematik und Naturwissenschaften.«

»Wie lange arbeiten Sie schon in der Schweiz, Herr Nauck?«, fragte Sarah.

»Ich bin schon fast ein Einheimischer«, erwiderte er freundlich. »Es ist eine Freude, unter einem Direktor wie Wilhelm Breidenstein zu arbeiten. Er gibt seinen Lehrern viel Freiheit und Zeit für die Forschung!« Er sah auf Sarahs leeres Glas. »Sie verdursten uns ja! Ich hole Ihnen noch etwas.«

Er eilte davon, und Sarah atmete heimlich auf. Es war anstrengend, so vielen neuen Menschen zu begegnen; manchmal wusste sie gar nicht, was sie sagen sollte. Plötzlich spürte sie eine Hand an ihrem Ellbogen. Pauline wies auf den Mann, der sich soeben zu ihnen gesellt hatte. »Das ist Turnlehrer Jenny – einer der wenigen echten Grenchner auf Breidenstein und sehr beliebt bei den Schülern.«

»Übertreiben Sie nicht! Sie klagen genug, was für ein Schinder ich bin.« Ein drahtiger Mann um die dreißig, etwas kleiner als sie selbst, schüttelte ihr die Hand. Seine Stimme war kräftig und tiefer, als sie es bei seinem Wuchs erwartet hätte. Er hatte mandelbraune Augen, eine schiefe Nase und schütteres Haar. Wenn sie sich recht besann, hatte er den Laertes gegeben, mit überraschender Intensität und großem Talent. Es ging eine zupackende Energie von ihm aus, die sich auch auf sie übertrug, und ein Teil der Müdigkeit, die sie eben noch gespürt hatte, war wie weggeblasen. Sie lächelte ihm zu.

»Das mag sein«, erwiderte Pauline derweil. »Aber sie respektieren keinen so sehr wie Sie.«

Erfreut verwickelte Jenny Pauline in ein Gespräch, während Sarah über die vielen Köpfe hinweg spähte. Herr Schneider redete immer noch auf den Institutsleiter ein; wahrscheinlich pries er ihm die verborgenen Talente von Euseb an. Breidenstein lächelte höflich, sah aber öfter verstohlen nach links und rechts, als hielte er nach einem Fluchtweg Ausschau. Am besten erlöste sie den Mann; dann konnte sie sich wieder einmal mit Herrn Schneider unterhalten. Sie empfahl sich bei den Herren und bahnte sich entschlossen einen Weg durch die Menge, im Ohr das Gläserklirren und die angeregten Gespräche. Schließlich drang sie zu den beiden vor und wollte Herrn Schneider gerade eine Hand auf den Arm legen, als aufgeregte Stimmen die anderen Geräusche übertönten.

Alle Köpfe drehten sich zum Eingang des Saals, wo Rosas Schwager Ruedi im Türrahmen stand. Man hatte ihn, den Kulissenbauer, nach dem Stück auf die Bühne gerufen, wo er mit rotem, stolzem Gesicht in seinem zu engen Anzug die Lobbekundungen empfangen hatte. Jetzt allerdings war er leichenblass. Langsam verebbten die Gespräche, bis es still war und sich alle Blicke auf Ruedi richteten. Seine Hand lag auf seiner Brust, die sich rasch hob und senkte.

»Im Requisitenraum – der Junge. Er ist tot.«

Einen Moment blieb es still. Dann wurden aufgeregte Stimmen laut, die grollenden, dunklen der Väter und die hohen der Mütter, wie zornige Wespen in einem Glas.

»Hat er gesagt, wie der Junge hieß?«

»Wo ist Robert? Du musst ihn suchen gehen!«

»Wo sind die Landjäger?«

Fieberhaft suchte Sarah die Menge nach Rosa ab, aber sie war nirgends zu sehen. Stattdessen trat nun Herr Schneider in ihr Blickfeld.

»Fräulein Siegwart? Würden Sie mit uns kommen? Sophie geht es nicht gut.«

Bittend sah er sie an. Sophie war tatsächlich sehr blass; dass die Kinder nach allem, was sie letztes Jahr erlebt hatten, so etwas mitbekommen mussten, war furchtbar. Sarah kniete sich neben Sophie und griff nach deren kalter Hand. »Hab keine Angst. Dir passiert nichts.«

Sophies Augen waren starr, dunkel und riesig. Behutsam

griff Sarah nach den Schultern des Mädchens. »Ich bin hier, dein Vater und Euseb auch. Allen geht es gut.« Sie lächelte und versuchte erneut, Sophies Blick auf sich zu lenken. Endlich kam etwas Leben in das Mädchen, und es brachte ein zittriges Lächeln zustande. Sarah atmete auf und griff wieder nach Sophies Hand. »Ich begleite Sie nach Hause, Herr Schneider.«

Er nickte dankbar, und sie ließen die aufgescheuchte Menschenmenge eilig hinter sich.

Als sie bei Rosas Häuschen ankam, war es spät geworden. Sie hatte einige Zeit gebraucht, um Sophie zu beruhigen. Am liebsten wäre sie einfach im Bett verschwunden, doch das Küchenfenster war erleuchtet, und Rosa saß am Tisch. Das hieß, dass es ihr nicht gut ging – sie liebte ihr Wohnzimmer, die Küche war für sie nur ein Arbeitsraum. Besorgt trat Sarah ein. Rosa war nicht allein; ihr gegenüber saß Ruedi, mit müdem, zerknittertem Gesicht. Eine Flasche Zwetschgenschnaps stand auf dem Tisch, vor ihm und Rosa je ein leeres Glas.

Rosa sah hoch und seufzte erleichtert. »Da bist du ja endlich!« Sie strich über den zerkratzten, blitzsauberen Küchentisch. »Ich musste mich um Ruedi kümmern.«

»Der Landjäger hat mich kaum gehen lassen.« Ruedis knorrige Hand verkrampfte sich. »Wie der sich aufgespielt hat!«

»Was hat Friedli von dir gewollt?«, fragte Sarah.

Rosa füllte die Gläser nach und nickte Ruedi zu. »Nimm noch einen.«

Ohne Umschweife kippte er den Kurzen. »Wollte wissen, was ich in dem Raum zu suchen hatte, und wollte mir nicht glauben, was ich ihm sagte. Ich hab nur den Schädel wegräumen wollen, den wir für den Geist verwendet haben, bevor einer der Jungen ihn in die Finger kriegt. Es wäre nicht das erste Mal, und Lehrer Triebold hat gesagt, er muss nach der Vorstellung gleich weg. Und da lag der arme Kerl.« Schaudernd schüttelte er den Kopf. »David hieß er – David Blösch. Tat mir leid, auch wenn ich ihn nicht mochte. Hat gern Sachen aus dem Küchengarten stibitzt. Wusste alles besser! Einmal hat er sich über meine Kulissen lustig gemacht; was Historisches sei nicht in Ordnung. Humbug! Da hab ich ihm den Kopf gewaschen. Er hat nur gelacht und dem Tischbein einen Tritt verpasst. Das ist gebrochen, und da wurde ich halt wütend und habe ihn vor der ganzen Theatertruppe und vielen anderen Leuten angeschrien.« Er seufzte. »Das hat Friedli mir nun vorgehalten. Dabei war der Junge nicht nur bei mir aufsässig. Er hat auch den Lehrern das Leben schwer gemacht.«

»Wenn der Junge so oft angeeckt ist, wird es noch andere geben, die mit ihm Streit hatten, meinst du nicht?«, fragte Rosa mitfühlend.

»Und überhaupt: Wo war der arme Junge in den letzten sieben Tagen?«, warf Sarah ein. »Seit wann ist er tot, und warum solltest du ihn in dem Raum verstecken? Er kann kaum dort gestorben sein, sonst hättet ihr ihn vorher gefunden.«

»Ich hab heute am frühen Nachmittag den Schädel und die anderen Requisiten rausgeholt«, sagte Ruedi. »Danach hab ich abgeschlossen, damit die Kinder sich keine Späße mit den Requisiten erlauben. Und dann geh ich nach der Vorstellung rein, und da liegt er. Friedli behauptet, ich hätte den Jungen während der Vorstellung dort reingelegt.«

»Warst du nicht im Zuschauerraum?«, fragte Rosa.

»Nicht immer. Für den zweiten Akt musste ich die Bühne umstellen.«

»Hattest du den Schlüssel bei dir?«

»Hatte ich.«

»Vielleicht bist du nicht der Einzige, der einen hat«, erwiderte Sarah nachdenklich.

»Kann sein. Oder jemand hat das Schloss aufgebracht«, brummte Ruedi. »Ist ja ein ganz einfaches.«

Rosa runzelte die Stirn. »Jedenfalls muss jemand im Raum gewesen sein, nachdem du am Nachmittag die Requisiten aufgestellt hast. Eine riskante Sache. Und er oder sie muss den Jungen in der Nähe gehabt haben.«

»Es hat genug Räume in der Nähe«, erwiderte Ruedi bedrückt. »Lehrerzimmer, die Bibliothek, ein Wäscheraum …«

»Das heißt doch, dass du nicht der Einzige bist, der infrage kommt. Mach dir keine Sorgen.« Rosa klopfte Ruedi auf die Schulter. »Wir sind auch noch da. Und Solothurn wird hoffentlich einen fähigen Beamten schicken.«

»Vielleicht kommt Korporal Ringgenberg«, warf Sarah ein.

Die Zuversicht der Frauen schien Ruedi aufzubauen. Er lächelte, stand auf und umarmte Rosa. »Danke, du Liebe. Jetzt geht es mir besser. Aber nun lasse ich euch zu Bett gehen.«

Er trat aus der Küche und verließ das Haus, und kurz darauf sahen sie ihn wie einen Seemann im Sturm auf der Straße in Richtung Osten wanken.

»Zum Glück hat er's nicht weit!« Rosa seufzte. »Dann lass uns ins Bett gehen. Schlaf gut!«

»Du auch.« Sarah ging in ihr Zimmer und legte sich nach

einer Katzenwäsche hin, aber obwohl die Aufregung des Abends sie erschöpft hatte, fiel ihr das Einschlafen schwer. Wer war so grausam, einen kleinen Jungen zu töten? Sie wollte gar nicht wissen, wie dunkel eine Menschenseele sein konnte. Es war wirklich zu hoffen, dass Solothurn Ringgenberg schickte. Wenn jemand der Sache auf die Spur kommen würde, war er es.

Korporal Gideon Ringgenberg zog sich die Mütze vom Kopf und betrachtete das stattliche Gebäude, das am Ende des geschwungenen, schneebedeckten Weges lag. Im morgendlichen Dämmerlicht wirkte das Institut Breidenstein wie ein jahrhundertealter Herrensitz. Das Glockentürmchen, das die Kapelle im Osten des Gebäudes schmückte, stach schokoladenfarben in den Himmel, und die Ziegel glänzten im Licht der aufgehenden Sonne. Ein wahrlich prachtvolles Anwesen! Allerdings hätte er es mehr zu würdigen gewusst, wenn er nach zwei Stunden Fußmarsch noch etwas Gefühl in Händen und Füßen gehabt hätte.

Gespannt stieg er die Treppe zum Eingang hinauf. Friedli wartete schon, das war gut. Nicht so gut war, dass der Fakt, als erster Landjäger am Tatort gewesen zu sein, den Mann ungeheuer aufgebläht hatte. So, wie er am Kopf der Treppe stand, war zu befürchten, er könnte nächstens abheben.

Es war ein Jammer, dass er gestern nicht selbst vor Ort gewesen war, aber wegen einiger innerkatholischer Tumulte in Solothurns Altstadt hatte er es Friedli und Brunner überlassen müssen, den Anlass auf Breidenstein zu überwachen und herumzuhorchen. Hätte er gewusst, dass sich der Fall in einen Mord verwandeln würde, hätte er sich nicht davon abhalten lassen, persönlich dabei zu sein.

»War der Arzt schon da?«, fragte Gideon.

Friedli nickte. »Doktor Schild hat sich alles angesehen. Stumpfe Gewalteinwirkung auf den Kopf. Er meint, der Junge sei sicher nicht gestern gestorben, aber wann genau, sei schwierig zu sagen. Die Leiche war kalt, aber nicht gefroren. An den Hosenaufschlägen fanden sich Strohreste, aber auf der Kleidung, dem Gesicht und in den Haaren auch Spuren von Erde.«

Gideon strich sich über die brennend kalten Wangen. »Das könnte darauf hindeuten, dass er erst in einem Gebäude untergebracht war, in dem es Stroh gab, und später vergraben wurde. Prüfen Sie, ob in einem der Gebäude Stroh gelagert wird.«

»Machen wir. Was ich nicht verstehe, ist der Zeitpunkt. Heute wäre die Geldübergabe gewesen. Warum hat der Entführer David Blösch davor getötet?«

»Vielleicht hat er die Nerven verloren«, erwiderte Gideon. »Was haben Sie über den Jungen in Erfahrung gebracht?«

Friedli verzog das Gesicht. »Er soll renitent und anstrengend gewesen sein.«

»Dann wäre eine Affekthandlung beim Täter denkbar. Allerdings frage ich mich: Warum lässt der Täter die Leiche an einem solchen Abend auftauchen? Wenn er den Verdacht auf möglichst viele Leute lenken wollte, hat er nicht beachtet, dass wir den Todeszeitpunkt eingrenzen können. Wobei sich aus der Platzierung der Leiche auch ein paar Hinweise ableiten lassen. Aber erst einmal sollte ich die wichtigsten Befragungen durchführen. Haben Sie für einen Raum gesorgt?«

»Herr Breidenstein stellt uns einen der Salons zur Verfügung.«

»Was ist mit den Eltern, die gestern anwesend waren? Konnten sie etwas von Bedeutung beitragen? Und ist Ihnen vor der Entdeckung des Jungen jemand besonders aufgefallen?«

Friedli schüttelte den Kopf. »Die Väter haben vor allem gepoltert, die Mütter waren hysterisch wegen ihrer Jungen. Eine hat gemeint, ihr Kleiner habe Angst vor dem Lehrer gehabt, der das Theaterstück mit ihnen einstudiert habe, eine andere meinte, der Turnlehrer schreie die Kinder an, und einer der Väter hat einen Generalverdacht gegen die deutschen Lehrer ausgesprochen. Nichts Verwertbares. Auch sonst hat sich niemand auffällig verhalten; es war allerdings ein buntes Treiben, in dem man schwer den Überblick behalten konnte. Ich habe gestern den Gärtner befragt; er hat die Kulissen aufgebaut und später den Jungen im Requisitenraum gefunden. Außerdem hatte er letzte Woche einen größeren Streit mit dem Opfer. Er sagt, er hat den Raum nach der Hauptprobe zusammen mit dem Regisseur des Stücks abgeschlossen. Ich konnte noch nicht in Erfahrung bringen, ob jemand außer ihm einen Schlüssel hat.«

»Lassen Sie als Erstes Direktor Breidenstein zu mir kommen, dann den Gärtner. Anschließend will ich den Vater des Jungen besuchen. Wo hält er sich auf?«

»Er ist bei Girards vis-à-vis des Bahnhofs.«

»Gut. Sie finden mir heraus, wer von den Angestellten zum

Zeitpunkt der Entführung und gestern Nachmittag und Abend im Haus war und ob noch andere Personen Zugang zum Haus hatten – Lieferanten oder Ähnliches. Haben Sie den Bericht?«

Friedli nickte verdrießlich, überreichte ihm zwei gefaltete Blätter Papier und wies ihm den Weg; es war klar, dass es ihm nicht passte, in die zweite Reihe zurückzutreten. Nun, damit würde er klarkommen müssen. Sich in die steif gefrorenen Hände hauchend, machte Gideon sich auf in Richtung Salon. Langsam wurde ihm wärmer, aber nach dem Marsch nach Grenchen dauerte es meist eine Weile, bis Mark und Bein auftauten. Dass Landjäger aus finanziellen Gründen die Bahn nicht nutzen durften, konnte er halbwegs nachvollziehen, aber die viel beschworene wichtige Präsenz auf den Landstraßen, die als weiterer Grund für diese Regelung angeführt wurde, leuchtete ihm nicht ein. Vaganten wussten immer, wie und wo sie sich dem Auge des Gesetzes entziehen konnten.

Er betrat den Salon, der an die glorreiche Zeit des alten Heilbades erinnerte: mehrfarbiges Parkett, edel gerahmte Gemälde, Stuckaturen an der Decke, üppig gepolsterte Möbel und ein prasselndes Feuer im Kamin – dem Herrn sei Dank. Gideon ließ sich aufatmend in den Sessel fallen, der zur Tür gerichtet war. Als Erstes würde gleich der Institutsleiter zu ihm kommen. Hastig überflog er Friedlis Bericht. Der Pädagoge Wilhelm Breidenstein, der zuvor eine Erziehungsanstalt in Berg am Irchel geführt hatte, stammte aus dem Herzogtum Nassau und hatte gemäß Bericht an der Universität Göttingen Mathematik, Naturwissenschaften und Philosophie studiert – zweifelsohne ein belesener und vielseitig begabter Mann. Soeben trat er ein, und mit dem leicht gewellten braunen Haar, dem gepflegten Bärtchen und der runden Brille entsprach er ganz dem Bild des weltfremden Professors. Die Resultate, die er mit seiner Schule erzielte, sowie das Renommee derselben bewiesen jedoch, dass dieses Bild unzutreffend sein musste. Die tiefen Sorgenfalten zwischen seinen Brauen deuteten darauf hin, wie sehr ihn der Tod seines Schülers erschüttert hatte.

Gideon erhob sich und reichte dem Direktor die Hand. »Korporal Breidenstein, Herr Direktor. Danke, dass Sie sich Zeit nehmen.«

»Das ist doch selbstverständlich! Guten Tag, Herr Korporal. Ich bin zutiefst entsetzt.« Breidenstein setzte sich in einen der Sessel und verschränkte die Hände vor seinem in eine Weste gepferchten Bauch. »Dass so etwas in unserem Institut passiert, kann ich kaum fassen!«

»Was können Sie mir über den toten Jungen sagen?«

Breidenstein seufzte. »Ein schwieriger Fall. Er hat sich mit allen Lehrern und den meisten Schülern angelegt. Allerdings ein brillanter Kopf!«

»Können Sie jemanden nennen, der besondere Probleme mit ihm hatte? Ich hörte, es gab Schwierigkeiten mit dem Gärtner.«

Breidenstein strich sich durch die gewellten Haare. »Davon weiß ich nicht viel. Herr Schubiger hat sich einmal beschwert, weil der Junge ihm Äpfel stibitzt hat, und beim Kulissenaufbau kam es zu einer Szene. Aber da müssen Sie den Präfekten oder die Theaterleute fragen; sie haben es mitbekommen.« Er seufzte erneut. »Ein Jammer. Der Junge – David – war hochintelligent, aber sozial unentwickelt. Er war grob und arrogant, steckte seine Nase in alles und jedes und hat sich eine Freude daraus gemacht, die Lehrer bloßzustellen. Wusste genau, womit er sie ärgern konnte, und traf mit seinen Bemerkungen immer ins Schwarze.«

»Erzählen Sie mir mehr über die Schule. Wie viele Schüler haben Sie, und wie ist der Tagesablauf?«

»Wir beherbergen über achtzig Schüler aus vierzehn verschiedenen Nationen und führen ein strenges Regime«, erläuterte Breidenstein. »Im Winter beginnt der Tag um Viertel vor sieben. Wir haben zwei Unterrichtssequenzen, eine vormittags und eine nachmittags, vor dem Mittagessen wird geturnt. Das nimmt den jungen Burschen die Aggression der Adoleszenz und härtet sie ab. Ich will keine verweichlichten Gesichter sehen! Nach dem Nachmittagsunterricht folgt eine Arbeitsstunde bis sechs Uhr, dann eine Freistunde, um sieben Uhr das Nachtessen. Danach ist Zeit für persönliches Studium. Schlafenszeit ist um Viertel nach neun.«

»Was ist der Schwerpunkt der Ausbildung?«

Breidenstein beugte sich vor; die Falten in seinem Gesicht hatten sich geglättet. »Wir bereiten die Jungen nicht auf bestimmte Berufe vor, sondern auf das Leben! Sie erhalten Unterricht in den üblichen Fächern, aber auch das Musische ist uns wichtig. Gestern hatten wir unseren berühmten Theaterabend ... bevor dieses Unglück geschah«, fügte er leiser hinzu.

»Das Unglück geschah ja vorher«, erwiderte Gideon trocken. »Wie konnte es zu der Entführung kommen?«

Indigniert lehnte sich Breidenstein in seinem Sessel zurück und legte die Hände an seine Weste. »Ich führe keine

Besserungsanstalt. Nach dem Mittagessen – im Winter um ein Uhr – haben die Schüler eine Stunde Zeit für Bewegung im Freien, ebenso in der Freistunde vor dem Abendessen um sieben. In dieser abendlichen Freistunde ist es passiert.«

»Haben Sie eine Vermutung, wer so eine Erpressung versucht haben könnte? Gab es Geldprobleme, Streitereien?«

Breidenstein strich sich über das gepflegte Bärtchen. »Ich bin nicht im Bild über die finanziellen Verhältnisse der Angestellten, aber sie verdienen hier alle anständig.« Er zog eine Taschenuhr aus der Weste. »Wäre es das? Ich habe noch eine Besprechung.«

Gideon nickte. »Sorgen Sie bitte dafür, dass Herr Schubiger bei mir vorbeikommt.«

Es dämmerte schon, als Gideon sich auf den Heimweg machte. Er zog sich die Fellmütze über die Ohren, verließ das Haus der Girards, wo er den Vater des Jungen befragt hatte, und machte sich auf in Richtung Osten. Rasch hatte er die spärlichen Häuser des Dorfes hinter sich gelassen, und vor ihm lag die schnurgerade Leberbergstraße. Rechts erstreckten sich die schneebedeckten Felder bis zu den Hügeln des Bucheggbergs, und dahinter, von den letzten rosagoldenen Strahlen der Sonne erleuchtet, glänzten die Gipfel der Berner Alpen. Links stieg das Gelände nach kurzer Zeit an und wölbte sich zum Jurarücken hin; schneebedeckte Tannen, die von Weitem aussahen wie einzelne gefrorene Tannzapfen.

Der Wind fegte über die Ebene, riss an seinen Kleidern und wirbelte die oberste Schneeschicht in die Höhe. Die Hände tief in die Taschen seines Uniformsakkos vergraben, beschleunigte Gideon seine Schritte. Die Ruhe der Winterlandschaft tat gut nach den beschwerlichen Gesprächen. Der Gärtner, Ruedi Schubiger, hatte ihm einen ehrlichen, aber verängstigten Eindruck gemacht. Er habe den Jungen nur gefunden, meinte er, und sei davon überzeugt, dass noch jemand anderes einen Schlüssel zum Requisitenraum haben musste. Verständlich, dass er das sagte, bisher hatte sich diese Annahme jedoch nicht bestätigt. Allerdings hatte Schubiger ihm den Schlüssel gezeigt; das Schloss war denkbar einfach, sodass sich jemand mit etwas Geschick auch ohne Schlüssel Zugang hätte verschaffen können. Und nicht zuletzt gab es die Möglichkeit, dass sich jemand einen hatte nachmachen lassen. Nur wozu? In Vorbereitung auf dieses Verbrechen? Für ihn sah es nicht nach einer durchgeplanten Geschichte aus.

Präfekt Marthaler, dessen pompöses Wesen Gideon wenig sympathisch schien, hatte ausführlichst seine kritische Meinung über jeden Lehrer mit ihm geteilt und dann genüsslich den Kulissenstreit vor ihm ausgebreitet. Offenbar hatte der junge David sich über ein historisches Detail mokiert, worauf Ruedi Schubiger ihn zurechtgewiesen hatte. Daraufhin habe David einem Tisch einen Tritt versetzt und ihn stark beschädigt, worauf Schubiger ihn am Schlafittchen gepackt und geschüttelt habe »wie eine Wühlmaus, die sich über seine Rüebli hergemacht hat«. Abgesehen von dieser farbenfrohen Erzählung hatte der Präfekt nicht viel beigetragen. Er hatte ihm nicht sagen können, ob der Junge Freunde gehabt hatte. Zu guter Letzt hatte Gideon noch mit dem armen Vater gesprochen. Der Berner Handelsmann war ganz gebrochen; seit zwei Jahren verwitwet, hatte er nur noch den Jungen gehabt. Am

Dreikönigstag die Nachricht, dass sein Junge verschwunden war, dann nach mehreren Tagen eine Lösegeldforderung, und zwei Tage später war das Kind tot! Der Mann hatte ihm versichert, dass er keine Feinde habe. Sein Sohn sei schon immer schwierig gewesen, durch den Tod seiner Mutter hätten sich seine negativen Eigenheiten noch verstärkt. Seitdem sei er als Vater nicht mehr richtig an den Jungen herangekommen, zumal er geschäftlich häufig auf Reisen sei. Auch in zehn Tagen müsse er eigentlich in den Jura reisen, obwohl es ihm zutiefst zuwider sei, jetzt fortzumüssen. Ob das in Ordnung sei? Gideon hatte ihm die Erlaubnis erteilt; für den Mann war es wahrscheinlich das Beste, auf andere Gedanken zu kommen.

Zu Gideons Linker tauchte der Gasthof Grabachern auf; knapp die Hälfte des Weges war geschafft! Er amtete auf. Jetzt mussten sie abwarten, was die Leichenöffnung ergab, vor allem, was den Todeszeitpunkt anging. Hoffentlich lieferte ihm Friedli bald eine Liste mit den An- und Abwesenheiten aller Angestellten; dann würde sich der Kreis der Verdächtigen sicher eingrenzen.

Und in drei Tagen würde er seinen Experten aufsuchen. Der Besuch bei Viktor und Judith war schon lange fällig; es galt, den jüngsten Spross und Erben der von Arx – sein Patenkind – zu besuchen. Viktor war vor seinen Amtsrichterehren einer der besten Landjäger gewesen, die Gideon je getroffen hatte. Was er wohl zum Fall sagen würde und zur Häufung solcher Verbrechen in diesem Kuhdorf? Letztes Jahr der Fall bei Schneiders, jetzt dies – und beide Male er mittendrin. Ihm sollte es recht sein. Vagabunden jagen konnte er an allen anderen Tagen des Jahres.

»Bei euch werde ich viel zu gut genährt.« Gideon lehnte sich auf seinem Stuhl zurück, klopfte sich auf den Bauch und lächelte Judith an, die errötete und zum Kopfschütteln ansetzte.

»Er hat recht, meine Liebe«, sagte Viktor. »Einen besseren ›Suure Mocke‹ hat auch Napoleon seinerzeit im Brunnen zu Fraubrunnen nicht bekommen! Außerdem solltest du niemals einem Korporal der Landjäger widersprechen, der bald Wachtmeister wird.«

»Mach langsam! Ich bin noch kein Jahr Korporal. Und solange der Religionskrieg wütet, wird das nichts.« Gideon seufzte. »Letztes Jahr dachte ich, schlimmer könne es nicht werden, aber ich habe mich geirrt. Was in den letzten drei Wochen los war, schlägt dem Fass den Boden aus.«

»Ich habe in Vaters Tradition den *Landboten* und den *Anzeiger* abonniert«, erwiderte Viktor. »Da geht es hoch her. In Dittingen wurde der christkatholische Pfarrer von einer Katholikin mit einer Heugabel angegriffen, aber sie hat nur seinen Bernhardiner getroffen. Der *Landbote* hat geschrieben, die ›Megäre‹ wurde verhaftet.«

»Die Megäre?‹ Ist das die Frau oder der Hund?« Gideon lachte und trank seinen Wein aus, aber als Viktor die Flasche hob, legte er die Hand auf das Glas. »Ich brauche meine fünf Sinne noch, um nach Hause zu kommen.«

»Du musst mal abschalten! Außerdem verträgt dein Berner Schädel das problemlos. Komm, wir verschieben ins Rauchzimmer.«

Widerwillig lächelnd zog Gideon die Hand weg und ließ sich einschenken. Viktors edlen Tropfen zu widerstehen war schwierig. Sein Weinkeller enthielt kostbare Vermächtnisse aus den Katakomben seiner Oltner Vorfahren. Er folgte seinem Freund in das mit dicken Teppichen ausgelegte Rauchzimmer, ließ sich in einen Sessel fallen und nahm einen Schluck aus dem neu gefüllten Glas.

»Apropos Berner Schädel und Religionskrieg: Immerhin haben wir noch nicht Zustände wie im Berner Jura. Hast du das von Bonfol gehört?«

»Allerdings.« Viktor hob die Brauen. »Dreizehn Leute verhaftet! Ich glaube nicht, dass man die Probleme so lösen kann.«

»Die Jurassier sind Stierenköpfe. Da bin ich noch lieber in Solothurn unter Wittmers Fuchtel.«

»Dein Stern geht bald auf. Du hast den Fall im letzten Jahr herausragend gelöst. Wittmer erzählt überall, dass er einen guten Riecher hatte, als er dich befördert hat.«

»Der alte Heuchler! Hätten wir versagt, wäre ich in hohem Bogen geflogen, und er hätte behauptet, dass er es schon immer wusste.«

»Mag sein, dennoch hält er viel von dir.«

»Schauen wir, wie lange noch. Im Moment springt er im Dreieck wegen der Sache in Breidenstein, vor allem, weil sich die reichen Familien um ihren kostbaren Nachwuchs sorgen. Gestern hat er mir am Abend ins Gewissen geredet, weil der Vater des Jungen ein Katholik ist und ich als Reformierter religiöse Gefühle verletzen könnte. So ein Humbug! Vater Blösch hat das Thema mit keinem Wort erwähnt.«

»Und sonst? Hast du dir schon einen Überblick verschaffen können? Was hat die Leichenöffnung ergeben?«

»Die Todesursache wurde bestätigt – stumpfe Gewalteinwirkung auf den Kopf. Der Todeszeitpunkt ist schwierig zu bestimmen; wir vermuten aufgrund von Stroh- und Erdspuren, dass der Leichnam erst in einem unbeheizten Raum und dann unter der Erde lag. Friedli hat einen Schuppen ausfindig gemacht, in dem Stroh gelagert wurde; in der Nähe liegt die heiße Schwefelquelle, wo der Boden nie gefroren ist. Es sieht danach aus, dass der Junge erst im Schuppen lag und dann in der Nähe der Quelle im Boden vergraben wurde. Gesichert scheint, dass er mehr als fünf Tage tot ist, aber es könnte auch eine Woche sein. Es wurde keine frische Nahrung in seinem Verdauungstrakt gefunden.«

Viktor sog an seiner Zigarre und ließ einen dünnen Rauchstreifen an die Decke steigen. »Wie sieht es mit möglichen Verdächtigen aus?«

»Es muss jemand aus dem Umfeld des Internats sein, so viel ist klar. Friedli hat in den letzten Tagen beachtliche Arbeit geleistet und eine Menge Alibis überprüft. Sogar den Direktor hat er nicht ausgelassen. Der kommt definitiv nicht infrage. Als der Junge verschwand, war er mit seiner Frau im Ausland, im Gegensatz zum Präfekten, der in beiden Fällen kein Alibi hat. Die meisten Dienstmädchen und das Küchenpersonal kommen ebenfalls nicht infrage; sie waren zu den Zeiten an der Arbeit und unter Aufsicht. Zwei Dienstmädchen haben an den Freitagen jeweils frei. Sie sind befreundet und haben sich das so organisiert, damit sie die Zeit zusammen verbringen können. Beide haben Friedli erzählt, sie seien am 9. Januar auf einem Tagesausflug gewesen und erst um acht Uhr abends zurückgekommen – ein langer Tagesausflug für diese Jahreszeit, wenn du mich fragst. Es habe sie niemand heimkommen sehen. Am Nachmittag des 16. seien sie ebenfalls unterwegs gewesen, und am Abend hätten sie sich zusammen das Theaterstück angesehen. Der Gärtner, der den Jungen gefunden hat, hat auch keine Alibis. Zwischen sechs und sieben Uhr abends am 9. Januar will er in der Werkstatt den Tisch repariert haben, den David Blösch beschädigt hat, und am 16. Januar abends war er in der Pause des Stücks damit beschäftigt, die Bühne umzubauen. Da hätte er allerdings auch kurz den Jungen umplatzieren können. Allerdings traue ich ihm so ein waghalsiges Stück nicht recht zu.« Seufzend nahm Gideon einen Schluck aus seinem Glas, das Viktor ihm hinterlistig wieder gefüllt hatte. Der Burgunder war gut – zu gut, um ihm nicht zu frönen.

»Wo hätte er den denn lagern können?«, fragte Viktor nachdenklich. »Gibt es Räume, in die den ganzen Tag niemand hineingeht?«

»Ich sehe, du hast das Metier noch im Blut. Friedli ist noch nicht dazu gekommen; momentan haben die Befragungen Vorrang. Morgen wird er sich die vierzehn Lehrer anschauen, und wenn sich das Feld eingeengt hat, werde ich mir die Betroffenen vorknöpfen. Außerdem müssen wir die finanziellen Verhältnisse der Leute prüfen.«

»Darf ich euch stören? Der jüngste von Arx muss schlafen gehen.«

Lächelnd sah Judith auf ihn herab. Gideon stand auf und strich dem Baby auf ihrem Arm über den flaumigen Kopf. Der kleine Urs hatte die flachsblonden Haare seines Vaters und die feinen Gesichtszüge von Judith geerbt, eine gelungene Kombination. »Ein Prachtkerl«, sagte er. »Aber als Götti bin ich natürlich voreingenommen.«

»Das gehört sich so«, erwiderte Judith fest.

»Für mich ist es sowieso Zeit, wenn ich noch auf geradem Weg nach Hause kommen will.« Gideon leerte rasch sein Glas, umarmte Viktor, küsste Judith auf die Wange und machte sich auf den Heimweg. Wider Erwarten kam er rasch voran, und trotz der beißenden Kälte war der Spaziergang angenehm. Das lag wahrscheinlich am Burgunder, der ihn von innen wärmte. Die Kälte hatte zudem den Vorteil, dass sie die katholischen Streithähne in ihren Häusern festhielt.

Er dachte an sein Gespräch mit Viktor über den Berner Jura zurück. Er war kein besonders frommer Mensch, aber er dankte Gott inbrünstig, dass diese wilden Hügel nicht in seine Verantwortung fielen. Angefangen hatten die Probleme damit, dass die Berner Regierung ein Verdikt gegen fast hundert Pfarrer ausgesprochen hatte, die weiterhin das päpstliche Dogma lehren wollten. Die jurassische Bevölkerung römisch-katholischer Provenienz stand wie ein Mann hinter ihren Pfarrern, und das Berner Kirchengesetz, das am letzten Sonntag angenommen worden war, würde die Lage weiter zuspitzen. Bern wollte christkatholische Gemeinden gründen, was bei den Romtreuen mit Sicherheit Opposition hervorrufen würde.

Der scharfe Wind trug die Glockenklänge von Sankt Urs an sein Ohr. Schon elf, er sollte machen, dass er vorankam. Gideon beschleunigte sein Tempo und erreichte kurz darauf seine Wohnung. Im Ofen glomm noch etwas verkohltes Holz. Er legte ein paar Scheite nach, goss sich ein letztes Glas Wein ein und setzte sich in seinen alten Sessel. Schon bald breitete sich eine wohlige Wärme in seinem Innern aus; weniger dem Feuer oder Wein geschuldet als dem geselligen Abend. Es war ein besonderer Genuss gewesen, mit Viktor zu schwatzen, zu

lachen und zu trinken, denn leider waren solche Zusammen-
künfte selten geworden. Mit der Arbeit am Amtsgericht und
seinem Nachwuchs hatte sein Freund alle Hände voll zu tun,
und auswärtige Abendessen oder auch nur ein Feierabendbier
waren nicht mehr so leicht machbar. Und sosehr er Viktor das
Glück gönnte, so sehr vermisste er die Abende zu zweit. Er
fand nicht schnell Freunde und hatte kein Interesse an einem
großen Kreis. Ein paar Menschen, die einen verstanden –
mehr brauchte er nicht. Aber auch nicht weniger.

Nachdenklich leerte er sein Glas und stellte es in die Küche.
Er konnte Viktor nicht verdenken, dass er häuslich geworden
war: Sein Heim war ein Hort der Ruhe und des Wohlbefin-
dens, und auch er, Gideon, hatte die Atmosphäre genossen.
Da konnte seine Bude nicht mithalten. Nett und zweckmäßig
war sie wohl, aber ein Heim war es nicht. Zu einem Heim gehörte eine Frau, die es mit einem teilte. Für einen ledigen
Mann kam er zwar gut zurecht; wusste sich sogar ein anständiges warmes Essen zu bereiten. Aber wenn er nach einem langen Tag aus der Kälte in seine dunkle Stube trat, stellte er sich
manchmal vor, wie es sein könnte: heimkommen zu einem
Feuer, das schon im Ofen loderte, einem freundlichen Lächeln, einem liebevollen Blick und einer Umarmung, die Körper und Seele wärmten.

Im Ofen knackte es, und er wandte sich in Richtung Schlafzimmer. Genug gejammert. Er nahm seinen Gurt ab, hängte
ihn und die Uniformjacke sorgfältig über den Stuhl und strich
über seinen Säbel. Im Moment hatte er so viel zu tun – da war
es vielleicht ganz gut, dass niemand auf ihn wartete.

Wenn er nur selbst überzeugter davon gewesen wäre.

Das Quietschen des Eingangstors der Schild AG war das einzige Geräusch an diesem Morgen. Zum Glück! Sarah eilte durch den Korridor zu ihrem Arbeitsraum. Ihre Schicht begann erst in einer Stunde, und es hatte sie Überwindung gekostet, sich so früh aus dem Bett zu quälen. Aber gestern hatte sich die Mühe gelohnt: Zum Auftakt der Woche hatte sie eine ganze Stunde in Ruhe arbeiten können.

Als sie die Tür erreichte, stutzte sie. Ein Lichtschimmer drang unter dem Türspalt in den Korridor. Hatte sie gestern die Petroleumlampe brennen lassen? Unmöglich war es nicht, sie war sehr müde gewesen. Allerdings wäre die längst ausgegangen. Bange öffnete sie die Tür.

»Auch schon hier?« Fabrice saß lächelnd an seinem Tischchen; frisch, fröhlich und ohne ein Anzeichen von Müdigkeit.

»Was machst denn du schon hier?«, fragte Sarah verärgert.

»Lehrmeister Flury hat mir einen Sonderauftrag gegeben.« Er klopfte zufrieden auf die Holzschachtel vor ihm.

»Wie schön.« Rasch setzte sie sich, packte ihre Werkzeuge aus und senkte den Kopf über die Drehbank.

»Wir haben lange geschwatzt«, fuhr Fabrice fort. »Ich habe ihm erzählt, dass ich kürzlich den Dumontier-Jurgenssen gelesen habe. Mein Pap hat mir zu Weihnachten eine Erstausgabe geschenkt.«

»Wunderbar.« Verbissen drehte Sarah eine Schraube ein.

»Hast du ihn auch gelesen? Sonst darfst du dir mein Exemplar ausleihen. Ich brauche es nicht mehr; ich habe ein eidetisches Gedächtnis.«

»Was soll das denn sein?« Warum fragte sie nach? Das würde seine Selbstzufriedenheit nur noch steigern.

»Wenn ich etwas gelesen habe, kann ich mich genau erinnern, was es war und wo es stand.« Er hob die Augen zur Decke. »Zum Beispiel steht auf Seite 37 in Kunckels *Ars Vitraria* ein Beitrag über Cassiusgold, den ich sehr interessant fand. Er schrieb ...«

»Tausend Dank, aber mehr muss ich im Moment nicht wissen.« Sarah trat auf das Pedal ihrer Drehbank und hielt den Metallstift an die Klinge, bis es sirrte. Sie brauchte keine Zapfen, aber noch weniger brauchte sie Fabrice, der sie vollschwatzte und ihr ihre Wissenslücken in Erinnerung rief. Wer oder was der Dumontier-Jurgenssen war, wusste sie nicht; der stand nicht auf der Lektüreliste. Das würde sie schön für sich behalten, aber das Buch musste sie sich so rasch wie möglich beschaffen.

Das Gewinsel der Schleifmaschine wirkte, und eine Weile kehrte Ruhe ein. Dann erklang ein Quietschen von der Tür, und Lehrmeister Flury trat zu seinen Lehrlingen. »Ihr seid aber fleißig.« Gewandter, als man es hätte vermuten können, begab er sich zu Sarahs Tisch.

»Lassen Sie sehen. Schaut gut aus!«

Sarah setzte sich gerader auf ihren Stuhl. »Danke, Lehrmeister Flury.«

Doch der hatte sich bereits zu Fabrice umgedreht. »Was sagen Sie zur Abstimmung über das Berner Kirchengesetz am Sonntag, Herr Leibundgut?« Zufrieden rieb Flury sich die Hände. »Ein großer Erfolg! Gestern Abend haben wir gefeiert. Es gab sogar ein Feuerwerk! Waren Sie auch da, Fräulein Siegwart?«

»Nein, Herr Flury.« Wusste er das wirklich nicht, oder wollte er sie triezen? Was es auch war, sie musste höflich bleiben.

»Da haben Sie was verpasst! Es gab Gnagi und Kartoffeln und ein grandioses Dessertbuffet. War auch Zeit, dass man es den renitenten Römischen einmal zeigt. Nicht wahr, Herr Leibundgut? Das hat mir Ihr Vater letztens gesagt!«

Nur mit Mühe zwang sich Sarah zur Ruhe. Flury wollte ihr keins auswischen; er vergaß einfach gern, dass sie zu diesen »renitenten Römischen« gehörte. Sie warf ihrem Kollegen einen Blick zu, doch der lächelte Flury nur höflich an und wandte sich wieder dem Uhrwerk zu, an dem er gearbeitet hatte. Ihn schien sonst nichts zu interessieren. Das hätte sie versöhnlich stimmen sollen, aber das tat es nicht. Er wusste nicht, wie gut er es hatte!

Resigniert beugte sie sich wieder über ihre Arbeit, und schließlich verließ Flury den Raum. Immerhin hatte der Besuch des Lehrmeisters bei Fabrice wieder den Arbeitsmodus ausgelöst, und während drei gesegneter Stunden herrschte süße Stille in der Werkstatt. Als die Glocke die Mittagspause verkündete, verschwand Fabrice fröhlich pfeifend. Sarah seufzte erleichtert, zog ihr belegtes Brot aus der Tasche und erhob sich, um ihren steifen Rücken zu entlasten. Die hohen, staubigen Fabrikfenster gaben den Blick auf den Dorfbach frei. Auf einem Findling konnte sie einen blauen Flecken ausmachen. Sie kniff die Augen zusammen und trat näher ans Fenster. War das Fabrice?

Tatsächlich: Ihr Kollegengenie saß selbstvergessen auf dem kalten Stein, die lange Nase in ein Buch gesteckt, und kaute auf einem Stück Brot herum – offensichtlich zufrieden mit sich und der Welt und komplett unberührt von der Januarkälte. Wenn sie nur mehr von seiner Gelassenheit hätte! Einen Moment lang fühlte Sarah sich verzagt, sie sehnte sich nach Paul und seinen ermutigenden Worten; seinem Lächeln, mit dem er sie im Hallgarten angesehen hatte. Zum Glück traf sie ihn morgen bei Schneiders; er würde sie sicher aufbauen.

Der Nachmittag ließ sich besser ertragen, auch, weil Flury sich mit Bemerkungen zur Kirche zurückhielt. Sie kamen bestens voran, und ihr Lehrmeister geizte nicht mit wohlwollenden Kommentaren. So kam der Feierabend rascher als gedacht. Halbwegs zufrieden mit dem Tag eilte Sarah nach Hause. Das Haus war noch leer; Rosa schien noch unterwegs zu sein. Vielleicht auf dem Wochenmarkt, um Wintergemüse und Kartoffeln zu kaufen. Kürzlich hatte sie erwähnt, dass ihre Vorräte durch die zusätzliche Esserin schneller zur Neige gegangen waren. Auf der Kommode im Eingangsbereich lag ein Brief. Neugierig griff Sarah danach. Er war von Hanna!

Lächelnd brach sie das Siegel. Ihre Schwester war ein stilles Persönchen, das nur geschwätzig wurde, wenn es zur Feder griff. Das war hilfreich, da ihr Vater sich nie mit Details aus dem Leben der Familie aufhielt. Auch heute enttäuschte Hanna sie nicht. Lang und breit schilderte sie Daniels letzten Kampf um eine Arbeitsstelle, besser gesagt: seinen Kampf, dieser Arbeitsstelle zu entgehen, und schwenkte dann um zu Mutters Fehde mit Martha Gebenstorf, der anderen Matriarchin im katholischen Mütterverein. Deren Streitereien drehten sich um die Blumendekoration der Kirche und wer von ihnen den Geschmack des Pfarrers besser traf. Vater war immer noch mit Haut und Haaren in die Bundesrevision verstrickt und wechselte sich mit seinem Freund Segesser darin ab, die Zeitungen mit Leserbriefen zu bombardieren. Von sich selbst schrieb Hanna wie immer wenig, nur, dass sie die große Schwester vermisse.

Sarah seufzte. Auch sie vermisste die Kleine. Vielleicht sollte sie sie nach Grenchen einladen. Ihre Schwester musste bald entscheiden, wie es für sie nach der Schule weitergehen sollte, und irgendwie schien keiner der üblichen Berufe zu Hanna zu passen. Für eine Lehrerin war sie zu schüchtern, für die Hauswirtschaft zu zart. Am ehesten war ihr zuzutrauen, dass sie in einen Konvent eintrat, aber Sarah hoffte, dass es nicht dazu kam. Frauen, die Nonnen wurden, gehörten einzig Gott und dem Konvent, dann würde sie ihre kleine Schwester noch seltener sehen.

Als die Außentür geöffnet wurde, strömte ein Schwall eisiger Luft herein, gefolgt von einer schwer bepackten Rosa, die ihre Säcke schnaufend auf die Küchenanrichte stellte.

»Wo warst du am Mittag? Ich hatte dir eine Kartoffelsuppe zum Aufwärmen vorbereitet.«

»Entschuldige! Ich habe gleich dort gegessen.«

»Schon gut. Die Suppe kann man noch essen, und ich habe eingekauft.« Rosa zwickte sie in die Hüfte. »Du verträgst etwas Fett, Kind! Sonst fällst du vom Fleisch.«

Sarah lachte. »So schnell geht das nicht. Aber lass mich dir helfen.«

Nach einer kurzen Küchenarbeitszeit setzten sie sich an den Esszimmertisch.

»Hat es sich gelohnt, so lange zu arbeiten?«, fragte Rosa.

»Nur halb! Über Mittag und am Nachmittag konnte ich in Ruhe werkeln, aber am Morgen war Fabrice schon da und hat sich mit einem Buch hervorgetan, das ich gar nicht kenne. Jetzt muss ich mir das noch beschaffen.«

Rosa nickte nur und drehte den Löffel in der Suppe. Die Schweinswurst lag unberührt auf ihrem Teller.

»Was ist mit dir, Rosa? Gab es Ärger bei Schneiders?«

»Bei Schneiders ist alles im Lot«, erwiderte Rosa. »Alles gut – ich bin nur nicht so hungrig wie sonst. Und jetzt erzähl weiter. Wie war das mit Fabrice und dem Buch?«

»Es geht um das Schleifen der Edelsteine für die Lagersteine in der Uhr. Er meinte, ich dürfe sein Buch ausleihen, weil er ein eidetisches Gedächtnis hat und nun alles auswendig weiß. So ein Besserwisser! Das Buch könnte ich allerdings schon brauchen.«

»Dann gib dir einen Schubs und frag ihn, das tut nicht weh«, erwiderte Rosa resolut. »Und iss ordentlich, damit du auch Energie zum Arbeiten hast!« Rosa schöpfte ihr Suppe in den Teller. »Ich bin gespannt, was Herr Schneider morgen zur Pacht von Paul sagt, du auch?« Sie drückte Sarahs Hand. »Hoffen wir auf ein Ja! Dann hättest du deinen Schatz in der Nähe.«

»Das wäre wunderbar! Gestern hat Paul mir ein Gedicht des ›Großätti usem Leberberg‹ geschickt, in dem der die Erntezeit beschreibt. Er ist schon ganz aufgeregt.«

»Das ist verständlich.« Rosa seufzte. »Würdest du den Abwasch übernehmen? Ich bin müde und würde mich am liebsten gleich hinlegen.«

Besorgt musterte Sarah ihre Freundin. Rosa strotzte normalerweise vor Gesundheit, aber heute war sie tatsächlich recht blass. »Natürlich! Ich bringe dir einen Tee und mache die Küche.«

Nachdem sie Rosa versorgt und alles aufgeräumt hatte, zog sie sich in ihr Zimmer zurück. Sie würde auf Hannas Brief antworten, bevor sie es vergaß. Ausführlich berichtete sie von ihrer Arbeit und ließ auch den schrecklichen Todesfall im Institut Breidenstein nicht aus. Wenn sie im letzten Jahr eines gelernt hatte, dann, dass es sich nicht lohnte, die Wahrheit zu verschleiern. Auf keinen Fall wollte sie Vaters Vertrauen, das sie im letzten Jahr beinahe verloren hätte, aufs Spiel setzen.

Anschließend warf sie einen kurzen Blick in Rosas Schlafzimmer. Die schlief friedlich; Gott sei Dank! Es brauchte nicht viel Vorstellungsvermögen, um zu wissen, was Rosa Sorgen bereitete: Es musste Ruedi sein. Wenn es um die Menschen ging, die ihr nahestanden, wurde die unerschrockene Rosa weich wie Butter. Sie würde sie darauf ansprechen; irgendwie mussten sie Ruedi doch beistehen können!

Neugierig sah sich Sarah im Salon der Schneiders um. Die anmutigen Pferdezeichnungen aus Frau Schneiders Hand hingen noch, waren aber mit Stillleben von Blumen und Landschaften ergänzt worden. Verschwunden war hingegen der Vogelteppich; nun prangte ein ebenso farbenprächtiger, quadratischer Teppich mit riesigen Blumenranken in der Raummitte. Die plüschigen Fauteuils mit den Troddeln hatten die Veränderungen der Innenausstattung überstanden, aber es sah aus, als wollten die Blumenranken auf dem Teppich sich um die Sessel winden und sie in die Tiefe ziehen. Insgesamt war Herrn Schneiders Geschmack derselbe geblieben. Dennoch wusste Sarah die Änderungen zu schätzen. Wenn sie die Fauteuils zu lange ansah, schoben sich unerwünschte Bilder und Erinnerungen an die Vorgänge des letztes Jahres vor ihr inneres Auge. Hier drin würde sie sich wohl nie mehr richtig sicher fühlen.

Erst als Paul durch die Türe trat und lächelnd näher kam, wich das beklommene Gefühl. Er nahm ihre Hände, beugte sich zu ihr herunter und streifte ihre Wange mit seinen Lippen. »Ich habe mich auf dich gefreut«, flüsterte er.

»Und ich mich auf dich!« Sie drückte seinen Arm und griff nach dem Glas, das ihr der Hausherr entgegenhielt. »Lasst uns anstoßen«, sagte Herr Schneider eifrig. »Adolf hat mich heute unterrichtet, dass seine Frau gestern das erste Kind geboren hat. Mutter und Kind – ein Mädchen – sind wohlauf. Ein Freudentag!«

»Paulines Kind ist da? Wie schön!« Sarah strahlte. Endlich! Sie musste die Freundin unbedingt bald besuchen.

Rosa trug bereits den ersten Gang auf, als sich die kleine Runde zu Tisch begab. Auch Sophie und Euseb saßen schon auf ihren Plätzen und lächelten ihr unbeschwert zu. Offenbar hatte Sophie den Schock auf Breidenstein verwunden.

Sarah zuckte zusammen, als Paul, der neben ihr Platz genommen hatte, ihr plötzlich so fest die Hand drückte, dass ihre Finger knackten. Sie lächelte ihm beruhigend zu, aber er erwiderte das Lächeln nicht und pickte nur auf seinem Teller herum. Natürlich war er nervös, aber Herr Schneider würde kaum Einwände gegen die Pacht haben. Sicher würde es ihn freuen, wenn sein Sohn in der Nähe wohnte!

Allerdings schien es ganz, als müsste sich Paul noch in Geduld üben, denn Herr Schneider holte erst zu einem Lagebericht über den Verkauf bei der Schild AG aus. Die kostbaren Wanduhren, deren Ticken sich im Hause Schneider zu einem munteren Konzert vereinte, waren ein hörbares Zeugnis dafür: Zeitmesser – egal, ob groß oder klein – waren Herrn Schneiders Augapfel, seit er bei Schild arbeitete, und über nichts redete er lieber. Es war nur zu verständlich, dass er es auskostete, für einmal nicht nur seine Kinder am Tisch zu haben.

»Es läuft nicht so gut im Moment«, sagte er eben, und sein Schnurrbart zuckte sorgenvoll. »Wir leiden immer noch unter den Auswirkungen des Börsenkrachs vom letzten Jahr. Die Absätze in der Uhrenbranche sind zurückgegangen. Diese Industrie ist ein volatiler Taktgeber. Und das ist nicht alles. In letzter Zeit häufen sich Beschwerden wegen Uhren, die wir vor einem Jahr verkauft haben und die nicht mehr genau laufen. Das sollte unmöglich sein! Wir warten auf die Einsendung dieser Stücke, damit wir dem Problem auf den Grund gehen können, aber das schadet dem Geschäft natürlich immens.«

»Aber Herr Schild ist mit Ihnen zufrieden, nicht wahr?« Sarah lächelte. »Niemand ist so mit dem Herzen dabei wie Sie.«

»Wie nett von Ihnen! Ja, Urs ist zufrieden, er hat mir sogar eine Lohnerhöhung versprochen. Aber was soll ich auch tun, außer zu arbeiten?« Traurig ließ er seinen Blick durch das Esszimmer schweifen. »Ich bin lieber im Büro.« Er räusperte sich. »Aber das ist nicht so wichtig. Wie geht es in der Lehre?«

»Gut, vielen Dank«, erwiderte Sarah und wollte fortfahren, als sie Pauls bittenden Blick auffing. Sicher hoffte er, dass sie das Thema Pacht ansprach. Sie holte Luft, doch in dem Moment stieß Rosa, die Sarah den Teller mit dem Hauptgang hinstellte, an eins der Gläser, dessen Inhalt sich auf den Tisch ergoss.

»Bitte entschuldigen Sie! Ich hole ein neues.« Ohne eine Antwort abzuwarten, rannte Rosa in die Küche, als sei der Teufel hinter ihr her. Sarah sah ihr besorgt nach. Rosa war wirklich gar nicht gut beisammen!

Plötzlich fiel ihr auf, wie still es am Tisch geworden war. Herr Schneider blickte sie erwartungsvoll an.

»Die Arbeit macht mir große Freude«, fuhr sie rasch fort. »Aber ehrlich gesagt kann ich im Moment gar nicht daran denken. Paul hat Neuigkeiten!« Sie drückte Pauls Hand und sah ihn ermutigend an.

»Ach! Was gibt es?«, fragte Herr Schneider gespannt.

»Ich habe einen Bauernhof zur Pacht in Aussicht«, sagte Paul zögernd. »In Bettlach. Zwanzig Kühe und fünf Hektar.« Er griff in seine Hemdtasche und zog ein zusammengefaltetes Stück Papier hervor, das er seinem Vater reichte. »Das ist der Entwurf des Pachtvertrags, den mir der Bauer mitgegeben hat.«

Herr Schneider beugte sich mit gerunzelter Stirn über den Bogen Papier. »Die Pacht ist höher als der Betrag, den wir vereinbart haben. Und du hast ja gehört, dass wir in der Firma Schwierigkeiten haben.«

»Ich weiß, Vater, aber es lohnt sich. Ich kann gutes Geld mit den Feldern und der Milch erwirtschaften. Und ...«

»Aber Geld muss erst verdient sein. Ausgeben, was man nicht hat ...«

»Muss man als tüchtiger Geschäftsmann nicht manchmal risikofreudig sein, Herr Schneider? Das hat Grenchen doch groß gemacht.« Sarah spürte die Röte in ihren Wangen, aber sie lächelte tapfer.

Widerwillig nickte Herr Schneider. »Das mag sein, Fräulein Siegwart. Aber die Herren, die damals investiert haben, standen gut da. Ich kann nicht aus dem Vollen schöpfen.«

»Ich wette, Schilds und Hugis und wie sie alle heißen haben auch einmal klein angefangen. Aber vor allem vertraue ich Paul. Er wird ein vorzüglicher Landwirt.« Sarahs Puls stieg, als sie Vater und Sohn betrachtete – Paul, mit geballten Fäusten, kurz davor, wütend zu werden; Vater Schneider, der offenkundig mit sich kämpfte. Nachdenklich warf er einen Blick zur Kommode, auf der, wie Sarah überrascht bemerkte, ein Bild von Frau Schneider stand. Das hatte sie dort noch nie gesehen.

»Ich werde dir die Pacht zahlen, Paul«, sagte er schließlich. »Esther hätte es so gewollt.«

Sarahs Anspannung löste sich. Erleichtert wandte sie den Blick zu Paul. Ihm war anzusehen, dass er kaum glauben mochte, was er gehört hatte. Dann sprang er auf, eilte um den Tisch auf seinen Vater zu und umarmte ihn. Es war erst das zweite Mal, dass Sarah ihn bei so einer Geste sah.

»Danke, Vater. Du wirst es nicht bereuen.«

Sichtlich überrascht, aber erfreut erwiderte Herr Schneider die Umarmung. »Wir wollen es hoffen. Aber jetzt feiern wir. Rosa, hol noch einen Wein!«

Rosa, die während des Gesprächs im Türrahmen gestanden hatte, strahlte und eilte davon, um kurz darauf mit einer Flasche Dézaley zurückzukommen.

»Das ist ein wunderbarer Moment, um euch eine andere gute Neuigkeit mitzuteilen«, sagte Herr Schneider eifrig. »Ich hatte ein Gespräch mit Lehrmeister Flury. Er ist ausgesprochen zufrieden mit Ihnen, Fräulein Siegwart. Ich habe mich mit ihm darüber unterhalten, wie wir Sie unterstützen können, und wir würden Sie gern für die nächsten drei Wochen nach Bonfol schicken. Dort lebt ein befreundeter, der Schild AG sehr verbundener Uhrmacher, der ein Meister seines Fachs ist. Wir schicken immer einen Erstjahreslehrling zu ihm, und dieses Jahr ist die Wahl auf Sie gefallen. Bonfol ist gerade ein heißes Pflaster wegen der Verhaftungen der Römischen, die dort gegen die Christkatholiken protestieren. Aber da Sie romtreu sind, wird Ihnen von den Einheimischen sicher Sympathie entgegengebracht werden. Außerdem können Sie den Aufenthalt für einen Schnellkurs in Französisch verwenden.« Er lächelte verschmitzt. »Etwas anderes wird Ihnen nicht übrig bleiben, denn Maître Corbat spricht kaum Deutsch. Was sagen Sie dazu?«

Ungläubig starrte Sarah ihren früheren Arbeitgeber an. Sie war ausgesucht worden? Beinahe wäre sie ebenfalls aufgestanden, um ihn zu umarmen. Stattdessen strahlte sie ihn einfach an. »Sehr gern! Ich danke Ihnen von Herzen. Dann muss ich mich schon bald ans Packen machen!«

Herr Schneider strahlte ebenfalls und hob das Glas. »Sie werden es nicht bereuen. Lassen Sie uns darauf trinken, dass Sie beide – und natürlich auch meine Kleinen – ihre Ziele erreichen!«

»Ich bin nicht klein!«, begehrte Sophie auf und sah höchst empört drein, als alle lachten.

»Natürlich, wie konnte ich nur?«, erwiderte Herr Schneider liebevoll. »Kommt, Kinder, stoßt mit uns an!«

Nun klirrten die Gläser, und Sarah sah voller Freude zu Paul. Er lächelte zurück, aber das Lächeln schien nicht bis zu seinen Augen zu reichen. Freute er sich nicht für sie?

Es blieb ihr keine Zeit, ihn danach zu fragen, da Rosa schon wieder in die Küche eilte, um den Kaffee und ihren selbst gemachten Solothurner Kuchen zu holen. Nachdem sie diesem Meisterwerk gebührenden Respekt erwiesen hatten, erhob sich Herr Schneider, um die Kinder nach oben zu bringen.

Auch Paul stand auf. »Ich gehe rasch zu den Pferden.«

»Ich komme mit«, erwiderte Sarah entschlossen.

Im Stall war es wärmer als draußen, aber immer noch winterlich kalt. Die drei Pferde, die beim Geräusch der sich öffnenden Tür hochgeschreckt waren, wandten sich wieder ihrem Heu zu, rupften daran und kauten zufrieden. Aus den Nüstern der Tiere stiegen weißgraue Säulen zur Decke empor. Paul betrat die Box von Pax, strich ihm über die Nase und spielte mit der struppigen Mähne. Sarah schien er vergessen zu haben.

Nun, das würde sie ändern. Sie stellte sich direkt vor ihn und sah ihn über die Nase des Pferdes hinweg an. »Was ist mit dir, Paul? Freust du dich nicht für mich – für uns?«

Zögernd sah er hoch, unverdrossen mit Paxens störrischen Haaren kämpfend. »Doch.«

»Aber nicht nur. Etwas bedrückt dich.«

Er seufzte. »Es hört sich wahrscheinlich lächerlich an. Da ich nun Vaters Zustimmung habe, möchte ich in den nächsten zwei Wochen nach Bettlach ziehen, und ich hatte mich darauf gefreut, dass du mir hilfst, mich einzurichten. Es ist ein großer Moment für mich.«

»Das weiß ich, und ich wäre gern dabei gewesen. Aber du verstehst sicher, dass ich die Chance beim Schopfe packen muss, nicht wahr?«

»Ja, sicher.« Er strich Pax über das glänzende Fell.

Prüfend sah sie ihn an. Meinte er, was er sagte? Ihr kam es nicht so vor, und das schmerzte sie.

Er sah hoch, trat auf sie zu und umfasste ihre Schultern. »Entschuldige. Ich bin immer noch überwältigt von Vaters Zustimmung, und meine Gedanken sind in einem Strudel. Einem des Glücks natürlich.« Diesmal war sein Lächeln aufrichtig. »Und das verdanke ich auch dir. Du hast mir geholfen, und ich will dich auch unterstützen.« Er beugte sich vor und küsste sie leicht, schlang seine kräftigen Arme um sie und drückte sie an sich. »Ich bin an deiner Seite, und ich glaube an dich. Ich wünsche dir nur das Beste in Bonfol. Die drei Wochen werden im Nu vergehen.«

Sarah atmete auf, und endlich lösten sich die stählernen Drähte in ihrem Innern. »Ich danke dir. Jetzt freue ich mich wirklich auf Bonfol. Lass uns zurückgehen.«

»Geh du allein, ja? Ich möchte noch bei den Pferden bleiben.«

»In Ordnung, aber ich muss langsam zurück. Wir sehen uns ja Donnerstag beim Vortragsabend!«

Seine Augen weiteten sich, dann senkte er betreten den Blick. »Habe ich es dir nicht gesagt? Ich muss morgen früh zurück nach Mümliswil. Wir haben eine Sonderschicht wegen des Großauftrags aus Dänemark. Wir sind auch über das nächste Wochenende aufgeboten.«

»Heißt das, wir sehen uns vor meiner Abreise nicht mehr? Du hast gehört, was dein Vater sagte; ich reise schon Anfang nächster Woche ab. Kannst du nicht am Sonntag herkommen?«

Bedauernd schüttelte er den Kopf. »Ich brauche das Geld. Gerade jetzt, da Vater mich unterstützt, will ich meinen Teil leisten. Das verstehst du sicher.«

Sarah seufzte resigniert, dann lächelte sie. »Ich würde das Gleiche tun. Aber du musst mir versprechen, dass du mir viel schreibst!«

»Ich verspreche es.« Er zog sie noch einmal an sich. »Und du schreibst mir, was du in Bonfol treibst.« Zärtlich legte er seine warmen Hände an ihre kalten Wangen und küsste sie, und sie überließ sich seinen Lippen und sog den frischen Duft seiner Haut in sich auf. Viel zu schnell für ihren Geschmack ließ Paul sie los, und Sarah eilte durch die Januarkälte zurück ins Haus und in die Küche, wo Rosa den Abwasch tätigte. Ein wunderbar vertrauter Anblick, wie zu ihrer Anfangszeit bei Schneiders!

Rosa drehte sich zu ihr um.

»Alles gut, Kleine?« Sie putzte sich die feuchten Hände an einem karierten Geschirrtuch ab und sah Sarah prüfend an.

»Natürlich«, erwiderte sie rasch.

»Bist du dir sicher? Du hörst dich nicht so an.«

»Jetzt ist alles gut, wirklich! Aber Paul konnte sich erst nicht richtig freuen, dass ich nach Bonfol gehe. Er hat gehofft, dass ich ihm beim Umzug helfe.«

»Sicher wollte er mit dir zusammen sein neues Heim einrichten«, erwiderte Rosa lächelnd.

»Ja, ich weiß.« Sarah zögerte. »Aber einen Moment lang hatte ich das Gefühl, dass er meine Ziele weniger wichtig findet als seine.«

»Das glaube ich nicht. Er weiß, was dir die Uhrmacherlehre bedeutet. Vergiss nicht, wie er dich unterstützt hat!«

»Ich hoffe, du hast wie immer recht, Rosa.« Nachdenklich ließ Sarah die Finger über den vertrauten, zerkratzten Küchentisch gleiten. »Unser Gespräch hat mich einfach ins Grübeln gebracht. Ich habe unsere Träume bisher nie im Widerstreit gesehen; Paul hat seine Landwirtschaft, ich meine Uhrmacherei, und zusammen leben wir auf dem Hof. Ich habe nicht daran gedacht, dass Paul es anders sehen könnte. Was, wenn doch? Ich will keine Bauersfrau werden.«

»Ich verstehe deine Sorge, Kind. Am besten sprichst du mit ihm. Vielleicht klärt sich dann alles.«

»Du hast recht. Wenn ich aus Bonfol zurück bin, ist auch noch Zeit.« Sarah lächelte Rosa dankbar an, doch dann ergriff sie erneut Unruhe. Trotz der dampfenden Wärme in der Küche waren Rosas Wangen leichenblass. Es war Zeit, Rosa die Würmer aus der Nase zu ziehen. »Genug von mir. Du scheinst mir nicht ganz auf dem Damm zu sein.«

»Es ist nichts.« Rosa griff nach einem Geschirrtuch. »Ab mit dir nach Hause, du musst morgen früh raus.«

»Es ist wohl etwas. Du machst dir Sorgen wegen Ruedi.«

Resigniert seufzte die Köchin. »Na gut! Du hast recht. Friedli hat ihn schon am Abend, als er den Jungen entdeckte, so schroff befragt. Am nächsten Tag hat Korporal Ringgenberg mit ihm gesprochen; der war sehr anständig. Aber gestern kam Friedli wieder. Erst sagte er Ruedi, dass sich niemand gefunden habe, der einen Schlüssel zum Requisitenraum hat; dann löcherte er ihn wegen seiner finanziellen Verhältnisse.«

»Was ist denn damit?«

Rosa seufzte noch ein bisschen schwerer als zuvor. »Ruedi war nie besonders geschickt mit Geld, und beim großen Brand 1866 hat er sein Heim verloren und alles, was er an Erspartem hatte. Jetzt stellt der tumbe Friedli Ruedi als jähzornigen Wüterich dar, der diese Entführung geplant und dann den Jungen getötet hat, weil er ihm dumm kam. Der Präfekt hat ihm abstruse Märchen von diesem Kulissenstreit erzählt.«

»Ich glaube nicht, dass Ringgenberg sich davon beeindrucken lässt. Er wird sich selbst ein Bild machen.«

Der Gedanke schien Rosa aufzubauen. Sie lächelte wieder. »Du hast recht. Wenn jemand den Fall lösen kann, dann der Korporal.«

Mit etwas leichterem Herzen umarmte Sarah ihre Freundin und machte sich auf den Heimweg. Die kalte Luft fühlte sich auf ihren erhitzten Wangen wohltuend an. So treu ihre Freundin anderen stets zur Seite stand, so strikt behielt Rosa ihre eigenen Sorgen für sich. Aber das würde Sarah nicht zulassen. Rosas Sorgen waren ihre Sorgen. Am Vortragsabend musste sie sich unbedingt unter Breidensteins Lehrern umhören und sich selbst einen Eindruck verschaffen; vielleicht stellte sich ja einer verdächtig an.

Wittmers Büro stank wie eine Dorfspelunke nach einem Kegelabend. Was hatte der Mann hier gemacht?

»Eine kleine Feier, Herr Leutnant?«

Gideons Vorgesetzter wischte mit der Hand durch die Luft. Falls das ein Versuch gewesen war, den Mief zu vertreiben, war er misslungen. »Ein paar Freunde wollten mir zum Geburtstag gratulieren und haben Zigarren und eine Flasche Malzwhisky mitgebracht. Was soll man machen?« Er lehnte sich in seinem gepolsterten Ledersessel zurück und friemelte an seiner Bride herum. Im letzten Dezember hatte man ihn zum Leutnant erhoben, und offensichtlich konnte er sich an seinem neuen goldenen Stern einfach nicht sattsehen. »Aber Sie sind sicher nicht deswegen zu mir gekommen. Was haben Sie für mich?«

Gideon ignorierte den selbstgefälligen Ton, so gut es ging, und setzte sich auf den ramponierten Holzstuhl vor Wittmers wuchtigem Schreibtisch. »Ich hatte Ihnen berichtet, dass Friedli den Schuppen ausfindig gemacht hat, in dem der Junge lag, und die Stelle, an der er eine Weile vergraben wurde.«

»Jaja. Und das deutet auf den Gärtner hin, habe ich recht? Und er ist der Einzige mit einem Schlüssel zum Requisitenraum, wie ich gelesen habe.«

»Der Schuppen wird meist von ihm genutzt, aber er ist nie abgeschlossen«, entgegnete Gideon. »Und was den Schlüssel zum Requisitenraum betrifft: So einen kann man nachmachen lassen. Allerdings würde das auf eine geplante Geschichte deuten und nicht auf eine Affekthandlung. Aber ich bin nicht deswegen hier. Friedli konnte die Anzahl der Verdächtigen reduzieren.« Er griff in seine Uniformjacke und zog den zerknitterten Zettel hervor, den Friedli ihm gegeben hatte. Wenigstens waren dieses Mal keine Kaffeeflecken darauf. »An den betreffenden Tagen sind keine Lieferanten auf dem Gelände gewesen, auch keine auswärtigen Arbeiter. Vier Lehrer, die aus Deutschland stammen, sind erst nach dem Entführungstag auf Breidenstein eingetroffen. Einige haben für den Entführungszeitpunkt Alibis angegeben, die durch andere Personen bestätigt wurden. Das reduziert die Auswahl auf den Gärtner, die beiden Dienstmädchen, die Friedli nicht ausschließen konnte, den Präfekten und vier Lehrer. Ich werde sie morgen befragen.« Er drehte das Blatt um – und hier war der Kaffeefleck. Er seufzte. »Inzwischen ist klar, wo die Leiche nach dem Erdversteck und vor der Verschiebung in den Requisitenraum gelegen hat. Im Raum, in dem die Dienstmädchen Putzmaterial aufbewahren, befindet sich ein großer Korb für die schmutzige Bettwäsche, der normalerweise am Samstag geleert wird. Friedli hat sich den Korb vorgestern vorgenommen und Dreckspuren gefunden. Offen ist der Zeitpunkt, an dem der Junge von diesem Raum in den Requisitenraum gebracht wurde. Es kann frühestens nach der Hauptprobe passiert sein; davor hat Herr Schubiger zusammen mit den Jungen die nötigen Requisiten aus dem Raum geholt, und nach der Probe hat er zusammen mit dem Regisseur des Stücks – Lehrer Triebold – den Raum abgeschlossen. Gemäß der Aussage von Herrn Schubiger war das das letzte Mal, dass er in den Raum gesehen hat, bis er nach dem Ende des Stücks die Leiche dort fand. Bleibt also die Zeit von vier bis sechs Uhr – um sechs haben alle das Abendessen eingenommen –, dann die Stunde von sechs bis sieben, als das Theaterstück begann. In der Pause hat Herr Schubiger auf der Bühne umgebaut und hätte bemerkt, wenn jemand sich auf den Weg zum Requisitenraum begeben hätte. Er meint, dass er niemanden gesehen hat. Ich werde die entsprechenden Zeitfenster bei den Befragungen überprüfen, da Friedli noch nicht dazu gekommen ist.«

Wittmer nickte gnädig. »Schön. Ich sehe, dass Friedli sich reingekniet hat; das wird uns jetzt nützlich sein. Er wird die Untersuchungen von Ihnen übernehmen.«

»Wie bitte?«

»Der Vater des getöteten Jungen ist in Bern eine große Nummer, und wie ich Ihnen schon gesagt hatte, ist er Katholik. Von denen gibt es dort nicht viele, dafür sind sie umso rabiater. Ich will den Fall nicht bei einem Reformierten lassen.«

»Ich hatte nicht den Eindruck, dass Herr Blösch etwas gegen mich hat.«

»Weil er nicht wusste, dass Sie ein reformierter Berner sind! Seit der Annahme des neuen Kirchengesetzes sind die Katholiken noch schlechter auf die Reformierten und die Christkatholiken zu sprechen.«

Gideon umklammerte die Stuhllehne. So einfach würde er sich nicht abschieben lassen. »Er hat mir einen vernünftigen Eindruck gemacht.«

»Es ist nicht nur er«, erwiderte Wittmer gereizt. »Die Zeitungen sind voller Beschwerden. Der *Anzeiger* macht Stimmung, wie Sie sicher gelesen haben. Ich will kein Risiko eingehen.«

»Und Sie wollen Friedli darauf ansetzen? Er ist dem nicht gewachsen.«

»Eben haben Sie ihm noch ein Kränzchen gewunden! Irgendwann hat jeder angefangen – auch Sie, Herr Korporal. Und Sie haben sich letztes Jahr auch einiges geleistet. Überschreitung Ihrer Befugnisse, Bedrohung einer Zivilperson, Sachbeschädigung.«

Natürlich musste Wittmer mit den dunklen Flecken in seiner Vita kommen. »Lassen Sie mich wenigstens die geplanten Befragungen machen. Friedli ist, soweit ich weiß, heute und morgen anderweitig beschäftigt.«

»Das ließe sich ändern, Sie machen schließlich die Dienstpläne. Aber gut. Tun Sie, was Sie tun müssen.« Wittmer nickte würdevoll, sein Zeichen, dass das Gespräch beendet war.

Resigniert kehrte Gideon in sein Büro zurück. Sein Vater sah vom Bild an der Wand auf ihn nieder, und fast bildete Gideon sich ein, Mitgefühl in den dunklen Augen zu sehen. Ob Vater auch mit einem Wittmer hatte kämpfen müssen? Wahrscheinlich nicht. Wachmeister Ludwig Ringgenberg hatte sich seine Privilegien auf subtile Weise erkämpft. Diese diplomatische Raffinesse fehlte ihm leider gänzlich.

Seufzend machte er sich daran, die liegen gebliebenen Berichte zu vervollständigen. Nach dem letztjährigen Erfolg hatte er gehofft, man würde ihn als den richtigen Mann für diesen komplexen Fall betrachten, und es war ihm zutiefst zuwider, sich so einfach austauschen zu lassen. Warum gewichtete man seine Sünden und seine Konfession stärker als sein Können? Aber egal, ob es sich noch ändern ließ: Seine nächsten Schachzüge musste er so klug wie möglich planen.

Mit diesem Plan vor Augen machte er sich mit größerer Entschlossenheit über seine Berichte her, und wie so oft war der Berg aus der Nähe besehen gar nicht mehr so hoch. Zu seiner eigenen Überraschung war er schon gegen Mittag damit durch und machte sich zufrieden auf in die Krone. Der Raum war rauchgeschwängert, doch es war leicht, Helena zu entdecken. Frauen besuchten normalerweise keine Gasthäuser – schon gar nicht allein –, und er konnte schon von Weitem ihr volles dunkles Haar ausmachen, ebenso die Blicke, die ihr alle Männer zuwarfen. Seine Halbschwester war eine anziehende Frau.

Lächelnd ging er ihr entgegen. Sie war aufgestanden, und er umarmte sie. Wie immer hing der Duft von Kräutern und Blumen in ihrem Haar. »Hast du schon bestellt?«

»Ich habe es versucht«, erwiderte sie trocken. »Der Wirt scheint mir nicht über den Weg zu trauen. Er hat meinen Tisch umkreist und mich nicht aus den Augen gelassen. Wahrscheinlich wartet er auf einen Mann, der sich zu mir setzt und meine Ehrbarkeit sichert.«

»Du siehst doch ehrbar aus! Allerdings kannst du froh sein, dass er nicht weiß, wo du arbeitest.«

»Damit dürftest du recht haben«, erwiderte Helena. Ein amüsiertes Lächeln zuckte um ihre Lippen.

Beim Gedanken an Helenas Arbeitsstätte konnte sich auch Gideon ein Grinsen nicht verkneifen. Dass er letztes Jahr gezwungen gewesen war, das erste Mal in seiner Laufbahn in einem Bordell – Grenchens Fleur Jaune – zu ermitteln, hatte ihn gehörig herausgefordert. Zu erfahren, dass die dortige Buchhalterin nicht nur die Tochter der Bordellmadame, sondern auch seine Halbschwester war, hatte ihm erst einmal den Boden unter den Füßen weggezogen. Heute konnte er kaum glauben, dass sie sich erst ein halbes Jahr kannten, und hätte Helena in seinem Leben nicht mehr missen wollen. Sie besaß Scharfsinn und Humor und scherte sich keinen Deut darum, was andere dachten. Mit ihrer Lebenserfahrung – gerade in dem Milieu, in dem sie arbeitete – war ihr wenig fremd.

Jetzt erschien tatsächlich der Wirt an ihrem Tisch und brachte ein respektvolles Nicken zustande, das wahrscheinlich Gideons Uniform galt.

»Was darf ich bringen?«

Gideon warf Helena einen Blick zu. »Isst du auch etwas?«

Sie schüttelte den Kopf. »Ich nehme das Übliche.«

Er drehte sich zum Wirt. »Ein Glas Weißen – haben Sie Dézaley? –, für mich einen Most und ein Schinkenbrot.«

Der Wirt nickte und segelte eilfertig davon.

»Kommst du direkt von der Wache?«, fragte Helena.

»So ist es. Und du aus dem Fleur, nehme ich an. Wie läuft das Geschäft?«

»Die Uhrenkrise schmälert die Einnahmen ein wenig. Und Mutter ist nicht mehr so gut beieinander. Sie musste einen Knecht als Rausschmeißer anstellen.«

Das konnte sich Gideon nur schwer vorstellen. Wenn er an

Madame Georges dachte, hatte er als Erstes ihre walkürenhafte Figur und ihr unerschrockenes Auftreten vor Augen.

»Aber sie ist nicht ernsthaft krank?«

»Nein. Sie redet allerdings öfter davon, das Geschäft in jüngere Hände zu geben.« Sie fing seinen Blick auf und lachte. »Keine Angst, nicht in meine. Ich habe ihr schon längst gesagt, dass das nicht infrage kommt.« Den Kopf in den Nacken legend, zündete sie sich eine dünne Zigarre an, was konsternierte Blicke von den Jassern am Nebentisch auf sich zog. »Und was ist mit dir? Ich habe gehört, dass du auf Breidenstein ermittelst. Eine furchtbare Tragödie!«

Er nickte. »Ich werde morgen noch einmal dort sein, aber dann war's das. Wittmer zieht mich ab.« Er nahm einen großen Schluck von seinem Most, den der Wirt eben abgestellt hatte.

»Warum denn? Du warst doch letztes Jahr erfolgreich!«

»Politik. In diesem Fall Religionspolitik.« Er schilderte ihr kurz die Umstände. »Ich kann nicht nachvollziehen, was in Wittmer vorgeht. Dass sich jemand über meine Konfession aufregt, ist lächerlich!«

»Die Spannungen sind allerdings stark, zumindest zwischen den Römisch-Katholischen und den Christkatholiken. Das dringt bis zu uns durch.«

Gideon hob die Brauen. »Ich werde dich nicht fragen, welche Würdenträger bei dir verkehren.«

Helena lachte. »Solange du keine Ermittlung im Haus führst, würde ich dir auch nicht antworten. Aber erzähl mir von dir. Was macht das Privatleben?«

»Kaum der Rede wert.« Hungrig biss er in sein Schinkenbrot, kaute energisch und schluckte. »Viktor ist absorbiert von

Familienpflichten. Ich war kürzlich bei ihm essen, es geht ihnen gut. Aber ich vermisse die Feierabendbiere.«

»Ich kann auch Bier trinken, wenn dir das hilft«, erwiderte Helena trocken.

Er lachte. »Du darfst gern bei deinem Dézaley bleiben. Aber im Ernst – ich bin tatsächlich froh um dich. Wir könnten uns öfter sehen.«

»Ich würde gern, aber meine freie Zeit ist auch beschränkt.« Sie nippte an ihrem Glas und musterte ihn eindringlich. »Wenn du dir eine Frau suchen würdest, hättest du jederzeit Gesellschaft.«

»Dafür habe ich keine Zeit. Und wo soll ich schon Frauen begegnen?«

»Vielleicht fällt mir eine Freundin ein, mit der ich dich verkuppeln könnte. Nur bin ich auch nicht so gesellig.«

Sie sprachen noch eine Weile über die letzten Konzerte und Theaterstücke in Solothurn, dann lächelte Helena bedauernd und erhob sich. »Ich muss wieder zurück, aber ich hoffe, wir sehen uns bald. Und lass dich nicht ins Bockshorn jagen. Versuch, den Fall zu behalten. Du bist der Beste dafür.«

»Danke dir!« Er umarmte sie und sah ihr nach, wie sie, unbeeindruckt von den ihr folgenden Blicken, in Richtung Ausgang schlenderte, dann biss er erneut in sein saftiges Schinkenbrot. Zum Glück hatte er Helena! Er brauchte ein heiteres, gelassenes Gemüt an seiner Seite, das ihm half, die Dinge in der richtigen Perspektive zu sehen, und seine Halbschwester war mehr als nur ein Ersatz für Viktor: Sie besaß ähnliche Qualitäten und war, wenn auch auf eine Art, an die er sich hatte gewöhnen müssen, Familie.

Und vielleicht sollte er sich an ihr ein Beispiel nehmen. Wenn sie so locker mit der Meinung anderer Leute umgehen konnte, sollte er Wittmer gegenüber mehr Rückgrat beweisen. Vor allem würde er alles daransetzen, in seiner von Wittmer erlaubten Ermittlungsrunde möglichst viel zutage zu fördern. Entschlossen strebte er dem Ausgang zu.

Lehrer Schmidt, schlaksig, mit hellblonden Haaren und rot gefleckten Wangen, kauerte in seinem Sessel und presste seine Storchenbeine aneinander.

Gideon seufzte innerlich. Vielleicht hätte er nicht ausgerechnet mit einem Naturwissenschaftler anfangen sollen; aus denen musste man jedes Wort regelrecht herausprügeln.

Immerhin hatte Friedli die Unterlagen des Internats zu den Lehrern studiert und ihm die wichtigsten Informationen zusammengestellt; so hatte er etwas, womit er anfangen und den Mann auflockern konnte.

»Sie stammen aus Hedingen, Herr Schmidt, nicht wahr? Wie gefällt es Ihnen am Institut Breidenstein?«

»Sehr gut, Herr Korporal.«

Typisch deutsch – die wussten immer, was für einen Grad jemand hatte. »Was schätzen Sie besonders?«

»Der Direktor ist ein herausragender Pädagoge, und die Schule stellt mir viel Zeit für meine Forschungen zur Verfügung. Das ist ein großes Privileg!«

»Worüber forschen Sie?«

»Über die Schnittstellen zwischen Chemie und Geologie.« Er hatte sich aufgesetzt und wirkte nicht mehr wie ein verschrecktes Kaninchen. »Ein hiesiger Kollege – Nauck – hat ein spannendes Werk über Kristallografie geschrieben, das mich inspiriert hat.«

Nauck. Den Namen hatte er gelesen, aber der Mann war in Deutschland gewesen, als der Junge verschwunden war.

»Was können Sie mir über David sagen?«

Schmidt lehnte sich in seinem Sessel zurück und streckte die langen Beine aus, während er mit seinem Blick eine stuckverzierte Ecke des Raumes fixierte. »Der arme Junge. So ein schreckliches Ende!«

»Wie war er im Unterricht? Ein guter Schüler?«

Schmidts Gesicht hellte sich auf. »O ja, äußerst vielversprechend. Aber schwierig im Umgang.«

»Haben Sie außerhalb des Unterrichts Zeit mit ihm verbracht?«

»Ja. Er hatte nicht viele Freunde und hegte großes Interesse an den Naturwissenschaften.«

»Dann mochten Sie ihn?«

»Ja und nein.« Schmidt verlagerte seinen Blick von der Decke auf seine Schuhe. »Er war ein Genie, und wenn er mich außerhalb des Unterrichts aufsuchte, war er eifrig und vertrauensvoll. Aber während der Lektionen langweilte er sich oft. Er glaubte alles zu wissen und hat mich bloßgestellt.« In der angenehmen Stimme des Lehrers schwang eine leise Schärfe mit.

»Das hat Ihnen nicht gefallen.«

»Wem hätte das gefallen?« Nun rötete sich auch Schmidts Stirn. »Mir fällt es ohnehin schwer, Disziplin zu halten, und er hat meine Autorität untergraben.« Er seufzte. »Und doch verstand ich ihn. Seine Mitschüler mochten ihn nicht, weil er unbeholfen war, und darin erinnerte er mich an mich selbst.« Mit einem kläglichen Lächeln hob er die Tasse mit Tee, die ein Dienstmädchen soeben gebracht hatte, an die Lippen.

»Sie waren auf dem Königlichen katholischen Gymnasium in Hedingen bei Sigmaringen, nicht wahr?«

Schmidt zuckte zusammen und ließ die Tasse fallen, deren dampfender Inhalt sich über das Mahagonitischchen ergoss. »Bitte entschuldigen Sie! Der Tee ist viel zu heiß.« Er zog ein gebügeltes Taschentuch aus der Hose und tupfte damit ohne viel Erfolg auf dem Tischchen herum.

»Lassen Sie, das macht das Mädchen schon. Zurück zu meiner Frage: Waren Sie in Hedingen?« Gideon lächelte. »Ich habe einen persönlichen Bezug zur Gegend. Meine Mutter stammt auch aus dem Süden Deutschlands – aus dem Württembergischen.«

»Ah. Ja, ich war in Hedingen.« Schmidt seufzte erneut. »Nicht die besten Zeiten, wissen Sie. Ich litt unter Prüfungsangst, und meine Mitschüler fanden das ungemein amüsant und haben mich damit geplagt.«

»Ich verstehe. Dies ist nicht Ihre erste Anstellung, nicht wahr?«

»Nein, ich war nach dem Studium an einem Kollegium in Bayern. Menschen von anderem Schlag.«

»Sind Ihnen die Schweizer lieber?«

»Das sind sie tatsächlich. Reserviert, seriös. Ich fühle mich hier sehr wohl.« Schmidt schien sich wieder entspannt zu haben.

»Sie haben angegeben, dass Sie zum Zeitpunkt der Entführung am 9. Januar an Ihren Experimenten saßen, ist das richtig? Und Sie haben niemanden gesehen?«

»So ist es.«

»Herr Triebold hat angegeben, dass der junge David kurz bei ihm war und dann bei Ihnen reinschauen wollte.«

Abrupt richtete Schmidt sich auf. »Wenn er das wollte, weiß ich nichts davon. Er war jedenfalls nicht bei mir.« Seine Nasenflügel hatten sich geweitet wie die eines Kaninchens, das einen Fuchs wittert.

»Schon gut. Noch kurz zu jenem Theaterabend. Sie haben den Polonius gegeben?«

Gequält lenkte Schmidt den Blick wieder zur Zimmerdecke. »Kollege Triebold hat niemanden davonkommen lassen. Ich hasse das Theaterspiel.«

»Das kann ich nachfühlen«, erwiderte Gideon trocken. »Wo waren Sie nach der Hauptprobe und bis zum Beginn des Theaterstücks?«

»Nach der Probe habe ich mich in meine Stube zurückgezogen, bin dann zum Nachtessen hinuntergegangen und danach wieder in mein Zimmer. Die vielen Leute bei der Probe und dann am Abend haben mir gereicht. Und nein, es war niemand bei mir.«

»Ich danke Ihnen. Ich glaube, das reicht erst einmal.«

Schmidt stand auf und verschwand so schnell, als sei ihm der Leibhaftige auf den Fersen. Gideon atmete tief durch, doch schon öffnete sich die Tür wieder, und ein mittelgroßer Mann strebte auf ihn zu und drückte ihm die Hand. »Lukas Triebold. Wie kann ich helfen, Herr …?«

»Korporal Ringgenberg. Setzen Sie sich.«

Triebold setzte sich schwungvoll. Mit den unordentlichen Haaren, die unter einer karierten Mütze hervorquollen, hatte er mehr von einem Schüler als von einem Lehrer an sich. Er schlug die Beine übereinander und gab den Blick auf ein feines Strumpfbein in Karmesinrot und rehbraune, aus weichem Leder gefertigte Schnürschuhe frei, griff nach seiner Mütze und warf sie auf den Sessel neben sich. »Wie kann ich helfen? Die Sache ist unglaublich. Schmidt hat ausgesehen, als hätten Sie ihn in die Mangel genommen. Muss ich um mein Leben fürchten?«

»Kaum, wenn Sie nichts auf dem Kerbholz haben.«

»Das hängt davon ab, was Sie darunter verstehen«, erwiderte Triebold vergnügt. »Wie heißt es so schön? ›Wer ohne Sünde ist …!«‹

Gideon musterte den Mann genervt. Friedli hatte in seinem Bericht angedeutet, dass Triebold bei den Damen hoch im Kurs stand, und sein Getue schien dazu zu passen. Allerdings: So gut sah er gar nicht aus. Was mochte sein Geheimnis sein? Na ja, ihm konnte es egal sein.

»Moralische Ansprüche stelle ich nicht«, erwiderte er nun trocken. »Sie sind seit drei Jahren hier, nicht wahr? Und Sie stammen aus Engelberg. Was hat Sie nach Grenchen verschlagen?«

»Am Salär liegt es nicht, das können Sie mir glauben – auch wenn der Direktor gern erzählt, wie gut wir bezahlt werden. Ich habe in Deutschland studiert und hatte einen Ruf nach *Göttingen*.« Er hielt inne und richtete seinen Blick auf Gideon.

Was sollte er mit diesem Blick anfangen? Schließlich nickte Gideon nur schweigend, als wüsste er, worüber Triebold sprach. Es schien zu wirken; der Lehrer lächelte befriedigt.

»Aber Geld und Prestige sind nicht alles«, fuhr er fort. »Hier weiß man meine Fähigkeiten zu würdigen.«

»Sie haben nach dem Studium als Hauslehrer gearbeitet und nur kurz am Kollegium Sarnen unterrichtet. Hat es Ihnen da nicht gefallen?«

Triebold schnippte einen Fussel von seinem Ärmel. »Mir wurde die Innerschweiz zu konservativ. Da lobe ich mir den liberalen Solothurner Geist.«

»Wie ich lese, haben Sie mehrere Fächer studiert.«

»Ich könnte fast alles unterrichten! Jedenfalls die wirklich wichtigen Fächer: Chemie, Mathematik, Physik. Aber die Mathematik ist die Königin unter den Naturwissenschaften, nicht wahr?«

»Sicher«, erwiderte Gideon kurz, während er seine Theorie über die redefaulen Naturwissenschaftler verwarf.

»Allerdings ist sie manchmal trocken«, fuhr Triebold fort. »Ich brauche den kreativen Ausgleich. Haben Sie unser Stück gesehen?«

Gideon schüttelte den Kopf. »Sie haben das Theaterstück geplant, wie ich gelesen habe.«

»Und den Hamlet gespielt. Eigentlich hätte David die Hauptrolle gehabt, aber dann verschwand er – wurde entführt, meine ich. Das war eine Herausforderung, glauben Sie mir!« Er lehnte sich in seinem Sessel zurück und musterte das Dienstmädchen, das eben eine Tasse Tee neben ihm abstellte. »Hast du nichts Stärkeres für mich, Kleine?«

Das Mädchen errötete und schüttelte den Kopf.

»Schon gut. Ein anderes Mal.« Triebold sah dem Mädchen nach.

»Warum?« Gideon trommelte mit seinem Stift auf den plüschigen Sesselarm. Der Mann war eine Plage; da war ihm der linkische Schmidt lieber.

»Nicht wegen meiner Rolle; wegen der anderen Schauspieler. Unter den Jungen gibt es ein paar großartige Talente, aber die Lehrer waren größtenteils ein Jammer. Direktor Breidenstein bestand auf den Lehrern – das soll die Beziehungen stärken. Nun, meine hat es nicht gestärkt!«

Nur mit Mühe hielt Gideon ein Seufzen zurück. Triebolds Geplapper wirkte auf sein Gemüt wie der lästige Landregen, der die Strecke Grenchen–Solothurn im Herbst zu einer Qual machen konnte. »Was ist mit David? Besaß er Talent?«

Triebolds Augen verdunkelten sich. »Allerdings. Wie gesagt hätte er den Hamlet gespielt und hat es in den Proben gut gemacht. Noch etwas hölzern; aber er machte enorme Fortschritte.«

»Sie kannten ihn gut?«

»Er kam oft zu mir. War interessiert an der Mathematik und sehr begabt; er erinnerte mich an mich selbst, als ich so jung war. Ein Jammer.«

»Sie waren in Ihrem Studierzimmer, als er verschwunden ist, und haben ausgesagt, dass er um sechs Uhr bei Ihnen war und vor dem Abendessen noch zu Herrn Schmidt wollte. Herr Schmidt hat ausgesagt, dass er nicht bei ihm war. Können Sie sich geirrt haben?«

Triebold grinste boshaft. »Hat sich wahrscheinlich fast eingenässt, der Arme! Tut mir leid; das ist, was David gesagt hat. Vielleicht hat er es sich anders überlegt, was weiß ich. Bei mir ist er um Viertel nach sechs gegangen.«

»Aber nach Ihnen hat niemand mehr David lebend gesehen, nicht wahr? Das bringt Sie in eine schwierige Position.«

»Ach was. Außerdem hätte ich kaum zugegeben, dass der Junge bei mir war, wenn ich etwas mit seinem Verschwinden zu tun hätte.«

»Vielleicht dachten Sie, es habe ihn jemand beim Betreten Ihres Zimmers gesehen, und wollten nicht bei einer Lüge ertappt werden.«

»So war es nicht. Glauben Sie's oder lassen Sie's.«

»Wie Sie meinen«, erwiderte Gideon kurz. »Und danach waren Sie allein, richtig? Ist Ihnen etwas aufgefallen?«

»Nein, ich war in meine Studien vertieft.«

»Ich danke Ihnen. Ich glaube, das reicht mir.«

Triebold erhob sich, beglückte ihn mit einem letzten strahlenden Lächeln und entschwand, was Gideon mit Erleichterung erfüllte. Ohne zu wissen, warum, fühlte er sich ausgelaugt. Er genehmigte sich einen tiefen Schluck aus seiner Teetasse, dann sagte ihm das Klicken der Tür, dass der nächste Kandidat eintrat. Schnelle, bestimmte Schritte.

Er stand auf. Der Mann, der auf ihn zukam, war zwei Köpfe kleiner als er, drahtig und um die dreißig Jahre alt. Ein prüfender Blick aus mandelbraunen Augen traf Gideon. Schütteres braunes Haar, eine leicht schiefe Nase, schmale Lippen – und ein äußerst kräftiger Händedruck.

»Bruno Jenny. Mit wem habe ich das Vergnügen?«

Der Turnlehrer – das erklärte die Autorität, die er trotz seiner geringen Körpergröße ausstrahlte. Die war sicher von Nutzen, wenn man einen Haufen Heranwachsender zähmen wollte.

»Ich bin Korporal Ringgenberg.«

Jenny nickte, setzte sich und zog eine Taschenuhr aus der Hosentasche. »Wie lange brauchen Sie? Ich habe in einer Viertelstunde zwei Jungen zum Nachsitzen.«

»Das hängt von Ihnen ab.« Wider Willen schmunzelte Gideon. »Was haben die angestellt? Und was machen Sie mit ihnen?«

»Streit angezettelt auf dem Pausenplatz«, erwiderte Jenny kurz. »Wollten einen anderen Schüler verprügeln. Sie werden mit mir die Turngeräte reinigen. Das wird ihnen eine Lehre sein.«

»Das glaube ich.« Gideon setzte sich auf. »Dann machen wir es kurz. Ich habe gelesen, dass Sie aus dem Ort stammen und in Solothurn ausgebildet wurden.«

»So ist es. Ich bin einer der wenigen Lehrer, die von hier kommen. Vor der Ausbildung zum Lehrer war ich an der hiesigen Bezirksschule.«

»Gefällt es Ihnen am Institut Breidenstein?«, fragte Gideon.

»Ich arbeite gern hier. Der Direktor legt viel Wert auf die sportliche Ausbildung; das schätze ich. Die Klientel passt mir weniger. Verwöhnte Bengel!«

»Was können Sie mir über David sagen?«

Jenny strich sich über das Kinn. »David brauchte klare Grenzen. Im Sport war er nicht besonders begabt, aber ich kam gut mit ihm zurecht.«

»Haben Sie außerhalb des Unterrichts mit ihm Zeit verbracht?«

»Manchmal streunte er herum, wenn ich die Geräte putzte.

Setzte sich zu mir und plapperte von seinem Tag, half mir bei dem, was ich machte. Er war wohl einsam.«

»Wo waren Sie, als er verschwand?«

Jenny warf wieder einen Blick auf seine Uhr. »Das hat mich Freund Friedli schon gefragt. Ich habe die Turnhalle aufgeräumt. Danach bin ich nach Hause gegangen.«

»Gesehen hat Sie niemand?«

»Nein, und ich habe auch keinen gesehen. Ich hatte es eilig; meine Frau wartet nicht gern mit dem Abendessen.«

»Sie sind verheiratet? Haben Sie Kinder?«

Jenny nickte. »Zwei Mädchen. Beide sehr musikalisch und so klug wie jeder von diesen Schnöseln!« Er klang barsch, aber der Stolz war seiner Stimme anzuhören.

»Und wo waren Sie nach der Hauptprobe des Stücks bis zum Beginn am Abend?«

»Bis um halb sechs war ich in meinem Zimmer in der Nähe der Turnhalle und habe den Unterricht vorbereitet. Dann bin ich nach Hause zum Abendessen, und um halb sieben stand ich wieder bereit. Und nein, im Lehrerzimmer kam niemand vorbei.« Er stand auf. »Ich muss los. Wenn Sie mehr brauchen, wissen Sie, wo Sie mich finden.«

Im Laufschritt zog er von dannen, und Gideon widmete sich wieder seinem Tee. Jenny schien ein aufrechter Mann zu sein, soweit er das nach dem kurzen Gespräch beurteilen konnte. Allerdings konnten geschickte Täter einen täuschen. Wer fehlte noch? Ach ja, der andere Deutsche. Eberwein. Schon trat ein breitschultriger, knurrig wirkender Mann ein und strebte so entschlossen wie sein Vorgänger auf ihn zu.

»Wie kann ich helfen, Herr …?«

»Korporal Ringgenberg.« Offensichtlich waren doch nicht alle Deutschen affin, was militärische Ränge anging. »Sie sind die rechte Hand des Direktors, hat man mir gesagt.«

Eberwein nickte. »Ich war mit Direktor Breidenstein in Berg am Irchel – da hatte er sein erstes Institut. Wir kennen uns schon lange.«

»Kennen Sie Herrn Schmidt von früher? Er stammt aus Hedingen und war am Königlichen katholischen Gymnasium wie Sie; Sie stammen ja aus Sigmaringen.«

Eberwein zögerte kurz. »Nicht dass ich wüsste. Aber Schmidt ist jünger als ich; wir hätten uns am Gymnasium verpasst.«

»Wie kamen Sie mit Direktor Breidenstein in Berührung?«

»Ich habe in Antwerpen meine Studien vertieft und traf ihn bei einer Familie Born.«

»Was können Sie mir über David sagen?«

Eberwein seufzte und strich sich durch seinen gepflegten Schnäuzer. »Einer der härteren Nüsse. Vielversprechend, aber im Umgang schwierig. In Algebra hervorragend, in Geschichte miserabel – aber wohl einfach, weil es ihn nicht interessiert hat.«

»Das klingt, als könnten Sie das nicht nachvollziehen.«

Schuldbewusst lächelte der Lehrer. »Geschichte ist meine Leidenschaft. Aber ich kann die Jungen verstehen; wenn der Unterricht nur daraus besteht, Daten und Namen herunterzubeten, ist er langweilig. Ich versuche, ihnen die größeren Zusammenhänge aufzuzeigen.«

»Hatten Sie außerhalb des Unterrichts mit David Kontakt?«

»Kaum. Er hat sich den Naturwissenschaftlern angeschlossen.«

»Und dem Turnlehrer«, ergänzte Gideon.

Eberwein nickte. »Jenny hat einen besonderen Draht zu den Schülern, obwohl er auf Disziplin hält.«

»Sie haben angegeben, zum Zeitpunkt von Davids Verschwinden einen Spaziergang gemacht zu haben. Ist das richtig? War es da nicht schon dunkel?«

»Ist es und war es«, erwiderte Eberwein achselzuckend. »Wann soll ich sonst gehen? Nach einem langen Unterrichtstag muss ich mir die Beine vertreten.«

»Wo waren Sie, und hat Sie jemand gesehen?«

»Bei der Kapelle Allerheiligen«, erwiderte Eberwein kurz. »Und nein, mir ist niemand begegnet.«

Gideon seufzte innerlich. All diese Lehrer und ihr Bedürfnis, allein zu sein! Allerdings musste er sich eingestehen, dass er nach einem Arbeitstag unter Heranwachsenden auch die Einsamkeit suchen würde. Ihm reichten schon die lärmenden Jungspunde auf der Wache.

»Dann wäre da noch die Zeit nach der Hauptprobe und bis zum Beginn des Stücks. Was haben Sie da gemacht?«

»Ich war in meinem Lehrerzimmer, habe ein Nickerchen gemacht, ein Schinkenbrot gegessen und mich dann auf den Abend vorbereitet.«

»Sind Sie jemandem begegnet?«, fragte Gideon ohne große Hoffnungen.

»Nein, das war auch der Zweck meines Rückzugs.« Eberwein strich sich über den kahlen Schädel. »War es das?«

Nach einem Nicken Gideons verließ Eberwein den Salon.

Gideon wandte sich derweil wieder Friedlis Notizen zu. Jetzt noch der Präfekt, dann war es für heute geschafft.

Die Tür wurde geöffnet, und Friedli lugte herein. »Der Präfekt ist unabkömmlich, Herr Korporal. Ginge es morgen?«

»Was hält ihn auf?«

»Das Dienstmädchen meinte, er habe eine wichtige Versammlung im Dorf. Er war schon beim ersten Gespräch unwillig; als ob es eine Beleidigung sei, dass er mit uns sprechen muss. Diese Vorsteher führen sich wie kleine Könige auf.«

»Na gut, dann eben morgen. Holen Sie mir die beiden Dienstmädchen.«

Friedli nickte und eilte von dannen, kam aber kurz darauf allein und mit betretenem Gesichtsausdruck zurück. »Die Mädchen haben ja am Freitag frei, Herr Korporal; sie sind nicht im Haus. Ich hatte nicht gedacht, dass Sie heute ...«

»Sie haben vergessen, sie aufzubieten.« Gideon seufzte verärgert. »Na gut. Ich schaue meine Notizen durch; halten Sie Ausschau nach den beiden. Vielleicht kommen sie am Nachmittag zurück.« Er setzte sich an einen Kirschholztisch, über dem ein Bild des Revolutionärs Mazzini hing, überflog die Notizen, die er sich gemacht hatte, vervollständigte da und dort einen Satz. Aus den Gesprächen mit den Lehrern war ihm nichts besonders hervorgestochen. Allerdings war er nach dem langen Geplauder von Triebold auch nicht mehr allzu aufnahmefähig gewesen. Jenny hatte sich kurz gehalten, Eberwein auch. Bei Schmidt und Triebold hatte er eine gewisse Unbehaglichkeit wahrgenommen. Friedli würde noch intensiver in der Vergangenheit der vier Lehrer und des Präfekten herumstochern müssen.

Schließlich stand er auf und streckte den Rücken. Langsam plagte ihn der Hunger. Die Überarbeitung der Gespräche hatte länger gedauert, als er vermutet hätte. Ob man ihm hier ein belegtes Brot machen würde, wenn er nett darum bat? Er trat an das große Fenster und ließ seinen Blick über die Winterlandschaft schweifen. In ihrem dicken weißen Kleid, hoch aufgerichtet vor einer dunstigen Wintersonne, wirkten die Mammutbäume auf eigentümliche Art fremd und majestätisch. Plötzlich erschien auf dem schmalen Pfad eine dunkle Gestalt, die zielstrebig auf das Haus zuschritt. Näher und näher kam sie; eine Frau offenbar, deren dunkle Haare einen reizvollen Kontrast zum Schnee ergaben.

Gideon stockte. War das nicht …?

Er seufzte. Wenn es die Frau war, an die er dachte, besorgte er sich besser sein Brot. Danach würde er nicht mehr dazu kommen.

Zögernd stieg Sarah die Stufen zum Eingang des Instituts empor. Am heutigen Vortragsabend bei Bezirkslehrer Feremutsch würde sie versuchen, mehr über die breidensteinsche Lehrerschaft in Erfahrung zu bringen. Nach wie vor schienen ihr die Lehrer am ehesten in der Lage, die Entführung eines Schülers zu planen und durchzuführen. Sie kannten nicht nur ihre Schützlinge, sondern wussten auch um die finanziellen Verhältnisse ihrer Familien; so konnten sie abschätzen, in welchem Fall sich eine Entführung samt Lösegeldforderung am meisten lohnte. Auch waren sie in der idealen Position, um das Vertrauen eines Schülers zu gewinnen und ihn in einen Hinterhalt zu locken.

Doch noch war es nicht Abend; sie hatte erst eine andere Mission. Als sie zum Mittagessen nach Hause gekommen war, hatte Rosa sie mit der Nachricht überrascht, dass Korporal Ringgenberg gemäß Ruedi im Institut Breidenstein Gespräche führte. Die Gelegenheit, ihn zu sprechen, durfte sie sich nicht entgehen lassen. Allerdings würde sie kreativer sein müssen als letztes Jahr; damals hatte sie wenigstens ein Indiz vorweisen können. Falls er misstrauische Fragen stellte, würde sie ihm einfach erzählen, dass sie eine Freundin besuchte. Das war nicht einmal gelogen.

Sie stieß die Haupttür auf und wandte sich nach rechts, wo gemäß Maries Angaben die Bedienstetenzimmer lagen. Nur wo genau? Unzählige Türen flankierten den mit rostroten Fliesen belegten Korridor. In der Luft hing ein schwacher Geruch von Blumenkohl. Sie lächelte. Ihr schien, als hätten alle Internate diese Duftnote; wenn sie die Augen schloss, wähnte sie sich wieder auf Baldegg und spürte fast den gestärkten, scheuernden Hemdkragen am Hals. Da war ihr der kobaltblaue Fabrikkittel bedeutend lieber!

Eine Tür stand leicht offen, und Sarah steckte den Kopf hinein. Bücherregale, ein Tisch – das musste die Bibliothek sein. Die hätte sie interessiert, aber dafür war keine Zeit.

»Sarah?«

Marie, angetan mit der Dienstmädchenkluft, die ihr ausnehmend gut stand, kam ihr strahlend entgegen. »Wie schön! Ich hätte nicht gedacht, dass du Zeit findest. Komm mit.«

Sarah folgte Marie den Korridor hinunter in ein gemütlich eingerichtetes Zimmer. Bescheiden möbliert und kaum größer als Maries Zimmer im Fleur, wirkte es doch heller und friedlicher. Sarah ließ ihren Blick über die glänzende Kommode schweifen, auf der eine Bibel lag. Daran gelehnt stand das Heiligenbildchen, das schon im Fleur Maries Kommode geschmückt hatte; der Knick, den es bei Sarahs Aufeinandertreffen mit Kölliker abbekommen hatte, war noch sichtbar. Ihr Hals wurde trocken, und einen kurzen, unerträglichen Moment spürte sie seine Blicke und Hände wieder auf sich und, was fast schlimmer war: die gelähmte Hilflosigkeit, die sie verspürt hatte. Wäre damals nicht zufällig jemand den Gang entlanggekommen …

Sie riss sich von diesen Gedanken los und wandte sich Marie zu. »Hast du etwas von den Ermittlungen mitbekommen? Korporal Ringgenberg soll heute hier sein.«

»Ich habe ihn bisher nicht gesehen«, erwiderte Marie. »Aber die Köchin hat erzählt, dass Ruedi Schubiger wieder befragt wurde und ganz verstört aus dem Zimmer gekommen ist.«

»Hat er nur mit ihm gesprochen?«

»Nein«, erwiderte Marie eifrig. »Dorothea hat die Getränke gebracht und mir erzählt, dass die Lehrer Schmidt, Triebold, Jenny und Eberwein bei ihm waren.«

»Ich glaube, die habe ich am Theaterabend kurz gesehen«, erwiderte Sarah. »Sicher bin ich mir nicht; ich kann mir nicht so viele Namen merken. Was ist mit einem Lehrer Nauck?«

»Der war nicht beim Korporal, jedenfalls nach Dorothea.«

»Gut! Aber falls er heute Abend da ist, sollten wir ihn trotzdem etwas aushorchen. Vielleicht ist Ringgenberg einfach noch nicht dazu gekommen, ihn zu befragen.«

»Kommt Pauline heute Abend auch?«, fragte Marie neugierig. »Und hast du das Kind schon gesehen?«

»Habe ich, obwohl Adolf die Stirn gerunzelt hat«, erwiderte Sarah lächelnd. »Die Geburt ist ja erst drei Tage her! Aber Pauline hat mir vorher gesagt, dass ich vorbeikommen darf. Und Hedwig ist ein reizendes kleines Ding! Heute wird Pauline allerdings nicht kommen; dafür ist sie noch zu schwach. Dafür ist Adolf dabei.«

»Schade«, erwiderte Marie. »Aber Rosa kommt ja auch. Ich freue mich!«

»Ich mich auch. Aber sag: Was erzählen deine Kolleginnen? Hat eine etwas gesehen oder gehört?«

»Else meinte, dass die Landjäger sich auffallend gründlich im Schuppen am Rand des Wäldchens umgesehen haben. Vielleicht wurde der Junge dort getötet.«

»Das wäre möglich«, erwiderte Sarah nachdenklich. »Aber dann musste der Täter die Leiche heimlich ins Haus bringen. Eine riskante Sache!«

»Allerdings.« Marie seufzte. »Seit David gefunden wurde, ist es hier ganz anders. Alle schleichen durch die Korridore, die Schüler, Lehrer und Angestellten. Dabei mochte ihn keiner richtig! Aber es ist so schrecklich, sich vorzustellen, dass ...«

Etwas knallte gegen die Tür, dann folgte ein ohrenbetäubendes Geklirr. Marie eilte zur Tür und riss sie auf. »Was zum Allmächtigen – ach, du bist es! Oje.«

Sarah stand auf und lugte neugierig in den Korridor. Vor der Tür, inmitten eines Durcheinanders von Löffeln, Gabeln und Messern, kniete ein zartgliedriger Junge mit glattem weißblondem Haar und ließ den Kopf so unglücklich hängen, als sei ihm das größte Malheur aller Zeiten passiert.

»Es tut mich leid«, sagte er leise, einen französischen Akzent in der wohlklingenden Stimme. Hastig begann er, das Besteck in die Behälter zu füllen, die ihm offenbar aus der Hand gefallen waren.

Sarah kniete sich neben ihn. »Wir helfen dir.« Marie tat es ihr gleich, und innert Kürze hatten sie das Chaos beseitigt. Nun hob der Junge den Kopf und sah aus einem Paar entzückender veilchenfarbener Augen zu seinen Helferinnen hoch. *»Merci beaucoup. Vous êtes très gentilles.«* Er errötete. »Entschuldigung. Ich soll nicht Französisch sprechen. Sie sein sehr nett.«

»Schon gut«, erwiderte Sarah freundlich. »Ich muss Französisch lernen, so wie du Deutsch, und du bist schon deutlich weiter als ich.« Sie stand wieder auf. »Wo musst du damit hin, und wie heißt du? Sollen wir dir helfen?«

»In den *Salle à manger. Et non*, ich kann allein. Ich bin Mathieu.« Er verbeugte sich und schenkte ihnen ein schüchternes, aber reizendes Lächeln, dann schwankte er davon.

»Beladen wie ein Maultier, das den Pilatus erklimmt. Wenn das man gut geht!« Sarah schüttelte den Kopf. »Er ist viel zu klein dafür.«

»Das ist hier die Regel: Alle haben die gleichen Aufgaben, egal, ob sie stämmig wie ein Baum sind oder ein Sprenzel wie Mathieu«, erwiderte Marie.

»Das war in Baldegg ähnlich, aber er dauert mich trotzdem.«

»Er ist ein feiner Junge«, erwiderte Marie sanft. »Ich spreche ab und zu mit ihm; oft ist er allein und starrt verträumt in die Welt. Der Einzige, auf den er sich einlässt, ist Lehrer Jenny. Der ist zwar barsch und zackig, weiß aber offenbar auch mit den stilleren Gewässern umzugehen. Und sie danken es ihm. Aber jetzt muss ich wieder an die Arbeit, sonst bekomme ich Ärger.«

Sarah nickte. »Ich muss mich auch sputen, wenn ich Ringgenberg sprechen will. Dann bis später!« Sie sah der davonhastenden Marie nach, blickte sich auf dem leeren Korridor um und stieg dann die Treppe hinunter. Auch dieser Korridor war leer; rechts ging es wieder in Richtung Ausgang. Sie würde es links versuchen. Ob er hinter einer der Türen saß? Neugierig schritt sie durch den Korridor, der weiter vorne einen Knick machte. Schritte klackten auf dem Fliesenboden, bewegten sich in ihre Richtung. Vielleicht war er das! Sie eilte auf die Ecke zu, wandte sich nach rechts – und hätte um ein Haar den Korporal über den Haufen gerannt.

Ringgenberg, der ein Schinkenbrot an seine Brust presste, schwankte kurz, dann leuchteten seine grauen Augen auf. Er reichte ihr seine freie Hand.

»Fräulein Siegwart! Ich habe Sie aufs Haus zukommen sehen und mir fast gedacht, dass wir uns sehen werden. Was machen Sie hier?«

»Ich habe eine Freundin besucht. Marie Flückiger, erinnern Sie sich? Sie arbeitet jetzt hier.«

»Natürlich. Und was ist mit Ihnen? Haben Sie Ihre Uhrmacherlehre angefangen?«

Wie nett, dass er sich daran erinnerte. »Vor einem halben Jahr. Es ist spannend, aber intensiv.«

»Also weniger Zeit zum Schachspielen, nehme ich an.«

Sie lachte. »Allerdings. Und Sie? Konnten Sie Ihre Kenntnisse erweitern?«

»Ich versuche es«, erwiderte er. »Momentan habe ich wenig Zeit dafür.«

»Das kann ich mir vorstellen. Wissen Sie schon mehr?«

»Ich habe einige Gespräche geführt, aber allzu viel ist dabei noch nicht herausgekommen. Haben Sie Informationen für mich?«

»Ich wünschte, es wäre so. Es ist nämlich ...« Sie zögerte kurz.

»Was?«

»Ruedi Schubiger, der Gärtner, ist der Schwager von Rosa, bei der ich wohne. Die Köchin von Schneiders, falls Sie sich erinnern.«

»Aber ja.«

»Stimmt es, dass Ruedi verdächtigt wird?«

Gespannt sah sie ihn an, aber das Gesicht des Korporals verriet nichts.

»Ich kann Ihnen nicht viel sagen, Fräulein Siegwart; das verstehen Sie sicher.«

»Rosa hat mir erzählt, Ruedi habe nur ein hitziges Temperament. Er würde niemandem etwas tun.«

Ringgenberg nickte höflich, aber es war offenkundig, dass ihn das nicht besonders beeindruckte. »Wir werden mit der nötigen Sorgfalt ermitteln. Und nun muss ich zurück, um die restlichen Gespräche zu führen.«

»Danke, Herr Korporal.« Sarah reichte ihm die Hand. »Ich bin froh, dass Sie es sind, der sich um die Sache kümmert.«

Ringgenberg seufzte. »Leider nicht mehr lange.« Grüßend tippte er an seine Stirn und wollte sich umdrehen.

»Warten Sie! Wie meinen Sie das?«

»Landjäger Friedli wird übernehmen.«

»Friedli? Der taugt doch nichts!«

Er hob seine Hände. »Gemach, Fräulein Siegwart! Vielleicht kann ich meinen Vorgesetzten noch umstimmen, aber sicher ist das nicht.« Er nickte ihr zu, bevor er den Korridor hinunterschritt und in einem der Zimmer verschwand. Besorgt sah Sarah ihm nach. Er hatte sie rasch abgespeist, und dass er den Fall abgeben sollte, war eine schlechte Nachricht. Ihr erstes

Zusammentreffen mit dem Korporal im letzten Jahr war keineswegs konfliktfrei verlaufen, aber sie hatte ihn schätzen gelernt. Es hätte sie beruhigt, wenn der Fall in seinen Händen geruht hätte. Nun denn – da konnte sie nichts tun. Sie eilte in Richtung Ausgang, stieg die Eingangsstufen hinunter und stapfte über den festgetretenen Schnee in Richtung Süden. Jetzt stand »Operation Vortragsabend« auf dem Programm.

Als sie endlich an der Quartierstraße angekommen war, fühlten sich ihre Füße und Hände wie Eisklumpen an. Ursprünglich hatte sie vor der Tür auf Rosa warten wollen, um nicht allein in ein fremdes Haus gehen zu müssen, aber die klirrende Kälte vertrieb jede Zurückhaltung. Sie öffnete das Eisentor, schritt bergan zu dem breiten, zweistöckigen Gebäude und klingelte. Nach wenigen Augenblicken öffnete ihr ein hochgewachsener, breitschultriger Mann Ende vierzig die Tür. Sein dunkles Haar, schon weit in seine Stirn zurückgewichen, trug er aus dem Gesicht gekämmt, er musterte sie aus freundlichen Augen hinter runden, kleinen Brillengläsern. Der Walrossschnäuzer verbarg seinen Mund und ließ ihn streng wirken, doch dann schüttelte er ihr die Hand und schenkte ihr ein offenes Lächeln. »Urs Josef Feremutsch. Es freut mich.«

»Mich auch, Herr Feremutsch. Ich bin Sarah Siegwart, eine Freundin von Pauline und Adolf.«

»Treten Sie nur ein, Adolf ist schon da.«

Zögernd folgte sie ihm eine schmale Treppe hinauf in den ersten Stock. Im Wohnzimmer unterhielten sich ein paar Leute, und auch die Riege der jungen Lehrer aus Breidenstein hatte sich schon eingefunden. Soweit sie sich erinnerte, waren alle da, denen sie am Theaterabend begegnet war, und einige mehr.

Zeit, sich zu unterhalten, blieb ihr nicht, da Lehrer Feremutsch die Gäste auch schon bat, sich zu setzen, und eine launige Einführung präsentierte, welche die Vielfalt der anwesenden Talente feierte. Klugerweise eröffnete er das Programm anschließend mit einem Garanten für gute Unterhaltung: Lukas Triebold gab Auszüge aus Schiller, unter anderem *Die Bürgschaft,* und beherrschte den Raum mit seiner eindrucksvollen Bühnenpräsenz. Sarah blickte in die Reihe, in der sie saß: überwiegend weibliche Gäste mit leuchtenden Augen und leicht geöffneten Lippen, die Hände im Schoß, leicht nach vorn gebeugt, gebannt lauschend. Entsprechend donnerte dann auch gewaltiger Applaus für Triebold durch das Wohnzimmer. Er verbeugte sich lächelnd und trat mit federnden Schritten ab. Als Nächstes sprach der Mann, der sich ihr im Institut als Nauck vorgestellt hatte, über Kristallografie; ein spannendes, aber doch sehr trockenes Thema. Nach ihm präsentierten verschiedene Lehrer, die sie noch nicht kennengelernt hatte, Gedichte und Lieder, aber keiner kam hinsichtlich Applaus an Triebold heran. Nun läutete Lehrer Feremutsch zur Pause; es wurden Häppchen gereicht und Gläser gefüllt. Sarah griff sich einen Schinkenkrapfen und betrachtete das bunte Treiben von einem der Fenster aus. Mit wem fing sie an? Triebold war nach seiner Darbietung von gackernden Damen umringt; in ihrem besten Sonntagskleid und mit aufgestecktem Haar schwirrte sogar Gäthchen um den Maestro herum. Er nahm es mit lächelnder Grazie, obwohl ihm die Damen kaum Luft zum Atmen ließen. Das Bad in der Menge, so viel stand fest, wusste er zu genießen. Sie suchte sich für den Anfang besser einen anderen Kandidaten aus.

Doch in diesem Moment sah Triebold hoch, und ihre Blicke trafen sich. Aus dem Kreis der Damen heraustretend, kam er lächelnd auf sie zu und hob sein Sektglas. »Wie hat es Ihnen gefallen, Fräulein Siegwart?«

»Sehr gut, Herr Triebold. Das war fantastisch.« Sie musste nicht lügen; sie hatte nicht einmal im Luzerner Stadttheater eine bessere Vorstellung gesehen. Er neigte lächelnd den Kopf, und seine Haltung demonstrierte, dass er das wusste. Aber das konnte sie ihm nicht verübeln.

»Wie steht es mit Ihnen?«, fragte er. »Keine verborgenen Theatergelüste?«

Sie schüttelte den Kopf. »Das Dramatische liegt mir nicht.«

»Stille Wasser sind tief. Ich könnte mir gut vorstellen, dass Sie begabt sind. Ausstrahlung haben Sie mehr als genug.« Er schenkte ihr einen bewundernden Blick, und sie lachte, wobei sie spürte, dass ihr wieder die Wärme ins Gesicht stieg. Auch heute wirkte Triebolds Haar unordentlich, als hätte er keine Zeit gefunden, sich zu kämmen, doch im Gegensatz zu all den Lehrern und Professoren in schlecht sitzenden, zerknitterten Anzügen, die ihr im Laufe ihrer Lehrerinnenlaufbahn begegnet waren, trug Triebold ein passgenaues rehfarbenes Jackett und an den Füßen Schnürschuhe, die ein Vermögen gekostet haben mussten. Eine solche Qualität hatte sie nur im Kreis jener Luzerner Patrizier gesehen, die ihr Vermögen nicht im Bürgerkrieg verloren hatten. Sie lächelte innerlich. Mit seiner Haarpracht täuschte er sie nicht; bei seinem Äußeren überließ Triebold nichts dem Zufall.

»Eine schauspielerische Neigung kommt früh zum Ausdruck«, sagte sie schließlich. »Zumindest habe ich das bei meinen Schülern erlebt, wenn wir Weihnachtsaufführungen vorbereitet haben.«

»Da haben Sie recht«, erwiderte Triebold. »Ich bin begeistert von meiner Theatergruppe auf Breidenstein. Aber Talente sind vielfältig.« Seine Augen glänzten. »Man muss sie nur finden und fördern. Ich liebe es, wenn die Buben merken, worin sie stark sind, und an Selbstvertrauen gewinnen.«

Die perfekte Vorlage. »Wie war das bei David Blösch?«, erkundigte sich Sarah.

»Blösch?« Er lachte trocken. »Der brauchte keine Ermutigung. Er war begabt und wusste es.«

»Begabt worin?«

»In allem, was mit Zahlen und Formeln zu tun hat«, erwiderte Triebold. »Chemie, Physik, Mathematik, Geometrie – er bewegte sich darin wie ein Fisch im Wasser. Und er hatte ein fabelhaftes Gedächtnis für Texte; darum hatte ich ihn auch für den Hamlet vorgesehen. Dafür haperte es bei den Fremdsprachen, und Sport hat ihn gar nicht interessiert.«

Sarah strich über den Rand ihres Glases und musterte Triebold aufmerksam. »Mochten Sie ihn?«

Er schwieg eine Weile, dann nahm er einen Schluck aus seinem Glas. »Irgendwie schon – aber auch wieder nicht. Er hatte einen scharfen Verstand, aber keine Umgangsformen, war arrogant und respektlos.« Eine leise Schärfe hatte sich in seine Stimme geschlichen. Er schien es selbst zu hören, lächelte entschuldigend und leerte sein Glas. »Konnte einem auf die Nerven gehen. Aber Sie kennen das ja, Sie waren selbst Lehrerin.«

»Allerdings! Wobei ich die Mädchen manchmal schlimmer fand. Haben Sie auch Mädchen unterrichtet?«

»Als Hauslehrer ja, in meinem Heimatkanton Obwalden – ich stamme aus Engelberg. Ich bekam Ärger, weil ich ein Mädchen mit einer starken mathematischen Begabung fördern wollte. Die Eltern waren mir böse, weil ich ihre zarte Tochter in eine Richtung gelenkt hatte, die einer jungen Frau ›nicht ziemt‹, wie sie meinten.« Er seufzte. »So war das damals. Die Kleine schwärmte außerdem für mich, was den Eltern natürlich gar nicht gefallen hat.« Er zuckte die Achseln und sah sie abwartend an.

»Wie sollte sie nicht?«, erwiderte Sarah schließlich. »Sie wissen, dass Sie gut aussehen und viel Charme haben.«

»Wie nett von Ihnen!« Wieder schenkte er ihr sein wärmstes Lächeln. »Wie geht es in Ihrer Lehre? Manchmal kann die Arbeit monoton sein, nicht wahr?«

»Es gefällt mir immer noch sehr gut«, erwiderte Sarah eifrig. »Ich reise für drei Wochen in eine Stage nach Bonfol.«

Seine Augenbrauen schnellten in die Höhe. »Das dürfte aufregend werden, wenn ich an die Zeitungsberichte denke. Bekriegen sich da nicht die Katholiken?«

»Das wird hoffentlich nicht so schlimm werden«, erwiderte Sarah. »Ich werde an der Arbeit sein und Französisch lernen.«

Zwei Frauen drängten sie ab, um Triebold mit Beschlag zu belegen, und Sarah nutzte die Gelegenheit. Entschlossen schob sie sich durch die Menge, erspähte den hellen Schopf von Lehrer Schmidt und drängte sich an ein paar Matronen vorbei, als sie einen Stoß in die Seite bekam und beinahe das Glas fallen lassen hätte. Der Rempler griff nach ihrem Arm und half ihr, das Gleichgewicht zu wahren. »Entschuldigen Sie, junge Frau!« Der untersetzte, dunkelhaarige Mann reichte ihr die Hand und lächelte sie mit gerötetem Gesicht an. »Präfekt Marthaler.«

Der Präfekt! Es konnte nicht schaden, auch mit ihm zu sprechen. »Sarah Siegwart. Es freut mich, Herr Präfekt. Wie gefällt Ihnen der Abend?«

»Ganz gut«, erwiderte er herablassend. »Für ein Dorf wie Grenchen ist das sicher eine Abwechslung.«

»Sind Sie schon lange am Institut Breidenstein?«

»Nein. Ich vertrete den Vorsteher, der wegen einer Krankheit zur Kur musste.« Er nahm einen Schluck aus seinem gut gefüllten Glas. An einem seiner Finger trug er einen dicken Ring.

»Sind Sie mit Ihrer Familie in Grenchen?«

Er schloss die Finger fester um das Glas, und einen Moment lang verengten sich seine Augen. Dann lächelte er. »Ja, wir belegen die Wohnung des Vorstehers.«

»Gefällt es Ihrer Frau bei uns?«

»Ich glaube wohl«, erwiderte er. Sein Blick glitt von ihr weg zu Marie, die sich in der Nähe mit Adolf Schild unterhielt. »Sie singt gern und hat sich einem hiesigen Chor angeschlossen. Und was machen Sie, Fräulein?«

»Ich bin in der Lehre zur Uhrmacherin.«

»Sind Sie dafür nicht zu alt?«

Der Mann verstand es, einer Frau zu schmeicheln. »Ich war früher Lehrerin und habe mich in Grenchen für Uhren zu interessieren begonnen.«

»Ich verstehe«, erwiderte er gönnerhaft.

118

»Waren Sie vorher Lehrer?« Am besten trug sie den Krieg ins Feld des Feindes.

»Ich habe zwanzig Jahre lang Mathematik, Physik und Chemie unterrichtet, Fräulein.«

»Aber auf Breidenstein nicht, oder doch?«

Er runzelte irritiert die Stirn. »Ich bin erst seit Kurzem hier, wie könnte ich?«

»Bitte entschuldigen Sie.« Sie wusste gar nicht, warum sie sich entschuldigte, aber er sah sie an, als hätte sie sich der Majestätsbeleidigung schuldig gemacht. »Ich frage, weil mich Ihre Meinung zu dem armen Jungen interessiert.« Forschend sah sie ihn an und meinte, ein leichtes Unbehagen in seinen Zügen zu erkennen.

»Ich habe keine Meinung zu ihm. Kannte ihn kaum.« Unwillig leerte er sein Glas. »Nun muss ich meine Notizen durchsehen.«

»Worüber werden Sie sprechen?«

»Geologie. Mein Steckenpferd.«

»Grenchen hat auch einen guten Geologen hervorgebracht. Franz Joseph Hugi, kennen Sie ihn? Er ist der Onkel meiner Frau.« Die Worte kamen von Adolf, der sich mit Marie zu ihnen gesellt hatte und den Präfekten freundlich musterte.

»Habe von ihm gehört«, erwiderte Marthaler kurz. »Mich interessieren die Fossilien im Jura. Aber jetzt muss ich zu meinen Notizen.«

Eilig strebte er von dannen.

»Findest du nicht auch, er ist schnell verschwunden? Er schien sich unbehaglich zu fühlen, als ich David erwähnte.«

Adolf musterte sie amüsiert. »Bist du wieder im Ermittlungsfieber? Ich bin froh, dass Pauline sich wenigstens heute heraushalten muss.«

»Aber nicht länger«, konterte Sarah. »Ich bin mir sicher, dass sie bald wieder auf den Beinen ist und mithilft.«

»Ich fürchte, du hast recht«, erwiderte Adolf seufzend. »Aber erst einmal soll sie sich an unserer Hedwig freuen, findest du nicht?« Er strahlte stolz. »Ich tue das, auch wenn sie uns den Schlaf raubt.«

Ein in diesem Moment von Lehrer Feremutsch geschwungenes Glöcklein zeigte das Ende der Pause an. Der zweite Teil wurde von Joseph Eberwein eröffnet, und sein sonst so schroffes Gesicht strahlte, während er kuriose Details aus der Vergangenheit des Uhrendorfs zum Besten gab und auf das Institut Breidenstein ein besonderes Augenmerk richtete. Auf ihn folgte Lehrer Schmidt, der sich nur zögernd nach vorn begab. Umständlich legte er ein paar Seiten Papier auf das hohe Pult, hob den Kopf und kündigte an, über das Glasereiwesen zu sprechen. Er stand leicht nach vorn gebeugt hinter dem Pult, vergebens bestrebt, sich unsichtbar zu machen, und sein Adamsapfel zuckte auf und ab wie ein Jou-Jou in der Hand eines Knaben. Sarah rutschte auf ihrem Stuhl herum. Der arme Mann! Hätte man ihn nicht besser früher sprechen lassen?

Endlich begann Schmidt seinen Vortrag mit der Erklärung, dass seine Familie seit Jahrhunderten im Glasereigeschäft tätig war, und Sarah atmete erleichtert auf, als er nach und nach seine Nervosität ablegte. Sein Blick war auf eine Ecke des Raumes gerichtet, als sehe er in eine fremde und faszinierende Welt und berichte ihnen, was es dort alles zu entdecken gab.

Mit feurigem Enthusiasmus sprach er über die Verbindung der Glaserei mit der Chemie und erklärte akkurat, wie ein gläsernes Objekt entstand. Dann richtete er sich auf und wandte sich dem Publikum zu, das gespannt lauschte, und Sarah merkte, dass auch sie sich vorgebeugt hatte, um nichts zu verpassen. Wer hätte gedacht, dass die Herstellung der Aschelauge für das Glas Unmengen von Holz erforderte, ebenso die Fütterung der Brennöfen? »800 Klafter Holz soll die Glaserei Hergiswil im Jahr 1769 verbrannt haben!«, erklärte Schmidt eifrig. »Am Brennofen ist es heiß, und das Hantieren mit dem Glas ist anstrengend. Ohne Muskeln geht es nicht.« Und mit einem Blick auf seinen dünnen Arm und einer leichten, abschließenden Verbeugung: »Jetzt verstehen Sie sicher, warum ich mir einen anderen Beruf gesucht habe.«

Alle lachten und dankten ihm seinen Vortrag mit tosendem Applaus, woraufhin Präfekt Marthaler die Bühne übernahm, und man musste ihm lassen, dass er von seinem »Steckenpferd« viel verstand. Nach ihm setzten Lehrer Feremutsch und Lehrer Jenny zu einem Duett an, begleitet von Adolf an der Trompete. Eine Überraschung war Jennys kerniger Bass; die beiden Männerstimmen ergänzten sich wunderbar. Feremutsch leitete das Publikum zu gemeinsamen Liedern an, und als *Vo Luzärn gäge Wäggis* an der Reihe war, sang auch Sarah kräftig mit. Zum Abschluss wurde das Grenchner Lied von Dursli und Babeli angestimmt, und Sarah horchte auf, als eine feine Stimme sich mit Kraft und Glanz über die gewöhnlicheren erhob. Schließlich entdeckte sie die Sängerin in der hintersten Sitzreihe; eine schlanke, etwa dreißigjährige Frau mit rötlichem, gelocktem Haar und braunen Augen. Zum krönenden Abschluss wusste Adolf Schild mit seinem warmen Bariton das Publikum wie immer zu verzücken; den Schlafmangel hörte man ihm jedenfalls nicht an.

»Zur Auffrischung für die ermüdeten Sängerkehlen« kündigte Feremutsch als Nächstes eine Kaffeerunde an, und schon bald dröhnten in der warmen Stube die Stimmen der lachenden, schwatzenden Gäste. Sarah gesellte sich wieder zu Adolf, der eben mit Feremutsch und Schmidt sprach.

»Sie haben uns mit Ihrer Trompete wieder gerettet«, sagte Feremutsch zu Adolf. »Ohne Sie klingt unser Gesang nur halb so gut.«

»Dass es gut klingt, verdanken wir Ihnen«, erwiderte Adolf und drehte sich zu Sarah. »Herr Feremutsch hat das kantonale Gesangsbuch für die Landschulen erstellt. Viele Lieder, die wir gesungen haben, stammen aus dem Büchlein; fast alle Grenchner sind damit aufgewachsen.«

Feremutsch lächelte. »Sie sind zu gütig. Aber genug von mir, ich muss Herrn Schmidt gratulieren. Das war ein hochinteressanter Vortrag, vielen Dank! Woher wissen Sie so viel über die Glaserei in Hergiswil?«

»Hergiswil kennt man bei uns gut«, erwiderte Schmidt, sichtlich erfreut über das Lob. »Die Gründer stammen wie ich aus dem Schwarzwald und heißen Siegwart. Sind Sie mit Ihnen verwandt, Fräulein?«

Sarah schüttelte lächelnd den Kopf. »Nicht dass ich wüsste. Die Familie meines Vaters hat es nicht mit Muskelkraft, sondern mit Büchern.«

»Das haben wir gemeinsam«, erwiderte Schmidt. »Ich fühle mich in der Bibliothek auch am wohlsten.«

»Dann fanden Sie sicher Gefallen am jungen David. Ich habe gehört, er soll ein Bücherwurm gewesen sein, und so intelligent. Eine Tragödie.«

Schmidt zog den Kopf ein, als hätte er einen Schlag erhalten, und lächelte kläglich. »Er war ein Genie. Aber er hat einen gern in die Enge getrieben.«

»Sogar Sie?«

»O ja«, erwiderte er, und einen kurzen Moment straffte sich sein Kiefer. Dann lockerten sich seine Gesichtszüge. »Ich mochte ihn trotzdem. Er hatte gern recht, und er war so intelligent, dass er meistens die Oberhand behielt. Wenn etwas nicht stimmte, sagte er es – ganz egal, wo er war oder wen es betraf.«

»Das klingt herausfordernd«, erwiderte Sarah trocken, und Schmidt lachte. »War es. Aber er war nicht bösartig; eher unbeholfen im persönlichen Umgang, und das konnte ich nachfühlen.«

Nach und nach gesellten sich weitere Gäste zu ihrer Runde und begannen Schmidt auszufragen. Eine besonders eifrige Dame stieß Sarah den Ellenbogen in die Seite, sodass der Kaffee in ihrer Tasse gefährlich nahe an den Rand schwappte. Resigniert löste sie sich aus dem Pulk und suchte sich einen neuen Platz neben einem schmucken Sekretär aus Kirschholz.

Adolf stellte sich zu ihr. »Wirklich ein vergnüglicher Abend; Pauline hat etwas verpasst. Ich genieße natürlich besonders das gemeinsame Musizieren.«

»Kommst du denn jetzt überhaupt noch dazu?«, fragte Sarah.

Er seufzte. »Solche Anlässe wie heute sind die Ausnahme,

aber nicht Hedwigs wegen. Und die Proben des Orchesters laufen weiter, auch wenn wir uns dafür im Moment nicht bei uns zu Hause treffen. Zum Glück verleiht mir die Musik Energie; die vielen Kirchensitzungen sind anstrengender.« Er strich sich über das Gesicht, und jetzt, da er so nahe neben ihr stand, fielen Sarah die dunklen Schatten unter seinen Augen auf.

»Das glaube ich dir. Ich hoffe, ihr beiden habt wieder einmal etwas freie Zeit«, erwiderte sie mitfühlend.

»Das war in der Tat ganz unterhaltsam.« Lukas Triebold war zu ihnen getreten. »Wobei ich sagen muss, dass unser lieber Eberwein es mit seiner Grenchner Geschichte etwas übertreibt.«

»Immerhin weiß er sie anschaulich darzustellen«, erwiderte Adolf freundlich.

Gelächter driftete von der Gruppe um Schmidt zu ihnen. Triebold starrte hinüber, bevor er sein Glas in einem Zug leerte. »Das kann man von Kollege Schmidt nicht behaupten. Er hat den Charme eines Mistkäfers. Glas! Mich interessiert Glas erst, wenn es einen ansprechenden Inhalt hat.« Er hob seines hoch, lächelte schief und drehte sich um. »Ich werde für Nachschub sorgen müssen.« Damit tauchte er in der Menge ab, um kurz darauf mit einem vollen Glas in eine andere Ecke des Raumes zu streben, wo er missmutig an seinem Wein nippte.

Eine unangenehme Stille breitete sich in der kleinen Gruppe aus. Triebold hatte offenkundig scherzen wollen, aber die Härte in seiner Stimme strafte diese Intention Lügen. Die Kirchenuhr, die sich diesen Moment aussuchte, um zehn Uhr zu schlagen, brach das betretene Schweigen.

»Ich sollte mich auf den Weg machen«, sagte Sarah.

»Ich begleite dich«, erwiderte Adolf. »Ich möchte Pauline nicht zu lange allein lassen. Und Joseph wollte auch nicht zu spät nach Hause; vielleicht kommt er gleich mit.« Er eilte davon, und Sarah dankte im Stillen der Vorsehung. Mit Jenny hatte sie nicht mehr sprechen können, aber da Lehrer Eberwein in der Bielstraße wohnte, konnte sie zumindest ihn auf den paar Hundert Metern Fußmarsch noch in die Zange nehmen.

Nachdem Adolf den Lehrer aufgetrieben hatte, verabschiedeten sie sich mit herzlichen Worten des Dankes von Gastgeber Feremutsch und begaben sich gemeinsam auf den Heimweg. Eine Weile schritten sie schweigend aus; die Temperaturen luden nicht zum Schlendern ein.

»Das war wundervoll, Herr Eberwein«, begann Sarah zögernd. Er schien nicht der Mann zu sein, der sich gern schmeicheln ließ oder Überschwänglichkeit mochte, und sie wollte ihn nicht abstoßen.

»Aus Ihrem Mund nehme ich das als Kompliment«, erwiderte er freundlich. »Als Lehrerin und Tochter eines Archivars sind Sie sicher besser vertraut mit dem Thema als die meisten anderen Herren und Damen.«

»Ich habe selbst nie Geschichte unterrichtet, aber sie fasziniert mich. Es scheint mir schwierig, die Gegenwart zu verstehen, ohne die Vergangenheit zu kennen – sowohl im persönlichen Leben als auch auf der Ebene von Staaten und Völkern.«

»Ganz meine Meinung«, erwiderte er lebhaft. »Was wir nicht lernen, wiederholen wir. Man sehe sich nur den Streit zwischen den Konfessionen an. Jeder dachte, das sei nach dem Bürgerkrieg vor einem Vierteljahrhundert vorbei.«

»Über dieses Thema müssen Sie sich einmal mit meinem Vater unterhalten«, erwiderte Sarah lächelnd. »Allerdings sollten sie ein paar Stunden Zeit einplanen und Sitzleder mitbringen.«

Sie waren beim Haus der Schild-Hugis angekommen und verabschiedeten sich von Adolf, der sich von Eberwein versprechen ließ, dass Sarah bis zur Haustüre unter männlichem Schutz stehen würde. Nun galt es, noch etwas aus Eberwein herauszuholen.

»Was denken Sie, wie die Tragödie mit dem jungen Blösch zustande kam? Liegt die Antwort auch in der Vergangenheit?«, fragte sie ihn.

Eberwein lachte kurz. »Da bin ich überfragt. Ich kannte den Jungen nicht gut.«

»Aber Sie kennen das Institut Breidenstein. Pauline hat mir erzählt, dass Sie einer der Lehrer sind, die mit Herrn Breidenstein hier angefangen haben. Haben Sie niemanden in Verdacht?«

»Nicht wirklich. Dass man den Jungen getötet hat, bevor Geld geflossen ist, deutet auf einen Affekt hin, was mich nicht überrascht. David hat sich mit allen Lehrern und Angestellten angelegt. Ich hatte mehr Glück als die anderen, aber ganz verschont blieb ich nicht.« Er seufzte. »Es ist eine Verschwendung und eine Tragödie. Mir schien, dass er sich in seinem zweiten Jahr stark gesteigert hatte und sich einzuleben begann. Er blühte auf, vor allem in den Naturwissenschaften. Ein Jammer.«

Eberwein schwenkte nun um und erzählte ihr ein paar weitere faszinierende Geschichten aus Grenchens Römerzeit, und bevor sie noch einmal einhaken konnte, waren sie bereits bei Rosas Häuschen angekommen. Mit erneutem Dank für die Begleitung verabschiedete Sarah sich von ihm und sah ihm nach, bis die Dunkelheit seine kräftige Gestalt verschluckte.

Konnte sie mit den Resultaten ihrer Befragungen zufrieden sein? Mit David, so viel stand fest, hatten alle auch Negatives in Verbindung gebracht. Am wärmsten hatte Lehrer Schmidt über ihn gesprochen, aber auch er hatte unter dem jungen Genie gelitten. Und Marthaler hatte seltsam auf ihre Fragen nach seiner Familie reagiert. Auch Triebold hatte gemischte Antworten gegeben, aber es fiel ihr seltsam schwer, sich an die Details zu erinnern; stärker als seine Antworten blieb ihr seine eigenartige Anziehungskraft in Erinnerung. Ein Adonis war er nicht, aber er hatte es fertiggebracht, ihr in den wenigen Minuten ihrer Unterhaltung das Gefühl zu geben, sie sei der Mittelpunkt seines Universums – und so einem Gefühl konnte man sich schwer entziehen. Sicher war sie nicht die Einzige, auf die er diesen Charme verwendet hatte. Marie könnte sich einmal auf Institut Breidenstein unter den Dienstmädchen umhören; vielleicht hatte das eine oder andere etwas zu erzählen, das es der Polizei nicht anvertrauen würde.

Der Pilger, der von Grenchen aus den Aufstieg zur Kapelle Allerheiligen in Angriff nimmt, sieht von Weitem nur das Kreuz auf der Spitze des bescheidenen Gotteshauses. Wenn er sich geduldig die kurvenreiche Straße hinaufbewegt, kommt nach und nach der schmale Turm in sein Blickfeld, gefolgt vom Ziegeldach; darunter, weiß getüncht, der Hauptbau mit der aufgemalten Uhr an der Südseite. Und dahinter, je nach Jahreszeit rot-braun, grün oder weiß gefärbt, zieht sich der bewaldete Jurarücken über den Horizont. Die Wallfahrtsherberge hingegen liegt in einer kleinen Senke, die sie dem Blick des Wanderers entzieht. Dort, sicher ruhend vor den scharfen Winden des Nordens, Westens und Ostens, wartet sie auf den Pilger, den es nach sättigendem Brot hungert.

Die heutigen Pilger, oder besser Pilgerinnen, waren in der Tat hungrig. Sarah knöpfte ihren Mantel auf und ließ sich auf einen der Holzstühle fallen, beobachtet von Pauline, die ihr einen amüsierten Blick zuwarf. »Bist du schon müde? Das war ein leichter Spaziergang; sogar ich konnte den bewältigen! Im Sommer geht's auf den Grenchenberg, dann kann ich Hedwig mitnehmen. Und du kannst lernen, was wandern heißt!«

»Dein Grenchenberg ist nichts gegen Luzerns Pilatus! Der ist über zweitausend Meter hoch.«

»Aber er gehört nicht wirklich zu Luzern. Wir haben unseren eigenen Hausberg!«

»Hausberg ist etwas viel gesagt. Nur Bäume und ein paar Felsen.«

»Wirst du aufhören, den Jura schlechtzumachen? Das gehört sich nicht, wenn man eine richtige Grenchnerin sein will.«

»Jetzt ist Schluss.« Rosa klopfte auf den alten Holztisch. »Ich habe euch nicht eingeladen, um ein Ortsgefecht auszuführen. Wir wollen ein feines Essen genießen und Sarah würdig verabschieden.«

Als hätte sie auf das Stichwort gewartet, kam die Wirtin an ihren Tisch und nahm ihre Bestellungen auf, um schon bald mit dampfenden Tellern voller dürrer Bohnen, Kartoffeln und glänzender Speckschwarten zurückzukehren. Sarah zog den herrlichen Duft in ihre Nase. Der Samstag war mit den Reisevorbereitungen im Nu verflogen, dann heute die Messe – sie war kaum einen Moment zur Ruhe gekommen. Rosas Einladung in die Herberge war nicht nur eine willkommene Ablenkung; vor allem genoss sie es, die Freundinnen noch einmal zu sehen, bevor sie in den hinteren Jura reiste. Auch Marie hatte sich ihnen angeschlossen. Ihre Wangen waren gerötet, ihre Augen blitzten, und der fröhliche Appetit, mit dem sie auf ihre Kartoffeln einstach, freute Sarahs Herz.

»Wie weit bist du mit der Packerei?«, fragte ihre Freundin gerade.

»Fast fertig, nur die Werkzeugtasche fehlt noch.«

»Und wie wirst du reisen?«, fragte Pauline.

»Herr Schneider sagte, ich könne mit Herrn Blösch fahren – dem Vater des armen David. Er muss geschäftlich in den Jura und nimmt mich in seiner Kutsche mit.«

Rosa hob die Brauen. »Das dürfte eine traurige Reise werden.«

»Kann sein, aber zumindest muss ich nicht mit allen möglichen fremden Leuten in einer engen Kutsche sitzen.«

Pauline drückte ihr den Arm. »Bonfol wird sicher aufregend. Ich freue mich so für dich!«

»Ich mich auch. Es ist nur schade, dass ich Paul nicht mehr gesehen habe.« Sie seufzte.

»Aber denk nur: Schon bald wird er in Bettlach wohnen – dann seid ihr nur noch wenige Kilometer voneinander entfernt«, erwiderte Pauline. »Und für ihn ist endlich Schluss mit den vielen Überstunden in der Kammfabrik!«

»Du hast recht. Und wir wollen uns viel schreiben. Das müsst ihr auch tun!«

Nach allseitigem zustimmendem Nicken widmeten sich die Freundinnen ihrem Mittagessen, und kurz darauf waren die Teller leer gefegt. Sarah bestellte eine Runde Kaffee und blickte lächelnd auf Pauline und Marie, die gerade über Dienstmädchenpflichten sprachen. Doch als ihr Blick auf Rosa fiel, stahl sich leise Unruhe in ihr Herz. Ihre Freundin bemühte sich, unbeschwert zu wirken, aber sobald sie nicht direkt am Gespräch beteiligt war, sank sie in sich zusammen. Trotz des

Aufstiegs in der Wintersonne war ihr Gesicht blass und bedrückt. Entschlossen setzte Sarah sich auf und beugte sich über den zerkratzten Holztisch.

»Ihr Lieben, wir müssen Rosa helfen, oder besser gesagt Ruedi. Ich sehe dir an, dass du dir Sorgen machst. Es ist etwas vorgefallen, nicht wahr?«

Rosa nickte widerwillig. »Am Freitag hat Korporal Ringgenberg mit Ruedi gesprochen, und er hat es richtig mit der Angst bekommen.«

»Warum denn?«

»Ihm schien, dass der Korporal ihn am meisten verdächtigt.« Rosa erhob sich aufgeregt und lief auf und ab. »Lächerlich! Ruedi mag sich in Worten vertun, aber er würde niemals Hand an jemanden legen.«

»Ich bin mir sicher, das finden auch die Landjäger heraus«, erwiderte Sarah beruhigend. »Und du kennst Ringgenberg; er kann grimmig wirken, wenn man ihn nicht kennt.«

»Ich weiß, aber Ruedis Angst nimmt mich mit«, antwortete Rosa. Sie knetete den Kragen ihres feinen Sonntagsgewands, bis er von ihrem Hals abstand wie ein Fledermausflügel, und in ihren Augen glänzten Tränen. »Ruedi ist mir ein Bruder geworden, seit Fred nicht mehr lebt. Er hat mir mit einem Batzen ausgeholfen, als es mir nicht gut ging, obwohl er selbst knapp war. Immer schmückt er Freds Grab so liebevoll und wunderschön. Er ist der gutmütigste Mensch, den ich kenne, und er leidet unter den Verdächtigungen. Heute ist er nicht einmal in die Messe gekommen, weil er die Blicke der Leute nicht erträgt. Es ist schrecklich, ihn so zu sehen.« Sie holte ein Taschentuch hervor, tupfte sich damit die Augen ab und sah die Freundinnen entschuldigend an. »Das war jetzt ein Ausbruch! Aber es hat so auf mir gelastet, und dabei wollte ich euch doch damit in Ruhe lassen.«

Sarah griff nach Rosas Hand. »Warum denn? Wir sind deine Freundinnen, du sollst uns alles sagen. Und jetzt müssen wir handeln!«

Sie nahm einen Schluck vom Kaffee, den die Serviertochter gerade gebracht hatte. »Marie, du hast mir erzählt, dass Ringgenberg mit Triebold, Schmidt, Jenny und Eberwein gesprochen hat. Am Freitag konnte ich mit dreien von ihnen und mit dem Präfekten sprechen; nur mit Jenny nicht. Ich glaube, von den Lehrern hatte jeder ein Problem mit David, auch der Präfekt. Gibt es noch andere Möglichkeiten? Wer geht in Breidenstein ein und aus?«

»Na zum Beispiel ich«, warf Marie grinsend ein. »Also die Dienstmädchen, die Köchin, die Krankenschwester, die Kanzleifrau … das dürfte es sein. Und gerade fällt mir ein: Kürzlich hat Ringgenberg mit zwei Dienstmädchen gesprochen, die am Freitag immer zusammen freihaben.«

»Na also! Schon wissen wir mehr.« Sarah legte die Hände auf den zerkratzten Eichentisch. »Wir vier sollten in der Lage sein, auch das herauszufinden, was die Leute den Landjägern verschweigen – meint ihr nicht auch?«

In Rosas dunklen Augen glomm Hoffnung auf. »Was stellst du dir vor?«

»Dass wir unsere Stärken auspacken und unsere Beziehungen spielen lassen. Du, Rosa, befragst die Köchin in Breidenstein – die hattest du doch kürzlich zu Kaffee und Kuchen bei uns, nicht wahr? Marie redet mit den Dienstmädchen. Frag sie nach Triebold aus; ich könnte mir vorstellen, dass er mit mehr als einer angebandelt hat.«

»Und ich werde den Präfekten und die Lehrer, die Ringgenberg befragt hat, zu uns nach Hause einladen«, warf Pauline eifrig ein. »Wir können einen Konzertabend veranstalten. Vorsteher Marthaler spielt leidlich Klavier, und Jenny singt ja hervorragend.« Sie hob die Brauen. »Übrigens habe ich am letzten Freitag zufällig eine Unterhaltung mitgehört, in der sich Jenny bissig über David geäußert hat – etwas wie ›bösartiger kleiner Troll‹.«

»Sieh mal an! Da sollten wir nachbohren«, erwiderte Sarah. »Ich werde versuchen, auf der Reise nach Bonfol mehr von Herrn Blösch zu erfahren. In Bonfol kann ich nichts weiter ausrichten, aber ich werde Korporal Ringgenberg schreiben. Er hat mir am Freitag gesagt, dass er den Fall abgeben muss. Das wäre eine Katastrophe; ich werde ihm einheizen, dass er sich nicht abschütteln lassen soll, und ihn darum bitten, mich auf dem Laufenden zu halten.«

Rosa runzelte die Stirn. »Und du glaubst, dass er damit einverstanden sein wird?«

»Immerhin haben du und ich letztes Jahr viel zur Lösung der Mordfälle beigetragen. Es ist einen Versuch wert! Und hier vor Ort musst du die Zügel in der Hand halten, Rosa.«

Entschlossen nickte ihre Freundin. »Das mache ich! Und jetzt essen wir noch einen feinen Chappeli-Kuchen!«

Sarah atmete auf. Das klang wieder nach der Rosa, die sie kannte und liebte! Mit neu erwachtem Appetit verschlang sie ihr Stück des berühmten Kuchens, den die Wirtin auf Rosas Geheiß gebracht hatte, und nach einer letzten Runde Kaffee machten sich die Freundinnen auf den Rückweg. Knapp unterhalb der Kapelle passierten sie kurz darauf die beiden berühmten Bäume, die schneebedeckt in den grellblauen Winterhimmel ragten und, wenn man in einem bestimmten Winkel vor ihnen stand, wie ein einziger Baum wirkten. Während sie daran vorbei in Richtung Huppergrube und Waldrand spazierten, strich Sarah verstohlen über die kalte Rinde. Hier hatte sie mit Paul gesessen bei ihrem ersten Spaziergang; hier hatte er auf einer Ähre herumgekaut und sehnsüchtig auf den Bauernhof geblickt, der weiter unten an der Straße stand. Hatte ihr seine Träume anvertraut, obwohl sie sich kaum gekannt hatten.

Hundert Meter vor ihr schwenkte Pauline, die einen strammen Schritt vorlegte, plötzlich vom Weg ab auf das weite Feld und stapfte durch die dicke Schneedecke – so energisch und tatkräftig, als sei Hedwigs Geburt schon eine Ewigkeit her. Wie machte sie das nur? Egal, es sah zu verlockend aus, um es ihr nicht nachzutun. Und so rannte Sarah mit Marie und Rosa auf Pauline zu, um sie einzuholen. Wie das stiebende Glitzern ringsherum die Sinne weckte, und wie erfrischend war die flaumige Kälte des Schnees auf ihrem Gesicht! Während sie ihre drei Kameradinnen betrachtete, die sorglos wie junge Zicklein durch den Schnee sprangen, lachte Sarah laut, und eine Wärme, der Schnee und Eis nichts anhaben konnten, erfüllte ihre Brust. Wie wunderbar war es, Freundinnen zu haben!

Eine gute Stunde später kam sie, nass und nun doch etwas durchgefroren, mit Rosa wieder daheim an. Sarah eilte in ihr Zimmer, schälte sich aus den nassen Kleidern und zog sich etwas Trockenes über. Der Holzkoffer, den sie für ihre Werkzeuge nutzte, harrte ihrer bereits. Liebevoll strich sie über ihre Werkzeuge und Utensilien: die Feilen und den Flachschleifer, der sie an ihre ersten Lehrstunden erinnerte und den sie in mühsamer Schleiferei selbst angefertigt hatte. Nicht die spannendste Arbeit einer Uhrmacherin – und eine, die sie bis heute nicht wirklich gut beherrschte! Dann der Satz Drehherzen in den Größen 0 bis 36, der Dreikantsenker, den sie ebenfalls selbst hergestellt hatte, Lupen, Pinzetten und Zangen, Ölnäpfchen, eine Putzflasche – ihr schwirrte der Kopf, und während sie das glänzende Messing betrachtete, war ihr, als hörte sie Lehrmeister Flurys dramatisch erhobene Stimme, sähe seinen Zeigefinger, mit dem er die Bedeutung seiner Worte unterstrich: »Das Werkzeug des Uhrmachers ist gewissermaßen ein Stück seiner selbst! Es begleitet ihn vom ersten Tage seiner Lehrzeit an bis zu dem Tag, an dem er seine letzte Uhr repariert.«

Ein Klopfen riss Sarah aus ihren Gedanken. »Rosa, schau dir an ...« Sie drehte sich um und stockte.

Es war Paul, der in der Tür stand; fast genau wie beim ersten Mal, als sie sich im Hause Schneider gesehen hatten. Aber heute leuchteten seine Augen warm und freudig. Sie sprang auf, eilte auf ihn zu und griff nach seiner Hand. »Wie kommst du denn hierher? Ich dachte, du müsstest arbeiten!«

Er nahm ihre beiden Hände und umschloss sie mit seinen kräftigen, schlanken Fingern. »Ich konnte dich nicht gehen lassen, ohne dich noch einmal zu sehen. Daher habe ich durchgesetzt, dass ich früher aufhören konnte, habe noch den Pächter besucht und dafür gesorgt, dass es für einen Besuch bei dir reicht.« Er hob eine Hand und strich ihr eine widerspenstige Locke hinters Ohr. »Freust du dich?«

»Überhaupt nicht!« Sie lachte und schlang die Arme um ihn. »Das ist das schönste Geschenk, das du mir machen konntest.«

»Das habe ich gehofft«, erwiderte er lächelnd. »So vergisst du mich nicht unter all den Jurassiern! Aber sag, kann ich dir helfen?« Er warf einen Blick auf ihre Werkzeuge. »Wunderbar sehen die aus!«

»Gern. Du kennst ja alles!«

In einträchtigem Schweigen platzierten sie, nebeneinander am Sekretär stehend, die Werkzeuge in den vorgesehenen Fächern. Erneut erfüllte eine glühende Wärme Sarahs Brust. Erst jetzt, da Paul gekommen war, wurde ihr bewusst, wie sehr es sie geschmerzt hatte, ihn nicht mehr zu sehen. In nur fünfzehn Minuten hatten sie alles fachkundig verpackt, und Sarah lächelte ihn dankbar an. »Tausend Dank! Trinken wir noch einen Tee zusammen?«

»Ich muss zurück; der letzte Zug fährt bald ab.« Er schloss sie in die Arme und drückte sie an sich. »Trag dir Sorge und vergiss mich nicht.«

Paul senkte den Kopf, um sie zu küssen, und seine warmen Lippen fühlten sich tröstend und aufregend zugleich an. Nach einer gefühlten, einfach wunderbaren Ewigkeit lösten sie sich voneinander, und er ging ohne weitere Worte. Das Glimmen in Sarahs Herzen hielt an, während sie ihm aus dem Fenster nachsah, wie er eilig gen Bahnhof zog. Dann sah sie auf ihren Koffer und die Werkzeugtasche hinab; gepackt und bereit für das Abenteuer Bonfol. Prickelnde Aufregung stieg in ihr hoch. Mit Pauls Segen zu gehen war noch einmal etwas anderes. Sie würde diese Zeit gut nutzen, würde ihr Französisch verbessern und so viel über das Handwerk lernen, wie sie nur konnte. Jetzt stand dem nichts mehr im Weg!

Nach dem Lärm auf der Wache war Viktors Büro ein willkommener Hort der Ruhe. Gideon ließ sich mit einem erleichterten Seufzen auf den Stuhl vor dem Pult fallen. »Alles, wie es soll, bei dir?«

»Immer doch.« Viktor lächelte unbekümmert. »Was führt dich zu mir?«

»Wie wäre es mit Sehnsucht? Du hast dich die ganze Woche nicht gemeldet. Ich fühle mich vernachlässigt.« Gideon ließ seine Stockzähne aufblitzen, aber er hörte den Hauch Wahrheit in seinen Worten.

»Du klingst wie ein Weibsbild«, entgegnete Viktor seufzend. »Ich weiß, es war mal anders. Urs raubt uns jede freie Minute. Immerhin habe ich diese Woche Judith ausgeführt.«

»Das gehört sich! Guter Mann.« Gideon räusperte sich, zog den Brief aus der Tasche und warf ihn auf den Tisch. »Den habe ich von Fräulein Siegwart bekommen. Ich wäre damit einverstanden, und was den ersten Teil betrifft: Kannst du mich unterstützen?«

Viktor griff nach dem Brief und ließ seine gewieften

Juristenaugen über den Bogen gleiten. »Bezüglich des ersten Teils stimme ich ihr zu. Du solltest den Fall in Grenchen behalten, Friedli ist der Sache nicht gewachsen. Ich werde mich bei Wittmer für dich einsetzen, aber du weißt ja, wie er ist. Da wir Freunde sind, sieht er ein Eingeständnis seinerseits als Schwäche an, oder als Komplizenschaft beim innersolothurnischen Filz.«

»Ich weiß. Tu, was du kannst, ich werde auch mit ihm reden.«

»Die andere Sache ist heikler. Sie will über den Fall informiert werden? Das ist nicht üblich, um nicht zu sagen fast gesetzwidrig.«

»Der Fall geht ihr nahe. Die Schwägerin des Hauptverdächtigen – Rosa Schubiger – ist ihre Freundin und Schlummermutter.«

»Das macht es noch heikler. Du müsstest sehr restriktiv sein.«

»Das ist mir klar«, erwiderte Gideon. »Aber erinnere dich, was sie im letzten Jahr zur Lösung der Fälle im Haus Schneider beigetragen hat. Welches Risiko sie eingegangen ist.«

»Ich weiß. Allerdings gibt mir das mit dem Risiko zu denken. Sie weiß manchmal nicht, was klug ist. Darin erinnert sie mich an einen gewissen Landjäger.«

»Bitte? Ich bin die Vernunft in Person. Außerdem bin ich mir sicher, dass ihr das Erlebnis noch in den Knochen sitzt. Das riskiert sie kein zweites Mal.« Er stand auf. »Du bist also einverstanden, wenn ich mit ihr in Kontakt bleibe? Dann warte ich auf ihre Koordinaten aus Bonfol.«

Viktor nickte. »Wie gesagt – mit Augenmaß. Ich vertraue

deinem Urteil. Dem ihres Vorgesetzten allerdings weniger. Bonfol? Jetzt?«

»Das habe ich auch gedacht«, erwiderte Gideon. »Bern schickt drei Scharfschützenbataillons in das Kaff. Da ist das Militär in der Überzahl!«

»Was wollen die dort? Ein paar romtreue Katholiken verhaften? Die Reformierten sind nicht ganz bei Trost, was wieder eine meiner Theorien bestätigt«, ergänzte Viktor grinsend.

Gideon lachte. »Ich gehe. Du hast genug Gift versprüht.«

»Warte! Du hast mir gar nichts über den Fall erzählt. Was haben deine Gespräche ergeben? Hat Friedli noch etwas ausgegraben?«

»Friedli müht sich redlich ab, die Vorgeschichten der vier Lehrer zu ergründen«, erwiderte Gideon. Er griff nach einem Brieföffner auf Viktors Pult und drehte ihn nachdenklich in den Händen. »Ein Alibi hat keiner. Die meisten Lehrer hatten Ärger mit David Blösch, verbrachten aber ab und zu Zeit mit ihm.« Er grinste. »Zu Triebold hat Friedli eine vielsagende Information ausgegraben. Er hat ein exzellentes Zeugnis aus Sarnen erhalten, aber laut einem Lehrerkollegen beruhte das vor allem auf dem Wunsch des Direktors, Triebold aus dem Umfeld seiner Frau zu entfernen, mit der er herumpoussiert hat. Das erstaunt mich nicht. Jenny scheint nichts auf dem Kerbholz zu haben mit Ausnahme einer Verwarnung, die er in seiner ersten Stelle in Wolfwil erhalten hat. Offenbar hat er ein paar Leserbriefe geschrieben, die dem Schulleiter zu viel politischen Zündstoff enthielten. Die Informationen zu Schmidt und Eberwein müssen teilweise in Württemberg und Bayern eingeholt werden; eine zähe Angelegenheit. Der Präfekt hat sich am Freitag auch noch herabgelassen, mit mir zu sprechen. Kein sympathischer Typ; meint wohl, er sei etwas Besseres. Er habe in seinem Arbeitsraum Berichte gelesen. Du siehst, die Fortschritte halten sich in Grenzen. Friedli hört sich heute im Ort noch zu Ruedi Schubiger um, und ich muss mich wieder einmal den administrativen Geschichten widmen. Ich mache mich also mal lieber auf den Weg.«

»Aber nicht mit meinem Brieföffner«, erwiderte Viktor mit erhobenen Brauen.

Gideon lachte, warf das Corpus Delicti auf Viktors Tisch und verabschiedete sich von seinem Freund. Eine halbe Stunde später saß er in seinem Büro an der Personalplanung; eines der Arbeitsgebiete, die er gern anderen überlassen hätte. Der Januar hatte Brandherde aufgezeigt, die man in den Folgemonaten würde beobachten müssen, ganz zu schweigen von der heiklen Angelegenheit in Grenchen. Nach zwei Stunden war er annähernd zufrieden mit dem Ergebnis seiner Mühen, allerdings klafften noch hier und da Lücken im Plan, und manche heiklen Gegenden waren zu dünn besetzt. Aber er würde es nicht ändern können, solange es nicht zu einer Personalaufstockung kam. Und sich bei Wittmer zu beklagen hatte noch nie gefruchtet.

»Herr Korporal?« Landjäger Wyss steckte den Kopf in sein Büro. »Der Leutnant will Sie sprechen.«

»Ich komme.«

Natürlich wollte Wittmer das. Es war fast unheimlich, wie er genau dann, wenn man seinen Namen im Kopf hatte, Witterung aufzunehmen schien. Aber gut, dass Wittmer ihn kommen ließ, dann konnte er ihn noch einmal auf die Grenchen-

Sache ansprechen. Vielleicht würde er einlenken. Wittmer war ein fähiger Polizist mit einer Ausnahmekarriere, aber etwas gar willfährig, wenn es um die Ansprüche der Politik ging. Das war zumindest Gideons bescheidene Meinung, und die würde er für sich behalten.

Wittmer schien seinerseits über Papieren zu grübeln. Im rechten Auge trug er ein Monokel, das ihm ein fast intellektuelles Habit verlieh. Ob er es deshalb trug? Das Quietschen der Tür beantwortete er mit einer vagen Handbewegung, die Gideon vor sein Pult führte.

Er setzte sich. »Sie wollten mich sprechen?«

»Sie wissen, warum, nicht wahr, Herr Korporal?« Wittmer inspizierte Gideon vom Scheitel bis zur Sohle, als wäre er ein Rekrut, bei dem man kontrollieren musste, ob er sich korrekt angezogen hatte. »Der Amtsgerichtspräsident hat mir eine Nachricht überbringen lassen. Es mag Sie ehren, dass er so große Stücke auf Sie hält, aber wir wissen beide, dass er Ihr Freund ist. Was soll ich daraus machen?«

»Sie wissen, dass Herr von Arx nicht eingreifen würde, wenn er nicht von der Richtigkeit seiner Anfrage überzeugt wäre. Friedli ist noch zu unerfahren.«

»Und wie soll er es lernen? Wir alle haben am Anfang Fehler gemacht.«

Dieses Eingeständnis kam überraschend. Zumindest auf dem Papier hatte Gideon nie auch nur ansatzweise negative Informationen über den Leutnant gefunden, und noch weniger hätte er erwartet, dass Wittmer sich dazu herablassen würde, Schwächen einzugestehen.

Wittmer schien seine Gedanken lesen zu können. »Es ist

nicht in jedem Fall so spektakulär wie bei Ihnen, aber auch ich habe meine Lernprozesse hinter mir. Wir sollten sie auch Friedli erlauben.«

»Aber in so einem Fall?« Gideon beugte sich vor. »Es sei denn, es geht Ihnen darum, mich von allem fernzuhalten.«

»Sie wissen, worum es mir geht«, erwiderte Wittmer kurz. »Ihre Fähigkeiten sind unbestritten, aber die Spannungen zwischen den Konfessionen sind nicht zu unterschätzen.«

»Ich habe Ihnen gesagt, dass ich bei Herrn Blösch keinerlei Opposition festgestellt habe, und inzwischen weiß er, was ich bin«, erwiderte Gideon fest. »Wenn, dann hat er Mühe mit den Christkatholiken in Grenchen, wie alle Romtreuen.«

»Vielleicht hat er sich nur nichts anmerken lassen.«

»Jedenfalls scheint er sich nicht beschwert zu haben. Und denken Sie daran, dass die Eltern dieser Breidenstein-Zöglinge beträchtlichen Einfluss haben. Denen dürften unsere konfessionellen Streitereien egal sein, aber nicht unbedingt, ob wir einen unerfahrenen Landjäger mit der Sache betrauen. Lassen Sie mich weitermachen. Ich kann Friedli einweisen und Führung geben.«

Eine Weile betrachtete Wittmer ihn schweigend. Schließlich nickte er. »Mit den Eltern könnten Sie recht haben. Ich verlasse mich auf Sie, Herr Korporal. Und Sie halten mich über alles auf dem Laufenden. Ich will nicht von hanebüchenen Aktionen überrascht werden.«

»Selbstverständlich.«

Gideon kehrte in sein Büro zurück und unterdrückte mit Mühe ein triumphierendes Grinsen. Jetzt würde er zeigen, was er konnte! Nicht einmal Friedli würde ihm den Fall vermasseln.

Die Eisblumen am Kutschenfenster waren herrlich anzusehen – graziös und fein wie Spinnweben, ein Wunderwerk der
Natur. Leider waren sie bisher das einzig Schöne an dieser
Fahrt. Sarah zog die Hände aus den Manteltaschen und
hauchte sie an, um sie anzuwärmen, aber es half wenig. Resigniert steckte sie sie wieder hinein und bewegte die Zehen in
den Schuhen. Ihr Atem hing in der Luft wie Gespensterhauch.

Sie hatte sich auf die Fahrt gefreut. Der sonntägliche
Abendhimmel hatte schönes Wetter versprochen für die Reise
durch die Jurahügel bis ins ferne Bonfol; über siebzig Kilometer und rund sieben Stunden reine Fahrzeit. Aber bisher
war es eine trübselige Angelegenheit. Anstatt eines blauen
Winterhimmels hatte Petrus eine blassgraue Wolkendecke geliefert, die tief über dem hügeligen Land lag. Herr Blösch, der
ihr zusammengesunken gegenübersaß, starrte mit leerem Blick
aus dem Eisblumenfenster. Viel konnte er kaum erkennen,
aber es war offensichtlich, dass er ohnehin nichts wahrnahm.
Er musste um die vierzig Jahre alt sein, wirkte aber wie ein
alter Mann. Bei seinem Anblick hatte sie jeden Gedanken, ihn

über seinen Sohn auszufragen, beiseitegeschoben, und seit sie sich vor vier Stunden auf den Weg gemacht hatten, war kein Wort aus seinem Mund gekommen. Erst hatte sie gehofft, sie könne dafür in Ruhe über dies und das nachdenken, aber auch da hatte sie sich geirrt. Die Stille war bedrückend und lähmte ihre Gedanken. Wenn der Mann nur reden würde! Aber momentan sah es so gar nicht danach aus. Sarah beugte sich mit einem unterdrückten Seufzen über das Buch, das ihr Lehrmeister Flury mitgegeben hatte und das sie auf »die Gegebenheiten vor Ort vorbereiten« sollte. Viel Interessantes gab es über das winzige Dorf allerdings nicht zu sagen. Es lag am äußersten Zipfel des Kantons Bern und grenzte seit 1871 an das Deutsche Reich, als dieses das Elsass erobert hatte. Das Nachbardorf Beurnevésin lag seitdem am Dreiländereck mit den Nachbargemeinden Réchesy, das bei Frankreich verblieben war, und Pfetterhausen, das wie das übrige Elsass an das Deutsche Reich gegangen war. Immerhin erfuhr sie, dass Bonfol 1136 erstmals urkundlich erwähnt wurde, zu Deutsch einst »Pumpfel« hieß und die wechselvolle Geschichte des Bezirks Ajoie teilte, der 1271 zum ersten Mal an das Fürstbistum Basel kam. Vom 16. bis zum 18. Jahrhundert gehörte es zum Amt Coeuve und – man staune – von 1793 bis 1815 zu Frankreich, wo es zuerst Teil des Département du Mont-Terrible und ab 1800 mit dem Département Haut-Rhin verbunden war. Erst beim Wiener Kongress kam das Dorf 1815 zum Kanton Bern. Sie blätterte gähnend weiter. Ein Kaff, gegen das sogar Grenchen wie ein industrielles Zentrum wirkte!

Plötzlich hob Herr Blösch den Kopf, zog seine Taschenuhr aus dem Wams und klopfte mit einem Stock an die Kutschendecke. Kurz darauf bogen sie in eine Nebenstraße ab und hielten vor einem Gasthof.

»Wir machen eine Mittagsrast«, erklärte er, erhob sich und stieg von der Kutsche. Sarah folgte ihm in das Wirtshaus, wo sie sich an einen Tisch setzten und innert kürzester Zeit von einem stämmigen Mann, der sich als Wirt des Gasthofs vorstellte, ehrerbietig nach ihren Wünschen gefragt wurden. Die Aura des begüterten Gastes, die erfahrenen Wirtsleuten nie entging, hatte Herrn Blösch offenkundig auch der jüngste Schicksalsschlag nicht rauben können. Er bestellte Mahlzeit und Getränke wie jemand, der es gewohnt ist, Aufträge zu erteilen, und der georderte Imbiss stand so schnell auf dem Tisch, als hätte eines von Rosas geliebten biblischen Wundern stattgefunden. Der saftige Kalbsbraten war exquisit, aber es blieb still. Den Blick auf seinen Teller gerichtet, kaute Blösch stumm, schluckte, steckte die Gabel wieder in ein Stück Fleisch, als müsse er einen Berg besteigen.

So ging es nicht weiter. Sie musste den Mann dazu bringen, sich mitzuteilen. Sie legte ihre Gabel hin und beugte sich vor. »Sind Sie oft im Jura unterwegs, Herr Blösch?«

Er hob den Kopf so langsam, als tauche er aus tiefem Wasser auf. »Ich habe hier Geschäftspartner.«

»Herr Schneider hat erzählt, Sie seien ein Handelsmann. Womit handeln Sie?«

»Vor allem mit Geschirr«, erwiderte er. Schon senkte er den Kopf wieder.

Mit Geschirr! Das hätte sie nicht gedacht.

»Mein Schwiegervater hat das Geschäft aufgebaut«, ergänzte er nun. »Er hat keine eigenen Söhne, und ich habe es

146

gern für ihn weitergeführt, auch wenn ich nicht die gleiche Leidenschaft dafür hatte wie er – oder das Gespür.«

»Und deshalb fahren Sie nach Bonfol? Ich dachte, es sei für die Uhrenindustrie bekannt.«

»Erst seit ein paar Jahrzehnten«, erwiderte er. »Lange Zeit waren Töpferwaren sein größter Export. Ganz fabelhaft, was sie dort herstellen.« Ein Anflug von Begeisterung blitzte in seinen Augen auf, dann erlosch der Funke wieder. »Ich überlege mir, das Geschäft aufzugeben. Es macht mir keine Freude mehr, und meine Frau, der es viel bedeutet hat, dass ich das Erbe ihres Vaters fortführe, ist vor zwei Jahren an Schwindsucht gestorben. Und jetzt habe ich auch niemanden mehr, für den ich es bewahren kann.«

Hoffnungslosigkeit und Trauer drückten den Mann wie eine bleierne Decke auf seinen Stuhl, und in Sarahs Augen begannen Tränen zu brennen. Aber obwohl es nicht danach aussah, war sie überzeugt, dass es Herrn Blösch wohltat, Worte für seine Trauer zu finden. Zu gut erinnerte sie sich an ihr eigenes Unvermögen, nach dem Tod von Hannes über ihre Gefühle zu sprechen, und wie erlösend es dann gewesen war, sich jemandem zu öffnen. In ihrem Fall war es Albert Pfyffer gewesen – Hannes' Vater, der wie Herr Blösch mit dem Verlust seiner Frau und dem seines einzigen Sohnes hatte leben lernen müssen.

»Haben Sie noch andere Verwandte?«, fragte Sarah mitfühlend.

»Eine Schwester«, erwiderte er. »Aber sie lebt im Welschland, und wir haben uns nie nahegestanden. Als meine Frau starb, ist sie zur Beerdigung gekommen. Seither haben wir uns nicht mehr gesehen.« Er trank einen Schluck von dem Wein, den der Wirt mit übertriebenen Bücklingen an ihren Tisch gebracht hatte. »Mein Sohn war mein Ein und Alles. Und ich hatte solche Hoffnungen, seit er in Breidenstein war.« Jetzt glänzten das erste Mal Tränen in seinen Augen. »Er war immer ein schwieriges Kind, aber ich merkte früh, dass es an seiner Intelligenz lag. Lange hat mir das niemand geglaubt. Erst auf Breidenstein ist er aufgeblüht, wie ich es nie für möglich gehalten hätte! Bis Ende des letzten Jahres.«

»Was ist passiert?«

»Ich weiß es nicht. Als er vor Weihnachten heimkam, war er wie früher: hat sich in seinem Zimmer verkrochen, seine Nase in Bücher gesteckt. Ich konnte ihn nur mit Mühe dazu überreden, nach Breidenstein zurückzukehren. Er war wütend und bockig wie nie zuvor. Als ich ihn vor Breidenstein abgesetzt habe, sagte ich: ›Denk daran, wie es dir gefallen hat! Du hast doch Freunde gefunden!‹ Aber er sagte nur: ›Das ist vorbei. Alles Lügner und Betrüger.‹ Dann ist er hineingegangen. Da habe ich ihn zum letzten Mal gesehen.« Er schloss die Augen, sein Mund zitterte.

Zögernd streckte Sarah den Arm über den Tisch und legte ihre Hand auf seine. »Es tut mir so leid«, sagte sie leise.

Er lächelte schwach und nickte nur, bevor er den beflissenen Wirt an den Tisch winkte, zahlte und aufstand. Bedrückt folgte Sarah seiner dünnen, gebeugten Gestalt zur Kutsche. Wie lernte man, mit so einem Verlust zu leben? Sie hatte mit Hannes ihren Liebsten verloren, aber die Frau und das Kind! Es musste ihn unfassbar quälen, dass er seinen Sohn – natürlich unwissentlich – zurück nach Breidenstein in ein so entsetzliches Ende geschickt hatte.

Es war zappenduster, als sie in Bonfol vor dem Haus hielten, in dem Sarahs vorübergehende Schlummermutter wohnte. Wie der Ort aussah, konnte sie nicht ausmachen, aber im Moment war es ihr auch egal. Sie war erschöpft, und das nicht nur von der weiten Fahrt. Rasch verabschiedete sie sich von Herrn Blösch und griff nach ihrem Koffer. Jetzt nur noch ein weiches Bett, dann würde sie schlafen wie noch nie.

Die Tür des niedrigen Häuschens wurde mit einem energischen Schlag geöffnet. Aus dem Inneren drang sanftes Licht, das die ältere Frau, die dort stand, wie ein Ganzkörper-Heiligenschein umstrahlte. Sie trat einen Schritt vor und streckte ein Paar kräftige Arme aus.

»*Bonjour, ma petite! Soyez bienvenue à Bonfol!*«

Verwirrt lächelte Sarah die Madame an. Sprach sie kein Deutsch? Herr Schneider hatte ihr versichert, dass ihre Gastgeberin zweisprachig war; sie konnte nur hoffen, dass er sich nicht geirrt hatte. Es reichte, dass ihr Lehrmeister nur Französisch sprach. Und was sollte sie antworten? Selbst die einfachsten Sätze wollten ihr nicht über die Lippen kommen.

Zum Glück bemerkte die Madame nichts davon. Behänder, als man es ihr zugetraut hätte, kam sie auf Sarah zu, und schon umschlossen sie die kräftigen Arme. Mit ihren Proportionen und dem dunklen, kräftigen Haar hatte sie Ähnlichkeit mit Madame George, der Bordellmutter des Fleur, aber sie wirkte weniger bedrohlich. Sie tätschelte Sarahs Arm, griff nach dem Koffer und zog sie ins Haus.

»*Voilà!* Mein bescheidenes Heim. Ich bin Madame Bregnard. Nehmen Sie Platz, meine Liebe.« Sie deutete auf einen Sessel nahe dem Cheminée.

Madame Bregnard sprach doch Deutsch! Ein Glück! Sarah setzte sich erleichtert und lehnte sich in das weiche Polster. Endlich in der Wärme und unter dem Hintern etwas Angenehmeres als die harte Kutschbank. Derweil hatte Madame Bregnard, ununterbrochen schnatternd, eine Tasse Tee vor sie hingestellt. Sarah nippte dankbar daran und versuchte herauszufinden, wovon die Madame sprach. Ihr Akzent erschwerte dieses Vorhaben, genauso wie die Tatsache, dass sie im Sitzen hätte einschlafen können.

»Gut, nicht?«, fragte Madame vergnügt. »Kräuter aus der Gegend, die ich immer trocknen tu. Mein Rodolphe hat ihn geliebt, als er noch lebte. Und wie war die Fahrt? Lang, nicht wahr? Woher kommen Sie? Grenchen? Da war ich nie. War fast nie irgendwo außer hier.« Sie lachte zufrieden, stand auf und verschwand in einem anderen Raum. Es rumorte und raschelte, dann kehrte sie mit einem blau-weiß gemusterten Teller zurück, auf dem Guetzli von der Größe eines Desserttellers lagen.

»Hier, nehmen Sie! Sie müssen ausgehungert sein.« Auffordernd sah sie Sarah an, die zögernd nach einem der Guetzli griff und davon abbiss. Köstlich!

»Selbst gemacht«, sagte Witwe Bregnard zufrieden. »Die Schale hat mein Rodolphe getöpfert. Sehen Sie die Inschrift? *Donne-nous aujourd'hui notre pain de ce jour.* Unser täglich Brot gib uns heute. Rodolphe hat oft gesagt, in der Schale habe es immer zu wenig Brot und zu viele *Bisquits!*« Sie lachte schallend.

»Ihr Mann hat im Töpfereigewerbe gearbeitet?« Vielleicht half es, wenn sie den Redestrom mit Fragen unterbrach. Witwe

Bregnard war das Gegenteil des armen Herrn Blösch, aber vielleicht war das Hilfsmittel das gleiche.

»Sein Leben lang! Aber heute ist das nicht mehr viel wert. Überall nur Uhren.« Sie tätschelte Sarahs Arm. »Nichts für ungut, *ma chère!* Mich stören nicht die Uhren, nur, was die Patrons mit der Kirche unseres Herrn machen. Alles Ketzer und Heiden! Wenn unser Herrgott nur eingreifen wollte!«

Sie warf einen seelenvollen Blick an die Wand vis-à-vis des Cheminées, an der ein gewaltiges Kruzifix aus Kupfer hing. Die flackernden Flammen erweckten den beunruhigenden Anschein, dass der Herrgott gleich vom Kreuz steigen würde. Ob der Effekt gewollt war? Jetzt erst fiel Sarah auf, dass in der ganzen Wohnung Nippes und Heiligenbilder verteilt waren.

»Sie kommen aus frommem Haus, hab ich gehört.« Witwe Bregnard nickte wohlwollend, und ihr Kinn legte sich in mehrere Ringe. »Das ist gut.«

Sarah senkte den Kopf und rührte in ihrem Tee. Es war schön, wegen ihrer romtreuen Familie einmal nicht mit Argwohn beäugt zu werden, aber sie taugte nicht zum »Pfeiler des rechten Glaubens«. So lächelte und nickte sie nur, was füglich reichte, um Witwe Bregnard in Fahrt zu bringen.

»Sie können sich nicht vorstellen, was bei uns los ist«, fuhr diese fort, nach einem weiteren Guetzli greifend. »Unser lieber Pfarrer wurde verhaftet! Sie werfen ihm vor, er habe uns aufgefordert, die Ketzer zu meucheln. Eine böse Verleumdung! Jetzt belagert das Berner Militär unser Dorf, frisst unsere Vorräte, stellt unseren braven Jungfern nach und bringt fromme Bürger ins Gefängnis. Der *Anzeiger* hat recht: Es fehlt nur noch die Guillotine!« Sie atmete schwer und warf wieder einen Hilfe suchenden Blick auf ihren Kupfer-Jesus, während Sarah verstohlen ein Gähnen unterdrückte.

Nicht verstohlen genug, denn die Witwe erhob sich rasch. »Sie sind müde. Kommen Sie! Ich zeige Ihnen Ihr Zimmer; wir können morgen weitersprechen.«

Erleichtert folgte ihr Sarah in das bescheidene Zimmerchen. Auch hier gab es ein Kruzifix, aber es war kleiner und hing über dem schmalen Bett, sodass sie es nicht sehen konnte, wenn sie darin lag. Ein grobes Holztischchen, ein Stuhl, ein Kleiderschrank – der Raum wirkte fast wie ein Mönchszelle. Aber sie brauchte hier ja auch nicht mehr, und gerade jetzt war das Bett ihr einziger Begehr. Nachdem sich die Madame mit inbrünstigen Segenswünschen zurückgezogen hatte, zog Sarah sich um und legte sich nach einer Katzenwäsche ins Bett. Sie war sich sicher, dass sie schnell einschlafen würde, doch nach einer halben Stunde lag sie immer noch wach und starrte an die Decke. Ihr brummte der Schädel wegen all der Informationen von Madame, doch fast noch mehr beschäftigte sie Herr Blösch und das, was er erzählt hatte. Wer mochten diese Gleichgesinnten sein, die Freunde, die David gefunden hatte? Und was hatte er gemeint, als er von Lügnern und Betrügern sprach? Vielleicht brachten Rosa, Pauline oder Marie etwas darüber in Erfahrung; sie würde sie danach fragen. Ob der Korporal davon wusste? Sicher hatte er mit Herrn Blösch gesprochen; sie würde ihn am besten nicht schon jetzt mit einem Brief belästigen. Aber die plötzliche Veränderung in David musste von Bedeutung sein.

»Ce n'est pas du tout ce que j'ai attendu de vous.« Maître Corbat
schüttelte den Kopf und sah sie über seine halbmondförmi-
gen Brillengläser hinweg grimmig an. Das Corpus Delicti, eine
Achse, die sie hatte geraderichten sollen, hielt er mit spitzen
Fingern vor ihre Nase wie eine zerbissene Zeitung vor die
eines jungen Hundes.

Sarah nickte ergeben. *»Oui*, Monsieur Corbat.« Das hatte sie
den ganzen Tag sagen müssen, während ihr hiesiger Lehrmeister ihr seine Vorträge hielt. Auch wenn sie wegen seines dicken
Akzents wenig verstand, ließ sein Gesichtsausdruck keinen
Zweifel an seinem Gemütszustand aufkommen.

Als wären die Tiraden ihres Lehrmeisters ein unangeneh-
mer Platzregen, beugten sich die anderen Angestellten in dem
niedrigen Raum tiefer über ihre Tische. Dicke, nasse Flocken
klebten an den lang gezogenen, schmutzigen Fenstern.

Seufzend griff Sarah nach dem Federhaus und setzte sich
wieder an ihren Platz. Der Tag hatte von Anfang an unter
einem schlechten Stern gestanden. Noch voller Optimismus
war sie vor dem Morgengrauen in ihren blauen Kittel ge-

schlüpft, die Werkzeugtasche unter dem Arm, und hatte sich, Madame Bregnards Wegbeschreibung im Kopf, auf zu Corbats Uhrenbude gemacht. Aber die Angaben der Madame waren so sprunghaft gewesen wie alles andere, was sie von sich gab, und Sarah wäre beinahe zu spät gekommen. In der Nacht hatten sich die Temperaturen erhöht, und anstelle von pulvrigem Schnee bedeckte nun grauer Matsch die Straßen. Mehr rennend als gehend, war Sarah auch noch in eine Pfütze getreten, was ihr Schmutzspritzer bis hinauf zu ihrem Kittel beschert hatte. Kurz darauf hatte sie ihren neuen Lehrmeister das erste Mal enttäuscht, als er fragte, ob sie die Messe beim *nouveau prêtre* besuchen würde, und sie verneint hatte. Vater hatte ihr vor der Abfahrt geschrieben und ihr eingeschärft, dass sie in einem Gotteshaus, in dem ein »Ketzer-Pfarrer« residierte, nichts zu suchen hatte. Was nützte ihr nun die romtreue Schlummermutter?

Endlich hatte sie das Federhaus fertig, das sie zögernd dem Maître überreichte. Der betrachtete es mit geschürzten Lippen, nickte dann und gab es ihr mit gutturalen Lauten zurück. Falls sie ihn richtig verstanden hatte, meinte er, dass es gut sei, sie aber viel zu viel Zeit dafür gebraucht hatte.

»*Je vais essayer de travailler plus vite*«, erwiderte sie rasch.

Er riss die Augen auf. »*Pas essayer!* Nicht versuchen. Machen!«

Ein weiteres Mal nickte sie und wollte sich eben wieder an ihren Platz setzen, als sich alle anderen geschäftig erhoben und ihre Sachen zusammenpackten. Feierabend! Erleichtert tat Sarah es ihnen nach und trat vor die Tür auf die schmutzige Hauptstraße, die sich leicht gekrümmt durch das Dörflein zog.

Immer noch schneite es in nassen, dicken Flocken, und ein starker Westwind riss an ihren Kleidern. Die Straße säumten einfache ein- und zweistöckige Steinhäuser, und wie in vielen Dörfern stach die Kirche aus den graubraunen Wohnstätten heraus; ein prächtiges Bauwerk mit einer rot-grün karierten, wie eine Zwiebel geformten Turmspitze. Sonst sah das Dorf aus wie jedes andere – wären nicht karmesinrote Farbtupfer zwischen den dunkelbrauen und grauen Mänteln der nach Hause eilenden Dorfbewohner hervorgeblitzt: Militärs, zu Fuß oder hoch zu Ross, die durch die Straßen patrouillierten und jedem, der ihnen begegnete, scharfe Blicke zuwarfen.

Unbehaglich beschleunigte Sarah ihre Schritte. So war es in Luzern gewesen, als sie ein kleiner Knopf gewesen war: Straßen voller uniformierter Männer mit Bajonetten, die einen ansahen, als hätte man etwas verbrochen oder führe zumindest Böses im Schilde. Was um Himmels willen hatten die *Bonfolois* angestellt?

Nachdem sie den Spießrutenlaufen überstanden und – Dank sei Gott – ohne Zwischenfälle im Hause Bregnard angekommen war, besaß sie die Dreistigkeit, diese Frage Madame Bregnard zu stellen.

»Rien, naturellement.« Empört stellte die Witwe Sarah einen Teller hin, in dem ein Kartoffeleintopf dampfte. »Wir sind Bewahrer des wahren Glaubens, aber die Berner sehen das anders! Darum hat man unsere Pfarrer entlassen und uns diesen Heiden vor die Nase gesetzt. Da haben wir uns am Dreikönigstag gewehrt, und schon haben wir *le militaire* am Hals. Den anderen jurassischen Dörfern geht's nicht anders. In Pruntrut wurde Dekan Hornstein verhaftet!« Sie griff sich

eine Tranche Speck von einem Holzbrett, das in der Tischmitte stand, und trank einen Schluck Wein dazu. »Früher war es anders. Als das Töpfereiwesen unser Stolz war, die Glasereien. Aber vielleicht kommt es wieder.« Sie tätschelte Sarahs Hand. »Sie kommen mit in die Messe, ja? Jetzt erst recht!«

Sie hatte sich eifrig vorgebeugt und musterte ihr Gegenüber voller Erwartung, und Sarah nickte ergeben. Sie hatte hier nicht viel anderes zu tun, außer zu arbeiten – und jetzt noch zu beten! Fast hätte sie gelacht.

Madame Bregnard, hocherfreut über diese Zusage, packte noch ein paar Schauergeschichten über die Berner obendrauf, während sie Sarah einen zweiten Teller Suppe brachte. Ihre ausdrucksvollen Augen weiteten sich bei der Erzählung, und in ihrer Gestik machte sie beinahe Lehrmeister Flury Konkurrenz. Zum Abschluss servierte sie zu einer letzten Geschichte einen Mürbekuchen und einen Kaffee. Mehr als gesättigt, zog Sarah sich schließlich entschuldigend in ihr Zimmerchen zurück. Am liebsten hätte sie sich gleich schlafen gelegt. Die vielen Begegnungen dieses ersten Arbeitstages hatten sie ausgelaugt, und von ihrem ersten Tag bei Monsieur Corbat hatte sie sich mehr erhofft. Zweifellos würde sie noch härter arbeiten müssen, wenn sie hier bestehen wollte. Entschlossen stand sie auf, wusch sich das Gesicht mit etwas kaltem Wasser und setzte sich mit ihrem Lehrbuch an das Tischchen. Wie Vater sagen würde: »*Per aspera ad astra* – Über raue Pfade gelangt man zu den Sternen!«

»Ich habe keine Zeit. Ich erwarte eine große Lieferung.«

Unwirsch deutete die dunkelhaarige Frau auf einen niedrigen Hocker, und Sarah setzte sich resigniert. Ob es in diesem Dorf auch gut gelaunte Menschen gab? Dennoch lächelte sie höflich. Sie musste Madame Vigueret bei Laune halten; Monsieur Corbat hatte sie als eine der besten Steinschleiferinnen auf dem Globus angepriesen, und sie wollte möglichst viel von ihr lernen.

Das Atelier der Madame befand sich im obersten Stock eines schmalen, zweigeschossigen Hauses, das nicht aussah, als verberge sich hinter seinen Mauern eine Meisterin ihres Fachs. Auch das Atelier, in dem sie arbeitete, war winzig; Staub bedeckte die groben Bodenbretter, und die Fensterchen starrten vor Schmutz. Nur mit Mühe drang die Sonne in den Raum und beleuchtete mehr schlecht als recht die zerkratzten Holztischchen, auf denen die Schleifmaschinen standen.

Ein wenig ermutigender Anblick, aber er passte zu den letzten beiden Tagen bei Monsieur Corbat. Nach wie vor bekundete Sarah größte Mühe, dessen Französisch zu verstehen, und mit den paar Brocken Deutsch, die er ihr ab und zu gnädig zuwarf, war es nicht besser. Am schlimmsten jedoch war der kritisch-zweifelnde Blick, mit dem der Maître sie bisweilen von der Seite ansah, wenn er meinte, dass sie es nicht merkte. Nun gut, das alles mochte sein, wie es wollte: Heute würde sie ihr Bestes geben, um die Scharten auszuwetzen.

Die Madame setzte sich ebenfalls. »Was hat Ihnen der Maître erzählt? Ich will es nicht wiederholen.«

»Er hat gesagt, dass die Steinschleiferei hier ein bedeutender Geschäftszweig ist und dass Sie nach Biel und Grenchen liefern. Und dass die Auswahl der rohen Rubine für die Lagersteine wichtig ist.«

»Und welche Rubine sind die richtigen?« Prüfend musterte Madame Vigueret sie, und Sarah spürte ihren Puls steigen. Auf ein mündliches Examen hatte sie sich nicht vorbereitet. Sie hatte gestern erst um Mitternacht die Lichter gelöscht, und nun vermengten sich in ihrem Kopf all die Informationen, die sie sich einverleibt hatte, zu einem riesigen, unentwirrbaren Knäuel. Endlich erinnerte sie sich an den Teil über die Rubine und setzte sich erleichtert auf.

»Rote Steine, die man Rubine nennt, gibt es von der Gattung des Spinells, des Korunds und des Topases. Der orientalische Rubin ist der beste«, begann sie. »Kenner verwerfen Spinell- und Balais-Rubine, Letztere wegen der geringeren Härte. Der Balais hat die Farbe von Weinessig und keinen milchigen Reflex. Der orientalische hat eine violette Farbe und ein samtartiges Ansehen. Die rote Farbe des Spinells ist reiner und durchsichtiger. Der orientalische hat aber einen lebhafteren Glanz, und vor allem ist er härter. Für die Verwendung in der Uhrmacherei kommt also der orientalische Rubin vor dem Saphir und dieser vor dem Chrysolith. Der Rubin-Spinell von schöner Farbe kann mit dem orientalischen verwechselt werden.«

Madame Vigueret nickte zufrieden. »Die Steinschneider hatten lange das Problem der unterschiedlichen Härte der Steine«, erklärte sie. »Sie zersplitterten, weil die Schneider den Stein nicht der Kristallisationsachse entlang schnitten. Man suchte kleine, flache Steine und schnitt sie nach Form, ohne auf die innere Struktur zu achten. Haben Sie den Dumontier-Jurgenssen schon ausgelesen?«

»Noch nicht, aber der Maître hat mir ein Exemplar gegeben,

mit dem ich angefangen habe.« Sarah seufzte innerlich. Das war der unbestrittene Höhepunkt des ersten Tages gewesen: als Corbat ihr dieses verflixte Buch in die Hand gedrückt hatte, von dem Fabrice gesprochen hatte. Immerhin würde sie so ihren Kollegen nicht danach fragen müssen, und Corbat hatte ihr sogar eine deutsche Ausgabe besorgt. »Ich werde es so bald wie möglich fertiglesen.«

»Das sollten Sie. Aber jetzt passen Sie auf.«

Madame Vigueret schüttete einige Steine aus einem Papierbriefchen, wie Sarah sie aus der Werkstatt kannte, auf ihre Arbeitsfläche und begann mit der Arbeit, während Sarah versuchte, keinen ihrer Handgriffe zu verpassen. Das stellte sich als schwierig heraus, weil die Madame keinerlei Rücksicht hinsichtlich ihrer Arbeitsgeschwindigkeit nahm. Bevor Sarah irgendetwas erkennen konnte, befestigte Madame Vigueret bereits einen neuen Stein in der Maschine, stand auf und wies Sarah an, Platz zu nehmen. »Jetzt Sie.«

Zögernd beugte Sarah sich über die Maschine, setzte das Pedal vorsichtig in Gang und näherte den Schleifstein mit der Diamantspitze dem eingeklemmten Rubin. Die Diamantspitze griff, aber der Stein zerbrach mit einem Knacken. Die Madame blitzte Sarah wütend an und setzte einen neuen Stein ein. »Probieren Sie es noch einmal. Aber vorsichtiger!«

Unter dem sengenden Blick von Madame Vigueret, der ihr ein Loch zwischen die Schulterblätter zu brennen schien, beugte sich Sarah erneut über das Gerät. Ihre Hände zitterten, und sie hielt kurz inne. Ruhig bleiben. Sie atmete tief durch, trat das Pedal und näherte die Spitze wieder dem Rubin in der Mitte. Ganz zart setzte sie an – der Stein hielt. Jetzt konnte sie

159

sehen, wie sich der Rand rundete, ganz langsam, und die Form annahm, die ... ein Knacken, dann zersprang auch dieser Stein. Mit einem wütenden Ausruf, den sie nicht verstand, riss Madame Vigueret das Papierbriefchen mit den Steinen vom Tisch. »So geht das nicht. Gehen Sie.« Sie wedelte mit den Händen, als ginge von Sarah ein schlechter Geruch aus – der Geruch des Versagens wahrscheinlich. Geknickt schlich Sarah in Richtung Tür.

»Mademoiselle!«, bellte die Madame, und Sarah drehte sich noch einmal um.

»Gehen Sie zwei Häuser weiter zu Mademoiselle Dubois und sagen Sie ihr, ich hätte Sie geschickt. Und richten Sie Monsieur Corbat aus, ich könne keine Lehrlinge mehr nehmen. Ich habe keine Zeit für diesen Unsinn.«

Sarah nickte stumm und schlich die enge Treppe hinunter. Ob sie es überhaupt noch versuchen sollte? Am liebsten wäre sie zurück zu ihrer Schlummermutter geflohen.

Hörst du dir eigentlich zu? So schnell gibst du nicht auf!

Abrupt richtete sie sich auf und atmete tief durch. Diese innere Stimme hörte sie zum ersten Mal; sie klang ein wenig wie die ihres Vaters, aber auch wie die von Rosa. Und beide hatten recht. Mit neuem Mut stieg sie zwei Häuser weiter die Treppe hoch und klopfte an der Holztür. Die junge Frau, die ihr öffnete, hatte ein freundliches Lächeln auf den Lippen und blondes, gelocktes Haar, das im Schein der Petroleumlampe leuchtete. Sarah atmete auf. Nachdem sie Mademoiselle Dubois erklärt hatte, warum sie hier war, lotste diese sie umstandslos zu einem Arbeitsplatz und erklärte ihr ausführlich, wie die Maschine zusammengesetzt war. Auch begann sie nicht sofort mit dem Einsetzen des Steins, sondern erläuterte ihr erst die Auswahl.

»Wenn Sie einen Stein in der richtigen Größe gewählt haben, überprüfen Sie, ob er hart genug ist«, erklärte sie. »Dafür versuchen Sie ihn mit einem sehr harten Grabstichel oder einer harten Feile anzuritzen. Als Zweites können Sie prüfen, ob der Stein seine Farbe in der Gluthitze behält, und als Drittes polieren Sie ihn mit Diamantpulver. Ein Stein, der nicht hart genug ist, wird durch den Diamanten zerkratzt. Danach befestigen Sie ihn mit Siegellack auf einem Stück Messing, sehen Sie?«

Mademoiselle Dubois nahm sich viel Zeit, um ihr die Handgriffe zu zeigen, und als Sarah sich an die Maschine setzte, ging sie Schritt für Schritt mit ihr durch den Prozess, führte ihren Arm und leitete sie präzise an. Sarah atmete erleichtert auf, als ihr Stein dem Druck standhielt. Es schien ewig zu dauern, bis er die richtige Form hatte und das Zapfenloch saß, aber schließlich hatte sie es geschafft.

»Das war ein guter Anfang.« Mademoiselle Dubois lächelte aufmunternd. »Damit man die Steine verwenden kann, müssen sie exakter geschliffen sein, aber das lernt man nicht an einem Tag. Versuchen Sie einen zweiten Stein.«

Mit neuem Mut beugte sich Sarah wieder über die Schleifmaschine und setzte den neuen Stein ein. Langsam bekam sie ein Gefühl für die filigrane Diamantspitze, die den Stein so exakt zu formen vermochte. Auch der zweite Stein hielt der Behandlung stand – Gott sei Dank. Und wie die Steine funkelten, wenn man sie richtig schliff! Ermutigt griff sie nach einem weiteren Stein und fuhr mit der Arbeit fort, und als Mademoiselle Dupont nach einer gefühlten halben Stunde wieder zu ihr kam, hatte sich der Himmel hinter dem quadratischen Dachfensterchen bereits verdunkelt.

»Leider habe ich keine Zeit mehr für Sie«, sagte die Mademoiselle. »Aber kommen Sie ruhig an einem anderen Tag wieder. Ich helfe gern.«

»Das ist nett von Ihnen. Haben Sie vielen Dank!«

Zufrieden stieg Sarah die Treppe hinunter. Zum Glück hatte sie nicht aufgegeben! Allerdings schmerzten ihre Augen und Finger von der ungewohnten Arbeit, und ihr Kopf pochte von all dem neuen Wissen, das sie heute hatte aufnehmen müssen – nicht zu vergessen die Stunden, die sie gestern Abend noch in die Lektüre investiert hatte! Sie würde rasch in ihrem Zimmer verschwinden.

Nur hatte sie diese Rechnung ohne Madame Bregnard gemacht: Als sie eine Viertelstunde später in deren Häuschen ankam, kam ihr die Schlummermutter eifrig entgegen. »Wie ist es gegangen, meine Liebe? Kommen Sie, nehmen wir vor dem Nachtessen einen Tee.«

Innerlich seufzend folgte ihr Sarah in die kleine Stube, setzte sich und nahm ihr Getränk entgegen. »Ich habe mich heute recht dumm angestellt«, erwiderte sie dann. »Mir sind bei der einen Schleiferin zwei Steine zersprungen. Sie hat mich weggeschickt und war recht unhöflich. Meinen Sie, es liegt daran, dass ich römisch-katholisch bin?«

Madame Bregnard kaute beherzt. »Wie hieß sie denn?«

»Madame Vigueret.«

Witwe Bregnard schüttelte den Kopf. »Die Viguerets sind romtreu, auch wenn Valérie in diesem Metier arbeitet. Und machen Sie sich nichts daraus. Das wird schon!«

Sarah seufzte. »Was der Maître über mich sagt, wird das Urteil meines Lehrmeisters beeinflussen. Er wird sich nicht freuen, dass ich weggeschickt wurde.«

»Es ist nicht aller Tage Abend! Ich habe etwas für Sie.« Sie griff in ihre Schürze. »Gleich zwei Briefe! Das wird Sie aufheitern.«

»Das tut es schon!« Erfreut griff Sarah nach den beiden Umschlägen und drückte sie an die Brust. »Stört es Sie, wenn ich den Tee in meinem Zimmer trinke? Ich würde vor dem Nachtessen gern die Briefe lesen.«

»Machen Sie nur, Kind!«, antwortete Witwe Bregnard lächelnd.

Sarah eilte in ihr Zimmer. Ob einer der Briefe von Paul war? In der Hektik dieser ersten drei Tage war sie kaum dazu gekommen, an ihn zu denken, geschweige denn, ihm oder ihren Freundinnen zu schreiben. Sie setzte sich aufs Bett und drehte die Briefe gespannt um. Einer war von Rosa, einer von Pauline, aber nichts von Paul. Wie schade! Aber Rosa und Pauline waren neben Paul und ihrer Familie die liebsten Menschen in ihrem Leben. Wie war es ihnen wohl ergangen?

Sie begann mit dem Brief Rosas, die von der Köchin auf Breidenstein erfahren hatte, dass David Blösch auch in der Küche unbeliebt gewesen war. Ständig habe er Sachen stibitzt! Das klang allerdings nicht gerade nach einem Mordmotiv. Außerdem habe man ihn nie mit anderen Schülern gesehen, was dafür sprach, dass er sich einen Lehrer als Vertrauensperson ausgesucht hatte. Marie, schrieb Rosa weiter, habe mit den anderen Dienstmädchen über den Direktor, den Präfekten und die Lehrer gesprochen. Natürlich waren die Lehrer für die Dienstmädchen willkommene Objekte der Schwärmerei, und Triebold stand besonders hoch im Kurs. Allerdings hatte keine zugegeben, etwas mit ihm gehabt zu haben: Eine Liebschaft konnte mit Kündigung enden; sowohl für das Mädchen als auch für Triebold. Die beiden Dienstmädchen, die am Freitag freihatten, seien über Maries Nachfrage nicht begeistert gewesen und hätten sie kurzerhand abgefertigt. Zwei andere hätten gekichert, als sie Lehrer Triebold erwähnte; eins von ihnen sei blutrot angelaufen. Marie war sich sicher, dass ein Techtelmechtel dahintersteckte, und würde das Mädchen noch einmal allein befragen. Noch bemerkenswerter sei allerdings, dass eines der Mädchen – es hieß Regina – seltsam auf die Fragen reagiert habe und Marie seither ausweiche. Sie versprach, auch hier so bald wie möglich nachzuhaken. Die anderen Lehrer hätten nicht so enthusiastische, aber auch keine negativen Reaktionen hervorgerufen. Eberwein mochten sie gern, Schmidt fänden sie langweilig, und Turnlehrer Jenny rühmten sie, weil er beim Direktor eine Lohnerhöhung für sie erwirkt habe. Über den Direktor selbst hätten sie nichts Schlechtes zu sagen gehabt, aber die Erwähnung des Präfekten habe üble Geschichten zutage gefördert: Er sei ein Wolf im Schafspelz des biederen Mannes, der sich gern an den Schwächsten vergriff. Bisher sei es bei Tätscheleien geblieben, aber die Dienstmädchen seien sich sicher, dass er es bei sich bietender Gelegenheit nicht dabei belassen würde. Alle nähmen sich vor ihm in Acht. Im Haus Schneider, fuhr Rosa fort, laufe alles wie gewohnt, aber Herr Schneider habe Rosa bedrückt berichtet, dass die ersten mangelhaften Taschenuhren eingetroffen waren und er sie gerade untersuchen lasse. Hoffentlich kläre sich diese Angelegenheit bald.

Mit dieser pessimistischen Note endete der Brief. Bedrückt legte Sarah die Seiten weg und griff stattdessen nach Paulines Brief. Hoffentlich wusste sie Erfreulicheres zu berichten! Und sie hatte nicht umsonst gehofft: Schon nach dem ersten Blick auf die Zeilen in der markanten Schrift hob sich ihre Stimmung, und fast hörte sie das schallende Lachen und sah Paulines frisches Gesicht vor sich. Sie hatte am Dienstag die Lehrer von Breidenstein bei sich verköstigt und danach eine Jassrunde angehängt. Über den Fall des jungen David war nicht gesprochen worden, aber es sei spannend, wie sich der Charakter beim Kartenspiel zeige.

Triebold schiebt, auch wenn er nur einen Dreifärber in der Hand hält. Außerdem neigt er dazu, seinem Jasspartner Zeichen zu geben, und macht munter Bemerkungen, die sein Spiel verraten sollen. Das hat Jenny gar nicht gern gesehen; er kann laut werden, wenn es nicht sauber zu- und hergeht! Schmidt spielt überraschend gewitzt, wenn man bedenkt, dass er erst ein Jahr in der Schweiz lebt. Außerdem kann er sich problemlos die gespielten Karten merken. Freund Eberwein spielt etwas chaotisch; ihm bedeutet Gewinnen nichts, zum Ärger seiner jeweiligen Partner. Wir hatten auch Präfekt Marthaler dabei; der hat wenig Erfahrung, während der Direktor sich gut geschlagen hat. Übrigens hat dir Lukas Triebold Grüße ausrichten lassen.

Bei diesem letzten Satz sah sie das Augenzwinkern der Freundin deutlich vor sich. Lächelnd legte sie beide Briefe zur Seite. Ihre Freundinnen hatten sich ins Zeug gelegt; nun war sie an der Reihe. Nach dem Abendessen würde sie Ringgenberg schreiben und sich erkundigen, ob es Neuigkeiten gab.

Sie hatte vor ihrer Abfahrt nichts mehr von ihm gehört. Es war frustrierend, hier zu sitzen und nichts tun zu können, vor allem, nachdem ihr bisheriges Wirken hier so wenig berauschend war.

Paul schlich sich in ihre Gedanken. Sosehr sie sich über die Briefe ihrer Freundinnen freute: Es wäre ein schönes Zeichen seiner Verbundenheit gewesen, wenn er ihr ebenfalls geschrieben hätte! Aber sie musste fair sein; sie war erst seit ein paar Tagen hier, und wahrscheinlich war er noch vollauf mit seinem Umzug nach Bettlach beschäftigt. Sie würde sich jetzt erst einmal beim Korporal in Erinnerung rufen, um zumindest indirekt zur Lösung des neuen Grenchner Kriminalfalls beizutragen. Und danach würde sie gleich die Briefe ihrer Freundinnen beantworten.

»Kein Bier, einen Kaffee, bitte. Ich bin im Dienst.« Gideon setzte sich an den verwaisten Löwen-Stammtisch. Er hatte – so kam es ihm zumindest vor – kaum ausgeredet, als Euseb Girard ihm die Tasse mit dem dampfenden schwarzen Sud auch schon vor die Nase stellte.

»Guter Tag bei Ihnen?«, fragte Girard. Wie immer, wenn er mit Gideon sprach, schwang in seiner Stimme eine Mischung aus Höflichkeit und Misstrauen mit. Wahrscheinlich saß ihm noch die Schlägerei vom letztjährigen Fronleichnam in den Knochen, bei der Gideon hatte eingreifen müssen.

»Danke, es geht. Ich habe ein paar Fragen zu einem Ihrer Gäste – Ruedi Schubiger.«

»Friedli war schon hier. Hat mir eine halbe Stunde meiner Zeit gestohlen und ein lukratives Geschäft vermiest. Ich hätte zwei Fass Bier verkaufen können!«

Gideon nahm einen Schluck Kaffee. »Vielleicht ist Ihnen in der Zwischenzeit noch etwas eingefallen. Manchmal kommt einem bei einer späteren … Rekapitulation der Geschehnisse ein Detail in den Sinn, das vorher verschüttet war.«

Girard wirkte angemessen besänftigt, ja fast beeindruckt; es musste an der »Rekapitulation« liegen. Gott sei Dank! Die schändliche Wahrheit war, dass Friedli seine Notizen nicht mehr fand, sich aber sicher war, dass Girard »wichtige Hinweise« vermeldet hatte. Kein Ruhmesblatt für die Land-jägerei.

»Es wurde von verschiedener Seite geäußert, dass Herr Schubiger Geldprobleme hat«, sagte Gideon nun. »Dass er oft hat anschreiben lassen. Stimmt das?«

Girard nickte. »Meistens hat er seine Schulden in der Ad-ventszeit bezahlt, wenn er seinen Weihnachtsbatzen bekam, aber letztes Jahr nicht.«

»Haben Sie Druck gemacht?«

»Warum einen geschlagenen Hund treten?« Girard zuckte die Achseln. »Ruedi ist eine ehrliche Haut. Ich habe angenom-men, dass er zahlen wird, wenn er kann.«

»Hat er aber nicht. Oder doch?«

»Nein, aber er ist Mitte des Monats auf mich zugekommen. Das war seltsam.«

Gideon horchte auf. »Was war so besonders daran?«

»Er hat sich wegen der verspäteten Zahlung entschuldigt und versprochen, ich bekäme das Geld in einer Woche. Dann ist er eine Woche später wieder aufgetaucht und hat gesagt, es verzögere sich noch einmal.«

Die Angaben stimmten zeitlich mit dem Auftauchen des Erpresserbriefs überein. Es war denkbar, dass Ruedi dem Wirt die Zahlung versprochen hatte, weil er mit dem Lösegeld rech-nete, danach die Beherrschung verloren und den Jungen vor der Geldübergabe getötet hatte. Dann hätte er dem Wirt natürlich mitteilen müssen, dass ihm die Bezahlung noch nicht möglich war. Allerdings blieb die Frage offen, warum Schubiger den Jungen so hätte auftauchen lassen sollen, dass er zum alleinigen Verdächtigen wurde. Hatte er einfach angenommen, dass noch andere einen Schlüssel zum Raum hatten? Möglich war es; er war sicher nicht der schärfste Denker. »Wie wirkte er auf Sie? Anders als sonst?«

»Er schien wütend zu sein. Hat nichts getrunken und ist gleich wieder gegangen.«

Dankend nickte Gideon und leerte seine Tasse, was von Girard mit wahrnehmbarer Erleichterung registriert wurde, stand auf und verließ den Löwen in Richtung Solothurn. Es dunkelte schon ein, als er bei seiner Mutter eintraf. Ursprünglich hatte er ein Abendessen mit Viktor vereinbart, aber wie so oft in letzter Zeit hatte der abgesagt. Keuchhusten beim kleinen Urs! Natürlich fühlte er mit seinem Göttikind und den besorgten Eltern, aber es war trotzdem etwas frustrierend.

Sich die kalten Hände reibend, trat er in den schmalen Korridor, in dem es nach Rösti duftete. Lächelnd hängte er seinen Mantel auf. Er war nicht im Bernbiet aufgewachsen, aber im Hause Ringgenberg hatte es immer Rösti gegeben, wenn etwas Besonderes anstand oder wenn seine Mutter gespürt hatte, dass er Aufmunterung brauchte. Jetzt stand sie am Herd, mit jeder Faser konzentriert auf die gusseiserne Pfanne und das, was sich darin abspielte. Er trat hinter sie und legte die Hände auf ihre schmalen Schultern.

»Es duftet herrlich! Ich freue mich schon.«

Sie drehte sich lächelnd zu ihm um. »Nicht schlecht für ein Lückenbüßer-Essen, oder?« Sie winkte ab, als er widersprechen wollte. »Schon gut. Ich habe mich gefreut, dass du kommst.«

Während sie der Rösti den letzten Schliff gab, deckte er den Tisch, und kurz darauf setzten sie sich. Er erzählte ihr von seinem aktuellen Fall, dankbar für ihr mitfühlendes und geschultes Ohr. In all den Jahre an der Seite seines Vaters hatte sie zweifellos gelernt zuzuhören, und ihm tat es gut, alles loszuwerden.

»Wir haben noch nicht viel beisammen«, berichtete er. »Friedli hat nun immerhin Bescheid über die deutschen Lehrer erhalten, aber leider ist nichts dabei, was uns weiterhilft. Lehrer Eberwein ist nicht weiter aufgefallen, und über Schmidt ist nur herausgekommen, dass die Schule Hedingen keine Urkunde über sein Abitur hat. Das ist nicht ungewöhnlich; er hat 1866 abgeschlossen, als Sigmaringen besetzt war. Außerdem hat der gute Friedli mir ein Ei sondergleichen gelegt.« Er schüttelte den Kopf und nahm einen Schluck Wein. »Er schien auf guten Wegen – nichts mehr von den Geschichten im letzten Jahr, keine Etablissements. Aber heute ist er in einem Zustand auf der Wache erschienen, den du dir nicht vorstellen kannst. Er hat gerochen wie eine Brauerei! Und er kam extra nach Solothurn, um mir zu erzählen, dass er seine Befragungsnotizen nicht findet. Das müsste Konsequenzen haben, aber welche?«

»Kannst du nichts unternehmen?«, fragte seine Mutter.

»Nicht wirklich. Ich kann es Wittmer melden, aber der wird mir sagen, dass wir ohnehin zu wenig Landjäger haben. Der Lohn ist nicht so gut, dass wir einen riesigen Zustrom hätten. Es wäre weniger schlimm, wenn ich neben dem Grenchner

Drama nicht auch in Solothurn ständig ausbaden müsste, was andere vergeigen. Niemand nimmt den Beruf ernst!«

Mutter schaufelte eine zweite riesige Portion Rösti auf seinen Teller. »Vielleicht können sie es nicht besser.«

»Danke, Mutter – das ist nicht mein letztes Essen für diese Woche.« Er fuhr sich mit den Händen durch die Haare. »Es ist keine Frage des Könnens, sondern des Fleißes und des Einsatzes. Da wird mit der Arbeit aufgehört, obwohl der Bericht nicht fertig ist. Hauskontrollen werden nur halbbatzig durchgeführt, wenn in Solothurn ein Fest ansteht. Mir graut schon vor der Fasnacht!«

»Hatten wir das nicht schon?«, fragte Mutter lächelnd. »Menschen sind nicht perfekt. Sie haben Schwächen und brauchen Anleitung und Verständnis – und manchmal eine zweite Chance.«

»Friedli hatte einen Haufen Chancen. Und was du sagst, mag auf andere zutreffen, aber wir sind Landjäger. Hüter des Gesetzes! Für uns gelten andere Maßstäbe.«

»Und was ist mit letztem Jahr? Hast du da nicht gelernt, dass niemand ohne Schwäche ist?« Ihre Stimme blieb sanft, aber in ihrem Blick lag ein leichter Tadel, den er seit zwanzig Jahren nicht mehr gesehen hatte.

»Ich sage nicht, dass ich keine Fehler habe. Letztes Jahr ist mein Temperament mit mir durchgegangen, und ich habe mich verrannt. Aber ich habe daraus gelernt.«

»Das hoffe ich für dich. Aber jetzt brauchst du noch etwas Süßes.« Mutter stellte ihm zur Tasse Kaffee ein Stück Linzertorte hin.

»Wie soll ich das nach der vielen Rösti noch runterbringen?«

Seinen Worten zum Trotz machte Gideon sich über den herrlichen Kuchen und den starken Kaffee her. Ein Blick auf die Wanduhr sagte ihm leider allzu schnell, dass es Zeit für den Aufbruch war.

»Ich muss los, Mutter. Vielen Dank für alles.« Er erhob sich, küsste sie zum Abschied und machte sich auf den Heimweg. Nicht ohne Befriedigung registrierte sein Landjägerherz, dass Solothurns Straßen bereits leer waren. Als er eine Viertelstunde später zu Hause ankam, war das Feuer vom Morgen ausgegangen, die Wohnung kalt. Er machte sich ein neues an und setzte sich mit einem Glas Wein in seinen Sessel, als er den Brief bemerkte, der auf dem Tischchen daneben lag. Frau Leuenberger aus dem zweiten Stock musste ihn in die Wohnung gelegt haben. Neugierig riss er ihn auf. Sarah Siegwart! Hastig schweifte sein Blick über die dicht beschriebenen Zeilen in der energischen Handschrift, dann legte er den Brief nachdenklich zur Seite. Es war heikel, ihr von Ruedi Schubiger zu berichten, aber er hätte gern geholfen. Konnte er das überhaupt, ohne gegen das Protokoll zu verstoßen?

Andererseits eilte es nicht. Erst musste er morgen den Bericht fertigstellen, den Wachtmeister Roth nicht geschafft hatte, und sicher gab es andere kleinere und größere Malheurs, die seiner Aktion harrten. Wenigstens auf sich selbst konnte er sich verlassen. Aber nach Tagen wie diesem und mit der Perspektive, dass es möglicherweise ad infinitum so weitergehen würde, war das ein schwacher Trost.

An diesem Mittwochmorgen war das Uhrenatelier unheimlich still, während Maître Corbat in einem Tempo, das Sarah entsetzlich niedrig vorkam, ihre Berechnungen studierte. Schließlich setzte er sich auf, und Sarah hielt den Atem an. Aber er nahm nur seine Brille ab, zog einen alten Lappen aus seinem Arbeitskittel und putzte die Gläser, als gälte es, ein heiliges Ritual zu erfüllen, setzte sie wieder auf und beugte den Kopf erneut über das Blatt. Endlich ruckte sein Kinn nach oben, und er kniff die Augen zusammen. »*C'est excellent, Mademoiselle!*« Zufrieden nickend reichte er ihr das Blatt. »*Vous avez fait de grand progrès!*«

Sie machte Fortschritte! »*Merci beaucoup, Maître.*« Erleichtert nahm Sarah ihre Unterlagen entgegen und setzte sich wieder an ihren Arbeitsplatz. In der stillen Hoffnung, dass sie in der theoretischen Arbeit Boden gutmachen würde, hatte sie den vergangenen Samstag und Sonntag durchgepaukt. Sogar die Messe hatte sie deswegen sausen lassen, was Witwe Bregnard gar nicht gern gesehen hatte. Auch gestern und vorgestern hatte sie die Abende zum Lernen genutzt. Die Berechnungen waren Vorstufen für das Konzipieren eines Uhrwerks, und während sie sich die Details eingeprägt hatte, hatte sich immer wieder der leise Gedanke eingeschlichen, dass sie eines Tages selbst ein Uhrwerk entwerfen könnte. Sicher, bis dahin war es ein weiter Weg; Lehrmeister Flury hätte gesagt, sie solle die Bäume im ersten Lehrjahr noch nicht in den Himmel wachsen lassen. Dennoch: Wie inspirierend es war, sich vorzustellen, was sie mit dem Wissen, das sie sich erarbeitete, und mit dem hoffentlich vorhandenen Talent einmal würde kreieren können!

Sie widmete sich wieder der aktuellen Arbeit, einer geometrischen Zeichnung eines Amerikaner Weckers, nicht ohne ab und zu einen Blick auf die Wanduhr zu werfen. Wenn sie die Aufgabe in der vorgegebenen Zeit schaffte, konnte sie beim Maître noch einmal punkten.

Tatsächlich schaffte sie die Zeichnung bis kurz vor Arbeitsende und reichte Monsieur Corbat erleichtert ihr Werk. Er legte die Zeichnung unbeeindruckt auf einen Nebentisch, warf ein Blatt auf ihr Pult und schnatterte in seinem nasalen Jurassisch los.

»Sehen Sie das, Mademoiselle? Ihre Arbeitsstunden in den letzten beiden Tagen.« Er sah sie scharf an. »*Travaillez plus vite!* Zeit Geld, *vous comprenez?* Zeit Geld!« Er wandte sich ab und winkte sie weg, fast wie Madame Vigueret, und fast wie bei der Madame floh Sarah an ihren Platz, packte ihre Sachen zusammen und eilte nach Hause.

Nur zehn Minuten später kam sie bereits bei Madame Bregnard an, schwer atmend und mit einem stechenden Schmerz in ihrer Seite. Wäre sie nur nicht so gerannt! Aber sie hatte so schnell wie möglich einen sicheren Abstand zwischen sich und den zeternden Corbat bringen wollen. Gott sei Dank war das Häuschen still und leer; jetzt hätte sie die gutmütige, aber schwatzhafte Madame nicht ertragen.

Auf der Kommode lag ein Brief. Sie griff danach und drehte ihn um. Paul – endlich! Freudig gespannt eilte sie in ihr Zimmer und warf sich aufs Bett. Der Druck, den sie eben noch auf ihrem Magen gespürt hatte, ließ etwas nach. Was wusste Paul zu berichten? Recht viel, wie es schien – die zwei Seiten waren eng beschrieben. Eifrig beugte sie sich über das Papier. Paul war mit seinem Umzug fast fertig; in seinem Zimmerchen in Mümliswil hatte er nicht viele Möbel und Habseligkeiten gehabt. Nun half ihm sein Freund Jakob, sich auf dem Hof einzurichten. Ausführlich beschrieb er ihr das Haus und die Räume, aber auch die Kühe, die er noch zu kaufen gedachte. Offensichtlich war er schon ganz in seiner neuen Aufgabe angekommen.

Und ich freue mich so darauf, Dir alles zu zeigen. Du wirst begeistert sein! Das Haus hat so viel Platz, wie man sich wünschen kann, und wenn am Abend die Sonne untergeht, scheint sie direkt auf den Vorplatz. Ich kann kaum den Sommer erwarten! – Und wie geht es bei Dir? Ich hoffe, Dir gefällt Bonfol, und die Arbeit ist nicht zu anstrengend. Ich vermisse Dich und freue mich auf unser Wiedersehen!

Nachdenklich legte sie den Brief neben sich auf das Bett. Zwei eng beschriebene Seiten, davon gerade ein Satz, in dem er sich nach ihr erkundigte. Andererseits schrieb er nicht gern Briefe, und so war es bereits ein Liebesbeweis, dass er sich so viel Zeit dafür genommen hatte. Sie griff nach ihrem Briefpapier und zückte die Feder. Sie würde ihm ausführlich schildern, wie es ihr ergangen war; vielleicht würde das sein Interesse wecken. Und sicher würde der Austausch das Band zwischen ihnen enger knüpfen.

Die Seiten füllten sich wie von selbst, und fast war es ihr, als säßen sie zusammen im Hallgarten bei einem Kaffee. Lächelnd stellte sie sich seine Freude vor, wenn er den Brief erhielt, und sah ihn vor sich, wie er sich in seinem neuen Heim in einen Sessel setzte und ihn gespannt studierte.

Sie war eben bei den Grußworten angekommen, als Poltern und Schnaufen Madame Bregnards Rückkehr ankündigten. Seufzend setzte Sarah ihre Unterschrift unter die Zeilen, stand auf und machte sich auf in Richtung Küche. Sie musste nicht versuchen, dem zu entgehen. Wie ihr Vater zu sagen pflegte: Wenn der Prophet nicht zum Berg kam, kam der Berg mit Sicherheit zum Propheten.

Madame Bregnard stand in der Küche und packte Einkäufe aus: Grünkohl, einen Sack Kartoffeln, Sellerie und Rüebli. Das sah nach einer weiteren Kartoffelsuppe aus.

»Wie war Ihr Tag, Mademoiselle?«, fragte Madame und zog einen weiteren Grünkohl und einen Kilosack Mehl aus dem Korb. Sarah nickte nur; die Erfahrung mit der Witwe hatte sie gelehrt, dass sie nicht viel sagen musste.

»Ich hab die interessantesten Neuigkeiten im Dorf gehört«, plapperte Madame auch prompt weiter. »Am Sonntag kommt ein Priester aus dem Burgund in unsere *Masse*, der uns Mut machen will! Sie kommen doch dieses Mal?«

»Aber ja.« Sie hätte die Kirche leichten Herzens wieder ausfallen lassen, aber die eifrigen Reden, die Madame Bregnard in den letzten Tagen geschwungen hatten, hatten ihr klargemacht, dass die romtreuen Katholiken von Bonfol die Lage als

Kriegszustand auffassten und den Messebesuch als Aufstand gegen die heidnische Obrigkeit betrachteten – also als Gottes Willen und unbedingt zwingend.

»Das ist schön. Und anschließend wollte ich zum heiligen Fromund pilgern. Kommen Sie mit?«

»Zu wem?« Gegen ihren Willen musste Sarah lächeln. Das Heiligenbuch im Hause Siegwart war dick, und sie kannte viele Heilige beim Namen, aber von Fromund hatte sie nie gehört.

»Er soll hier gelebt und gewirkt haben und hat eine Kapelle im Wald nördlich des Dorfes. Sie werden es nicht bereuen.«

Davon war Sarah nicht überzeugt, aber was sollte sie sonst mit dem Sonntagnachmittag anfangen? »Ich begleite Sie gern, Madame.«

Freudig klatschte Madame Bregnard in die Hände. »*Merveilleux!* Sie können ihm all Ihre Sorgen anvertrauen.«

»Wofür ist er denn zuständig?«

Jetzt blickte Madame leicht betreten. »Man darf ihm alle Anliegen vortragen! Aber vor allem schützt er unser Vieh vor den Seuchen.«

Sarah lachte laut, dann hielt sie sich betreten die Hand vor den Mund. Was würde die fromme Madame Bregnard denken? Aber die lachte nur, tätschelte Sarahs Hand und meinte, es sei schön, sie so fröhlich zu sehen. Damit wandte sie sich ihrem Gemüse zu, und Sarah kehrte in ihr Zimmer zurück. Zögernd warf sie einen Blick auf ihr Buch. Nach Maître Corbats vernichtenden Worten zu ihrer Arbeitsgeschwindigkeit verspürte sie wenig Lust zu lernen. Am besten stand sie morgen eine Stunde früher auf und arbeitete sich durch die anstehenden Lektionen, Lust hin oder her. Fast freute sie sich auf den langen Spaziergang am Sonntag. Für etwas Ablenkung war ihr auch ein viehschützender Heiliger recht.

Der Tross Menschen, der sich in Richtung französische Grenze bewegte, war beeindruckend, und Sarah kam nicht umhin, die Hartnäckigkeit dieser Menschen zu bewundern. Es war ein klirrend kalter Sonntagmorgen, doch weder die Schulkinder noch die Alten mit dem Wolltuch über dem Kopf ließen sich etwas anmerken. Grimmig stapften rund fünfzig Leute durch den frisch gefallenen Schnee, bis sie schließlich bei einer alten Scheune ankamen.

Als Witwe Bregnard ihr gesagt hatte, sie solle sich warm anziehen, hatte Sarah sich nichts dabei gedacht, bis ihr die wackere Frau erklärt hatte, dass die Messe der Romtreuen von Bonfol nicht mehr in der prunkvollen Kirche stattfand. In diesem Schmuckstück residierte inzwischen ein von Bern installierter Christkatholik – »Ketzerpfarrer«, wie Madame Bregnard bitter gebrummt hatte – namens Giaut. *»Quelle horreur!«* Lachat, Bischof im Exil, habe sein Kirchenvolk angewiesen, keine Messen bei christkatholischen Pfarrern zu besuchen. Der wahre Pfarrer von Bonfol war wie viele seiner Amtsgenossen über die Grenze geflüchtet, als ruchbar wurde, dass der Kanton Bern alle Geistlichen, die 1873 das Manifest pro Unfehlbarkeitsdogma unterzeichnet hatten, ausweisen wolle. Dieser Coup hatte der Sache eher geschadet: Anstatt die Kontrolle zurückzuerlangen, hatte Bern sie vollends verloren. Die römisch-katholischen Schäfchen wanderten nun, allen Widerständen trotzend, jeden Sonntag zu ihren Pfarrern im nahen Frankreich, in Neuenburg oder Solothurn.

Weniger widerwillig, als Sarah am Mittwoch noch gedacht hatte, folgte sie der Truppe in die wenig einladend wirkende Scheune. Die letzten Tage bei Maître Corbat hatten gut in die Woche gepasst. Zwar verstand sie sein spezielles Französisch immer besser, aber das änderte nichts daran, dass er ihr an einem Tag so viel neue Arbeiten zeigte, dass sie kaum mitkam.

Das provisorische Gotteshaus präsentierte sich innen genauso karg wie außen, ähnlich dem Stall zu Bethlehem auf den Bildern von der Geburt des Heilands, die Rosa in der Adventszeit aufstellte. Mit einem heiseren Heulen pfiff der Wind durch die Ritzen der Holzbretter und ließ Sarah frösteln. Auch die Stimmung im improvisierten Gotteshaus war nicht von friedlicher Andacht geprägt. Steif aufgerichtet saßen die Menschen auf groben Bänken, und der Pfarrer trug einen harten Zug um den Mund. Für seine Predigt hatte er sich einen Text aus Genesis ausgesucht und würzte seine Beschreibungen der gemarterten Israeliten mit heftigen Attacken auf Bern und Informationen über den neuesten Stand im Jura. Sein Gesicht wurde immer röter, und schließlich bat er die Gemeinde aufzustehen.

»Die heutigen Fürbitten gelten allen Geistlichen, die wie ich nach Frankreich oder in die Nachbarkantone geflohen sind! Am Mittwoch ist es zu zahlreichen Verhaftungen von Pfarrern gekommen. Und in Fahn« – er schloss seine Hände in einer dramatischen Geste um die Holzkiste, die als Kanzel fungierte –, »in Fahn drangen die Schergen des Teufels am Vorabend der ersten Kommunion von dreißig Kindern in eine Veranstaltung und wollten den Pfarrer festnehmen, der über achtzig Jahre alt ist! Aber glaubt es oder nicht: Seine Pfarreimitglieder trugen ihn auf ihren Armen bis zur französischen Grenze, und er entfloh seinen Häschern wie einst Josef und Maria denen des Herodes!« Triumphierend reckte er einen seiner Arme mit geballter Faust in die Höhe, und aus der Gemeinde brandeten »*Alléluja*«-Rufe durch den Raum. Auch Madame Bregnard klatschte begeistert in die Hände und strahlte. So lautstark sie jammerte, war ihr doch deutlich anzusehen, dass sie eine gute Fehde insgeheim zu würdigen wusste.

Nach den folgenden, ausufernden Fürbitten endete die Messe in geordnetem Rahmen, und Sarah kniete sich hin und bekreuzigte sich erleichtert. Schon trat die Menge den Rückmarsch an. Durch die Predigt offensichtlich befeuert, parlierten die Messebesucher aufgeregt, und ab und zu hub jemand zu einem *Gloria in excelsis* an. Doch der fröhliche Gesang erstarb, als sie sich der Grenze näherten. Ein Pulk Soldaten stand mit aufgepflanzten Bajonetten links und rechts des Übergangs wie ein unheimliches Hochzeitsspalier. Sogleich schlug die Stimmung um. Aus der Menge der Gläubigen stieg drohendes Gemurmel auf. Ein kräftiger Mann stellte sich sogar dem Kommandanten entgegen, der die Hand fester um sein Bajonett legte. Einen Moment lang hielten alle den Atem an ... dann trat der Kommandant einen Schritt zurück und ließ die Menge passieren.

Nur zögernd schritt Sarah hinter Madame Bregnard an den Soldaten vorbei. Deren Bajonette blitzten in der Sonne, und wie ein Eispfahl bohrten sich die kalten Blicke in ihren Kopf. Ihr Herz schien ihr den Hals hochzukriechen, und wie von fern erklang in ihrem Kopf Vaters Stimme, wie eine Spieluhr, die eine unheimliche Melodie aus der Kindheit spielte: »Lass dir nicht anmerken, dass sie dir Angst machen. Wir lassen uns nicht ins Bockshorn jagen.« Sie hob das Kinn und schritt tapfer weiter, aber sie atmete erst auf, als sie einen halben Kilometer weiter waren.

Schließlich erreichten sie das Dorfzentrum, wo sich die Menge rasch zerstreute. Madame Bregnard strebte strammen Schrittes Richtung Norden zu ihrer Pilgerstätte, sodass Sarah sich sputen musste, um nicht abgehängt zu werden. Wenigstens war sie von der langen Wanderung in die Messe genug aufgewärmt, den scharfen Biswind zu ertragen. Bald schon lag das Dorf hinter ihnen, und sie traten in den Wald. Der würzige Duft von Tannen und Kiefern lag in der Luft.

»Bevor wir ankommen, müssen Sie etwas über unseren Fromund erfahren«, hub Madame Bregnard an. »Er war mit den Heiligen Ursitz und Himerius ein Gefährte des heiligen Columban und hat ihn auf seinem Missionszug ins alemannische Gebiet begleitet.« Sie blieb kurz stehen und holte Atem. »Auf dem Mont Repais bei Les Rangiers haben die drei ihre Pilgerstäbe in die Höhe geworfen und von Gott ein Zeichen erbeten, wohin sich jeder von ihnen wenden soll. Der Stab von Ursitz wies an die Ufer des Doubs, und so gründete er Sankt Ursanne, der des Himerius an die Ufer der Suze, wo er Sankt Immer gründete, und der des Fromund an die Ufer der Vendeline. Durch ein Wunder hat sich Fromunds Stab in Bonfol in eine Eiche verwandelt, in deren Nähe eine Quelle entstand. Das ist sie.«

Eben waren sie auf einer Lichtung angekommen, über der eine prächtige Eiche thronte, deren dicken Stamm Holzkreuze in allen Größen bedeckten. Daneben kauerte ein niedriges, quadratisches Steinhäuschen von höchstens drei auf drei Metern mit einem kleinen Giebeldach. Das sollte die Kapelle sein?

Madame Bregnard eilte darauf zu, öffnete die Tür und verschwand im Innern. Durch die halb offene Tür konnte Sarah die Madame sich langsam bücken sehen, dann zündete sie andächtig eine Kerze an. Anschließend winkte sie Sarah zu sich und drückte auch ihr eine Kerze in die Hand. »Hier, für Sie. Aber warten Sie kurz.« Sie senkte den Kopf über die kleine brennende Kerze und flüsterte etwas, was sich wie ein »Gebenedeit seist du Maria« anhörte, und ihr verwittertes Gesicht wirkte fast schön. Dann drehte sie sich um und nickte Sarah zu. »Ich warte draußen«, raunte sie.

Sarah wartete, bis sich die Tür geschlossen hatte, zündete ihre Kerze an und stellte sie zögernd neben die der Madame. Das heiße Wachs duftete lieblich nach Honig und Flieder. Die Stille in dem kleinen Raum, das glänzende Kruzifix an der Wand, die blitzende Schale mit Weihwasser, das leinene Tuch, auf dem sie stand – alles schien von Bedeutung erfüllt, und Sarah spürte, wie sich Ruhe in ihrem Körper ausbreitete. Nur Worte wollten ihr nicht über die Lippen kommen. Schließlich senkte sie den Kopf.

»Lass mich besser werden, Gott. Hilf mir, meine Ziele zu erreichen.« Leicht beschämt hob sie den Kopf. War es nicht verlogen, Gott ihre weltlichen Sorgen vorzutragen, nachdem sie sich mit seiner Existenz gerade erst so halbwegs abgefunden hatte? Und geradezu lächerlich schien der Gedanke, er könne sich für sie und diese Sorgen interessieren. Warum in aller Welt sollte er ihr in ihrer Uhrmacherlehre zur Seite stehen, wenn er zuließ, dass auf Breidenstein ein Junge ermordet wurde? Aber wie Hanna so gern sagte: Man soll Gott um alles bitten, und es wird einem gegeben. Das hatte sie hiermit getan.

Sie begab sich nach draußen, wo Madame Bregnard schon ungeduldig in ihre Richtung blickte. Der Aufenthalt bei Fromund schien sie bestärkt zu haben, denn sie begann zu plappern, als müsse sie die kurze Dauer des Schweigens wettmachen.

»Haben Sie die wunderschönen Verzierungen gesehen? Schade, dass sie keine Glasfenster eingebaut haben. Dafür ist die Schale mit dem Weihwasser wundervoll. Die Steine stammen von Pie Jesu – Sie wissen doch noch, das Kunstwarengeschäft, von dem ich Ihnen erzählt habe! Früher haben sie mit Edelsteinen zweiter Klasse schöne Gefäße für die ärmeren Kirchgemeinden im Jura verziert. Aber seit die Uhrenindustrie hier ist, ist es damit vorbei. Die Fabriken und Schleifer kaufen die Steine zu besseren Preisen auf und zerstören das Geschäft. Einfach traurig!« Vorwurfsvoll sah sie Sarah an, fast als bedeutete ihre Beschäftigung in dem Metier eine Art Komplizenschaft. Sarah seufzte innerlich. Sie war es langsam leid, entweder für ihren Beruf oder für ihre Konfession als Erzfeind betrachtet zu werden.

Derweil war Madame Bregnard in diesem Fahrwasser weitergeschippert und bejammerte, während sie den Weg zurück unter die Füße genommen hatten, den Niedergang des Töpfereiwesens. »Sehen Sie diese Hütte? Den Dreck drum herum? Da hat so ein Schwabe seine Glaserei. Ist seit vier Jahren hier. Hab selten gesehen, dass er was verkauft, obwohl er immer mit seinem Karren im Dorf herumstreicht. Vielleicht lebt er auch von Schmuggeleien, wer weiß; oder von dem, was die Familie seiner Frau verdient. Als ob es Pie Jesu nicht schlecht genug gehen würde; jetzt muss Monsieur auch noch einen nichtsnutzigen Schwaben als Schwiegersohn durchfüttern. Sicher *un protestant*. Der Ort geht vor die Hunde!«

Plötzlich öffnete sich die Tür, und ein bärtiger, untersetzter Mann lugte grimmig heraus. Mit den buschigen Augenbrauen und seinem wilden Blick glich er einem Waldkobold. Madame Bregnard griff nach Sarahs Arm und eilte mit ihr davon, als würde sich der Mann nächstens auf sie stürzen, und redete fröhlich weiter. Sarahs Kopf pochte dumpf. Wie konnte sie den Redefluss unterbrechen? Entschlossen wandte sie sich ihrer Schlummermutter zu. »Würden Sie mir heute zeigen, wie Sie Ihre wunderbaren *Bisquits* machen?«

Bei diesen Worten leuchteten Madame Bregnards Äuglein auf, und Sarah wandte sich ab, damit die Witwe ihr Lächeln nicht sah. Wenn man an ihren süßen Zahn appellierte, vergaß Madame Bregnard alles Weitere und gab sich vollauf den weltlichen Freuden hin. Eifrig referierte sie über Zucker und Butter und Teig, und Sarah gestattete sich, gedanklich abzuschweifen. Rosa hatte in ihrem letzten Brief erwähnt, dass auf Breidenstein ein Fasnachtsball stattfinden sollte, was sie angesichts der Situation doch erstaunt hatte. Noch mehr erstaunt hatte sie allerdings Rosas Enthusiasmus für derlei Vergnügungen. Fromme Katholiken waren ihrer Erfahrung nach wenig begeistert von fasnächtlichen Ausschweifungen; ihr Vater konnte dem zumindest gar nichts abgewinnen.

Ein Stoß in ihre Seite ließ sie zusammenzucken. Madame Bregnard sah sie irritiert an. »Gut, *non?* Dann können wir zusammen backen!«

»*Oui.*« Herrje. Was hatte sie sich eingebrockt? Müde trottete Sarah neben der erfrischten Madame Richtung Dorf. Ihre Füße brannten, und gleich durfte sie sich in die Küche stellen und Gebäck fabrizieren. Nicht ganz das, was sie sich von einem ruhigen Sonntagabend erhofft hatte. Schließlich war da auch noch die Lektüre, die Corbat ihr aufgegeben hatte. Sie war erst halb durch damit …! Doch dann presste sie die Lippen zusammen. Genug gejammert. Vaters Sternenspruch fiel ihr wieder ein, aber zu den Sternen wollte sie ja gar nicht. Ihr genügte schon, wenn der Maître ihr ein gutes Zeugnis ausstellte.

Fast geschafft! Aufatmend wischte sich Gideon den Schweiß von der Stirn, den sein Körper der Kälte zum Trotz produziert hatte. Der Aufstieg zum Stierenberg war der härteste Teil einer Grenchenberg-Wanderung; der Rest war ein Kinderspiel. Er drehte sich um, um nach Helena Ausschau zu halten, aber sie stand direkt hinter ihm, ein sardonisches Lächeln auf den Lippen.

Wie so vieles in letzter Zeit hatte er auch diese Sonntagswanderung anders geplant. Er hatte mit Viktor den Weißenstein besteigen wollen, aber Klein Urs ging es noch nicht gut genug, und so hatte er, als er gestern in Grenchen ermittelt hatte, spontan einen Abstecher ins Fleur gemacht und Helena gefragt, ob sie schon etwas vorhätte. Hatte sie nicht, und da sie noch nie auf Grenchens Hausberg gewesen war, hatten sie sich den vorgenommen.

»Du bist gut in Form«, bemerkte er. »Wie machst du das, wenn du den ganzen Tag im Büro sitzt?«

»Ich gehe regelmäßig wandern«, erwiderte sie. »Aber jetzt vorwärts, mein Lieber! Ganz oben sind wir noch nicht, und ich will meinen Zwetschgenluz. Es sei denn, du musst dich erholen.«

Darauf gab es nur eine Antwort. Gideon drehte sich um und stapfte bergan durch den Schnee. Kurz darauf saßen sie im Gasthof Untergrenchenberg vor Helenas heiß ersehntem Zwetschgenluz und einem Plättli mit Trockenfleisch und Käse.

Helena griff nach einer Scheibe Brot. »Wie geht es in deinem Fall voran?«

»Schwierig! Friedli ist ausgefallen; er lag fünf Tage mit Fieber im Bett und wird wohl erst morgen wieder zum Dienst kommen. Ich durfte alles allein machen. Nicht dass mich das stört, aber mit den Vorbereitungen auf die Fasnacht stehe ich schon genug unter Druck. Der Regierungsrat ist in Panik wegen der Querelen zwischen den Katholiken und fürchtet Ausschreitungen bei den Umzügen.« Neugierig kostete er den Zwetschgenluz – er schmeckte süß, stark und wohltuend. »Ich habe mich mit den Dienstmädchen unterhalten, die freihatten, und habe ihre Aussagen überprüft. Sie haben angegeben, am 9. Januar einen Ausflug nach Solothurn gemacht zu haben, und haben mir ihre Zugbillette unter die Nase gehalten. Sonst wollten sie nichts sagen, aber als ich ihnen Dampf machte, rückten sie schließlich damit heraus, dass sie im Roten Turm eingekehrt sind und mit zwei jungen, eher zweifelhaften Herren ein paar Gläser Wein getrunken haben. Sie haben mir die Namen gegeben, und die beiden Schlawiner sowie der Wirt im Turm haben die Sache bestätigt. So weit, so gut; allerdings war ich mir ohnehin ziemlich sicher, dass die beiden mit der Sache nichts zu tun haben.« Er griff nach einem Stück Käse.

»Was ist mit den Lehrern?«

»Wir haben bisher nichts gefunden, was einen der Verdächtigen aus den anderen herausstechen lässt. Lukas Triebold hatte eine Affäre mit der Frau des Internatsdirektors in Sarnen; vielleicht hatte er hier auch eine Beziehung, die nicht ans Tageslicht kommen sollte.«

Helena beugte sich vor und hob die Brauen. »Wie steht es mit der Frau Direktorin?«

Gideon lachte. »Frau Breidenstein dürfte altersmäßig nicht in sein Beuteschema passen, und falls er es wagen sollte, würde sie ihm eins mit ihrem Schirm überziehen. Die Dienstmädchen sind eine andere Geschichte. Sie haben alle glänzende Augen bekommen, als ich seinen Namen nannte. Aber keine will etwas mit ihm gehabt haben.«

»Natürlich nicht«, erwiderte Helena trocken. »Und er dürfte sich kaum ins Fleur verirrt haben. Vielleicht einer der anderen Lehrer oder der Präfekt? Ich könnte mich umhören.«

Er nahm einen weiteren Schluck von seinem Luz. »Jede Information hilft weiter.«

»Aber vergiss nicht: Arbeit ist nicht das ganze Leben.«

Er seufzte. »Für mich schon, jedenfalls im Moment. Wir sind dünn besetzt, und die meisten taugen nicht viel. Und was soll ich sonst schon machen? Viktor hat nicht einmal Zeit für ein Feierabendbier. Und Mutter geht nicht gern aus dem Haus.«

»Was ist mit deinen Kollegen? Sind keine Junggesellen darunter?«

»Mit einem treffe ich mich manchmal zum Schach. Die anderen will ich weiß Gott nicht noch häufiger sehen.«

Helena machte dem letzten Stück Trockenfleisch den Garaus und betrachtete ihn sinnend. Was um Himmels willen heckte sie aus?

»Du könntest einem Verein beitreten. Dann lernst du neue Leute kennen.« Sie beugte sich zu ihm. »Vielleicht sogar eine Frau.«

»Da sitze ich lieber jeden Abend zu Hause. Was die Frauen angeht: Gestern habe ich einen Brief von Theresia bekommen.«

Helena nickte verstehend, und nicht zum ersten Mal wunderte er sich darüber, wie nahe sie sich in der kurzen Zeit, die sie sich kannten, schon gekommen waren – so nahe, dass er ihr von seiner einstigen großen Liebe erzählt hatte.

»Ist sie noch auf Reisen?«, fragte Helena.

»Im Moment macht sie Station in Venedig. Glaub es oder nicht, sie hat mich gefragt, ob ich dort einen Monat mit ihr verbringen will.« Er schüttelte den Kopf. »Sie ist immer noch dieselbe. Sie will ein bequemes Leben, und mein Beruf passt da nicht hinein. Das hatten wir schon.«

»Hast du noch Gefühle für sie?«

»Nein. Allerdings …« Er leerte sein Glas und lehnte sich zurück. »Sie hat ein Bild beigelegt, das sie in Venedig hat machen lassen.« Er musste lächeln. »Sie scheint einem aus der Fotografie regelrecht entgegenzuspringen. Sie hat immer noch ihren Zauber. Aber ich würde mich nicht mehr auf sie einlassen.«

Auch Helena leerte ihr Glas. »Aber eine Beziehung hättest du gern.«

»Wer nicht?«

»Ich.« Herausfordernd hob Helena ihr Kinn.

Er nickte. »Ich kann mir vorstellen, dass einem die Lust auf ein Mannsbild vergeht, wenn man im Bordell jeden Tag diese niederen Gesellen sieht.«

»Ich habe dir letztes Jahr erzählt, dass es nicht nur schwarz oder weiß gibt«, erwiderte sie ruhig. »Und das ist es nicht. Aber ich bin es gewohnt, mein Leben zu führen, wie ich will. Ich will meiner Mutter beistehen. Welcher Mann würde das akzeptieren? Und einen Kompromiss mache ich nicht.«

»Das glaube ich dir.«

Nachdem sie ihrem Plättli, das der Wirt während ihres Gesprächs kulant wieder befüllt hatte, den Garaus gemacht hatten, begaben sie sich auf den Rückweg. Gideon begleitete Helena trotz ihrer Beteuerung, dass sie gut allein zurechtkam, bis vor das Fleur und machte sich dann auf gen Solothurn. Als er daheim ankam, war es schon fast dunkel, obwohl Sankt Urs erst gerade sieben geschlagen hatte. Im Haus war es still, und während er sonst seine heimische Insel der Ruhe nach einem hektischen Tag zu schätzen wusste, bedrückte sie ihn heute. Hier wohnten nur Witwen, Jungfern und Junggesellen – Einzelkämpfer, wie er einer war. Er ließ sich in seinen Sessel fallen und strich über die raue Lehne. Derselbe Sessel, dasselbe Zimmer, jeden Abend. Hatte Helena recht? Sollte er mehr aus dem Haus gehen, um jemanden kennenzulernen? Auf Vereine und ihre menschlichen, allzu menschlichen Abgründe hatte er keine Lust, aber vielleicht könnte er wieder einmal ein Konzert besuchen. Er griff nach der Zeitung vom Vortag. Irgendetwas von Vivaldi wurde im Stadttheater aufgeführt. Wo war die Anzeige gewesen?

Doch bevor er das Gesuchte gefunden hatte, klingelte es.

Um diese Zeit bedeutete das kaum etwas Gutes! Gespannt öffnete er die Tür und blickte in das rote, durchfrorene Gesicht von Landjäger Wyss.

»Nachricht von der Wache, Herr Korporal. Ein zweiter Junge wurde aus Breidenstein entführt.«

»Ich ziehe mich um.« Gideon eilte in sein Schlafzimmer, und während er die Uniform anlegte, konnte er nicht verhehlen, dass er trotz der schlechten Neuigkeiten einen Anflug von Erleichterung verspürte.

Es wurde neun Uhr abends, bis Gideon auf Institut Breidenstein eintraf. Landjäger Wyss hatte ihm auf dem Weg zur Wache erzählt, dass der Junge der Sohn eines Ehepaares aus Plagne war, einem Dorf auf einer Anhöhe zehn Kilometer westlich von Grenchen. Er musterte das Grüppchen, das zu seinem Empfang aus dem Haus getreten war: Friedli, blass, mager und steif aufgerichtet wie ein Stock; Institutsleiter Breidenstein und Präfekt Marthaler.

Friedli reichte ihm ein Stück Papier. »Das wurde auf dem Bett des Jungen gefunden, Herr Korporal.« Er hustete trocken, zog ein Taschentuch aus seiner Jacke und schnäuzte sich kräftig.

»Geht es Ihnen gut genug? Sonst legen Sie sich besser wieder hin.«

Heroisch winkte Friedli ab. »Schon gut.«

»Wenn Sie meinen.« Gespannt prüfte Gideon das Papier – wieder ein Brief aus Buchstaben, die man aus einer Zeitung ausgeschnitten hatte. »Ein Erpresserbrief? So schnell?« Hastig überflog er die paar Zeilen. »Fünftausend Franken bis nächsten Sonntag und eine Übergabe bei der Huppergrube? Ich hätte erwartet, dass er eine Stelle in der Nähe einer Straße angibt, auf der er zu Pferd flüchten kann. Zum Glück sind Verbrecher nicht immer die Gescheitesten. Der meint wohl, er kann sich in den Kanton Bern absetzen! Vielleicht weiß er nicht, dass wir ihn über die Grenze verfolgen dürfen.«

Friedli neigte den Kopf. »Möchten Sie sich das Zimmer ansehen, wo wir den Brief fanden?«

»Sagen Sie mir erst, wann man den Jungen zum letzten Mal gesehen hat und wann sein Verschwinden entdeckt wurde.«

Der Präfekt trat vor. »Das kann ich Ihnen sagen. Heute Nachmittag fand ein Ausflug statt, an dem alle Internatszöglinge teilnahmen. Um vier Uhr waren wir zurück, dann hatten die Jungen Freizeit. Als er um sieben nicht zum Abendessen erschien, haben wir in seinem Schlafsaal nachgesehen und den Brief gefunden.«

»In der Zwischenzeit hat ihn niemand gesehen?«

»Wir haben die Jungen zusammengerufen und sie gebeten, sich zu melden, falls einer etwas beitragen kann«, erwiderte Friedli rasch. »Bisher ist keiner auf uns zugekommen. Mathieu war gern für sich. Aber dies haben wir direkt vor dem Bett gefunden.« Friedli griff in seine Jackentasche und zog ein steifes Tuch heraus, friemelte es vorsichtig auseinander und hielt es Gideon unter die Nase.

Unter dem Licht der Petroleumlampe am Haupteingang sah Gideon sich den Inhalt des Tuchs genau an. Es war Dreck, und obwohl er in Friedlis Jackentasche schon etwas verformt worden war, konnte man noch erkennen, dass es der Abdruck eines Stiefels war.

»Der Dreck enthält Sand«, erklärte Friedli gewichtig. »Im Moment liegt überall Schnee, aber der Boden bei den früheren Heilbadquellen ist selten gefroren – dort, wo wir annehmen, dass David Blösch vergraben wurde. Bei der einen wurden kürzlich Christrosen gepflanzt, und der Gärtner hatte gestern den Auftrag, dem Boden Sand beizugeben.« Er reckte das Kinn. »Ich habe die Stiefel des Gärtners aus dem Geräteschuppen geholt und die Abdrücke verglichen. Sie stimmen überein.«

Erwartungsvoll sah Friedli ihn an. Eine gute Leistung, das musste man sagen; vor allem, wenn man seinen Zustand bedachte! Vielleicht hatte Friedli sein letzter Fauxpas zu denken gegeben. Allerdings hätte er sich einen anderen Verdächtigen gewünscht. »Gute Arbeit«, sagte Gideon schließlich. »Haben Sie den Gärtner aufgetrieben?«

»Er wartet im Salon.«

»In Ordnung. Aber erst will ich den Schlafsaal sehen.«

Er folgte Friedli die schmale Treppe hinauf und durch den Korridor, in dem gedämpftes Licht schien. Aus den Türen lugte ihm immer mal wieder ein Augenpaar entgegen, in dem sich eine Mischung aus Angst und Neugier spiegelte; dann verschwand der Knabenkopf so rasch wie der eines Oberländer Murmelis, das sich hurtig in seinem Bau versteckte. Vor Mathieus Schlafsaal blickten Gideon dessen Saalgenossen entgegen; die älteren betont lässig, als könne sie nichts erschüttern, während die jüngeren sich an eine weiß gewandete Krankenschwester klammerten.

Der Schlafsaal wirkte nüchtern, fast militärisch; gar nicht so anders als die Schlafsäle bei der Landjägerausbildung. Nur die

Bilder über den Betten und die Bücher auf den einfachen Nachttischen lockerten die Atmosphäre auf. Auf Mathieus Tischchen fanden sich ein Buch über Fische, eins über die Pflanzen der Juragegend und ein Gedichtband. An der Wand über dem Bett: eine Skizze eines Baumes und eines Hechts in einem Teich, in feinen Strichen gezeichnet. Ein begabtes Kind! Sonst war nichts zu sehen, was Friedli nicht schon erwähnt hatte. Es wurde Zeit, sich um den Gärtner zu kümmern.

Der saß, den Kopf gesenkt, die verwitterten, von dicken Adern durchzogenen Hände eine schmutzige Mütze umklammernd, wie ein Häuflein Elend im Salon. Mit den derben Schuhen und dem Kittel, der an den Ellenbogen ein paar Löcher hatte, wirkte er auf dem zierlichen Fauteuil wie ein Muni im Opernsaal.

Gideon setzte sich in den Sessel ihm gegenüber. »Nun, Herr Schubiger. Was haben Sie zu sagen?«

Ängstlich hob Schubiger den Kopf und sah ihn aus wässrigen Augen an. »Ich habe gestern zu den Christrosen geschaut, ein bisschen umgegraben. Dann habe ich heute nach der Messe gedacht, es würde noch mehr vertragen. Das ist alles!«

»An einem Sonntag. Hätte das nicht Zeit bis morgen gehabt?«

Schubiger presste die Lippen aufeinander. »Ich wollte nicht, dass mir die Christrosen eingehen.«

»Und wie kommt der Abdruck Ihres schmutzigen Stiefels in den Schlafsaal des Jungen?«

»Ich weiß es nicht! Ich habe sie geputzt und in meinen Schuppen gestellt. Es muss sie jemand herausgenommen und angezogen haben!«

»Und hat jemand gesehen, wie Sie Ihre Stiefel wuschen?«

Schubiger senkte den Kopf. »Ich habe keinen gesehen.«

»Ich habe noch eine andere Frage an Sie.« Gideon beugte sich vor. »Sie haben dem Löwenwirt im Januar versprochen, dass Sie ihm die Schulden, die Sie bei ihm haben, zurückzahlen. Dann haben Sie ihm plötzlich gesagt, dass es doch nichts wird. Wie kommt das? Und warum waren Sie so wütend?«

Schubiger sah ihn verwirrt an. »Das weiß ich nicht mehr.«

»Geben Sie sich mehr Mühe. Daran müssen Sie sich doch erinnern!«

Schubiger senkte den Kopf und knetete seine Mütze. Schließlich sah er hoch, einen hoffungsvollen Blick in den Augen. »Ich glaube, ich weiß es wieder. Herr Leibundgut hatte mir versprochen, ich dürfe seinen Bäumen einen Winterschnitt verpassen, aber dann hat er mir plötzlich mitgeteilt, dass er damit noch ein Jahr warten will.«

»Und darum wurden Sie so wütend? Euseb Girard hat gesagt, Sie seien außer sich gewesen.«

Jetzt rötete sich Schubigers Gesicht. »Es war nicht das erste Mal! Leibundgut weiß nichts von unsereiner Leben. Er vergibt Aufträge, man hofft, man könne seine Schulden zahlen, und gibt Bericht, und dann nimmt er den Auftrag zurück. Wie stehe ich da? Ich bin ein ehrenwerter Mann, auch wenn ich kaum genug zum Leben habe!« Er klammerte sich noch fester an seine Mütze, und seine Lippen waren schmal geworden.

Gideon stand auf. »Das kann so sein oder auch nicht, Herr Schubiger. Wir werden es herausfinden. Sie kommen mit mir zur Befragung nach Solothurn.«

Schubigers Augen weiteten sich bestürzt. »Bitte nicht! Der Direktor entlässt mich, wenn er davon hört.«

»Das glaube ich kaum; Direktor Breidenstein ist ein vernünftiger Mann.« Gideon wandte sich an Friedli. »Ich komme morgen noch einmal vorbei, um die restlichen Befragungen vorzunehmen, und besuche dann die Eltern des Kindes.« Entschlossen fasste er den Gärtner am Arm, und sie machten sich auf den Weg nach Solothurn.

Es war fast Mitternacht, als Gideon nach der Ablieferung Schubigers im Untersuchungsgefängnis wieder auf der Wache ankam. Müde hängte er seine Mütze an den Haken im Korridor und legte sein Sakko ab. Auf der Wache war niemand mehr, und die Stille in den normalerweise geschäftigen Räumen mutete ihn seltsam an. In den Ecken schienen Schatten zu lauern; die Geister vergangener Verbrechen? Er schüttelte den Kopf über sich selbst. Welche Dramatik! Aber heute schien ihm die Wache besonders kalt und unwirtlich. Er wäre lieber nach Hause gegangen, aber Wittmer hatte ihm am Morgen eingeschärft, dass er den Bericht über die heutigen Ereignisse morgen früh auf seinem Tisch sehen wolle. So schlimm war das nicht; zu Hause wartete auch nur die kalte Wohnung. Er setzte sich und machte sich an den einverlangten »minutiösen Bericht«. »Und dass Sie mir nichts auslassen!« Wie gut, dass der Leutnant das erwähnt hatte; er hätte sonst nur die Hälfte niedergeschrieben.

Als Sankt Urs eins schlug, war Gideon durch. Er stützte den Kopf in die Hände und ließ den Blick über sein Werk schweifen. Es sah schlecht aus für Schubiger. Aber wäre er wirklich so nachlässig gewesen, mit den Stiefeln in das Schlafzimmer zu steigen? Wie dem auch sei: Er würde im Internat jeden Stein umdrehen, und er würde Friedli beauftragen, Herrn Leibundgut nach der Baumschnittgeschichte zu fragen. Dann konnten sie schon einmal feststellen, ob Schubiger in diesem Punkt die Wahrheit gesagt hatte. Außerdem würden sie ihn nicht zu lange in Solothurn behalten. Falls er doch schuldig war, mussten sie ihn beschatten, damit er sie zu dem armen Jungen führte. Am besten wäre es, wenn man ihn bei der Geld-übergabe erwischen würde. In jedem Fall mussten sie sich ihrer Sache sicher sein, bevor sie eine Verurteilung aussprachen, auch wenn der Mann keine einflussreichen Freunde hatte – abgesehen vom unerschrockenen Fräulein Siegwart.

Bei dem Gedanken musste er lächeln, aber das verging ihm gleich wieder. Sie würde über den neuesten Stand der Dinge entsetzt sein. Es war spät, aber vielleicht sollte er ihr gleich schreiben; dann erhielt sie seinen Brief, bevor sie auf anderem Wege von der Verhaftung erfuhr. Die Postkutschen reisten heutzutage schnell. Nur wie beginnen? In medias res oder abgemildert? Vielleicht war es am besten, nicht zu viel nachzudenken. Er kritzelte drauflos, unterbrach sich, studierte seinen Wortschwall. Vielleicht könnte er den Brief mit einem Themenwechsel auflockern. Eifrig fuhr er fort, und nach weiteren zehn Minuten setzte er seinen Namen unter das Blatt und schaute noch einmal über sein Geschreibsel.

Drei Seiten! Was war in ihn gefahren? Richtig geschwätzig war er geworden und hatte ihr sogar von der Schachpartie gegen Wachtmeister Burki erzählt, die er knapp gewonnen hatte, indem er ein Manöver gewagt hatte, von dem er in einer Zeitschrift gelesen hatte; dann von den Querelen mit den

Katholiken, sogar von Viktors Kind und von Helena. Aber wahrscheinlich langweilte sie sich in Bonfol sowieso. Außer Töpferwaren und Berner Militär hatte das Dorf sicher nichts zu bieten.

Er verschloss den Brief und machte sich auf den Heimweg. Dankbar stellte er fest, dass das Schreiben seine trübe Stimmung vertrieben hatte und er sich auf die Antwort des streitbaren Fräuleins freute. Morgen würde er Breidenstein und Plagne einen Besuch abstatten und alles daransetzen, die Wahrheit herauszubringen. Das war seine Aufgabe und seine Leidenschaft. Mehr konnte er nicht tun – aber auch nicht weniger.

»Mathieu ist ganz anders als David.«

Lehrer Jennys frisches, gerötetes Gesicht wirkte besorgt. Nachdenklich strich er sich über die Wangen. »Er ist ein schüchternes, verträumtes Kind. Ich musste öfter eingreifen, wenn die ruppigeren Jungen ihn in die Mangel nehmen wollten. Mannschaftssport ist nicht seine Stärke, aber er ist flink und beweglich. Stärker, als er aussieht. Ich hoffe, es geht ihm gut.«

»Das hoffen wir auch, Herr Jenny«, erwiderte Gideon kurz. »Jetzt würde ich gern wissen, wo Sie gestern zwischen vier und sieben waren. Haben Sie davor am Ausflug der Zöglinge teilgenommen?«

»Das überlasse ich den ledigen Lehrern.«

»Dann waren Sie zu der Zeit also zu Hause?«

»Nur bis vier. Danach war ich hier und habe die Eisbahn vorbereitet.«

Gideon hob die Brauen. »Was soll das sein?«

»Ein besonderer Spaß, den ich in den Niederlanden kennengelernt habe.« Jenny beugte sich eifrig vor. »Dort ist das Eislaufen ein Volkssport, und so gesund! Eine gute Möglichkeit für die Jungen, auch im Winter Bewegung zu bekommen. Daher habe ich beim Direktor um Budget gebeten. Das war nicht einfach, glauben Sie mir. Erst ...«

Gideon hob die Hand. »Ich glaube Ihnen! Mich interessiert, was Sie in der Zeit gemacht haben.«

Jenny lehnte sich in seinem Sessel zurück und verschränkte die Hände. »Ich habe auf einer Wiese nördlich des Gebäudes einen kleinen Platz abgesteckt und den mit Wasser aus dem Teich und aus dem Haus begossen. Der Teich friert wegen der heißen Quellen in der Nähe nicht zu, aber weiter nördlich ist der Boden kalt genug. Wenn ich da ein paar Stunden gieße, haben wir ein schönes Feld für den Eislauf.«

»Und wie lange waren Sie damit beschäftigt?«

»Von halb fünf bis halb sieben; dann bin ich zum Essen nach Hause gegangen.«

»Und hat Sie jemand gesehen?«

»Nicht dass ich wüsste, aber die Lehrerzimmer und die Zimmer der Dienstmädchen gehen gegen den Jura. Vielleicht hat jemand aus dem Fenster geschaut.«

»Ich werde es überprüfen. Vielen Dank für Ihre Zeit.«

Jenny verließ im Laufschritt den Raum, aber bevor Gideon auch nur einen Schluck Tee trinken konnte, stand Lukas Triebold in der Tür, sah für den Anlass viel zu gut gelaunt aus und ließ sich lässig in einen Sessel fallen.

»Wie kann ich helfen?«

»Indem Sie mir sagen, ob Sie auf dem Ausflug waren und was Sie gestern zwischen vier und sieben gemacht haben.«

»Ich habe den Ausflug geleitet«, erwiderte Triebold. »Danach habe ich mich umgezogen und war um halb fünf beim

Direktor zu Kaffee und einer Besprechung.« Er hob die Augen an die Decke und lächelte genießerisch. »Einen Cognac hat es auch gegeben. Ich bin erst um halb sieben wieder rausgekommen, und dann stand schon fast das Abendessen auf dem Tisch.«

Gideon nickte kurz. »Was können Sie mir über Mathieu sagen?«

»Ein netter Knabe«, erwiderte Triebold. »Aber Mathematik war nicht seine Stärke, und er war mir zu verträumt. Hat ständig vor sich hin gekritzelt, anstatt dem Unterricht zu folgen, aber sonst artig.«

»Vielen Dank. Eine letzte Frage noch.« Gideon beugte sich vor. »Wie war das mit der Frau des Direktors in Sarnen? Davon haben Sie uns nichts erzählt.«

Triebold zuckte zurück, und einen Moment meinte Gideon, Wut auf seinem Gesicht zu sehen. Doch sogleich glätteten sich seine Züge wieder.

»Was hat das mit allem zu tun? Oder geht es Ihnen um Moral, Herr Korporal?« Er zuckte die Achseln. »Ich bin ein lediger Mann; es liegt nicht in meiner Verantwortung, was andere mit ihrem Ehegelübde machen.«

»Es geht mir darum, dass Sie sich mit Ihrem Zeugnis gerühmt haben. Das haben Sie doch der Tatsache zu verdanken, dass der Direktor Sie loswerden wollte, nicht wahr?«

Einen Moment lang erstarrte Triebold, bevor er ein bewusst gleichgültiges Lächeln aufsetzte, und Gideon fühlte dieselbe Befriedigung wie damals auf der Thuner Chilbi, als er für seine Nichte mit einem der notorisch schlecht eingestellten Gewehre den riesigen Plüschbären geschossen hatte.

»Das ist Ihre persönliche Interpretation, Herr Korporal«, erwiderte Triebold kurz. »Ich hätte überall hingehen können; auf das Zeugnis eines rückwärtsgewandten Direktors eines mittelmäßigen Internats war ich nie angewiesen.« Er stand auf. »War es das? Ich habe zu tun.«

»Für den Moment reicht es mir.«

Zufrieden sah Gideon Triebold nach. Der Frauentraum hatte merklich von seinem hochtrabenden Getue eingebüßt. Nur: Was nützte ihm dieser Triumph? Er würde den Direktor fragen müssen, was diesen Nachmittagskaffee anging, aber es war nicht anzunehmen, dass sich Triebold das ausgedacht hatte. Wenigstens hatte er dieses Mal nicht so viel Zeit auf den Schwätzer verwenden müssen. Er nahm einen Schluck von seinem Tee, stand auf und schritt zur Tür. »Friedli, können Sie mir Schmidt, dann Eberwein und den Herrn Präfekten bringen? Ich muss so bald wie möglich die Familie des Jungen besuchen; das Telegramm dürfte sie schon erreicht haben.«

Friedli nickte und eilte davon. Kurz darauf kam er mit Lehrer Schmidt zurück, der blass wie der Tod war. Er faltete seine Storchenbeine in den Sessel und umklammerte mit seinen langfingrigen Händen die Lehnen.

»Furchtbar! Ganz furchtbar! Mathieu ... so ein lieber Junge. So gar nicht wie ... ich meine ...«

»Wie David. Ich will Sie nicht lange aufhalten, Herr Schmidt. Waren Sie gestern auf dem Ausflug, und wo waren Sie von vier bis sieben?«

»Ich bin nicht mitgegangen. Ich habe Experimente vorbereitet. Das habe ich bis zum Abendessen gemacht.«

Gideon seufzte. »Hat Sie jemand gesehen?«

»Wohl kaum. Ich war einmal kurz für ein Nickerchen in meinem Zimmer – so von halb fünf bis fünf.«

»Geht Ihr Labor oder Ihr Schlafzimmer gegen den Jura? Haben Sie Lehrer Jenny gesehen? Er hat ein Eisfeld oder so etwas erstellt.«

»Ich glaube, ich habe Bruno kurz gesehen, als ich in mein Zimmer ging, aber danach nicht mehr.«

Um halb fünf – das half nicht wirklich weiter. »Ich danke Ihnen. Sie können gehen.«

Schmidt stand so erleichtert auf, als habe er ein schweres Examen hinter sich, und verschwand eilig. Schon kam Friedli mit Eberwein herein. Der Mann wirkte grimmig, aber nach Schmidts Gestotter war sein gelassenes, ruhiges Wesen eine Wohltat.

»Wie kann ich helfen, Herr Korporal?«

»Ich müsste vor allem wissen, ob Sie am Ausflug teilgenommen haben und was Sie zwischen vier und sieben gemacht haben«, erwiderte Gideon. »Aber wenn Sie mir noch mehr über Mathieu sagen können oder andere Informationen haben, wäre ich Ihnen dankbar.«

Eberwein setzte sich und streckte die langen Beine von sich. »Ich war mit dabei. Wir waren am Eichholzhügel und haben den Jungen den Schalenstein gezeigt. Da war Freund Triebold plötzlich froh um meine Kenntnisse!« Er strich sich über den Walrossschnäuzer. »Danach habe ich im Lehrerzimmer bis um halb sieben Examen korrigiert und bin dann nach Hause gegangen.«

»Und ich nehme an, es hat Sie niemand gesehen? Ist Ihnen

auf dem Heimweg jemand begegnet?« Er sah in seine Unterlagen. »Sie wohnen an der Bielstraße?«

»So ist es. Aber gesehen habe ich niemanden.«

»Haben Sie aus Ihrem Fenster im Lehrerzimmer vielleicht Lehrer Jenny gesehen? Er hat ein Eisfeld gegossen.«

Eberwein lächelte. »Brunos Eisfeld! Eine wahre Innovation. Aber nein, ich habe ihn nicht gesehen. Ich wollte fertig werden und habe nur in meine Hefte gestarrt.«

»Ich verstehe. Dann sagen Sie mir: Wie haben Sie Mathieu erlebt? Ist Ihnen etwas aufgefallen?«

»Das kann ich nicht behaupten. Mathieu ist ein unauffälliger Junge; zartbesaitet – ich musste manchmal aufpassen, dass ich ihn nicht einschüchtere. Aber er besaß eine schnelle Auffassungsgabe, und die Geschichte lag ihm sehr. Mehr kann ich Ihnen leider nicht sagen.«

»Ich danke Ihnen.«

Gideon stand seufzend auf und begleitete Eberwein zur Tür. Dann spähte er in den Gang. »Wo bleibt der Präfekt, Friedli?«

»Ich habe ihm Bescheid gesagt, aber er meinte, er müsse noch … Ach, da kommt er ja.«

Tatsächlich; Marthaler kam auf sie zu geschlendert, als hätte er alle Zeit der Welt. Gideon öffnete die Tür besonders weit und sah dem Präfekten entgegen. Es half nichts; der Mann ging so gemächlich weiter wie bisher; wahrscheinlich war es pure Absicht, um die Polizei in ihre Schranken zu weisen.

Rasch setzte Gideon sich wieder. »Ich will Ihre kostbare Zeit nicht zu lange beanspruchen, Herr Marthaler. Ich nehme an, Sie waren nicht auf dem gestrigen Ausflug. Ich bräuchte nur zu wissen, was Sie von vier bis sieben gemacht haben.«

Marthaler setzte sich umständlich, strich prüfend über seine Hosenbeine und verzog unwillig das Gesicht. »Ich finde diese Einmischung in mein Privatleben eine Zumutung. Aber ich werde gute Miene machen. Ich habe im Dorf einen Freund besucht; meine Frau war mit den Kindern bei ihrer Mutter.«

»Name des Freundes?«

Indigniert starrte Marthaler ihn an. »Ich möchte ungern meine Freunde belästigen, Herr Korporal.«

»Das müssen Sie nicht; ich übernehme das schon.« Gideon presste die Lippen zusammen, als sich die Falten in Marthalers Gesicht vertieften. Er hätte das nicht sagen sollen, aber es hatte Spaß gemacht.

»Sie halten sich für besonders gewitzt, was? Na gut: Er heißt Franz Burri.«

»Adresse?«

»Bündengasse 7.« Marthaler stand auf. »Ich werde mich bei Ihrem Vorgesetzten beschweren.«

»Nur zu.«

Er sah dem dicklichen Präfekten nach, der sich – dieses Mal in bedeutend höherer Geschwindigkeit – davonmachte. Immerhin hatte er den Ballon der Rechtschaffenheit ein wenig anpiksen können. Jetzt aber auf nach Plagne.

Zwei Stunden später stand Gideon vor dem Haus der Theuillerats. Die zusätzlichen zehn Kilometer von Grenchen nach Plagne hatten sich machbar angehört, aber dem geografisch Bewanderten wäre bewusst gewesen, dass zwischen der ebenerdigen Wanderung von Solothurn nach Grenchen und den zehn Kilometern bergan auf die kleine Hochebene, auf der der Weiler lag, ein gewaltiger Unterschied bestand. Der viele Schnee hatte den Weg noch beschwerlicher gemacht, sodass Gideon stärker schwitzte als nach der Wanderung auf den Grenchenberg.

Schnaufend musterte er das Haus. Ein stattlicher Bau, einen Kilometer entfernt vom Dorf Plagne, auf einer Anhöhe mit Blick in ein bewaldetes Tal. Äußerst abgelegen. Warum zog ein Mann hierher, wenn er so gut verdiente, dass er sein Kind nach Breidenstein schicken konnte? Vielleicht stammten die Theuillerats von hier. Das Dorf war nicht für Gutverdiener bekannt, sondern für Kesselmacher, Töpfer und – wie die meisten Juradörfer – die Uhrmacherei in Heimarbeit, aber vielleicht existierte eine vermögende Dorfaristokratie.

Er klopfte an die Tür, die fast unmittelbar geöffnet wurde. Vor ihm stand eine mittelgroße, schlanke Dame mit blasser Haut und hellblondem, feinem Haar und musterte ihn aus verschreckten Augen. Er zog seinen Handschuh aus und reichte ihr die Hand. Ihre Finger waren schmal und kalt wie trockene Zweiglein.

»Madame Theuillerat? Ich bin Korporal Ringgenberg und wegen Ihres Sohnes hier. Sie haben das Telegramm bekommen?« Er stellte fest, dass er seinen besonderen Tonfall angeschlagen hatte, den er für Angehörige verwendete, aber auch – man hatte es als Landjäger mit den unterschiedlichsten Dingen zu tun – für verschreckte Wildtiere, die sich in ein Haus verirrt hatten. Das schien in diesem Fall angemessen, denn genau so stand die Frau vor ihm: wie ein Rehkitz vor dem Jäger; zitternd, als würde die kleinste Bewegung seinerseits ausreichen, um sie fliehen zu lassen.

Schließlich nickte sie. »*Oui.* Bitte treten Sie ein.« Sie führte ihn in ein großzügiges Wohnzimmer, dessen riesige Fenster auf das Tal hinausgingen. Im Sommer gewiss ein majestätisches Panorama, war der jetzige Ausblick mit den schneebedeckten Tannen und Feldern unter grauem Himmel einfach nur kalt und trostlos. Ihn fröstelte, obwohl ein Feuer im Cheminée prasselte.

»Einen Tee? Etwas Stärkeres?« Fragend sah Madame Theuillerat zu ihm hoch. Sie reichte ihm nur bis zu den Schultern und war damit noch kleiner, als er im ersten Augenblick gedacht hatte.

»Tee ist gut. Haben Sie vielen Dank.« Er setzte sein wärmstes Lächeln auf, das sie scheu erwiderte, dann verschwand sie in die Küche und kam kurz darauf mit zwei dampfenden Tassen zurück, die sie auf ein Nussbaumtischchen stellte. Sie nahm auf einer Chaiselongue in der Nähe des Fensters Platz, während er sich ihr gegenüber auf ein abgeschabtes Fauteuil setzte.

»Was ist passiert? Im Telegramm steht nur, dass Mathieu verschwunden ist und dass es ein … ein Verbrechen sei.« Sie schluckte, und die Sehnen an ihrem Hals traten wie dünne Seile hervor.

»Das ist richtig«, erwiderte Gideon ruhig. »Wir haben einen Brief erhalten, in dem Lösegeld gefordert wird; er lag auf dem Bett Ihres Jungen. Bis nächsten Sonntag sollen fünftausend Franken geliefert werden.« Er hielt inne. »Wir empfehlen in solchen Fällen, das Geld nicht zu zahlen. Da aber schon ein

Junge zu Tode gekommen ist, würden wir eine Übergabe vortäuschen und dem Täter eine Falle stellen.«

»Das will ich nicht riskieren!« Sie zerknüllte ein Taschentuch in ihren Händen. »Als ich vom Tod des anderen Jungen hörte, hätte ich Mathieu am liebsten gleich abgeholt, aber mein Mann fand, dass ich überreagiere. Hätte ich es nur getan. Mein armer Junge!«

Er betrachtete mitfühlend ihre blasse, fast durchscheinende Haut, die hochgezogenen Schultern, die glänzenden Augen.

»Ich verstehe Sie«, erwiderte er. »Aber es ist immer eine schlechte Idee, den Entführern das Geld so einfach in den Rachen zu werfen, glauben Sie mir.«

Sie richtete sich auf, musterte ihn und sah ihm dann direkt in die Augen. »Haben Sie Kinder, Herr Korporal?« Ihr Blick fiel auf seine Hände. »Ich nehme es nicht an. Dann wissen Sie nicht, wovon Sie sprechen. Keine Mutter würde das akzeptieren. Das dürfen *Sie mir* glauben.«

Ihre Stimme hatte an Schärfe gewonnen, und in den veilchenfarbenen Augen glomm ein Feuer. Jetzt wirkte sie nicht mehr, als könne ein Windhauch sie umwerfen.

»Ich verstehe Ihre Bedenken wirklich«, erwiderte er schließlich. »Und nein, ich habe keine Kinder. Aber ich werde alles tun, damit wir Ihren Sohn lebendig zurückbekommen. Und dafür – das versichere ich Ihnen – ist es nie ratsam, auf finanzielle Forderungen einzugehen. Normalerweise würden wir auch nicht gleich eine Übergabe vortäuschen; das tun wir nur des Todes von David wegen.« Er lächelte beruhigend.

Madame Theuillerat griff nach ihrer Teetasse und hielt sie einen Moment in ihren Händen. Ihr Kopf war gesenkt, er konnte ihr Gesicht nicht sehen. Schließlich seufzte sie und sah hoch. »Dann muss ich mich wohl fügen«, erwiderte sie ruhig. »Aber beten Sie zu Gott, dass Sie meinen Jungen wohlbehalten zurückbringen.«

»Das werde ich«, bekräftigte Gideon mit fester Stimme. »Ich bin mir im Übrigen sicher, dass der Tod des ersten Jungen nicht das gewünschte Resultat des Entführers war. David Blösch war ein provokanter Kerl, er muss den Entführer gereizt haben. Ihr Junge ist ganz anders, nicht wahr?«

»Das ist er. Er ist scheu – er kommt nach mir.« Sichtlich gelöster lächelte sie.

»Hatte er Probleme in der Schule? Mit einem von den Lehrern oder mit anderen Angestellten?«

Sie schüttelte den Kopf. »Er mag Biologie, die Tier- und Pflanzenwelt, das Lesen und Geschichte. Darum gefällt es ihm in Plagne so gut. Ich wäre lieber an einem Ort, wo mehr Menschen leben, und bin nur meinem Mann zuliebe hierhergezogen. Aber ich freue mich, dass Mathieu aufgeblüht ist.«

»Also stammen Sie nicht von hier. Was ist mit Ihrem Mann?«

»Mein Mann stammt aus dem Aargau, wir haben lange in Baden gelebt. Ich komme aus dem hinteren Jura.«

»Dann ist das für Sie eine Rückkehr in die Heimat?«

»Nicht richtig«, erwiderte sie. »Ich liebe den Jura, aber die religiösen Kämpfe bedrücken mich.« Sie griff nach dem goldenen Kreuzchen, das sie am Hals trug. Wahrscheinlich gehörte sie zur romtreuen Sorte. Gideon sah sich im Raum um, der seltsam kahl wirkte. Die Teppiche waren dünn und billig, und die einzigen schönen Möbelstücke waren die Chaiselongue, auf der sie saß, und ein Kirschbaumschrank in der Ecke des Raumes.

»Ihre Chaiselongue ist wundervoll«, bemerkte er. »Meine Mutter hat eine ähnliche.«

Sie lächelte erfreut. »Sie ist eines der wenigen Stücke, die ich von zu Hause mitgebracht habe. Unsere Familie war einmal wohlhabend, und dieses Stück hat *Mère* mir zugedacht, ebenso den Schrank in der Ecke.«

»Das habe ich mir fast gedacht. Ein schönes Möbel.« Abgesehen davon schien nichts in diesem Zimmer zu ihr zu passen. Dafür lagen allerorten Hinweise auf die Vorlieben des Mannes: eine kostbare Meerschaumpfeife auf einem Tischchen, daneben ein goldenes Monokel, auf einem Sessel eine teuer wirkende Tweedmütze, an der Wand zwei Gewehre, die im Licht des Feuers funkelten.

»Ist Ihr Mann Jäger?«, fragte er schließlich.

»Nur in der Freizeit«, erwiderte sie. »Er kommandiert eine Kompanie der Fremdenlegion.«

»Kommt er bald zurück?«

»Ich habe ihm geschrieben«, erwiderte Madame Theuillerat. »Er kann am Freitag hier sein.«

»Das ist gut; dann können wir alles mit ihm besprechen.« Gideon stand auf. »Dann mache ich mich auf den Rückweg. Ich halte Sie auf dem Laufenden, Madame.«

Sie stand ebenfalls auf. »Bitte tun Sie das.« Mit ihren zartgliedrigen Händen griff sie nach seiner Rechten. »Jetzt, da Sie hier waren, geht es mir besser.«

Sie wirkte wieder fast so zerbrechlich wie am Anfang, aber ihm schien, als könne er den verborgenen stählernen Kern, den sie ihm vorhin offenbart hatte, noch wahrnehmen. Behutsam drückte er ihre Hände. »Ich – wir – tun unser Bestes. Ich komme am Freitag wieder.«

Sie griff nach einem hellblauen Wollcape und begleitete ihn vor die Tür, obwohl er ihr versicherte, dass er den Weg selbst fand. Um sich gegen den scharfen Wind zu schützen, schlug er den Kragen seines Mantels hoch, dann verließ er das Anwesen auf dem schmalen, gewundenen Pfad. Als er das Tor erreichte, drehte er sich noch einmal um. Sie stand immer noch da, während der Wind an ihren Haaren riss und sie aussehen ließ wie einen wilden blonden Engel. Oder eine weiße Hexe? Nein, der Engel war passender.

Grüßend hob sie die Hand und verschwand dann im Haus, und Gideon setzte seine Mütze auf und streifte die Handschuhe über. Es dämmerte schon; wenn er seine heutigen Untersuchungen noch zu Papier bringen wollte, musste er sich beeilen. Aber es fiel ihm schwer. Die zarte Frau in dem leeren Haus ging ihm nach; die Aura der Einsamkeit und Angst rührten ihn, aber die innere Kraft, die er zu sehen geglaubt hatte, beeindruckte ihn zugleich. Warum wählte ihr Mann so einen einsamen Wohnort, wenn er ständig unterwegs war? Ihm erschien das egoistisch, und er konnte sich nicht vorstellen, dass ihm Monsieur Theuillerat sonderlich sympathisch sein würde. Aber wichtig war, dass sie mit den Ermittlungen vorwärtskamen. Morgen würden sie Ruedi Schubiger aus der Untersuchungshaft entlassen und unter Beobachtung stellen. Er war nach wie vor der Hauptverdächtige und würde sie vielleicht zu Mathieu führen. Auch Triebold, Jenny, Eberwein, Schmidt und Präfekt Marthaler wurden unauffällig beobachtet; wenn der Junge irgendwo versteckt wurde, musste der Entführer ab und zu nach ihm sehen. Auf dem Gelände Breidensteins hatten sie jeden Stein umgedreht, jeden Schuppen und jede Scheune durchstöbert und nichts entdeckt. Wenn sie den einen oder anderen Verdächtigen ausschließen konnten, waren sie einen Schritt weiter.

Der letzte Ruck des Ochsenkarrens war so gewaltig, dass Sarah um ein Haar in den Schnee katapultiert worden wäre. Hastig griff sie nach der Lehne und konnte das Unheil gerade noch verhindern; dafür landete sie schmerzvoll wieder auf der harten Bank. Sie zuckte zusammen und betastete heimlich ihr Hinterteil, während Monsieur Corbat neben ihr nur lachte. »Vielleicht wären Sie besser in den Schnee gefallen! Aber wir sind bald da.«

Sarah zog sich die nach Schaf riechende Wolldecke dichter um die Schultern. Seit dem Morgengrauen war sie mit dem Maître unterwegs über Stock und Stein, damit sie sich die sogenannte Prémontage ansehen konnte – die Arbeit, die in den Wintermonaten von Bauern in Heimarbeit erledigt wurde. Dabei wurden unter anderem die Rubinsteine in die Fassung eingesetzt. Sie freute sich darauf, mehr über diesen Arbeitsschritt zu lernen; soweit sie wusste, konnte man den in Grenchen nicht besichtigen. Außerdem hatte Maître Corbat ihr versichert, dass sie heute nur zuschauen musste.

»Die Prémontage ist ein wichtiger Arbeitsschritt«, sagte er

eben. »Leider können wir als Uhrmacher nur wenig Kontrolle ausüben. Die Schleifer suchen sich die Bauersleute aus, denen sie die Arbeit übergeben, und normalerweise bekommen die die Steine auch von den Schleifern. Ich will mir das heute einmal selbst anschauen; mir scheint, dass diese Leute nicht viel von der Sache verstehen.«

»Warum sollten die Schleifer schlechte Leute einstellen?«, fragte Sarah.

»Ist billiger«, erwiderte er schroff. »Sie zahlen niedrige Löhne, dann bleibt ihnen mehr vom Gewinn. Die erfahreneren Bauern wollen irgendwann mehr Geld, und weil sie es nicht bekommen, hören sie auf. Wenn Sie mich fragen, lohnt sich das nicht mit den billigen Arbeitern, aber Geld regiert die Welt, nicht wahr?«

Nach endlosen Kurven durch die bleiche, verschneite Hügellandschaft erreichten sie endlich den Hof, und Sarah war dankbar, dass von ihr keine Arbeit erwartet wurde. Ihre Hände und Füße waren fast steif gefroren. Außerdem hatte sie die letzten paar Nächte nicht gut geschlafen; sie fühlte sich nicht in der Form, kostbare Rubine zu verarbeiten.

Die Bauersfrau, die ihnen freundlich Einlass gewährte und ihnen zwei Tassen dampfenden Tees hinstellte, schien sich über den Besuch zu freuen; wahrscheinlich kam hier im Winter nie jemand vorbei. Eifrig nahm sie von Maître Corbat die Papierbriefchen entgegen, in denen sich die Rubine befanden. »Es sind Briefchen von je zehn, zwölf oder hundert Steinen«, erklärte er Sarah. »Ich habe sie ausnahmsweise bei Madame Vigueret abgeholt. Eine Zangengeburt! Sie konnte sie mir erst heute früh geben; nicht einmal wiegen konnte ich sie. Und nur fünf Briefchen! Aber das ist vielleicht gut, diese Leute haben noch nicht viel Erfahrung. Wollen schauen, wie sie zurechtkommen.« Er runzelte die Stirn, und als Sarah der Frau in ein niedriges Zimmerchen folgte, wo sie sich an die Arbeit setzte, wurde ihr klar, wieso. In Grenchen hatte sie schon viele flinke Arbeiterinnen gesehen – in der Finissage, aber auch in anderen Uhrenpartien. Diese Frau und ihr Mann, der sich an einem anderen Tischchen abmühte, mochten gekonnt Kühe melken oder Heu ernten, aber mit den kleinsten Uhrenteilchen wussten sie noch nicht umzugehen. Es war fast eine Qual, ihnen zuzusehen, wie sie mit der Pinzette zitternd nach dem winzigen Rubin griffen und ihn in die Klammerfassung der Uhr einzusetzen versuchten. Mehr als einmal zerbrach ein Stein, und Maître Corbat zuckte jedes Mal zusammen, als hätte ihn ein Stich ins Herz getroffen. Ohne seinen Unmut zu bemerken, machten die beiden weiter, aber als ihnen zum vierten Mal ein Stein zerbrach, sprang der Maître auf. »Hat Ihnen die Schleiferin nicht gezeigt, wie das geht?«

Die Frau sah unbeeindruckt hoch. »*Mais oui*. Aber es ist erst unser zweiter Winter, verstehen Sie?«

Die beiden beugten ihre grauhaarigen Köpfe wieder über die Uhrenteile. Nach zwei quälenden Stunden, in denen noch weitere Steine der Vernichtung anheimfielen, machten sie sich auf den Rückweg, und am Gesichtsausdruck des Maître konnte Sarah erahnen, dass er ebenso enttäuscht und unzufrieden war wie sie. Von diesem stümperhaften Bauernpaar hatte sie wirklich nichts lernen können! Maître Corbat, der die erste halbe Stunde ihrer Rückfahrt mürrisch dagesessen hatte, ließ seinen Gefühlen schließlich freien Lauf.

»*Quelle perte de temps!* Diese Leute wissen nicht, was sie tun. So etwas habe ich noch nie erlebt; selbst bei den unerfahrensten Leuten. Ich muss mit Madame Vigueret reden. Ich fürchte allerdings, dass es keinen Zweck hat. Sie wollen Geld verdienen. Und leider ist sie die beste Schleiferin im Ort.« Er seufzte. »Aber vielleicht suche ich mir doch jemand anderen. Wie heißt die Mademoiselle, bei der Sie waren? Dubois? Da klopfe ich mal an.« Er schlug mit den Zügeln auf den Rücken des Fuchses, der mit dem Kopf schlug und das Tempo steigerte, während Schneeflocken die Kutsche umtanzten.

Das Erste, was ihr bei ihrer Rückkehr in das Haus von Madame Bregnard auffiel, war nicht der unvermeidliche Geruch von Lauch und Kartoffeln, sondern der Brief, der auf der Kommode lag. Ob Paul geschrieben hatte? Gespannt griff sie danach und ging in ihr Zimmer. Doch die Schrift war eine andere; kantiger und bestimmter. Sie schnippte den Brief auf. Korporal Ringgenberg! Ihre Stimmung hob sich, aber kaum hatte sie mit Lesen angefangen, schlich sich Beklommenheit in ihr Herz. Ruedi sollte in Solothurn verhört werden, nachdem ein zweiter Junge entführt worden war und man belastende Indizien gefunden hatte. Sie wollten ihn nach der Befragung wieder freilassen, schrieb Ringgenberg, aber sicher würde man ihn beschatten. Wie mochte es Rosa gehen? Sie musste ihr unbedingt schreiben. Dann stockte ihr Herz. Ringgenberg hatte den Namen des Jungen nebenbei erwähnt. Mathieu – der zarte blonde Junge, den sie vor Maries Tür getroffen hatte? Bei dem Namen war es unwahrscheinlich, dass es ein anderer war. Ihr Herz krampfte sich zusammen, und sie musste sich zwingen weiterzulesen. Immerhin schrieb Ringgenberg, dass er nicht nur Ruedi, sondern auch Triebold, Eberwein, Jenny und Schmidt sowie Präfekt Marthaler befragen würde. Das bedeutete, dass er nicht allein auf Ruedi setzte.

Der restliche Brief war weitaus angenehmer zu lesen. Ausführlich und unterhaltsam berichtete der Korporal von einer Schachpartie gegen einen Kollegen, beschrieb eine Wanderung, die er mit seiner Halbschwester gemacht hatte, und erzählte von seinem Freund Viktor, der Vaterfreuden genoss und den armen Freund im Stich ließ. Am Schluss erkundigte er sich nach ihren Erlebnissen in Bonfol und nach ihrem Schachspiel und hängte Grüße und die Hoffnung an, dass sie sich in diesem abgelegenen Ort nicht zu Tode langweilte.

Sie lächelte. Im persönlichen Umgang war der Korporal zurückhaltend und etwas hölzern, aber er schrieb leichtfüßig und anschaulich und führte eine so gewitzte Feder, dass er ihr das Herz leichter gemacht hatte. Sie würde ihm gleich antworten. Aber wie? Schließlich wollte sie in ihrer Schreibkunst nicht zurückstehen. Nachdenklich kaute sie auf dem Ende ihrer Feder herum, dann legte sie los. Nach fünf Minuten pausierte sie und betrachtete ihr Werk.

Werter Korporal, ich danke bestens für den ausführlichen Bericht aus der Heimat! Die Neuigkeiten zu Ruedi sind betrüblich; bitte lassen Sie mich wissen – soweit das möglich ist –, wenn es etwas Neues gibt. Den kleinen Mathieu habe ich einmal getroffen; ein entzückender Junge! Hoffentlich passiert ihm nichts. Zum Schachspielen bin ich nicht gekommen; ich konnte hier keine vielversprechenden Landjäger ausmachen. Das Bernische Militär sieht grobschlächtig aus, und mir fehlt die Lust, mich mit diesen Katholikenhassern abzugeben.

Sie grinste in sich hinein und berichtete ausführlich von der letzten Messe und der Meute Christkatholiken, beschrieb ihm ihre Schlummermutter und den alten Corbat.

Sie sehen, ich langweile mich nicht, auch wenn das Dorf wenig zu bieten hat. Aber ich sehne mich nach einer guten Schachpartie und hoffe, dafür einmal auf Sie zurückkommen zu können. Ihrem Bericht nach haben Sie Fortschritte gemacht und sind inzwischen vielleicht auch meinem Spiel gewachsen …!

Das sollte reichen. Sie beendete den Brief mit einem Gruß und versiegelte ihn fröhlich, doch während sie sich für das Abendessen frisch machte, kehrte die Sorge um Mathieu, Ruedi und Rosa zurück. Ringgenberg hatte geschrieben, ein Stiefelabdruck im Schlafsaal sei der Grund für die Verhaftung, aber auch, dass Ruedi leugnete, dort gewesen zu sein. Da versuchte jemand, ihm die Entführungen und den Mord unterzujubeln, das stand fest! Aber wer könnte das sein, und warum suchte er oder sie sich Ruedi aus? Um Ruedi zu helfen, mussten sie ihm ein Alibi beschaffen oder den wahren Täter finden; Ersteres versprach auf die Schnelle mehr Erfolg. Sie würde gleich Rosa schreiben. Vielleicht konnte Marie sich unter den Dienstmädchen umhören, ob eines von ihnen Ruedi an diesem Nachmittag gesehen hatte. Gemäß Ringgenberg hatte Ruedi behauptet, er habe von vier bis fünf gearbeitet, danach seine Stiefel gewaschen und sei dann gegangen. Wenn jemand das bezeugen konnte, war er aus dem Schneider.

Rasch schrieb sie ein paar Zeilen an Rosa und versuchte der Freundin Mut zu machen, aber das war nicht leicht. Sie vermisste Rosa und die anderen und hatte ein schlechtes Gewissen – oft hatte sie sich in den letzten zwei Wochen nicht gemeldet, und morgen war schon Mittwoch; ihre Zeit in Bonfol war bald vorbei. Aber vielleicht taten Rosa das Mitdenken und Mitfühlen gut.

Nach dem Abendessen, bei dem sie nur mit Mühe dem Wortschwall der Madame hatte folgen können, zog sich Sarah so rasch wie möglich in ihr Zimmer zurück. Jetzt, da das Thema Rosa und Ruedi abgearbeitet war, schlich sich doch leise Enttäuschung über Pauls Schweigen ein. Immerhin hatte er vor ihrer Abreise die feste Absicht geäußert, sich regelmäßig zu melden. Aber vielleicht war sie unfair; sie wusste nicht, wie viel er um die Ohren hatte. Warum ihn nicht fragen? Sie war heute in Schreiblaune.

So setzte sie sich wieder an ihr Tischchen und schrieb ein paar Zeilen zu ihrem heutigen Ochsenkarren-Abenteuer, ergänzte sie um den Bericht über die Messe in Frankreich und erkundigte sich nach seinem Befinden, nicht ohne zu erwähnen, dass sie ihn vermisste und sich auf das Wiedersehen mit ihm freute. Danach schlug sie ihre Bücher auf, öffnete ihre Werkzeugtasche und entnahm ihr den Wecker, den Monsieur Corbat ihr heute zum Abschied in die Hand gedrückt hatte. Morgen wollte er sie über seinen Aufbau befragen, dafür musste sie ihn auseinanderschrauben. Zum Glück hatte Madame Bregnard einen tiefen Schlaf; nur so hatte sie zu nächtlicher Stunde ein paar der Stücke fertigstellen können, die sie tagsüber nicht ganz geschafft hatte. Maître Corbat drückte ein Auge zu, wenn sie ihm die Sachen am nächsten Morgen fertig aufs Pult stellte. Der fehlende Schlaf machte ihr zu schaffen, aber jetzt galt es, durchzuhalten. Bald war ihre Stage vorbei, und auf den letzten Metern wollte sie nicht einknicken.

Das Uhrenatelier wirkte am Freitagmorgen düster. Alles lag im Dunkeln, und die Luft roch abgestanden und säuerlich. Müde setzte Sarah sich an ihren Tisch und rieb sich die Augen. Corbat hatte ihr, hocherfreut über ihre Arbeit am Wecker, am Mittwoch zwei weitere Exemplare überreicht, die sie instand setzen sollte. Gestern war es halb drei nachts geworden; dabei hatte sie gehofft, sie wäre dank der vielen Übung mittlerweile schneller. Aber sie war nicht vom Fleck gekommen. Dummerweise war sie um vier Uhr schon wieder aufgewacht und hatte nicht mehr einschlafen können; ständig hatte sie Maître Corbats missbilligendes Schildkrötengesicht vor sich gesehen. Schließlich war sie aufgestanden und durch das noch schlafende Dorf zum Atelier geeilt. Was sollte sie noch im Bett? Besser, sie betrat die Höhle des Löwen gleich.

Langsam erwachte nun das Dorf. Die fahle Wintersonne schickte erste Strahlen über ihren staubigen Tisch, beleuchtete die schmutzigen Scheiben. Wann wohl der Maître kam? Sarah trommelte mit den Fingern auf den Tisch. Ob Marie etwas hatte herausfinden können? Sie hatte keine Post mehr bekommen; weder von Rosa noch von Pauline oder Paul. Immerhin würden sie sich bald wiedersehen.

Die Tür quietschte, und Maître Corbat schob sich in das Atelier. Mit einem stummen Nicken beorderte er sie zu sich. Sarah setzte sich auf den harten Stuhl, der seinem Pult gegenüberstand, und gab sich alle Mühe, nicht zu aufgeregt zu wirken.

»Mademoiselle.« Er räusperte sich kurz. »Ich will es kurz machen. Ihr Einstieg war nicht ruhmvoll, aber Sie haben sich in diesen drei Wochen stark gesteigert. Ich bin sehr zufrieden mit

Ihrem Französisch, aber auch mit Ihrer Leistung. Ihre Effizienz ist beachtlich, und wo Sie noch etwas langsam sind, haben Sie es mit Sondereinsatz wettgemacht. *Bravo!*«

Der Maître führte seine Beurteilung weiter aus, besprach dieses und jenes Projekt und ihre Arbeit, aber sie hörte ihn kaum. Ein gewaltiges Glücksgefühl glühte in ihrem Magen. Schließlich beendete er seine Rede. »Ich wünsche Ihnen alles Gute, *Mademoiselle*. Den Bericht schicke ich Ihrem Lehrmeister.«

Strahlend ergriff Sarah seine Hand und zuckte ob seines festen Griffs zusammen. Dann wandte sich der Maître dem Tagesgeschäft zu, während Sarah ihren Arbeitsplatz räumte, die Werkzeuge im Koffer und die Bücher in ihrer Ledertasche verstaute. Schließlich war der Tisch leer. Sie kontrollierte ihre Tasche ein letztes Mal und stutzte. Wo war der Dumontier-Jurgenssen? Die Bücher in ihrem Zimmer hatte sie schon eingepackt; da war er nicht dabei gewesen. Sie musste ihn bei Madame Vigueret gelassen haben; nach jenem desaströsen Morgen hatte sie nicht die geringste Lust verspürt, das Buch noch einmal anzusehen.

Seufzend machte sie sich auf den Weg zum Atelier. Sie musste sich sputen; Madame Bregnard hatte vorgeschlagen, zum Abschluss ihrer Lehrzeit gemeinsam das von ihr gerühmte Pie Jesu aufzusuchen. »Sie haben ganz entzückende Figürchen und Kreuze«, hatte sie gesagt, einen verklärten Ausdruck in den Augen. Besonders große Lust auf den frommen Laden hatte Sarah nicht, aber vielleicht fand sie ein Geschenk für Rosa, Paul, die Freundinnen und Familie Schneider. Aber erst musste sie ihr Buch wiederhaben.

Auch der Marsch durch das Dorf war heute bedeutend angenehmer als beim ersten Mal. Die Sonne war nicht mehr ganz so fahl und ließ den karierten Zwiebelturm der Dorfkirche erstrahlen, selbst die uniformierten Berner wirkten heute nicht so bedrohlich. Dennoch war Sarah etwas beklommen zumute, als sie kurz darauf die enge Treppe zum Dachzimmer von Madame Vigueret hinaufstieg. Auf eine erneute Begegnung mit der schnippischen Schleiferin hätte sie gern verzichtet.

Und sie hatte Glück: Als sie die Tür öffnete, waren nur zwei Arbeiterinnen dabei, Steine zu schleifen. Gern hätte sie den beiden länger zugeschaut, aber sie warfen ihr misstrauische Blicke zu. Rasch erklärte sie, warum sie hier war, nicht ohne einen gewissen Stolz, wie leicht ihr die französischen Worte inzwischen über die Deutschschweizer Lippen kamen. Dann suchte sie den Raum nach dem Buch ab. Auf keinem der Tischchen lag etwas. Vielleicht auf dem Regal in der Ecke? Neben einer Reihe Papierbriefchen und einer Art Sandsack standen Bücher. Ihre Finger glitten über die Buchrücken. Eine Ordnung war nicht festzustellen. Sie griff nach einem der älteren Stücke. Kunckel, *Ars Vitraria* – hatte nicht Fabrice davon gesprochen? Irgendetwas von Cassiusgold. Sie seufzte. Er und sein idiotisches eidetisches Gedächtnis konnten ihr gestohlen bleiben! Sie stellte es zurück und blickte prüfend über die Reihen. Da, ihr Dumontier-Jurgenssen! Sie griff danach.

»Was machen Sie da?«

Sarah zuckte zusammen und drehte sich um. Hinter ihr stand Madame Vigueret und starrte sie böse an. Mit dunklen, zerzausten Haaren und schmutzigen Schuhen sah sie aus wie eine Hexe.

Sarah hob ihr Buch hoch. »Das hatte ich bei Ihnen liegen lassen. Ich gehe schon.«

»Das will ich hoffen. Ich habe genug von euch Ketzern und Uhrenfritzen!« Sie stieß die Hände in die Hüften.

»Ich bin katholisch«, erwiderte Sarah. Fast hätte sie über den Trotz in ihrer Stimme gelacht, aber die übertriebene Wut der jungen Frau stachelte sie an.

»Ihr Christkatholiken denkt natürlich, ihr seid auch katholisch.«

»Ich bin römisch-katholisch. Gott zum Gruß!« Erbost stiefelte Sarah Richtung Ausgang, doch ihr Ärger verrauchte rasch. Im Grunde war es amüsant gewesen, wie die Madame gegen die Uhrmacher gewettert hatte. Dabei arbeitete sie für sie! Aber wenn religiöse Gefühle überhandnahmen, verabschiedete sich die Vernunft gerne. Sie schulterte ihre Werkzeugtasche und beschleunigte ihre Schritte. Wenn sie sich beeilte, wäre sie noch pünktlich; die Kirche, ihr Treffpunkt mit Madame Bregnard, befand sich gleich um die Ecke.

Kurz darauf erreichte sie das Gotteshaus, vor dem Madame Bregnard bereits den stämmigen Hals nach ihr reckte. Sie griff nach Sarahs Arm und breitete, munter schwatzend und nach links und rechts die Leute grüßend, in Kürze die Geschichte des altehrwürdigen Geschäfts vor Sarah aus. Wenn man ihren Worten Glauben schenken durfte, hatte Pie Jesu schon Juwelen für den Heiligen Gral geschliffen, oder zumindest für den heiligen Fromund.

Nach diesen ruhmreichen Geschichten bot das Geschäft einen enttäuschenden Anblick. Die Buchstaben aus Email über dem Hauseingang – »Pie Jesu – M. Vigueret et fils depuis 1256« – mochten einst eindrucksvoll gewesen sein, aber der Lack war abgeblättert, und die Sechs hing schief und würde bald zu einer Neun werden, wenn niemand sich des Problems annahm. Das niedrige, schmale Ladenlokal fasste nur wenige Regale, auf denen die Ausstellungsobjekte standen: alles Material für die heilige Messe; Kelche mit eingelegten Edelsteinen, Monstranzen für das Allerheiligste und Kruzifixe. Interessanter waren die silbernen Engelchen mit edelsteinverzierten Flügeln und eine Muttergottes mit einem geschmückten Heiligenschein. Die Preziosen waren kunstvoll gefertigt; hier verstand man das Geschäft.

Aus den düsteren Tiefen des Ladens tauchte ein Mann von etwa fünfundfünfzig Jahren auf, der Madame Bregnard die Hand schüttelte. Sein gekraustes Haar hatte die Farbe von angelaufenem Silber, und seine gebeugte Haltung passte zu den herabhängenden Mundwinkeln. Madame Bregnard, die das übellaunig wirkende Äußere nicht einzuschüchtern schien, schob Sarah nach vorn. »Monsieur Vigueret, das ist Mademoiselle Siegwart, eine gute Katholikin! Sie sucht ein paar Geschenke.«

Mürrisch wies der Mann auf die Regale und hob dann zu einem Klagelied auf die bösen Zeiten an, wobei er nicht zu betonen vergaß, dass seine Familie einst große Klöster bedient habe.

»Und jetzt? Die Uhrenindustrie raubt uns das hart verdiente Geld. Alles, was meine Vorfahren aufgebaut haben, ist bedroht!« Er strich mit seinen Fingern über eine Monstranz. »Ich musste ein zweites Standbein aufbauen und meine Tochter eine Schleiferei führen lassen. Es ist eine Schande.«

Sarah warf Madame Bregnard einen Blick zu, aber die schien zum Glück nicht vorzuhaben, dem Mann zu eröffnen, was Sarah beruflich machte. Was sagte man zu so einer Tirade?

»Das tut mir leid, Monsieur Vigueret«, erwiderte sie schließlich. Dann kam ihr ein Gedanke. »Gehört Ihrer Tochter das Geschäft um die Ecke? Dann habe ich sie kennengelernt. Die Damen sind exzellent in ihrem Fach!«

Doch ihr freundliches Lächeln blieb vergebliche Liebesmüh. Er nickte nur grimmig und beklagte weiter, dass die jungen Damen zu viel Heizholz verbrauchten. »Wahrscheinlich frieren sie in ihren dünnen Stöffchen wie feine Bürgerdamen, anstatt sich anständige Unterwäsche anzuziehen. Der Niedergang ist nicht aufzuhalten!«

Sarah nickte höflich, aber sein Gejammer löste bei ihr Gereiztheit aus. *Tempora mutantur* – Die Zeiten änderten sich! Und wenn man bestehen wollte, musste man sich mit ihnen ändern. Endlich versiegte der weinerliche Strom, und Sarah drückte dem Mann ein paar Figürchen in die Hand. Das erhellte einen kurzen Moment sein verdrießliches Gesicht, und nach einem Segensgruß konnten sie den Laden endlich verlassen.

Erleichtert sog Sarah die frische Winterluft in die Lunge. Monsieur Vigueret hatte sie mit seinem Sermon ein wenig an ihren Vater erinnert, aber das wurde Vater nicht gerecht. Er mochte den alten Zeiten nachtrauern, aber er hätte sich nie im Selbstmitleid gesuhlt. Aufrecht kämpfend untergehen war eher seine Devise.

Der Samstagvormittag verging in Windeseile. Als das letzte Buch und Kleidungsstück ihren Platz gefunden hatten und nur noch die Kleider für die morgige Messe, die Reisekleidung für Montag und der Dumontier-Jurgenssen als Reiselektüre bereitlagen, pilgerte Sarah in den Eingangsbereich und nahm die Kommode ins Visier, auf der normalerweise der Posteingang zu liegen kam. Es war noch ein Brief für sie eingetroffen! Vielleicht hatte Paul geschrieben? Das wäre eine schöne Überraschung. Sie griff danach und drehte ihn um. Der Brief war von Rosa.

Ein dumpfes Gefühl breitete sich in ihrem Magen aus. Was war mit Pauls Versprechen, ihr mehr zu schreiben? Er schien sie nicht besonders zu vermissen. Aber vielleicht dachte er, dass sie sich in zwei Tagen ohnehin sehen würden. Bei dem Gedanken musste sie lächeln. Sie hatte ihm geschrieben, dass sie Montagabend ankam; sicher würde er dafür sorgen, dass er Zeit hatte, und in Rosas Häuschen vorbeikommen. Wie schön es sein würde, ihn zu sehen!

Eilig wandte sie sich nun Rosas Brief zu. Vielleicht hatten ihre Freundinnen schon Erfolg bei ihren Bemühungen gehabt. War Mathieu womöglich sogar schon wieder aufgetaucht? Die Sorge um den Jungen und um Ruedi hatte sie nicht losgelassen; wie wunderbar wäre es, wenn sie gute Neuigkeiten bekäme! Sie kehrte in ihr Zimmer zurück, öffnete den Umschlag und griff nach dem Papier, und je rascher ihr Blick über die Zeilen glitt, desto mehr wuchs ihre Begeisterung. Mathieu war noch nicht gefunden worden, aber eins der Dienstmädchen hatte Marie nach mehrfachem Nachfragen erzählt, dass es Ruedi gesehen hatte, wie er im Garten arbeitete, um fünf seine Stiefel gewaschen und danach im Bleichereigebäude auch noch seine Werkzeuge gesäubert hatte. Anschließend habe er auf einem Heuhaufen ein Nickerchen gemacht und sei erst um Viertel vor sechs aufgewacht. Das Mädchen hatte niemandem davon erzählt, weil es sich im Nebengebäude mit seinem Liebsten zu einem Stelldichein getroffen hatte. Die beiden hatten ein wachsames Auge auf alles gehabt, was sich in der Umgebung abspielte, um nicht erwischt zu werden. Rosa hatte Landjäger Friedli bereits informiert. Wie gut, dass Marie hartnäckig gewesen war! Das sollte Ruedi hoffentlich von jedem Verdacht befreien. Sarah schrieb einen kurzen Brief zurück, in dem sie Rosa und der wackeren Detektivin gratulierte.

Nach dem Mittagessen nahm sie sich den Dumontier-Jurgenssen vor. Mit neuem Elan begann sie mit der Lektüre, aber es blieb eine zähe Angelegenheit. Die ausführlichen Erklärungen zu den Rubinen waren zwar anschaulich; zäh zu lesen waren hingegen die umständlichen Beschreibungen. Vom »Verfahren, um Platten und Unruhkloben-Stege zu machen« über die »Verfertigung eines Zylinders aus Rubin oder Saphir« bis zum »Herstellen von Diamantpulver«: Alles wurde bis ins letzte, langweilige Detail erklärt. Sie legte den Schinken auf das Tischchen, lehnte sich an die Rückenlehne ihres Stuhls und schloss die Augen. Vielleicht ging es besser, wenn sie sich ein paar Minuten ausruhte. Doch anstelle der Ruhe hörte sie eine quälende, nörgelnde Stimme in ihrem Kopf; ein äußerst ungebetener Gast, der sie in den letzten Tagen öfter heimgesucht hatte:

Ist das wirklich das Beste, was du zu geben hast? Wenn du so an die Sache herangehst, wird das nichts!

Widerwillig griff sie erneut nach dem Buch und las weiter. Als es drei Stunden später an die Tür klopfte, schmerzte ihr

Schädel, und sie wandte sich erleichtert zur Tür. Aufgeregt hielt Madame Bregnard ihr ein Schreiben entgegen. »Ein Telegramm, meine Liebe! Von wem ist es denn?«

Ebenso neugierig wie ihre Schlummermutter griff Sarah danach. »Es ist von Korporal Ringgenberg.«

»Von einem Korporal? Wie aufregend! Ist das Ihr Liebster?«

»Nein, *Madame*. Nur ein Freund.« Und dazu noch ein Reformierter. Das hätte aber für Aufruhr gesorgt!

Sie wandte sich dem überraschend langen Telegramm zu, das gute Neuigkeiten enthielt: Die Befragung des Dienstmädchens durch die Landjäger hatte Ruedis Alibi bestätigt, sodass er nicht mehr unter Verdacht stand. Man würde ihn zwar zur Zeit der Geldübergabe überwachen, aber Ringgenberg ging nicht mehr davon aus, dass er etwas mit der Sache zu tun hatte. Er bat sie, Rosa und Marie wissen zu lassen, dass ihr Hinweis hilfreich gewesen war, bedankte sich für ihren Brief und wünschte ihr eine gute Rückreise.

Sie freuen sich sicher, den wilden Jura hinter sich lassen zu können. Vielleicht können Sie mir bei Gelegenheit wirklich ein neues Schachmanöver zeigen. Wenn ich meinen Kollegen nochmals schlagen will, muss ich etwas zu bieten haben!

Wie nett von ihm, diese persönlichen Zeilen anzuhängen. Sie holte ein Blatt Papier und ihre Feder hervor.

Es würde mich freuen, wenn ich Ihnen mein Schach-Wissen weitergeben kann. Aber seien Sie gewarnt: Je mehr man lernt, desto mehr erkennt man, dass man nichts kann – eine Übung in Demut! Ich freue mich darauf, die Wirkung dieses Effekts an Ihnen zu beobachten. Sie leiden ja nicht an einem unterentwickelten Selbstbewusstsein!

Lächelnd verschloss sie den kurzen Brief und legte ihn

neben sich auf das Pult. Was sie der Madame gesagt hatte, war keine Lüge gewesen. Sie hatten sich nicht oft gesehen, aber nach ihrer Zusammenarbeit im letzten Jahr und dem schönen Briefaustausch betrachtete sie den Korporal tatsächlich als Freund – und Freunde konnte man immer brauchen!

16

Monsieur Theuillerat, in eine litzenstarrende Uniform gewandet, zog an seiner Meerschaumpfeife und schien nicht vorzuhaben, sich in den nächsten fünf Minuten zu äußern. Vielleicht brauchte er erst eine Dosis seines kostbaren Krautes.

Ungeduldig starrte Gideon ihn an. Er hatte sich früh auf den Weg nach Plagne gemacht, um den Herrn zu treffen. Morgen sollte die fingierte Geldübergabe stattfinden; ob der Mann sich des Ernstes der Lage bewusst war? Madame Theuillerat, die Gideon mit einem ängstlichen Gesichtsausdruck ins Haus gelassen hatte, saß am Ende des Sofas, den Blick auf ihren Mann geheftet.

»Sind Sie mit unseren Übergabeplänen einverstanden, Monsieur?«

Ungnädig sah ihn der *Monsieur* an und schielte auf Gideons Schulter. Wahrscheinlich wollte er sich versichern, dass er den höheren Grad bekleidete. Gideon musterte seinerseits den Haken auf den Schultern seines Gegenübers.

»*Monsieur le Lieutenant?*«, verbesserte er sich.

Theuillerat nickte ihm deutlich zufriedener zu und zog erneut an seiner Meerschaumpfeife.

»Werden Sie die Übergabe übernehmen? Wie ich Ihnen bereits sagte, werden wir sie nur vortäuschen. Aber wir sind ganz in der Nähe und werden den Kerl fassen.«

Wieder Schweigen. Der Leutnant warf einen kurzen Blick auf seine Frau, dann wandte er sich wieder Gideon zu. »Ich muss heute zurück zu meiner Truppe. Und glauben Sie mir: Ich hätte auch nicht bezahlt, wenn Sie mir dazu geraten hätten.«

Madame Theuillerat entschlüpfte ein erstickter Ausruf, den ihr Gatte mit einem missbilligenden Blick kommentierte. Hastig hielt sie sich eine Hand vor den Mund.

»Frauen sind zu emotional«, sagte er nun. »Das bringt niemanden weiter.«

Was für ein Unmensch. Entweder war ihm nicht klar, was er seiner Frau antat, oder es interessierte ihn einfach nicht. Gideon atmete tief durch. »Wir haben einen Plan entworfen, Herr Leutnant. Der Entführer wird uns nicht entkommen.«

»Das sagen Sie!« Unwillig legte Theuillerat seine Pfeife ab. »Wie konnte es überhaupt so weit kommen? Ich gebe Unmengen aus, damit der Junge eine gute Ausbildung erhält, und dann das! Ich bin kein Krösus. Haben Sie sich hier umgesehen?« Er hob eine Hand und wies auf das Wohnzimmer, als sei es mit exquisiten Möbeln bestückt und nicht fast so nackt wie eine Mönchszelle. »Ich muss dieses Haus unterhalten, meine Jagdhütte und die Verwandten meiner Frau – alles Taugenichtse und Versager!« Ein weiterer verächtlicher Seitenblick traf Madame Theuillerat. »Von diesem Institut hätte ich mehr erwartet. Ein totes Kind – ausgesprochen peinlich!«

Madame Theuillerat wurde leichenblass, und Gideon musste seine ganze Beherrschung aufwenden, um den Mann nicht anzufahren. Was für ein gefühlloses, arrogantes und geiziges Monster! Wer sprach von einem toten Kind als Peinlichkeit? Und dann die absolute Weigerung, Geld in die Hand zu nehmen. Natürlich hatte er selbst davon abgeraten, aber dennoch: Wer stellte so ungerührt sein finanzielles Wohlergehen über das Leben seines einzigen Sohnes?

»Ich bin mir sicher, dass Herr Breidenstein alles tut, um so einen Vorfall künftig zu vermeiden«, erwiderte er, so ruhig er konnte.

»Er würde besser seinen Stundenplan überarbeiten!« Ungehalten erhob sich Theuillerat. »Dass sie auf körperliche Ertüchtigung Wert legen, ist lobenswert, aber dieses Theatergespiele? Mathieu hat anderes zu tun.«

»Es hat ihm viel Freude gemacht. Und er ist begabt!«

Die Schärfe in Madame Theuillerats Stimme erfüllte Gideon mit einem Gefühl der Befriedigung. Endlich wehrte sie sich gegen dieses Ekel!

Der wirkte allerdings wenig beeindruckt; er betrachtete sie, als wäre sie ein lästiges Insekt. »Es verwundert mich nicht, dass du das gut findest. Du kannst ja auch nichts anderes, als deine Nase in Bücher zu stecken. Hättest besser richtig kochen gelernt. Zum Glück bin ich nicht oft hier!«

Madame Theuillerats Augen verengten sich kurz, dann wandte sie sich ab. Für einen Moment herrschte Stille.

»Nun gut«, sagte Gideon schließlich. »Wir können Sie zu nichts zwingen. Madame, würden Sie das übernehmen? Der Entführer erwartet einen von Ihnen beiden.«

»Ich werde es tun, Herr Korporal.« Madame Theuillerat hatte sich aufgesetzt, ihre Stimme klang zittrig.

»Du! Das kommt sicher gut.«

»Ich kann das, Roland.« Jetzt war das Zittern verschwunden, und einen kurzen Moment stand gerechter Zorn in Madame Theuillerats Augen. Gut für sie.

»Wir werden Ihre Frau sorgfältig vorbereiten und sie keine Sekunde allein lassen, Herr Leutnant. Ich lasse Sie morgen früh mit einer Kutsche abholen, Madame.« Gideon erhob sich.

»Ich begleite Sie hinaus.« Madame Theuillerat folgte ihm und trat mit ihm vor die Tür.

»Bitte entschuldigen Sie meinen Mann. Er – kann seine Gefühle nicht gut zeigen.«

Ach, hat er welche?

»Schon gut, Madame. Wir schaffen das. Wir werden alle verdächtigen Personen zum Zeitpunkt der Übergabe überwachen. Der Gärtner gehört nicht mehr dazu, aber einige der Lehrer.«

»Was die Lehrer angeht …« Madame Theuillerat zögerte. »Es klingt vielleicht lächerlich, aber ich habe ein ungutes Gefühl bei Mathieus Mathematiklehrer. Ich glaube, er mochte Mathieu nicht.«

»Sie meinen Lukas Triebold?«

Sie nickte. »Er kann sich nicht in einen Jungen wie Mathieu hineinfühlen und war grob zu ihm.«

»Ich verstehe. Allerdings hat Herr Triebold ein Alibi für den Zeitpunkt des Verschwindens von Mathieu. Er war bei Direktor Breidenstein.«

»Und wenn schon! Vielleicht hat er einen Komplizen.« Ihre

233

Nasenflügel bebten, und ihre blassen Wangen hatten sich gerötet.

Er griff nach ihrer Hand und drückte sie. »Ich werde der Sache nachgehen.«

»Ich bin froh, dass Sie sich um alles kümmern.« Dankbar nickte sie ihm zu und kehrte ins Haus zurück. Gideon drehte sich um und stapfte davon, froh, dass er ihr Mut hatte zusprechen können.

Als starkes Schneetreiben einsetzte, beschleunigte Gideon seine Schritte. Den Besuch auf Breidenstein würde er verschieben müssen aufgrund des besonderen Eis, das ihnen die Solothurner Regierung gelegt hatte: Sie hatte beschlossen, dass Pfarrer, die sich aus dem Berner Jura in den Bezirk Dorneck-Thierstein geflüchtet hatten, den Kanton Solothurn innert drei Tagen verlassen mussten. Das erzeugte Extraaufwand und würde die romtreuen Katholiken erzürnen. Ganz zu schweigen davon, hatte gestern die Fasnacht angefangen, die sicher für Ärger sorgen und unzählige Mannstunden verschlingen würde. Besonders der Umzug lag Wittmer auf dem Magen; zu Recht: Verschiedene Zünfte würden sich dem Thema des Katholikenzwists annehmen und je nach Standpunkt über die Christkatholiken oder die Romtreuen herziehen. Die Eiferer beider Seiten hatten schon im Vorfeld damit gedroht, sich markant gegen diese Darstellungen zu wehren. Als hätten sie nicht genug zu tun mit diesem brisanten Fall! Dass Ruedi Schubiger nicht mehr zu den Verdächtigen gehörte, freute ihn zwar für Fräulein Siegwart, aber es war auch ein Rückschritt. Und es entbehrte nicht einer gewissen Peinlichkeit, dass die Grenchner Damen ihnen dieses Alibi geliefert hatten. Wer wusste, was Wittmer daraus machen würde! Friedlis Besuch an der Bündengasse bei Marthalers angeblichem Freund Burri war wenig ergiebig gewesen: Burri hatte bestätigt, dass Marthaler an jenem Sonntagnachmittag bei ihm gewesen war, aber gemäß Friedli schien er nicht sonderlich vertrauenswürdig. Am besten hörte er sich selbst in Grenchen um, um mehr über Burri zu erfahren, und befragte ihn dann noch einmal persönlich. Der Direktor hatte wie erwartet Triebolds Besuch bestätigt. Damit war er für Mathieus Entführung aus dem Schneider; es sei denn, es gab wirklich einen Komplizen. Tatsächlich hatte er diese Alternative in den vergangenen Tagen verstärkt in den Blick genommen. Jemand musste sich schließlich um den entführten Jungen kümmern, und wenn ein Lehrer ständig verschwand, fiel das früher oder später auf. Sie hatten bisher keine besonderen Abwesenheiten feststellen können, aber ihnen fehlte das Personal, um jeden Verdächtigen rund um die Uhr zu beschatten. Ein Mann weilte nachts im Institut, er hatte bisher nichts vermeldet. Aber natürlich konnte er nicht jeden Eingang gleichzeitig bewachen. Bei denen, die nicht auf Breidenstein wohnten – Eberwein, Jenny und Triebold –, war eine Überwachung noch schwieriger; ihr einziger Mann im Dorf hatte eine fast unlösbare Aufgabe. Die Möglichkeit eines Komplizen, das stand fest, durfte er nicht aus den Augen verlieren. Er würde die beiden abgestellten Landjäger beauftragen, auch darauf zu achten, mit wem sich die Verdächtigen trafen. Diesen Franz Burri beispielsweise, der den Präfekten mit einem Alibi versorgt hatte, musste man genau unter die Lupe nehmen. Aber am wichtigsten war erst einmal, dass sie die fingierte Geldübergabe perfekt planten. Er würde alles daransetzen, dass sie den Jungen lebend wiederbekamen und den Entführer fassten. Es musste gelingen! Während er den Romonthügel Richtung Grenchen hinunterstapfte, stellte er sich vor, wie er Madame Theuillerat Mathieu übergab. Das Schneetreiben verdichtete sich, und eisiger Wind schlug ihm ins Gesicht, aber es störte ihn nicht. Als wäre es real, sah er vor sich nur die tiefe Dankbarkeit in ihren strahlenden Augen.

Gideons Oberschenkel brannten, und seine Hände waren steif gefroren. Vor seinen Augen zitterten schneebedeckte Zweiglein, während er versuchte, sich nicht zu bewegen. Ein Knacken ließ ihn zusammenzucken, dann erblickte er Friedlis rotes Gesicht, bevor es wieder hinter der Föhre verschwand, die er sich als Versteck ausgesucht hatte.

Der Entführer hatte sich den Übergabeplatz für das Geld gut ausgesucht: Die Huppergrube lag am westlichen Rand des Lengnauer Waldes und grenzte an weite Felder, sodass sich die Landjäger bei diesem Schnee nicht von Westen hatten nähern können, ohne dass man die Spuren gesehen hätte. Stattdessen hatten sie sich durch den Wald gekämpft und lagen nun seit Stunden auf der Lauer. Außerdem war die Grube nur hundert Meter von der Berner Kantonsgrenze entfernt. Sie durften in solchen Fällen einem Verdächtigen folgen, aber zur Sicherheit hatten sie den Kanton Bern um Unterstützung gebeten. Dessen personeller Beitrag war aufgrund der jurassischen Probleme verständlicherweise spärlich ausgefallen. Ein weiterer, ärgerlicher Wermutstropfen: Die geplante Beschattung der Verdächtigen hatte ausfallen müssen, nachdem am Sonntagmorgen nach einer Messe in der Franziskanerkirche in Solothurn noch vor dem Fasnachtsumzug eine gewaltige Schlägerei ausgebrochen war. Wittmer hatte alle Landjäger außer Wyss, Friedli und ihm in Solothurn behalten, weil er fürchtete, dass es am Nachmittag noch schlimmer kommen könnte. Nun war der arme Wyss allein damit beschäftigt, die Verdächtigen im Auge zu behalten – ein Unterfangen, das zum Scheitern verurteilt war, bevor es angefangen hatte. Eins wenigstens schien der Entführer bei der Wahl der Hupper- grube vernachlässigt zu haben: Eine Flucht durch den Wald war umständlich; sie hatten hier bessere Chancen, ihn einzu- holen, als bei einer Übergabe in der Nähe einer größeren Straße.

Gespannt äugte Gideon hinter der großen Tanne hervor und warf dann einen Blick neben die Grube, wo warm einge- packt, aber blass wie der Tod Madame Theuillerat stand. Sie umklammerte die Tasche, in der sich Papier und Holz befan- den, um sie schwer genug wirken zu lassen für die fünftausend Franken, die sie enthalten sollte. Er ließ sie nicht aus den Au- gen, der verschreckte Ausdruck in ihrem Gesicht schmerzte ihn. Wenn ihre Angst nur endlich ein Ende hätte!

Aus westlicher Richtung drangen, seltsam klar in der ge- spannten Stille, leise Glockenklänge an sein Ohr. Zwölf Uhr. Es war Zeit. Er umklammerte seinen Vorderlader.

Doch nichts geschah. Eine Viertelstunde verstrich, ohne dass jemand aufgetaucht wäre. Hatte der Entführer sie ent- deckt? Hatte Friedli sich bewegt? Aber seit dem dummen Kna- cken war von seiner Seite kein Mucks mehr gekommen, und auch er selbst hatte sich nicht von der Stelle gerührt. Auch Madame Theuillerat stand steif aufgerichtet am Rand der Grube und zitterte vor Kälte. Jetzt richtete sie die blassblauen Augen auf ihn. Das war ungeschickt, aber wer konnte es ihr verübeln? Er nickte ihr zu, versuchte, einen beruhigenden Gesichtsausdruck aufzusetzen. Schließlich wandte sie den Blick wieder ab in Richtung des tiefen Waldes, und er atmete tief durch.

Nur Geduld.

Wieder die sanften Klänge aus Westen. Halb eins, und niemand war aufgetaucht. Friedli lugte wieder hinter seiner Föhre hervor, der Volltrottel. Gideon presste die Lippen zusammen. Sollten sie das Ganze abblasen? Wenn der Mann bis jetzt nicht gekommen war, würde er es nicht mehr tun. Wieso sollte er? Aber alles in ihm sträubte sich gegen diese Entscheidung. Er konnte nicht aufgeben. Madame Theuillerat musste ihren Sohn zurückbekommen.

Und du musst den Täter fassen. Vergiss das nicht.

Er verscheuchte die Stimme. Wieso sollte er das vergessen?

Mit einer schnellen Kinnbewegung bedeutete er Friedli, sich wieder hinter seine Föhre zu verziehen, und wartete weiter.

Niemand kam.

Schließlich läutete die Kirchenuhr eins. Resigniert verließ Gideon sein Versteck und ging auf Madame Theuillerat zu. Sie wankte, und er rannte erschrocken zu ihr und erreichte sie gerade noch, bevor sie zu Boden ging, ihr schmaler Körper zitternd in seinem Arm. Er drückte sie an sich. »Beruhigen Sie sich. Wir müssen mit Ihnen ins Warme.«

Er wandte sich an Friedli. »Sie gehen nach Grenchen und erstatten per Telegramm Bericht nach Solothurn. Ich bringe

Madame Theuillerat in die Allerheiligen-Herberge und bestelle ihr eine Kutsche.«

Friedli trabte davon, und Gideon machte sich mit der zitternden Frau in Richtung Allerheiligen auf. In der Wirtschaft angekommen, bestellte er einen Kaffee für sich und einen Grog, den er vor sie hinstellte. »Sie trinken das und beruhigen sich. Es wird alles gut.«

Widerspruchslos befolgte sie seine Weisungen, und nach zehn Minuten hatte ihr Gesicht wieder etwas Farbe angenommen. Er griff über den Tisch und drückte kurz ihre Hand, die sich nun weniger wie ein Eisklotz anfühlte. »Geht es Ihnen besser?«

Stumm nickte sie.

»Dann lassen Sie mich Ihnen sagen, was wir tun werden: Wir suchen die Gegend um den Treffpunkt ab, um festzustellen, ob der Entführer versucht hat, sich zu nähern. Dann dehnen wir den Radius unserer Suche nach einem Versteck aus. Allzu weit weg kann es nicht sein, wenn der Täter – und davon gehen wir aus – einen Bezug zum Breidenstein hat.«

Sie nickte erneut, kurz darauf kündigte Hufgetrappel das Eintreffen eines Gefährts an. Schon stand der Kutscher in der Tür, der Madame Theuillerat nach Plagne bringen würde. Sanft half Gideon ihr in den Mantel und brachte sie hinaus, drückte ihre Hände und wollte ihr beim Einsteigen helfen, als sie sich noch einmal zu ihm umdrehte und ihn umarmte.

»Haben Sie Dank«, flüsterte sie. In ihren Augen standen Tränen, und ihre Haut war durchscheinend wie Pergament, aber sie lächelte leicht.

Er umschloss ihre Schultern mit den Händen. »Ich werde

nicht rasten, bis Sie Ihren Jungen wiederhaben. Das verspreche ich Ihnen.« Ermutigend lächelte er sie an. »Wenn Ihnen etwas einfällt, zögern Sie nicht und melden sich bei mir.«

Er half ihr in die Kutsche und sah dem Gefährt nach, wie es den Hügel hinauf in die Allerheiligenstraße einfuhr und nach rechts in Richtung Romont abbog. Dann setzte er sich widerwillig in Bewegung. Er hatte einen langen Marsch vor sich, und es war ihm überraschend schwergefallen, Madame Theuillerat davonfahren zu lassen. Ihr emotionsloser Klotz von einem Mann war nicht daheim. Sie würde in ein einsames Haus zurückkehren, in quälender Sorge um ihren Sohn. Am liebsten hätte er ihr beigestanden, sie getröstet, gestärkt …

Er zog sich die Mütze tiefer ins Gesicht. Was waren das für Gedanken? Vielleicht war sie gar nicht allein; soweit er sich erinnern konnte, hatte sie eine Haushälterin, die bei ihr putzte und kochte. Sie würde sicher selbst auf die Idee kommen, sich Gesellschaft ins Haus zu holen. Sie war eine erwachsene Frau, und er war ein Landjäger mit einem Auftrag.

»Wo bist du gerade?«

Gideon zuckte zusammen. Prüfend bohrte sich Helenas Blick in seinen, während sie mit ihrem Löffel auf den zerschrammten Tisch trommelte.

Er lächelte betreten. »Entschuldige. Was hast du gesagt?«

Die Tische im Kreuzen bei Rüttenen waren bei Weitem nicht so belegt wie die in der Innenstadt, dennoch war der Gasthof gut besucht. Wahrscheinlich waren sie nicht die Einzigen, die dem Fasnachtstrubel entkommen wollten. Das Essen mit Helena war seit Längerem vereinbart, und heute hatte er sich besonders darauf gefreut, weil er sich Ablenkung vom gestrigen Reinfall erhofft hatte. Aber offenbar hatte das nicht funktioniert. Sie waren schon beim Kaffee, und er konnte sich kaum erinnern, worüber sie gesprochen hatten.

»Es ist dieser Entführungsfall«, sagte er schließlich, entgegen seinem Vorsatz, dieses Thema heute nicht anzuschneiden. »Gestern hätte die fingierte Übergabe des Geldes und damit die Befreiung des Jungen stattfinden sollen, aber der Entführer ist nicht gekommen. Wir wissen nicht, warum, und wir konnten die Verdächtigen nicht alle beschatten wegen der Schlägerei vor der Franziskanerkirche. Wyss hat sich an den Präfekten geheftet; der war nach dem Messebesuch daheim. Aber das hilft uns nichts, vor allem, weil ich nicht ausschließe, dass der Täter einen Komplizen hat. Die Mutter des entführten Kindes ist am Rande ihrer Kräfte. Ich mache mir Sorgen um sie.«

Helena nippte an ihrem Wein und musterte ihn nachdenklich. »Und ich nehme an, ihr habt daneben auch noch mit den Geschichten zwischen den Katholiken zu tun. Wir haben verschiedene Zeitungen im Fleur, und das Gift, das da versprüht wird, ist beachtlich.«

»Das ist erst der Anfang«, sagte Gideon. »Heute findet in Solothurn der Montagsball statt, wer weiß, was alles geplant ist.«

Helena beugte sich vor und griff nach seiner Hand. »Trotzdem bereitest du mir Sorgen. Sonst jammerst du doch, dass ihr nur Vaganten und Gesindel jagen müsst. Du hast oft gesagt, dass dich solche Fälle in Schwung bringen. Warum geht dir dieser so nahe?«

Gideon entzog ihr seine Hand. »Wie sollte es nicht? Wir haben bereits einen toten Jungen, ein zweiter wird vermisst. Das muss einem an die Nieren gehen.«

»Das meine ich nicht«, erwiderte Helena fest. »Natürlich geht dir der Tod des Jungen nahe, und es ist nur richtig, dass du dich um den zweiten sorgst. Aber irgendwie …« Sie zuckte die Achseln. »Als du letztes Jahr wegen dieser Morde im Fleur ermittelt hast, hatte ich den Eindruck, dass du voller Tatendrang und ganz in deinem Element warst. Dieses Mal wirkst du irgendwie verfahren auf mich.«

»Ich weiß beim besten Willen nicht, was du meinst«, erwiderte er kurz. »Wie auch immer, ich muss los.«

Er winkte der Kellnerin und zahlte, half Helena in den Mantel und geleitete sie zu ihrem Einspänner. Als sie einsteigen wollte, griff er nach ihrem Ärmel. »Bitte verzeih. Ich war etwas schroff.«

Lächelnd tätschelte sie seine Hand. »Schon gut. Pass auf dich auf, ja?«

Sie stieg behände auf den Bock, schnalzte mit der Zunge und fuhr davon, die Hufe der Pferde auf dem festgetretenen Schnee gedämpft klappernd. Erleichtert, aber etwas gereizt sah er ihr nach. Er hatte sich Abwechslung erhofft, kein Bohren in seiner Gefühlswelt. Am besten konzentrierte er sich auf die Arbeit. Eine Solothurner Patrizierfamilie hatte einen Einbruch gemeldet, bei dem wertvolle Kunstobjekte und Preziosen entwendet worden seien. Ganz Solothurn inklusive Landjägerei argwöhnte, dass der jüngste Spross der Familie dahintersteckte und kein »ruchloser Vagant aus der Unterschicht«, wie das Familienoberhaupt verkündet hatte, aber das mussten sie den noblen Leuten erst einmal begreiflich machen, und dafür war Ranghöhe oft ganz nützlich. Er musste wohl oder übel selbst seine Aufwartung machen.

Als er eine halbe Stunde später auf der Wache ankam, war ihm jedoch sofort klar, dass diese Pläne warten mussten. Kaum hatte er die Tür geöffnet, stand Landjäger Wyss vor ihm, und sein Gesicht, ein auf der Wache anerkannter Messfaktor für den Ernst der Lage, glühte wie 1870 bei der Generalmobilmachung.

»Es ist ein neuer Brief des Entführers eingetroffen. Direkt bei der Mutter. Wieder aus Zeitungsschnipseln hergestellt«, haspelte er hervor.

»Was steht drin?«

»Dass er gemerkt habe, dass nicht bezahlt werden sollte. Er schreibt, er habe die Mutter beobachtet. Wenn das nächste Mal nicht bezahlt werde, sei der Junge tot – wie der erste. Außerdem hat er den Preis verdoppelt. Liefertermin ist der kommende Freitag, am Eingang des Firsiwaldes.«

»Die Firsi also.« Gideon presste die Lippen zusammen. »Das ist günstiger für seine Flucht, aber es erleichtert auch uns die Vorbereitungen. Wo hat sie den Brief gefunden?«

»Das kann sie Ihnen selbst sagen. Sie sitzt in Ihrem Büro.«

Gideon hastete dorthin, nahm seine Mütze ab und strich sich die Haare glatt. Schließlich zog er noch einmal sein Sakko gerade, holte tief Luft und trat ein.

Sie saß auf dem hochlehnigen, ramponierten Stuhl wie ein Kind, die Schultern gebeugt. Beim Geräusch der Tür drehte sie sich um und erhob sich. »Gott sei Dank«, flüsterte sie.

Er eilte auf sie zu und nahm ihre Hände in seine. »Ruhig,

meine Liebe.« Sanft drückte er sie zurück auf den Stuhl, ging um den Tisch herum und setzte sich. »Ihre Hände sind eiskalt. Hat Ihnen niemand etwas Warmes zu trinken angeboten?«

Sie schüttelte den Kopf, und Gideon spürte den Puls in seinen Adern pochen. Was für ein Glauer! Er erhob sich und riss die Tür auf. »Wyss! Einen Tee für Madame Theuillerat, aber sofort.«

Die Gesichtsfarbe von »Generalmobilmachung« zu »Endschlacht« vertiefend, stürmte Wyss davon, und Gideon setzte sich wieder, nicht ohne zweimal tief durchzuatmen. Madame Theuillerat brauchte jetzt jemanden, der ihr Zuversicht gab.

»Erzählen Sie mir, wie Sie den Brief gefunden haben«, sagte er ruhig.

Sie verschränkte die Hände in ihrem Schoß, aber wie kleine Tiere, die sich befreien wollten, stahlen sich ihre Finger immer wieder aus der Umklammerung. »Er lag auf der Türschwelle, als ich heute Morgen hinausging.«

»Und gestern war nichts zu sehen, als Sie schlafen gingen?«

»Ich habe mich um zehn hingelegt und beim Abschließen kurz hinausgesehen. Da war nichts und niemand.«

Das bedeutete, dass jemand sich in der Nacht nach Plagne geschlichen haben musste. Der Montagvormittag wäre ihm lieber gewesen; dann hätte man die Nacht vergessen und die meisten Verdächtigen von der Liste streichen können. Es sei denn, die Komplizentheorie stellte sich doch als wahr heraus — eine ärgerliche Alternative, die alle Alibis zunichtemachte und ihre Untersuchungen ins Unendliche ausdehnte.

Nach einem knappen Klopfen wurde die Tür geöffnet.

Wyss stellte eine Tasse Tee vor Madame Theuillerat ab und verschwand so schnell, als brenne es unter seinen Füßen.

»Was soll ich nur tun?«

Die Angst in Madame Theuillerats Augen schnürte Gideon die Kehle zu. Er räusperte sich kurz. »Haben Sie Ihrem Mann geschrieben? Ich würde dazu raten, dass wir dieses Mal mit echtem Geld arbeiten. Sicher wird er unter diesen Umständen zahlen.«

»Ich habe ihm geschrieben, aber ich glaube nicht, dass er das tut. Er ist kein netter Mensch. Das war er nie.«

»Warum haben Sie ihn dann geheiratet?« Gideon spürte die aufsteigende Röte in seinem Gesicht. Das war eine unangemessene Frage.

Eine Weile saß sie stumm da. »Ich weiß es nicht mehr genau«, erwiderte sie schließlich. »Er kam in unser Dorf, damals als Berner Kompaniekommandant – er war so schneidig, und er schien mich zu verehren. Meine Familie drängte mich zu einer Heirat, da er katholisch und gut situiert war.«

»Aber Sie liebten ihn nicht?«

Sie zuckte die Achseln. »Ich dachte, ich täte es. Und es spielte keine Rolle. Das Geschäft meiner Familie lief schlecht, und er war eine gute Partie. Ich wusste nicht, ob mich sonst jemand würde heiraten wollen.«

»Ich bitte Sie! Ich bin mir sicher, Sie mussten jeden Tag Bewerber abwimmeln.« Er lächelte ihr zu, und eine sanfte Röte überzog ihr Gesicht.

»Sie übertreiben, Herr Korporal. Es gab den einen oder anderen Bewerber, aber auf dem Dorf ist die Auswahl beschränkt.«

Sie griff nach ihrer Tasse und nippte daran, sodass er für einen Moment ihre sanft geschwungenen Wimpern, die schmalen Brauen und ihr Haar, so hell wie Flachs, betrachten konnte.

Unvermittelt hob sie den Kopf und sah ihn an, und ihre Augen weiteten sich leicht verwundert.

Er räusperte sich erneut. »Ich werde alles unternehmen, damit wir Ihren Sohn zurückbekommen. Wenn nötig, werde ich mit Ihrem Mann sprechen.«

»Das würden Sie tun?«

»Natürlich. Und ich bin dankbar, wenn Sie mir alles mitteilen, was Ihnen einfällt.«

Sie nickte zögernd; hob das Kinn, als wolle sie etwas sagen. Doch dann wandte sie den Blick ab.

»Ist Ihnen etwas eingefallen?« Gespannt sah Gideon sie an.

»Es betrifft den Präfekten. Aber ich weiß nicht ...« Sie presste die Lippen aufeinander.

»Herrn Marthaler? Erzählen Sie, bitte. Sie haben nichts zu befürchten.«

Gideon wartete gespannt. Der Präfekt – der Kerl war ihm von Anfang an unsympathisch gewesen, und er hatte einen zweifelhaften Freund, der sich auch als Komplize eignen würde. Aber sie schwieg weiter; blickte aus dem schmalen, schmutzigen Fenster seines Büros, als ob dort das Böse lauerte. Was ging in diesem schönen Kopf vor?

Er stand auf, ging um seinen Tisch herum zu ihr, beugte sich hinunter und umfasste ihre Schultern. »Madame, ich bitte Sie. Sagen Sie mir, was Sie beschäftigt! Es kann über ... über Leben und Tod entscheiden.«

Ein ersticktes Schluchzen entfuhr ihr. »Es tut mir leid, Herr Korporal. Ich – kann nicht. Bitte verstehen Sie.«

Er holte tief Luft. Wie sollte er verstehen? Aber es brachte nichts, weiter in sie zu drängen; das spürte er. »Nun gut. Ich danke Ihnen. Wenn Sie doch noch darüber sprechen möchten oder Ihnen noch etwas einfällt oder ...« Er räusperte sich. »Wenn Sie mich ... wenn Sie etwas brauchen, kontaktieren Sie mich. Ich bin für Sie da.«

Sie erhob sich und lächelte dankbar. »Das bedeutet mir viel, Herr Korporal.« Schon drehte sie sich um, verließ sein Büro und schloss die Tür hinter sich. Das Klicken des Schlosses hörte sich eigentümlich scharf an.

Wie schnell sie verschwunden war – zu schnell. Sein Blick wanderte zum Stuhl, auf dem sie eben noch gesessen hatte, zur Tasse Tee, noch halb voll, dann zur Wanduhr. Du lieber Himmel, schon sieben! Viktor wartete.

Seine Jacke vom Haken reißend eilte er aus dem Büro. »Wyss! Informieren Sie Gresslys, dass ich wegen des Einbruchs morgen Abend vorbeikomme. Ich werde morgen früh als Erstes nach Breidenstein gehen und Befragungen vornehmen, was diesen neuen Brief angeht. Schreiben Sie Friedli, dass er mir das organisiert und die Schule informiert.«

Dann eilte er davon. Ausgerechnet heute hatte Viktor Zeit! Er wäre am liebsten gleich nach Breidenstein gegangen. Aber zu so später Stunde machte das wenig Sinn; es war Gott sei Dank nicht so, dass sie eine Leiche gefunden hatten. Außerdem würde es guttun, mit einem kundigen Menschen und Freund den Fall zu besprechen, mit jemandem, der ihn verstand.

Als er kurz darauf im Roten Turm ankam, verfluchte er Viktors brillante Idee des Beizenwechsels. Nicht ins Couronne zu gehen, war weise gewesen; aber stattdessen den Roten Turm zu wählen ...? »Vom Regen in die Traufe« vermochte nicht ansatzweise auszudrücken, was er empfand. Resigniert zwängte er sich zwischen voll besetzten Tischen und bunt kostümierten, lachenden und trinkenden Leuten hindurch zu ihrem Ecktisch. Viktor saß schon dort, und eben brachte die Kellnerin zwei Bier. Seufzend setzte er sich. »Willst du hierbleiben? Wir werden kein Wort reden können.«

»Was sagst du?« Viktor grinste. »Ich weiß nicht, was du hast. Zu Hause ist es nicht ruhiger, wenn Urs loslegt.«

Sie prosteten sich zu, und Gideon informierte Viktor kurz über die Ereignisse der letzten Tage. »Ich weiß nicht, was wir anders hätten machen können«, schloss er seinen Bericht. »Ich habe vorsichtig agiert, und sogar Friedli hat sich nicht zu dumm angestellt.«

»Ich glaube dir«, erwiderte Viktor. »Wie sieht es mit Verdächtigen aus? Seid ihr da weitergekommen?«

»Ich war diese Woche zu einer intensiven Befragung auf Breidenstein. Die Lehrer, die infrage kommen, haben außer einem kein Alibi für die Zeit, als der Junge verschwand, und das Alibi des Präfekten kommt mir suspekt vor. Ich halte es auch nicht für ausgeschlossen, dass der Täter einen Komplizen hat. Außerdem hat Madame Theuillerat ... aber lassen wir das. Jetzt ist ein neuer Brief eingetroffen; ich werde morgen prüfen, wer den hätte hinterlegen können. Nach Plagne sind es zu Fuß zwei Stunden ab Institut Breidenstein, und noch länger aus dem Dorf. Es muss nach zehn Uhr abends und vor acht

Uhr morgens passiert sein.« Er seufzte. »Wir wollten alle, die infrage kommen, beschatten. Da hat uns die Fasnacht einen Strich durch die Rechnung gemacht. Und so bleibt es bei denen, die schon vorher verdächtig waren, abgesehen von Triebold – es sei denn, er hat einen Komplizen oder steckt mit dem Direktor unter einer Decke. Letzteres bezweifle ich allerdings sehr. Noch im Spiel sind die Lehrer Jenny, Eberwein und Schmidt und der Präfekt, Marthaler. Dass die Übergabe auf die Zeit des Fasnachtsumzugs gelegt wurde, spricht für Jenny oder Eberwein, die kennen die Gepflogenheiten. Jenny stammt von hier, Eberwein ist schon zehn Jahre in der Gegend.«

»Das Dienstpersonal kannst du ausschließen?« Viktor nahm einen Schluck Bier.

»Ja. Es schien mir immer unwahrscheinlich, und die beiden Dienstmädchen, die freitags freihaben, waren am Nachmittag des 9. Januar mit zwei jungen Herren hier im Turm. Der Wirt und die Männer haben das bestätigt. Mir kommt einer der Lehrer am wahrscheinlichsten vor. Das vermeintlich gute Gehalt, das der Direktor gerühmt hat, ist keineswegs luxuriös. Jeder von ihnen wäre dankbarer Abnehmer von ein paar Tausend Franken.«

Mit einem Krachen schlug die Tür des Turms auf, und ein lärmender Haufen Männer machte sich in der ohnehin randvollen Gaststube breit. Alle trugen weiße Umhänge aus Leinen und purpurfarbene Stolen aus dem gleichen Material, aus Pappe gebastelte, mit Goldfarbe bemalte Kruzifixe und eine Papstkappe, unter der weiße Haarbüschel herausragten. Offensichtlich eine Anspielung auf Pio Nono – das konnte nicht gut kommen! Jetzt stimmten sie einen katholischen Choral an, dessen Text sie äußerst pietätlos überarbeitet hatten. Gute Sänger waren sie nicht, aber das machten sie mit der Lautstärke wett. Gideon hielt sich gereizt die Hände an die Ohren.

»Wobei mir der Präfekt sehr verdächtig erscheint, vor allem seit heute. Einerseits ist das Subjekt, das ihm ein Alibi für die eine Entführung gibt, ein zweifelhafter Geselle, und andererseits hat die Mutter von Mathieu ihn erwähnt. Offensichtlich ist etwas Schwerwiegendes vorgefallen, aber sie wollte es mir nicht sagen.«

Viktor hielt sich eine Hand hinter das rechte Ohr. »Das mit dem zweifelhaften Kumpan klingt vielversprechend, aber warum hat die Dame nichts gesagt, wenn es so schwerwiegend war? Vielleicht ist sie einfach etwas außer sich.«

»Quatsch. Sie ist eine vernünftige Frau – sensibel, aber das heißt nicht, dass sie keinen gesunden Menschenverstand besitzt.« Ärgerlich leerte Gideon sein Bier.

Viktor hob eine Hand und bestellte noch eine Runde. »Jetzt trinken wir noch eins; vielleicht kühlt dich das ab.« Er beugte sich über den Tisch und sah Gideon aus seinen ruhigen braunen Augen an. »Ich weiß, dass der Fall dir an die Nieren geht; das ist verständlich. Aber ich glaube, dir ist der emotionale Abstand verloren gegangen, meinst du nicht auch?«

Mit einem Ruck, der die Schaumkrone der beiden Biere gefährlich über den Rand schwappen ließ, stellte die erschöpft wirkende Kellnerin zwei frische Gläser auf den Tisch. Gideon hob seins und prostete seinem Freund zu. Ganz unrecht hatte Viktor nicht. Warum setzte ihm das alles so zu? Er hätte den toten David und den entführten Mathieu anführen können, aber er spürte selbst, dass das nicht alles war. Dennoch hatte er sich von seinem besten Freund mehr Verständnis erhofft. Aber der hatte wahrscheinlich selbst zu viel um die Ohren.

Entschlossen leerte er sein Glas zur Hälfte und genoss das kühle Prickeln. Eines war klar: Der Entführer war gefährlich, daher war es verständlich, dass Gideon sich sorgte; vor allem, da Madame Theuillerat niemanden hatte, dem ihr Wohlergehen oder das ihres Sohnes am Herzen lag. War das nicht seine erste Aufgabe – Wahrheit und Gerechtigkeit suchen, aber auch denen beistehen, die Hilfe brauchten?

18

Sarah presste die Nase an das Kutschenfensterchen, während Herrn Blöschs Kutsche das Chappeli passierte. Hinter der Hügelkuppe im Tal kam langsam Grenchen zum Vorschein, im weißen Winterkleid, leuchtend in der Nachmittagssonne.

Sie waren schon um sieben in der Früh aufgebrochen, und auf ihr Zureden hatte Herr Blösch den Kutscher geheißen durchzufahren. Je näher sie dem Dorf gekommen waren, desto mehr hatte sich ihre Vorfreude gesteigert, und als sie jetzt auf den Jurarücken blickte, der sich einem weißen Wal gleich von Westen gegen Osten zog, ins Tal auf die schneebedeckte Kirchturmspitze und die grauen Rauchsäulen, die den Fabrikschornsteinen entwichen, auf die Witi, auf das geschlungene Band der Aare und auf die Alpen, die sich in der Ferne strahlend weiß gegen den blauen Winterhimmel abhoben, füllte die Freude sie wie prickelnder Wein. Endlich wieder daheim!

Der Weg zurück war um einiges angenehmer gewesen als die Hinfahrt. Herrn Blösch schien der Aufenthalt im Jura gut bekommen zu sein. Zwar war er noch immer blass, mager und in sich gekehrt, aber er blickte offenbar wieder nach vorn und hatte ihr von neuen Entdeckungen auf dem Geschirrmarkt erzählt. Dadurch ermutigt, hatte sie ihn gefragt, ob er wisse, wen David mit den »Lügnern und Betrügern« gemeint haben könnte, aber leider hatte er ihr nicht weiterhelfen können. In den spärlichen Briefen, die David geschrieben habe, sei nichts davon zu finden gewesen; er habe von seinen guten Noten berichtet und glücklich gewirkt. Was auch immer den Wandel bewirkt hatte, musste kurz vor den Weihnachtsferien passiert sein.

Eine halbe Stunde nachdem sie das Chappeli passiert hatten, setzte Herr Blösch Sarah vor Rosas Häuschen ab. Noch während sie der Kutsche nachwinkte, wurde die Tür des Häuschens aufgerissen, und heraus trat Rosa, die sie mit einem breiten Lächeln in ihre Arme schloss. »Na endlich! Du hast mir gefehlt.«

»Du mir auch!«

»Komm in die Wärme. Ich habe eine Überraschung für dich.«

Neugierig trat Sarah ins Häuschen, in dem es nach Schmalz und Zucker roch, und weiter ins Esszimmer, wo Marie und Pauline, die die kleine Hedwig im Arm hielt, schon auf sie warteten. Auf dem Esszimmertisch stand eine riesige Steingutschüssel voller Leckereien, die Sarah noch nie gesehen hatte. Rosa brachte eine Kanne Kaffee und legte Sarah ein paar Gebäckteile auf den Teller. »Hier, iss! Das sind Schenkeli, die gibt es bei uns nur zur Fasnacht. Und Chnöiblätze, nach meinem Geheimrezept!«

Nach der langen Fahrt hätte sie alles gegessen, und das

Schenkeli war köstlich: fettig, süß, wohlriechend. Sie verschlang es mit drei Bissen und griff neugierig nach dem Chnöiblätz, einem flachen, kreisförmigen Stück Teig, der mit Puderzucker bestreut war.

»Ich wusste, dass du im Jura nicht genug zu essen bekommst! Du siehst dünn und blass aus.«

»Ach was – meine Schlummermutter hat mir jeden Tag ihre *Bisquits* verfüttert!« Dankbar nahm Sarah einen tüchtigen Schluck Kaffee. »Den hier habe ich allerdings vermisst. Madame Bregnard hat nur einen wässrigen Sud zustande gebracht. Wie ein Luzerner Kaffee, nur ohne Schnaps.«

Rosa lachte. »Jetzt erzähl, und wir bringen dich auf den neuesten Stand über die Dorfgerüchte.«

Bald entspann sich eifriges Geplauder. Doch während Sarah die besten Geschichten aus Bonfol hervorkramte und sich erzählen ließ, welche Skandale sich in den ersten Fasnachtstagen vor Ort abgespielt hatten, beschlich sie eine innere Unruhe. Ihr Blick wanderte immer wieder zum Esszimmerfenster. Wo blieb Paul? Hatte er nicht vor, sie zu begrüßen? Doch die Lebernstraße blieb leer. Hatte er sie in all der Freude über seine Pacht vergessen? Sie konnte nicht anders – sie war enttäuscht.

Sie ließ den Blick gen Norden schweifen, bis er am Glockenturm der Schildfabrik, der zwischen den verschneiten Ziegeldächern aufblitzte, hängen blieb. Sie hatte sich nicht nur auf Grenchen, Rosa, die Mädchen und Paul gefreut: Sie konnte es kaum erwarten, wieder an die Arbeit zu gehen. Eigentlich hatte sie fest vorgehabt, auf der langen Fahrt nach Grenchen den Dumontier-Jurgenssen fertig zu lesen, doch dann hatte sie sich meistens mit Herrn Blösch unterhalten. Als er endlich ein Nickerchen gemacht hatte und sie hatte weiterlesen können, war sie nur langsam vorangekommen. Viele Sätze hatte sie mehrfach lesen müssen und dennoch nur die Hälfte verstanden. Wie konnte es sein, dass Fabrice das alles mit Leichtigkeit aufgenommen hatte? Oder hatte er das nur gesagt, um sie zu ärgern?

»Hast du mich gehört?« Rosa sah sie ungeduldig an. »Ruedi ist entlastet!«

»Ich weiß. Der Korporal hat mir geschrieben. Das ist wunderbar!«

Sie lächelte die Freundinnen an, aber zumindest Rosa schien nicht zu entgehen, wie weit weg Sarah in Gedanken gewesen war. Trotzdem fuhr sie fort, voller Begeisterung von ihrer Jagd nach jemandem, der Ruedi entlasten konnte, zu berichten, und wie Maries Odyssee schließlich endete. »Inzwischen scheinen sie nur noch die paar Lehrer und den Präfekten im Visier zu haben«, schloss Rosa. »Ich tippe auf einen Lehrer.«

»Wieso nicht auf den Präfekten?«, fragte Marie. »Wenn er in der Nähe ist, fühle ich mich unwohl. Ich könnte im Fleur fragen, ob eins der Mädchen ihn kennt. Und Regina macht immer noch einen Bogen um mich. Erst dachte ich, es sei wegen meiner Vergangenheit, aber bevor ich sie befragt hatte, war sie immer ausgesprochen nett.«

»Es kann nicht schaden, wenn du nachhakst«, erwiderte Rosa bedächtig.

»Mir hat Ringgenberg geschrieben, dass er neben den Lehrern und dem Präfekten auch noch zwei Dienstmädchen befragen wolle«, warf Sarah ein.

»Die stehen nicht mehr unter Verdacht«, erwiderte Marie mit einem Grinsen im Gesicht. »Dorothea hat mir erzählt, dass die beiden eine Abmahnung bekommen haben, weil sie an einem der Freitagnachmittage mit jungen Herren in einer Wirtschaft waren. Wahrscheinlich mussten sie damit herausrücken, damit der Korporal sie von der Liste streicht.«

Rosa lachte. »Diese Schlawiner! Dann bleiben tatsächlich vor allem die Lehrer. Aber welcher kommt am ehesten infrage? Was meinst du, Pauline?«

Pauline, die eben den letzten Bissen eines Schenkelis verputzt hatte, wischte sich die glänzenden Lippen an einer Serviette ab. »Zumindest wenn Geld das Motiv ist, wäre das gut denkbar. Ich habe von Joseph Eberwein gehört, dass der Lohn nicht gerade fürstlich ist. Was die einzelnen Lehrer angeht: Schmidt wirkt mir zu weltfremd, auch wenn er hochintelligent ist. Ich habe ihn einmal im Dorf gesehen, wie er versuchte, bei der Post einen Brief in den Kasten zu werfen. Er hat drei Anläufe gebraucht! Ich staune, dass er sein Chemielabor noch nicht in die Luft gejagt hat. Joseph kann ich mir gar nicht vorstellen; er ist so ein ruhiger und durch und durch aufrechter Mann. Aber da bin ich voreingenommen. Jenny? Er hat als Einziger Familie und könnte das Geld am besten brauchen, und er hat viel Durchsetzungskraft und einen findigen Geist. Außerdem kann er heftig werden, wenn ihm etwas gegen den Strich geht. Den findigen Geist hat auch Lukas Triebold, und dazu die erforderliche Kühnheit und das Selbstvertrauen.«

»Aber er ist als Einziger aus dem Schneider«, warf Marie ein. »Das habe ich von Dorothea. Er hatte eine Besprechung mit dem Direktor, als der zweite Junge verschwand.«

»Trotzdem, der Mann ist mir nicht geheuer«, konterte Rosa. »Und wer weiß? Vielleicht hat er ja einen Komplizen; unmöglich ist gar nichts.«

Marie hob die Brauen. »Das würden die Dienstmädchen sicher bedauern! Sie sind hin und weg von ihm – außer Else natürlich, die die Lehrerzimmer putzt. Sie beklagt sich gern, weil er im Zimmer belegte Brote isst, ständig seine Möbel umstellt und seine Examensurkunden umhängt, damit sie besser zur Geltung kommen.« Sie lachte. »Wobei offenbar alle Lehrer ihre Eigenheiten haben: Eberwein stapelt seine Bücher auf dem Teppich, sodass man zum Putzen einen Bogen laufen muss. Immerhin ist er bereit, sie wegzunehmen, wenn der Teppich ausgeklopft werden soll. Und Schmidt bringt Material aus seinem Labor in sein Zimmer und ätzt damit Löcher in sein Pult oder verleiht dem Parkett interessante farbliche Noten.«

»Mir fällt es bei jedem Lehrer schwer, ihn mit dem Verbrechen in Verbindung zu bringen«, meinte Pauline nachdenklich. »Eine so dreiste Tat und vor allem: Mord oder Totschlag an einem Jungen?«

»Das finde ich auch seltsam«, erwiderte Sarah. »Wenn das Geld so wichtig gewesen wäre, hätte man David doch nicht getötet, bevor Geld geflossen ist. Was ist, wenn David heikle Informationen über jemanden hatte? Sein Vater hat mir erzählt, dass er sich in den Weihnachtsferien ganz zurückgezogen habe und meinte, alle seien ›Lügner und Betrüger‹.«

»Das wäre gut möglich«, warf Marie ein. »Alle erzählen, was für ein Naseweis er war; dass er alles sah und hörte und sich auch nicht scheute, die peinlichsten Beobachtungen vor allen Leuten auszuplappern.«

»Mich graust es, wenn ich daran denke, dass der nette kleine Mathieu in der Gewalt dieses Mörders ist«, sagte Sarah besorgt. »Weißt du noch, Marie, als ihm vor deiner Tür all das Besteck heruntergefallen ist? So ein liebenswerter Junge!«

Marie nickte. »Ich musste auch sofort daran denken, als ich es hörte. Er ist so ein zartes und freundliches Kind; nicht auszudenken, dass ihm etwas zustößt!«

»Das denkt das ganze Dorf«, erwiderte Rosa. »Vor einem Jahr hat der Kleine die verletzte Katze von Euseb Vogt zwei Kilometer zum Tierarzt getragen und dort so lange gebettelt, bis der ihr eine Beinschiene gemacht hat, anstatt ihr den Gnadentod zu geben. Glaub mir, die Geschichte ging rum! Gestern nach der Messe hat ein Trupp Grenchner den Eichholzwald und die Allmend abgesucht, und im Chappeli brennen mindestens vierzig Kerzen für den Jungen.« Sie seufzte. »Wir bleiben am Ball! Aber ich bin so froh, dass Ruedi vom Haken ist.«

»Und das feiern wir heute Abend«, warf Pauline aufgeregt ein. »Wir gehen zusammen auf den Maskenball auf Institut Breidenstein. Das wird ein Spaß!«

Sarah zögerte. Der Maskenball hatte in Rosas Brief ganz interessant geklungen, aber ihr fehlte die Energie dafür. Und war im Moment wirklich die Zeit für so etwas?

»Ist ein Maskenball in dieser Zeit nicht etwas pietätlos?«, fragte sie nun.

»Der Ball stand auf der Kippe«, erwiderte Pauline. »Der Direktor wollte ihn erst absagen, aber dann hat er sich doch entschieden, ihn durchzuführen. Für die Jungen gibt es auch ein Fest, und sie brauchen ein paar unbeschwerte Stunden. Letztens wirkten sie sehr verängstigt.«

»Das dauert sicher lange! Ich muss morgen frisch sein für die Arbeit.«

»Musst du nicht!« Rosa lächelte. »Dein Lehrmeister hat heute hereingeschaut; er erwartet dich erst am Mittwoch.«

»Aber ich bin müde von der Fahrt.«

»Sei kein Spielverderber!« Pauline strich ihrem Töchterchen über den Kopf. »Es ist mein erster Großanlass seit der Geburt; wir haben extra die Schwiegermutter zum Hüten angefragt. *Tout Granges* wird dort sein – jetzt, da du Französisch kannst, verstehst du das sicher!«

»Ich habe kein Kostüm.« Sarah wand sich unbehaglich. Das klang nach einem abgekarteten Spiel. Kam sie da nicht heraus?

»Was denkst du denn?«, erwiderte Rosa. »Ich habe dir und Marie eins genäht. Außerdem ist Paul vielleicht da. Hat er dir geschrieben?«

»Einmal. Ich habe ihm zurückgeschrieben und später nochmals, aber von ihm ist nichts mehr gekommen. Ich bin auch enttäuscht, weil er heute nicht hier ist. Er wusste, wann ich ankomme. Hat er keine Nachricht hinterlassen?«

Rosa tätschelte ihr die Schulter. »Nein, Kind, aber ich glaube, er hat viel Arbeit. Das hat mir Herr Schneider erzählt. Und er hat mich gebeten, dich für morgen zum Mittagessen einzuladen.«

»Wie nett von ihm! Vielleicht ist Paul da.«

»Ich würde wetten, dass er zu dem Ball kommt und sich auf einen Tanz freut!« Aufmunternd wackelte Rosa mit den Augenbrauen.

Sarah lachte. »Ich gebe auf! Wo ist das ominöse Kostüm?«

Alle erhoben sich und strebten Rosas Nähzimmer zu, um

sich umzuziehen. Beim Anprobieren stellte Sarah belustigt fest, dass Rosa ihr ein Jeanne-d'Arc-Kostüm genäht hatte: Der grobe Stoff wirkte wie eine Ritterrüstung und wurde durch ein blechernes Schwert mit Gürtel und eine Art Helm und eine Halskette mit einem klobigen metallenen Kruzifix vervollständigt. Sie als fromme Kämpferin!

»Ich hatte recht!« Rosa beäugte sie kritisch. »Du hast im Jura abgenommen. Ich habe das Kostüm deinem neuen Kleid angepasst, und da sind mindestens sechs Pfund runter. Das gefällt mir gar nicht!«

»Ach was. Und selbst wenn: Die sind unter deinem Küchenregime schnell wieder drauf.«

Rosa murmelte verdrossen vor sich hin, während sie Nadeln absteckte. Offensichtlich war sie anderer Meinung.

»Der Ball könnte noch einem anderen Zweck dienen«, sagte Pauline plötzlich. »Alle Frauen tragen Masken; wir können uns unerkannt unter die Leute mischen und unseren Verdächtigen noch einmal auf den Zahn fühlen.«

»Das stimmt!« Rosa steckte eine weitere Naht an Sarahs Oberteil ab. »Jede von uns sollte sich einen Kandidaten vornehmen.«

»Wird es nicht schwierig, die Herren unter der Maske zu erkennen?«, fragte Sarah.

»Wird es nicht, weil die Herren unmaskiert sind. Das hat Tradition bei uns und auch sonst seine Vorteile.« In Rosas Augen tanzte der Schalk, und Sarah lachte. Wie hatte sie die Scherze und das Zusammensein doch vermisst!

»Das ist eine wunderbare Idee«, erwiderte sie eifrig. »Und eben fällt mir ein, worauf wir uns konzentrieren könnten. Dieser plötzliche Wandel von David und die Worte ›alles Lügner und Betrüger‹ müssen in der Sache eine Rolle spielen! Irgendjemand, zu dem er Vertrauen aufgebaut hat, hat ihn enttäuscht. Wie wäre es, wenn jede von uns den Lehrern und dem Präfekten den Satz ›Ich weiß, was Sie verbergen‹ an den Kopf wirft? Dann schauen wir, wer darauf reagiert.«

»Ist das nicht zu dramatisch?« Pauline runzelte die Stirn, dann zuckte sie die Schultern. »Was soll's? Sie werden uns nicht erkennen. Also: Wer übernimmt wen?«

Nach einer kurzen Diskussion beschlossen sie, dass Marie sich Lehrer Eberwein, Pauline Lehrer Schmidt und Sarah Lehrer Jenny und Lehrer Triebold vornehmen sollte. Rosa würde den Präfekten genauer unter die Lupe nehmen.

»Wie wäre es, wenn wir uns am Aschermittwoch am Fasnachtsfeuer treffen würden?«, fragte Pauline. »Dann können wir unsere Ergebnisse austauschen.«

»Eine gute Idee«, erwiderte Rosa. »Das muss Sarah sowieso gesehen haben, wenn sie eine Grenchnerin sein will.«

»Dieses Argument bringst du immer, wenn du mich aus dem Haus locken willst. Aber ich bin dabei. Du auch, Marie?«

Marie nickte, und während Sarah dem dahinplätschernden Schwatzen ihrer Freundinnen lauschte, stellte sie fest, dass sie sich doch auf den Abend freute – nicht wegen ihrer geplanten Unternehmungen, sondern weil es lange her war, dass sie auf einem Fest gewesen war. Das war das Richtige, um den Kopf frei zu bekommen, da ihre Gedanken schon wieder zur Fabrik abschweifen wollten. Und vielleicht traf sie ja tatsächlich Paul. Rosas Kostüm war so gelungen, dass sie ihn vielleicht täuschen konnte, obwohl er natürlich ihre Stimme kannte. Was für ein schöner Triumph, wenn sie ihn zum Tanz holte und ihn um Mitternacht überraschte, indem sie sich die Maske vom Gesicht zog!

Der Ballsaal des Instituts Breidenstein, den Sarah mit den anderen anderthalb Stunden später betrat, gab ein völlig anderes Bild ab als am Theaterabend. Die leuchtenden Farben der Girlanden, die zwischen den Kronleuchtern baumelten, und die bunt dekorierten Tische voller Konfetti und Glitzer bombardierten ihr durch die Maske eingeschränktes Blickfeld und überwältigten ihre Sinne. Im vorderen Teil des Saals drehten sich Kapitäne mit Prinzessinnen, Clowns mit Fabelwesen, Polizisten mit Hexen zu den treibenden Klängen einer Kapelle. Ein leicht korpulenter bärtiger König glitt elegant mit einer Benediktinernonne an ihr vorüber und lachte laut. Es war Lukas Triebold; an seinem Arm hing der aus Pappe geformte Kopf einer Frau. Offenbar blieb er seiner Liebe zu Shakespeare treu und gab Heinrich den Achten. Sarah lächelte in ihre Maske. Sie hatte wenig Interesse daran, mit einem Mann zu tanzen und zu parlieren, der nicht wusste, mit wem er es zu tun hatte, aber für ihre Zwecke war es von Vorteil, dass sie sich inkognito bewegen konnte. Auch Schmidt, als Paracelsus gewandet, versuchte sich an einem Walzer, und eben trat Lehrer Eberwein als römischer Konsul auf die Tanzfläche. Am Rand des Geschehens machte sie unter den farbenfrohen Kostümen zwei feldgrüne Kittel über stahlblauen Hosen aus – die Landjäger waren auch vor Ort, und die hochgewachsene Gestalt mit den dunklen Haaren sah ihr ganz nach Korporal Ringgenberg aus. Vielleicht sollte sie den

Hüter des Gesetzes zum Tanz auffordern! Allerdings hatte sie jetzt erst mal eine andere Mission und er mit Sicherheit auch.

Ein schlanker Blondschopf in einer Soldatenuniform versperrte ihr den Blick auf die Polizisten, und ihr Herz machte einen Satz. War es Paul? Eben führte der Mann seine Tanzpartnerin in eine elegante Drehung, die zu Paul gepasst hätte, aber als sie sein Gesicht sehen konnte, machte sich leise Enttäuschung in ihr breit. Er war es nicht. Vielleicht war er noch im Stall und kam später.

Aufmerksam suchte sie das Getümmel der Tanzenden ab. Wo war Lehrer Jenny? Die Tatsache, dass er kleiner war als sie, wirkte sich unter diesen Umständen hinderlich aus. Schließlich entdeckte sie ihn am Rand der Tanzfläche, als Robin Hood gewandet. Rasch trat sie zu ihm und verbeugte sich vor ihm. »Ein Tanz, werter Retter der Enterbten?«

Er nickte erfreut, griff nach ihrem Arm und führte sie auf die Tanzfläche. Jetzt konnte sie ihn in die Zange nehmen! Doch es war Jenny, der mit dem Verhör begann.

»Kenne ich Sie?«, fragte er fröhlich.

Sie nickte nur, und er musterte sie mit seinen mandelbraunen Augen. »Wo haben wir uns gesehen, meine Schöne?«

»Hier und dort«, erwiderte sie geheimnisvoll. »Zum Beispiel im Hause von Herrn Feremutsch.« Das konnte sie riskieren, an jenem Abend waren genügend Damen anwesend gewesen. Oder doch nicht?

Jenny musterte sie prüfend. »Die holde Weiblichkeit war an diesem Abend gut vertreten! Lassen Sie mich nachdenken.«

»Denken Sie nicht so viel, mein Freund.«

»Sie haben recht. Jetzt wird getanzt!«

Geschickt führte er sie in eine Drehung und glitt mit ihr zwischen den anderen Pärchen hindurch. Der Turnlehrer war ein ausgezeichneter Tänzer und lenkte sie elegant und sicher, und Sarah schwindelte beinahe, als er sie in einen scharfen Foxtrott führte. Dann erinnerte sie sich wieder an ihren Auftrag. Wie fing sie am besten an? Ihre Frage konnte sie nicht unvorbereitet stellen.

»Ich habe gehört, dass die Schüler Sie sehr schätzen, Herr Jenny.« Sie wusste nicht mehr, wo sie das gehört hatte, aber Jenny strahlte.

»Das höre ich gern«, erwiderte er kurz. In dem Moment endete der Foxtrott, und er geleitete sie von der Tanzfläche. »Kann ich Ihnen etwas zu trinken holen? Dann finde ich vielleicht noch heraus, wer sich hinter Johanna von Orléans verbirgt.«

»Gern.«

Er entschwand und kam kurz darauf mit zwei Gläsern Bowle zurück. Sarah kostete vorsichtig. Das herrlich bunte Getränk war prickelnd und nicht zu süß.

»Wollten Sie schon immer Lehrer werden?«, fragte sie.

»Seit der dritten Klasse«, erwiderte Jenny. »Mein damaliger Lehrer war mir ein Vorbild.«

»Aber du warst schon früher ein halber Robin Hood, stimmt's? Erzähl ihr von ›Brunis‹ Waldabenteuern!«

Das kam von Lehrer Eberwein, der sich gerade neben sie stellte.

Jenny errötete und schüttelte lächelnd den Kopf. »Das wollen Sie nicht hören.«

»Aber ja! Was hat es damit auf sich?« Alles konnte nützlich sein.

»Ich erzähle es Ihnen.« Eberwein hob sein eigenes Glas in Richtung Jenny. »Unser lieber Jenny hat sich schon als kleiner Knopf um andere Kinder gekümmert. Wenn die Lausbuben der Nachbarschaft im Wald spielten und nicht zu finden waren, stellten die Mütter nur eine Frage: ›Ist *Bruni* dabei?‹ Wenn die Antwort Ja lautete, wussten sie, dass sie sich keine Sorgen machen mussten.«

Sarah neigte den Kopf in Richtung des verlegenen, aber geschmeichelten Jenny. »Eine schöne Geschichte!« Sie sah kurz zu Eberwein, der sich schon wieder entfernt hatte, um sich mit einem weiblichen Harlekin zu unterhalten. »Aber jetzt habe ich etwas anderes für Sie, Herr Jenny.« Rasch trat sie neben ihn, beugte sich zu seinem Ohr hinunter und flüsterte: »Ich weiß, was Sie verbergen.«

Jenny zuckte zurück. Sein eben noch freundlicher Blick nahm einen wachsamen, fast drohenden Ausdruck an. »Wovon reden Sie?« Beim Klang seiner tiefen, lauten Stimme wich Sarah unwillkürlich zurück.

»Von Robin Hood natürlich – und dem Geheimnis seiner Herkunft!«, erwiderte Sarah rasch, um einen leichten Ton bemüht.

Einen Moment lang sah er sie misstrauisch an, dann lachte er etwas unbehaglich. »Sie sind mir vielleicht eine!«

»Eine, die tanzen will, hoffe ich. Darf ich?« Ein lächelnder Narr verbeugte sich vor Sarah. Die weiße Schminke und die hohe rote Mütze machten ihn fast unkenntlich, aber der Stimme und Figur nach kam nur Präfekt Marthaler infrage.

Die Unterbrechung war ungünstig, aber sie konnte sich nicht weigern. Außerdem hatte sich Jenny schon entfernt – ein bisschen rasch, wie sie fand.

Eben begann ein langsamer Walzer, und der Präfekt zog sie an sich und führte sie gekonnt über das Parkett. Er war ein guter Tänzer, aber die enge Umarmung war ihr unangenehm, obwohl es beim Tanzen gang und gäbe war. Sie verdrängte das Gefühl; schließlich war Fasnacht.

»Sie sind eine ausgezeichnete kleine Tänzerin«, meinte Marthaler fröhlich. »Und Ihr Kostüm steht Ihnen. Eine bezaubernde Jeanne d'Arc!« Sein Blick glitt über ihren Körper, und obwohl ihr Kostüm nichts preisgab, fühlte sie sich, als trüge sie nur Unterkleider. Unauffällig versuchte sie, etwas Abstand zu gewinnen, aber er griff sofort nach. Ihr erster Tanz mit Paul kam ihr in den Sinn. Auch er hatte sie an sich gezogen, aber das war ganz anders gewesen – nicht nur, weil sie ihn so gemocht hatte. Marthaler schien es als selbstverständlich anzusehen, dass sie diesen engen Kontakt zu ihm wollte. Oder war es ihm egal? Dachte er, es stünde ihm zu, weil sie sich bereit erklärt hatte, mit ihm zu tanzen – und weil Fasnacht war?

»Wissen Sie, wer ich bin?«, fragte sie ihn schließlich. Vielleicht würde ihn ein Gespräch auf andere Gedanken bringen.

»Nein, aber das muss ich nicht. Du bist eine reizende Jeanne, das genügt mir.« Er lachte.

Wie brachte sie ihn dazu, mit seinen plumpen Annäherungsversuchen aufzuhören? Am besten weiterfragen; wenn er sie schon in der Zange hatte, konnte sie das Vergnügen wenigstens zurückgeben. »Soll ich Ihnen etwas verraten, Herr Marthaler?«

»Alles, meine Jeanne.« Er zog sie wieder an sich.

»Ich weiß, was Sie verbergen.«

Abrupt blieb Marthaler stehen und starrte sie mit offenem Mund an. Seine Augen wirkten einen Moment starr, dann lachte er. »Dann weißt du mehr als ich, meine Schöne. Hab Dank für den wunderbaren Tanz.« Er nickte ihr zu und entfernte sich so schnell, als hätte sie ihm gesagt, dass sie Cholera hatte. Das leise Klingeln der Schellen auf seinem Kostüm hatte etwas Schuldbewusstes an sich.

Sie zwängte sich zwischen den anderen Paaren hindurch bis ans Ende des Ballsaals. Nur weg von diesem Mann! Endlich fand sie eine Ecke, von der aus sie das Geschehen betrachten und sich beruhigen konnte. Prüfend ließ sie den Blick über die lachenden und tanzenden Paare gleiten. Manche gaben herrliche Kombinationen ab: Triebolds Heinrich der Achte mit der Krankenschwester, ein Professor mit einer Königin, ein blonder, schlanker Kaminfeger, der seine Kreise mit einem drallen Schneewittchen mit schief sitzender schwarzer Perücke drehte. Immerhin konnte der Kaminfeger tanzen; er drehte sich ausgesprochen elegant. Fast so elegant wie …

Es war Paul. Paul war gekommen – und tanzte schwungvoll mit einer anderen.

Sarahs Herz zog sich zusammen. Dann rief sie sich zur Vernunft. Auch wenn es in ihrer Familie keine Fasnachtstradition gab, war sie Luzernerin genug, um zu wissen, dass nichts dabei war. Wahrscheinlich hatte sie ihn zum Tanzen aufgefordert. Nur: Warum hatte er ihr nicht mehr geschrieben, nicht vorbeigeschaut, nicht einmal einen Willkommensgruß hinterlassen? Außerdem hing das untersetzte Schneewittchen mit einem gewissen Besitzerstolz an ihm. Wer konnte sie sein? Sie kam ihr bekannt vor, aber die schwarze Perücke …

Sie könnte Schneewittchen ablösen. Dann fand sie vielleicht heraus, wer sie war, und vor allem würde sie an Pauls Reaktion sehen, was dahintersteckte.

Kaminfeger-Paul sah zu ihr herüber und stockte. Hatte er sie erkannt? Plötzlich drehte er sich weg und verschwand in der Menge.

Das flaue Gefühl, das sie schon während des Tanzes mit Marthaler geplagt hatte, breitete sich wieder in ihrem Magen aus, und plötzlich schien Sarah in dem vollen Saal keine Luft mehr zu bekommen. Sie trat auf den Korridor, aber auch dort drängten sich die Ballgäste. Eilig stieg sie die Treppe in den oberen Stock hoch und atmete auf, als sie sich in einem ruhigen Flur wiederfand. Es war dunkel; offenbar hatte man es nicht für nötig befunden, hier oben die Lampen anzuzünden. Eine Tür war leicht geöffnet, und der schmale Spalt gab den Blick auf Bücherregale und Lederrücken frei.

Erleichtert aufatmend schlüpfte sie hinein und sah sich um. Die breidensteinsche Bibliothek war recht geräumig und gut ausgestattet. Sanft strich sie mit den Händen über die Buchrücken. Der Geruch erinnerte sie an das Arbeitszimmer ihres Vaters – diese beruhigende Mischung aus Papier und Leder. Sehen konnte sie auch hier nicht viel; heute war Neumond, und nur eine Petroleumlampe auf der großen Veranda spendete etwas Licht, mit dessen Hilfe sie knapp einige Buchtitel entziffern konnte. Eine eindrucksvolle Sammlung! Sie griff nach einem dicken Exemplar. Dieses pädagogische Werk hatte sie in Baldegg auch lesen müssen – wie langweilig es gewesen war! Lächelnd stellte sie es zurück.

Im Korridor erklangen Schritte, dann klirrte ein Schlüssel in einem Schloss. Neugierig trat Sarah näher an die Tür. Eine Gestalt, unkenntlich in der Dunkelheit, betrat den Raum gegenüber der Bibliothek, spähte nach links und rechts und zog die Tür hinter sich zu. Ob da jemand ein Schäferstündchen im Sinn hatte? Doch niemand kam dazu, und nach kurzer Zeit öffnete sich die Tür wieder. Die Person trat in den Türrahmen, drehte den Kopf erneut nach links und rechts und eilte davon. Sarah spähte gespannt in den Korridor. Die sich entfernende Gestalt war mittelgroß und leicht füllig; ob Mann oder Frau, war schwer zu sagen. Kurz bevor sie um die Ecke verschwand, geriet sie in den Lichtkegel einer weiteren Petroleumlampe auf der Veranda, der durch ein Fenster in den Korridor fiel. Auf Kopfhöhe schimmerte und funkelte etwas, dann war die Gestalt verschwunden. Wenn da jemand wirklich ein Schäferstündchen vorgehabt hatte, hatte die Person wenig Geduld gezeigt.

Sarah wartete eine Minute, dann eilte sie die Treppe wieder hinunter und trat in den Festsaal. Wo war Paul? Sie würde ihn zur Rede stellen. Aber vielleicht setzte sie sich besser erst hin und überlegte in Ruhe, was genau sie ihm sagen wollte, bevor es allzu impulsiv aus ihr heraussprudelte. Am Rand der Tanzfläche saßen einzelne Matronen und greise Herren auf Stühlen und musterten das bunte Treiben mit sehnsüchtigen Blicken, in denen die lebendige Erinnerung an die eigenen Abenteuer und aufregenden Momente stand. Sarah entdeckte einen leeren Stuhl, eilte darauf zu, bevor ihn sich jemand anderes schnappen konnte, und wandte sich an die Dame, die neben ihr saß: eine etwa dreißigjährige, als Elfe verkleidete Frau mit rötlichem Haar, das sie zu einer fantasievoll verschlungenen Frisur geflochten hatte. »Gestatten Sie?«

»Natürlich.« Die Frau wandte Sarah ihr Gesicht zu und lächelte. Wo hatte sie diese braunen Augen schon gesehen, die bezaubernde Stimme gehört? Dann fiel es ihr ein. Es war die Sängerin, die als »Babeli« im Hause Feremutsch so schön geklungen hatte.

Lächelnd streckte sie die Hand aus. »Ich bin Sarah Siegwart und habe Sie bei Lehrer Feremutsch singen hören. Sie haben eine wunderbare Stimme!«

»Jolanda Schwarzentrub. Herzlichen Dank!«

Die Frau streckte ihren Arm aus dem weiten, mit Sternen bestickten Umhang, den sie trug. »Die Hand kann ich Ihnen nicht geben.«

Sarah zuckte ein wenig zurück. Der Arm der Frau war dünn wie ein Kinderarm, die Hand in einem seltsamen Winkel gekrümmt. Nach einem kurzen Zögern legte sie ihre Hand auf die der Frau. »Es freut mich, Sie kennenzulernen.«

Die Frau lächelte, dann sahen sie gemeinschaftlich schweigend den tanzenden Paaren zu, unter ihnen auch Marthaler, der sich ein junges Geschöpf gegriffen hatte, das er so eng umklammerte wie sie vorhin. Im Nachhinein betrachtet war es unklug gewesen, ihn Rosa zuzuweisen. Immerhin hatte Sarah ihm eine interessante Reaktion entlockt. Marie tanzte unterdessen mit Schmidt, Pauline konnte sie nicht entdecken, und Rosa wurde von einem eleganten Vampir über das Parkett geführt.

Die Frau neben ihr verfolgte ebenfalls Marthalers Tanz. »Er nimmt sich die Mädchen eng zur Brust. Das ist mir schon bei Ihnen aufgefallen.«

»Er ist gar aufdringlich. Aber was soll man auf einem Maskenball machen?«

»Wenn ich mir das ansehe, bin ich für einmal froh, dass mir das Tanzen erspart bleibt.«

Sarah zögerte. »Können Sie nicht …«

Jolanda Schwarzentrub hob mit ihren verdrehten Händen mühsam den Saum ihres Gewandes und entblößte magere Waden und zwei grausam verdrehte Füße. Mitleid und Beklommenheit stiegen in Sarah hoch. Wie mochte es sich anfühlen, bei einem ausgelassenen Fest auf einem Stuhl zu sitzen, unfähig, den Spaß zu teilen – unbeachtet von allen anderen?

»Es ist nicht so schlimm.«

Sarah spürte die Röte in den Wangen. »Es tut mir leid. Ich wollte nicht …«

»Ich lebe damit, seit ich fünf Jahre alt bin.«

»Trotzdem ist es sicher nicht leicht. Haben Sie nie …«

»Johanna von Orléans?«

Lukas Triebold, der mit seinem angeklebten Heinrich-Bart etwas Diabolisches an sich hatte, hielt ihr lächelnd eine Hand entgegen. »Wir hatten noch nicht die Ehre.«

Zögernd sah Sarah zu Jolanda Schwarzentrub, die nickte ermunternd. »Gehen Sie nur! Dieser Tanz wird sicher angenehmer«, sagte sie mit einem dezenten Zwinkern.

»Es hat mich gefreut«, erwiderte Sarah lächelnd. »Und was Sie angeht, Heinrich – solange Sie mir den Kopf lassen, habe ich nichts dagegen.«

Er griff nach ihrer Hand und führte sie in eine elegante Drehung. »Amüsieren Sie sich? Vorhin sah es selbst aus der Ferne nicht so aus.«

»Es ging«, erwiderte sie knapp. Triebolds Blick folgte Präfekt Marthaler. »Der Mann hat keine Manieren«, sagte er verächtlich. »Nicht nur, dass er verheiratet ist – er benimmt sich lächerlich. Vielleicht will er damit von seiner erbärmlichen Karriere ablenken.«

Der Ton in seiner Stimme war scharf geworden.

»Die Präfektenstelle ist doch ehrenwert«, erwiderte Sarah.

»Marthaler ist nur ein Lückenbüßer. Normalerweise haben die Präfekten hier unterrichtet, aber Marthaler hätte hier niemals eine Stelle bekommen. Er nennt sich Naturwissenschaftler, aber der Mann kann nichts. Und genau deshalb versucht der Wicht, sich bei den Mädchen beliebt zu machen. Dabei kann jeder sehen, dass sie sich unbehaglich fühlen.«

»Das wäre bei Ihnen sicher anders«, erwiderte Sarah. Sie musste ihn von seiner gehässigen Stimmung abbringen. »Sie könnten die Dame retten; sicher wäre sie Ihnen überaus dankbar!«

»Später vielleicht. Jetzt sind Sie an der Reihe. Wie war Bonfol?« Triumph stand in seinen grün-braunen Augen. »Sie dachten doch nicht, dass Sie mich täuschen können!«

Sarah lächelte ergeben. Triebold war zweifelsohne ein Experte, was Frauen anging. Und zumindest war er wieder besserer Stimmung.

»Es war eine lehrreiche Zeit«, erwiderte sie. »Ich konnte mir neue Kenntnisse erarbeiten – das Schleifen der Uhrensteine zum Beispiel. Und ich habe mein Französisch verbessert.«

»Französisch und Steine schleifen. Wie aufregend. Und wie hat Ihnen das Kaff gefallen? Waren Sie beim heiligen Fromund?«

»Sie kennen Bonfol?«

»Ich habe davon gehört. Die Prozession zu Fronleichnam soll berühmt sein.«

»Das hat meine Schlummermutter auch erzählt. Mir sagen solche Legenden nichts.«

Sie stockte. Hoffentlich hatte sie keine religiösen Gefühle verletzt. Triebold war Innerschweizer, wahrscheinlich Katholik wie sie. Aber es schien ihn nicht zu stören. Er beugte sich zu ihr herab.

»Mir auch nicht, wenn Sie's wissen wollen.« Er griff nach ihrer Hand und hob sie an seine Lippen. »Ich habe Sie vermisst. Sie haben großen Eindruck auf mich gemacht.«

»Wirklich? So oft haben wir uns doch nicht gesehen.« Sarah versuchte sich an einem trockenen Ton, aber ihr entging nicht, wie warm sich ihre Wangen plötzlich anfühlten. Triebolds inniger Blick schien sie mitten ins Herz zu treffen, als sei sie das Wunderbarste, was die Frauenwelt ihm bisher geboten hatte. Wie stellte er das an? Schließlich war sie kein Backfisch mehr.

Sie atmete tief durch. Es galt, die Sinne zu wahren und die Gelegenheit für einen Angriff zu nutzen.

»Sie auf mich auch, Herr Triebold. Auf wen nicht?«

Er zog sie enger an sich. »Dann nenn mich wenigstens Lukas. Darf ich dich Sarah nennen?«

»In Ordnung, Lukas. Und weil du mir so gefällst, verrate ich dir noch etwas.« Sie hielt kurz inne. »Ich weiß, was du verbirgst.«

Triebolds Augen weiteten sich, dann lachte er. »Woran denkst du genau? Ich habe einiges auf dem Kerbholz.« Er zwinkerte ihr zu. »Aber jetzt, meine schöne Jeanne, nehme ich deinen Vorschlag an und befreie diese holde Maid. Ich zähle darauf, dass du mich später mit einem weiteren Tanz beglückst.« Er schenkte ihr ein letztes Lächeln und überquerte die Tanzfläche, sichtlich entschlossen, dem Präfekten seine Dame zu entreißen. Das gelang mühelos, und es bereitete Sarah eine besondere Freude, das sauertöpfische Gesicht Marthalers zu sehen, der sich neben eine Säule stellte und von dort aus verdrossen das Geschehen betrachtete.

Sarah stockte. Auf der anderen Seite der Säule erkannte sie eindeutig Paul in seinem schwarzen Kaminfegergewand. Jetzt oder nie.

Mit hämmerndem Herzen bahnte sie sich am Rand der Tanzfläche einen Weg durch die Maskierten. Die heiße Luft im Saal schien um sie zu kreisen, und die Geigen, die einen rassigen Foxtrott spielten, klangen plötzlich schrill. Dennoch ging sie weiter, während ihre Gedanken rasten. Wie sollte sie ihm begegnen? Gelassen und heiter? Gekränkt? Am besten ließ sie sich nicht viel anmerken.

Er sah sie kommen und lächelte ihr entgegen, als ob zwischen ihnen alles wunderbar sei. Mit einer leichten Verbeugung griff er nach ihren Händen. »Es freut mich, Euch zu sehen, schöne Jeanne – ich meine Sarah.«

»Jetzt erkennst du mich? Was war vorhin?«

Er hob die Brauen. »Wovon sprichst du?«

»Ich habe dich mit Schneewittchen tanzen sehen. Du hast zu mir geblickt und bist dann verschwunden.«

»Ich wusste nicht, dass du es warst! Ich habe später Rosa gesehen, und sie hat mir verraten, wie du kostümiert bist.«

Die Anspannung in Sarah ließ nach, und sie lächelte zögernd. »Dann bin ich froh. Ich dachte schon, du hättest mich erkannt und seist geflüchtet, um mir nicht am Arm einer anderen zu begegnen.«

Wärme schoss in ihre zum Glück hinter der Maske verborgenen Wangen. Die Schärfe, die sich in ihre Stimme geschlichen hatte, war nicht geplant gewesen. Paul hatte sie offensichtlich auch gehört, denn er wich zurück. »Du bist doch nicht wütend? Es ist Fasnacht; gerade du als Luzernerin solltest wissen ...«

Seltsam. Genau das hatte sie auch gedacht, aber jetzt, als er es sagte, lüpfte es ihr figurativ Jeannes Helm. »Ich weiß genug von der Fasnacht! Mich interessiert, warum du nicht mehr geschrieben hast und dich heute nicht bei uns hast blicken lassen.«

»Jetzt mach kein Theater.« Er lächelte, aber sie hörte den Ärger in seiner Stimme. »Ich habe jetzt einen Hof und Verantwortung; ich bin einfach nicht dazu gekommen.«

»Wie du meinst. Dann will ich deine Zeit nicht länger verschwenden; es warten vielleicht noch andere Schneewittchen auf dich.«

Sie wandte sich ab und stapfte davon, ohne sich noch einmal umzudrehen, drängte sich durch die tanzenden Paare bis zum Balkon und trat hinaus. Andere Gäste, die frische Luft gesucht hatten, lachten und scherzten miteinander. Nach der Hitze im Saal fühlte sich die frostkalte Luft wie ein Schlag ins Gesicht an – schmerzvoll und ernüchternd.

Sie spürte, wie sich ihr Herzschlag verlangsamte. In die Wut über Pauls Verhalten schlich sich Unsicherheit über ihre Reaktion. Hatte sie ihn zu hart angegriffen? Er hatte recht, es war Fasnacht; er hatte sie nicht erkannt. Warum hätte er nicht tanzen sollen, wenn ihn eine Dame aufforderte?

Allerdings hätte er auch Nein sagen und sich auf die Suche nach ihr machen können. Wenn sie daran zurückdachte, wie sehr er über die drei Wochen ihrer Abwesenheit gejammert hatte, hätte sie angenommen, dass ihm das Wiedersehen mit ihr wichtiger war als der Tanz mit einer Fremden! Oder hatte er sich nur deshalb über Bonfol geärgert, weil sie ihm nicht beim Umzug helfen konnte? War es ihm nur um ihre Arbeitskraft gegangen?

Sie atmete tief durch. Sie interpretierte ohne Grundlage viel zu viel in Pauls Verhalten hinein. Vielleicht war sie tatsächlich etwas harsch gewesen. Sie würden sich morgen sehen, da konnte sie das geradebiegen.

Der Fasnachtsdienstag erwachte nur schleppend zum Leben. Müde und rastlos zugleich tigerte Sarah durch Rosas Häuschen. Es war nett von Lehrmeister Flury, ihr den heutigen Tag freizugeben, aber es trug nur zu ihrem Unruhezustand bei. Brauchte man sie nicht mehr? Sie durchstöberte Rosas Korb mit den Flickwaren. Vielleicht konnte sie sich nützlich machen; es lagen auch zwei von ihren Kleidern im Korb, bei denen der Saum abgerissen war. Aber fast hätte sie selbst gelacht, als sie an ihre demütigenden Stunden im Handarbeitsunterricht zurückdachte.

Sie begab sich daher in die Küche, um Arbeit zu finden, aber auch diese Hoffnung wurde angesichts Rosas Ordnungsliebe enttäuscht: alles blitzsauber, alles aufgeräumt. Schließlich kehrte sie in ihr Zimmer zurück, doch wie sie befürchtet hatte, kamen die Fragen der gestrigen Nacht wieder hoch. Was war mit Paul los? Gern hätte sie sich mit den Mädchen besprochen, aber das musste bis morgen warten. Rosa hatte bereits geschlafen, als sie zurückgekommen war, und heute Morgen war sie schon aus dem Haus gewesen, bevor sie sie hatte sprechen können.

Sie kämmte sich sorgfältig die Haare, frisierte sie in den Dutt, der Paul so gefiel, und sah prüfend in den Spiegel. Irgendwie fand sie den Dutt heute altbacken. In Bonfol hatte sie sich angewöhnt, ihre Haare zu einem Zopf zu flechten. Entschlossen nahm sie die Klammern aus dem Haar, kämmte die Haare nochmals und flocht sich ihren Bonfol-Zopf. Nach einem letzten Blick in den Spiegel nickte sie zufrieden und griff nach ihrer Tasche, in der schon das Amethyst-Engelchen, das Kristallpferd und die Kristallkuh lagen, die sie in Bonfol für Sophie, Euseb und Paul ausgesucht hatte. Dann machte sie sich auf den Weg Richtung Oelirain, gleichzeitig gespannt und etwas besorgt, und als spürte das Wetter ihre Stimmung, blies ihr in einem Moment ein starker Nordwind entgegen, um im nächsten Moment zu drehen und ihr die Haare ins Gesicht zu schleudern. Schließlich tauchten, Wind hin oder her, die Stäbe des Eisentors vor ihr auf, und kurz darauf stand sie vor der Schneidervilla.

»Fräulein Siegwart!« Herr Schneider, der ihr die Tür geöffnet hatte, geleitete sie in den Salon. »Wie schön, zu sehen, dass es Ihnen gut geht. Mager sehen Sie aus, aber dagegen wird Rosa etwas unternehmen.«

»Und ob sie das wird!« Rosas kräftige Stimme drang von der Küche in den Salon. »Ich habe ihr gestern schon gesagt, dass sie ein paar Pfund auf die Rippen braucht!«

Sophie kam in den Salon gerannt und warf sich in Sarahs Arme. »Ich freue mich so, dass du hier bist!«

Verstohlen strich Sarah über das weiche dunkle Haar. Sie vermisste das Unterrichten nicht, aber es war ein schönes Gefühl, wenn sich Schülerinnen und Schüler gern an sie erinnerten. Sie griff in ihre Tasche und zog das violette Engelchen hervor, und die Freude in Sophies dunklen Augen zeigte ihr, dass sie es gut getroffen hatte.

Rosas Räuspern wurde prägnanter, und alle begaben sich eilends ins Esszimmer. Die Suppe wurde serviert, obwohl Pauls Platz noch leer war.

»Paul sollte bald da sein, Fräulein Siegwart«, sagte Herr Schneider. »Wahrscheinlich hat er Freunde besucht oder ist kurz zu den Pferden gegangen. Sie kennen ihn ja.«

Sarah nickte betreten, während ihr die Wärme in die Wangen stieg. Wie peinlich, dass Herr Schneider ihre Gedanken so exakt gelesen hatte. »Wie geht es Ihnen, Herr Schneider? Wie läuft es bei Schild?«

»Die Produktion ist gut, aber die Verkäufe – Sie können es sich vorstellen.« Er seufzte. »Und diese Retouren. Erinnern Sie sich?« Er beugte sich vor. »Die Untersuchung der eingesandten Taschenuhren hat ergeben, dass die Lagersteine gefälscht waren. Stellen Sie sich das vor!«

»Gefälscht?«

»Ich hätte es nicht für möglich gehalten. Es handelt sich nicht um Rubine, sondern um geschliffenes und gefärbtes Glas. Sehr geschickt gemacht!« Er schüttelte den Kopf. »Wir haben unsere Schleifereien vor Ort geprüft, aber da ist alles in Ordnung. Die Prémontage ist unübersichtlich, da haben wir keine Kontrolle. Die Schleifer entscheiden selbst, an wen sie die Steine weitergeben.« Er schwieg einen Moment und sah sie an, als wolle er noch etwas sagen, dann wandte er sich Rosa zu, die eben den Hauptgang brachte: einen feinen Braten mit Kartoffelstock. Ein Sonntagsmahl, und das an einem Dienstag!

Sarah stocherte in ihrem Essen. Es schmeckte so gut wie immer bei Rosa, aber das bisschen Appetit, das sie gehabt hatte, war verschwunden. Was wollte Herr Schneider ihr mitteilen? Und wo blieb Paul? Hatte er nach dem gestrigen Debakel beschlossen, dass sie den Ärger nicht wert war?

»Wir versuchen mit allen Mitteln, dem Betrug auf die Spur zu kommen«, fuhr Herr Schneider fort. »Da hat jemand beträchtliche kriminelle Energie aufgewendet.« Auch er pickte lustlos an seinem Braten herum.

»Haben Sie es den Landjägern gemeldet?«, fragte Sarah.

»Habe ich, aber die sind mit den Untersuchungen zu den beiden Entführungen ausgelastet. Sie haben mir versichert, dass sie der Sache nachgehen, aber sie kennen sich mit so etwas nicht aus. Wir tun gut daran, wenn wir das selbst angehen.« Er seufzte noch einmal. »Ich wünschte, ich wüsste selbst mehr vom Handwerk, aber ich kenne mich nur mit dem Verkauf aus. Adolf hat das nötige Wissen, aber bisher ist auch er noch ratlos. Wenn diese Fälschungen bekannt werden, leidet unsere Reputation, und die Verkäufe gehen weiter zurück. Dann müssen wir Lehrlinge entlassen. In jedem Lehrjahr einen.«

Das war es also. Sarah würgte an einem Stück Braten.

»Machen Sie sich keine Sorgen.« Herrn Schneiders Lächeln war so schütter wie sein Haupthaar. »Herr Flury möchte Sie und Herrn Leibundgut unbedingt behalten; Sie sind beide vielversprechend.«

Sarah nickte, aber ihre Gedanken rasten. War nicht klar, für wen man sich entscheiden würde, wenn es so weit war? Fabrice kam aus Grenchen, war Christkatholik und ein Mann.

Er würde einmal eine Familie ernähren müssen. Wen interessierte es, dass auch sie für sich aufkommen musste? Sie konnte ja heiraten. Als ob das so einfach und immer wünschenswert wäre.

Ein Geräusch ließ Sarah aufblicken. Paul stand in der Tür, ganz als wäre dies sein Stichwort gewesen.

»Da ist ja unser Bauer!« Herr Schneider strahlte. »Sehen Sie, Fräulein Siegwart?«

Sarah spürte verärgert die erneute Wärme in ihren Wangen. Sicher hatte Paul nun das Gefühl, dass sie sich nur nach ihm verzehrt und die ganze Nacht heiße Tränen vergossen hatte. Sie lächelte, schwieg aber. Zumindest sah auch Paul nicht besonders frisch aus, was ihr eine gewisse Befriedigung bereitete.

»Ich hatte Sorgen um Erika, meine beste Milchkuh«, sagte er kurz angebunden. Dann setzte er sich, während Rosa ihm einen Teller hinstellte. »Sie hatte eine Kolik, ich musste den Tierarzt kommen lassen. Aber jetzt geht es ihr wieder gut.« Innert kürzester Zeit hatte er seinen Teller leer gegessen, und Rosa brachte für alle das Dessert. Paul erzählte munter weiter vom Hof, und obwohl sie sich darüber ärgerte, spürte Sarah, wie sich seine Begeisterung auf sie übertrug. Paul war angekommen; das hatte sie ihm so sehr gewünscht. Und doch war ihre Freude getrübt, überlagert von der leisen Furcht, die sie vor der Abreise nach Bonfol gespürt hatte und die gestern neu aufgeflackert war. War Paul ihr wirklich zugetan? Und würde er nicht irgendwann wollen, dass sie ihn auch mit Taten unterstützte?

Der Kaffee schien ewig zu dauern, aber schließlich stand Paul auf und sah sie an. »Wollen wir spazieren gehen?«

Sarah nickte, erhob sich lächelnd, dankte Herrn Schneider und folgte Paul nach draußen. Schweigend begannen sie ihren Marsch den Oelirain hinunter in Richtung Dorfzentrum. Es hatte zu schneien begonnen, im Schein der Petroleumlampen wirbelten die Schneeflocken munter umher, während ihre Schritte auf dem hartgetretenen Schnee knirschten. Die Stille zwischen ihnen war ein Geräusch für sich – ein hässliches, aufgeladen und giftig. Wer würde sie brechen? Eben passierten sie den Gasthof Bären, aus dem ein gewaltiger Geräuschpegel drang. Natürlich; es war immer noch Fasnacht. Vielleicht ein weiterer Maskenball.

Abrupt wandte sie sich Paul zu. »Lass uns endlich über gestern sprechen.«

Er nickte zögernd. »Und worüber?«

Herrje. Mussten immer die Frauen solche Gespräche anstoßen? Lag ihm nichts daran?

Sie atmete tief durch. »Ich weiß, dass ich etwas barsch war und vielleicht überreagiert habe. Aber ich war enttäuscht, weil du dich nur einmal gemeldet hast, vor allem, weil es dir vorher so wichtig war, dass ich hierbleibe. Und ich … habe mich gefragt, ob du nur enttäuscht warst, weil ich dir nicht beim Umzug helfen konnte. Dann hast du noch mit einer anderen getanzt.«

»Es war nur Frieda. Sie hat mich aufgefordert, und ich wollte nicht Nein sagen.«

Frieda – eine der simplen Freundinnen der Köllikerschwestern. »Das muss ein Spaß gewesen sein.«

»Es wäre unhöflich gewesen, sie stehen zu lassen.« Er zuckte die Achseln, dann griff er nach ihrer Hand. »Ich hoffe, wir kommen bald auch wieder dazu. Unser erster Tanz ist mir in bester Erinnerung.«

Bei dem Gedanken lächelte sie kurz, und die Wärme seiner Hand übertrug sich auf ihre. »Das wäre schön.«

Wieder kehrte Stille ein. War das alles, was er zu sagen hatte?

»Und es tut mir leid, dass ich nicht mehr geschrieben habe«, fuhr Paul fort. »Glaub mir: Du hast mir gefehlt, und nicht nur, weil du mir nicht helfen konntest. Was denkst du denn?« Seine Augen leuchteten warm. »Ich habe oft an dich gedacht und mich auf den Moment gefreut, wenn wir uns wiedersehen. Bei allem, was ich auf dem Hof gemacht habe, dachte ich an den Moment, in dem ich es dir endlich zeigen kann.«

Abwartend sah er sie an, und unter seinem liebevollen Blick löste sich endlich der Knoten in ihrem Magen. Sie lächelte zu Paul hoch, dessen Gesicht sich aufhellte, während er sie an sich zog. Glücklich überließ sie sich seinen Armen, seinem Kuss, seinem Duft, den sie so vermisst hatte: frisch, sauber, mit einem Hauch Kuhstall. Wieder musste sie lächeln. Die Verwandlung war fast komplett.

»Wie wäre es, wenn du mich kommenden Sonntag auf dem Hof besuchst? Ich würde dir gern alles zeigen, und während der Woche arbeitest du ja, bis es dunkel wird. Ich kann dich nach der Messe abholen.«

»Gern. Ich freue mich sehr!« Sie drückte ihm die Hand und sah hoch. Viel zu schnell hatten sie Rosas Häuschen erreicht.

»Dann machen wir es so.« Er beugte sich zu ihr herab und küsste sie noch einmal. »Jetzt muss ich los, sonst fährt der Zug ohne mich. Sind wir wieder … ist alles wieder gut?«

Er drückte sich aus wie ein Kind, aber sie spürte, wie wichtig es ihm war. »Alles gut.«

Er lächelte und zog in leichtem Laufschritt los, während sie ihm erleichtert nachsah. Wie gut, dass sie sich ausgesprochen hatten! Es würde schön sein, Paul auf seinem Hof zu sehen; sie freute sich darauf. Dann fand sich sicher auch ein Moment, um mit ihm über die gemeinsame Zukunft zu sprechen und über ihre Angst um ihre Lehrstelle.

Fröstelnd zog sie sich den Mantel enger um den Hals, als ein scharfer Windstoß die Flocken durch die Luft wirbelte. Die düsteren Worte von Herrn Schneider drangen erneut in ihre Gedanken. Was, wenn die Fälschungen wirklich dazu führten, dass ein Lehrling gehen musste? Und was, wenn sie es war? Sie hatte kein anderes Auskommen, und zurück in den Lehrerberuf wollte sie nicht. Aber es hatte keinen Zweck, sich im Voraus schon solche Sorgen zu machen, vor allem wollte sie sich den schönen Moment mit Paul nicht verderben. Alles hatte seine Zeit – für einmal waren ihr sogar die Verse aus dem Predigerbuch genehm.

20

Gideon zuckte zusammen, als sich ein spitzer Ellbogen in seinen Rücken bohrte. Missbilligend betrachtete er den beleibten, rotgesichtigen Mann, der an ihm vorbeizog, gewandet in das grellbunte Kostüm eines Papageis und gefolgt von einer ganzen Papageientruppe, die fröhlich Gläser schwenkte. Falls die Sagen stimmten und man mit der Fasnacht die Wintergeister vertreiben wollte, hatten die sicher längst das Weite gesucht.

Resigniert zwängte er sich durch die feiernde Menge, die den Saal des *Löwen* bevölkerte. Eine Kapelle spielte zum Tanz auf, aber man hörte sie kaum. Fünf Uhr nachmittags an einem gewöhnlichen Dienstag, und die Leute spielten verrückt! Aber eben: Für die Fasnächtler war es kein gewöhnlicher Dienstag, sondern einer der kostbaren, gloriosen Tage ihrer »Fünften Jahreszeit«. Katholiken! Jetzt erlaubten sie sich alles, was ihr Gott ihnen verboten hatte; kaum war Aschermittwoch, ließen sie sich ein Kreuzlein auf die Stirn malen und gaben sich heiliger als der Papst in Rom.

Er hatte den Vormittag einmal mehr auf Breidenstein verbracht und die Lehrer und den Präfekten nach ihren Alibis für die Nacht vom vergangenen Sonntag auf den gestrigen Montag gefragt, aber die Resultate waren noch magerer als befürchtet. Natürlich wollten sie alle in ihren Betten gelegen haben. Er konnte Jennys und Marthalers Frauen noch befragen, die anderen drei waren ledig. Am einfachsten wäre eine solche Tat für Triebold und Eberwein gewesen, die im Dorf wohnten; Schmidt mit seinem Logis auf Breidenstein hätte riskieren müssen, dass jemand ihn auf den Korridoren sah.

»Du bist aber ein fescher Landjäger. Wie wär's mit einem Tänzchen?« Eine Frau strich über den Ärmel von Gideons Uniform und griff nach seiner Hand. Gewandet in das Kostüm eines Schwans, hatte sie so gar nichts von der Eleganz dieser Tiere, denen er in der Rudersaison manchmal auf der Aare begegnete: der Hals kurz und rosafarben anstatt lang und weiß, die schwarz umrandeten Augen gerötet, torkelte sie vor ihm hin und her wie eine Boje bei Westwind auf dem Thunersee.

Er schüttelte sie ab. »Das ist kein Kostüm, meine … Dame.«

Gespielt schockiert hob sie die Hand an ihren Mund. »Du bist im Dienst hier? Ist etwas passiert?« Sie lachte und klang dabei wie ein trunkenes Schaf. »Oder kommst du wegen denen, die sich im Hinterzimmer vergnügen? Da hast du viel zu tun, du armer Mann.« Sie tätschelte ihm den Arm. »Du brauchst ein Bier.«

»Ich brauche Informationen.« Verärgert machte er sich von ihr frei und stellte sich an die Theke, an der Euseb Girard freudig Bier zapfte.

»Guten Abend, Herr Girard«, sagte Gideon. »Ich suche Franz Burri. Seine Vermieterin hat mir mitgeteilt, dass ich ihn hier finde.«

Girard sah hoch, runzelte die Stirn ob Gideons Spaßverderber-Uniform und wies mit dem Kinn nach links. »Im Hinterzimmer.«

Gideon nickte und setzte den mühsamen Weg durch die Fasnächtler fort. Seine Befragungen Anfang Nachmittag in der Bündengasse hatten seinen Verdacht bestätigt, dass es sich bei Burri um einen unsauberen Genossen handelte, der für Geld bereit war, alles Mögliche zu sagen oder zu tun. Als Erstes würde er ihn dazu bringen zu gestehen, dass sein Alibi für Präfekt Marthaler ein solches Geschäft war. Dass er auch als Komplize infrage kam, würde er schön für sich behalten.

Entschlossen bahnte er sich einen Weg zu jenem berüchtigten Hinterzimmer und öffnete die Tür zu einem rauchgefüllten Raum. Abspielen tat sich dort allerdings, den Worten des trunkenen Schwans zum Trotz, nicht viel: Vier Männer saßen um einen Tisch und jassten; der eindrucksvolle Haufen Münzen und Noten, der in einem Korb lag, ließ vermuten, dass das Spiel eine Menge einbringen würde. Henusode, er würde sie unterbrechen müssen.

»Wer von Ihnen ist Franz Burri?«

Widerwillig hoben die vier ihre Köpfe vom Jassteppich, und ein magerer Mann mit schmutzig blondem Haar meckerte: »Schau, Franz, es geht dir an den Kragen! Das musste mal kommen.«

Der Angesprochene, ein verschlagen blickendes Männlein mit schütterem Haar, würdigte Gideon keines Blickes. »Wir sind mitten im Spiel.«

»Für Sie ist das Spiel vorbei. Aber wenn Sie mir hier nicht antworten wollen, nehme ich Sie gern mit in die Prison.«

Mürrisch stand Burri auf und kam auf ihn zu. »Worum geht's? Ich war heute immer hier.«

»Es geht nicht um heute, sondern um Sonntag vor einer Woche. Sie haben meinem Kollegen erzählt, dass Präfekt Marthaler bei Ihnen zu Besuch war.«

»Wird wohl so sein. Warum?« Sein Blick schnellte von links nach rechts, als würde er nach einem Fluchtweg Ausschau halten.

»Mir wurde zugetragen, dass Sie gern Geschäfte mit solchen Aussagen machen. Außerdem seien Sie letzten Montag im Fleur gewesen und hätten mit Geld nur so um sich geworfen.« Er grinste in sich hinein, als er den besorgten Ausdruck in Burris Gesicht sah. Diese Information verdankte er Helena. Damit, dass er über direkte Kanäle zu Grenchens Puff verfügte, hatte der gute Mann wohl nicht gerechnet.

»Bin zu Geld gekommen. Das gibt's«, erwiderte Burri.

»Und woher kam das Geld?« Gideon setzte sich auf einen zerschrammten Stuhl und verschränkte die Hände über seinem Gurt. »Ich habe alle Zeit der Welt und die Prison noch Platz für Sie.«

Burri nagte an seinen Lippen. Nicht lange, und er würde weich werden; vielleicht konnte er etwas nachhelfen. »Mir geht es nicht um Sie, guter Mann. Mir geht es um den Mord an einem Jungen und um zwei Entführungen. Sagen Sie mir einfach, wie es war; dann muss niemand davon erfahren.«

Burri sah ihn ängstlich an, ein Mann, der auf der Hut war, weil er oft genug mit gezinkten Karten spielte. Dann seufzte er. »Na gut. Marthaler hat mich gefragt, ob ich ihm helfen kann, und mir im Gegenzug gutes Geld versprochen.«

»Was genau haben Sie mit ihm ausgemacht?«

»Ich sage, dass er an jenem Nachmittag bei mir war, und bekomme dafür fünfzig Franken. Eine rechte Summe!«

»Wie viel haben Sie davon noch?« Er winkte ab. »Schon gut. Wohl kaum viel, nehme ich an. Dann gehen Sie mal zu Ihrem Jass zurück.«

Gideon stand auf, drängte sich durch die tanzenden Paare nach draußen und blieb aufatmend auf der Treppe stehen, die gegen die Lebernstraße hinausging. Ein paar verirrte Schneeflocken trudelten auf seine Uniform.

Das war geschafft. Jetzt würde er sich so bald wie möglich Marthaler vornehmen und ihm das geplatzte Alibi unter die Nase halten. Darauf freute er sich schon. Aber nicht mehr heute. Er eilte die Treppe hinunter und wandte sich gen Osten. Auf Wittmers Geheiß würde er stante pede nach Solothurn zurückkehren, wo das letzte Aufbäumen der Fasnacht vor dem Aschermittwoch für einige Unruhen sorgte. Immerhin: Morgen war es vorbei; er würde seine Berichte schreiben und am Donnerstag die Übergabe des Geldes vorbereiten. Heute Mittag war – das zweite erfreuliche Ereignis des Tages – ein Telegramm von *Monsieur le Lieutenant* eingetroffen: Er hatte tatsächlich das Geld besorgt. Trotz der sicher seinem Geiz geschuldeten Kürze des Telegramms hatte der Mann es fertiggebracht, seiner tiefen Missbilligung über diese unnötigen Kosten Ausdruck zu verleihen. Gideon war es egal. Das Geld war bereit, sie würden den Täter fassen, und Madame Theuillerat bekam ihren Jungen zurück. Dieses Mal durfte nichts schiefgehen.

Zögernd öffnete Sarah die Tür zur Werkstatt. Sie war zu spät – nicht der Arbeitsbeginn, den sie sich vorgestellt hatte! Die Frühmesse zum Beginn der Fastenzeit hatte ewig gedauert, da Pfarrer Walser die Gelegenheit genutzt hatte, um seine Schäfchen auf den heiligen Krieg gegen die Christkatholiken einzuschwören. Heute war ihr das Aschekreuz auf ihrer Stirn noch bewusster als sonst. Hoffentlich pflegten die Christkatholiken diese Tradition noch; sonst fiele sie gleich wieder aus dem Rahmen.

»Willkommen zurück! Hast du in der Provinz etwas gelernt?«

Fabrice – tatsächlich mit Aschekreuz auf der Stirn – saß glücklich lächelnd am Platz. Ihrem Platz.

»Danke, das habe ich«, erwiderte sie schroff. »Würdest du meinen Tisch freigeben?«

Er sah sie an, als wisse er nicht, wovon sie sprach; dann erhob er sich gemächlich und begab sich an seinen eigenen Tisch. »Hier ist das Licht besser. Für den Auftrag, den Lehrmeister Flury mir überlassen hat, wollte ich auf Nummer sicher gehen. Übrigens: Jetzt ist die Aufzugswelle dran. Seite 50 folgende. Der Lehrmeister hat mich gebeten, es dir zu erklären, falls er heute später kommt.«

Auch das noch. Widerwillig schlug Sarah ihr Buch auf, während Fabrice, ganz in der Tradition Flurys, die Hände hinter dem Rücken faltete und seinen Blick in die obere Zimmerecke richtete.

»Schauen wir mal, ob ich es zusammenbekomme«, hob er gewichtig an. »Man nehme einen Stift aus gehärtetem Stahl, drehe eine Spitze an, dann einen Vierkant. Dann eine Nut, eine Führung und das Gewinde für die Krone.‹ Alles klar?«

»Sicher.« Sarah legte das Lehrbuch zur Seite und stützte den Kopf in die Hände. Ihr kam das Gehörte wie ein Buch mit sieben Siegeln vor, und der Anblick von Fabrice, der sich pfeifend die verschiedenen Utensilien bereitlegte, half nicht.

Zum Glück trat in diesem Moment Lehrmeister Flury ein. »Schön, dass Sie wieder hier sind, Fräulein.« Wohlwollend lächelte er sie an. »Maître Corbat hat mir den Bericht geschickt. Kompliment! Nun wollen wir sehen, dass Sie hier wieder Tritt fassen. In den letzten Wochen sind wir schnell vorangekommen. Die Aufzugswelle macht man normalerweise erst nach einem Dreivierteljahr, aber Sie beide werden sie als Fähigkeitsarbeit für den Abschluss des ersten Halbjahrs erstellen. Sie sind so gute Schüler – warum länger warten?«

Sarah nickte, doch die heimliche Freude, die sie beim Lob von Flury erfüllt hatte, wich zunehmend einem Gefühl der Ernüchterung. Stumm lauschte sie seinen erklärenden Worten und machte sich ans Werk, aber es ging ihr nicht so leicht von der Hand, wie sie gehofft hatte. Dabei wäre es im Hinblick auf die Krise mit den gefälschten Steinen so wichtig gewesen, einen guten Eindruck zu machen!

»Haben Sie von den gefälschten Rubinen gehört, Herr Flury?«, fragte sie nun. »Herr Schneider macht sich Sorgen deswegen. Sie sollen aus Glas sein.«

»Er hat es erwähnt«, erwiderte der Lehrmeister kurz. »Ich kann mir das allerdings kaum vorstellen. Fälschungen aus Glas zu produzieren, die nicht sofort als solche erkannt werden – da steckt viel Aufwand, Geld und Wissen dahinter. Wer würde sich so eine Mühe machen?«

»Jemand, der damit Geld verdienen will, nehme ich an.«

Zweifelnd schüttelte er den Kopf. »Das wäre sehr komplex und wie erwähnt auch nicht billig. Man müsste das ein paar Jahre unentdeckt machen können, bis man daran verdient. Aber zurück zur Arbeit. Sie beide haben anderes zu tun.«

Resigniert griff Sarah nach ihrem Werkzeug. Hätte Fabrice etwas gesagt, hätte Flury sicher anders reagiert. Sie beugte sich über ihre Arbeit und strengte sich an, das Gepfeife von Fabrice zu ignorieren. Irgendwann läutete wie von fern die Feierabendglocke, und in der Peripherie huschte Fabrice aus dem Raum. Nach und nach begannen ihre Arme zu schmerzen. Sie arbeitete verbissen weiter, bis ihre Finger pochten. Erst dann legte sie seufzend ihr Werkzeug ab, streckte sich und warf einen Blick auf die Uhr an der Wand. Halb acht! Rosa würde mit dem Essen warten, und danach wollten sie noch ins Dorf. Eilig packte sie zusammen und rannte nach Hause.

»Wo warst du?« Rosa öffnete die Tür und scheuchte sie herein. »Ich habe mir Sorgen gemacht.«

»Tut mir leid, Rosa! Ich habe länger gearbeitet.« Hastig

schlang sie das Essen hinunter, das Rosa ihr hingestellt hatte, und erhob sich, um sich umzuziehen.

»Nimm den mit.« Rosa reichte ihr einen Brief. »Der ist heute Nachmittag gekommen.«

Er war von ihrem Vater. Ob es Neues in Sachen Hannes gab? Gespannt eilte Sarah in ihr Zimmer, warf sich aufs Bett und öffnete den Umschlag. So viel Zeit musste sein. Keine Neuigkeiten über Hannes, dafür ein fast geschwätzig langer Abschnitt, wie Vater einen respektablen Mann kennengelernt hatte, der im Uhrenmetier arbeitete. Vater hatte ihm erzählt, dass seine Tochter eine Uhrmacherlehre angefangen hatte, und offenbar hatten die anerkennenden Worte des Mannes ihn gefreut. Mit mehr Interesse, als er bisher gezeigt hatte, erkundigte er sich nach ihrem Vorankommen und drückte seinen Stolz darüber aus, dass sie sich ihrem Ziel mit so viel Eifer widmete.

Sarah seufzte. Was sie unter anderen Umständen gefreut hätte, legte sich heute als zusätzlicher Druck auf ihre Schultern. Was, wenn sie Vater enttäuschte? Aber daran wollte sie jetzt nicht denken. Vielleicht war es gut, dass sie das Ende der Fasnacht im Dorf feiern konnte. In Luzern kannte sie nur den Fritschizug, der für ihren Geschmack viel zu viel Volk anlockte. Das würde im Dorf anders sein, und vielleicht tat ihr die Ablenkung gut. Außerdem mussten sie dringend die Ergebnisse ihrer Ball-Nachforschungen besprechen.

Eine halbe Stunde später traf Sarah mit Rosa auf dem Marktplatz ein. An einer erhöhten Stelle stehend warteten auch schon Pauline und Marie, und sie gesellten sich zu den beiden.

Die Besucher standen dicht an dicht, gespannt die Hälse nach dem Fasnachtsfeuer reckend, das in der Mitte des Platzes aufgebaut war. Eben entzündeten ein paar Männer den Reisig, und bald schon knackte und prasselte es. Immer höher loderten die orangen Feuerzungen in den nachtblauen Himmel. Die Menge applaudierte, und einige unverbesserliche Fasnachtssehnsüchtler hoben noch einmal zu Gejohle an, aber es klang gedämpft. Ab jetzt war Fastenzeit; mit Gelagen und wilden Tänzen war es vorerst vorbei. Sarah lächelte verstohlen. Vater gab sich am Aschermittwoch jeweils wenig Mühe, seine tiefe Befriedigung darüber zu verbergen, dass das »gottlose Treiben« ein Ende hatte, der Fritschi versorgt war und alle wieder machten, was Gott befohlen hatte – oder zumindest so taten als ob.

Wie es aussah, gab es auch in Grenchen derart gestimmte Mitbürger: Im flackernden Licht des Feuers konnte Sarah das verbissene Gesicht des jungen Bühler ausmachen, der letztes Jahr den Sturm auf den Löwen angeführt hatte. Er warf ihr einen Blick zu und brachte es fertig, gleichzeitig hochzufrieden und empört auszusehen. Die Zufriedenheit musste dem Aschekreuz auf ihrer Stirn gelten und Rosa, diesem Ausbund an strammem Katholizismus neben ihr; die Empörung sicher Pauline – Frau des aufrührerischen Adolf Schild, Anführer der verfluchten Christkatholiken. Bühlers Nasenlöcher weiteten sich, und sein schwarzes, glattes Haar glänzte – zum Glück sah er das nicht – dämonisch schwarz gegen die rote Glut.

»Ich glaube, wir sollten einen Ortswechsel vornehmen«, ließ sich Rosa vernehmen und lotste die Mädchen an einen Getränkestand, ließ sich drei Becher Punsch und einen Becher Tee füllen und drückte jeder von ihnen einen in die Hand. »Pauline, für dich gibt es Tee, aber wir anderen gönnen uns etwas. Mit der Fastenzeit können wir morgen auch noch beginnen!«

Sie stießen die Becher zusammen, und Sarah kostete vorsichtig, schnappte nach Luft und hustete. Der Schöpfer des Getränks hatte es gut gemeint mit dem Schnaps; zum Glück konnte Vater sie nicht sehen. Mit den Bechern in der Hand suchten sie sich eine ruhigere Stelle.

Sarah nahm einen weiteren Schluck des belebenden Punschs und beugte sich vor. »Dann wollen wir mal.« Eifrig berichtete sie den anderen von ihren Gesprächen mit Jenny, Triebold und Marthaler. »Ich konnte sie alle mit meiner Frage nach ihren ›Geheimnissen‹ aus der Ruhe bringen. Triebold hat zwar ein Alibi für das Verschwinden des zweiten Jungen, aber ich dachte, es schadet nichts, es bei ihm auch zu versuchen. Er schien erst überrascht, aber dann hat er nur gelacht und gemeint, er habe mehr Geheimnisse, als ich kennen könne. Die anderen haben stärker reagiert. Es lohnt sich sicher, nachzuhaken. Was ist mit euch?«

»Lehrer Schmidt schien mir etwas aufgekratzt, als ich mit ihm tanzte.« Pauline blies den Dampf von ihrem Tee. »Ich habe ihn nach seiner Familie ausgefragt und dann unseren Satz gesagt. Ein Donnerschlag, sage ich euch! Er hat mich angesehen, als wäre ich ein Geist. Ich habe gesagt, es sei ein Scherz, aber er hat sich nicht mehr richtig davon erholt.«

»Glaubt es oder nicht, aber ich denke, auch der gute Herr Eberwein ist nicht ganz koscher«, warf Marie ein. »Er ist nicht so stark erschrocken wie Lehrer Schmidt, aber als ich den Satz sagte, hat er meine Hand so fest gedrückt, dass ich Angst um meine Knochen hatte. Dann war er wieder der grummelige Kerl, der er immer ist. Aber irgendetwas ging ihm durch den Kopf. Da bin ich mir sicher!«

»Ich bin froh, dass ihr Erfolg hattet. Ich konnte Marthaler keinen Tanz abringen.« Rosa nahm einen großen Schluck aus ihrer Tasse.

»Kein Wunder«, erwiderte Sarah trocken. »Er amüsiert sich am liebsten mit ledigen jungen Mädchen und lässt einen kaum aus den Krallen. Marie, könntest du wegen Marthaler bei den Dienstmädchen und im Fleur fragen? Und was ist mit dem einen Dienstmädchen, das dir ausgewichen ist? Das könntest du dir noch einmal vornehmen.«

»Und wie bringen wir mehr über Jenny und Schmidt heraus?« Pauline sah die anderen auffordernd an. »Ich sehe Jennys Frau manchmal in der Kirche; ich könnte sie einmal zum Tee einladen. Was machen wir mit Joseph? Das würde ich lieber jemand anderem überlassen.«

»Wie wäre es mit mir?«, fragte Rosa.

»Eine wunderbare Idee«, erwiderte Pauline eifrig. »Ich weiß auch schon, wie du das anstellen könntest. Du kennst doch Franziska Stöckli aus der Kirche? Sie putzt sein Zimmer an der Bielstraße.«

Rosa nickte. »Dann lade ich sie einmal zu mir ein. Nur schade, dass Fastenzeit ist! Sonst hätte ein feiner Kuchen ihre Zunge gelockert.«

»Dir wird schon etwas einfallen«, erwiderte Sarah. »Und was mache ich?«

»Du könntest Lehrer Schmidt aufsuchen«, erwiderte Pauline.

»Mit welchem Vorwand?« Sarah leerte ihre Punschtasse. »In Ordnung, ich überlege mir was. Aber vorher muss ich mit dem Korporal sprechen.« Sie erzählte den anderen von Herrn Schneiders Fälschungsgeschichte. »Könnt ihr euch das vorstellen? Herr Schneider meinte, die Landjäger verstünden zu wenig vom Metier und hätten keine Zeit, aber ich möchte Ringgenberg sagen, wie wichtig das ist.«

»Adolf hat mir davon erzählt«, erwiderte Pauline. »Er kann sich bisher auch nicht erklären, wie so eine Fälschung gelingen könnte und wie die falschen Stücke dann in den Uhren von Schild gelandet sind. Die Schleifereien, mit denen Schild arbeitet, hält er alle für untadelig.« Sie seufzte. »Allerdings ist er nicht ganz auf der Höhe; ich mache mir Sorgen um ihn. Hedwig hat unser Leben durcheinandergebracht, und mit der neuen Kirche hat er fast jede Woche stundenlange Sitzungen. Dann das Orchester – er hat einfach zu viel am Hals! Aber auf diesem Ohr ist er taub. Es kann sicher nicht schaden, wenn du Ringgenberg klarmachst, was für Folgen diese Fälschereien für Schild haben könnten! Ihr habt einen guten Draht; er hat dir ja nach Bonfol geschrieben.«

»Sogar äußerst nett und persönlich«, erwiderte Sarah nachdenklich. »Ich denke, dass er auf mich hören wird. Die Frage ist, wann ich es nach Solothurn schaffe.«

»Du musst nicht auf die Wache«, erwiderte Rosa. »Ruedi hat mir erzählt, dass der Korporal morgen Nachmittag auf Breidenstein erwartet wird. Aber jetzt will ich mich amüsieren, meine Lieben. Ihr passt auf euch auf!«

Rosa verließ die Mädchen, um sich ihrer Freundin Lise anzuschließen.

»Was ist mit euch beiden?«, fragte Pauline. »Ihr macht doch nicht schlapp! Schwiegermutter Schild passt noch einmal auf Hedwig auf; das muss ich ausnutzen. Lasst uns in die Menge eintauchen!«

Lachend folgte Sarah Pauline durch das Gedränge, Marie im Schlepptau. Immer enger standen die Menschen auf dem Platz, und die Stimmen der feiernden, schwatzenden Menschen mischten sich mit dem fernen Dröhnen einer Tanzkapelle und dem Jauchzen der Kinder, die ausnahmsweise auf sein durften und einander zwischen den Beinen der Erwachsenen herumjagten. Der Geruch von Holz und Rauch mischte sich mit dem Duft von Gnagi und Magenbrot. Auf dem großen Findling am Stadtbach, den Fabrice sonst für seine beschaulichen Mittagessen verwendete, saß ein Mädchen und biss selbstvergessen in einen Bratapfel, während ihm der Fruchtsaft über das Kinn lief, und an einer Ecke des Schmiedeplatzes trank Adolfs Bruder Urs einen Glühwein mit Herrn Schneider, dessen Gesicht in ungewohnter Festfreude glänzte. Doch Herrn Schneiders Anblick erinnerte sie an die Uhrenfälschungen – nichts, was ihre Stimmung heben konnte. Rasch wandte sie sich Pauline zu. »Hast du gesehen? Breidensteins Lehrerschaft hat sich ebenfalls unters Volk gemischt. Sind das nicht Jenny und Schmidt, die zusammen ein Bier trinken?«

Pauline reckte den Hals. »Tatsächlich! Schmidt hätte ich mir nicht beim Biertrinken vorstellen können. Aber Jennys Festfreude muss jeden beleben!«

Sie lachten, dann stieß Marie die beiden an und wies in eine schummrige Ecke. »Habt ihr Marthaler gesehen? Beäugt wieder einmal alles, was jung und weiblich ist. Und das schüchterne Wesen daneben ist seine Frau.«

Beim Anblick Marthalers wurde Sarah unwohl. »Wollen wir uns eine ruhigere Ecke suchen? Von ihm will ich nicht aufs Korn genommen werden.«

Sie entfernten sich vom Gedränge in Richtung Bären, und langsam spürte Sarah den langen Tag in der Fabrik in den Knochen. »Ich glaube, ich mache mich langsam auf den Heimweg. Ich weiß, Pauline – dein freier Abend! Aber ich muss morgen wieder früh raus. Ich hoffe, du verzeihst mir.« Entschuldigend lächelte sie ihrer Freundin zu.

»Schon in Ordnung«, erwiderte die seufzend. »Ich wollte wirklich feiern, aber gestern hat mich Hedwig kaum schlafen lassen, und nun hat der Tee mich müde gemacht.«

»Ich bin auch froh, wenn ich diese Nacht mehr Schlaf bekomme«, stimmte Marie düster ein. »In der Ballnacht brachte ich kaum ein Auge zu.«

»Wollen wir die Abkürzung nehmen?«, fragte Sarah.

»Nicht durch dieses dunkle Loch«, konterte Pauline. »Wer weiß, was sich da zum Fasnachtsende rumtreibt.« Im Vorbeischlendern warfen sie einen Blick in das enge Gässchen, das zwischen den Häusern in die Rainstraße führte, und Sarah hielt inne. »Ist das nicht Triebold?«

Tatsächlich stand Lukas Triebold, heute ohne Bart und Krone, in dem finsteren Gässchen an die Wand gelehnt, eine Taschenuhr an einer Kette, die er eben aus seinem Revers zog, als gehöre er dem alten Adel an. Wahrscheinlich hatte er sie von seinem Uhrmacher-Vater bekommen. Vielleicht ...

Sarah drehte sich zu den anderen um. »Was haltet ihr davon,

wenn ich Triebold frage, wie man solche Steinfälschungen hinbekäme? Er ist der Sohn eines Uhrmachers und hat mir einmal erzählt, dass er auch Uhren reparieren kann. Und er hat einen kreativen Geist. Vielleicht nimmt er mich im Gegensatz zu Lehrmeister Flury ernst.«

»Eine ausgezeichnete Idee!«, erwiderte Pauline eifrig. »Und wäre das nicht auch ein Anknüpfungspunkt, um mit Lehrer Schmidt zu sprechen? Die Steinfälschungen sind aus Glas, und er kommt doch aus einer Glaserfamilie.«

»Das mache ich«, erwiderte Sarah rasch. »Aber jetzt sollte ich die Gelegenheit nutzen und mit Triebold sprechen.« Doch als sie die Straße überqueren wollte, bemerkte sie, dass der Lehrer inzwischen in ein Gespräch mit einer Frau verwickelt war. Lang und dürr, mit mausfarbenem Haar und dem Gesicht einer hungrigen Ratte, sah sie nicht aus wie eine seiner üblichen Errungenschaften. Wenn man bedachte, dass er sich sonst der Gunst rühmte, die er bei den Damen genoss, musste man fast annehmen, dass er mit dieser weniger strahlenden Blume nicht in der Öffentlichkeit gesehen werden wollte.

Pauline hob die Brauen. »Dieser Mann tanzt wirklich auf allen Hochzeiten!«

»Allerdings«, erwiderte Sarah nachdenklich. »Wisst ihr, was seltsam ist? Obwohl wir uns auf dem Ball so nett unterhalten haben und er mir seine ganze Aufmerksamkeit geschenkt hat, fühlte ich mich danach ausgelaugt. Irgendwie hatte ich ständig das Gefühl, er warte auf meine Bestätigung und Bewunderung. Dabei hat er das bei seinem Erfolg gar nicht nötig!«

»Ich weiß, was du meinst«, erwiderte Marie. »Kürzlich hat er mich auf dem Korridor in ein Gespräch verwickelt. Als ich mich kurz abwandte, weil Dorothea mich gerufen hat, hat er mich einen Moment lang beleidigt angesehen. Dann hat er gezwinkert und gesagt, man dürfe junge Damen nicht von ihrer Arbeit abhalten, und ist gegangen. Fast, als wäre alles ein Witz gewesen, aber so wirkte es gar nicht.«

»Wer brauchte so ein Fass ohne Boden?« Pauline stieß Sarah in die Rippen. »Aber jetzt geh, bevor er dir entkommt.«

Sarah setzte sich in Bewegung, doch just in dem Moment verabschiedete Triebold sich von der Frau und verschwand um die Ecke.

»So ein Pech!« Sarah seufzte. »Nachrennen werde ich ihm nicht. Ich bin ja morgen auf Breidenstein. Bis bald, ihr Lieben!«

Eilends machte Sarah sich auf den Heimweg. Sie musste heute unbedingt noch in ein paar Bücher schauen. Lust dazu verspürte sie wenig; wahrscheinlich war es die Müdigkeit. Sie liebte ihren Beruf schließlich. Oder war es die Angst, ihre Stelle zu verlieren, die ihr die Freude nahm? Jetzt würde sie erst einmal sehen, dass sie morgen mit Ringgenberg sprechen konnte. Sie musste lächeln, als ihr das erste Treffen mit ihm in den Sinn kam. »Ihro Erhabenheit« hatte sie ihn genannt. Seit damals war viel passiert.

22

»Dieses Mal sollte alles klappen.« Gideons Blick flog prüfend über die Waldlichtung. »Die Firsigrube ist die bessere Wahl für den Entführer. Von hier kann er auf der Straße direkt in den Kanton Bern verschwinden. Aber das verhindern wir. Haben sich die Berner gemeldet?«

Friedli nickte und trat von einem Bein auf das andere. »Sie stellen drei Mann an den Ausgang des Waldes in Richtung Romont und zwei auf der Straße nach Lengnau.«

»Dann müssen wir nur noch die Überwachungen aufgleisen. Gott sei Dank ist die Fasnacht vorbei.« Gideon strebte gen Osten. »Beeilen Sie sich, Mann! Wir haben auf Breidenstein noch viel Arbeit.«

Die Sonne war inzwischen ein Stück gewandert, aber es war immer noch frostig. Gideon beschleunigte seine Schritte. Von hier bis zur Kapelle Allerheiligen hatte er zehn Minuten, dann zwanzig bis nach Breidenstein. Heute würde er sich Marthaler vorknöpfen. Am gestrigen Aschermittwoch hatte er endlich seine Berichte über die Turbulenzen schreiben können. Zum feierlichen Abschluss des diesjährigen Treibens hatte ihm

Dienstagnacht, als er eine Schlägerei vor dem Roten Turm aufgelöst hatte, noch ein Mann die Uniform vollgekotzt. Jetzt war es – dem Herrn sei Dank – vorbei; die Narren waren verkatert in ihre Häuser zurückgekehrt, pflegten ihre Blessuren und versuchten, wo nötig, den schiefen Hausstand geradezubiegen. Und er konnte sich endlich mit voller Kraft seinem Fall zuwenden.

Institut Breidenstein lag friedlich in der Wintersonne, als er endlich ankam, den Schnee von seinen Schuhen klopfte und seine Station einmal mehr im Salon aufschlug. Ein Dienstmädchen hatte eine Kanne Kaffee bereitgestellt, die auf einem Stövchen warm gehalten wurde; daneben standen ein paar Scheiben dunkles Brot. Fastenzeit, fürwahr! Letzte Woche waren es Chnöiblätzen gewesen.

Zu seiner Überraschung war der Raum nicht leer: In einem der Sessel, die kurzen Beine übereinandergeschlagen und mit einem triumphierenden Lächeln auf dem runden Gesicht, saß Präfekt Marthaler. Genau der Mann, den er hatte sehen wollen, aber dessen selbstzufriedenes Aussehen gefiel ihm gar nicht und erinnerte ihn an sein erstes Gespräch mit dem guten Herrn. Nachdem der Mann endlich Zeit für ihn gefunden hatte, hatte er ihn mit seinen geologischen Wanderungen durch den Jura gelangweilt, und die überhebliche Art, die er an den Tag legte, ging ihm seither auf die Nerven. Aber er würde schön höflich bleiben und ihn in Sicherheit wiegen, bis er ihn in die Zange nehmen konnte.

»Herr Marthaler. Wie kann ich helfen?«

Der untersetzte Mann richtete sich auf. »Umgekehrt wird ein Schuh draus. Wir haben etwas entdeckt!« Schon war er aufgestanden und strebte dem Ausgang zu. Gideon folgte ihm den Korridor entlang in einen kleineren Raum gegenüber der Bibliothek. Astrologische Instrumente, ein paar alte Steine, Gefäße mit seltsamem Inhalt. »Was genau wollen Sie mir zeigen?«

»Sehen Sie.« Marthaler deutete auf einen Holzkasten und hob den Deckel. »Hier drin bewahren wir ein besonderes Putzmittel auf, mit dem die Dienstmädchen die astrologischen Instrumente reinigen. Als das Mädchen heute an die Reinigung gehen wollte, fand es Schnipsel und eine Seite aus der *Badischen Zeitung*.«

Gideon beugte sich überrascht vor. »Das ist in der Tat eine wichtige Entdeckung. Wie oft werden die Geräte gereinigt?«

»Alle drei Wochen.«

»Und die Dienstmädchen sehen da sonst nicht nach dem Rechten?«

Marthaler rümpfte die Nase. »Da müssen Sie schon die Hauswirtschafterin oder die Mädchen selbst fragen.« Er schnippte einen Fussel von seiner Hose. »Mit solchen Fragen beschäftige ich mich nicht.«

Natürlich nicht. Wie hatte er es wagen können?

Gideon seufzte. »Das werde ich tun, aber gesetzt den Fall, dass niemand in dieses Gefäß gesehen hat, können die Schnipsel vom letzten Entführerbrief stammen. Vielleicht musste der Täter sich beeilen.« Er dachte kurz nach. »Haben Sie die *Badische* in der Bibliothek?«

Marthaler schüttelte den Kopf. »Aber wir haben zwei Abonnenten im Haus.« Er hob triumphierend die Brauen. »Die Lehrer Eberwein und Schmidt.«

»Ich werde mit ihnen sprechen.« Gideon beugte sich vor. »Aber jetzt zu Ihnen. Ich ...«

Eines der Dienstmädchen steckte den Kopf in den Raum. »Ihre Kutsche, Herr Präfekt.«

Marthaler sah auf. »Du liebe Zeit! Tut mir leid, Herr ... Ringgenberg. Ich muss den Zug erwischen.«

»Bitte? Sie können nicht einfach verreisen!«

Marthaler sah ihn an wie einen Rekruten, dessen Uniform nicht saß. »Ich besuche eine Präfektenkonferenz. Meine Anwesenheit ist dem Direktor sehr wichtig. Und morgen Mittag bin ich wieder da, also beruhigen Sie sich.«

Sprach's und eilte durch den Korridor davon, ohne Gideons Antwort abzuwarten. Fassungslos starrte er der untersetzten Gestalt nach. Er fühlte sich wie damals, als er mit Viktor jagen gewesen war und eine Wildsau im letzten Moment das Weite gesucht hatte. Das Bild passte auch sonst nicht schlecht.

Aber es hatte keinen Zweck, sich zu ärgern. Gideon strebte in Richtung Salon und sah auf die Uhr, die den Korridor schmückte. Er müsste sich jetzt Schmidt und Eberwein vornehmen wegen ihrer Exemplare der *Badischen* und dann die Dienstmädchen befragen. Außerdem sollte er unter den Lehrern der Naturwissenschaften nachfragen, wer einen Schlüssel zu diesem Raum hatte. Allerdings würde Madame Theuillerat bald eintreffen. Er hatte ihr vorgeschlagen, am Abend vor der Übergabe aus Plagne anzureisen, damit sie in den bangen Stunden davor nicht allein war. Wenn er bei ihrer Ankunft präsent war, würde sie das sicher beruhigen. Dennoch musste er nun die Befragungen planen.

Er kehrte zurück in den Salon, wo Friedli aus unerklärlichen Gründen dem Dienstmädchen half, frische Kaffeetassen aufzustellen. Als er Gideon hereinkommen sah, wieselte er eilfertig auf ihn zu.

»Herr Korporal?«

»Bitte informieren Sie die Dienstmädchen und die Lehrer der naturwissenschaftlichen Fächer, dass ich sie sprechen will. Und Lehrer Eberwein. Sie sollen sich über die Mittagspause bereithalten.«

Friedli nickte und eilte von dannen.

Gideon horchte auf. War das Hufgeklapper? Er stellte sich ans Fenster und spähte gespannt zur oberen Einfahrt. Nein, er hatte sich verhört. Vielleicht war es doch nicht schlecht, wenn er die beiden Lehrer kommen ließ.

»Herr Korporal?« Friedli stand fragend in der Tür; vielleicht war Madame Theuillerat doch eingetroffen.

»Was gibt es?«

»Fräulein Siegwart. Haben Sie Zeit? Sonst schicke ich sie weg.«

»Wer? Ach so.« Das hatte noch gefehlt. Unter anderen Umständen hätte er sich gefreut, sie zu sehen; ihre netten Briefe hatte er in guter Erinnerung. Aber jetzt fehlte ihm die Zeit. Am besten fertigte er sie rasch ab; abwimmeln ließ sie sich sowieso nicht. »Führen Sie sie herein.«

23

»Der Herr Korporal lässt bitten.«

Friedli trug einen sauren Ausdruck im Gesicht, und nur mit Mühe unterdrückte Sarah ein Grinsen, als sie sich an ihre letztjährigen Versuche erinnerte, zum »Herrn Korporal« vorgelassen zu werden. Dem Salon auf Breidenstein fehlte der nüchterne Kasernenmief der Wache mit seinem Geruch von Schmierfett; hier gab es keine staubgelben Wände und zerkratzten Tische. Der Korporal saß in einem Chintzsessel und rührte in einer Tasse, den dunklen Kopf über ein schimmerndes Tischchen gebeugt. Leise schloss Sarah die Tür hinter sich, doch er sah schon auf und winkte sie zu sich.

»Fräulein Siegwart.« Er lächelte kurz und wies auf den Sessel gegenüber seinem. »Wie geht es Ihnen?«

Sie setzte sich. »Gut, danke. Ich bin eben aus Bonfol zurückgekommen.«

»Ich hoffe, Sie haben die Zeit gut überstanden?« Ohne auf ihre Antwort zu warten, fuhr er fort. »Wie kann ich Ihnen heute helfen?« Sein Blick glitt zum Fenster.

»Komme ich ungelegen? Ich will Sie keinesfalls aufhalten.«

Hastig wandte er sich ihr wieder zu, beinahe, als hätte sie ihn bei etwas Ungehörigem ertappt. »Entschuldigen Sie. Hätten Sie gern einen Kaffee?« Er griff nach der Kanne auf dem Tisch, schenkte ihr eine Tasse ein und lehnte sich in seinem Sessel zurück, die Hände über seinem Gurt verschränkt.

»Ich wollte mich für Ihre Briefe bedanken«, begann Sarah. »Es war nett von Ihnen, mich auf dem Laufenden zu halten. Und auch sonst hat es mich gefreut, von Ihnen zu hören.«

Er lächelte, dieses Mal etwas breiter und natürlicher. »Auch mich hat es gefreut.«

»Wie stehen die Ermittlungen?«

»Gut. Ich habe heute die Übergabe vorbereitet, und eben wurden Indizien gefunden, die die Liste der Verdächtigen zwar noch nicht eingrenzen, aber interessante Hinweise liefern.«

»Gegenüber der Bibliothek scheint etwas los zu sein. Betrifft das die Indizien?«

»Es geht um ein paar Zeitungsschnipsel im Naturwissenschaftsraum«, erwiderte Ringgenberg kurz.

Ein Prickeln durchzog Sarahs Körper. »Das ist doch der Raum gegenüber der Bibliothek, richtig? Meinen Sie, Schnipsel vom Erpresserbrief? Welche Zeitung war es denn?«

»Die *Badische*. Wahrscheinlich lagen die Schnipsel schon einige Zeit dort.«

»Oder auch nicht. Ich muss Ihnen etwas erzählen.« Sarah beugte sich vor. »Damals kam es mir unwichtig vor, aber jetzt sieht das anders aus. Ich war am Montag auf dem Maskenball auf Breidenstein und habe mich kurz in der Bibliothek aufgehalten, als ich hörte und sah, wie jemand den Raum mit einem Schlüssel geöffnet hat, hineingeschlichen ist und die Tür hinter sich geschlossen hat. Kurz darauf das Gleiche in umgekehrter Reihenfolge.«

»Er oder sie? Wie sah die Person denn aus?«

»Mittelgroß und leicht füllig. Wenn ich darüber nachdenke, glaube ich, dass es ein Mann war. Als er ins Licht der Petroleumlampe der Veranda trat, hat etwas in der Höhe seines Kopfes gefunkelt.«

»Gefunkelt?«

»Es könnte Teil eines Kostüms gewesen sein.« Sie dachte kurz nach. »Lehrer Jenny ist zu klein, und ich glaube nicht, dass sein Robin Hood etwas Glänzendes am Hut hatte. Lehrer Schmidt war als Paracelsus ausgestopft, und er trug einen Kneifer. Der könnte geblitzt haben. Marthaler hatte eine Schellenmütze auf, und Triebold trug eine Königskrone und hatte sich für seinen Heinrich den Achten aufgepolstert. Dann Lehrer Eberwein mit seinem römischen Helm …«

»Ich danke Ihnen«, erwiderte Ringgenberg. »Haben Sie sonst noch etwas?«

Sie stockte. »Das habe ich. Es geht um die Fälschungen von Lagersteinen in Taschenuhren bei Schild; ich glaube, Herr Schneider war deswegen bei Ihnen. Dieser Betrug ruiniert den Ruf der Firma, und ich könnte meine Lehrstelle verlieren, wenn die Verkäufe zurückgehen. Haben Sie schon etwas herausgefunden?«

Er schüttelte den Kopf. »Damit haben wir kaum Erfahrung, und ich konnte noch niemanden dafür einsetzen. Aber sobald wir den Entführer haben, sieht es anders aus.«

Sarah runzelte die Stirn. Hatte er ihr überhaupt zugehört? Sie wollte gerade zu Widerspruch ansetzen, da klopfte es an der Tür, und kurz darauf stand Friedli mit einer blonden Frau im Raum. »Herr Korporal, Madame Theuillerat.«

Ringgenberg sprang auf und eilte an Sarah vorbei zur Tür. »Wie geht es Ihnen? Wie ist Ihr Zimmer?«

Fürsorglich griff er nach den Händen der Frau. »Sie frieren. Kommen Sie, setzen Sie sich. Friedli, einen Kräutertee mit viel Zucker!«

Er geleitete die Frau zu einem der Sessel, dann sah er hoch, als hätte er vergessen, dass Sarah noch hier war.

»Es hat mich gefreut, Fräulein Siegwart. Sie sehen, ich habe zu tun.«

Schon wandte er sich wieder ab. Irritiert sah sie zu, wie er sich in seinen Sessel setzte und sich aufmerksam vorbeugte. Wie konnte er sie so schnöde abwimmeln? Aber es hatte offensichtlich keinen Zweck, noch zu verweilen. Also erhob sie sich und folgte Friedli, der ihr die Tür aufhielt, in den Korridor.

»Kann ich Sie hinausbegleiten?«, fragte er. Offenbar wollte er sie so schnell wie möglich aus dem Haus haben.

Sie schüttelte den Kopf. »Ich besuche noch einen Freund. Wissen Sie, wo das Lehrerzimmer ist?«

»Es gibt drei auf diesem Stock.« Er deutete den Gang entlang, und sie machte sich davon, bevor er auf die Idee kam nachzuhaken.

Erst im dritten Zimmer traf sie Georg Schmidt an, nachdem sie mehrere Lehrer aufgeschreckt und neugierige Blicke auf sich gezogen hatte. Er saß mit Lukas Triebold und einem dritten Lehrer, den sie schon einmal gesehen hatte, an einem Tisch und nippte an einer Tasse Kaffee. Das erfreute Lächeln, mit dem Triebold ihr entgegensah, tat nach dem ungastlichen Empfang durch den Korporal gut, und dass die beiden Lehrer beisammen waren, diente ihren Zwecken ebenfalls – so konnte sie hoffentlich gleich zwei Fliegen mit einer Klappe schlagen.

Natürlich war es Triebold, der die Initiative ergriff, sie an den Tisch führte und ihr aus einer zerschrammten Kanne einen Kaffee eingoss. »Du nimmst sicher einen. Herrn Schmidt kennst du ja schon, das hier ist Lehrer Nauck. Ein Guetzli, Sarah?«

Sie nickte den anderen Herren zu und lächelte dann entschuldigend. »Nein, danke – es ist Fastenzeit.«

Er lachte. »Tapfer von dir, aber fall nicht vom Fleisch. Das mögen wir Männer nicht, stimmt's?« Er warf Schmidt einen auffordernden Blick zu, der errötete, mit seinen dünnen Händen über den Tisch strich und etwas Unverständliches in seinen nicht vorhandenen Bart murmelte.

»Wie soll die Damenwelt Sie verstehen, mein Freund?« Triebold klopfte seinem Kollegen auf die Schultern. »Sie brauchen Nachhilfe. Schauen Sie, wie ich das mache.« Er lehnte sich zurück, legte die Hände aneinander und warf Sarah einen schmelzenden Blick zu. »Wie geht es dir, meine Liebe? Was verschafft uns die Ehre? Wir haben dich schmerzlichst vermisst!«

Sarah versuchte zu lachen, aber es gelang nicht richtig. Lehrer Schmidt nestelte ohne Ende an seinem Kragen und fuhr sich mit den Händen über sein Gesicht, das ausnehmend blass war, und auch Triebolds Charme wirkte heute gekünstelt.

»Mir geht es gut«, sagte sie schließlich. »Was ist mit Ihnen?«

»Hervorragend!« Triebold kreuzte seine langen Beine. »Wir stehen seit Kurzem unter Generalverdacht, aber das kann uns nicht erschüttern.«

»Warum denn?«

»Die Landjäger haben in unserem Naturwissenschaftsraum offenbar Schnipsel einer Zeitung gefunden. Wir sollen uns für ein Kreuzverhör bereithalten.«

Sarah nickte. »Der Korporal hat es mir erzählt.«

»Da der Raum astrologische Instrumente und anderes teures Material enthält und nur ausgewählte Lehrer einen Schlüssel haben, stehen wir unter besonderer Beobachtung.« Triebold hob die Brauen. »Ich habe Schmidt und Nauck gesagt, einer von ihnen soll endlich gestehen, damit wir es hinter uns haben.«

Nauck lachte nur, aber Schmidt sprang wütend hoch. »Sie werden Ihre Sprüche noch bereuen!« Damit stapfte er hinaus und knallte die Tür hinter sich zu.

Unbeeindruckt zuckte Triebold die Achseln. »Der arme Kerl! Er wirkt immer, als seien ihm die Häscher des Königs auf den Fersen. Aber nun zu dir: Warum bist du hier? Ich hoffe, meinetwegen.« Er lächelte.

»Das bin ich«, erwiderte Sarah. »Ich brauche einen Rat.«

»Dann lass uns in mein eigenes Lehrerzimmer gehen. Hier ist gleich wieder die Hölle los.« Er stand auf, und nach einem kurzen Abschiedsgruß an Nauck folgte Sarah ihm durch den Gang und die Treppe hoch bis in einen niedrigen Raum. Darin befand sich nicht viel mehr als ein Bett, ein Pult und ein Stuhl. Den Boden bedeckte ein wenig ansehnlicher Teppich. Von diesem gut gekleideten Mann hätte sie Besseres erwartet. Etwas mehr Abwechslung boten die Wände; kostbare Stiche und mehrere Urkunden, die alle Triebolds Namen trugen – aus Göttingen, Heidelberg, München. Auch Fotografien waren zu sehen, auf denen er sein unbekümmertes Lachen zur Schau trug. Daneben wurde ihr Blick von ein paar ausnehmend schönen Taschenuhren angezogen, die auf einem Samttuch lagen.

Triebold war ihrem Blick gefolgt und stellte sich neben sie. »Schön, nicht wahr? Die hat mir mein Vater geschenkt. Diese hier« – er griff nach der äußersten, einer Bronzeuhr mit vergoldeten Zeigern – »habe ich selbst gemacht. Ist sie nicht wundervoll?« Er legte sie Sarah in die Hand. »Fast so wundervoll wie du.« Jetzt richtete er seinen Blick auf sie, und wie schon beim Ball spürte sie die Anziehung, die von ihm ausging. Sie schluckte kurz und machte einen Schritt zurück. »Sie ist herrlich! Ich staune wirklich, dass du nicht Uhrmacher geworden bist.«

»Ich habe es dir gesagt – es ist bei uns kein angesehener Beruf, und mein Papa wusste, dass ich zu viel mehr fähig war.« Er hob das Kinn. »Ich könnte jetzt in Göttingen lehren.« Er machte eine Pause und sah sie an.

»Wie eindrucksvoll«, erwiderte Sarah leicht gezwungen.

Seine Augen verengten sich; offenkundig hatte er mehr erwartet. Aber er musste vergessen haben, dass er ihr das mit Göttingen schon einmal erzählt hatte. Außerdem war es wenig schmeichelhaft, dass er ihren gewählten Beruf schlechtmachte.

Jetzt lächelte er dünn. »Einerlei, mir gefällt es hier gut. Es gibt Wichtigeres als Ehre.« Er wies auf den Stuhl am Pult und setzte sich selbst auf den Bettrand. »Wie kann ich helfen?«

Sarah zögerte kurz. Würde er ihr wirklich helfen können? Einen Versuch war es wert. »Bei Schild sind Reklamationen von Taschenuhren eingegangen, und nun hat man festgestellt, dass Lagersteine gefälscht wurden. Sie wurden durch gefärbtes, geschliffenes Glas ersetzt. Hast du so etwas schon einmal gehört?«

Seine Augenbrauen hoben sich. »Geschliffenes Glas? Noch nie. Bist du dir sicher?«

»Die Uhren wurden eingesandt und auseinandergenommen, es besteht kein Zweifel. Wir müssen unbedingt herausfinden, wie das gemacht wurde und wie man den Täter findet. Wo würdest du ansetzen?«

»Warum kommst du damit zu mir? Du hast doch einen Lehrmeister.«

Er schien das Interesse verloren zu haben – an ihr, am Problem? Es war schwer zu sagen. Aber sie war auf Hilfe angewiesen und konnte jetzt nicht aufgeben.

»Der wollte nichts hören. Er hält es für viel zu kostspielig und aufwendig, genau wie du. Aber du hast einen findigen Geist und bist ihm haushoch überlegen. Wenn jemand das Rätsel lösen kann, dann du, Lukas.«

Die Wärme war in seinen Blick zurückgekehrt. »Bei so viel Vertrauen muss ich mein Bestes geben! Ich werde mir darüber Gedanken machen. Du hörst bald von mir, Sarah. Versprochen.« Er stand auf. »Nun muss ich zum Abendessen. Mal schauen, ob ich den armen Schmidt trösten kann. Er nimmt die Sache mit den Schnipseln besonders schwer.«

»Warum?«

»Der Raum enthält vor allem Materialien für die naturwissenschaftlichen Fächer – Ingredienzien für den Chemieunterricht, für den Physikunterricht, Fossilien aus Jurakalk und Ähnliches. Darum haben nur wir Naturwissenschaftler einen Schlüssel. Und die Zeitungsschnipsel stammen aus der *Badischen Landeszeitung*. Schmidt und Eberwein sind die einzigen Lehrer, die das Blatt abonniert haben.«

»Ich verstehe! Das ist unangenehm.«

»Ich bitte dich! So einen Schlüssel kann man sich ausleihen. Ich trage meinen nicht immer mit mir herum. Und die Zeitung? Schmidt wohnt hier und schließt sein Zimmer nicht immer ab.«

»Konnte man die Ausgaben einem Datum zuordnen? Und fehlten die Exemplare oder waren beschädigt?«

Er hob anerkennend die Brauen. »Du hast kriminalistisches Gespür! Ich bin gespannt, ob die braven Landjäger auch auf diesen Gedanken kommen.« Er lächelte. »Mein Essen wartet.« Bevor sie ihm die Hand reichen konnte, legte er seine Hände auf ihre Schultern und küsste sie auf die Wange. »Auf bald.«

Er geleitete sie hinaus. Sich über die Hitze in ihren Wangen ärgernd, durchquerte Sarah den Korridor und machte sich auf den Weg zum Ausgang. Es war unheimlich, wie Triebolds Charme auf sie wirkte. Trotzdem: Wie nach dem Ball fühlte sie sich nach ihrem Austausch ausgelaugt. Sollte sie wirklich noch mit Schmidt sprechen? Aber wenn sie schon hier war, wäre es schade, die Chance zu vertun. Sie musste sich beeilen, wenn sie ihn vor dem Abendessen erwischen wollte.

Als sie um die Ecke schoss, wäre sie beinahe mit einer Dame zusammengestoßen, die aus der Kapelle kam. Hastig entschuldigte sie sich und musterte die Frau. Blondes Haar, schmal, blass – es war die Dame, die vorhin Korporal Ringgenberg aufgesucht hatte. »Geht es Ihnen gut?«

»Es geht, *merci*. Ich war in Gedanken. Ich habe für meinen Sohn gebetet.« Sie führte ein Taschentuch an ihre Nase.

»Es ist Ihr Sohn, der entführt wurde?« Mitfühlend sah Sarah sie an. »Ich habe ihn vor einiger Zeit kennengelernt. So ein reizender Junge! Ich hoffe, dass Sie ihn bald wiederhaben.«

»Das hoffe ich auch.« Die Dame knetete das Taschentuch zwischen ihren Händen. »Ich will zuversichtlich bleiben.«

Die Angst in ihren Augen schien diese Zuversicht Lügen zu strafen. Wer konnte es ihr verdenken? »Ich bin mir sicher, die Landjäger werden es schaffen«, sagte Sarah schließlich. »Korporal Ringgenberg ist sehr tüchtig.«

Jetzt hellte sich das Gesicht ihres Gegenübers auf, und ihre Wangen röteten sich. »Das ist er!« Mit einem freundlichen Nicken eilte sie davon.

Nachdenklich sah Sarah der grazilen Gestalt nach. Sie hatte etwas Unwirkliches, Ätherisches an sich, doch die Angst in ihrem Gesicht war real gewesen. Real … und doch seltsam unstimmig. Ein anderes Bild wollte sich vor das blasse Gesicht schieben; was mochte es sein?

»Sarah! Bist du auf der Pirsch?«

Erschrocken fuhr sie herum. Marie stand vor ihr; strahlend und offensichtlich zufrieden mit sich und der Welt. Sarah lächelte. »Und wie!«

»Warum kommst du nicht rasch in mein Zimmer und berichtest mir davon? Ich bin fertig mit der Arbeit.«

Sarah warf einen Blick auf die Uhr im Korridor. »Eigentlich

wollte ich mit Schmidt sprechen, aber nach dem Gespräch mit Triebold reicht es mir, glaube ich, für heute.«

Sie folgte Marie zu ihrem Zimmer und nahm auf dem Bett Platz, während Marie sich aufatmend in ihren ramponierten Sessel fallen ließ. »Das war wieder ein anstrengender Tag! Aber zu dir. Was hat Ringgenberg gesagt?«

»Nicht viel«, erwiderte Sarah. »Sie haben im Naturwissenschaftsraum eine neue Spur gefunden – ein paar Zeitungsschnipsel aus der *Badischen Zeitung*, die es in der Bibliothek nicht gibt. Schmidt und Eberwein haben sie als Einzige abonniert. Der Raum wird nur von den Naturwissenschaftslehrern benutzt, und auch nur die haben einen Schlüssel. Und er liegt gegenüber der Bibliothek – dort habe ich am Montagabend jemanden hineingehen sehen.«

Aufgeregt beugte Marie sich vor. »Da wollte jemand ein paar Indizien loswerden! Was meinte der Korporal dazu?«

»Enttäuschend wenig. Er war ohnehin wortkarg.«

»Und was hat er bezüglich der Fälschungen gesagt?«

»Dasselbe – nicht viel. Er meinte, er könne sich dem erst widmen, wenn sie den Entführer haben. Außerdem hätten sie kaum Erfahrung mit solchen Industriefällen.« Sie verschränkte die Hände im Nacken und musterte stirnrunzelnd die niedrige Decke. »Das passt nicht zu ihm. Der Fall müsste ihn elektrisieren! Er hat mir einmal erzählt, wie selten er komplexe Fälle bearbeiten kann. Nicht einmal meine Beobachtung in der Bibliothek hat ihn interessiert! Und er hat mich abrupt vor die Tür gesetzt, als die Mutter von Mathieu kam.«

»Madame Theuillerat?«, fragte Marie neugierig. »Ich glaube, ich habe sie vorhin gesehen – diese dünne blonde Frau?«

»Ihren Namen habe ich nicht mitbekommen, aber das wird sie sein.«

»Bestimmt! Vorhin stand sie vor den Lehrerzimmern herum. Was kann sie dort gewollt haben?«

»Eine gute Frage!« Sarah beugte sich vor. »Und Ringgenberg benahm sich seltsam mit ihr. Als Landjäger Friedli sie in den Salon geführt hat, ist er aufgesprungen und um sie herumgeschwirrt wie eine Glucke um ein Küken.«

»Er ist ein fürsorglicher Mensch«, warf Marie ein.

»Trotzdem war er irgendwie nicht derselbe. Er war noch nie so distanziert zu mir wie heute«, erwiderte Sarah. »Nach den Briefen, die wir einander geschrieben haben, hatte ich das Gefühl, dass wir Freunde geworden sind, aber davon habe ich nichts gespürt. Irgendetwas an ihm ...« Sie schüttelte den Kopf.

»Er steht unter Druck wegen des Falls.« Marie stand auf, holte eine Holzschale von der Kommode, stellte sie auf ein Tischchen und griff sich einen Apfel. »Ich verhungere. Willst du auch?«

»Nein, danke, ich habe keinen Appetit.«

Marie kaute genüsslich. »Und was konntest du von unserem feschen Herrn Triebold erfahren?«

Sarah seufzte. »Er war auch nicht besonders hilfreich. Er hält es für unmöglich, Rubine so zu fälschen, aber er überlegt sich, was ihm dazu einfällt. Ansonsten war er charmant wie immer. Trotzdem, seine Lobhudeleien auf sich selbst gehen mir auf die Nerven. Und sein Zimmer! Überall Urkunden und Bilder, die er von sich hat machen lassen, und dann auch noch ein scheußlicher Teppich.«

»Mit dem Einrichten hat er's nicht so, das hat mir schon

Dorothea gesagt«, erwiderte Marie. »Der Teppich ist neu, ebenso dieser furchtbare Sekretär. Vielleicht das Geschenk einer Geliebten aus dem Dorf?«

Sarah lachte. »Wäre möglich. Vom Stil her auf alle Fälle. Aber zurück zu Madame Theuillerat: Bevor ich dich getroffen habe, ist sie mir auf dem Korridor begegnet. Wir haben uns kurz unterhalten, aber ...« Sie zögerte. »Ich weiß nicht, was mich gestört hat. Ich konnte sehen, dass sie Angst hat. Nur ...« Sie hob das Kinn. »Etwas an der Art, wie sie aussah, stimmte nicht, und ich kam nicht darauf – bis jetzt.« Sie beugte sich vor. »Habe ich dir schon mal von meinem Bruder erzählt?«

»Daniel, der Spring-ins-Feld?« Marie lächelte.

»Genau der. Er war schon immer risikofreudig. Chemieexperimente in seinem Zimmer, rumklettern auf dem Dach, winterschwimmen in der Reuß. Mit acht Jahren hat er mit einem anderen Jungen eine Wette abgeschlossen, wer von ihnen bis zur Kapellbrücke schwimmen kann. Es war Februar, der Fluss war erst ein paar Tage eisfrei, und der andere Junge stieg nach zwanzig Metern wieder aus. Daniel nicht – er wollte es schaffen. Aber er unterkühlte sich und wäre ertrunken, wenn ihn nicht jemand herausgezogen hätte.« Sarah leerte ihre Kaffeetasse. »Mutter war wie von Sinnen. Sie ist sonst mehr mit Kleidern und Damentreffen beschäftigt und hat uns dem Dienstmädchen überlassen. Aber als die Männer Daniel hereintrugen, hat Mutter ausgesehen wie ein Geist – als ob alles, was sie am Leben erhält, von ihr genommen würde.« Sarah schauderte. »Es war beängstigend, und ich habe lange davon geträumt. Aber so sah Madame Theuillerat nicht aus. Das war eine andere Art Angst.«

»Nicht jeder reagiert gleich, wenn er Angst hat«, erwiderte Marie. »Manche geben sich den Anschein, unbesorgt zu sein, andere toben.«

»Das mag sein, aber der Blick war falsch. Die Angst war echt, weißt du. Aber es war nicht Angst um ihren Jungen.«

»Vielleicht Angst vor ihrem Mann?«

»Das kann sein, den kennen wir ja nicht.« Sarah seufzte. »Ich hoffe, der Korporal kann den Fall lösen. Dann wird er vielleicht wieder der Alte. Aber jetzt sollte ich nach Hause gehen. Ich habe noch zu lernen.«

Sie verabschiedete sich rasch von Marie, eilte heim ins verlassene Haus und spähte kurz in die Küche. Da stand ein Auflauf, bereit zum Aufwärmen, aber sie hatte immer noch keinen Hunger. Also zog sie sich in ihr Zimmer zurück und schlug ergeben das Buch mit den Details zu ihrer Aufzugswelle auf. Eifrig versuchte sie, sich die einzelnen Schritte einzuprägen, aber es wollte nicht gelingen. Nach einer halben Stunde verschwamm die Schrift vor ihren Augen, und der Kopf wurde ihr schwer. Das wurde heute nichts mehr.

Stattdessen legte sie sich auf ihr Bett und verschränkte die Arme hinter dem Kopf. In einem verwirrenden Reigen wirbelten die Eindrücke der letzten beiden Tage durch ihre Gedanken: Paul, gesund, strahlend und kräftig von der Arbeit auf dem Hof, der nervig genial-arrogante Fabrice; der abwesende Blick des Korporals, der unbeholfene, heute so nervöse Schmidt, der anziehende, aber irgendwie anstrengende Triebold, Madame Theuillerat … Aber am meisten beschäftigten sie der Korporal und seine Reaktion auf die Dame. Marie mochte sagen, was sie wollte: Das war mehr als Fürsorglichkeit gewesen. Als die Frau den Raum betreten hatte, hatte Ringgenberg ausgesehen, als sei eine Sonne aufgegangen, die ihn blendete und alles andere ins Dunkel tauchte. Nein, das Bild vor ihren Augen war beunruhigender: der Korporal, der einer Motte gleich um ein helles Licht herumflackerte; unwiederbringlich davon angezogen und unfähig, sich dagegen zu wehren, selbst wenn es seinen Untergang bedeutete.

24

Gideon drehte eine weitere Runde auf dem üppigen Teppich im Salon des Breidenstein. Die Wände zogen schwankend an ihm vorbei, als säße er auf einem langsamen Karussell. Schließlich setzte er sich auf eines der Chintzfauteuils und starrte auf das Ölbild des großen Revolutionärs Mazzini, bis sein Blick zu Friedli glitt, der ziellos durch den Raum wanderte und sich am Kopf kratzte. Er stand wieder auf, trat ans Fenster und blickte in die trübe Winterwelt hinaus.

Wo war sie? Was war passiert?

Um acht Uhr morgens hatte er sich mit Friedli auf Breidenstein eingefunden, um Madame Theuillerat mitzunehmen. Das Geld hatte sie dabeigehabt, alles war vorbereitet, damit Übergabe und Zugriff am Firsi stattfinden konnten. Aber das Dienstmädchen, dem sie ihre Ankunft gemeldet hatten, war ohne Madame Theuillerat zurückgekommen. Die Madame sei nicht auf ihrem Zimmer. Sie hatten eine Weile gewartet und sich dann wohl oder übel auf den Weg gemacht, damit sie zur Übergabezeit um zwölf gut verborgen vor Ort waren. Vielleicht hatte sie allein hingehen wollen, warum auch immer.

Doch auch beim Firsi fand sich keine Spur von ihr. Sie hatten gewartet, hatten die Soldaten postiert, um im Fall der Fälle zugreifen zu können. Aber es war niemand gekommen.

Hatte der Entführer sie herausgelockt, ihr das Geld abgenommen, sie – Gott bewahre – umgebracht?

Gideon fuhr sich mit kalten Händen über das nasse Gesicht. Hätte er sie mit auf die Wache nehmen sollen? Er hätte wissen sollen, dass sie nicht klar denken konnte, wenn es um ihren Sohn ging. Wenn sie tot war …

Er drehte sich vom Fenster weg und begann eine neuerliche Runde durch den Salon. Er musste an etwas anderes denken. Musste …

»Herr Korporal!«

Er schreckte auf. Friedli war ans Fenster getreten. »Da kommt jemand den Weg hoch.«

Gespannt trat Gideon neben ihn und spähte hinaus. Da war tatsächlich eine Gestalt – eine Frau. Und war das neben ihr ein Kind?

Er drehte sich um, rannte hinaus, durch den Eingangsbereich, die Treppe hinunter. Sie kamen näher. Madame Theuillerat. Und ein Knabe.

Er griff nach dem Treppengeländer und atmete tief durch. Dann eilte er über den Weg, den beiden entgegen. Soweit er erkennen konnte, sahen sie unversehrt aus, aber auf Madame Theuillerats Gesicht lag ein schuldbewusster Ausdruck.

Er griff nach ihren Schultern. »Was ist passiert, Madame? Geht es Ihnen gut?«

Sie nickte. »Es tut mir leid, Herr Korporal.«

»Erzählen Sie.« Sie warf einen Blick auf ihren Sohn. Gideon

nickte Friedli zu, der neben ihn getreten war. »Gehen Sie mit dem Sohn zur Krankenschwester.« Dann wandte er sich wieder an Madame Theuillerat. »Kommen Sie, Madame; Sie brauchen etwas Warmes zu trinken. Sie sind durchgefroren.«

»Gleich. Erst will ich Ihnen erzählen ...« Sie holte tief Luft. »Gestern Abend, als ich draußen einen Spaziergang machte, kam ein Junge auf mich zu.« Sie zitterte. »Er überbrachte mir eine Nachricht von ... vom Entführer. Er sagte, er wolle eine Übergabe ohne Landjäger, und ich solle ihn heute Vormittag an einem anderen Ort treffen und das Geld mitnehmen, wenn ich meinen Sohn lebend wiedersehen wolle.« Sie schloss die Augen, Tränen hingen in ihren Wimpern. »Ich musste es tun!«

»Was für ein Junge war es? Einer von Breidenstein?«

Sie schüttelte den Kopf. »Ich glaube nicht. Er war schmutzig und ärmlich gekleidet und ist danach weggerannt.«

»Wahrscheinlich hat der Entführer ihm einen Batzen versprochen«, erwiderte Gideon grimmig. »Aber warum sind Sie nicht zu mir gekommen?«

»Ich fürchtete mich so!« Sie zitterte. »Ich bin vor dem Morgengrauen aus dem Haus und habe ihn getroffen.«

»Wo?«

»Im Wald Richtung Grenchenberg. Er sagte, ich soll die Straße hochgehen bis ... bis zur Allerheiligenstraße, und dann beim Bauernhof in den Wald, dem Bach nach Richtung Kapelle.«

»Und dann? Wie hat sich die Übergabe abgespielt? Haben Sie ihn sehen können?«

Sie schüttelte den Kopf. »Er hatte eine Mütze über dem Gesicht. Er war nicht groß und trug einen weiten Mantel, sonst habe ich nichts sehen können.« Sie holte Luft. »Ich wanderte bis zu der Lichtung im Wald, wo sich verschiedene Wege kreuzten – wie er gesagt hatte. Dort war ein Baumstrunk, auf dem ein paar helle Steine lagen. Er hatte mir ausrichten lassen, ich würde den Platz erkennen. Ich stellte die Tasche dort ab und zog mich zurück. Er ...« Sie schluckte. »Er kam hinter einem Baum hervor, rannte hin und holte sich die Tasche. Dann verschwand er, und kurz darauf kam Mathieu hinter dem Baum hervor – mit verbundenen Augen! Ich rannte auf ihn zu und umarmte ihn. Ich war so froh ...« Tränen sickerten aus ihren Augen und versanken im Stoff ihres weichen Schals.

»Hat der Mann gesprochen?«

Wie er befürchtet hatte, schüttelte sie den Kopf. »Ich habe Mathieu an mich gedrückt; als ich wieder hochschaute, war er verschwunden.« Ihr Gesicht wirkte grau. Er griff sanft nach ihrem Arm und führte sie die Stufen hoch, ging mit ihr in den Salon und platzierte sie auf einem der Chintzsessel. »Ich lasse Ihnen einen Tee mit Schuss bringen.«

Friedli, der schon wieder beflissen neben der Tür stand, eilte davon und kam kurz darauf mit dem Tee zurück.

»Der Junge sitzt im Krankenraum, Herr Korporal. Ich habe ihm einen heißen Kakao bringen lassen.«

»Danke, Friedli.« Gideon stand auf und wandte sich an Madame Theuillerat. »Ich muss Sie kurz allein lassen, um mit Ihrem Sohn zu sprechen. Ich komme so bald wie möglich wieder.«

Sie griff nach seiner Hand. »Bitte, Herr Korporal. Er ist doch noch ganz verstört.« Der Blick aus ihren verschreckten Augen heftete sich auf sein Gesicht, und kurz zögerte er. Er hätte ihr den Wunsch gern erfüllt, aber Friedli sah ihn empört an, als könne er nicht glauben, dass Gideon das ernsthaft in Betracht zog.

»Ich werde es kurz halten. Sie ruhen sich aus. Soll ich Ihnen für später eine Kutsche kommen lassen?«

Sie nickte. »Ich werde mit dem Jungen nach Hause fahren. Er muss sich erholen.«

Mitfühlend sah er auf ihr blasses Gesicht hinunter, beugte sich zu ihr und griff nach ihrer Hand. »Ich komme gleich wieder.«

Sie lächelte dankbar. »Bitte tun Sie das.«

Gideon eilte ins Krankenzimmer, wo der Junge an einem Holztisch saß und mit seinen kleinen Händen die dampfende Tasse umklammerte. Etwas verfroren und verwirrt wirkte er, sah sonst aber überraschend gut aus, wenn man bedachte, was er hinter sich hatte. Er war klein und schmal und sah aus wie eine kostbare Porzellanpuppe, wie er artig auf seinem Stuhl saß. Lächelnd setzte Gideon sich ihm gegenüber, während das Dienstmädchen ihm einen Tee hinstellte.

»Danke. Und füllen Sie dem Kleinen Kakao nach. Wie geht es dir, Mathieu?«, fragte er freundlich.

Der Bub musterte ihn so gespannt, als müsste er eine Prüfung bestehen. Seine schmalen Hände lagen auf dem Tisch, flach nebeneinander, als könnten sie ihm davonfliegen. »Es geht mir gut, Monsieur«, erwiderte er leise. Mit seinem zauberhaften Lächeln und den träumerischen Augen kam er ganz nach seiner Mutter.

»Dann erzähl mal, was passiert ist, als du entführt wurdest.«

Das Dienstmädchen stellte die frisch gefüllte Tasse Kakao

vor ihn hin, und der Junge nahm einen großen Schluck. Langsam stellte er die Tasse wieder ab. Sein Gesicht hatte sich leicht gerötet.

»Ich erinnere mich nicht an alles«, sagte er schließlich. »Nach dem Ausflug bin ich in mein Zimmer gegangen, und da war eine Nachricht auf meinem Kissen. *Maman* wolle mich sehen. Sie hätte eine *surprise* für mich. Ich ging zum Wäldchen neben Breidenstein, und da packte mich jemand, und ich wachte woanders wieder auf.«

»Hast du den Brief noch?« Gespannt sah Gideon den Jungen an. Doch er schüttelte den Kopf. »Ich nahm ihn mit, und als ich aufwachte, war er weg.«

»Wo warst du, als du aufgewacht bist?«

Er zögerte. »Ich weiß nicht. Ich habe nichts gesehen.« Er griff sich an die Stirn. »Da war ein Tuch. Jemand hat mir Brot in die Hand gedrückt und geflüstert, ich solle essen und keine Angst haben. Ich habe gegessen, Brot und dann Suppe, und dann hatte ich ein Tuch vor der Nase und bin wieder eingeschlafen.«

»Hast du die Stimme erkannt? War es ein Mann oder eine Frau?«

»Ich weiß nicht. Die Stimme hat nur geflüstert.« Sein Blick flackerte. »Ich hatte Angst.«

»Das glaube ich dir. Wie hat es gerochen? Ist dir etwas aufgefallen?«

»Holz. Und die Suppe roch nach Kartoffeln.«

Nachdenklich musterte Gideon das Kind. Der Entführer hatte dafür gesorgt, dass es weder ihn noch seine Umgebung sehen konnte. Hieß das, dass er den Entführer erkannt hätte?

»Bist du in der Zeit, in der du dort warst, einmal aufgewacht?«

Als Mathieu nickte, stand neue Angst in seinen Augen. »Einmal. Es war still. Ich wollte die Augenbinde abnehmen, aber jemand hat meine Hände gehalten und mir wieder Suppe gegeben; dann bin ich wieder eingeschlafen.« Zumindest hatte der Entführer Sorge getragen, dass der Junge nicht verletzt wurde. Erstaunlich, wenn man bedachte, wie brutal David getötet worden war! Andererseits hatte er vielleicht sicherstellen wollen, dass dieser Junge die Zeit unbeschadet überstand; immerhin hatte er ihm eine Menge Geld eingebracht.

»Und dann? Wie kamst du wieder zu deiner Mutter?«

»Als ich aufwachte, hat mich jemand weggeführt. Ich musste zu Fuß gehen; ich glaube, es war ein Wald. Ich hörte einen Bach. Dann hat jemand geflüstert, ich soll warten, bis zwanzig zählen und dann losgehen. Ich tat es, und dann hörte ich *Mamans* Stimme. Sie hat mich umarmt und mir die Binde abgenommen.« Er atmete lange aus, griff wieder nach seinem Kakao und trank ihn aus. »*C'est tout*, Monsieur.«

Die Tür wurde geöffnet, und eine beleibte Frau in einem weißen Kittel lugte herein. »Schwester Rudolf, Herr Korporal. Das muss reichen; der Junge braucht Ruhe.«

Gideon nickte, und als sei die Porzellanpuppe zum Leben erwacht, hüpfte Mathieu von seinem Stuhl, griff nach der Hand der Schwester und ließ sich von ihr aus dem Zimmer führen. Eilig trank Gideon seinen Tee aus und warf einen Blick auf die Wanduhr. Schon Mittag; er musste mit den Lehrern sprechen. Aber Madame Theuillerat ging vor. Auf dem Rückweg zum Salon warf er einen Blick in den alten Spiegel an der Wand und richtete sich kurz die zerzausten Haare. Wahrscheinlich hatte er wie so oft zur Unterstützung der Hirntätigkeit die Hände drin gehabt. Er trat in den Salon, und Madame Theuillerat sah erleichtert zu ihm hoch.

»Endlich!«

»Madame. Es tut mir leid. Geht es Ihnen besser?«

»Es geht mir gut. Es ist so eine Erleichterung, dass Mathieu in Sicherheit ist.« Sie zog ein besticktes Taschentuch aus ihrer Börse und tupfte sich damit die Augen ab.

»Ist Ihnen noch etwas eingefallen?«, fragte er behutsam.

Sie schüttelte den Kopf. »Ich wünschte es! Aber alles ist so schnell passiert, wie in einem Nebel. Und als ich Mathieu wiederhatte, war alles andere weg.«

»Das verstehe ich, Madame.«

»Sind Sie in Ihren Ermittlungen vorangekommen?« Zorn stand in ihren Augen, als sie zu ihm hochsah. »Ich frage mich ständig, wer so etwas tun kann, und es macht mich wütend, dass ich mich von meiner Angst habe leiten lassen. Er darf nicht davonkommen!«

»Ich werde gleich den Lehrern und dem Präfekten auf den Zahn fühlen. Seien Sie versichert, dass ich nicht aufgeben werde.«

»Das weiß ich. Und danke, dass Sie Mathieu nicht zu lange befragt haben.« Das Vertrauen in ihrem Blick wärmte ihn.

»Er ist ein reizender Junge«, erwiderte er sanft.

Zögernd erhob sie sich. »Ich lege mich jetzt noch etwas hin, und später mache ich mich mit Mathieu auf den Heimweg. Er soll sich Samstag und Sonntag zu Hause erholen können.«

Durch Gideons Herz fuhr ein eigenartiger Stich. Er stand

ebenfalls auf und streckte die Hand aus. »Dann wünsche ich Ihnen eine gute Fahrt.«

Seine Hand ignorierend, trat sie näher auf ihn zu und umarmte ihn. »Danke, dass Sie für mich da sind«, flüsterte sie.

Vorsichtig drückte Gideon sie an sich. Ihre Wärme drang durch ihr Kleid in seine Hände. »Immer, Madame.« Seine Stimme kam ihm fremd vor. Er amtete tief durch und löste sich zögernd von ihr.

»Wirklich?« Immer noch stand sie dicht vor ihm. »Würden Sie mich morgen Abend besuchen?« Röte stieg in ihren Wangen hoch. »Ich weiß, es ist ungewöhnlich, aber ich bin nicht gern so lange allein mit Mathieu im Haus. Heute Abend wird eine Freundin bei uns bleiben, und tagsüber ist das Dienstmädchen da. Aber morgen Abend könnte ich Gesellschaft gebrauchen.«

Er zögerte. Die Bitte ungewöhnlich zu nennen war noch vorsichtig ausgedrückt.

Ihre Augen weiteten sich bestürzt. »Bitte.« Einsamkeit – und Angst? – schien in Wellen von ihr auszugehen. »Es würde mir so sehr helfen, Monsieur. Und …« Sie zögerte und presste die Lippen zusammen. »Sie haben mich nach … nach dem Präfekten gefragt. Ich will es Ihnen erzählen, aber nicht hier.«

Ein Prickeln der Aufregung durchströmte Gideon. Der Präfekt. Wenn er diese Antwort von ihr bekam, wäre das unschätzbar.

»Ich werde kommen, Madame.«

»Ich danke Ihnen.« Ihre Augen glänzten, als sie ihm die Hand drückte. »Dann um acht, wenn ich Mathieu ins Bett gebracht habe. Gut für Sie?«

Als er nickte, lächelte sie noch einmal, drehte sich dann um und verließ den Salon, während er ihr zweifelnd nachsah. Wie unklug war das gewesen? Er verdrängte den Gedanken; jetzt musste er sich der Lehrerschaft zuwenden, so schwer ihm das fiel.

Zwei Stunden später dröhnte ihm der Kopf. Was hatte der Entführer mit diesem Manöver bezweckt? Dass sie die Übergabe verpassten, natürlich. Der gewählte Zeitpunkt war allerdings ein Mysterium, denn er hatte mit einem Schlag allen Lehrern, die noch zu den Verdächtigen zählten, ein Alibi verpasst, da sie alle unterrichtet hatten. Marthaler war nach dem Mittag wieder auf Breidenstein eingetroffen, da er vormittags noch auf seiner Konferenz gewesen war. Das würde er prüfen müssen. Wenn sich auch dessen Alibi bestätigte, musste der Täter zwingend einen Komplizen haben oder zumindest jemanden für diesen speziellen Auftrag bezahlt haben – ein gefährliches Unterfangen. Oder – und der Gedanke gefiel ihm am wenigsten – es war jemand, den sie noch gar nicht im Visier hatten.

Die Lehrer und der Präfekt hatten ihm auch nicht wirklich weiterhelfen können. Lehrer Eberwein hatte ihn als Erstes über die Geschichte der Kapelle Allerheiligen in Kenntnis gesetzt; Triebold hatte ständig seine Taschenuhr hervorgezogen und betont, dass eine bezaubernde Maid seiner harre und er sie unmöglich enttäuschen könne, und Schmidt hatte vor ihm gesessen, als warte er aufs Schafott. Das hing sicher auch mit dem zusammen, was Friedli gestern herausgebracht hatte: Die Ausgaben der Zeitung, die der Entführer verwendet hatte, stammten vom Ende des letzten Jahres, und während Eberweins Sammlung intakt war, hatte Schmidt ausgesagt, dass er seine jeweils Ende des Monats einer Witwe im Dorf schenkte, die sie zum Anfeuern verwendete. Friedlis Nachforschungen bei der Frau ergaben, dass noch einige Exemplare da waren, aber diese beiden nicht. Sie konnten schon verbrannt oder nie bei der Witwe angekommen sein; die Frau konnte ihnen nicht sagen, welche Ausgaben sie jeweils bekam. »Die tu ich dann in den Korb zum Feuerholz«, habe sie achselzuckend gesagt und mit ihren wenigen Zähnen auf einem Stück Brot herumgekaut. Also wieder nichts. Wenigstens hatte Schmidt ihnen einen Hinweis gegeben, der vielleicht etwas taugte – wenn er denn stimmte. Er hatte betont, dass nicht nur die naturwissenschaftlichen Lehrer – nach den Angaben des Direktors Schmidt, Triebold und Nauck, der für die Verbrechen von Anfang an nicht infrage kam –, sondern auch Präfekt Marthaler Zugang zum Materialraum habe, weil er dort geologische Sammlerstücke aufbewahre. Gideon würde den Direktor danach fragen und Marthaler damit konfrontieren. Dessen Reaktion auf Burris Aussage, die sein Alibi für den 16. Januar zerschmetterte, war im Übrigen das Einzige gewesen, was ihm an diesem Tag eine gewisse Befriedigung verschafft hatte. Der Präfekt hatte merklich an Pompösität eingebüßt, dann aber behauptet, er habe sich »die lästige Fragerei vom Hals schaffen« wollen. Er habe nur im Wald nach Fossilien gegraben. Wer's glaubte! Immerhin hatte er für das Manöver ein ansehnliches Sümmchen hingeblättert. Gideon freute sich schon, wenn er die Sache mit dem Schlüssel vorbringen konnte; dieser Mann sollte sich bloß nicht zu sicher fühlen. Außerdem war er gespannt auf den Bericht des Landjägers, der Burri während der Zeit der Übergabe beschattet hatte; dem würde er sich als Nächstes widmen. Aber nicht mehr heute. Der Tag war schon viel zu lang gewesen.

Nach zwei nasskalten Stunden Fußmarsch war er endlich daheim. Müde goss er sich ein Glas Wein ein und warf sich wieder einmal in seinen Rosshaarsessel. War überhaupt ein anderer Tag? Nicht, wenn er die Fortschritte bedachte, die er heute gemacht hatte. Keine Festnahme, kein eindeutiger Verdächtiger – er hatte nichts. Und in der nächsten Woche konnte er nun die Gegend der Übergabe nach Zeugen abklappern, die jemanden gesehen hatten, der oder die die Übergabe orchestriert haben könnte. Die Suche nach der Nadel im Heuhaufen!

Er seufzte. Wie sollten sie an den Täter kommen? Wenn der jetzt stillhielt, waren ihre Chancen gleich null. Er drehte das Glas in seinen Händen und betrachtete das rötliche Funkeln. Trotz allem: Er konnte Madame Theuillerat keinen Vorwurf machen. Eine Mutter konnte nicht anders. Vor seinem inneren Auge sah er sie in ihrem kargen Haus in Plagne sitzen. Hoffentlich schlief sie heute besser und ruhiger, da ihr Kind in Sicherheit war. Wenn er heute auch sonst nichts erreicht hatte: Dieser Gedanke tat gut. Der Rest konnte warten. Und morgen würde er sie sehen.

Voller Unbehagen rutschte er in seinem Sessel herum und starrte ins Feuer. Dann leerte er abrupt sein Glas. Was sie zum Präfekten zu sagen hatte, konnte entscheidend sein. Außerdem wusste er ohnehin nie, was er am Samstagabend machen sollte. Madame Theuillerat brauchte jemanden, der ihr beistand; auf ihren egoistischen und kaltherzigen Ehemann konnte sie sich nicht verlassen. Und er selbst hatte niemanden. Sie würden einen schönen Abend zusammen verbringen. Wem sollte es schaden?

Der Weg zum Haus der Theuillerats war noch tief verschneit, hier oben hatte das Tauwetter nichts ausrichten können. Gideon stapfte durch den Schnee auf das Haus zu, froh, dass er sich eine Kutsche gegönnt hatte. Schließlich war er privat hier und wollte nicht durchgefroren ankommen.

Der Tag war quälend langsam verstrichen. Zum Mittagessen war er bei seiner Mutter gewesen, die ihm einen herrlichen Braten vorgesetzt hatte. Leider hatte er keinen rechten Appetit gehabt, und Mutter hatte ständig an ihm herumgekrittelt – warum er nichts esse, warum er auf seinem Stuhl herumrutsche wie ein kleines Kind. Er war froh gewesen, als er hatte gehen können.

Er nahm seine Wollmütze ab, strich sich das Haar glatt, atmete tief durch und klopfte an die Tür. Die paar Schritte zum Haus waren keine Tortur gewesen, aber sein Herz klopfte eigenartig unregelmäßig. Endlich erklangen Schritte, die Tür wurde geöffnet, und Madame Theuillerat lugte heraus. »Kommen Sie herein, Herr Korporal.«

Dankend trat er ein und schlüpfte aus seiner Jacke, die sie ihm sogleich abnahm. »Gehen Sie ins Wohnzimmer. Ich komme sofort.« Sie verschwand in einem anderen Raum, und Gideon tat zögernd, wie ihm geheißen. Heimelig warm war es; im Cheminée knisterte ein Feuer. Er setzte sich auf das Kanapee und betrachtete seine Hände. Schließlich kam sie lächelnd auf ihn zu. Sie trug ein bordeauxrotes Kleid aus einem leichten, schimmernden Stoff, das ihre Taille betonte und das Blau ihrer Augen hervorhob. Er stand auf und umfasste ihre Hände, die warm in seinen lagen.

»Ich habe mich so auf Sie gefreut«, sagte sie leise. Einen langen Moment drückte sie seine Hände, dann setzte sie sich auf den Rand ihrer Chaiselongue und wies auf eine Kristallkaraffe, die auf dem schmucklosen Tischchen stand. »Würden Sie?«

Er goss zwei Gläser voll und reichte ihr eines. Der Wein hatte eine wunderbar tiefe sattrote Farbe.

Sie hob ihr Glas. »Auf Ihr Wohl. Ich hoffe, er schmeckt Ihnen.«

»Er riecht wunderbar! Ebenso, Madame.«

Sie lächelte. »Nach allem, was wir durchgemacht haben, sollten Sie – solltest du – mich Léonore nennen.«

Er fühlte, dass er errötete. »Nur, wenn du mich Gideon nennst.«

»Sehr gern. Gidéon.« Seinen Namen aus ihrem Mund zu hören, mit dem ihr eigenen französischen Akzent, war betörend. Verstohlen betrachtete er ihre sanft geschwungenen Lippen, den warmen Lichtschein, den das Feuer auf ihre Wangen warf. »Léonore.« Er nahm einen Schluck aus dem Glas. Der Wein hielt, was er versprach; erdig und samtig zugleich, schien er ihm sofort zu Kopfe zu steigen.

»Gut, nicht wahr?« Sie lächelte. »Er stammt aus Frankreich, aus der Nähe des Juradorfs, in dem ich aufgewachsen bin. Die Leute nennen ihn *Goutte d'amour*. Er soll die Liebe befeuern.«

»Wie reizend.« Ihn schwindelte, wenn er ihr in die Augen sah.

»Nicht wahr?« Etwas Bitteres hatte sich in ihre Stimme geschlichen. »Ich habe zwölf Flaschen als Hochzeitsgeschenk bekommen. Ich kann nicht sagen, dass er sein Versprechen erfüllt hätte.«

Er räusperte sich. »Du warst nie glücklich, nicht wahr?«

Sie schüttelte den Kopf und strich mit ihren Fingern über den Stiel ihres Glases. »Ich habe mich blenden lassen. Ich habe dir ja erzählt, dass er ein Kompaniekommandant war. Er ritt auf der Durchreise mit seinem Bataillon durch unser Dorf und sah bestechend aus in seiner Uniform.« Sie zuckte die Schultern. »Meine Eltern waren entzückt, weil er Geld hatte und katholisch war. Ich war froh, aus meinem Dorf herauszukommen, und freute mich auf ein gemeinsames Leben mit ihm. Er schien mich auf Händen tragen zu wollen.«

»Aber das hat er nicht«, erwiderte Gideon trocken.

»Kaum waren wir verheiratet, schien er mich zu vergessen. Er lebt für seinen Beruf; ich weiß gar nicht, warum er sich eine Frau genommen hat. Was denkst du, warum wir nur den einen Sohn haben?« Sie lächelte dünn. »Ich war dumm. Wahrscheinlich ist mir meine Leidenschaft für Bücher in die Quere gekommen. Die ewige Liebe, der starke Mann, der einen beschützt und anbetet. So etwas gibt es nicht.«

»Das würde ich nicht sagen.« Seine Stimme klang rau in seinen Ohren, und er räusperte sich. »Du hattest einfach Pech.«

Sie hatte den Kopf gesenkt. Doch jetzt hob sie ihn und legte ihre Hand auf seine. »Ich weiß. Du hättest dich niemals so verhalten.«

Die Wärme ihrer Haut übertrug sich auf seine, als er ihre Finger mit seinen umschloss. »Eine Frau wie du verdient das Beste.«

Sanft strich sie mit ihrem Daumen über die Innenseite seiner Hand. »Wer dich bekommt, hat das Beste, Gidéon.«

Er schluckte leer, entzog ihr sanft seine Hand. »Du weißt, dass das nicht gut ist, Léonore.«

»Bitte verzeih.« Abrupt erhob sie sich und wandte ihm den Rücken zu, trat an die Fensterfront und blickte in die Schwärze dahinter. Oder sah sie ihr Spiegelbild in den Scheiben? Ihre Hand wanderte zu ihrem Hals, dann drehte sie sich zu ihm um. »Du weißt nicht, wie es ist. Einsam zu sein im eigenen Haus. Jeden Abend allein vor dem Feuer zu sitzen. Allein ein Glas Wein zu trinken und sich zu fragen, wie es sein könnte, wenn jemand bei einem wäre; jemand, der einen liebt ...«

Gideons Hals war trocken und schmerzte, aber noch mehr quälte ihn die Einsamkeit, die aus ihren Worten drang. Und am meisten traf ihn, wie vertraut ihm diese Gefühle waren. Er stand auf, trat auf sie zu und legte seine Hand auf ihren Arm. »Ich kenne deinen Schmerz sehr wohl, Léonore. Ich erlebe jeden Abend das Gleiche.«

Bevor er etwas dagegen tun konnte, hatte sie ihre Arme um ihn gelegt und drückte sich an ihn. Ihr Kopf lag an seiner Brust, und er sog den Duft ihrer Haare ein. Sein Puls jagte in seinen Adern.

Du musst gehen. Jetzt.

In diesem Moment hob sie ihm die Lippen entgegen und presste sie auf seine. Er zuckte zurück, legte seine Hände auf ihre Schultern und schob sie sanft von sich. Er musste das beenden, musste ...

Ihr Blick hing an ihm, und ihre rosafarbenen Lippen zitterten. Er spürte ihren warmen Körper unter dem dünnen Stoff ihres Kleides an seinem.

Sie braucht mich. Und ich brauche sie.

Er legte seine Hand um ihren Nacken und küsste sie. Eng und enger schmiegte sich ihr Körper an seinen, und ihre Lippen öffneten sich. Er streichelte ihren Hals, ihre Schultern, drückte sein Gesicht in ihre duftenden Haare und ließ sich von ihr zur Chaiselongue ziehen, bis er auf ihr lag. Ihre Küsse wurden fordernder und leidenschaftlicher, und in seinem Kopf drehte sich alles. Sie griff nach seiner Hand und führte sie zu den Knöpfen an ihrem Kleid. Zitternd öffnete er den ersten, dann den zweiten.

Ein lautes Krachen ließ sie hochschrecken. Es war nur ein Holzklotz, der im Cheminée umgefallen war. Dennoch setzte Gideon sich auf und sah Léonore an, die sich ebenfalls aufgerichtet hatte. Er öffnete den Mund, doch sie legte einen Finger auf seine Lippen. *»Dit rien.«* Zärtlich streichelte sie seine Wange.

Er drückte sie an sich, nach Worten ringend, die ihm mit einem Mal gänzlich zu fehlen schienen. Besonders eloquent war er nie gewesen, aber in diesem Moment schien nichts das Richtige zu sein. So lauschte er nur auf das Knacken und Prasseln des Feuers und auf ihre Atemzüge an seinem Hals. Was geschah mit ihm, mit ihr – mit ihnen? In seinem Kopf prallten Gedanken aufeinander wie Ritter in Rüstung bei einem mittelalterlichen Turnierkampf. Er strich über ihr Haar, wickelte eine Strähne davon um seinen Finger. Im Schein des Feuers leuchtete es wie Elfengold. Sie wandte ihm ihr Gesicht zu und sah ihn mit einem Strahlen an, das ihm den Atem raubte. Nicht einmal Theresa hatte ihn jemals so angesehen: als wäre er ihr

Fixpunkt am Firmament, ihr Retter aus der Verdammnis. Der einzige Mensch, der zählte.

Noch einmal lächelte sie ihn an und strich über seine Wange, beugte sich dann vor, griff nach der Kristallkaraffe und schenkte ihm etwas Wein ein. Er nahm einen Schluck, ohne den Blick von ihrem Gesicht zu nehmen.

»Wie soll das weitergehen? Ich ...« Er fuhr sich mit der Hand über das erhitzte Gesicht. »Ich will für dich da sein, wenn ich kann. Aber ...«

»Zerrede es nicht«, erwiderte sie fest. »Es wird sich alles finden, so wie wir uns gefunden haben. Für mich ist es ein Wunder.« Sie lächelte. »Jetzt, wo ich dich bei mir habe, habe ich keine Angst mehr.«

Er griff nach ihrer Hand, streichelte sie. »Auch für mich ist es ein Wunder. So habe ich mich noch nie gefühlt.«

»So geht es mir auch«, erwiderte sie. Sanft entzog sie ihm ihre Hand. »Lass mich etwas Holz nachlegen, damit wir es warm haben, ja?«

»Lass mich.« Er erhob sich und legte ein paar Holzscheite ins Cheminée. Als er sich wieder umdrehte, sah er, dass sie sich auf der Chaiselongue ausgestreckt hatte; den Kopf auf einen Arm gestützt, der auf der Lehne ruhte, und ihn beobachtete. Ein seltsamer Ausdruck lag auf ihrem Gesicht.

»Woran denkst du?« Er setzte sich zu ihr. »Fürchtest du dich vor dem, was kommt?« Wieder griff er nach ihrer Hand. »Du musst da nicht allein durch. Das weißt du, nicht wahr?«

Zögernd nickte sie. »Ich muss einfach immer daran denken, dass dieser Unmensch immer noch auf freiem Fuß ist. Ich wünschte, ihr hättet neue Spuren!«

»Glaub mir, ich auch. Immerhin hat Georg Schmidt mich auf eine Idee gebracht. Erinnerst du dich an den Materialraum, in dem wir ein Indiz fanden? Auch der Präfekt hat Zugang zu diesem Raum.« Er erzählte ihr kurz, was Schmidt ihm berichtet hatte.

Sie nickte. »Ein guter Gedanke. Er ist ein schlauer Kopf. Mathieu mag ihn gern.«

Nachdenklich betrachtete er sie, dann legte er ihr die Hand auf den Arm. »Du hast gestern gesagt, dass du mir etwas über den Präfekten erzählen willst.«

Ihr Kopf schnellte ruckartig hoch, und ihre Hand krampfte sich um seine. »Ich …«

»Du kannst mir vertrauen.«

Mechanisch nickte sie, wirkte jedoch nicht ganz überzeugt. Schließlich, zögernd nur, entspannte sich ihre Hand. Sie atmete tief durch. »Es geschah, kurz nachdem Herr Marthaler den alten Präfekten ersetzt hat. Er hat mich zu sich bestellt, um sich vorzustellen und mich über Mathieus Fortschritte zu informieren. Und erst war alles in Ordnung. Aber dann …« Sie stockte.

Gideons Magen verkrampfte sich. »Dann was?«

»Er hat sich neben mich gesetzt. Mir die Hand auf das Bein gelegt und …« Sie erhob sich und verschränkte die Arme vor der Brust. »Ich bin aufgestanden und habe ihn weggestoßen. Ich weiß nicht, was er sonst gemacht hätte.«

»Warum hast du das nicht gemeldet? Er wäre hochkant rausgeflogen!«

Sie schüttelte den Kopf. »Er hat gesagt, dass man mir nicht glauben würde. Dass es auf mich zurückfallen würde. Die

341

französischsprachigen Weiber – das hat er gesagt! – hätten hier sowieso einen schlechten Ruf.« Tränen standen in ihren Augen. »Und ich hatte Angst wegen Roland. Er hat kein Interesse mehr an mir, aber er mag es auch nicht, wenn andere Männer mich ansehen.«

Gideon ballte die Fäuste. »Ich werde mir Marthaler vornehmen, darauf kannst du dich verlassen.«

»Ich danke dir.« Sie atmete tief ein, stellte sich ans Fenster und blickte erneut in die Nacht hinaus. »Ich fühle mich viel besser. Ich wusste gar nicht, wie das auf mir gelastet hat. Und du wirst die Wahrheit herausfinden, das weiß ich.«

»Ich hoffe es.« Gideon sah auf die Uhr. »Himmel, schon so spät! Ich muss mich auf den Rückweg machen.«

»Hast du eine Kutsche bestellt? Oder willst du meine nehmen?«

»Ich werde in Romont eine finden.«

Sie brachte ihn zur Tür und küsste ihn auf die Wange. »Auf Wiedersehen, *mon cher*. Komm wieder.«

»Das werde ich.« Er schloss sie noch einmal in seine Arme, dann machte er sich auf den Weg.

Sankt Urs schlug zwei Uhr morgens, als er in seiner Wohnung eintraf. In Romont hatte er eine Weile warten müssen, bis er eine Kutsche bekam, aber das hatte ihm nichts ausgemacht. Auch die Fahrt war schnell vorübergegangen. In Gedanken war er immer noch in Plagne gewesen, bei Léonore. Die nächtliche Kälte hatte ihn allerdings rasch abgekühlt, und gegen seinen Willen hatten sich quälende Fragen in seinen Kopf geschlichen. War Léonore bereit, seinetwegen ihren Mann zu verlassen? Und war er bereit, die Schmach einer solchen Beziehung auf sich zu nehmen? Wie würde man auf der Wache reagieren? Was er getan hatte, war unverzeihlich. Allerdings war Léonore keine Verdächtige.

Er legte ein paar Scheite in den Herd, goss sich einen Schlummerbecher ein und setzte sich nahe an seinen Ofen. Die wohlige Wärme, die nach einigen Minuten aus dem Ofen drang und sich über seine Hände und Arme in seinem Körper ausbreitete, brachte die Bilder und Eindrücke des Abends zurück, und während er einen Schluck seines nicht so exquisiten Weines nahm, überwältigten ihn die Erinnerungen an ihr duftendes Haar, ihren liebevollen Blick, an ihren biegsamen Körper, der sich an seinen presste – ihre warmen Lippen …

Er nahm einen weiteren Schluck Wein und stellte sein Glas auf das Tischchen. Nachdenklich schaute er ins Feuer, während sein puritanisches Erbe ihn vorwurfsvoll fragte, wie er so etwas tun konnte und was seine Mutter wohl dazu sagen würde. Aber was spielte es für eine Rolle? Mutter hatte ihm jahrzehntelang verschwiegen, dass Vater eine Liaison mit einer Bordellmadame gehabt hatte. Und Léonore brauchte jemanden, der für sie einstand und den Übeltäter fasste. Sie hatte selbst gesagt, dass sie erst ruhen konnte, wenn der Mann gefunden war, und dafür würde er alles tun. Vor allem würde er sich Marthaler vornehmen.

Marthaler. Er erhob sich und ballte die Hände. Wenn er an das dachte, was Léonore ihm erzählt hatte, brannte eine Wut in ihm, wie er sie noch nie empfunden hatte, und je länger er darüber nachdachte, desto sicherer war er sich, dass Marthaler auch die Entführungen auf dem Kerbholz und den jungen David auf dem Gewissen hatte. Wer sich so ruchlos an Frauen vergriff, hatte die Dunkelheit weit in sein Herz gelassen.

Er würde Marthaler kriegen. Er würde den Fall abschließen, und dann war Zeit für andere Dinge. Für jemand anderen.

25

»Und, was sagst du?«

Erwartungsvoll sah Paul sie an. Mit den flachsblonden Haaren, die ihm in die Stirn fielen, und den hellblauen Augen sah er fast aus wie immer, aber heute fielen Sarah seine frischere Gesichtsfarbe, die kräftigeren Arme und Schultern und ein neues Selbstvertrauen in seinen Augen auf.

»Nur mit der Ruhe. Ich habe ja noch gar nichts gesehen!« Sie war selbst gespannt, wie ihr sein Hof gefallen würde, aber offenbar nicht so sehr wie er. Nach der Messe hatte er schon vor der Kirche auf sie gewartet und ihr fast vorwurfsvoll entgegengesehen. Dabei war es nicht ihre Schuld gewesen, dass sie nicht weggekommen war: Alle waren in Aufruhr gewesen ob der brisanten Neuigkeiten im Fall Breidenstein. Der Junge war aufgetaucht! Der Entführer auf freiem Fuß! Und als dieses Thema abgehandelt war, hatte Rosa ihr erzählt, wie stark die Sache mit den Uhrenfälschungen Herrn Schneider bedrückte. Das beschäftigte natürlich auch sie, vor allem, weil Lukas Triebold sich noch nicht bei ihr gemeldet hatte.

»Und?« Der Ausdruck der Erwartung in Pauls Gesicht wich erneut der Ungeduld, die er nach der Messe gezeigt hatte.

»Lass mich erst einmal ankommen, ja? Und kurz in die Wärme gehen. In der Kirche war es eiskalt.«

»Du hast recht. Du siehst blass und verfroren aus. Wir wollen einen Tee trinken.«

Er sprang vom Kutschbock und streckte ihr einen Arm entgegen. Vorsichtig setzte sie einen Fuß auf das Rad, aber sie glitt aus und wäre zu Boden gestürzt, wenn Paul sie nicht geistesgegenwärtig gestützt hätte. Trotzdem zuckte ein stechender Schmerz durch ihren Knöchel. Sie biss die Zähne zusammen.

»Was hast du denn? Du bist doch sonst nicht so ungeschickt.« Fürsorglich stützte Paul sie, half ihr dann aber in einem Tempo ins Haus, das sie fast von den Füßen gerissen hätte. Im Herd der geräumigen Küche prasselte ein Feuer, und Sarah setzte sich erleichtert aufatmend an den frisch geölten Eichentisch, während Paul sich an der Teekanne zu schaffen machte. Kurz darauf stand eine dampfende Tasse vor ihr. Sarah schloss die kalten Hände um das bauchige Gefäß und genoss die Wärme. Sachte blies sie über das Getränk. Derweil saß Paul auf dem Rand seines Stuhls und sah sie an wie ein Erstklässler, der ihr seine neueste Zeichnung zeigen wollte.

Eine leichte Beklommenheit machte sich in ihr breit. Sie hatte sich sehr auf den Besuch gefreut, aber die Arbeitswoche hatte sie ausgelaugt, dann das Fasnachtsfeuer und die Gespräche auf Breidenstein – ihr Kopf war voll. Trotzdem: Sie würde es genießen. Paul wollte ihr seinen lebendig gewordenen

Traum zeigen, und sie konnten zusammen sein. Was gab es Schöneres? So rasch wie möglich trank sie den Tee und erhob sich. »Also los.«

Strahlend griff Paul nach ihrem Arm und führte sie durch das Haus – Vorratskammer, Schlafraum, Wohnzimmer; nett eingerichtet und gemütlich. Danach ging es nach draußen in Richtung Stall. Die zwanzig Milchküche waren mit ihrem Heu beschäftigt, und abgesehen von den verschiedenen Flecken in Weiß und Braun sahen sie in ihren Augen alle gleich aus.

Nicht so für Paul. »Das ist Erika – ich habe dir von ihr erzählt.« Liebevoll tätschelte er die kräftige Flanke einer Kuh. »Es geht ihr wieder gut, und sie gibt Milch wie vor der Kolik. Und diese ist Edelweiß. Ich habe sie vom Balsthaler Markt und konnte einen guten Preis aushandeln. Und siehst du dahinten, die magere, kleine? Das ist Viola. Ich füttere sie wieder hoch, dann gibt sie sicher wieder ordentlich Milch.«

Sarah nickte, während Paul weiterging und ihr jede Kuh persönlich vorstellte. Aber sosehr sie sich anstrengte: In ihrem Hirn vermischten sich die Kühe und Geschichten zu einem Wirrwarr. Sie konnte nur hoffen, dass er nicht erwartete, dass sie sich das alles merkte und die Tiere auseinanderhalten konnte.

Endlich waren sie durch und begaben sich wieder in die Küche. Eine drahtige ältere Frau, die Paul ihr als seine Magd Edith vorstellte, hatte in der Zwischenzeit Aufschnitt, Zopf und Käse auf den Tisch gebracht. Sarah griff kräftig zu, obwohl sie keinen besonderen Hunger hatte. Im Stall war es kalt gewesen, und sie war vom langen Stehen müde geworden.

»Hörst du mir überhaupt zu?«

Sarah zuckte zusammen. Der Ärger in Pauls Stimme schnitt durch ihre Gedanken wie ein scharfes Messer.

»Entschuldige, Paul. Es ist wunderbar, ich freue mich so für dich! Aber die Woche war sehr anstrengend, und ich mache mir Sorgen.«

»Was für Sorgen?« Nachdenklich musterte er sie. »Du siehst wirklich nicht gut aus.«

»Du weißt, was dein Vater gesagt hat. Wenn er die Fälschungen nicht stoppen kann, werden die Umsätze zurückgehen, und dann muss er einen Lehrling pro Jahr entlassen. Was, wenn ich es bin? Ich habe in den letzten Tagen wenig zuwege gebracht. Nichts will gelingen, und ich bin so ungeschickt wie nie zuvor. Dabei hatte ich in Bonfol solche Fortschritte gemacht.« Sie brach ab, als sie die Tränen spürte, die hinter ihren Augen brannten.

Er griff nach ihrer Hand. »Es tut mir leid, dass du dir solche Sorgen machen musst. Ich bin mir sicher, dass du bald wieder besser arbeiten und deine Stelle behalten kannst. Und wenn nicht, hat es ja vielleicht sein Gutes.«

»Wie meinst du das?«

Die Augen glänzend vor Aufregung, beugte er sich vor. »Der Bauer, von dem ich den Hof pachte, hat keine Kinder. Er hat mich gefragt, ob ich den Hof später übernehmen will; dann können wir ihn zusammen führen. Wäre das nicht wundervoll?«

Sarah runzelte die Stirn. Wovon redete er bloß? Sie hatte das Gespräch auch auf ihre Zukunft bringen wollen, aber das war nicht die Richtung, die sie sich vorgestellt hatte. »Warum hätte ich eine Uhrmacherlehre anfangen sollen, wenn ich danach auf dem Bauernhof arbeiten will?«

»Bis ich den Hof kaufen kann, dauert es einige Jahre. Wenn es so weit ist, hast du sicher genug von den Uhren.«

Verständnislos sah sie ihn an. »Du weißt doch, was mir die Arbeit an den Uhren bedeutet! Du warst es, der mir gesagt hat, dass ich begabt bin. Und erst letztens hast du beteuert, dass du meine Ziele unterstützt. Hast du das nicht ernst gemeint?«

»Doch. Aber wenn ich den Hof habe, brauche ich deine Hilfe.« Ärgerlich erhob er sich und lief hin und her. »Alle anderen Pächter, die ich kenne, haben Frauen, die ihnen auf dem Hof helfen. Wolltest du etwa berufstätig bleiben?«

»Ich wollte jedenfalls keine Bauersfrau werden.« Die Wut, die sie bisher hatte unterdrücken können, brodelte in Sarah hoch. »Es scheint, als seien meine Träume nicht so wichtig wie deine.«

»Das habe ich nicht gesagt. Aber du willst doch auch einmal eine Familie! Dann musst du sowieso damit aufhören. Und ich kann dir ein schönes Heim bieten.«

Sarah verstummte. Was klang so schrecklich an seinen Worten? Nichts. Oder alles. Die Selbstverständlichkeit, mit der er ihr Leben einrichtete, mit der er davon ausging, dass sie das wollte, was er wollte.

»Ich weiß nicht, was ich in fünf oder acht Jahren will.«

»Ich verstehe.« Abrupt stand er auf und verließ die Küche. Die Tür knallte hinter ihm ins Schloss, zurück blieb eine unnatürlich wirkende Stille. In einem Sonnenstrahl, der durch das Fenster drang, zitterten ein paar Staubpartikel, die durch Pauls Aufbruch in Bewegung geraten waren. Sarah starrte sie an, während sie langsam zu Boden schaukelten. Ihr Magen fühlte sich schwer und sauer an, als hätte sie etwas Verdorbenes gegessen. Hatte sie sich doch in Paul getäuscht? Was, wenn ihre Befürchtungen wahr würden und seine Liebe nicht stark genug wäre, um ihr den Freiraum zu geben, damit auch sie ihre Ziele erreichen konnte?

26

Sarah blinzelte und kniff die Augen zusammen. Die Aufzugswelle sah ganz gut aus, sie konnte bald mit dem Härten beginnen. Aber es fiel ihr schwer, sich zu konzentrieren; der Streit
mit Paul lag ihr im Magen. Nach seinem gestrigen Ausbruch
hatte er sie wortlos zurück nach Grenchen gefahren und bei
Rosa abgeliefert wie eine Kuh, die keine Milch gibt. Rosa war
außer Haus gewesen; für einmal ein Glück, da sie keine Lust
gehabt hatte, mit jemandem zu sprechen. Und heute hatte das
Lehrstück Priorität – oder hätte es haben sollen. Und das
würde es jetzt auch.

Entschlossen griff sie nach dem Brenner. Kein Wunder,
dass sie nicht vorankam, wenn sie an tausend andere Dinge
dachte! Aber jetzt ...

»Fräulein Siegwart?«

Ausgerechnet. Was wollte Flury?

Sie setzte sich auf. »Was gibt es?«

»Ich brauche Sie«, eröffnete er ihr. »Wir müssen für die Produktion Stifte schleifen; es ist ein Auftrag aus dem Ausland
eingegangen.«

»Kann das nicht warten? Ich brauche die Zeit für mein Lehrstück; Sie wollten es doch morgen auf dem Tisch haben.«

Sarah wurde warm, als sie den scharfen Blick Flurys sah. Ihr Ton war nicht angemessen gewesen. Er warf einen Blick auf ihr Werk. »Sieht doch schon ganz gut aus. Sie hätten halt früher anfangen sollen. Kommen Sie! Herr Leibundgut ist wieder mal nicht da.«

Leiser Ärger schwang in Flurys Stimme. Fabrice' Vater hatte wahrscheinlich wieder einmal seinen Einfluss spielen lassen, damit sein Sohn für eine Probe des Stadtorchesters freibekam; offensichtlich fand der Lehrmeister das nicht so angebracht. Das würde allerdings kaum etwas daran ändern, dass sie es sein würde, die im Fall der Fälle die Lehrstelle verlor.

Als sie von ihrem Einsatz mit schmerzendem Nacken und steifem Rücken zurückkam, war es, abgesehen von dem kreisförmigen Kegel, den ihr Gänggi warf, stockdunkel und totenstill im Raum. Sie warf einen Blick auf die Wanduhr: Sieben, und sie war noch lange nicht fertig! Aber nagender Hunger hatte für einmal das flaue Gefühl in ihrem Magen verdrängt. Sie würde etwas essen müssen; danach konnte sie ja zurückkehren und eine Abendschicht einlegen.

Sie eilte nach Hause, und noch während sie die Treppe zum Häuschen emporstieg, wurde die Tür aufgerissen.

»Wie war dein Tag, Kind?«

Rosa strahlte ihr entgegen, so gut gelaunt, wie man nur sein konnte. Bei diesem Anblick wurde Sarah noch düsterer zumute. Fröhlichkeit anderer war nie schwerer zu ertragen als in Zeiten, in denen alles schiefzugehen schien.

»Miserabel«, erwiderte sie schroff und drängte sich an Rosa

vorbei, aber der verletzte Ausdruck in deren Gesicht entging ihr nicht. Heute fand sie offenbar nie den richtigen Ton. »Es tut mir leid, Rosa. Gestern mit Paul und heute in der Fabrik ist einfach alles schiefgelaufen.«

»Dann komm und erzähl mir davon. Vor allem musst du was essen; nichts erhellt das Gemüt mehr als etwas Gutes im Magen!«

Mürrisch folgte Sarah ihrer Freundin in die Küche, setzte sich und machte sich über den Teller mit dampfendem Kartoffelauflauf her, den Rosa ihr hinstellte.

»Wenn du den ganzen Tag in deinem Kabäuschen warst, weißt du wahrscheinlich nicht, was sich zugetragen hat«, sagte Rosa aufgeregt. »Der Korporal war auf Breidenstein und wollte dringend mit dem Präfekten sprechen. Aber Herr Marthaler ist heute für ein paar Tage ins Ausland verreist, und der Korporal soll außer sich gewesen sein.«

»Warst du dort? Hast du mit ihm gesprochen?«

»Nein, Ruedi hat es mir erzählt. Und noch etwas: Herr Schneider hat nächstens ein Gespräch mit Urs und Adolf Schild bezüglich der Uhrenfälschungen. Die Absätze der betroffenen Taschenuhren sind noch mehr zurückgegangen.«

Trotz des wohltuenden Auflaufs wurde Sarah flau im Magen. Das auch noch! Dank ihrer Qualen wegen der Aufzugswelle war dieses Problem völlig in den Hintergrund gerückt.

»Was ist denn?« Rosa sah sie besorgt an.

»Alles«, erwiderte sie dumpf. »Gestern hatte ich Streit mit Paul, und heute bin ich auf der Arbeit nicht vorwärtsgekommen. Ich weiß nicht, ob ich mein Lehrstück fertig bekomme. Das mit den Fälschungen ist noch das Tüpfelchen auf dem i.«

»Iss noch etwas, dann geht es dir besser. Und erzähl mir von Paul. Was ist passiert?«

Sarah schüttelte den Kopf. »Ich mag nicht mehr. Und bitte verzeih, aber ich kann jetzt nicht darüber sprechen. Ich muss wieder in die Fabrik.«

Rosa runzelte die Stirn. »Das kommt nicht infrage. Du siehst aus wie ein Geist und bist völlig erschöpft. Am besten gehst du schlafen, und morgen bittest du deinen Lehrmeister um mehr Zeit. Sicher wird er dir entgegenkommen.«

»Das wird er nicht!« Flehend sah Sarah Rosa an, aber an den drohend zusammengezogenen Brauen konnte sie absehen, dass sie auf verlorenem Posten stand. Sie nickte und erhob sich. »Dann lege ich mich hin.«

Rosas besorgter Blick lastete wie ein Gewicht auf Sarahs Brust. Sie rang sich ein Lächeln ab. »Das wird schon wieder.«

»Ganz sicher wird es das. Wie heißt es bei Jesaja? Gott gibt den Müden Kraft.«

Sarah erwiderte Rosas aufmunterndes Lächeln, so gut es ging. Aber in ihr rumorte es. Ein ausgeklügelter Plan, den Gott verfolgte: Erst ließ er zu, dass sie ihre Arbeit nicht machen konnte, und dann versprach er Kraft, damit sie noch fertig wurde, gab ihr aber keine Zeit dafür. Worin genau sollte sie da Allmacht und Güte erkennen? Es spielte auch keine Rolle: Sie war mehr als bereit, die Sache in ihre eigenen Hände zu nehmen.

Die Kirchglocke schlug Mitternacht. Offiziell war nun Dienstag, und sie hatte noch exakt acht Stunden. Sarah erhob sich leise, schlüpfte in Schuhe, Kleid und Mantel, schlich aus ihrem

Zimmer und lauschte kurz. Aus Rosas Zimmer drangen tiefe Atemzüge. Leise tappte sie durch die Wohnung, vorbei an den glimmenden Kohlen des Wohnzimmerfeuers, die tanzende Schatten an die Wände warfen. Einer sah aus wie das Gesicht von Fabrice, ein anderer wie der kugelige Lehrmeister Flury, wieder ein anderer wie ein Stichel. Ihre Arme und Schultern schmerzten von den Hunderten Stiften, die sie am Nachmittag gefertigt hatte. Sie war müde wie noch nie in ihrem Leben. Aber sie musste los; die Zeit zerrann ihr zwischen den Fingern.

Durch die dunkle Winternacht stapfte sie in Richtung Fabrik. Die Straßen waren menschenleer, die Luft beißend kalt. Die Hände tief in ihre Manteltaschen vergrabend, eilte Sarah über den leeren Schmiedeplatz zur Fabrik, die dunkel vor ihr aufragte. Tagsüber war es hier geschäftig und lebendig, aber jetzt erinnerte das dunkle Gemäuer sie an das Schulhaus in Luzern an ihrem ersten Schultag – die Fenster geöffnete Mäuler, die sie zu verschlingen drohten. Der Halbmond spiegelte sich mit den dunklen Wolken in einem der Fenster und sah aus wie ein halb geschlossenes Auge, das sie anklagend anstarrte. Sarah wandte den Blick ab und hastete ums Haus herum zum Fenster ihres Arbeitsraums. Sie hatte dafür gesorgt, dass es offen stand, und gehofft, dass kein Hausmeister es entdecken würde. Gott sei Dank lag der Raum im Parterre!

Und sie hatte Glück: Das Werkzeug, das sie zur Blockade des Fensters benutzt hatte, steckte immer noch fest. Eilig kletterte Sarah in die Werkstatt. Ihr Atem stieg in weißen Wölkchen in der kalten Luft hoch. Sie setzte sich an ihren Tisch, nahm ihre Anzugswelle aus der Schublade, hauchte etwas Wärme auf die steif gefrorenen Finger und griff nach dem

Lötrohr. Jetzt noch erhitzen, abschrecken und bläuen. Sie schüttelte den Kopf, um das schwammige Gefühl darin zu vertreiben, aber es hielt sich so hartnäckig wie der Morgennebel in Grenchens Witi. Sorgfältig erhitzte sie ihr Werk, tauchte es in das bereitgestellte Öl und machte sich daran, es zu bläuen. Bald war es geschafft ...

Plötzlich knackte es laut. Ihre Welle war an der Nut gebrochen!

Sie musste von vorne anfangen.

Alle verbliebene Kraft schien aus Sarahs Gliedern zu fließen wie kaltes Wasser, aus ihrem Kopf durch Rumpf, Beine und Füße, bis sie im Boden versickerte. Sie ließ sich auf den Stuhl fallen und starrte entgeistert auf das Bild der Zerstörung auf ihrem Tisch. Es war hoffnungslos.

Ist es nicht. Du hast noch sieben Stunden. Mach was!

Als schwämme sie unter Wasser, erhob sie sich, suchte sich neues Material, setzte sich wieder an ihr Tischchen. Beugte sich über ihr Zubehör. Sie würde hier sitzen, bis sie fertig war – koste es, was es wolle! Entschlossen hob sie die Hand, um anzufangen, aber es war, als sei alles, was sie wusste, aus ihrem Kopf verschwunden. Warum konnte sie sich nicht einmal vorstellen, wie das Werk aussehen sollte? Sonst war das fertige Objekt immer vor ihrem inneren Auge entstanden, mit diesem Bild im Kopf hatte sie dann gearbeitet. Jetzt war da nur Leere.

Ihr Blick wanderte zum Tisch von Lehrmeister Flury, auf dem Fabrice' Lehrstück schon parat lag. Sie tappte hinüber und zündete das Gänggi über dem Tischchen an. Ihr Blick glitt über die Anzugswelle. Soweit sie es beurteilen konnte, war die Arbeit makellos. Viel zu makellos.

Du willst eine Uhrmacherin sein? Ein Sechzehnjähriger hat dich mit Leichtigkeit geschlagen.

Ihr Magen verkrampfte sich. Wenn wenigstens ein winziger Fehler die Perfektion beeinträchtigt hätte! Eine Unebenheit im Vierkant vielleicht, die verhinderte, dass sich die Krone drehen ließ …

Mit ihrer eisigen Hand griff sie nach einer Feile, hob sie und beugte sich über das Lehrstück. Hier eine Delle hineinzukratzen würde reichen. Simpel, schnell und …

Ein dumpfes Krachen schallte durch die Fabrik. Sarah zuckte zusammen und ließ die Feile los, die klirrend auf den Holzboden fiel. Panisch sah sie sich um, aber das Licht der Gänggis erhellte nur den Kegel rund um die Arbeitstische. Sie blieb stehen, atmete so leise wie möglich. War jemand hier? War es der Nachtwächter? Was, wenn er sie erwischte?

Sie schluckte trocken. Sie musste verschwinden. Und vorher musste sie ihren Schraubenzieher aufheben und das Licht löschen. Aber was, wenn jemand dadurch angelockt wurde?

Unfähig, sich zu bewegen, verharrte sie an Ort und Stelle. Die Kirchglocke schlug eins, dann Viertel nach, dann halb zwei. Alles blieb still. Schließlich bückte sie sich, hob den Schraubenzieher hoch und löschte das Gänggi. Auch an ihrem eigenen Tisch löschte sie das Licht, stieg aus dem Fenster und rannte heim, zog Mantel und Schuhe aus, warf alles in eine Ecke und kroch zitternd in ihrem Kleid unter ihre Decke.

Ihre Füße und Hände waren Eisklötze. Ihr Herz, das vorhin noch gerast hatte, pochte schwer, langsam und dumpf in ihrer Brust. Am liebsten hätte sie geweint, aber die Tränen wollten nicht kommen, und so starrte sie mit trockenen Augen an die Decke. Auch die glühenden Kohlen im Ofen, die etwas Licht in ihr Zimmer geworfen hatten, waren erloschen, und es war dunkel. So dunkel und leer wie ihr Herz.

Die Fensterscheiben waren eisig kalt unter ihren Fingern, und auch der Blick aus dem Fenster verhieß keine Freude. Über dem Dorf hing dicker Hochnebel und ließ den frisch gefallenen Schnee in der einsetzenden Dämmerung grau und dumpf aussehen. Sarah kehrte in ihr Bett zurück. Sie hatte Rosa gesagt, sie sei krank, und sie gebeten, in der Fabrik Bescheid zu sagen. Nichts hätte sie dazu gebracht, nach der gestrigen Nacht zum Dienst anzutreten.

Am helllichten Tag, so düster der sein mochte, kamen ihr die Ereignisse der vergangenen Nacht noch wahnsinniger vor. Sie betrachtete ihre Hände. Hatte sie wirklich das Werk eines anderen sabotieren wollen? Wie hatte ihr glühender Wunsch, sich zu beweisen, sie so weit bringen können, dass sie bereit gewesen war, Fabrice zu schaden?

Müde erhob sie sich, setzte sich an ihren Sekretär und warf einen Blick in den Spiegel. Wie ein Geist sah sie aus – hohlwangig und blass, mit dunklen Schatten unter den Augen und wirrem, stumpfem Haar. Sie streckte die Hand nach der Bürste aus, doch dann ließ sie es bleiben. Irgendwie fehlte ihr die Energie dafür. Ihr Blick fiel auf das Regal, auf dem das Reiseschachspiel stand, daneben die Uhr von Onkel Pius; dahinter, matt und glanzlos im dämmrigen Licht, die Uhr, die sie mit Paul gemacht hatte. Sie griff danach, legte sie auf ihre Handfläche und strich über das Glas. Wie kraftvoll und lebendig hatte sie sich gefühlt, als sie die Uhr in ihrem Zimmer bei Schneiders in den Händen gehalten hatte; erfüllt von dem Nachmittag mit Paul, aber vor allem von der Arbeit, die sie so begeistert hatte. Was war davon geblieben? Sie legte die Uhr beiseite und sah erneut aus dem Fenster, auf Grenchen, auf die hin und her hastenden Menschen.

Sie hatte versagt; hatte weder ihre eigenen Erwartungen noch die ihres Vaters erfüllt, der sie aus der Ferne unterstützte und an sie glaubte. Sie war nicht gut genug, und der Gedanke, sich wieder an ihr Tischchen zu setzen, war unerträglich. Was hielt sie in Grenchen, wenn sie die Uhrmacherei nicht mehr hatte? Paul und sein Wunsch, eine Bauersfrau aus ihr zu machen? Rosa, die Freundinnen? Sie waren ihr lieb und wertvoll, aber im Moment fühlte sie sich, als hätte man sie auf einer einsamen Insel ausgesetzt; als säße sie hinter Glas, und niemand hörte sie. Was verstanden Rosa und Pauline und Marie von ihren Kämpfen? Sicher, sie hatten das Ihre durchgemacht; vor allem Marie. Aber gerade deswegen hatte sie das Gefühl, sich niemandem anvertrauen zu können. Marie würde über ihre Kämpfe nur lachen können, oder schlimmer noch: verständnislos, vielleicht sogar verächtlich den Kopf schütteln. Und Pauline und Rosa? Rosa kannte Kummer, sie hatte ihren Mann verloren, aber im Grunde war sie eine energische Frohnatur, die in allem das Beste sah. Pauline ebenso. Und schlimmer, als niemandem etwas von den eigenen Qualen erzählen zu können, war nur eins: sich zu öffnen und dann festzustellen, dass man nicht verstanden wurde.

Die Haustür klickte. Rosa war heimgekommen. Bald würde sie ihr beim Abendessen gegenübersitzen und sich ihren Fragen stellen müssen. Vielleicht blieb sie besser oben und bereitete sich auf die Rückkehr nach Luzern vor.

Sie spürte ein Ziehen in ihrer Brust, als wäre sie bereits daran, etwas herauszureißen, das dort hingehörte. War sie zu voreilig? Gab es keinen anderen Weg? Aber sie brauchte sich nur vorzustellen, wie sie Lehrmeister Flury gegenübertrat. Wie er fragte, wo ihre Arbeit sei, oder sie für ihr zerstörtes Werk tadelte. Wie sie Fabrice begegnete, dessen Werk sie fast sabotiert hätte.

Sie würde vielleicht als Versagerin nach Hause kommen, aber wenigstens musste sie dann nicht all den Leuten in die Augen sehen, die an sie geglaubt, die von ihr etwas erwartet hatten.

Nur Vater.

Vater. Wie enttäuscht er sein würde, nachdem er endlich etwas Gutes in ihrem Gewerbe entdeckt hatte! Ihr Herz zog sich zusammen, und die Tränen, die am Abend nicht hatten fließen wollen, stiegen in ihren Augen hoch. Aber es nützte nichts; er musste die Wahrheit erfahren.

Schließlich setzte sie sich an ihren Tisch und zog ein Blatt Papier aus der Schublade. Sie würde Vater ein kurzes Telegramm schicken und ihm mitteilen, dass sie für einige Tage nach Luzern kommen würde; dass sie nicht wisse, ob sie mit der Ausbildung fortfahren würde, und Zeit zum Nachdenken brauche. Und vielleicht würde er gar nicht so enttäuscht sein. Er hatte von Anfang an Vorbehalte gegenüber dem Uhrengewerbe gehabt, und sicher würde ihn auch der Gedanke aufmuntern, dass sie den Jurasüdfuß und seine nicht standesgemäßen Bewohner – in seinen Augen ohnehin größtenteils Ketzer – hinter sich lassen würde.

Als sie die Nachricht fertig hatte, fühlte sie sich leer und ausgelaugt. Würde sich diese Leere irgendwann wieder füllen? Sie konnte es sich nicht vorstellen. Aber jetzt zählte nur eines: dass sie von hier wegkam.

Der folgende Tag begann so trüb, wie der letzte geendet hatte. Nachdem Rosa zur Arbeit gegangen war, setzte Sarah sich mit einem Buch ins Wohnzimmer, aber es fiel ihr schwer, sich zu konzentrieren. Schließlich stand sie auf. Sie würde Möbel abstauben; das dürfte Rosa freuen. Eifrig machte sie sich ans Werk, aber schon bald war die Arbeit getan. Und was nun? Es war nicht einmal Mittag. Sollte sie spazieren gehen? Aber bei dem Wetter reizte es sie nicht. Vor allem wollte sie daheim sein, wenn Nachricht von Vater kam. Sosehr sie seine Worte der Enttäuschung fürchtete, sehnte sie sich doch seine Antwort herbei.

Doch der Vormittag verstrich, und es traf kein Telegramm ein. Ihr wurde immer unwohler, vor allem, da sie nun schon den zweiten Tag blaumachte. Diese in der Uhrenbranche verbreitete Unsitte hatte sie immer als höchst verwerflich angesehen – damals, als sie noch voller Selbstvertrauen gewesen war und geglaubt hatte, diese Welt im Sturm erobern zu können.

Schließlich gab sie das Herumwandern auf, setzte sich auf Rosas mit Häkeldecken geschmücktes Sofa und griff nach dem Buch des »Großätti vom Leberberg«, das Rosa ihr bei ihrem Einzug geschenkt hatte. Aber die Sagen und Geschichten, die lustigen Verse und Anekdoten aus Grenchen, die der Arzt und Schriftsteller gesammelt hatte, stimmten sie noch trauriger. Wie lebensecht er die Grenchner beschrieb, ihre

Bräuche, ihren Charakter! Konnte sie diesen Ort und diese Menschen, zu denen sie sich zugehörig fühlte, einfach hinter sich lassen?

Es klopfte. Sarah schrak hoch, legte das Buch weg und ging zögernd zur Tür. Was, wenn es Lehrmeister Flury war? Sie sah nicht krank aus, so elend sie sich auch fühlen mochte. Würde sie Schild auch noch unehrenhaft verlassen müssen?

Doch vor der Tür stand nicht Herr Flury, sondern ihr Vater, das hagere Gesicht glänzend. Wollte er sie so schnell wie möglich von hier wegholen?

»Willst du mich nicht hereinlassen, Kind?« Er sah sie besorgt an; offenbar hatte sie sich viel länger, als sie selbst gedacht hatte, nicht vom Fleck gerührt.

»Natürlich, Vater.« Hastig nahm sie ihm den Mantel ab, hängte ihn an einen Haken und führte Vater ins Wohnzimmer. »Ich mache dir einen Tee.«

Sie verzog sich in die Küche und setzte den Kessel auf. Viel zu schnell kochte das Wasser, und sie machte sich mit den zwei Tassen dampfenden Tees auf den Rückweg ins Wohnzimmer. Vater dankte ihr und sah sich um. »Nett ist es hier. Ist deine Frau Schubiger nicht da?«

»Sie arbeitet.«

Was willst du, Vater? Fast hätte sie den Satz laut gesagt. »Was gibt es Neues aus Luzern?«

»Einiges! Im Fall von Hannes hat sich endlich eine Zeugin gemeldet, die längere Zeit im Ausland war. Sie ist sich sicher, zum Zeitpunkt von Hannes' Tod zwei Personen auf dem Gütsch gesehen zu haben. Die Polizei versucht nun, die zweite Person aufzutreiben und weitere Zeugen zu finden.« Er nippte an seinem Tee. »Allerdings können sie im Moment nicht viel Zeit für den Fall aufwenden. An Aschermittwoch ist ein prominenter Luzerner erstochen aufgefunden worden; offenbar gibt es Parallelen zu einem Fall in einem Luzerner Kloster im letzten Jahr. Damals dachte man, der Mann habe sich Feinde gemacht. Aber gestern stand in der Zeitung, dass beide Opfer im Nachgang einen Umschlag mit den gleichen obskuren Indizien in der Post hatten. Jetzt spricht die Presse schon von den ›Katholikenmorden‹.«

Sarah drückte die kalten Hände an ihre Tasse. »Das hört sich unheimlich an.«

»Deine Mutter fürchtet, wir könnten die Nächsten sein«, erwiderte er trocken. »Regierungsrat Segesser ist fuchsteufelswild, weil dieses Detail an die Öffentlichkeit gelangt ist; offenbar ein junger Polizist, der sich in einer feuchtfröhlichen Nacht wichtigmachen wollte ...! Ach, und letzte Woche habe ich Albert an seinem Geburtstag besucht. Er hat sich sehr gefreut.«

Sarah lächelte. Ihr Vater und der von Hannes hatten sich von Anfang an gut verstanden, und es rührte sie, dass Vater die Beziehung aufrechterhielt. Albert Pfyffer hatte genug zu tragen. »Wie nett von dir, an seinen Geburtstag zu denken! Ich hoffe, es geht ihm gut.«

»Er hat angefangen, sich in einem Wohltätigkeitsverein zu engagieren, und singt im Kirchenchor. Ich bin nicht so lange geblieben, wie ich wollte; seine Geschwister waren zu Besuch, und der jüngste Bruder hat für Streit gesorgt.« Er seufzte. »Er will wieder einmal in größerem Stil in Aktien investieren und sich dafür Geld borgen, aber Albert Pfyffer ist ein vorsichtiger

Mann.« Vater schwieg einen Moment, dann hob er seine Tasse. »Hast du noch mehr?«

Sarah nickte, holte die Kanne aus der Küche und schenkte ihm nach. Gemächlich nahm Vater sich ein Stück Zucker aus der Porzellanschale und ließ es in seine Tasse fallen. Rührte den Tee um. Hob ihn an den Mund. Nippte daran. Stellte die Tasse wieder ab.

»Ich war überrascht über dein Telegramm«, sagte er schließlich.

Sarah schloss die Hände um ihre Tasse. Der Tee war immer noch heiß, und ihre Finger schmerzten, aber sie ließ nicht los. »Nur überrascht? Nicht enttäuscht?«

»Ein bisschen.«

»Bist du hier, um mich mitzunehmen?«

»Keineswegs. Du darfst natürlich ein paar Tage nach Hause kommen, wenn es das ist, was du möchtest. Du kannst auch mit der Lehre aufhören. Aber ich bin hier, um dich zu fragen, ob du dir das gut überlegt hast.«

»Das habe ich. Ich muss ein paar Tage fort von hier, damit ich einen klaren Gedanken fassen kann. Und vielleicht ist es besser, wenn ich etwas anderes mache.«

»Warum?« Er beugte sich vor und musterte sie mit seinen Gelehrtenaugen. »Du siehst nicht gut aus. Habe ich am Ende recht mit meinen Vorbehalten gegenüber dem Uhrenmetier?«

Entschieden schüttelte Sarah den Kopf. »Es ist niemandes Schuld. Denke ich.« Sie seufzte. »Ich habe oft am Abend daheim gearbeitet, oder ich bin morgens früh in die Fabrik gegangen. Es war nötig! Ich bin sonst nicht gut genug.«

»Ist dein Lehrmeister nicht zufrieden?«

»Bisher schon. Aber vielleicht muss er eine Stelle streichen. Und mein Lehrlingskollege ist viel besser als ich. Ich werde in bestimmten Bereichen nie eine perfekte Arbeit abgeben.«

»Und?«

»Ich will meinen Lehrmeister zufriedenstellen! Und ich will dir zeigen, dass sich deine Großzügigkeit gelohnt hat. Und ich will – ich wollte – dich nicht enttäuschen.« Sarah wandte den Blick ab.

»Warum sollte ich enttäuscht sein?« Verwundert sah Vater sie an, setzte sich dann neben sie und griff nach ihrer Hand. »Ich will, dass du etwas aus dir machst. Ich will, dass du glücklich bist, weil du ein Ziel verfolgst, und ich will, dass du dein Bestes gibst. Aber du musst nicht perfekt sein.«

Sarah schluckte. »Aber es ist schwer, sich damit abzufinden, dass Fabrice manche Dinge viel leichter fallen als mir. Ich fühle mich wie eine Versagerin.«

»So einen Moment erlebt jeder Mensch. Glaub mir: Niemand kommt ans Ziel, wenn er bei der ersten Schwierigkeit aufgibt. Und wirklich niemand kommt durchs Leben, ohne dass er Fehler macht – so begabt er oder sie auch sein mag. Versprich mir, es dir noch einmal zu überlegen, in Ordnung?«

Sarah nickte zögernd. »Ich bin überrascht, Vater. Ich dachte, du freust dich, wenn ich das Metier wieder aufgebe.«

Er lächelte. »Vor ein paar Monaten hätte ich mich wahrscheinlich gefreut. Aber dann habe ich Herrn Siegenthaler kennengelernt, der so begeistert von der Uhrmacherei gesprochen hat. Vor allem habe ich dich erlebt, wenn du nach Hause kamst – wie erfüllt du warst, wie du aufgegangen bist in deinem Beruf. Das ist ›deins‹, Sarah. So sagt man doch heutzutage, richtig?« Er zwinkerte ihr zu. »Gib jetzt nicht auf. Und nun wäre Zeit für eine Schachpartie, nicht?«

Sarah lachte. »Ich hole mein Spiel.« Sie ging in ihr Zimmer, um das Reiseschachspiel zu holen, und baute es auf dem Teetischchen auf. Sinnend griff Vater nach einem Bauern und sah hoch.

»Weißt du noch, wie du die erste Schachpartie gegen mich gewonnen hast?«

Sarah lächelte. »Das war ein großer Moment für mich.«

»Für mich auch«, erwiderte er. »Du weißt, dass ich mir erst Daniel fürs Schach ausgesucht hatte. Aber weißt du auch, warum ich mehr Freude am Spiel mit dir habe?«

Sarah zuckte die Achseln. »Ich dachte, er hat kein Talent gezeigt.«

Vater schüttelte den Kopf. »Du bist meine Älteste, also habe ich mit dir angefangen, und du warst gut. Als ich es Daniel zeigte, war ich begeistert von seinen Instinkten. Er hat einen originellen Verstand und ein intuitives Verständnis für das Spiel. Aber ihm fehlten Fleiß und Ausdauer. Als es nach den ersten Erfolgen nicht vorwärtsging, verlor er das Interesse. Du hingegen …« Er nahm noch einen Schluck Tee. »Du hast nie aufgegeben. Und darum bist du die komplettere und bessere Spielerin.«

Das Lob aus Vaters Mund tat gut, aber sie spürte, was nun kommen würde. »Ich danke dir. Aber …«

»Lass mich ausreden. Du hast dein neues Metier mit viel Begeisterung angefangen. Du hast Talent für die Arbeit. Und du hast Disziplin und hältst durch. Du wirst es schaffen, wenn du daran denkst, dass du nicht perfekt sein musst.«

»Ich will es versuchen.«

Als ihr Vater sich verabschiedete, war der Nachmittag schon weit fortgeschritten. Die Partie Schach hatte er gewonnen, aber das hatte ihr nichts ausgemacht. Viel wichtiger war, was seine Worte in ihr ausgelöst hatten. Sie hatte ihn leichten Herzens zurückfahren lassen, und ihr Wunsch, nach Luzern zu flüchten, war in wundersamer Weise vergangen. Dennoch lastete noch eine Schwere auf ihr, und sie konnte sich nicht vorstellen, wieder in die Fabrik zu gehen und Flury unter die Augen zu treten, wieder ein Werkzeug in die Finger zu nehmen, nachdem sie so versagt hatte.

Sie würde sich entscheiden müssen. Aber dafür brauchte sie frische Luft und den Kraftort, der ihr schon einmal geholfen hatte.

27

»Gott zum Gruß, mein Lieber!«

Gereizt hob Gideon den Kopf. Das war die dritte Störung an diesem Donnerstagvormittag; so würde er nie weiterkommen. Seine Laune besserte sich minimal, als er Viktors blonden Schopf erkannte und den Schalk in den warmen braunen Augen seines Freundes sah.

»Komm herein! Was führt dich in die Niederungen der Landjägerei?«

Viktor ließ sich auf den Stuhl vor Gideons Pult fallen. »Dich besuchen, was sonst? Wir haben uns ewig nicht gesehen. Steckst du wieder bis zum Hals in Berichten?«

»Berichte, Personalplanung – such es dir aus. Alles, nur nicht das, was wichtig wäre.« Er seufzte. »Und bei dir?«

»Diese Woche sind Schwurverhandlungen; du weißt, wie gedrängt die Tage sind. Aber Abwechslung muss sein. Kommst du heute Abend zum Essen? Judith ist es leid, nur meine Visage zu sehen.«

»Ich würde gern, aber ich muss noch nach Grenchen.« Ungeduldig schielte Gideon auf die Wanduhr. Er musste mit den

Berichten vorankommen, wenn er noch genug Zeit für Breidenstein haben wollte.

»Meinst du nicht, dass du zum Abendessen wieder da bist? Wir könnten es später ansetzen; der Kleine schläft dann.«

»Danke, aber ich weiß wirklich nicht, wie lange ich brauche. Ein anderes Mal?«

»Natürlich.« Prüfend musterte Viktor ihn. »Ich will dich nicht aufhalten, aber wie steht der Fall? Du siehst nicht gut aus. Schlimmer als ich nach drei Nächten Dauergeschrei von Urs.«

»Es ist zum Davonlaufen! Der Zeitpunkt von Mathieus Rückkehr schließt die direkte Beteiligung der verdächtigen Lehrer aus. Der Präfekt war auf einer Konferenz, allerdings warte ich auf eine Bestätigung, dass er an dem betreffenden Vormittag noch dort war. Der Mann ist sowieso ... aber lassen wir das.« Er streckte die Beine unter seinem Tisch aus. »Seit Montag suche ich mit Friedli nach einem Zeugen, der den Komplizen bei der Übergabe gesehen hat. Aber niemand in den Häusern, die dem Eingang in den Wald an der Allmendstraße am nächsten liegen, will etwas gesehen haben. Auch Léonore selbst wurde nicht gesichtet. Das erstaunt mich nicht; in dieses Stück Wald verirrt man sich zu dieser Jahreszeit höchstens zum Holzsammeln oder wenn man zur Kapelle pilgert, und das macht an einem Freitagmorgen offenbar keiner. Eine weitere Folge der Sache mit dem Komplizen ist, dass die bisherigen Alibis, die vorgebracht wurden, niemanden mehr ausschließen. Das betrifft vor allem Triebold, der bei der Entführung von Mathieu beim Direktor war, und auch Ruedi Schubiger. Wir sind wieder fast am Anfang. Franz Burri – ein Mann, den Präfekt Marthaler schon für ein Alibi eingespannt hat, und mein Hauptverdächtiger als Komplize – war zum Zeitpunkt der Übergabe von Mathieu tatsächlich daheim und schlief seinen Rausch aus.«

Viktor nickte teilnehmend. »Ich beneide dich nicht. Was gibt es für Anhaltspunkte?«

»Da ist die Zeitung, aus der die Schnipsel stammen. Nur Schmidt und Eberwein haben die abonniert, und Eberwein hat seine noch. Aber ich kann mir nicht vorstellen, dass Schmidt so dumm wäre, die Schnipsel in einen Behälter zu stopfen, wo sie gefunden werden können. Es sei denn, er war in Panik; das wiederum passt zu ihm. Aber hätte er die Schnipsel später nicht wieder entfernt? Vielleicht will ihm jemand etwas anhängen.« Er presste die Lippen zusammen. »Ich tippe auf den Präfekten; den nehme ich mir morgen vor.«

»Wie steht es mit den Motiven?«

Gideon hob die Arme. »Bisher konnten wir außer Geldmangel nichts ausfindig machen, und den leiden wohl alle. Jenny am ehesten, aber eigentlich alle Lehrer. Der Präfekt weniger, aber ich habe andere Gründe ...«

»Was für Gründe? Du reitest penetrant auf dem Mann herum.«

Gideon fühlte, wie sein Herz schneller in seiner Brust pochte. »Nicht jetzt. Ich erklär's dir, wenn ich mit ihm gesprochen habe. Jetzt muss ich weitermachen.«

Viktor nickte und erhob sich. »Dann viel Erfolg! Und melde dich bald – auch für ein Feierabendbier.«

»Mache ich.« Gideon wartete, bis sich die Tür hinter Viktor schloss, und starrte dann auf die Personalliste und den angefangenen Monatsbericht; Pflichten, die seit zwei Tagen überfällig waren. Kurz entschlossen erhob er sich. Sicher fand auch Wittmer, dass der Grenchner Fall wichtiger war als alles andere. Er setzte sich die Mütze auf und wollte eben aus der Tür, als Wyss ihn aufhielt, wieder einmal mit zündroter Birne.

»Der Leutnant will Sie sehen.«

»Weswegen? Ich wollte nach Grenchen.« Er seufzte. »Sparen Sie sich die Antwort.«

In einer Mischung aus Ärger und Beklommenheit folgte er Wyss in die Höhle des Löwen. Wittmer hatte sich die Freiheit genommen, nach der Fasnacht ein paar Tage in die Kur zu verschwinden, obwohl die Übergabe angestanden hatte. Nun war er zurück und würde über ihn herfallen. Aber was hätten sie anders machen sollen, um das Debakel zu verhindern?

Eine Menge – das zumindest war die Meinung von Wittmer, wenn Gideon dessen Gesichtsausdruck richtig interpretierte. Der Leutnant warf einen dünnen Papierstreifen auf den Schreibtisch.

»Das kam vom Berner Kommando. Sie sind gar nicht angetan von der Verschwendung ihrer Mannstunden in diesem Wald. Hätten Sie das nicht verhindern können?«

»Wie denn? Die Dame war nun mal schon verschwunden.«

»Sie hätten sie in einem Hotel einquartieren und einen Wachmann abstellen können.«

Gideon schwieg. Wittmer wusste genau, dass er eine solche Ausgabe nie bewilligt hätte. Was brachte es, wenn er es erwähnte?

»Diese hysterischen Weiber.« Wittmer schüttelte gereizt den Kopf. »Wenn es um ihren Nachwuchs geht, verschwindet jeder Verstand aus dem Fenster.«

»Das ist verständlich.«

»Sie sind doch sonst der Erste, der die Weiber hysterisch findet. Und was war das für ein Auftritt am Montag? Sie hätten ein riesiges Theater veranstaltet, hörte ich, nur weil jemand nicht für Ihr Gespräch zur Verfügung stand.«

Gideon spürte die Hitze in seinem Gesicht und presste die Lippen zusammen. »Der Mann weicht mir aus! Es ist nicht das erste Mal, dass er nicht da war. Und er hat guten Grund.«

»Sie werden sich jetzt jedenfalls zusammennehmen. Und bevor Sie wieder die Berner Kantonspolizei organisieren, kommen Sie zu mir. Nach diesem Fiasko stehen wir wie die Dorftrottel da.«

»Verstanden. Kann ich gehen?«

Wittmer schüttelte den Kopf. »Sie begleiten mich zu Regierungsrat Vigier. Er will den Abschlussbericht über die Fasnachtsgeschehnisse, und den haben Sie geschrieben, nicht wahr? Da können Sie Red und Antwort stehen.«

Gideon öffnete den Mund zum Protest, dann sah er den Blick Wittmers und atmete tief durch. Wenn er sich jetzt unbeliebt machte, wurde ihm der Fall womöglich doch noch entzogen. Und das war das Letzte, was passieren durfte.

Zwei Stunden später war die Sitzung mit Vigier endlich vorbei, und Gideon strebte erleichtert dem Ausgang zu. Sollte er nach Hause gehen? Andererseits war noch Zeit, um sich auf Breidenstein umzusehen.

Und Léonore zu sehen. Es waren fünf Tage vergangen, seit er bei ihr in Plagne gewesen war – Tage, die ihm unendlich lang vorgekommen waren. Léonore hatte ihm geschrieben, dass sie Mathieu für Samstag und Sonntag wieder nach Hause holen und schon heute nach Breidenstein kommen würde, um mit dem Direktor zu sprechen. Für ihn war das Grund genug, den Marsch nach Grenchen auf sich zu nehmen. Vielleicht konnte er auf Breidenstein noch ein paar Befragungen machen, und falls nicht – auch kein Problem. Léonore würde dort sein, und sie brauchte ihn. Was wollte er da zu Hause in seiner leeren Bude?

Frisch gefallener Schnee verschluckte alle Geräusche. Der Himmel: eine endlose grauweiße Fläche. Sarah stieg am Waldrand hoch, vorbei an den Tannen und den verschneiten Laubbäumen, deren Zweige aussahen wie ergraute Spinnen. Durch den Schnee bohrten sich Graszweige wie schmale grüne Schwertspitzen. Tierspuren begleiteten ihren Weg, Abdrücke riesiger Hundepfoten, kleinere von Katzen, zierliche Hufabdrücke von Rehen. Und während Sarah bergan durch die Leere und Stille dieser Winterwelt stieg, schlich sich ein Gedicht in ihre Gedanken, das sie als Kind gelernt hatte. Nein, ein Lied war es; ein Lied, das sie verfolgte und in ihr widerhallte.

Verschneit liegt rings die ganze Welt
Hab nichts, was mich erfreuet
Verlassen steht der Baum im Feld
Hat längst sein Laub verstreuet.

Zwei Bäume waren es, und ihr Laub hing längst nicht mehr an den Zweigen; die fast ineinander verwachsenen Bäume, die sie damals mit Paul zum ersten Mal gesehen hatte, als er ihr von seinem Traum erzählt hatte, Bauer zu werden. All das war weit weg. Auch die Allerheiligenkapelle wirkte von hier leblos und fern.

Sarah ließ den Blick gen Osten schweifen. Von Grenchen war nicht viel zu sehen; nur die Rauchsäulen der Fabrikschornsteine, die in den Himmel stiegen, und das hellgrüne Dach der Kirche, das aus der Schneedecke heraustach. Hochnebel verbarg die scharfen Konturen der Berner Alpen und ließ den Horizont endlos und grau wirken.

Müde setzte Sarah sich in der Kapelle auf eine der schmalen Holzbänke. Eine Holzverstrebung drückte ihr in den Rücken, und sie beugte sich nach vorn. Wenn sie ihr Gewicht verlagerte, knarrte die Bank leise; das einzige Geräusch in dem kleinen Gotteshaus. Das ewige Licht warf seinen roten Schimmer auf die Kreuzwegtafeln an der Wand.

Was wirst du tun?

Der Raum blieb still. Keine leuchtende Erkenntnis, keine Stimme aus der Höhe, die ihr die Entscheidung abgenommen hätte. Aber das hatte sie auch nicht erwartet. Die Antwort musste aus ihr selbst kommen. Sie stand auf und lief die Kreuzwegtafeln ab, wanderte zur Eingangstür des Kirchleins, blätterte im Gesangbuch. Schließlich zündete sie eine Kerze an, obwohl sie an dieses unvermeidliche Ritual, das Gott sie ihren Wünschen gegenüber gewogen stimmen sollte, im Licht der vergangenen Wochen nicht mehr glauben konnte. Hatte sie nicht dem heiligen Fromund eines gewidmet? Und was war dabei herausgekommen? Immerhin: Die vierzig Kerzlein, die die Grenchner für den kleinen Mathieu hier angezündet hatten, schienen den Herrgott bewegt zu haben.

Vaters Worte gingen ihr nach. Hatte er recht? Hatte sie Perfektion erwartet und sich dafür fast zu Tode geschuftet? Sie hätte das Wort niemals gewählt, aber als sie sich in Erinnerung rief, welche Ansprüche sie an ihre Arbeit gestellt hatte, musste sie sich eingestehen, dass es passte. Sie hatte keinen Makel akzeptiert, keine Schwäche, hatte von sich erwartet, dass ihr alles gelingen würde. Und mit einem hatte Vater sicher recht: Niemand war perfekt. Aber konnte sie zurück und vor allem: Wollte sie das? Die Vorstellung, Lehrmeister Flury und Fabrice wieder unter die Augen zu treten, war unerträglich. Wie sollte sie das über sich bringen, nachdem sie beinahe Fabrice' Arbeit zerstört hatte? Die erfüllende Freude an ihrer Arbeit, die sie als selbstverständlich angesehen hatte – sie hatte sich aufgelöst wie Rauchschwaden im Wind.

Bedrückt erhob sie sich und strebte dem Ausgang zu, als ein Geräusch sie aufschrecken ließ. In einer dunklen Ecke der Marienkapelle saß eine Frau auf der Bank, den Kopf im Gebet gesenkt. Leise ging Sarah an der Kapelle vorbei, doch die Frau hörte ihre Schritte, hob den Kopf und drehte sich um. Rötliche Locken schimmerten im matten Licht der vielen Kerzen, die vor dem Bild der Muttergottes lagen. Es war Jolanda Schwarzentrub.

»Sarah Siegwart, nicht wahr?«, fragte sie freundlich. »Wir haben uns beim Maskenball gesehen.«

»Wie sind Sie hergekommen?«, fragte Sarah verwundert. Dann fühlte sie Röte in ihren Wangen aufsteigen. Das war nicht gerade eine rücksichtsvolle Frage.

»Mein Bruder bringt mich jeden zweiten Tag zum Gebet

her.« Lächelnd hob sie die Schultern. »Ich habe ja nicht viel zu tun. Und welche Sorgen haben Sie hierhergeführt?«

Sarah seufzte. »Ich habe Antworten gesucht, aber keine gefunden. Ich weiß nicht einmal, was ich fragen, geschweige denn beten soll. Wie machen Sie das?«

»Das kommt mit der Zeit von selbst. Und wenn nicht, denken Sie einfach an Römer 8,26«, erwiderte Jolanda mit einem Augenzwinkern.

»Jolanda, bist du so weit?«

Die sonore Stimme gehörte einem bärtigen, kräftigen Mann, der vom Eingang der Kapelle her auf sie zukam.

»Gleich. Ich will noch kurz für das Fräulein beten.« Jolanda Schwarzentrub hielt inne, dann hob sie den Kopf zum Marienbild in der Kapelle. Was sie der Muttergottes wohl mitteilte? Aber vielleicht war es gut, dass jemand anderem etwas in den Sinn kam, wenn sie selbst keine Worte fand.

Schließlich nickte Jolanda Schwarzentrub ihrem Bruder zu, der sie hochhob und hinaustrug. Sarah folgte den beiden.

»Wie geht es Tante Lydia?«, fragte Jolanda. »Ich habe einen Rosenkranz für sie gebetet.«

»Besser. Sie konnte schon wieder etwas Suppe essen.«

»Wie schön!«

Während ihr Bruder sie auf seinen Karren setzte und fürsorglich in dicke Decken wickelte, warf er einen Blick zu Sarah. »Kann ich Sie mitnehmen, Fräulein?«

Sarah schüttelte den Kopf. »Danke sehr, aber ich gehe gern zu Fuß.« Sie verabschiedete sich, betrat die Straße und machte sich auf den Weg, und als der Karren wenig später an ihr vorbeifuhr, winkte sie den beiden zu. Der Mann erwiderte das

Winken mit seinem gewaltigen Schwingerarm, und Jolanda, eingewickelt wie ein Baby, drehte ihr den Kopf zu und lächelte, und während Sarah talwärts wanderte, schien ihr Herz auf unerklärliche Weise leichter zu werden.

Nach zehn Minuten hatte sie das Brücklein erreicht, das über den Dählenbach führte, blieb stehen und warf einen Blick ins Bachtelental und auf Institut Breidenstein, tief verschneit wie in einem Märchenland. Sie hatte keine Lust, schon nach Hause zu gehen – die Begegnung mit Jolanda ging ihr nach, und Rosa würde Fragen stellen und wissen wollen, was mit ihr los war. Kurz entschlossen schlug sie den Weg in Richtung Breidenstein ein und betrat schon bald das Gelände mit den riesigen Mammutbäumen, wandte sich nach links und wanderte um das Gebäude herum zum kleinen Wäldchen. Friedlich war es hier, und die märchenhafte Landschaft tat ihrem aufgewühlten Herzen gut. Sie sah sich um. War hier nicht irgendwo die Quelle, die gemäß Lehrer Eberwein schon die alten Römer genutzt hatten? Eifrig wanderte sie weiter, aber auch nach einer guten halben Stunde Herumwanderns hatte sie die Quelle nicht entdeckt. Dafür drangen Kälte und Feuchte durch ihre Schuhe. Sie seufzte. Es wurde Zeit, dass sie nach Hause und in trockene Sachen kam; sonst war die Krankmeldung an Herrn Flury keine Ausrede mehr.

Sie stapfte zurück in Richtung Hauptgebäude und blieb im Windschatten eines Schuppens kurz stehen, leicht außer Atem vom Stechschritt, den sie angeschlagen hatte. Sie stützte die Hände in die Seiten, holte ein paarmal tief Luft und sah hinüber zum Hauptgebäude. In der einsetzenden Dämmerung leuchteten die erhellten Fenster wie rechteckige, mit Licht gefüllte Schmucksteine. Ein wundervolles Bild.

»Ich bin so froh, dass du gekommen bist.«

Sarah zuckte zusammen und drehte sich um, aber es war niemand zu sehen. Hörte sie schon Gespenster?

»Ich auch. Ich habe dich vermisst, Gidéon.«

Sarah hob den Kopf. Die Frauenstimme – ätherisch, zitternd – kannte sie. Aber es war unmöglich, dass …

»Bleibst du die Nacht in Grenchen? Dann können wir uns morgen sehen.«

Jetzt, da sie seinen Namen gehört hatte, war ihr klar, wer da redete, aber auch, warum sie seine Stimme nicht erkannt hatte. Der Korporal hörte sich an wie ein anderer Mensch: drängend, flehend, leidenschaftlich.

»Oui. Ich habe mir bis Sonntag ein Zimmer im Löwen genommen. Das leere Haus macht mir Angst, und so kann ich näher bei Mathieu sein – und bei dir.« Ein leises Lachen, gefolgt von Stille.

Sie musste einfach wissen, was da passierte. Es schien klar genug, aber sie musste es mit eigenen Augen sehen. Mit hämmerndem Herzen näherte sie sich dem Schuppenfenster, einem winzigen, quadratischen Loch ohne Scheibe, und spähte hinein. In einer Ecke stand der Korporal, der Madame Theuillerat umklammerte wie ein Ertrinkender eine Boje im tosenden Sturm.

»Ich werde übermorgen den Präfekten befragen«, sagte er fiebrig. »Dann endet das alles.«

Madame Theuillerat lächelte den Korporal an, dann drehte sie sich leicht und wandte den Kopf in die Richtung von

Sarah – und in ihrem Blick stand die gleiche Angst wie bei ihrem letzten Zusammentreffen. Plötzlich weiteten sich ihre Augen leicht.

Sarah wich zurück. Hatte die Madame sie gesehen? So leise sie konnte, stapfte sie durch den Schnee in Richtung Bachtelenrain und gen Süden, und während ihre eisigen Füße sie quälten, rasten die Gedanken in ihrem Kopf.

Gideon Ringgenberg und Madame Theuillerat! Eigentlich sollte sie nicht überrascht sein. Seine Reaktion auf die Dame war ihr sofort seltsam vorgekommen. Aber beunruhigt war sie; tief beunruhigt und besorgt – wegen des Ausdrucks in Madame Theuillerats Augen.

29

»Was ist mit dir los, Kind? Und wo kommst du her?« Entgeistert sah Rosa Sarah an.

»Ich erzähle es dir gleich.«

Hastig schälte sich Sarah aus ihrem Mantel, warf ihn auf die Kommode im Eingang und zog Rosa hinter sich her in die Küche.

Ihre Freundin ließ sich auf einen Stuhl fallen. »Was ist denn nur los?«

»Der Korporal ist in Schwierigkeiten. Wir müssen etwas unternehmen.«

Rosa stand auf und machte sich am Herd zu schaffen. »Erst gibt es eine Tasse Tee«, befahl sie resolut, »und du ziehst dir trockene Sachen an. Was war das eigentlich mit deinem Kranksein? Du siehst nicht fiebrig aus.« Rosa musterte sie scharf.

»Du hast recht, aber das muss warten.« Atemlos berichtete sie, was sie gesehen und gehört hatte. »Die beiden haben eine Liebschaft, und ich bin mir sicher, dass mit der Dame etwas nicht stimmt. Marie hat sie einmal vor den Lehrerzimmern herumlungern sehen. Und als ich sie letztens auf Breidenstein

381

sah, wirkte sie auch seltsam. Ich habe mit Marie darüber gesprochen. Und heute? Du hättest ihr Gesicht sehen sollen und wie er sich an sie geklammert hat!«

Das Pfeifen des Teekessels unterbrach sie. Rosa goss den Tee auf und stellte die Kanne zusammen mit zwei Tassen auf den Tisch. »Das hört sich schon seltsam an. Ich bin der Köchin von Breidenstein heute auf dem Markt begegnet; sie hat gehört, dass der Entführer nicht gefasst wurde, weil die Mutter sich allein mit ihm getroffen und ihm das Geld gegeben hat. Natürlich können Mütter zu Furien werden, wenn es um ihre Kinder geht, aber das ist ja schon ein tollkühnes Stück.«

»Und es passt auch nicht zu dem Eindruck, den ich von ihr habe.« Sarah warf einen Blick aus dem Fenster. Es dämmerte schon, und hinter der Scheibe wirbelten Schneeflocken. »Wenn sie damals keine Angst um ihren Sohn hatte, wovor denn dann? Oder vor wem? Irgendetwas stimmt bei ihr einfach nicht, da bin ich mir ganz sicher!«

Rosa füllte zwei Tassen mit Tee und schob Sarah eine hin. »Hier, wärm dich wenigstens von innen auf. Schon erstaunlich, wie die Madame sich mit dem Entführer getroffen und es so geschickt angestellt hat, dass die Landjäger nichts mitbekommen haben. Und jetzt wissen wir auch, warum der Korporal sich diese Fragen nicht stellt.«

Sarah nahm einen Schluck von ihrem Tee. »In der Tat«, erwiderte sie trocken. »Mich hat sein Verhalten gegenüber der Frau schon vorher irritiert. Als ich das letzte Mal auf Breidenstein mit ihm sprach, war er unglaublich abwesend und zerstreut – bis sie hereinkam! Er war wirklich nicht er selbst. Und darum müssen wir handeln.« Entschlossen beugte sie sich vor.

»Ich habe eine Idee, aber sie ist etwas verrückt. Die Madame bleibt bis Sonntag in Grenchen; das hat sie zu Ringgenberg gesagt. Und du hast einmal erzählt, dass sie nur ein Dienstmädchen hat, das nicht im Haus lebt. Ihr Haus steht also leer.«

»Du denkst doch nicht daran ...«

»Doch, genau das. Wir fahren hin und sehen uns um.«

Rosa schüttelte entgeistert den Kopf. »Das ist doch Wahnsinn! Was willst du denn dort genau finden?«

»Das weiß ich auch nicht«, erwiderte Sarah kurz. »Aber wenn etwas mit ihr nicht stimmt oder wenn sie – Gott bewahre – sogar mit dem Entführer gemeinsame Sache macht, muss sich etwas finden, was sie mit dem Verbrechen in Verbindung bringt!«

»Das ist gefährlich und ungesetzlich, Kind.«

Sarah verschränkte die Arme vor der Brust. »Und wenn schon! Verzweifelte Situationen erfordern verzweifelte Maßnahmen.«

Rosa starrte sie eine Weile an, dann seufzte sie. »Na gut. Da werde ich am Sonntag was zu beichten haben.«

Sarah sprang hoch. »Dann los! Pauline kann uns den Einspänner leihen.«

»Schön mit der Ruhe«, sagte Rosa und zog sie am Arm zurück auf den Stuhl. »Du trinkst jetzt erst deinen Tee aus und ziehst dich um, und jetzt erzählst du noch, was mit dir los ist.«

»Muss das sein? Wir haben Wichtigeres zu tun!«

»Es sollte sowieso dunkler sein, bis wir gehen, damit uns da oben keiner sieht. Los, raus damit.«

Ergeben setzte sich Sarah wieder. »Also gut. Du weißt sicher noch, wie ich am letzten Montag nach Hause kam und

Sorgen wegen meines Lehrstücks hatte. Du hast mir dann geraten, mich auszuruhen.«

Rosa nickte.

»Ich habe nicht auf dich gehört. Ich bin um Mitternacht wieder in die Fabrik und wollte mein Stück fertigstellen. Aber ich war zu müde – und habe es zerstört.«

»Ach du liebe Güte. Und darum bist du nicht zur Arbeit gegangen?«

»Nicht ganz.« Sarah spürte die Schamröte, die ihr ins Gesicht stieg, aber sie zwang sich weiterzuerzählen. »Fast hätte ich Fabrice' Arbeit beschädigt! Ich habe mich entsetzlich geschämt und hatte Angst, was Lehrmeister Flury sagt, weil ich doch nichts vorzuweisen habe. Und ich frage mich, ob es überhaupt einen Zweck hat, weiterzumachen.« Sie schluckte. »Ich wollte ein paar Tage nach Luzern, um über alles nachzudenken, und habe Vater geschrieben. Aber er ist heute vorbeigekommen und hat mir gesagt, ich solle es mir gut überlegen. Trotzdem: Seit dem Vorfall fühle ich mich unfähig, etwas anzupacken. Vielleicht bin ich nicht gut genug.«

Rosa griff nach Sarahs Hand. »Wieso denkst du, du bist nicht gut genug?«

»Warum wohl? Ich habe die Leistung nicht erbracht, die gefordert war. Wenn sie einen Lehrling entlassen, werde ich es sein.«

»Immer mit der Ruhe, Kind. Das mit der Lehrstelle muss nicht so kommen. Wenn der Fälscher erst gefunden wurde, wird sich alles richten, du wirst sehen. Und das ganze Übel kommt daher, dass du von dir erwartest, schon alles zu können.«

»Nicht ich erwarte das, Rosa! Lehrmeister Flury sagt immer, wie wichtig es ist, genau zu arbeiten. Bei der Arbeit mit den Uhren verträgt es keine Fehler.«

»Sagt er das wirklich? Was hat er denn im Halbjahresgespräch gemeint? Ich meine mich zu erinnern, dass er zufrieden mit dir war.«

»Mag sein. Aber dieses Mal habe ich seine Erwartungen nicht im Geringsten erfüllt.« Sarah seufzte. »Ich musste so hart kämpfen, um die Lehre machen zu dürfen, und wollte mir und Vater und auch Herrn Schneider beweisen, dass es sich gelohnt hat. Wie kann ich das, wenn ich in manchen Bereichen nicht viel tauge?«

Rosa lachte. »Wer kann schon alles gleich gut? Schau mich an: Backen liegt mir; mit dem Fleisch tue ich mich manchmal schwer. Na und? Es macht nichts aus, wer ich bin, und das tut es auch bei dir nicht.«

»Wenn ich versage, sagt das wohl etwas aus.«

»Vielleicht über deine Leistung. Aber wenn du glaubst, dass deine Erfolge und dein Können deinen Wert bestimmen, wirst du nie zur Ruhe kommen. Dein Wert hängt nicht daran, ob du alle Erwartungen erfüllst. Selbst wenn du nichts tun kannst, bist du wertvoll.«

»Wer sagt so etwas?«

Rosa hob den Kopf zum Kruzifix, das die Küchenwand schmückte. Das hätte sie sich eigentlich denken können.

Auch ihrer Freundin war ihre Reaktion nicht entgangen. »Ich weiß, was du denkst. Aber glaub mir: Sosehr Gott sich mit dir an deinen Erfolgen freut, so wenig beeinflussen sie sein Bild von dir.«

»Und was beeinflusst es dann? Wahrscheinlich noch, wie oft ich in der Messe war.« Sarah trommelte mit den Fingern auf den Küchentisch.

Rosa lächelte durchtrieben. »Pfarrer Walser hätte keine Freude an dem, was ich jetzt sage, aber ich glaube nicht, dass es Gott darum geht. Du kannst nichts tun, um seine Liebe zu verdienen, und nichts, was du tust, wird ihn von seiner Liebe zu dir abbringen.«

Sarah lachte. »Das sind in der Tat fast ketzerische Ansagen, Rosa.«

»Ich wusste, dass eine Prise Rebellion dir gefallen würde! Aber das war nicht alles, was ich dir sagen wollte. Wenn dir deine Arbeit noch Freude macht, dann lass sie dir nicht durch übertriebene Erwartungen von dir oder anderen vergällen. Und jetzt zieh dich um. Wir haben Pläne«, sagte sie augenzwinkernd.

Sarah eilte nach oben, um sich umzuziehen, und obwohl Rosa wieder einmal ihren Gott herausgekramt hatte, fühlte sie sich besser. Sie würde darüber nachdenken müssen, was zu tun war; sie wusste es noch nicht. Aber zum Glück hatten sie jetzt etwas vor, was sie auf andere Gedanken bringen würde.

Pauline war so hilfsbereit, wie sie gehofft hatten, und bedauerte zutiefst, nicht mit ihnen kommen zu können. In starkem Schneegestöber brachen sie nach Plagne auf und hatten das Dorf anderthalb Stunden später erreicht. Die Wirtin des einzigen Restaurants im Ort erklärte ihnen den Weg zum Haus, jedoch nicht ohne sie misstrauisch zu beäugen – Sarahs Geschichte von den Verwandten aus der Innerschweiz schien sie nicht zu überzeugen. Den Hinweisen der Frau folgend fanden sie nach weiteren zehn Minuten den schmalen Pfad, der zum Haus führte, und standen kurze Zeit später vor dem im Dunkeln liegenden Gebäude. Atemlos vor Aufregung stiegen sie vom Kutschbock und eilten zur Tür, drückten die Klinke herunter ... abschlossen.

»Gehen wir ums Haus herum«, flüsterte Rosa. »Vielleicht finden wir einen Zugang aus einem Nebenraum.« Auf der Rückseite fanden sie nach längerem Tasten und Klopfen tatsächlich eine offene Tür, die in einen Vorratsraum mit Äpfeln, Birnen und Einmachgläsern führte. Vorsichtig tasteten sie sich zu einer weiteren Tür vor, öffneten sie und standen in der Küche des Hauses.

»Heureka!«, flüsterte Sarah. »Ich schaue mich im Wohnzimmer um.«

»Ich fange mit dem Schlafzimmer an.« Während Rosa um die Ecke verschwand, betrat Sarah das geräumige Wohnzimmer. Zum Glück hatten sie an Petroleumlampen gedacht; sonst wäre es schwierig gewesen, hier etwas zu finden. Der flackernde Schein der Lampe fiel auf eine wunderschön gearbeitete Chaiselongue. Auf einem Tischchen neben zwei schlichten Sesseln lagen eine Meerschaumpfeife und eine Ausgabe des *Don Quichote*. Das Bücherregal enthielt zahlreiche Werke über Kriegsführung, aber auch mehrere Theaterstücke und eine Gesamtausgabe der Werke von Honoré de Balzac.

Suchend blickte Sarah sich um. Auf der Fahrt durch die Nacht hatten sie sich den Kopf darüber zerbrochen, was genau zu finden sie sich erhofften. Dass Madame Theuillerat etwas mit den Entführungen zu tun hatte, schien abstrus —

welche Mutter würde ihren eigenen Sohn entführen lassen, selbst wenn es nur eine Finte war, um dem eigenen Mann Geld abzupressen? Aber falls das Undenkbare Wirklichkeit geworden und Madame Theuillerat wirklich in diese Verbrechen verwickelt war: Mit wem hatte sie sich zusammengetan? Und was war dann mit der ersten Entführung, die mit dem Tod von David geendet hatte? War sie ein makabrer Probelauf gewesen, der schiefgegangen war? Die Zeitungsschnipsel im Wissenschaftsraum, von denen Ringgenberg ihr erzählt hatte, rückte die Naturwissenschaftslehrer in den Vordergrund. Das deckte sich wiederum mit den Beobachtungen von Marie, die Madame Theuillerat bei den Lehrerzimmern gesehen hatte. Auch wenn Sarah dieser Gedanke widerstrebte, deuteten doch zu viele Indizien in Madame Theuillerats Richtung.

Nun musste sie allerdings handfeste Beweise dafür finden – und irgendwo anfangen. Entschlossen zog Sarah die Balzac-Bände aus dem Bücherregal und inspizierte jeden einzelnen. Immerhin hatte sie so im letzten Jahr einen verräterischen Liebesbrief in Emmis Bibel gefunden! Sie arbeitete sich methodisch durch die Bände, aber ihr war kein Glück beschieden. Viele der Bände waren offensichtlich oft gelesen worden, aber geheime Briefe fanden sich keine.

»Hast du schon was? Im Schlafzimmer habe ich nichts gefunden.« Rosa kam ins Wohnzimmer und sah sich um. »Die Einrichtung ist kärglich für so ein großes Haus.«

»Das finde ich auch! Aber leider habe auch ich bisher nichts Auffälliges entdeckt.«

Rosa verschwand wieder, um sich die Küche vorzunehmen, während Sarah sich dem Schrank aus Kirschbaumholz in der rechten Ecke des Raumes zuwandte. Als sie die Türen aufzog, präsentierte sich ihrem Auge ein buntes Wirrwarr: Kinderkostüme an Kleiderbügeln, noch mehr Bücher. Sarah inspizierte die Titel: *Cyrano de Bergerac, Faust, Moby Dick*, die *Ilias* von Homer. In anderen Fächern lagen Zeitungsartikel von Opernaufführungen, das Bild eines Heldentenors, ein Flugblatt für eine Premiere des Stückes *Der Kaufmann von Venedig*, ein paar Seiten Papier, die sich bei näherer Betrachtung als angefangene Briefe an den Heldentenor herausstellten. Sarah musste lächeln, als sie die begeisterten Zeilen in der hübschen Handschrift überflog. Wie alt war Madame Theuillerat wohl gewesen, als sie den geschrieben hatte? Sie legte den Brief wieder hin und inspizierte das letzte Fach, das ein paar Glasstücke und Schulhefte enthielt, die Mathieus Namen trugen. Daneben lag ein bekritzeltes Blatt mit einer langen Formel, wohl aus dem Chemieunterricht. Ein weiteres Blatt stellte sich als Mathieus Stundenplan heraus: viel körperliche Ertüchtigung, Zeit für Selbststudium, eine Morgenandacht. Sie drehte das Blatt um. Auch hier fand sich eine Aufstellung mit Zeiten, handschriftlich dieses Mal. Sarah beugte den Kopf über das Blatt, um die Kritzeleien zu entziffern.

Schulstunden nach Plan.

Nach Tisch: Meistens in seinem Zimmer.

18–19 Uhr. Schaut sich die ausgestopften Tiere in der Bibliothek an.

Nach dem Wort »Bibliothek« stand ein Pfeil, dann etwas Unleserliches. Verwirrt starrte sie auf das Blatt. Was konnte es bedeuten? Marie hatte ihr erzählt, dass Mathieu ein lieber und verträumter Junge sei, den man im Sommer am Teich sah, wie er Enten und Fische fütterte; offenbar ein Tierfreund und Naturkind. Dass es ihm Freude bereitete, ausgestopfte Tiere zu besichtigen, konnte sie sich nicht vorstellen. Was, wenn es sich um einen anderen Jungen handelte – vielleicht sogar um David Blösch?

Sarah durchsuchte die anderen Räume, bis sie endlich auf Rosa stieß. »Sieh dir das an. Könnte es hier um David Blösch gehen?«

Rosa starrte verwirrt auf das Blatt. »Erklär dich.«

»Das ist eine Auflistung, wo sich eine Person – ich nehme an, ein Schüler – tagsüber aufhält, und ich kann mir nicht vorstellen, dass es Mathieu ist. Was, wenn es David Blösch ist?« Sie deutete auf das Gekritzel: »Eines ist sicher: Das hier hat nicht Madame Theuillerat geschrieben. Im Schrank sind angefangene Briefe von ihr, die Schrift ist ganz anders. Vielleicht war es der Mann, mit dem sie unter einer Decke steckt! Das wäre auch glaubhafter; Madame Theuillerat wüsste schließlich kaum, wie irgendein Junge auf Breidenstein seinen Tag verbringt.« Sie faltete das Papier und steckte es in ihre Manteltasche. »Ich fahre morgen nach Solothurn. Ich will es Ringgenberg direkt sagen.«

Aufgeregt griff Rosa nach Sarahs Arm. »Ich würde erst auf Breidenstein vorbeischauen; er ist doch momentan oft dort. Wenn du ihn nicht antriffst, schickst du ihm ein Telegramm.«

»Mache ich«, erwiderte Sarah rasch. »Allerdings frage ich mich, ob er mich überhaupt anhören wird. Nach dem, was ich gesehen habe, ist er momentan nicht er selbst. Ich gehe nach Breidenstein, und wenn ich ihn treffe und er mich ernst nimmt, ist alles gut. Wenn nicht, schicke ich das Telegramm an seinen Freund Richter von Arx. Wir können nicht riskieren, dass das nicht bei den Behörden ankommt.«

Eilends verließen sie das Haus, kletterten auf den Kutschbock und zuckelten talwärts. Die dünnen Decken um ihre Schultern vermochten nicht viel gegen die Kälte auszurichten, und es dauerte nicht lange, bis Sarah zu schlottern begann.

»Kann das Pferd nicht schneller traben? Ich erfriere.«

»Wir wollen Pauline kein Wrack zurückbringen.« Ihren Worten zum Trotz stupste Rosa den Fuchs sanft mit der Peitsche an, und er beschleunigte zu einem scharfen Trab. Nach einer schier endlosen Fahrt bogen sie in den Lengnauer Wald ein, dessen Bäume zumindest den Wind etwas abhielten. Dafür schienen die hohen Tannen die Dunkelheit zu vertiefen. Sarah schmiegte sich in die dünne Decke und verbarg das Gesicht darin. Die Minuten dehnten sich zu gefühlten Stunden, und während sie versuchte, an etwas anderes als ihre steif gefrorenen Finger zu denken, stieg erneut die Frage in ihr hoch, die seit Tagen in ihr brannte. Was sollte sie tun? Was war mit Grenchen, mit ihrer Arbeit?

»Was ist mit Paul?«

Sarah zuckte zusammen. Der Gedanke an Paul trug in keiner Weise zu besserer Stimmung bei.

Sie seufzte. »Ich habe ihm von meiner Sorge mit den Uhrenfälschungen erzählt. Dass ich vielleicht die Stelle verliere. Und er … er fand, das wäre ja nicht so schlimm, weil er in ein paar Jahren den Hof übernehmen könnte – mit mir als wackerer Bauersfrau.«

Rosa pfiff durch die Zähne. »Da hat er sich natürlich in Teufels Küche begeben.«

»Das ist doch verständlich! Was geht nur in ihm vor?« Die Kutsche rollte über eine Bodenwelle, und Sarah griff nach dem Kutschgeländer, um sich oben zu halten. »Er hat mich damals so unterstützt, hat mir gezeigt, wie man ein Uhrwerk baut, hat mir gesagt, ich sei begabt. Und jetzt sieht er mich nur noch als Zudienerin, die für ihn alle eigenen Ziele aufgeben soll. Es kommt mir vor, als ob er mich überhaupt nicht kennt – und ich ihn nicht.«

»Das verstehe ich, Kind. Aber vielleicht wird die Suppe nicht so heiß gegessen, wie sie gekocht wird. Sprich doch noch einmal mit ihm.«

»Das werde ich, aber er muss den Anfang machen.« Sie schob das Kinn vor.

»Störrisch wie ein Pferd, das Fräulein! Willst du ihm nicht wenigstens schreiben? Vielleicht weiß er, dass er sich falsch verhalten hat, und nimmt an, du wollest nichts von ihm hören.«

»So kam er mir nicht vor«, erwiderte Sarah kurz. Sie seufzte. »Vielleicht hast du recht. Wenn wir zu Hause sind, schreibe ich ihm ein paar Zeilen; er könnte am Sonntag zum Mittagessen kommen.«

»Eine gute Idee!« Rosa nickte zufrieden. »Ich mache das Gulasch, das er so gern isst.«

»In der Fastenzeit?«

Rosa blickte betreten drein. »Du hast recht. Aber mir fällt schon etwas ein!« Sie gab dem Pferd wieder etwas Peitsche, und langsam traten die Umrisse des Waldes deutlicher hervor. Kurz darauf hatten sie seine Grenze erreicht. Die weiten schneebedeckten Felder hellten die dunkle Nacht auf, und Sarah atmete auf. Nun konnte es nicht mehr lange dauern. Unbeirrt pflügte sich das wackere Pferd einen Pfad durch den

Schnee, der sich links und rechts der Straße in hohen Wällen türmte. Sarah hob den Blick in den Himmel. Es hatte aufgehört zu schneien; die tief liegenden Wolken hatten sich verzogen und gaben den Blick auf den schwarzen, sternengesprenkelten Nachthimmel frei. Am Horizont erschien eine schlanke Turmspitze, und die Allerheiligenkapelle schob sich Stück für Stück über den Horizont. Als sie das Gotteshaus erreichten, zog Rosa am Zügel. »Eine letzte Pause; bald haben wir es geschafft.«

Sarah blickte über die sich hebenden und senkenden Flanken des Pferdes, von denen grau-weißer Dampf aufstieg, auf die Kapelle. Still lag sie da, als warte sie auf jemanden. Heute wirkte das schmale Ziegeldach eigenartig warm, einladend das Tor. Die Stille der Nacht vertiefte das Geheimnis, das um die Kapelle zu bestehen schien.

»Paul hat mir einmal erzählt, hier habe es ein Wunder gegeben«, sagte Sarah schließlich leise. »Weißt du mehr darüber?«

Rosa schüttelte den Kopf. »Niemand weiß etwas. Seit dem Bau des Kirchleins ist das ein Mysterium.«

Sarah schwieg, während ihr nachmittäglicher Ausflug in das Gotteshaus in ihrer Erinnerung lebendig wurde. Nur ein paar Stunden trennten sie davon, aber gerade schienen sie sich zu einer Ewigkeit auszudehnen. Sie dachte an die Fragen, die sie nicht hatte stellen können; an die Antwort, die sie nicht gehört hatte. Aber vielleicht hatte sie ihre Antwort doch bekommen.

Rosa setzte sich auf, schnalzte mit den Lippen und gab dem Pferd einen leichten Schlag mit dem Zügel. »Auf zur letzten Etappe. Wann willst du morgen nach Breidenstein?«

»Über Mittag.« Sarah sah durch das Dunkel, warf einen letzten Blick auf die Kapelle und richtete ihn dann auf die Straße gen Grenchen.

»Ich habe sonst keine Zeit, weil ich morgen wieder arbeiten gehe.« Sie hob das Kinn. »Wie Vater immer sagt: ›Wäre es einfach, könnte es jeder.‹ Ich werde Flury beichten, was mit meiner Arbeit passiert ist, und ihn bitten, mir noch etwas Zeit zu geben. Zumindest versuchen muss ich es.«

»Ich bin froh, Kind.« Rosa nahm die Zügel in eine Hand, legte ihr den Arm um die Schultern und drückte sie kurz an sich. »Ich hätte dich sowieso nicht gehen lassen!«

Sarah lachte. »Dieses Hindernis habe ich gar nicht bedacht. Aber sag mir eins: Was steht in Römer 8,26?«

Selbst im Dunkel der Nacht konnte sie Rosas Augenbrauen sehen, die sich so weit hoben, dass sie fast unter dem dunklen Haaransatz verschwanden. »Warum willst du das wissen?«

»Nur so. Jemand hat die Stelle erwähnt.«

Rosas Blick sagte ihr, dass ihr das Ganze noch nicht geheuer war. »Ich glaube, nicht einmal Pfarrer Walser kann die ganze Bibel auswendig, mein Herz. Aber zufälligerweise mag ich den Römerbrief. Und in der Stelle heißt es, dass der Heilige Geist für uns bittet, wenn wir selbst nicht wissen, was wir beten sollen.«

»Danke, Rosa. Wieder etwas gelernt!« Sie stupste die Freundin an, die immer noch aussah, als warte sie darauf, dass Sarah ihr sagte, sie habe sie nur auf den Arm genommen. »Ausnahmsweise kann ich einem Bibelvers sogar etwas abgewinnen. Freu dich einfach!«

30

Gideon trommelte ungeduldig auf das edle Tischchen. Der Präfekt ließ sich wieder einmal Zeit. Nerven hatte der Mann!

Endlich klickte die Tür, und Marthaler kam auf ihn zu mit dem typischen Gesichtsausdruck, den er für Lakaien wie ihn, den Landjäger, reserviert hatte: unwillig und herablassend. Er setzte sich in den Sessel und schlug die Beine übereinander.

»Ich weiß nicht, was Sie schon wieder von mir wollen.«

Gideon griff nach seinen Notizen. »Zum Ersten: Ich habe gestern Abend ein Telegramm von der Präfektenkonferenz erhalten. Niemand hat Sie am Freitagvormittag gesehen. Wie erklären Sie sich das?«

Der Präfekt war blasser geworden, aber von seiner Haltung hatte er noch nichts eingebüßt. »Was ist so besonders daran? Ich bin erst ein paar Monate im Amt; man kennt mich nicht.«

»Das mag sein. Dazu kommt aber, dass die Anwesenheitsbögen für den Freitag schon am Donnerstag auslagen. Sie hätten also ohne Weiteres Ihre Unterschrift am späten Abend oder am frühen Freitagmorgen hineinsetzen können. Die Konferenz war nicht so weit weg, dass Sie es nicht zurückgeschafft hätten.« Gideon lächelte schmal. »Die Lehrer waren zum Zeitpunkt der Übergabe alle am Unterrichten. Sie sind momentan der Einzige, der kein Alibi hat.«

Genüsslich saugte Gideon den Effekt seiner Worte auf den Präfekten in sich auf. Marthaler wusste natürlich nicht, dass sie gleichzeitig die Fährte mit den Komplizen verfolgten, und das war auch gut so. Wenn es nach ihm ging, war die naheliegendste Antwort ohnehin die richtige: Marthaler war ihr Mann. Und jetzt würde er ihm richtig einheizen.

Er beugte sich vor. »Kommen wir zu etwas anderem. Ist es richtig, dass Sie einen Schlüssel zum Materialraum haben, der nur für die Naturwissenschaftslehrer zugänglich ist? Warum haben Sie das nie erwähnt?«

»Woher hätte ich wissen sollen, dass es wichtig ist? Ich darf ihn benutzen, weil ich ab und zu Werkzeuge für mein Hobby brauche – die Geologie. Ich bewahre dort einen Teil meiner Fundstücke auf.« Schweißperlen erschienen auf der Stirn des Präfekten – prall und glänzend, ein Labsal für Gideons Augen.

»Sie selbst haben uns doch auf die Zeitungsschnipsel hingewiesen, also sollten Sie wissen, dass das wichtig ist. Sie waren an jenem Sonntag nicht in diesem Raum?«

»War ich nicht! Und jetzt habe ich eine Sitzung.«

»Die muss warten!« Gideon erhob sich. »Wo waren Sie in der Nacht vom 15. auf den 16. Februar?«

»Wo soll ich gewesen sein? Im Bett.«

»Kann das jemand bezeugen?«

»Meine Frau.«

»Und die würde sicher die Wahrheit sagen, wenn Sie woanders waren. Nicht gerade ein durchdachtes Alibi.«

»Ich brauche weder ein durchdachtes noch ein anderes Alibi.« Marthalers Gesicht war rot angelaufen.

Sorgfältig legte Gideon seine Notizen auf den Tisch und strich mit den Händen über das raue Papier. Was Léonore erzählt hatte, war natürlich kein Beweis für seine Täterschaft in den Entführungsfällen oder gar im Mord, aber wer sich an einer Frau vergriff, war Abschaum. Nur zu gern hätte er dem Mann eine verpasst. Das kam leider nicht infrage, aber es fiel ihm schwerer als sonst, den Instinkt zu unterdrücken: Er hatte wenig geschlafen, und Wittmers Kommentare wurden immer giftiger. Immerhin hatte er jetzt eine heiße Spur, und von der würde er nicht so schnell ablassen. Und etwas Feuer vertrug es schon. Entschlossen stützte er die Hände auf das Tischchen und starrte Marthaler an. »Sind Sie sich sicher? Mit dem, was ich über Ihren Umgang mit Frauen weiß, haben Sie keine guten Karten. Es ist bekannt, dass Sie sich nicht beherrschen können.«

»Was erlauben Sie sich? Ich weiß nicht, wovon Sie sprechen.« Er war nervös, so viel war klar. Gideon stellte sich direkt vor ihn.

»Leugnen Sie, dass Sie Madame Theuillerat bedrängt haben, als Sie mit ihr über Mathieu gesprochen haben?«

Marthaler riss die Augen auf, als sei das das Absurdeste, was er je gehört habe. »Das ist lächerlich! Wer erzählt so etwas?«

»Wollen Sie sagen, dass die Dame lügt?«

»Entweder das, oder sie ist wegen ihres Sohnes nicht mehr ganz bei Trost.« Er erhob sich. »Und jetzt muss ich gehen.«

Erbost stürmte er hinaus, ohne sich noch einmal umzudrehen. Gideon trat in die Tür, sah ihm nach, wie er durch den

Korridor preschte, und atmete ein paarmal tief ein und aus. Es half; das Hämmern seines Herzens verlangsamte sich. Nachdem er die Tür geschlossen hatte, kehrte er zu seinem Sessel zurück. Marthaler mochte rennen, solange er wollte: Er würde diesen Bastard kriegen. Seine Reaktion war eindeutig gewesen; der Übergriff war nicht erlogen. Er würde mit Marthalers Frau sprechen; vielleicht konnte er aus ihr herauslocken, ob ihr Mann in der Nacht, in der Léonore den Brief mit den neuen Forderungen des Entführers erhalten hatte, wirklich zu Hause im Bett gelegen hatte. Da er sich sicher war, dass dies nicht der Fall war, konnte er Druck aufbauen.

Es klopfte an der Tür. Gideon fuhr hoch. War das Léonore?

Es war überwältigend gewesen, sie am Donnerstag auf Breidenstein zu sehen. Doch als die Tür geöffnet wurde, gab sie den Blick zuerst auf Friedli frei, der seine Wachpostenpflichten heute ausnehmend ernst nahm. Dahinter konnte er eine weibliche Gestalt erahnen – mit dunkel gelocktem, etwas unordentlichem Haar.

Enttäuscht sank er in den Sessel zurück. »Was, Friedli?«

»Fräulein Siegwart, Herr Korporal.«

Seufzend erhob er sich, reichte ihr die Hand und wies auf den Sessel, der seinem gegenüberstand, bevor er sich selbst wieder setzte.

»Was kann ich heute für Sie tun, Fräulein Siegwart?«

Sie rutschte auf ihrem Sessel herum und musterte ihn lange, während sie die Handschuhe, die sie ausgezogen hatte, in ihrem Schoß zerdrückte.

Er trommelte auf das Tischchen neben sich. Sonst brauchte sie nicht so lange.

»Soll ich Kaffee bringen, Herr Korporal?« Beifall heischend sah Friedli ihn an. Gideon nickte und wandte sich dann resolut an Fräulein Siegwart: »Ich muss mich bald auf den Weg machen. Haben Sie Informationen für mich?«

Sie nickte und setzte sich so gerade hin, als ob sie ein Verslein deklamieren wollte. »Frau Schubiger und ich haben gestern etwas entdeckt, was wir Ihnen mitteilen müssen. Wir ...« Sie stockte, als Friedli hereinkam und ihr eine Tasse hinstellte.

»Fahren Sie ruhig fort«, sagte Gideon.

Aber sie schwieg beharrlich, und ihr Blick folgte Friedli, bis dieser die Tür hinter sich geschlossen hatte. Dann erst wandte sie sich wieder ihm zu; sie schien zu überlegen, wie sie das, was sie sagen wollte, formulieren sollte.

»Sie werden wütend werden«, sagte sie schließlich. »Aber bitte hören Sie mich an. Frau Schubiger und ich haben in Madame Theuillerats Haus ein Dokument entdeckt. Wir glauben, dass es die Vorbereitungen zur Entführung von David Blösch zeigt. Es scheint, dass sie in die Entführungen verwickelt ist.«

Gideon starrte sie verständnislos an. Was war das für wirres Zeug? Das Haus von Léonore?

»Verstehe ich Sie richtig: Sie waren im Haus von Madame Theuillerat?«

Röte überzog ihre Wangen. »Ja. Wir ...«

»Das ist Einbruch. Sind Sie von allen guten Geistern verlassen?« Er stand auf und stützte die Hände in die Hüften. »Ich könnte Sie hier und jetzt verhaften lassen.«

»Hören Sie zu!« Sie funkelte ihn mit einer Wut an, die er an ihr noch nie gesehen hatte, und das wollte etwas heißen.

»Es ist eine Übersicht, wann sich David Blösch wo aufhielt! Wann man ihn entführen könnte!«

»Und steht der Name von David Blösch auf diesem ominösen Papier?«

»Nein, aber es wird deutlich ...«

»Und dass man ihn entführen will?«

Sie kniff die Augen zusammen. »Nicht direkt, aber ...«

»Dann würde ich sagen, Sie vergessen am besten ganz schnell, was Sie mir erzählt haben, und beten zu Gott, dass ich es auch vergesse. Und jetzt raus hier. Ich habe keine Zeit für solche Faxen. Friedli!«

Die Tür wurde sofort aufgerissen. »Fräulein Siegwart will gehen«, sagte Gideon kurz, bevor er sich wieder setzte und die Arme vor der Brust verschränkte.

Sarah Siegwart war aufgestanden und starrte ihn an, einen nicht identifizierbaren Ausdruck im Gesicht. Schließlich wandte sie sich ab, eilte aus dem Raum und warf die Tür hinter sich zu, dass es krachte.

Die Stille, die sich auf den Salon senkte, wirkte unnatürlich. Gideon erhob sich und stellte sich ans Fenster, sah hinaus auf die etwas trübe Winterlandschaft. Hier hatte er gestanden und gesehen, wie Léonore mit ihrem Jungen zurückkam. Hatte sie in Empfang genommen, zitternd und verzagt und tief traumatisiert durch die Begegnung mit dem Entführer. Wie konnte jemand auf den Gedanken kommen, dass sie etwas mit der Sache zu tun hatte?

Ein Schatten tauchte auf dem Weg auf und bewegte sich rasch zwischen den Schneefeldern und Mammutbäumen in Richtung Straße. Fräulein Siegwart in rechtschaffenem Zorn.

Was hatte sie sich nur dabei gedacht? So etwas Dreistes war ihm noch nie unterkommen. Die Lehrerin steckte noch immer in ihr und damit die manchmal verborgene, meist aber offenkundige Alles- und Besserwisserei dieser Gilde. Er hatte alle Lehrer satt.

Die Gestalt wurde immer kleiner. Plötzlich blieb sie stehen, drehte sich um und sah hoch. Er zuckte zurück. Ob sie ihn sehen konnte? Aber sie drehte sich schon wieder um, schritt von dannen und wurde bald von der Dämmerung verschluckt.

Besserwisserin hin oder her: Fräulein Siegwart ist nicht auf den Kopf gefallen. Das weißt du.

Durfte er ihren Hinweis ignorieren? Er hatte sie nicht gefragt, wie sie auf den Gedanken gekommen war, Léonore zu verdächtigen. Vielleicht sollte er ihr auf dem Rückweg nach Solothurn einen kurzen Besuch abstatten. Allerdings hatten ihre Ausführungen sehr diffus geklungen. Wer wusste schon, was sie entdeckt zu haben glaubte? Wenn sie einen Verdacht gehabt hatte, war sie mit dem Vorsatz hingegangen, etwas zu finden, und hatte in das ominöse Papier wahrscheinlich etwas hineininterpretiert, was ihren Verdacht bestätigte. Was also tun?

Du bist Landjäger. Du weißt, was zu tun ist.

Er holte seine Jacke und Mütze, verließ den Salon und machte sich auf den Weg ins Dorf. Er würde Fräulein Siegwart nicht mehr einholen, aber er wusste, wo sie wohnte.

Eine halbe Stunde später hatte er das Dorfzentrum erreicht. Sein Blick fiel auf das Wirtshaus zum Löwen, und er zögerte. Sah hoch, in den ersten Stock, wo die Fremdenzimmer lagen. Saß Léonore dort; einsam und allein? Einsam in ihrem Leben, weil sie in ihrem Mann keinen Gefährten hatte, der sie verstand? Er sah sie vor seinem inneren Auge; vornübergebeugt ins Feuer starrend, das flackernde, unruhige Muster auf ihr Gesicht warf. Wie sie den Kopf drehte, ihn ansah; mit einem ernsten Lächeln auf den Lippen und einem undefinierbaren Gefühl in den Augen.

Er wandte sich dem Eingang zu und stieg die Treppe hoch zum Empfang. Fräulein Siegwart konnte er morgen aufsuchen. Léonore brauchte ihn, und er brauchte sie. Und als sie ihm die Tür öffnete und er die stille Freude in ihrem Gesicht sah, wusste er, dass er das Richtige tat. Warum sollte er sich von Zivilisten belehren lassen? Er war der Landjäger, und seine Instinkte waren immer unfehlbar gewesen. Was sollte sich geändert haben?

In der Wache ging es wie immer hektisch zu, aber Gideons Konzentration galt einzig der Frau, die ihm gegenübersaß und an ihrem Täschchen nestelte. Mittelgroß, mit mausgrauen Haaren und in ein graues, sackartiges Gewand gehüllt, wirkte sie auf ihn, als wolle sie sich vor ihm und der Welt verstecken.

Aber das sollte ihr nicht gelingen. Sein Puls ging schnell und kräftig, er fühlte sich wie ein Jäger beim Anblick eines äsenden Rehs. Er wusste einfach, dass er auf der richtigen Fährte war. Marthaler hatte kein einziges bestätigtes Alibi. Mit Burri hatte er sich offenkundig um eins bemüht, das sich zerschlagen hatte. Dass er das für notwendig erachtet hatte, war auffällig genug. Für die Nacht, in der Léonore die Nachricht in Plagne erhalten hatte, schob er seine Frau vor. Sie war das schwache Glied in der Kette, das er gnadenlos zu bearbeiten gedachte.

Der Abstecher in den Löwen zu Léonore hatte ihm gutgetan. Er war nicht lange geblieben, und sie hatten nur über den Fall geredet, aber sie zu sehen hatte ihm neue Energie verliehen. Auf dem Heimweg hatte er lange darüber nachgedacht, wie er einen raschen Erfolg erzielen konnte, um Marthalers Alibi zu fällen. Anstatt erneut nach Breidenstein zu fahren, hatte er Friedli beauftragt, Marthalers Frau am Montag nach Solothurn zu schicken. Das war ungewöhnlich, aber es würde sie in die passende Stimmung versetzen. Und genau so war es gekommen. Ihre blasse Haut und die geweiteten Nasenflügel verrieten ihm, dass sie gleich einknicken würde.

»Also, Frau Marthaler«, sagte er nun. »Es hat keinen Zweck, wenn Sie mich belügen. Sie machen es nur schlimmer. Wenn Ihr Mann in der Nacht vom 15. auf den 16. Februar nicht bei Ihnen war ...«

»Mein Mann könnte niemandem etwas tun! Er ist ein ehrenwerter Mann.«

Das Wort »ehrenwerter« hatte sie kaum über die Lippen gebracht.

»Wenn Sie lügen, machen Sie sich strafbar. Das wissen Sie, oder? Wir finden ohnehin heraus, was er getan hat, und wenn er verhaftet wird, und Sie auch ...«

Das war völlig übertrieben, aber sie merkte es nicht.

»Bitte! Ich ...« Röte überzog ihre Wangen. »Mein Mann würde niemandem Schaden zufügen.«

Es kam ihm vor, als ob sie sich schämte, warum auch immer. Vielleicht musste er seine Taktik ändern. »Hören Sie, meine Dame. Wenn die Abwesenheit Ihres Mannes nichts mit dem Fall zu tun hat, muss niemand außerhalb dieser Wache davon erfahren. In Ordnung?«

Natürlich würde das nicht zutreffen. Aber das musste er ihr nicht sagen.

Endlich nickte sie; ihre Lippen zitterten. »Also gut. Er war in der Nacht fort und kam erst im Morgengrauen zurück. Wahrscheinlich war er bei einer Frau.« Die Röte in ihren Wangen vertiefte sich, und in ihren Augen glitzerten Tränen.

»Ich verstehe. Wissen Sie den Namen der – Dame?«

Sie presste die Lippen zusammen und schüttelte den Kopf. »Es kam öfter vor, und es war nicht immer dieselbe.«

»Das tut mir leid. Glauben Sie mir: Niemand wird davon erfahren, wenn es nichts mit den Entführungen zu tun hat.« Er stand auf und gab ihr die Hand. »Haben Sie vielen Dank.«

Sie nickte stumm und ging langsam zur Tür, die Schultern niedergedrückt von der Last, die sie doch gerade abgeladen hatte. Gideon wartete, bis sich die Tür wieder schloss, dann tauchte er seine Feder in die Tinte und notierte sich, was er gerade erfahren hatte. Das Reh war erlegt und sein Herz voller triumphierender Vorfreude. Marthalers Frau mochte denken, dass er bei einer anderen gewesen war; er wusste es besser. Dieses Mal war der werte Herr in anderen Angelegenheiten unterwegs gewesen. Er würde sich Marthaler erneut vornehmen, und dann …

»Gideon?«

Viktor stand in der Tür, einen ernsten Ausdruck im Gesicht. Gideon sprang auf. »Viktor! Geht es euch gut? Ist etwas passiert?«

»Bei uns ist alles in Ordnung.« Viktor schlüpfte aus seinem Mantel und setzte sich auf den Stuhl vor Gideons Pult.

»Ich habe ein Telegramm von Sarah Siegwart erhalten. Sie

schreibt von einem Dokument, das die Mutter des entführten Jungen mit dem Verbrechen in Verbindung bringt.«

Gideon ließ sich auf seinen Stuhl fallen. »Das hat noch gefehlt! Tut mir leid, dass du dich damit herumschlagen musst. Du hattest mich gewarnt, als ich ihr schreiben wollte. Ich ...«

»Ich bin der Sache nachgegangen«, unterbrach ihn Viktor schroff. »Du hast gesagt, dass Fräulein Siegwart uns letztes Jahr behilflich war, oder erinnere ich mich falsch?« Er erhob sich, griff in seine Westentasche und legte einen Papierbogen auf den Tisch. »Friedli hat das Dokument bei ihr abgeholt, und die Hinweise deuten tatsächlich auf David Blösch. Friedli hat sich bestätigen lassen, dass der Junge in der Stunde vor dem Nachtessen immer diese ausgestopften Tiere begutachtet hat.«

Gideon starrte auf das Dokument. Es klang plausibel, wie Viktor es darlegte. Aber das musste nicht heißen, dass ...

»Vielleicht hat jemand das Dokument hinterlegt, um Léonore – ich meine, Madame Theuillerat zu beschuldigen. Und wer sagt, dass die beiden Damen das Dokument wirklich dort gefunden haben?«

»Hörst du dir eigentlich zu?« Viktor kam um den Tisch herum, griff nach Gideons Schultern und beugte sich zu ihm herunter. Ein seltsamer Ausdruck lag auf dem Gesicht seines Freundes, ähnlich dem, den Gideon an Fräulein Siegwart gesehen hatte. »Die werte Dame hat dich hintergangen, mein Freund. Offensichtlich arbeitet sie mit jemandem auf Breidenstein zusammen. Wahrscheinlich wollte sie Geld herausschlagen, obwohl sie gut situiert zu sein scheint.«

»Ihr Mann ist ein verdammter Geizhals!« Er spürte die

405

dumpfe Röte in seinen Wangen. In seinen Schläfen begann es zu hämmern.

»Jetzt hörst du es selbst, nicht wahr?« Viktor schüttelte den Kopf. »Ich verstehe nicht, warum du das nicht bemerkt hast und warum du dem Hinweis von Fräulein Siegwart nicht gefolgt bist. Jetzt heißt es, ihren Komplizen zu finden. Ich schlage vor, dass wir die Dame nicht in Untersuchungshaft nehmen, damit wir ihn nicht aufscheuchen. Ich werde Leutnant Wittmer benachrichtigen und ihn bitten, Friedli zu ihr zu schicken; der kann sie befragen. Du überlegst dir am besten, wer als Komplize infrage kommt. Ich muss wieder ins Gericht.«

Ohne ihn noch einmal anzusehen, griff Viktor nach seinem Mantel und verließ das Büro. Gideon starrte eine Weile auf die geschlossene Tür, dann sprang er auf, griff sich seine Jacke und stürzte hinaus.

31

Zögernd öffnete Sarah die Tür zu ihrem Arbeitsraum. Alles sah aus wie immer. Aber würde es das jemals wieder sein? Wie würde Flury auf ihre Fehltage und auf ihr Versagen reagieren? Es gab nur einen Weg, es herauszufinden. Sie klopfte an seine Tür und trat ein.

»Guten Morgen, Fräulein Siegwart.« Lehrmeister Flury musterte sie prüfend. »Sie sehen besser aus.«

»Danke. Es geht mir gut. Aber ich muss mich erklären.«

Er hob die Brauen, und ein leises Lächeln umspielte seine Lippen. »Müssen Sie? Dann machen Sie mal.«

»Ich war nicht – nicht wirklich krank. Ich bin nicht gut vorwärtsgekommen mit meiner Aufzugswelle. Deswegen bin ich über Nacht hergekommen, um weiter daran zu arbeiten, und da ist mir ein Missgeschick passiert. Ich hätte wieder ganz von vorn anfangen müssen. Stattdessen bin ich nach Hause gegangen, weil ich es nicht mehr geschafft hätte.« Sie straffte sich. »Aber ich würde es gern noch einmal versuchen, Herr Flury. Geben Sie mir noch etwas Zeit, um das Lehrstück zu erstellen. Bitte.«

»Immer mit der Ruhe«, erwiderte er bedächtig. »Es ist gut, dass Sie zu mir gekommen sind. Das war sicher nicht leicht. Und Sie waren bisher eine zuverlässige Lehrtochter. Ich gebe Ihnen Zeit bis Montagmittag.«

Ein gewaltiges Gewicht schien von ihren Schultern zu fallen, und am liebsten hätte Sarah ihren kugeligen Lehrmeister umarmt. »Ich danke Ihnen so sehr! Sie werden es nicht bereuen.«

»Da bin ich mir sicher. Und ich glaube, Sie verstehen nun besser, was ich damals meinte.«

Sarah sah ihn verwirrt an. »Womit?«

»Mit der Freude. Ist es nicht so, dass Ihnen in letzter Zeit die Freude etwas abhandengekommen ist? Dass Sie die Energie nicht mehr aufbrachten – es nicht mehr von selbst ging? Aber Sie haben sich entschieden, nicht aufzugeben.« Er nickte anerkennend und sah in das Heft auf seinem Tisch. »Wir müssen noch das Lehrstück abwarten, aber Ihre theoretischen Leistungen sind wie immer hervorragend, und ich bin mir sicher, dass Sie handwerklich noch viel Potenzial haben. Ich hoffe, ich kann Ihnen die Gelegenheit dazu geben, es zu entfalten.«

Sarah presste ihre Hände aufeinander, die sich plötzlich eigentümlich kalt anfühlten. »Wie meinen Sie das?«

»Sie sind ja gut bekannt mit Herrn Schneider und wissen von den Absatzproblemen wegen der Fälschungen.« Er seufzte schwer. »Ich hätte das wirklich nicht für möglich gehalten. Im Auftrag von Adolf Schild habe ich die mit uns zusammenarbeitenden Schleifereien überprüfen lassen, aber wie erwartet, haben wir dort nichts anderes als Rubine gefunden. Adolf vermutet, dass die Prémontage der Schwachpunkt ist;

über diesen Arbeitsschritt haben wir wenig Kontrolle, da die Schleifer die Steine an die Leute ihrer Wahl liefern. Aber wenn unsere Schleifer so vertrauenswürdig sind, wie es aussieht: Wer jubelt dann den Bauern die Glassteine unter? Wenn wir das Problem nicht bald aus der Welt schaffen, werde ich einen Lehrling entlassen müssen. Und so leid es mir tut – das wären Sie. Nicht, weil Ihre Arbeit ungenügend ist, aber ...«

»Ich weiß«, erwiderte Sarah gepresst. »Herr Leibundgut ist besser. Außerdem ist er Grenchner, Christkatholik und vor allem ein Mann.« Sie schwieg und spürte, wie ihr die Röte ins Gesicht stieg.

»Nun, ›Mann‹ ist etwas viel gesagt, nicht?«, erwiderte ihr Lehrmeister lächelnd. »Und was die Kirche betrifft, mache ich keine Unterschiede, auch wenn ich selbst Christkatholik bin. Und vorerst habe ich noch Arbeit für Sie beide.«

Beruhigend nickte er ihr zu, und Sarah kehrte erleichtert an ihren Arbeitsplatz zurück. Doch der Druck in ihrer Brust blieb bestehen. Flury war ihr nicht böse, aber was nützte das? Wenn die Fälschungen nicht aufhörten, war sie ihre Stelle los. Doch erst einmal galt es, ihr Lehrstück fertigzustellen; alles andere musste warten.

Sie holte sich den Stahlstift für ihre Aufzugswelle und spannte ihn in ihre Drehbank ein. Jetzt ging es ans Drehen der Spitze, des Vierkants und der Nut, dann der Führung und des Gewindes; danach musste sie die Oberflächen schleifen, das Ganze härten und bläuen, erneut schleifen und die Führungen polieren ...

Ihr Blick wanderte zum Tisch neben dem Fenster, wo die kleinen Zylinderuhren lagen, an denen die Drittjahrlehrlinge arbeiteten. Das wäre eher nach ihrem Geschmack gewesen! Schließlich hatte sie schon einmal eine in den Fingern gehabt – damals, als Paul ihr zeigte, wie man ein Uhrwerk zusammenbaute.

Paul.

Beim Gedanken an ihn verspürte sie eine Mischung aus Hoffnung und Unruhe. Sie hatte ihm gestern Abend geschrieben, und da die Zeit für eine Briefantwort nicht mehr reichen und er kaum Geld für ein Telegramm haben würde, hatte sie ihm einfach das Mittagessen vorgeschlagen, das sie mit Rosa vereinbart hatte. Würde er kommen? Lag ihm noch etwas an ihr?

Entschlossen beugte sie sich über ihren Tisch. Morgen würde sie mehr wissen. Sie setzte sich an die Drehbank und begann mit dem Drehen der Spitze. Eine Weile kam sie gut voran, doch dann schweiften ihre Gedanken wieder zu den Fälschungen ab. Wie sollte sie sich mit Zuversicht auf ihre Arbeit konzentrieren, wenn sie wusste, dass ihre Zukunft auf dem Spiel stand? Sie musste einfach herausfinden, wer bei Schild sein Unwesen trieb!

»Was habt ihr herausgebracht? Ringgenberg war ja ein Reinfall.«

Sarah steckte sich ein Wursträdchen in den Mund. Marie saß auf einem Stuhl und schlug mit ihren Arbeitsschuhen an ein Bein des Esstischs wie Euseb früher im Unterricht, während Pauline die kleine Hedwig in den Armen schaukelte.

Nach dem arbeitstechnisch schwierigen Vormittag hatte Sarah sich umso mehr auf die Mittagspause mit Marie und

Pauline bei Schild-Hugis gefreut. Es galt, die Resultate ihrer Nachforschungen im Entführungsfall zu vergleichen. Wenn sie hier weiterkamen, konnten sie den Tod des armen Jungen aufklären und Ringgenberg hoffentlich aus den Klauen dieser Frau befreien.

»Seit er mich gestern aus dem Breidensteiner Salon verjagt hat, habe ich nichts von ihm gehört«, ergänzte sie. »Er hat sich perfekt verrannt.«

»Allerdings«, erwiderte Pauline nachdenklich. »Das alles passt nicht zu ihm.«

»Nein.« Sarah seufzte. »Er wollte nicht einmal wissen, wie wir auf Madame Theuillerat gekommen sind. Ich mache mir wirklich Sorgen um ihn. Außerdem muss ich gestehen, dass ich noch nicht dazu gekommen bin, mit Schmidt zu sprechen. Mit Triebold schon, aber etwas Hilfreiches ist dabei nicht herausgekommen. Wie sieht es bei euch aus?«

»Besser!«, erwiderte Pauline eifrig. »Ich habe mich mit Jennys Frau zum Tee getroffen, und sie schien mir besorgt zu sein. Erst wollte sie nicht damit herausrücken, aber dann hat sie mir gesagt, ihr Mann sei in letzter Zeit oft gereizt, und sie fürchte, er verberge etwas vor ihr. Anfang des Jahres hat sie ihn nach einem Theaterbesuch in Solothurn mit einem Mann streiten sehen; er habe einen zündroten Kopf gehabt. Als sie ihn fragte, worum es gegangen sei, wollte er nichts sagen.«

»Was könnte er verbergen?«, fragte Sarah nachdenklich. »Wusste seine Frau, wer der Mann war?«

»Offenbar jemand, mit dem Jenny im Lehrerseminar war«, erwiderte Pauline. »Einer aus dem Solothurner Patriziat.«

»Vielleicht ging es um Politik«, warf Marie ein. »Jenny ist

auf Breidenstein bekannt dafür, dass er sich bei Gelegenheit ereifern kann und Brandreden hält, wenn wichtige Abstimmungen anstehen. Dorothea hat er auch einmal eine gehalten.«

»Aber was kann es da zu verbergen geben?«, erwiderte Pauline. »Ich tippe eher auf etwas Privates.«

»Das ist sehr vage.« Sarah seufzte und griff nach einem Happen Greyerzer Käse. »Was ist mit dir, Marie? Gibt es Neues über den Präfekten?«

Marie, die während Paulines Erklärungen dazu übergegangen war, mit ihrem Stuhl vor und zurück zu kippeln, ließ ihn krachend auf dem Parkett landen. »Ich dachte, ihr fragt nie.« Sie beugte sich verschwörerisch vor. »Vom Präfekten nicht viel. Im Fleur kennt man ihn tatsächlich; er taucht regelmäßig zum Trinken auf und um sich die Mädchen anzuschauen. Aber wie es scheint, hat er zumindest von denen, die jetzt dort arbeiten, noch keine Dienste in Anspruch genommen.« Sie presste die Lippen zusammen. »Ich vermute eher, dass er sich seine Opfer in der Nähe sucht – unter den Dienstmädchen. Mich hat er auch schon seltsam angesehen, aber ich glaube, er spürt, dass ich ihm ins Gesicht springen würde. Ich habe etwas anderes für euch. Erinnert ihr euch, was ich euch von Regina erzählt habe, die so seltsam auf meine Nachfragen reagiert hat?«

Sarah beugte sich vor. »Hat sie etwas erzählt?«

Marie grinste. »Es war eine Zangengeburt. Nachdem ich sie beim Maskenball vor Marthaler gerettet habe, hat sie am nächsten Tag herumgedruckst, sie wolle mir etwas sagen. Wir wollten uns am Tag darauf zum Kaffee treffen, aber sie wurde krank, und der Direktor hat sie in die Kur geschickt. Gestern kam sie zurück und hat gesagt, sie sei an dem Tag, als David verschwand, im dritten Stock am Fensterputzen gewesen. Als sie gerade die Außenseite polierte, hörte sie in der Nähe einen Jungen sagen: ›Ich weiß, was Sie getan haben. Sie sind nicht so außergewöhnlich, wie alle meinen.‹ Dann hörte sie die lauten Worte: ›Du arrogantes kleines Monster!‹, und ein dumpfes Krachen.«

»Hat sie die Stimme erkannt? Und hat sie nachgesehen?«, fragte Sarah.

»Zweimal nein. Sie nahm an, es sei etwas zu Boden gefallen; mehr hat sie sich damals nicht gedacht.«

»Aber es war der Tag, als David verschwand. Was für Zimmer sind in der Nähe des Fensters?«

»Fast alle Lehrerzimmer sind im selben Stock, auch die unserer verdächtigen Lehrer ... Und auch der Arbeitsraum des Präfekten.«

»Aber warum sollte in dem Zimmer das Fenster offen stehen? Wenn es zu gewesen wäre, hätte sie kaum etwas gehört.«

»Vielleicht doch«, erwiderte Marie nachdenklich. »Die kleineren Räume sind ziemlich hellhörig.«

»Das ist natürlich eine Möglichkeit«, erwiderte Sarah. »Aber auf wen könnte der Satz hindeuten? Schmidt soll ja ein Genie sein, und Triebold wird auch hoch geschätzt.«

»Auch Eberwein wäre möglich; niemand unterrichtet so viele Fächer wie er«, warf Pauline ein. »Jenny ist Turnlehrer, aber als gewöhnlich kann man ihn nicht bezeichnen. Der Einzige, auf den das nicht so zuzutreffen scheint, ist der Präfekt.«

»Und Eberwein ist auch sonst nicht vom Haken«, erwiderte Sarah. »Regina Stöckli hat Rosa erzählt, dass Eberwein einmal hereingekommen ist, als sie ein Holzkistchen abgestaubt hat, und sie angeraunzt hat, was sie dort zu suchen habe. Sie wollte es ein anderes Mal genauer anschauen, und ratet: Es war nicht mehr dort!« Sie hob die Brauen. »Was auch immer er darin aufbewahrt: Offenbar will er nicht, dass jemand es sieht.« Sie sah auf die Wanduhr und erhob sich. »Jetzt muss ich mich sputen. Ich muss wieder in die Fabrik und mein Lehrstück fertigstellen.«

»Du darfst es nachreichen? Das ist wunderbar!« Pauline freute sich sichtlich mit ihr.

»Ja, ist es. Allerdings: Wenn sich das mit den Fälschungen nicht bald klärt, bin ich meine Lehrstelle trotzdem los. Flury hat mir heute gesagt, dass es mich treffen würde.«

Paulines Augen weiteten sich bestürzt. »Das tut mir so leid. Wir müssen unbedingt etwas herausfinden!«

Sarah lächelte. Das ehrliche Mitgefühl Paulines tat einfach wohl. »Du hast recht. Wir geben nicht so leicht auf. Bis bald!«

Eilig machte sie sich davon. Die Zeit, dieses Mysterium – manchmal schleppte sie sich dahin, jetzt schien sie ihr zwischen den Fingern zu zerrinnen! Aber heute begrüßte sie die Arbeit, in die sie sich stürzen konnte, denn dann hatte sie keine Zeit, sich zu fragen, ob Paul morgen auch wirklich kommen würde.

Sarah betrachtete den gedeckten Tisch: ein strahlend weißes Leinentischtuch, blitzendes Tafelsilber, das Service mit dem gewellten Goldrand. Auf dem Herd dampfte ein feines Gemüsegulasch. Rosa hatte trotz Fastenzeit alle Register gezogen; jetzt musste das Gespräch einfach glücklich ausgehen. So ähnlich hatte sich ihre Freundin ausgedrückt, bevor sie vor einer halben Stunde ausgegangen war, um ihre Freundin Lise zu besuchen. »Männer, die gut gespeist haben, sind friedfertiger«, hatte sie gesagt und ihr lächelnd die Schulter getätschelt. »Lass Paul einen Teller essen, dann kommt es gut.«

Das hatte sie vor. Sie trug dasselbe Kleid, das sie für die Messe angezogen hatte, und die Haare zu dem lockeren Dutt frisiert, den Paul mochte. Vor allem hatte sie sich vorgenommen, Ruhe zu bewahren und Paul verständnisvoll zu begegnen – und zu glauben, was Rosa gesagt hatte: Es würde schon gut gehen.

Endlich klopfte es. Erleichterung mischte sich unter Sarahs Nervosität. Sie atmete tief ein, schritt zur Tür und öffnete. Paul stand reglos da, das Gesicht im Schatten. Erst als er ins Haus und ins Licht trat, sah sie das leicht unsichere Lächeln in seinem Gesicht und atmete auf. Er neigte sich zu ihr, gab ihr einen leichten Kuss auf die Wange und schälte sich aus seinem Mantel, den sie für ihn an die Garderobe hängte. Dann versorgte sie Paul mit einem Glas Glühwein und lotste ihn vor den Kamin. Er setzte sich in Rosas hellgrünen Plüschsessel, nahm einen Schluck von seinem Getränk und ließ seine schlanken Finger über das Glas gleiten. Sarah setzte sich ihm gegenüber und griff nach ihrem Glas, nahm ebenfalls einen Schluck. Das Feuer im Kamin knackte; es klang lauter als sonst.

»Hattest du eine gute Woche?«, fragte Sarah schließlich.

Er zuckte die Achseln. »Es geht. Erika hatte wieder eine Kolik. Aber das interessiert dich wahrscheinlich nicht.«

Ärger wallte in ihr auf. Warum reagierte er so kindisch?

»Du weißt, dass das nicht stimmt. Bitte lass uns vernünftig reden. Aber vorher lass uns erst einmal essen.«

Paul nickte, und sie setzten sich an den Esszimmertisch. Sarah holte den Topf aus der Küche und gab Paul eine großzügige Portion in seinen Teller, bevor sie sich bediente. Eine Weile herrschte eine nicht unangenehme Stille. Auch als Gemüseversion war Rosas Gulasch exzellent; wie immer mit einem Hauch von Thymian und Rosmarin. Sarah musste ein Lächeln unterdrücken. Eine Köchin kämpft mit allen Mitteln!

»Wie war *deine* Woche?«

Sarah hob den Kopf. Lag eine Spur Aggression in seiner Stimme, oder war sie überempfindlich? Und was sollte sie sagen? Es war nicht gerade eine Woche, von der sie gern erzählte, aber wenn er ihr Freund sein wollte, dann durfte er erfahren, womit sie gekämpft hatte.

»Sie war nicht einfach«, erwiderte sie. »Ich habe meine Aufzugswelle zerstört und musste von vorn anfangen, und einen Moment lang war ich mir nicht sicher, ob ich das schaffe – und ob ich das überhaupt noch will. Ich war nahe daran, aufzugeben.«

»Wirklich?«

Sarah atmete tief durch. Sicher bildete sie sich den hoffnungsvollen Tonfall in Pauls Stimme nur ein.

»Ja. Aber dann habe ich Vater geschrieben. Er hat mich besucht und mich ermutigt. Und Rosa hat mir auch den Kopf zurechtgerückt.« Zögernd lächelte sie ihn an.

»Seit wann hat dein Vater Freude an deinem neuen Beruf? Ich kann mir nicht vorstellen, dass er etwas Gutes zu sagen hatte. Ich hätte gedacht, er führt einen Freudentanz auf, wenn du aufgibst.«

Erneut kroch zornige Hitze in Sarah hoch. »Er hat seine Meinung geändert und unterstützt mich. Oder glaubst du, ich lüge dich an?«

»Natürlich nicht«, erwiderte Paul schroff. Er legte sein Besteck zur Seite. »Ich habe keinen Hunger mehr.«

»Mir kommt es vor, als hättest du dir gewünscht, dass ich aufgebe.«

»Natürlich nicht. Aber kannst du nicht verstehen, dass ich mich gefreut hätte, wenn du mir zur Seite stehst?«

»Ja. Und nein.« Sarah legte das Besteck ebenfalls zur Seite. »Verstehst *du* nicht, dass ich mich ebenso gefreut hätte, wenn du mich in meiner Berufswahl unterstützt? Du hast mir damals gezeigt, wie man eine Uhr baut. Du hast gesehen, dass ich etwas kann. Und jetzt ist das alles bedeutungslos?«

»Nein, aber wovon wollen wir leben? Und wie eine Familie gründen?«

»Es würden sich sicher Wege finden – wenn man denn wollte.«

»Was für Wege sollen das sein?«, erwiderte er ärgerlich. »Das macht kein Mann mit. Ich hätte nicht gedacht, dass du eins von diesen Weibern bist, die nur an sich denken.«

Willkommene Wut stieg in Sarah hoch und drängte den Schmerz in den Hintergrund. »Dann können wir dieses Gespräch beenden. Du willst es so, wie du willst, und alles andere zählt nicht.«

»Wie du meinst.« Er stand auf, stürmte aus dem Raum, riss seinen Mantel vom Haken und drehte sich im Türrahmen noch einmal zu ihr um. Seine Augen waren so kalt und eisig wie an dem Tag, als sie sich zum ersten Mal gesehen hatten. »Ich wünsche dir eine erfolgreiche Zukunft.«

Ein Türknallen, dann war er weg.

Sarah blieb steif sitzen. Obwohl das Kaminfeuer heiß brannte, war ihr so kalt, als sei der Winter ins Haus gedrungen und hätte ihre Glieder eingefroren. Das Knacken der Scheite war das einzige Geräusch im Raum. Schließlich setzte sie sich vor das Feuer und stützte die Arme auf die Knie, den Kopf in die Hände, wartete auf die Tränen, die Erleichterung bringen würden. Aber da waren nur Leere und Schmerz, die ihre Gedanken blockierten.

Schließlich stand sie auf und räumte mit bleiernen Gliedern den Tisch ab, machte den Abwasch, räumte alles wieder weg. Auf der Küchentheke stand der Schokoladenkuchen bereit, den Rosa als Krönung des Abends vorgesehen hatte. Sarah wandte den Blick ab. Den konnte sie jetzt weder sehen, noch hatte sie Appetit darauf. Sie griff nach einer Bürste und scheuerte die Küche, und erst, als alles in Sauberkeit erstrahlte, zog sie sich in ihr Zimmer zurück und legte sich auf ihr Bett. Müde tastete sie nach ihrer Taschenuhr und hielt sie ins Licht der Petroleumlampe.

Der Nachmittag, an dem sie die Uhr gemacht hatten. Paul, wie er ihr alles erklärt hatte, wie er ihr danach das erste Mal so etwas wie einen Kuss gegeben hatte. Es schien eine Ewigkeit her zu sein.

Nein, das traf es nicht. Heute fühlte es sich an, als hätte es jenen Nachmittag nie gegeben; als wäre die Zeit aufgerissen worden, und eine unbarmherzige Hand hätte diesen strahlenden Moment ihres Lebens entfernt. Wenn sie an Pauls kalte Augen dachte, schien es unmöglich, dass all das jemals geschehen war.

Sie legte die Uhr wieder hin, und endlich stiegen, einer Erlösung gleich, heiße Tränen in ihren Augen hoch, der Schmerz, eben noch trocken und schwer auf ihrer Brust, löste sich, wurde deutlicher, greifbarer und schärfer. Pauls Reaktion verletzte sie tief – tiefer, als sie erwartet hatte, verletzt werden zu können. Er war erst der zweite Mann, dem sie sich verbunden gefühlt hatte; der erste nach Hannes, den sie auf so grausame Weise verloren hatte und dessen Tod noch immer ein Mysterium war. Sie musste den Schmerz zulassen und sich die Verletzung eingestehen – und dann ihren Weg weitergehen. Niemals würde sie ihre Ziele für einen Mann aufgeben, dem sie nicht wichtig genug war, um sich über Traditionen und Vorstellungen hinwegzusetzen. Vielleicht änderte er seine Meinung noch, aber falls nicht, würde sie ihn nicht aufhalten.

32

»Wie siehst du denn aus?«

»Ich weiß nicht, was du meinst. Nimmst du einen Dézaley mit mir? Ich gebe einen aus.«

Helena, die eben durch die hintere Tür des Fleur gekommen war, sah ihn besorgt an, und Gideon verzog das Gesicht. Diesen Blick brauchte er so gar nicht! Vor ihm war er gestern aus Mutters nach Rösti duftender Wohnung geflohen. Ihm ging es bestens, herzlichen Dank auch.

»Wenn du meinst. Dann gern.« Helena trat hinter die Bar, goss sich ein Glas ein und zapfte nach einem Blick auf Gideons leeres Bier ein neues. Sie stießen an, und Gideon leerte sein Glas zur Hälfte. Es war das dritte, und langsam erzeugte es in seinem Kopf dieses angenehme Gefühl der Leere, das ihm zu glauben erlaubte, dass nichts eine Rolle spielte.

Helena, die an ihrem Dézaley genippt hatte, stellte das Glas ab. »So, mein Lieber. Jetzt raus damit. Warum bist du hier, und wieso trägst du keine Uniform? Nicht, dass es gut fürs Geschäft wäre, aber heute ist ein Arbeitstag. Oder haben alle Verbrechen aufgehört?«

»Sehr witzig, Schwester. Ich habe mir freigenommen. Ich hatte … einen Zusammenstoß mit Viktor. Er ist überzeugt davon, dass Léonore – also Madame Theuillerat – in die Entführungen verwickelt ist und ich einen wichtigen Hinweis übersehen habe. Deswegen brauchte ich etwas frische Luft und Abstand.«

Er würde ihr nicht verraten, dass »frische Luft« und »Abstand« vor allem Kronenbiere bedeutet hatten. Was hätte er sonst tun sollen? Viktor war wie immer schwer beschäftigt, zum Rudern war es zu kalt, und mit wem hätte er Schach spielen sollen? Alles Idioten.

»Du riechst mehr nach Hopfen und Malz als nach frischer Luft, aber ich will nicht den Moralapostel spielen.« Forschend sah sie ihn an. »Sag mir eins: Bist du dir sicher, dass sie nichts damit zu tun hat? Und was für eine Beziehung ist das überhaupt? Als du letztes Mal über die Dame gesprochen hast, dachte ich schon, dass da etwas nicht koscher ist.«

»Ach was.« Dummerweise hatte sein Körper nicht mitbekommen, wie seine Antwort ausfallen sollte. Er spürte die Röte in seinen Wangen und erhob sich abrupt. »Wenn du mich nur ausquetschen willst …«

Sie griff nach seinem Arm. »Gemach, Bruderherz! Setz dich und hör mir zu.« Ihre Stimme war sanft geworden. »Ich mache dir keine Vorwürfe, aber ich will, dass du der Wahrheit ins Auge siehst. Du hast jemanden getroffen, den du magst, eine Frau, die dich braucht. Du wolltest für sie da sein. Und da hast du dich vergessen. War es nicht so? Das passiert den Besten.«

»Mir nicht.« Er erhob sich und legte ein Fünffrankenstück

auf den Tisch. »Danke für die Zeit, aber ich brauche endgültig frische Luft.«

Mürrisch trat er vor das Fleur, wechselte die Straßenseite und blieb dort stehen, in gebührendem Abstand von den Bordellbesuchern. Er hatte keine Lust, nach Solothurn zu wandern, aber das musste er auch nicht. Schließlich war er nicht im Dienst und konnte den Zug nehmen, wenn er die Kosten nicht scheute. Er wandte sich ab, als eine Kutsche vor dem Fleur hielt und die massige Gestalt auf dem Kutschbock die Männer mit Reibeisenstimme anherrschte, aus dem Weg zu gehen. Madame Georges, wie sie leibte und lebte! So schlecht schien es Helenas Mutter nicht zu gehen.

Helenas Mutter. Die einstige Geliebte seines Vaters.

Er wandte sich Richtung Bahnhof. Wenn er sich beeilte, erwischte er den nächsten Zug. Dann musste er einen strammen Marsch hinlegen, aber das war gut; so musste er nicht nachdenken, nicht an Léonore denken; an den Fall. An seine Besessenheit und ...

Das flaue Gefühl in seinem Magen verstärkte sich. Wem machte er etwas vor? Außer ihm sahen es alle, und wahrscheinlich war es Zeit, dass auch er hinsah. Er, der seinem Vater im Innern die schwersten Vorwürfe gemacht hatte, weil er sich auf eine andere Frau eingelassen hatte, bevor er ihm wie allen anderen makelbehafteten Menschen in seiner Arroganz großmütig verziehen hatte! »Gideon der Gerechte«, der – wie hatte er sich Mutter gegenüber geäußert? Der sich nur auf sich selbst verlassen konnte, weil nur er – ja, genau –, weil nur er über jeden Tadel erhaben war.

Gideon strebte weiter dem Bahnhof zu, im Kopf all die arroganten Sätze, die er zeit seines Lebens für all jene übrig gehabt hatte, die seinen Ansprüchen nicht genügen konnten – so ziemlich alle und jeder. Wie blind war er gewesen? Wie hatte ihm so etwas passieren können? Aber er wusste es. Er hatte Léonores Held sein wollen, wie Vater für Madame Georges; der Ritter in strahlender Rüstung, der seine Dame schützte. Und sie? Hatte sie seine Schwäche gespürt und eiskalt ausgenutzt? Trotz der Erkenntnis, dass er sich getäuscht hatte, war er sich sicher, dass ihre Einsamkeit und Verzweiflung nicht gespielt waren. Aber das bedeutete nicht, dass sie ihn nicht benutzt, wahrscheinlich mit Absicht auf eine falsche Fährte gelockt hatte. Sie hatte erst Triebold ins Spiel gebracht und dann Marthaler. Bedeutete das, dass diese beiden unschuldig waren, oder hatte sie doppeltes Spiel getrieben? Und wer blieb übrig? Eberwein? Schmidt? Jenny? Er hätte schnurstracks nach Breidenstein gehen und sich mit den Verdächtigen beschäftigen sollen, aber er konnte es nicht. Alles, was ihn beschäftigte, war sein Versagen – moralisch, beruflich, menschlich. Wie sollte er sich jemals wieder vertrauen?

Fast hatte er die Löwenkreuzung erreicht und blieb stehen. Sein Atem pfiff, und seine Seite schmerzte; ihm hätte warm sein müssen. Aber so war es nicht. Ihm war kalt. Eiskalt.

Im letzten Frühmärz war er nach einem riskanten Manöver mit dem Ruderboot in die Aare gekippt. Das Boot war ihm davongeschwommen, und er hatte zwanzig Minuten gegen die Strömung ankämpfen müssen, bis er wieder ans Ufer gelangt war. Daheim hatte er sich ein heißes Bad eingelassen, aber das Blut in seinen Adern war nach einer halben Stunde immer noch eiskalt gewesen. So fühlte er sich jetzt, während er seine erst von der Kälte, nun von der Bewegung geröteten Hände betrachtete.

Er konnte nicht weitermachen. Er würde sich nie mehr trauen können, und auch sonst würde das niemand tun. Und er würde es nicht ertragen, die Gesichter all derer zu sehen, die er in seinem Stolz heruntergeputzt hatte, denen er seit Jahren den untadeligen Landjäger demonstrierte. Was würden sie denken? Wahrscheinlich würde er nicht viel zu sehen oder zu hören bekommen, aber er konnte sich vorstellen, was man hinter seinem Rücken reden würde: »Hochmut kommt vor den Fall« war wohl noch das harmloseste Verdikt. Und wenn er es recht bedachte, war die Schadenfreude seiner Kollegen nicht einmal das Schlimmste, nicht das schmerzlichste Gefühl, das sein Versagen ausgelöst hatte. Das, was ihn am meisten schmerzte und demütigte, hatte er bereits gesehen: in den Gesichtern von Sarah Siegwart und Viktor, und heute auch in Helenas. Er hatte den Ausdruck damals nicht einordnen können, aber jetzt wusste er, was es gewesen war.

Mitleid.

Er spürte Nässe auf seinen Wangen und wischte sie ärgerlich fort. Er musste in die Zukunft schauen. Am besten sorgte er dafür, dass er erst einmal hier wegkam. Theresas Brief fiel ihm ein; die Einladung, ihr in Venedig Gesellschaft zu leisten. Bisher hatte er nicht geantwortet, weil er anderes zu tun und ohnehin keine Lust gehabt hatte, ihr zu schreiben. Aber warum eigentlich nicht? Sie hatte ein halbes Jahr bleiben wollen, also war sie noch dort. Aus den Augen und aus dem Sinn aller, konnte er vielleicht zu sich finden oder zumindest den Gideon hinter sich lassen, der in Solothurn so jämmerlich versagt hatte.

33

Aufatmend lehnte sich Sarah auf ihrem Stuhl zurück und betrachtete ihr Werk. Sie war fertig. Die Mittagssonne schien durch die hohen Fabrikfenster und blitzte auf ihrer Aufzugswelle. Es war geschafft – ob gut, ob schlecht.

Nach dem entsetzlichen Streit mit Paul war sie sich sicher gewesen, dass sie kein Auge zutun würde, aber seltsamerweise war sie sofort eingeschlafen. Ein Glück – sie hatte die Energie heute dringend gebraucht! Hungrig schlang sie das belegte Brot herunter, das sie sich mitgebracht hatte, und wandte sich dann dem Wecker zu, den Lehrmeister Flury ihr zur Reparatur hingestellt hatte. Doch jetzt, da ihr Lehrlingsstück fertig war, klang ihr Enthusiasmus ab. Sie sah aus dem hohen Fenster auf den Marktplatz, der trotz des blauen Himmels farblos wirkte. Als er ihr den Wecker brachte, hatte Flury unheilschwanger gemurmelt, er wolle es ausnutzen, dass er noch zwei Lehrlinge habe; eine Bemerkung, die nicht zu ihrem Seelenfrieden beitrug. Paul hatte sie wahrscheinlich verloren – so schmerzvoll das war. Sie durfte nicht auch noch das verlieren, was ihn von ihr weggetrieben hatte. Die Fälschungen mussten aufhören.

Wenn sie nur mehr über Lagersteine und deren Bearbeitung wüsste! Was im Dumontier-Jurgenssen stand, wäre nützlich gewesen, aber die Hälfte hatte sie nicht einmal verstanden. Und Triebold hatte sich auch nie gemeldet.

Ihr Blick fiel auf ihren Lehrlingskollegen, der über seinem Wecker hing, als gäbe es nichts anderes auf der Welt. Hier saß der selbst ernannte Experte, der das Buch gelesen und sich gerühmt hatte, alles zu begreifen. Aber ihn fragen, dieses überlegene Genie ohne jeden sozialen Knochen im Körper? Das widerstrebte ihr mehr als alles andere.

Drei Stunden später machte sie sich frustriert auf den Heimweg. Mehrmals hatte sie Fabrice' Eierschädel gemustert und versucht, sich zu einer Frage zu überwinden, hatte es dann aber gelassen. Mit der Arbeit war sie nicht so weit gekommen, wie sie wollte, während Fabrice bereits still lächelnd sein Werk auf Flurys Tisch abgestellt hatte. Sie wollte nur nach Hause. Eilig schritt sie aus und erreichte nach kurzer Zeit die Bielstraße. An der Löwenkreuzung blickte sie kurz nach rechts, um keiner rasenden Kutsche unter die Räder zu kommen, und stutzte. Eine vertraut wirkende Gestalt kam rasch näher, und Sarah stockte. Es war Gideon Ringgenberg; ohne Uniform, wie damals, als sie ihn im Fleur getroffen hatte, und er lief, als säße ihm eine Legion Dämonen im Nacken.

Jetzt hatte er sie gesehen und blieb abrupt stehen. Sarah erschrak. Er war leichenblass und sah krank aus.

»Fräulein Siegwart.« Er nickte und wollte an ihr vorbeigehen.

»Warten Sie, Herr Korporal!«

Er blieb stehen, die Schultern gesenkt, als ob alles Unheil

der Welt darauf lag, und gleichzeitig so ergeben, als könne er nichts dagegen tun.

»Ich entschuldige mich bei Ihnen für meinen Ausbruch letztens. Aber jetzt muss ich meinen Zug erwischen.«

»Schon gut«, erwiderte sie rasch. »Aber darf ich Ihnen erzählen, was ich mit Rosa, Marie und Pauline in Erfahrung gebracht habe?«

Er nickte abwesend. »Machen Sie's kurz.«

Sie wiederholte die Aussage von Regina zu dem Streit zweier Unbekannter und die Beobachtungen zu Eberweins Holzkiste und Jennys Streit, aber er schien sie kaum zu hören, und je länger sie redete, desto enger wurde ihr die Kehle. Sein Kopf blieb gesenkt, und wenn er ihr in die Augen sah, hatte sie das Gefühl, er sehe nicht sie, sondern irgendein weit entferntes Land.

Ringgenberg nickte nur. »Ich danke Ihnen.« Damit setzte er sich in Bewegung, so hölzern und steif wie damals, als sie ihn kennenlernte. Sie griff nach seinem Arm.

»Was ist mit Ihnen?«

Er blickte auf ihre Hand, dann wandte er den Blick zum Westhimmel. Sein Blick war düster und leer, als gäbe es dort etwas zu sehen, was er nicht sehen wollte.

»Mir geht es gut.«

»Tut es nicht.«

Endlich wandte er ihr das Gesicht zu. Er wirkte höflich und fern, aber es war offenkundig, dass hinter seiner Fassade Gefühle rumorten.

»Ich kann es Ihnen ja sagen«, antwortete er schließlich. »Ich werde den Dienst quittieren.«

Was auch immer sie erwartet hatte – das war es nicht.

»Warum? Hat es mit dem zu tun, was ich ...«

»Ich muss gehen.«

»Haben Sie nochmals vielen Dank für Ihre Briefe«, sagte sie rasch. »Sie haben mir viel Freude bereitet. Und tragen Sie Sorge zu sich.«

Der Schatten eines Lächelns glitt über sein kantiges Gesicht. »Der Dank geht zurück, Fräulein Siegwart.«

Damit ging er davon, entschwand ihrem Blick. Was ging nur in diesem Mann vor? Sie schüttelte den Kopf. Wo war sein Interesse an diesem Fall geblieben? Wie eine leere Hülle war er ihr vorgekommen; ein schmerzhafter und verstörender Anblick. Sie musste etwas unternehmen! Entschlossen beschleunigte Sarah ihre Schritte, traf zehn Minuten später zu Hause ein und begab sich sofort in die Küche. »Rosa! Eben habe ich Korporal Ringgenberg getroffen, und es war schrecklich.«

Besorgt drehte Rosa sich um. »Was ist passiert?«

Sarah ließ sich auf den Küchenstuhl fallen und erzählte Rosa von ihrem Gespräch. »Ringgenberg sah aus wie letztes Jahr, als ich ihm im Fleur begegnet bin – zerbrochen und ohne jede Hoffnung. Er will den Dienst quittieren; stell dir das vor! Das dürfen wir nicht zulassen.«

»Wie willst du das denn verhindern?« Rosa schüttelte den Kopf. »Ringgenberg ist ein erwachsener Mann. Er weiß, was er tut.«

»So sah er nicht aus. Glaub mir, ich möchte mich nicht einmischen. Ich bin immer noch wütend auf ihn. Aber als ich ihn vorhin gesehen habe – das war einfach furchtbar.«

»Du hast mir von euren Briefen erzählt; dann kann eure Beziehung nicht so schlecht sein. Vielleicht solltest du es versuchen.«

»Vielleicht. Aber wenn ich ihn auf der Wache aufsuche, wimmelt mich dieser Zerberus Wyss ab. Und vielleicht geht er gar nicht mehr auf die Wache. Ich muss es bei ihm zu Hause versuchen.«

Rosa hob die Brauen. »Wenn dich jemand sieht, bist du deinen guten Ruf los, Kind. Einen alleinstehenden Mann daheim besuchen!«

Sarah hob das Kinn. »Morgen nach der Arbeit fahre ich hin. In Solothurn kennt mich keiner. Und selbst wenn: Das ist mir egal!«

»Na dann, viel Glück. Aber sag: Wie ist es auf der Arbeit gegangen? Herr Schneider ist ausgesprochen besorgt. Er meinte, seine Verkaufszahlen seien im Keller, und er hat heute fast nichts gegessen, obwohl ich ihm ein feines Geschnetzeltes serviert habe.«

»Hat er keine Idee, wie jemand so eine Fälschung hinbekommen könnte?«

»Das habe ich ihn auch gefragt«, erwiderte Rosa. »Aber du weißt ja; er ist nicht wirklich vom Fach. Schilds kennen sich besser aus, aber um Ursens Konstitution steht es gerade nicht gut. Adolf brütet sicher über den Möglichkeiten.«

»Wir müssen unbedingt handeln, Rosa.« Sarah holte tief Luft. »Was die Fälschungen angeht, hatte ich eine Idee. Fabrice hat sich intensiv mit dem Schleifprozess beschäftigt und versteht mehr davon als ich. Ich werde ihn um Rat fragen.«

»Das würdest du tun? Du kannst ihn doch nicht leiden.«

»Ich muss einfach. Nicht nur für Herrn Schneider, sondern auch für mich.«

Rosa drückte ihre Hand. »Du hast recht.« Sinnend sah sie aus dem Fenster in die dunkle Nacht. »Und was wollen wir in Sachen Breidenstein unternehmen?«

»Ich glaube, ich spreche erst mit Fabrice und noch einmal mit Triebold wegen der Uhren. Was ist mit dir?«

»Ich könnte mich noch einmal mit Regina treffen«, erwiderte Rosa. »Dieses ominöse Kistchen von Eberwein lässt mir keine Ruhe. Irgendwo muss es sein. Falls er es mit nach Breidenstein genommen hat, könnte Marie unauffällig nachsehen. Und Pauline sage ich, dass sie wegen Jennys Streit tiefer graben soll. Wir werden schon noch fündig!«

Sie lächelten einander zu, und Sarah spürte, wie der Druck auf ihrem Herzen nachließ. Immerhin unternahmen sie etwas; alles war besser, als untätig herumzusitzen.

Nach einem ganzen Vormittag der Übung in der Schleiftechnik kam Sarah die Luft im Arbeitsraum der Schildfabrik stickig vor. Ihr Kopf pochte dumpf, aber nicht nur deswegen. Heimlich musterte sie Fabrice. Sie musste ihn endlich um Rat fragen, aber man hätte denken können, er wüsste, dass sie seine Hilfe brauchte. Den ganzen Tag schon war er mit einem Übermaß an Selbstzufriedenheit durch den Arbeitsraum stolziert. Aber wenn sie nicht bald handelte, war es zu spät. Schon packte er seine Siebensachen zusammen.

Sie schliff ihren neuen Dreikantsenker zurecht, legte ihn zur Seite und richtete sich auf. »Hast du kurz Zeit, Fabrice?«

Er sah hoch, das ausdruckslose Gesicht abwesend.

»Brauchst du Hilfe beim Schleifen?« Er warf einen Blick auf ihr neues Werkzeug. »Da hättest du früher fragen sollen.«

Sie holte noch einmal Luft. »Es geht nicht ums Schleifen. Das heißt, irgendwie schon.« Sie konnte sehen, dass er zu einer Erwiderung anhob, und fuhr rasch fort. »Du hast sicher gehört, dass man in den Taschenuhren von Schild gefälschte Lagersteine gefunden hat – aus geschliffenem Glas. Was denkst du, wie so etwas zu machen wäre? Du hast doch Dumontier-Jurgenssen verschlungen, da dachte ich, du weißt sicher weiter.«

Na also. Hat doch nicht wehgetan.

Fabrice hob das Kinn und zupfte am Kragen seines blauen Kittels. »Gut, dass du zum Experten kommst.«

»Kannst du aufhören, dich aufzuspielen, und einfach helfen, bitte?«

Überrascht sah er sie an und lächelte dann entschuldigend. »Ich hole mein Buch.«

Sie setzten sich an seinen Tisch, und er blätterte, etwas Unverständliches vor sich hin murmelnd, so lange darin herum, dass Sarah beinahe die Geduld verloren hätte. Dann endlich richtete er sich auf, während sein Zeigefinger zu seiner Nase wanderte, als säße ein Kneifer darauf. Tatsächlich hatte er etwas von einem Professor an sich, als er ihr das Buch zuschob. »Also: Diejenigen, die das Glas schleifen, müssten eingeweiht sein. Sie sehen sofort, dass es keine Rubine sind, außerdem wiegen sie die Steine. Und sie müssen wahre Könner sein, denn Glas ist spröder und zerspringt rascher als Edelsteine, und bei ungeübten Händen zerspringt ja manchmal sogar der Edelstein.«

»Ich weiß.« Sarah seufzte. »Mir sind in Bonfol bei einer Schleiferin gleich zwei Steine hintereinander zersprungen. Die hätte mich am liebsten umgebracht.«

Röte stieg warm in ihre Wangen. Warum gab sie sich diese Blöße?

»Das kann passieren«, erwiderte Fabrice nur. »Aber ich bin erstaunt, dass dir gleich zwei Steine zersprungen sind. So ungeschickt bist du nicht.«

Sie zuckte die Achseln. »Vielleicht war ich nervös. Bei der nächsten Schleiferin lief es besser.«

»Was ist mit den Schleifern in Grenchen, die Schild normalerweise beauftragt?«, fragte Fabrice.

»Laut Lehrmeister Flury hat man dort keine Fälschungen gefunden«, erwiderte Sarah. »Und es scheint, dass die Vormontage schwierig zu überprüfen ist. Adolf vermutet, dass dort der Schwachpunkt liegt.«

»Das nehme ich an«, erwiderte Fabrice. »Wahrscheinlich weiß Schild nicht, welcher Bauer wie viele und welche Steine bearbeitet; die Schleifer haben ihre eigenen Leute. Auf alle Fälle müssten sie in der Prémontage eingeweiht oder sehr unerfahren sein. Sonst würden sie auf Anhieb merken, was sie bearbeiten.«

»Das mit der Unerfahrenheit kommt vor. Als ich auf einem Bauernhof war, um zuzusehen, hat sich das Bauernehepaar unsäglich ungeschickt angestellt. Mein Lehrmeister meinte, dass die Schleifer den Leuten nicht viel zahlen und die Erfahreneren dann abspringen.« Nachdenklich blätterte sie das Buch durch. »Wäre es möglich, dass die Schleifer, die uns ihre Fälschungen unterjubeln, die Bauern absichtlich schlecht bezahlen, damit die Guten abspringen und Leute ohne Erfahrung ihre Steine bearbeiten?«

»Ein guter Gedanke!«

Ein Prickeln der Aufregung stieg in Sarah hoch. »Wer würde die Stücke vorbereiten? Das Glas, meine ich.«

»Das müsste eine Glaserei machen«, erwiderte Fabrice. »Da kenne ich mich nicht aus. Aber man müsste das Glas vorher färben, damit man es für Rubin hält.«

»Geht das?«

»Ich glaube schon, aber da müsste man einen Glaser fragen. Glas färben ist ja nicht gerade eine Technik, die in der Uhrenindustrie verwendet wird!«

»Ob Adolf sich diese Frage auch schon gestellt hat? Egal, ich werde Lehrer Schmidt danach fragen; er kommt aus einer Glaserfamilie, und ich wollte ohnehin noch mit ihm sprechen«, erwiderte Sarah eifrig. »Außerdem ist mir etwas aus meiner Zeit in Bonfol eingefallen: Meine Schlummermutter hat mir eine Glaserei am Waldrand gezeigt und mir erzählt, der Mann sei mit der Tochter des Besitzers eines Edelsteingeschäfts verheiratet. Sie selbst arbeitet als Schleiferin.«

»Etwa die, bei der dir die Steine zersprungen sind?« Fabrice kratzte sich an seiner dünnen Nase.

»Das lag sicher an mir.«

»Vielleicht nicht.«

»Du meinst, sie ist eine der Fälscherinnen? Aber Schild bezieht keine Steine aus einer der Schleifereien dort; Bonfol ist viel zu weit weg. Wobei – die Schleiferei hat eine Dépendance in Grenchen!«

»Und bezieht Schild von dort?«, fragte Fabrice aufgeregt.

»Das müssen wir herausfinden. Aber selbst wenn nicht: Ich glaube, ein Besuch könnte sich lohnen. Lass uns morgen Mittag hingehen.«

Fabrice nickte. »Ich frage Lehrmeister Flury, ob er die Dépendance kennt und ob Schild von dort Steine nimmt. Er weiß das bestimmt.«

»Ganz sicher; er hat im Auftrag von Adolf bereits alle Schleifereien unter die Lupe genommen«, erwiderte Sarah nachdenklich. »Dann weiß er auch, ob die Dépendance dazugehört. Aber worauf müssen wir achten, wenn wir uns dort umsehen? Wie erkennen wir, ob Glas statt Rubine geschliffen wird?«

Fabrice zückte wieder seine Schleiferbibel. »Schau hier. Um die Härte der Rubine zu prüfen, schauen die Schleifer, ob der Stein mit Diamantstaub zerkratzt werden kann. Die nicht so harten Rubine und andere Materialien lassen sich zerkratzen und müssen daher mit dem weicheren Tripet geschliffen werden. Wir könnten prüfen, ob sie Diamantstaub oder Tripet verwendet.«

»Und ich werde meiner Schlummermutter in Bonfol schreiben und sie um zusätzliche Informationen über den Glaser, seine Frau und das Edelsteingeschäft bitten«, erwiderte Sarah. »Außerdem besuche ich Lehrer Schmidt.«

Fabrice erhob sich. »Dann wissen wir, was wir zu tun haben. Das wird sicher ein Spaß!« Er hielt kurz inne, kehrte an sein Tischchen zurück, griff in eine Kiste und kam zurück, in der Hand ein paar Papierbriefchen, die er auf ihren Tisch fallen ließ. »Hast du nicht letztens geklagt, dass ich dir immer die letzten leeren Briefchen klaue? Hier eine kleine Entschädigung!«

Er strahlte sie an und lief so ungelenk davon wie ein junges Reh. Halb ärgerlich, halb amüsiert sah Sarah ihm nach, während sie eilig in ihren Mantel schlüpfte und eine Handvoll der Briefchen in dessen Tasche stopfte. Die konnte sie tatsächlich immer brauchen. Überhaupt: Wer hätte gedacht, dass sie einmal zusammenspannen würden? Jetzt war nur zu hoffen, dass sie auch bei Korporal Ringgenberg einen Erfolg würde erzielen können. Das Schicksal schien ihr heute gewogen!

Das Feuer im Ofen prasselte gemütlich, doch Gideon fror immer noch. Er starrte durch den Ofenschlitz in die Flammen. Vor ihm auf dem Tischchen lag der Brief, den er Theresa schreiben wollte, aber er war noch nicht über die Anrede hinausgekommen. Schon fünfmal hatte er angesetzt, und jedes Mal hatte ihn die Inspiration wieder verlassen, und er hatte sich gefragt, ob er verrückt war. Der Fall und Léonore saßen in seinem Hirn wie dieses Unkraut mit den Widerhaken, die man nicht mehr aus den Kleidern brachte.

Wenn Léonore wirklich an der Sache beteiligt war – mit wem hatte sie zusammengearbeitet? Wer war plausibel? Jenny? Er hatte keinen Zugang zu dem Raum, in dem man die Schnipsel gefunden hatte, und gemäß Friedlis Bericht war das Schloss an dessen Tür aufgrund der wertvollen Instrumente weitaus schwerer zu knacken als das zum Requisitenraum, der Schlüssel nicht so leicht nachzumachen. Blieben Marthaler, Triebold, Eberwein und Schmidt. Wen hatte Léonore angeklagt? Es war anzunehmen, dass sie den Verdacht auf jemand anderen lenken würde. Erst hatte sie sich negativ zu Triebold geäußert, dann gegenüber Marthaler. Müsste er deshalb Eberwein und Schmidt verdächtigen? Allerdings hatte einzig Schmidt sowohl einen Schlüssel zum Raum als auch ein Abonnement der Schwabenzeitung. Aber Schmidt? Er brachte das nicht zusammen. Seine weltfremde, ungeschickte Art passte nicht zu diesem ruchlosen Verbrechen. Und warum genau hätte Léonore mit ihm zusammenarbeiten sollen?

Schon wanderten seine Gedanken wieder nach Plagne. Was, wenn sie sich täuschten? Wenn jemand ihr übel mitspielte? Er konnte sich nicht vorstellen ...

Abrupt erhob er sich, griff nach seinem Weinglas, stellte sich näher ans Feuer und nahm einen großen Schluck. Er musste an etwas anderes denken.

Ein Klopfen an der Tür riss ihn aus seinen trüben Gedanken. Wer in Gottes Namen störte seine Ruhe? Sicher Viktor. Aber wer auch immer da stand, würde schon verschwinden, wenn er sich nicht bewegte.

Es klopfte erneut, heftiger dieses Mal. Wenn das so weiterging, würden die Nachbarn die Landjäger rufen; das fehlte noch. Verärgert öffnete er die Tür, und zum Vorschein kam nicht der blonde Schopf seines Richter-Freundes, sondern der dunkle, zerzauste von Fräulein Siegwart. Bei den Göttern!

»Was wollen Sie hier?«, fragte er kurz.

Sie hob das Kinn. »Sie besuchen.«

»Haben Sie nichts anderes zu tun?«

»Nichts, was so wichtig wäre.« Sie stand da wie angenagelt, und es war offensichtlich, dass sie nicht weichen würde. Im unteren Stock öffnete sich eine Tür, und durch den Spalt spähte die neugierige Frau Hugentobler in den Korridor.

Gideon seufzte. Das würde der Alten den Tag würzen. »Kommen Sie rein.«

Er schloss die Tür hinter ihr, setzte sich in seinen Rosshaarsessel und deutete auf die einzige andere Sitzgelegenheit in seiner Junggesellenstube: einen harten Schemel aus Nussbaumholz. Vielleicht blieb sie dann nicht so lange. »Nehmen Sie Platz, etwas Besseres habe ich nicht. Ein Schluck Wein?«

Sie nahm zögernd Platz und ließ den Blick durch den Raum schweifen. »Sie haben aber viele Bücher! Und nein, danke, lieber nicht.«

»Trinken Katholiken in der Fastenzeit keinen Wein?«

Sie lächelte kurz. »Das ist es nicht.«

»Na dann.« Er holte ein Glas, goss Wein ein und reichte es ihr. »Wenn Sie mich überfallen, müssen Sie mit mir trinken.«

Sie lächelte und hob das Glas. »Na gut. Worauf trinken wir?«

Er seufzte. »Mir fällt nichts ein. Und jetzt sagen Sie mir, warum Sie hier sind.«

Sie drehte das Glas in ihrer Hand, den Kopf gesenkt, sodass er ihre Augen nicht sehen konnte. Schließlich hob sie den Blick.

»Um Ihnen ins Gewissen zu reden. Sie können den Dienst nicht quittieren!«

»Das kann ich wohl.« Er stellte sein Glas ab und fuhr sich mit der Hand durch die Haare. »Ich kann mir nicht mehr trauen. Mein Urteilsvermögen hat mich im Stich gelassen.«

»In diesem Fall?«

»Ja. Und nein.«

Sie sah ihn so forschend an, dass ihm unwohl wurde.

»Es hat mit Madame Theuillerat zu tun, nicht wahr?« Ihre Wangen hatten sich gerötet. Kurz schwieg sie, dann fuhr sie zögernd fort. »Als ich damals auf Breidenstein mit Ihnen gesprochen habe und sie hereingekommen ist, ist mir aufgefallen, wie Sie reagiert haben. Sie waren plötzlich ganz anders. Und dann habe ich Sie mit ihr gehört. Im Schuppen.« Sie sah zur Seite, und er spürte, dass auch ihm die Röte ins Gesicht stieg.

»Dann können Sie sich vorstellen, was in mir vorgeht«, sagte er. »So etwas darf nicht passieren.« Das Mitgefühl in ihren Augen war unerträglich. »Es gibt andere Möglichkeiten, wie ich mein Geld verdienen kann«, sagte er kurz. »Es ist nur ein Beruf.«

»Nicht für Sie!« Das Fräulein war aufgestanden, und in ihren Augen brannte hehre siegwartsche Entrüstung. Sie trat zu seinem Bücherregal und strich mit dem Finger über die langen Reihen. »Ich wette, dass kein anderer Landjäger so viele Bücher über Kriminalistik hat. Wo haben Sie die her?«

Er zuckte die Achseln. »Aus dem Antiquariat hier in Solothurn. Der Besitzer lässt mich wissen, wenn er etwas hat, was mich interessieren könnte.«

Sie hatte ein Buch herausgezogen. »Und dann das hier – Platons *Der Staat*.« Sie stellte das Buch zurück und kam auf ihn zu. »Wahrheit und Gerechtigkeit – dafür kämpfen Sie doch. Das befeuert Sie. Sie dürfen das nicht aufgeben.«

Er lächelte. Ohne dass er es wollte, rührte ihn ihre Sorge. »Ich werde darüber nachdenken.«

»Ich nehme Sie beim Wort.« Resolut setzte sie sich wieder auf den Schemel. »Ich sage das nicht nur so. Ich weiß, wie es

Ihnen geht, weil ich gerade genau das Gleiche durchgemacht habe.« Sie zögerte. »Vor Kurzem hätte ich fast meine Lehre aufgegeben und wäre nach Luzern zurückgekehrt.«

»Wirklich? Warum denn?«

»Ich wollte perfekt sein, alles können, niemals Fehler machen. Aber das gelang mir nicht, und das habe ich kaum ertragen.«

»Kommt mir bekannt vor.«

»Ich habe mich durchgerungen zu bleiben. Das sollten Sie auch.«

Gideon hob die Hände. »Erbarmen! Ich überlege es mir. Und nun, Fräulein Siegwart: Wie wäre es mit einer kleinen Schlacht?« Er stand auf, holte sein Schachspiel und stellte es auf den Tisch zwischen ihnen. »Ich würde meinen, das sind Sie mir schuldig.«

Lachend willigte sie ein, und sie begannen das Spiel. Die erste Partie entschied sie klar für sich, danach konnte er ein Remis herausholen, was ihn mit lächerlichem Stolz erfüllte. Die dritte war am härtesten umkämpft und ging wieder an Fräulein Siegwart.

»Sie haben sich wacker geschlagen«, sagte sie. »Kompliment!«

»Und ich danke für die Belehrungen.« Er sah auf die Wanduhr. »Schon fünf. Müssen Sie zurück, oder nehmen Sie ein spätes Zvieri mit mir?«

Lächelnd nickte sie, und nachdem er den Tisch gedeckt und sie sich gesetzt hatten, verschlang er zu seiner Überraschung den bescheidenen Imbiss aus Brot, Käse und Apfelschnitzen mit weitaus mehr Appetit, als er in den letzten Tagen hatte aufbringen können. Fräulein Siegwart fragte ihn nach seiner Kindheit aus, und er ertappte sich dabei, wie er ihr Schwänke aus dem Berner Oberland erzählte. »Alles Bauern, wissen Sie – mit vielen Pferden. Ich fühlte mich da nie besonders heimisch.«

Sie nickte. »Ich mag Pferde, aber es ist nicht meine Welt. Genauso wenig wie das Luzern, das meine Eltern so lieben. Gutbürgerlich, anständig, bieder – langweilig.«

»Sie wollen lieber in der Fabrik Schrauben drehen?«

»Das will ich! Aber das ist nur der Anfang.« Ihre Augen leuchteten. »Ich bin gut in Berechnungen. Vielleicht entwerfe ich einmal eigene Uhren? Ich habe von einer Uhrmacherin in Norwegen gelesen. Ich glaube, ich könnte das auch.«

»Davon bin ich überzeugt«, erwiderte er lächelnd. Wenn er die Entschlossenheit in ihren Augen sah, war er sich sicher, dass sie alles erreichen würde, was sie wollte. »Ich wünsche Ihnen dafür alles Glück der Welt.«

Sie freute sich sichtlich über seine Worte, doch dann fiel ein Schatten auf ihr Gesicht.

»Habe ich etwas Falsches gesagt?«

»Keineswegs.« Sie nahm einen Schluck Wein. »Es ist nur – Ihre Worte haben mich daran erinnert, dass mein Freund – wenn er das noch ist – so gar nicht mit mir fühlt. Er will nicht verstehen, wie wichtig mir mein Beruf ist, und sieht mich nur als Bauersfrau.«

»Ich weiß, was Sie meinen.« Einen Moment zögerte er, dann erzählte er ihr von Theresa. »Ich habe sie sehr geliebt und hätte mir eine Zukunft mit ihr vorstellen können, aber sie wollte, dass ich meinen Beruf aufgebe und von ihrem Geld lebe. Das konnte ich nicht, und daraufhin hat sie mich verlassen.«

»Das war sicher nicht leicht.«

»Es war besser so. Ich glaube, es hat sie fasziniert, mit einem reformierten Landjäger ihre patrizischen Eltern schockieren zu können.« Er lachte trocken.

»Jedenfalls zeigt die Geschichte eins deutlich.« Fräulein Siegwart fixierte ihn mit einem langen Blick aus ihren warmen braunen Augen. »Sie haben die vermeintliche Liebe Ihres Lebens geopfert, um Landjäger bleiben zu können. Da werden Sie jetzt auf keinen Fall alles hinwerfen, nur weil Sie einen Fehler gemacht haben.« Um ihre Mundwinkel zuckte es, und fast war ihm, als hätte er gehört, wie sie »Schachmatt« murmelte.

Kurz darauf schlug Sankt Urs sechs Uhr, und Fräulein Siegwart stand auf. »Ich muss mich auf den Heimweg machen.«

Er stand ebenfalls auf, brachte sie zur Tür und reichte ihr die Hand. »Ich danke Ihnen. Das war schön.«

»Das fand ich auch! Auf bald. Ich muss mich beeilen.«

Wie ein Schulmädchen rannte sie die Treppe hinunter, und er sah ihr lächelnd nach. Wer hätte gedacht, dass dieser Nachmittag so enden würde? Zumindest im Moment ging es ihm mehr als gut, und er konnte nicht umhin, dem störrischen Fräulein aus Luzern dafür zu danken. Nachdenklich ging er zurück in sein Wohnzimmer, setzte sich in seinen Sessel und schenkte sich den Rest des Weines ein. Sie hatten die Flasche fast geleert, wobei er den Löwenanteil getrunken hatte. Und während er das letzte Glas genoss, stellte er fest, dass er sich immer noch unsicher war. Fräulein Siegwarts Worte beschäftigten ihn. Sicher hatte sie zumindest teilweise recht, aber war er wirklich noch fähig und würdig, ein Landjäger zu sein? Es gab nur einen Menschen, dessen Urteil er rückhaltlos vertraute.

»Mit dir hätte ich zu dieser Stunde nicht mehr gerechnet.«

»Ich will dich nicht lange aufhalten. Ihr esst sicher bald.«

Gideon folgte Viktor, der ihn in die Bibliothek führte, sich in ein Fauteuil fallen ließ und eine Zigarette anzündete. »Setz dich und schieß los.«

Gideon tat wie geheißen und betrachtete seine Hände. Es war eines, darüber nachzudenken, seinem Freund sein Versagen zu beichten, aber etwas völlig anderes, es tatsächlich zu tun – vor allem, wenn derjenige Amtsgerichtspräsident war.

»Du hast dich ja gewundert, warum ich nicht gemerkt habe, dass Madame Theuillerat mich belogen hat«, sagte er schließlich. »Und warum ich nicht auf Fräulein Siegwarts Informationen reagiert habe.«

Viktor griff nach einer Flasche auf einem Rolltischchen, die neben seinem Fauteuil stand, füllte zwei Gläser und stellte Gideon eines ihn. »Ich glaube, den brauchst du jetzt.«

Ergeben griff Gideon nach dem Glas und leerte es in einem Zug. Der Birnenschnaps glühte samtig in seiner Kehle.

»Es gibt einen Grund dafür«, fuhr er fort. »Ich hatte mich mit ihr eingelassen.« Die Hitze stieg ihm ins Gesicht, und ohne den Kopf zu heben, fuhr er rasch fort. »Es ist nicht viel passiert. Aber ich war verliebt, und ich wollte einfach nicht glauben, dass sie etwas damit zu tun haben könnte.« Er lehnte sich auf dem Sofa zurück und drehte das leere Glas in seinen Händen. Was würde Viktor sagen?

Nichts, wie es schien. Schließlich hob Gideon den Kopf

und sah beklommen in das Gesicht seines Freundes, doch in dessen Zügen zeigten sich weder Überraschung noch Entsetzen oder Verurteilung – alles Regungen, die zu sehen er so gefürchtet hatte.

»Nach unserem letzten Gespräch bin ich nicht überrascht«, sagte Viktor schließlich. »Die Anzeichen waren da, auch wenn ich es bei dir nicht für wahrscheinlich gehalten habe.«

»Und du bist enttäuscht.« Gideon studierte die Bilder an den Wänden. Vorwurfsvoll starrten Viktors Ahnen aus den vergangenen Jahrhunderten auf ihn herunter.

»Wenn, dann von mir.«

Gideon sah ihn überrascht an. »Wieso?«

Viktor griff nach seinem Schnapsglas, nahm einen Schluck und stellte es wieder hin. »Ich war dir kein guter Freund. Glaub mir, ich weiß es. Ich war völlig absorbiert von unserem Nachwuchs.« Er seufzte. »Ich will dich damit nicht langweilen. Was ich sagen will: Ich habe dich vernachlässigt, und ich habe sehr wohl gemerkt, dass es dich getroffen hat. Aber ich habe es verdrängt. Und vielleicht wäre all das nicht passiert, wenn ich mehr Zeit für dich gehabt hätte.«

»Ich bitte dich! Ich bin erwachsen und muss selbst zurechtkommen. Außerdem habe ich mich öfters mit Helena getroffen. Sie ist mir eine gute Freundin geworden, auch wenn sie dich nicht ersetzen kann.« Er strich sich über die Stirn. »Ich weiß nicht, ob ich unter diesen Umständen noch tragbar bin für das Korps. Vielleicht jagt Wittmer mich sowieso zum Teufel, und selbst wenn nicht: Ich weiß nicht, ob ich mir noch trauen kann und ob andere es tun werden – oder sollten.«

»Ich sehe es so: Du bist auch nur ein Mensch, und viel-

444

leicht begreifst und akzeptierst du das jetzt.« Viktor stand auf, kam um den Tisch herum und klopfte Gideon auf die Schultern. »Wir brauchen Leute wie dich! Und womöglich fällt dir jetzt, da du die Sache rationaler siehst, noch etwas zu dieser *Madame* ein, was dir entgangen ist. Du musst unbedingt bleiben. Hast du nicht einst deine ›große Liebe‹ der Landjägerei geopfert?«

Gideon lächelte. »Das hat Fräulein Siegwart auch gesagt. Sie hat mich heute besucht.«

»Das Fräulein hat ein gutes Urteilsvermögen.« Viktor sah auf die Wanduhr. »Wir essen gleich. Aber ich hoffe, du kommst zum selben Schluss wie ich. Ich kann mich bei Wittmer für dich einsetzen, wenn es nötig ist. Im Übrigen muss er von dieser Geschichte nichts erfahren; du hast dich nicht strafbar gemacht.«

»Ich werde es ihm sagen. Ich will reinen Tisch machen.«

Viktor hob die Brauen. »Mutig von dir! Ich bin auf alle Fälle auf deiner Seite – versprochen.«

»Ich danke dir.«

Gideon verabschiedete sich von seinem Freund und wandte sich erst in Richtung seiner Wohnung. Es war schon fast dunkel, aber er beschloss, noch nicht heimzukehren. Stattdessen ging er den Herrenweg entlang in Richtung Verenaschlucht. Die Schlucht war im Frühling, Sommer und Herbst zu jeder Tageszeit bevölkert, aber heute war er Gott sei Dank allein, folgte dem kleinen Bach, der zwischen den Felsen dahinrauschte, und sah an den schroffen Felsen empor zum Himmel. Dann lenkte er den Blick wieder auf den Pfad und schritt weiter.

Auf einem seiner Spaziergänge als kleiner Knopf hatte seine Mutter ihm die Legende der heiligen Verena erzählt und ihm all die Gedenksteine gezeigt, die den Pfad säumten. Seither war ihm die Schlucht ein Ort der Ruhe und Besinnung geworden, und als sich das Tal nun weitete und er die Einsiedelei erreichte, genoss er die Stille, weitab von allem Tumult und der Hektik des Alltags. Der Garten vor dem niedrigen Einsiedlerhäuschen, schwach beleuchtet von einer Petroleumlaterne, war noch nicht bepflanzt, aber aus der dünnen Schneedecke, die noch die Erde bedeckte, reckten Schneeglöckchen und orange und violette Krokusse ihre Köpfe. Er trat neben das Gartenbeet und betrachtete gedankenverloren die bunte Pracht.

Fräulein Siegwart hatte er erzählt, wie wenig er mit den bäuerlichen Verwandten seines Vaters hatte anfangen können und wie sehr ihn ihr Leben gelangweilt hatte. Was er ihr nicht erzählt hatte, war, was ihn schon immer daran fasziniert und berührt hatte: der Kreislauf der Natur. Wenn sich das Leben nach Monaten der Kälte und Dunkelheit seinen Weg durch den scheinbar toten Boden bahnte, kam ihm das wie eine Auferstehung vor, und wenn er einen Spaziergang im Wald machte, die Kronen von mächtigen Bäumen oder die schneebedeckten Alpen bewunderte, fühlte er sich sogar dem »Schöpfer des Universums«, wie Mutter ihn zu nennen pflegte, nahe.

Die Schneeglöckchen und Krokusse hier waren die ersten, die er dieses Jahr sah, und ihr Anblick rührte ihn in besonderer Weise. Sanft strich er über ein weißes Glöckchen, betrachtete das frische Grün der Blätter, das im Schein der Lampe aus dem dunklen Boden leuchtete. Die Natur vollbrachte jedes Jahr ein

Wunder; einen Neuanfang aus dem scheinbaren Tod. Neues Leben aus dem Dunkel. Vielleicht war auch er dazu fähig.

Schließlich stand er auf und machte sich auf den Rückweg. Zurück in seiner Wohnung, zog er die oberste Schublade seines Sekretärs auf und nahm den Brief von Theresia heraus. Damit ging er zum Ofen und inspizierte die Glut. Das sollte reichen. Er knüllte den Bogen zusammen und warf ihn ins Feuer, sah zu, wie das Papier sich schwärzte und verbog, wie die lebhaften Zeilen verschwanden, bis alles zu einem grauen Aschehaufen zerfiel.

Seine Zukunft lag hier, in Solothurn, und möglicherweise steckte doch noch ein Fünkchen Leben in seiner Landjägerkarriere. Wenn die, die ihn kannten und schätzten, an ihn glaubten und ihm vergeben konnten, sollte er das auch tun.

Das Schleifatelier, dessen Standort Fabrice bei Herrn Flury in Erfahrung gebracht hatte, lag an der Bielstraße in unmittelbarer Nähe des Fleur. Der Anblick beschwor in Sarah ungute, aber auch ermutigende Erinnerungen herauf. Sie hatte sich schon ganz anderen Herausforderungen als dieser gestellt.

»Herr Flury hat mir gesagt, dass Schild nicht von dieser Schleiferei bezieht«, sagte Fabrice. »Er musste sich über andere Schleifer durchfragen, bis ihm jemand die Adresse geben konnte. Man könnte meinen, die wollen nicht gefunden werden.«

»Seltsam, nicht? Wenn ich eine Schleiferei hätte, würde ich wollen, dass man weiß, dass es mich gibt.«

»Allerdings! Ich bin gespannt auf den Laden.« Fabrice wirkte so vergnügt wie eins ihrer früheren Schulkinder am Tag der Schulreise, das mit Rucksack und in Wanderschuhen auf das Dampfschiff *Viktoria* wartete.

»Ich auch«, erwiderte sie. »Und auf die Antwort aus Bonfol! Ich habe Madame Bregnard gestern geschrieben und sie gebeten, mir zu telegrafieren; ich würde die Antwort bezahlen. Hoffentlich meldet sie sich rasch.«

Sie hatten das Haus erreicht und klopften an die schäbige Holztür, aber es kam niemand, um zu öffnen. »Wahrscheinlich ist das Atelier unter dem Dach«, sagte Sarah leise. »Maître Corbat hat mir einmal erzählt, dass die meisten Schleifereien unter Dach situiert sind. Lass uns einfach hochgehen.«

Sie stießen die Tür auf, die in einen schmalen Korridor führte. In einer Ecke stand ein riesiger, abgenutzter Wandschrank, daneben führte eine enge Treppe mit schiefen Stufen in die nächste Etage. Die Fensterchen an der Nordseite ließen kaum Licht herein, und ein beständiges Trippeln und Rascheln ließ vermuten, dass pelzige Untermieter die finsteren Ecken bevölkerten. Oben angekommen, klopfte Sarah an eine niedrige Tür, die nach einem kurzen Augenblick von einer jungen Frau geöffnet wurde. Misstrauisch beäugte sie die Besucher.

»Was wollen Sie?«

Obwohl sie mit Fabrice eine Geschichte abgesprochen hatte, verschlug die feindliche Begrüßung Sarah die Stimme, und die wohlvorbereiteten Worte wollten ihr einfach nicht über die Lippen kommen. Zum Glück war Fabrice der Sache gewachsen. Er lächelte äußerst freundlich und verbeugte sich artig.

»Wir suchen im Auftrag der Firma Schild nach neuen Lieferanten für Lagersteine, und uns ist zu Ohren gekommen, dass Sie fabelhafte Ware liefern.«

Sarah gratulierte ihrem Lehrlingskollegen im Stillen zu seiner meisterlichen Darstellung; selbst sie hätte ihm die vollmundigen Worte abgenommen. Die junge Frau wirkte dagegen noch misstrauischer als zuvor, verengte die dunklen Augen und presste die verschränkten Arme fester an ihren mageren Körper.

»Wir sind auf Monate ausgebucht. Kommen Sie im Sommer wieder.«

Sarah warf Fabrice einen Blick zu. Erschien ihm das auch so verdächtig? Auf jeden Fall durften sie sich jetzt nicht abwimmeln lassen.

»Schild denkt langfristig«, erwiderte sie freundlich. »Lassen Sie uns einen Blick in Ihr Atelier werfen, dann sind wir gleich wieder weg und melden uns in ein paar Monaten. In Ordnung?«

Ihr Gegenüber sah sie unwillig an und zuckte dann die Achseln. »Aber machen Sie schnell, ich will in die Mittagspause.«

Sie traten ein, und Sarah fühlte sich sofort an Bonfol erinnert: Die Dachschräge, die kleinen Tische, die Schleifmaschinen davor – es sah genau gleich aus.

»Können Sie mir ein paar Ihrer Steine zeigen?«, fragte Fabrice mit gewinnendem Lächeln.

»Es ist gerade nichts hier.«

Das war definitiv verdächtig. Musste in einer Schleiferei nicht ständig Material zu finden sein? Rohe Steine, fertige Steine?

Die junge Frau schien das selbst zu merken. »Wir haben die letzte Lieferung gerade in die Prémontage gegeben. Haben Sie genug gesehen? Ich muss Pause machen.« Feindselig starrte sie Fabrice an, der sich nicht beeindrucken ließ und stattdessen anerkennend über die Schleifmaschine strich. »Ein ausgezeichnetes Modell! Woher haben Sie es?« Er lächelte sie so strahlend an, dass sie ihm, obwohl widerwillig, Auskunft gab. Währenddessen sah Sarah sich unauffällig um. Auf den zahlreichen Bücherregalen lagen, etwas verdeckt, Papierbriefchen, die genauso aussahen wie die in Bonfol, in denen man die geschliffenen Steine in die Vormontage gab. Warum zeigte die Frau sie ihnen nicht?

Schließlich drangen Fabrice' Verabschiedungsfloskeln an ihr Ohr. Sie nickte der jungen Frau höflich zu und folgte ihrem Kollegen, der behände die staubige Treppe hinunterhüpfte.

»Und? Ist dir etwas aufgefallen?«, fragte sie, sobald sie etwas Abstand zwischen sich und die Schleiferei gebracht hatten.

Fabrice nickte. »Zu wenig Staub.«

»Ich fand es schmutzig genug.«

»Auf den Tischen. Es war, glaube ich, Diamantstaub, also der richtige für die Rubine. Aber es sieht nicht aus, als würde dort viel gearbeitet.«

»Vielleicht haben sie die Tische gerade abgewischt. Allerdings sieht der Boden nicht so aus, als würden sie Wert auf Sauberkeit legen.«

»Eben! Und sie wollte uns keine Steine zeigen, dabei hatte sie sicher welche da.«

»Hatte sie«, erwiderte Sarah. »Ich habe die Papiersäckchen gesehen. Sie sahen aus wie die in Bonfol.«

»Hast du eins mitgehen lassen?«

Sarah starrte ihn entgeistert an, aber er zuckte nur mit den Achseln.

»Dann beim nächsten Mal.«

Er pfiff unbekümmert, und obwohl sie innerlich den Kopf

schüttelte, fand sie ihn sympathischer, als sie es je für möglich gehalten hätte.

»Jetzt warten wir auf Antwort aus Bonfol, was die Glaserei angeht«, sagte Sarah. »Dann besuche ich Lehrer Schmidt auf Breidenstein. Bis dahin sollten wir wieder etwas arbeiten.«

»Wirklich?« Fabrice strich sich durch das unordentliche Haar und grinste. »Verbrecher jagen ist spannender! Aber wenn du meinst, dann lass uns Herrn Flury beglücken.«

Sie wanderten zusammen zurück, und Sarah spürte, wie Hoffnung in ihr aufkeimte. Sie hatte gut daran getan, Fabrice um Unterstützung zu bitten.

36

Gideon sah an der Fassade des Instituts Breidenstein hoch, die in der Frühlingssonne besonders edel wirkte. Er war wieder im Spiel, und er würde das Beste daraus machen – auch wenn ihn vor einigen der nächsten Schritte graute.

Er war mehr als überrascht gewesen, dass Wittmer ihm kaum Vorwürfe gemacht, sondern ihn nachdrücklich angetrieben hatte, die Ermittlungen zu intensivieren. Die Erleichterung war allerdings Frust und Ärger gewichen, als er sich den Bericht von Friedli angesehen hatte. Er war zu Léonore geschickt worden, um etwas aus ihr herauszuholen, ohne dass sie es merkte, aber die Resultate waren erbärmlich. Selbst ein Schulbub hätte den Fragen entnehmen können, dass die Landjäger einen Verdacht hegten. Einer intelligenten Frau wie Léonore war das sicher nicht entgangen, und das hieß, dass sie nun gewarnt war und sich vorsehen würde, mit ihrem Komplizen Kontakt aufzunehmen.

Ihr Komplize. Wer konnte das sein? Und was für eine Beziehung unterhielt sie zu ihm? War es nur Geschäft – ein Versuch, Geld aus ihrem Ehemann zu pressen? Oder war es mehr? Léonore war mitverantwortlich für den Tod eines Jungen, und dafür konnte es aus seiner Sicht nur einen Grund geben: Sie musste dem Mann verfallen sein. Der Gedanke verursachte ihm Übelkeit; fast so sehr wie die Tatsache, dass er nicht darum herumkam, Léonore wieder aufzusuchen. Seit er sie letzten Donnerstag kurz im Löwen besucht hatte, waren fünf Tage vergangen; sie musste langsam misstrauisch werden. Er würde ihr etwas vorspielen müssen, um an Informationen zu kommen, und nichts verabscheute er mehr.

Vorerst verdrängte er den Gedanken. Jetzt galt es weiterzukommen, und da sich die Lage nun ganz anders darstellte, hatte er sich die Bemerkungen von Fräulein Siegwart in Erinnerung gerufen. In Anbetracht der Tatsache, dass sie sich bezüglich Alibis wegen Léonores Beteiligung auf nichts verlassen konnten, wurde die Motivfrage umso wichtiger.

Da war zum einen Lehrer Jenny – der Mann mit Familie, der einen Zustupf am ehesten brauchen konnte. Jenny, der offenbar einen heftigen Streit mit einem Solothurner Patrizier gehabt hatte. Viktor kannte fast alle Mitglieder von Solothurns »Crème de la Crème« und wollte herausfinden, mit wem Jenny gesprochen haben könnte, während er selbst prüfen würde, wie Jenny reagierte, wenn man ihm auf den Zahn fühlte. Dann Eberwein und seine mysteriöse Kiste. Er hatte vor, ihn direkt in seinem Lehrerzimmer aufzusuchen; vielleicht entdeckte er das Corpus Delicti selbst, ansonsten würde er Eberwein darauf ansprechen.

Auch der Bericht des Dienstmädchens über den angehörten Streit mit einem Unbekannten war aufschlussreich. Er teilte die Meinung der wackeren Frauen, dass sich die Aussage »nicht so außergewöhnlich, wie alle meinen« am ehesten auf Schmidt oder Triebold, aber auch durchaus auf den beliebten Jenny oder den talentierten Eberwein mit seinen unzähligen Lehrfächern beziehen könnte. Zugegebenermaßen schien der Präfekt hier nicht hineinzupassen – es sei denn, das Dienstmädchen fand ihn außergewöhnlich und ... aber da war wahrscheinlich sein Wunsch Vater des Gedankens. Immerhin hatte sich bestätigt, dass der Mann auch im Fleur verkehrte. Obwohl er inzwischen nicht mehr so harsch urteilte, waren ihm Männer, die sich am Anblick von leicht bekleideten Frauen labten, zutiefst zuwider, insbesondere, wenn sie ihre eigenen Ehefrauen hintergingen. Was Triebold und Schmidt anging, schienen sich im Moment keine weiteren Verdachtspunkte aufzutun, obschon ihm Schmidts Angespanntheit nach wie vor verdächtig erschien, genauso wie das Abonnement der *Badischen*.

Mehrere Stunden später wischte sich Gideon erleichtert den Schweiß von der Stirn, stellte sich unter das Vordach der Kapelle Allerheiligen und ließ den Blick über die nach Grenchen hin abfallenden Wiesen schweifen. Die Frühlingssonne hatte überraschende Kraft entwickelt und einen großen Teil des Schnees hier oben weggeschmolzen, und bedingt durch die überraschende Wärme, war der Aufstieg von Breidenstein anstrengender gewesen als üblich. Immerhin hatte ihm die Wanderung ermöglicht, über die Resultate seiner Gespräche nachzudenken. Dafür hätte er allerdings nicht so viel Zeit gebraucht. Zweifellos hatte sein Besuch die Gemüter der Betreffenden bewegt: Jenny hatte auf Fragen nach seiner finanziellen Situation gelassen reagiert, aber als er die Sprache auf den Streit mit dem Solothurner Patrizier brachte, war er leichenblass geworden. Irgendetwas verbarg der Mann, und falls der naseweise David in dieser Wunde gerührt hatte, war es gut möglich, dass Jenny ihn sich vom Hals schaffen wollte. Während der Befragung Eberweins hatte Gideon sich unauffällig im Zimmer umgesehen, aber eine Holzkiste, wie Fräulein Siegwart sie beschrieben hatte, war nirgends zu sehen gewesen. Eberweins Schreibtisch verfügte allerdings über eine Schublade mit Schloss; gut möglich, dass er seine Preziosen darin versteckte. Interessant war, dass Eberwein auf seine Frage, warum das magere Gehalt ihn bisher nicht vertrieben hatte, wie ein angeschossenes Reh reagiert hatte. Ob er mit dem Gedanken spielte wegzugehen, und David hatte das herausgefunden? Aber ein Lehrer durfte jederzeit die Stelle wechseln, und soweit er wusste, hatte Eberwein schon einige Berufungen abgelehnt, um in Breidenstein zu bleiben. Mit Schmidt hatte er nicht gesprochen, da er krank war, und Triebold war außer Haus gewesen, aber er würde schon noch dazu kommen, die beiden in die Zange zu nehmen.

Zögernd setzte Gideon seine Wanderung Richtung Osten, Romontberg und Plagne, fort. Der Aufstieg nach Plagne war noch steiler als der zur Kapelle, aber die eigentliche Herausforderung war das, was ihn dort oben erwartete. Diesen Kelch hätte er gern an sich vorübergehen lassen.

Eine Stunde später stand er schließlich vor dem Haus der Theuillerats. Hier oben hatte sich der Schnee noch gehalten, wenn auch nur noch als dünne, sulzige Decke; dennoch sah alles fast so aus wie bei seinem letzten Besuch, der sein Leben durcheinandergebracht hatte. Seine Brust wurde eng. Zögernd hob er die Hand, dann klopfte er an. Das dumpfe Geräusch seiner Knöchel auf dem Holz ließ ihn frösteln.

Die Tür wurde einen Spaltbreit geöffnet. Fast hätte er Léonore nicht erkannt, die ihn misstrauisch ansah. Dann weiteten sich ihre Augen, ebenso der Türspalt, und sie trat heraus, ein strahlendes Lächeln auf den Lippen. Bevor er reagieren konnte, umarmte sie ihn und drückte ihren Kopf an seine Brust.

»Gidéon.«

Ihre Stimme, leise wie ein Hauch, vibrierend voller unterdrückter – oder gespielter? – Gefühle. Seine Arme hatten sich wie von selbst um sie gelegt. Er spürte ein Zittern. Kam es von Léonore oder von ihm? Mit viel Mühe, wie durch einen Strohhalm, sog er Luft in seine Lungen und löste sich von ihr.

»Wie geht es dir?«, fragte er leise.

»Wie es mir geht?« Ihre Wangen röteten sich, und feurige Wut stand in ihren veilchenfarbenen Augen. »Die Landjäger – ich glaube, sie verdächtigen mich. Ich verstehe das nicht! Wie könnte ich meinen eigenen Sohn entführen lassen? Mein Ein und Alles? Und du hast dich nicht gemeldet. Ich wusste nicht, was ich denken sollte.«

Seine Brust schnürte sich noch enger zu. Er hatte diesen Moment wegen seiner Gefühle für Léonore gefürchtet, begriff nun aber, dass das Problem ein anderes war. Das Gesicht, das er in seinen Träumen gesehen hatte, nach dem er sich gesehnt hatte; die träumerischen Augen: Alles war da, aber alles war anders. Sie war nicht die, die er in ihr gesehen hatte, und das Herz in seiner Brust blieb schmerzlich kalt.

»Ich weiß«, sagte er schließlich. »Verzeih mir, ich hatte viel zu tun und konnte mich nicht frei machen. Aber jetzt bin ich da.« Er hörte seine eigene Stimme, fremd und leblos.

»Stimmt etwas nicht, Gidéon?« Sie wich zurück. »Du glaubst doch nicht, dass ich etwas mit allem zu tun hatte? Nicht du!«

Heilige Muttergottes. Der Ausdruck in ihren Augen! Wie war das mit dem kalten Herzen? Das Flehen in ihrem Blick, die Frage, die sie ihm stellte: Er spürte, dass das alles echt war. Obwohl sie in die Verbrechen verwickelt sein musste und sich – so nahm er zumindest an – damit arrangierte, schien sie den Gedanken nicht zu ertragen, dass er das glauben und Schlechtes von ihr denken könnte.

Er atmete tief durch. »Natürlich nicht, Léonore. Ich glaube dir.«

Zum Glück hörte er sich jetzt natürlicher an als zuvor, und sie entspannte sich sichtlich, griff nach seiner Hand und zog ihn hinter sich ins Haus. Sein Herzschlag nahm Fahrt auf. Was, wenn sie Zärtlichkeiten erwartete? Er konnte das nicht – wollte es nicht. Er musste sich etwas einfallen lassen.

»Hättest du ein Glas Wasser für mich?«

Sie lächelte. »Natürlich. Setz dich und ruh dich aus.«

Er tat, wie ihm geheißen. »Ich kann nicht lange bleiben, die Untersuchungen sind … intensiv. Aber ich wollte sicher sein, dass es dir gut geht.«

Sie stellte das Glas Wasser auf einen Tisch, dann setzte sie sich neben ihn – viel zu nah für seinen Geschmack, aber genau richtig für den unbelehrbaren Teil in ihm, der noch von ihr verzaubert war. Er schluckte schwer. »Wie hat sich Mathieu erholt?«

Mit einem glücklichen Lächeln sah sie ihn an. »*Très bien*. Ich bin so erleichtert!« Sie griff nach seiner Hand, und Gideon räusperte sich mühsam. »Der Präfekt hat abgestritten, dass er sich an dir vergriffen hat.« Verstohlen musterte er sie. Wie würde sie darauf reagieren?

Léonore zuckte zusammen und ließ seine Hand los, und er kam nicht umhin, die Mischung aus Erleichterung und Enttäuschung wahrzunehmen, die das in ihm auslöste. »Und du glaubst ihm?«

»Natürlich nicht! Glaubst du immer noch, dass er der Schuldige ist?«

»Wie sollte er nicht? So ein abscheulicher Mensch.« Erneut loderte Wut in ihren Augen.

»Was ist mit Jenny oder Eberwein? Sie können das Geld gut gebrauchen.« Wieder beobachtete er sie genau, aber die Erwähnung der beiden Namen schien sie nicht zu berühren. Sie zuckte die Achseln. »*Possible*. Beide sind etwas grob, Mathieu hatte manchmal Angst vor Jenny. Aber da war er nicht der Einzige.«

Er griff nach dem Glas und leerte es. »Ich muss leider weiter, aber ich bin sehr froh, dass es dir besser geht.«

»Du gehst schon wieder?« Ihre Augen weiteten sich, und der Glanz darin verriet ihm, dass sie den Tränen nahe war. Der Stich in seiner Brust war zu echt, um ihn einfach abzutun. Rasch erhob er sich und griff nach ihren Schultern. »Ich muss. Du willst doch auch, dass wir herausfinden, wer Mathieu das angetan hat, nicht wahr?«

»*Oui.*« Sie begleitete ihn zur Tür und trat mit ihm in die Frühlingssonne, die ihr Haar leuchten ließ. Plötzlich griff sie nach seinem Arm, sah zu ihm hoch. »Wann kommst du wieder?«

»Bald.«

»Sonntag?«

»Ich versuche es. Und ...« Nachdenklich sah er sie an. »Léonore, wenn es etwas gibt, was du mir sagen willst – dann tu es. Warte nicht.«

Sie ließ seinen Arm los, als hätte sie sich verbrannt. »Du glaubst doch, dass ich etwas damit zu tun habe!«

»Nein«, erwiderte er fest. »Aber ich spüre, dass du Angst hast, obwohl Mathieu sicher ist. Und wovor auch immer du dich fürchtest: Ich möchte dir helfen. Ich bin für dich da.«

Sie nickte. »*Merci*. Aber alles ist gut.«

Er wartete kurz, aber es war offensichtlich, dass sie nichts anderes sagen würde.

»Bis bald«, sagte er leise. Er küsste sie auf das blonde Haar. Wandte sich ab. Marschierte los, ohne sich noch einmal umzudrehen.

Erst als die Kapelle wieder am Horizont erschien, ließ die Spannung in seinem Inneren nach. Als wäre er bis eben kurz vor dem Ersticken gewesen, sog er gierig die frische Frühlingsluft in seine Lungen. Es war geschafft. Und obwohl er es ernst gemeint hatte, als er sagte, dass er für sie da sein und sie schützen wollte, hatte die Erkenntnis über ihre Beteiligung ihm ermöglicht, ihr mit feineren Ohren zuzuhören. Dabei war ihm eins klar geworden: Ihre Erleichterung über Mathieus Erholung war echt gewesen, ihre Entrüstung über Marthalers Leugnen nicht. Was bedeutete das? Auf alle Fälle, dass er nicht länger Marthaler als Hauptverdächtigen betrachten durfte. Alle Verdächtigen schienen Dreck am Stecken zu haben, und der naseweise David konnte jedem von ihnen zur Gefahr geworden sein. Er würde den Täter finden – mit seinem nun wieder klaren Kopf musste er es schaffen.

37

Die Krümel vom Mittagsbrot lagen noch auf dem Küchentisch. Sarah warf einen Blick aus dem Fenster auf die Lebernstraße. Kein Postbeamter weit und breit, genau wie gestern Abend. Was war mit Madame Bregnard los? Sonst hatte sie es kaum erwarten können, ihr kurioses Wissen über alles, was in Bonfol passierte, mit ihr zu teilen! Sarah machte sich einen Lindenblütentee und setzte sich wieder an den Küchentisch. Jetzt wäre eines von Rosas Gebäckstückchen mit viel Butter und Ei gut gewesen, aber auf die musste sie bis nach Ostern warten. Die Fastenzeit konnte einem aufs Gemüt schlagen! Kurz überlegte sie, ob die Vorratskammer etwas hergab, was nicht gegen die Regeln verstieß und sie aufheitern würde, als es klopfte. Ein Klopfen am Mittag! Das konnte nur ein Telegramm sein. Sie eilte zur Tür, riss sie auf – und stockte.

Es war Paul.

Eine Weile standen sie einander nur gegenüber. Beklommen musterte sie sein Gesicht. Nach ihrem Streit war sie sich sicher gewesen, dass sie ihn nie wiedersehen würde, oder besser: Sie war sich sicher gewesen, dass sie sich sicher war. Doch als er jetzt vor ihr stand und sie die aufkeimende Hoffnung in sich wahrnahm, stellte sie fest, dass sie sich getäuscht hatte. Ein Teil von ihr hatte auf dies hier gewartet – auf das Wunder, das Paul wieder vor ihre Tür brachte.

»Hast du Zeit?«, fragte er leise.

»Nicht viel, ich muss gleich – in die Fabrik.«

Er nickte nur. Sie ging voraus in die Küche, goss ihm einen Tee ein, setzte sich wieder vor ihre Tasse und verschränkte die Hände. Wartete.

Er setzte sich ihr gegenüber, den Kopf gesenkt; seine flachsblonden Haare glänzten in der Frühmärzensonne, die durch das Küchenfenster hereinfiel. Schließlich sah er auf.

»Ich habe dich vermisst. Es tut mir leid, dass ich so harsch reagiert habe letzten Sonntag. Das war unrecht von mir.« Bittend streckte er eine Hand nach ihr aus. »Ich möchte es wiedergutmachen. Ich liebe dich.«

Wärme stieg in Sarahs Brust hoch, und bevor sie überlegt hatte, was sie tun wollte, ergriff sie seine Hand. Er drückte ihre, und sie lächelten sich an. Dann setzte sie sich gerader hin. Sosehr sie sich freute: Das war noch nicht ausgestanden.

»Ich liebe dich auch«, sagte sie schließlich. »Aber ich muss wissen, dass du mich genauso unterstützt wie ich dich. Ich will meine Ziele erreichen wie du deine. Wie stehst du dazu?«

»Natürlich sollst du dir deine Träume erfüllen können! Es ist ja nicht so, dass ich den Hof jetzt schon übernehmen kann.«

»Aber in ein paar Jahren. Sei ehrlich: Hoffst du, dass ich meine Meinung bis dahin ändere?«

Er sah auf seine Teetasse, griff nach dem Löffel und rührte, als gäbe es nichts Wichtigeres auf der Welt. »Natürlich nicht, das heißt ...«

»Raus damit, Paul. Jetzt reden wir ehrlich miteinander.«

»Du kannst mich nicht dafür verurteilen, dass ich mir das wünsche. Und unmöglich ist nichts«, erwiderte er.

»Mag sein. Aber was, wenn ich meine Meinung nicht ändere?«

Er ließ den Löffel los, streckte den Arm aus und griff wieder nach ihrer Hand, allerdings mit einem ärgerlichen Zug um den Mund. »Wir können doch einfach abwarten, was passiert. Meinst du nicht?«

Er sah sie an, die blauen Augen bittend und beschwörend zugleich.

Sarah senkte den Blick. Die Wärme des Tees drang durch die Tasse in ihre Finger. War sie zu stur? Vergab sie die Chance auf Liebe, weil sie andere Ziele hatte und ihm nicht vertraute?

»Sag mir eins«, begann sie. »Könntest du es akzeptieren, wenn du den Hof ohne mich übernehmen müsstest? Wenn ich im Uhrmachergewerbe bleibe?«

Er schwieg, aber sein Gesicht sagte ihr alles, was sie wissen musste. Plötzlich war sie unfassbar müde. Sie betrachtete seine schlanken Hände, die ihr immer so gefallen hatten, sah in die blauen Augen, die eine solche Bandbreite an Schattierungen aufweisen konnten. Heute waren sie hell und warm, glühend und bittend. Aber die Wärme darin drang nicht mehr bis zu ihrem Herzen.

Sie erhob sich. »Ich muss gehen. Ich glaube, wir wissen, wo wir stehen.«

Ärger, Schmerz und Wut kämpften in Pauls Gesicht. Abrupt sprang er auf. »Ich verstehe dich nicht. Jede andere Frau wäre dankbar und glücklich über das Leben, das ich dir in ein paar Jahren bieten kann!«

»Ich bin nun mal nicht jede andere Frau«, erwiderte sie scharf. »Das wusstest du, und bis letzten Sonntag hast du mich immer glauben lassen, dass du mich auf meinem Weg unterstützen wirst. Wie konntest du mich so belügen?«

»Ich habe dich nicht belogen. Ich wollte dich ja unterstützen.« Er seufzte. »In den letzten Wochen habe ich mich oft mit anderen Pächtern getroffen, und alle haben gesagt, dass sie ohne die Mitarbeit ihrer Frauen nicht weit kämen. Ich war zu Besuch auf ihren Höfen, und zu sehen, wie sich Mann und Frau zur Hand gehen und alles teilen – das war einfach schön. Das möchte ich auch.«

Die Sehnsucht in seiner Stimme schmerzte sie mehr, als Wut und Ärger es gekonnt hätten. »Ich kann dich verstehen, Paul. Aber dann hat das mit uns keine Zukunft. Wenn du versuchen könntest, dich etwas in mich hineinzuversetzen ...«

»Was findest du bloß an der Uhrmacherei? Was ist so erfüllend daran, jeden Tag mit der Pinzette an Uhren herumzugrübeln?«

»Wer sagt, dass es dabei bleibt? Das Metier ist faszinierend, Paul! Und ich will vorankommen. Ich bin eine der Besten in der Theorie und bei den Berechnungen. Vielleicht entwerfe ich einmal selbst Uhren.«

»Baust du dir da nicht Wolkenschlösser? Die wenigsten Männer bringen es so weit, geschweige denn ...«

»Eine Frau. Ich verstehe. Jetzt ist zumindest klar, wie du das siehst.«

Sarah stürmte aus der Küche, riss ihren Mantel vom Haken und verließ das Haus im Laufschritt. Die Tür fiel knallend ins Schloss, als auch Paul kurz nach ihr das Haus verließ. Sie drehte sich nicht um; stattdessen lauschte sie den raschen, zornigen Schritten, die leiser und leiser wurden und schließlich nicht mehr zu hören waren.

Ihre Schultern sanken nach unten. Die rechtschaffene Wut, die sich letztlich Bahn gebrochen hatte, versickerte, und jetzt, da es vorbei war, spürte sie Tränen hinter ihren Lidern. Sie presste die Lippen zusammen, knöpfte ihren Mantel zu und wandte sich Richtung Norden. Es war richtig. Er hatte seine Meinung nicht geändert, sondern erwartet, dass sie ihre änderte. Dieser Konflikt würde immer wieder aufflammen, und das wollte sie nicht noch einmal mit ihm durchmachen. Sie würde nicht bei einem Mann bleiben, der erwartete, dass sie seine Wünsche erfüllte und seine Pläne unterstützte, während ihre Träume ihm nichts bedeuteten. Sie grub die Hände in die Manteltaschen. Sie musste sich beeilen – die Arbeit wartete. Und hier und jetzt war sie froh darum.

Tatsächlich wartete als Erstes nicht die Arbeit, sondern Fabrice auf sie. Ihr Kollege hatte am Morgen einen Spezialauftrag für Lehrmeister Flury erledigt und saß, einen erwartungsvollen Ausdruck im Gesicht, auf seinem Stuhl. »Na endlich! Wo warst du denn?«

Sie seufzte. Nach der Konfrontation mit Paul fühlte sie sich wie ein nasser Lappen. »Beim Mittagessen, wo sonst? Was gibt es?«

Er rieb sich die Hände und beugte sich vor. »Bevor ich heute für Flury unterwegs war, bin ich nochmals in der Schleiferei gewesen. Ich habe gesagt, ich hätte was vergessen.«

»Sag nicht, dass du Steine gestohlen hast!«

Er schüttelte den Kopf. »Das war nicht nötig. Es waren zwei Schleiferinnen im Raum, die noch nicht mit der Arbeit angefangen hatten. Ich habe sie nach etwas Technischem gefragt und dabei den Staub auf den Tischen geprüft. Es war ein anderer als gestern: Ich habe etwas Staub zwischen die Finger genommen, als niemand hinsah. Das war kein Diamantstaub. Es muss Tripet sein.«

»Das konntest du unterscheiden?«

Er nickte gewichtig. »Und du weißt, was das heißt. Vielleicht schleifen sie tagsüber richtige Lagersteine, aber in der Nacht machen sie etwas anderes.«

»Ich staune, dass du dir so sicher bist, dass da nicht der gleiche Staub wie gestern lag.«

»Ich hab ein eidetisches Gedächtnis, erinnerst du dich? Das betrifft nicht nur Worte in Büchern. Wenn ich etwas gesehen habe, dann ist es wie ein Bild in meinem Hirn.«

Er sah wieder recht selbstgefällig aus, aber das konnte man ihm nicht übel nehmen. Und der Ausdruck, der ihm so glatt über die Lippen gekommen war, kam ihr vertraut vor. Wer hatte ihr noch von einem eidetischen Gedächtnis erzählt?

Fabrice sah sie derweil an wie ein Hund, der etwas apportiert hatte. »Gut gemacht«, sagte sie rasch. »Und gut, dass du nichts gestohlen hast. Die Frage ist: Wenn sie in der Nacht Lagersteine aus Glas schleifen, wie kommen die in die Uhrwerke von Schild? Schild arbeitet nicht mit dieser Schleiferei. Oder denkst du, dass noch andere Schleifereien in diese Geschäfte verwickelt sind?«

»Das nicht«, erwiderte Fabrice eifrig. »Dafür scheint mir der Prozess mit dem Fabrizieren des Glases zu umständlich. Aber ich hatte eine andere Idee. Als ich heute Morgen mit Lehrmeister Flury unterwegs war, hat er gejammert, wie schwierig es sei, gute Schleifer zu finden, dass die besten immer ausgelastet seien und manchmal nicht rechtzeitig lieferten. Er sagte aber auch, dass sie solche Verspätungen nicht dulden und sich dann andere Schleifer suchen.« Er kippte seinen Stuhl auf die Kante und schaukelte vor und zurück. »Was, wenn die Schleifer bei solchen Lieferproblemen Arbeit unter der Hand weitergeben, ohne es ihren Auftraggebern zu sagen?«

Sarah überlegte kurz. »Das scheint mir riskant, meinst du nicht? Was, wenn diese Notfallschleifer das ausplaudern?«

»Wieso sollten sie? Die sind froh, dass sie Arbeit bekommen, und die anderen sind dankbar, dass sie ihre Termine einhalten können. Da haben beide was davon. Und wenn sie dann an die Schleiferei geraten, die auch Glassteine fabriziert, haben sie Pech gehabt.«

Sarah schnalzte mit der Zunge. »Das könnte sein! Nur: Wie finden wir heraus, welche Schleifer bei Schild ihre Arbeit auf diese Art weitergeben?«

»Lass mich mal machen«, erwiderte Fabrice vergnügt. »Ich frage Flury nach den Schleifern und den Aufträgen, sehe mir die Zahlen an, und dann weihen wir ihn in unsere Idee ein.«

»Wir?«

»Wir sind doch zusammen darauf gekommen, nicht?«

Sarah strahlte. »Da hast du recht. Ich werde derweil Lehrer Schmidt besuchen. Ich muss ohnehin in anderer Mission bei ihm vorbei.«

Er sah sie verwirrt an, und sie lachte. »Ein anderes Mal.«

Sie machten sich in einträchtigem Schweigen an die Arbeit, und Sarah spürte dankbar, dass der Schmerz um Paul für den Moment in den Hintergrund rückte. Sie würde trauern müssen – um das, was sie gehabt hatten, und das, was hätte sein können. Aber das musste warten. Jetzt hatte sie einen Auftrag zu erledigen.

Als es Zeit war, den Feierabend einzuläuten, stand sie erleichtert auf. Sie trat auf die Straße und wandte sich in Richtung Westen. Rosa hatte gesagt, dass sie heute länger bei Schneiders bleiben musste, da Herr Schneider die Brüder Schild zum Essen geladen hatte, um über die Folgen der Fälschungen zu sprechen. Es wartete also niemand mit dem Essen auf sie. Auf nach Breidenstein!

Eine halbe Stunde später saß sie vor einer dampfenden Tasse Tee. Georg Schmidt hatte sie erfreut willkommen geheißen und sich sofort darangemacht, ihr in seinem Zimmerchen eine Erfrischung zuzubereiten, hatte sie in einem seiner zerschlissenen Sessel platziert und war geschäftig hin und her geeilt, um noch ein paar Biskuits zu finden. Sie hatte es nicht übers Herz gebracht, ihm zu sagen, dass sie die wegen der Fastenzeit nicht essen durfte – wahrscheinlich war er ein Reformierter und wusste es nicht besser. Also biss sie pflichtschuldigst in das trockene Guetzli, innig hoffend, dass es unter den Umständen als lässliche Sünde angesehen würde. Schmidt freute sich offenbar darüber, und sie musste ihn dazu bringen, sich zu entspannen. Die Anspannung, die ihr bei ihrem letzten Aufeinandertreffen so aufgefallen war, hatte sich noch verstärkt; es dürfte nicht einfach werden.

»Wie geht der Unterricht?«, fragte sie.

Sein Gesicht rötete sich. »Gut«, erwiderte er eifrig und schob sich den goldenen Kneifer auf die Stirn. »Die Jungen machen Fortschritte! Einige würden sich für ein Chemiestudium eignen.«

»Was fasziniert Sie an diesem Fach? Es ist so trocken und theoretisch.«

»Ganz und gar nicht!« Er richtete sich in seinem Sessel auf, und sein Blick, der vorhin noch die Zimmerdecke im Visier gehabt hatte, richtete sich auf Sarah. »Chemie ist nichts anderes als Leben. Alles, was auf diesem Planeten existiert, ist Chemie. Glauben Sie es oder nicht: Sogar Sie und ich funktionieren nach chemischen Prinzipien.« Er lehnte sich lächelnd zurück.

»Mir ist sie trotzdem fremd geblieben«, erwiderte Sarah seufzend. »Aber ich nehme an, Ihnen hat das Metier der Familie einen Zugang verschafft.«

»Das ist wahr. Die Glaserei beruht auf chemischen Reaktionen.«

»Haben Sie wirklich nie daran gedacht, diesen Beruf zu ergreifen? Die fehlende Kraft hätten Sie sicher entwickeln können.«

Er schüttelte den Kopf. »Ich habe viele Stunden im Betrieb meines Vaters verbracht, aber der Funke ist nie übergesprungen, auch wenn das Feuer im Brennofen noch so heiß loderte.« Er lachte. »Mich hat immer mehr interessiert, was im Hintergrund passiert, auf der Ebene der Elemente.«

»Dennoch haben Sie viel mitbekommen.« Sarah nippte an ihrem Tee und räusperte sich. »Ich habe eine Frage, bei der Sie mir vielleicht weiterhelfen können. In meinem Betrieb ist es zu Fälschungen von Lagersteinen gekommen. In der Uhr werden, wie Sie vielleicht wissen, Rubine verwendet, aber in den fertigen Taschenuhren wurden Glassteine gefunden. Können Sie mir sagen, wie man vonseiten der Glasereitechnik vorgehen müsste, um solche Fälschungen zu produzieren und damit durchzukommen? Und was für Hinweise könnte man bei einem Glaser oder einem Schleifer finden, die darauf hindeuten, dass dort solche Fälschungen produziert werden? Wir sind schon darauf gekommen, dass man das Glas wohl färben müsste, aber das ist keine Technik, die es in der Uhrenindustrie braucht; daher dachte ich mir, dass jemand mit Ihrem Hintergrund schneller auf die richtige Lösung kommt.«

»Ein interessantes Problem!« Er war aufgestanden und hatte sich ein Blatt Papier und einen Stift geholt, an dem er sinnend herumknabberte. »Wie Sie richtig bemerkten, müsste man das Glas einfärben, damit man es für Rubin halten kann. Dazu könnte man Cassiusgold einsetzen. Was für Rubine werden verwendet?«

Sarah grübelte. Jetzt war ihr Wissen aus dem Dumontier gefragt. »Soweit ich mich erinnere, die orientalischen und nicht die Spinelle.«

»Und welche Farbe haben die?«

»Warten Sie.« Sie zog den Dumontier-Jurgenssen aus der Tasche und blätterte, bis sie fündig wurde. »Die orientalischen haben eine violette Färbung und einen milchigen Reflex.«

Er kritzelte etwas auf sein Papier. »Wie groß sind diese Lagersteine? Winzig? Da wird man den Farbunterschied kaum sehen, aber wenn man eine Menge davon auf einem Haufen hat, ist es wichtig, dass die Farbe stimmt.«

Er kritzelte weiter, dann hielt er ihr das Blatt hin und zeigte auf eine Formel. »Auf dieser Formel beruht die Herstellung von Goldpurpur – also Cassiusgold, erfunden von Andreas Cassius, perfektioniert von Kunckel. Es wird schon länger für die rubinrote Färbung von Glas verwendet.«

Sie betrachtete höflich die Buchstaben und Zahlen vor ihrer Nase, als würden sie ihr etwas sagen. Tatsächlich kam es ihr sogar vor, als hätte sie die Formel schon einmal gesehen, aber das war unmöglich. Und Cassiusgold – hatte sie den Ausdruck nicht auch schon gehört oder gelesen? Schade, dass sie kein eidetisches Gedächtnis hatte!

»Ich würde für den milchigen Effekt wahrscheinlich entweder Kalziumphosphat – in Form von Knochenasche –, Zinnoxid oder aber ein Fluorid hinzufügen«, fuhr Schmidt fort. »Vielleicht Kryolith! Das wird seit einigen Jahren für Kunstglasaugen verwendet. Wenn man es einschmilzt, entsteht Natriumflorid. Und dann ...« Er runzelte die Stirn, strich etwas durch und schrieb weiter, ganz versunken in seine Überlegungen.

Sarah wartete ungeduldig. Sie interessierte mehr, wie man der Fälschung in den Schleifereien und Glasereien auf die Spur kam, aber der Wissenschaftler in ihm musste erst herausfinden, wie es funktionierte.

Endlich lehnte er sich zufrieden zurück und lächelte triumphierend. Er schob ihr das Blatt herüber. »Sehen Sie? Wenn man für den milchigen Reflex das Kryolith dazugibt, ergibt sich folgende Formel.«

Er strich über die Zahlen und Buchstaben. »Lustigerweise bin ich kürzlich fast auf dieselbe Formel gekommen, als mich jemand gefragt hat, wie er für eine Patentante eine rubinrote Vase fabrizieren könnte.«

»Wonach würden Sie suchen, um einem Fälscher auf die Schliche zu kommen?«

Er rieb sich über die Nasenwurzel. »In der Glaserei müsste sich Kryolith finden. Und falls die Glasschleifer selbst eine Glaserei betreiben, um ihr Material zu erstellen, dürften sie viel Holz verbrauchen, wie ich bei Lehrer Feremutsch erzählt habe.

Darum finden Sie Glasereien immer an Waldrändern.« Er schwieg, und sein Blick wanderte wieder über die Formel. Etwas daran schien ihn zu faszinieren. Sarah unterdrückte ein Seufzen. Konnte er den Professor nicht abschalten und versuchen, wenigstens für ein paar Minuten den Ermittler in sich zu entdecken?

»Und sonst?«

»Ich weiß nicht«, erwiderte er abwesend. »Das Schwierigste dürfte die Färbung des Glases sein. Wer so etwas plant, müsste ein exzellenter Glaser sein oder einen solchen kennen.«

»Oder er kennt jemanden wie Sie«, erwiderte Sarah lächelnd.

»Oder das«, erwiderte er und lächelte zurück, sichtlich erfreut über das Kompliment. Dann erstarb das Lächeln plötzlich, und seine Augen weiteten sich, während er wieder auf das Blatt starrte. Plötzlich erhob er sich. »Ich habe zu tun.«

Sarah stand ebenfalls auf und sah Schmidt überrascht an. Alle Farbe war aus seinem Gesicht gewichen, seine Hände zitterten. Sie hatte sich mehr Informationen erhofft, doch angesichts seines offensichtlichen Sinneswandels nickte sie nur und griff nach ihrem Mantel.

»Wenn Ihnen noch etwas einfällt, lassen Sie es mich wissen. In Ordnung?«

Er geleitete sie so rasch zur Tür, als brenne sein Kämmerchen. Kaum war sie auf den schmalen Korridor getreten, als die Tür auch schon hinter ihr ins Schloss fiel. Nachdenklich sah Sarah auf die Tür. Was war nur in ihn gefahren? Er war so eifrig bei der Sache gewesen, und plötzlich hatte er sich verhalten, als sei der Teufel hinter ihm her. Und wer hatte ihn um Rat gefragt? Ob sie noch einmal anklopfen sollte? Aber es war schon spät. Vielleicht war endlich das Telegramm aus Bonfol eingetroffen. Sie machte sich besser auf den Weg.

Das Haus war dunkel und still, als Sarah ankam. Offenbar zog sich die Besprechung bei Herrn Schneider in die Länge. War das ein gutes oder ein schlechtes Zeichen für ihre Lehre? Sie entzündete die Lampe im Eingangsraum und warf einen Blick auf die Kommode, doch die war leer. Enttäuscht zog sie ihren Mantel aus, als ihr Schuh an ein Couvert auf dem Boden stieß. Hatte Madame Bregnard etwa einen gewöhnlichen Brief geschrieben? Gespannt griff sie danach. Es war tatsächlich von Madame Bregnard.

Sobald sie auf dem Sofa im Wohnzimmer Platz genommen hatte, beugte sich Sarah gespannt über das eng beschriebene Blatt. Gleichzeitig mahnte sie sich zu Geduld, was sich als weise herausstellte: Madame eröffnete ihren Bericht mit ausufernder Freude darüber, dass Sarah sich gemeldet hatte, und ging dann zu detaillierten Berichten der letzten Messen in Frankreich sowie Beschreibungen aller Übeltaten der Christkatholiken und der letzten im Dorf logierenden Berner Militärs über. Sarah seufzte. Madame Bregnards schriftliche Ergüsse waren beinahe so erschöpfend wie ihre Redeströme, und es war schier unmöglich, das Wichtige vom Unwichtigen zu trennen. Aber schließlich hatte sie sich durch den Wust an Informationen gearbeitet und kam zu dem, was sie interessierte: Madame Vigueret habe ihre Schleiferei vor etwa zwei Jahren eröffnet. Ihr Mann sei – was für eine Freude – doch kein reformierter Schwabe, wie sie bei ihrem Spaziergang zu Fromunds Kapelle geargwöhnt habe, sondern ein Katholik aus

Bayern. *Loué soit le Seigneur!* Ihr schien, dass der Glaser jetzt besser verdiene; das müsse man zumindest seiner Aufmachung entnehmen sowie dem neuen Einspänner, mit dem er seine Waren im Dorf verteile.

Sarah trommelte mit den Fingern nachdenklich auf das Papier. Ein Zusammenhang zwischen dem plötzlichen Wohlstand des Glasers und der Eröffnung der Schleiferei seiner Frau – die ja die Tochter des mürrischen Geschäftsführers von Pie Jesu war – schien naheliegend. Für das Pie Jesu, das um seine Existenz rang, weil die Uhrenfabriken ihm die Edelsteine vor der Nase wegkauften, schien ein zweites, nicht ganz koscheres »Standbein« eine willkommene Lösung zu sein. Hatte der Besitzer ihr nicht erzählt, dass die Schleiferei seiner Tochter zu viel Holz verbrauchte? Vielleicht wusste er nichts davon, aber alles deutete darauf hin, dass der Glaser seiner eigenen Frau »Lagersteine« lieferte, die sie zuschliff und teuer verkaufte.

Sie versuchte den Brief wieder in den Umschlag zu stecken, aber ihre Hände zitterten vor Aufregung. Außerdem blockierte ein dickeres Stück Papier ihr Vorhaben. Sie zog es heraus; es war ein Bild, das vor dem Edelsteingeschäft aufgenommen worden war. Der Schriftzug »Pie Jesu« erstrahlte in glänzenden Lettern, und die davor versammelten Menschen reckten das Kinn in die Höhe. Ein Bild aus besseren Zeiten; allein die Tatsache, dass man eine teure Fotografie hatte machen lassen, sprach dafür.

Neugierig beugte sich Sarah über das Bildchen. Sogar der Geschäftsinhaber trug ein Lächeln auf dem Gesicht. Den Glaser-Schwager gab es noch nicht, aber die junge Frau neben dem Inhaber war zweifelsfrei Valérie Vigueret mit vielleicht sechzehn Jahren. Monsieur Vigueret wurde flankiert von einer schlanken blonden Dame, wahrscheinlich seiner Frau; dann war Valérie ganz nach dem Vater gekommen. Ganz im Gegensatz zur jungen Frau neben Mutter Vigueret; sie war dieser wie aus dem Gesicht geschnitten: blondes, glattes Haar, das auf der Fotografie fast weiß wirkte, Augen mit einem verträumten Blick.

Sarah stutzte. Ihr Puls erhöhte sich, und atemlos drehte sie das Bild um. Madame Bregnard hatte etwas an den Rand gekritzelt.

Pie Jesu zu besseren Zeiten! Das Ehepaar Vigueret mit den Töchtern Valérie und Léonore.

Léonore Vigueret. Heute Léonore Theuillerat, wohnhaft in Plagne, Mutter eines entführten Sohnes. Wenn er überhaupt ...

»Jemand zu Hause?«

Rosa! Sarah rannte mit dem Brief zur Tür. »Hör dir das an! Ich glaube, die Sache mit den Fälschungen nimmt ihren Anfang in Bonfol. Und das ist nicht alles.« Aufgeregt berichtete sie ihr vom Inhalt des Briefes und zeigte ihr das Bild. »Das ist Madame Theuillerat; ich bin mir sicher! Sie ist die Tochter des Inhabers des Pie Jesu; ihre Schwester betreibt die Schleiferei, in der mir die Steine zerbrochen sind, und deren Mann gehört eine Glaserei, die offenbar seit zwei Jahren plötzlich Geld abwirft. Und noch etwas ist mir eingefallen: Lehrer Schmidt hat gesagt, für die Färbung des Glases müsse man mit Cassiusgold arbeiten. Ich habe mich die ganze Zeit gefragt, wo ich das schon mal gehört habe, und eben ist es mir eingefallen: Fabrice hat einmal von diesem Buch gesprochen, und als ich in der Schleiferei in

Bonfol meinen Dumontier-Jurgenssen gesucht habe, ist mir dieses ›Ars Vitraria‹ in die Hände geraten. Warum sollte wohl eine Schleiferin von Lagersteinen ein Buch über die Färbung von Glas mit Cassiusgold brauchen?« Aufgeregt sah sie Rosa an. »Es kann kein Zufall sein, dass Madame Theuillerat diese familiären Verbindungen zu Bonfol und zur Schleiferei hat. Sie muss sowohl bei den Fälschungen als auch bei den Entführungen eine Rolle spielen, und wenn dem so ist, hängen die Fälschungen und die Entführungen ziemlich sicher zusammen.«

»Jesus, Maria und Josef! Und du hast gesagt, die Schleiferei hat hier eine Dépendance?«

»Fabrice ist sich sicher, dass dort nur am Tag und zur Tarnung Rubine geschliffen werden. In der Nacht schleifen sie Glas. Dann übernehmen sie unter der Hand Arbeit von anderen Schleifern und bringen die Steine über ihre unerfahrenen Leute in der Prémontage in Uhren – unter anderem bei Schild! Fabrice will prüfen, welche Schild-Schleifer sich auf dieses Geschäft eingelassen haben.« Nachdenklich sah sie noch einmal auf den Brief. »Ich habe Georg Schmidt gefragt, wie man Glas bearbeiten müsste, dass es wie die Rubine aussieht, und er hat mir geholfen, bis er die Formel beisammenhatte. Er meinte noch, dass er eine ähnliche erst kürzlich erarbeitet hat. Dann hat er plötzlich darauf gestarrt, als hätte er ein Gespenst gesehen, und mich hinausgescheucht. Ich frage mich, warum. Für wen hat er so eine Formel erstellt?«

»Er ist noch nicht lange hier. Kennt er jemanden im Dorf?«

»Ich glaube kaum; ich denke eher an jemanden auf Breidenstein, der sich seine Hilfe erschlichen hat. Davon müssen wir ausgehen, wenn wir an einen Komplizen für Madame

Theuillerat denken: einer der anderen Lehrer oder der Präfekt.«

»Oder Schmidt selbst? Vielleicht ist er erschrocken, weil ihm klar wurde, dass ihm jemand auf der Spur ist!«

»Dann hätte er gleich reagiert, als ich ihn nach den Fälschungen fragte, meinst du nicht? Es sei denn, er war besonders raffiniert, aber so schätze ich ihn nicht ein. Ich könnte ihn noch einmal besuchen.«

»Mach das. Und willst du den Korporal informieren? Oder sollten wir sicherheitshalber auch den Richter kontaktieren?«

»Ich bin zuversichtlich, was Korporal Ringgenberg betrifft«, erwiderte Sarah. »Ich werde ihm ein Telegramm schicken. Aber ich frage mich noch etwas: Was, wenn das, was David über jemanden erfahren hat – und was ihn das Leben gekostet hat –, mit den Fälschungen im Zusammenhang steht?« Aufgeregt sah sie Rosa an. »Fabrice hat kürzlich wieder von seinem eidetischen Gedächtnis palavert, und dabei habe ich mich gefragt, wo ich das sonst schon gehört habe. Und Herr Blösch hat mir einmal erzählt, dass David eins hatte. Vielleicht hat er etwas gesehen – eine Formel oder so –, was mit den Fälschungen zusammenhängt!«

»Dann wäre die Entführung nur Mittel zum Zweck, um den wahren Grund seines Todes zu verschleiern«, erwiderte Rosa. »Mit wem hätte Madame Theuillerat so etwas aufgezogen? Vielleicht sollten wir mit ihr sprechen.«

»Rosa! Das ist sogar mir zu riskant. Wir sind in ihr Haus eingebrochen, und wenn ich mit meinen Vermutungen recht habe, ist sie mitverantwortlich für den Tod eines Jungen. Ich möchte sie keinesfalls daheim aufsuchen.«

»Das ist auch nicht nötig!«, erwiderte Rosa. »Dieses Wochenende dürfen die Schüler, die nicht weit weg wohnen, nach Hause. Madame Theuillerat wird ihren Mathieu holen. Wenn wir vor Ort sind, können wir sie fragen – das heißt, wenn die Landjäger sie nach Breidenstein lassen.«

»Das wäre einen Versucht wert. Vielleicht haben sie ihr nicht gesagt, dass sie ihr auf der Spur sind, damit sie sie zu ihrem Komplizen führt.« Sarah erhob sich. »Ich mache mich an das Telegramm für Ringgenberg. Und morgen geht's wieder nach Breidenstein!«

Gideon starrte auf das Gekritzel, das er fabriziert hatte, seit seine letzte Befragung vorbei war, knüllte den Bogen zusammen und pfefferte ihn in seinen Abfallkorb. Das war nichts wert, aber es war auch schwierig, wenn man einen so frustrierenden Bericht verfassen musste. Die beiden Hinweise auf Jenny und Eberwein hatten trotz Friedlis eifrigen Nachforschungen und Viktors Kontakten zum Solothurner Patriziat nicht viel eingebracht. Viktor hatte den Mann, mit dem sich Jenny gestritten hatte, zwar aufgespürt; ein Seminarkollege Jennys, der gemäß Viktor auch zu den Verfassern des *Hudibras*, Solothurns Fasnachtszeitung, gehörte. Auf Viktors Nachfrage hatte er gemeint, Jenny und er hätten sich über Politik unterhalten. Und Eberwein? Während der Unterrichtszeit hatte Friedli das Zimmer durchsucht, aber nichts gefunden. Die verschlossene Schublade hatte Friedli öffnen können, doch sie war leer gewesen.

Auch Léonore ging ihm nicht aus dem Sinn. Was mochte in ihr vorgehen? Sie wurde tagsüber unauffällig bewacht, was gar nicht so einfach war, weil ihr Haus so abgelegen war. Der

Landjäger verschanzte sich jeweils bei der Weggabelung zum Haus hinter einem Gebüsch; näher ans Haus zu gelangen hieße, sich der Entdeckung preiszugeben. Wenigstens lag das Gebäude an einem Abhang, sodass der Weg über den Pfad den einzig möglichen Zugang zum Haus darstellte. Léonore schien niemals Besuch zu bekommen und verließ selten das Haus. Gestern Abend hatte er den dafür eingesetzten Landjäger kurz abziehen müssen, doch heute Morgen war er wieder in Stellung gegangen. Wittmer hoffte, dass Léonore heute, wenn sie nach Breidenstein kam, um ihren Sohn abzuholen, einen Versuch unternehmen würde, ihren Komplizen zu treffen. Wie konnte er glauben, dass sie so dumm sein würde?

Gideon erhob sich und stellte sich ans Fenster, sah auf die Mammutbäume und den kleinen Teich. Ob sie schon auf dem Weg war? Er hoffte, sie zu sehen, und fürchtete die Begegnung gleichzeitig. Warum hatte sie ihm nichts erzählt, als er bei ihr war?

Er biss sich auf die Lippen, kehrte zu seinem Sessel zurück und fuhr mit seinem Bericht fort, aber er hatte kaum vier Zeilen geschrieben, als es klopfte und Friedli in der Tür stand, einen Streifen Papier in der Hand. Er eilte zu Gideon und reichte es ihm.

»Von Fräulein Siegwart. Es ging an die Wache auf Ihren Namen, und man hat es nach Grenchen gedrahtet.«

Nachdem er die Zeilen gelesen hatte, hämmerte der Puls in seinen Schläfen. Warum war er nicht selbst darauf gekommen? Hatten ihm seine Gefühle dermaßen die Sicht vernebelt? Ein unerträglicher Gedanke, aber es musste wohl so sein. Léonore hatte oft vom jurassischen Heimatland an der Grenze gesprochen. Allerdings hatte er den Fälschungen, die Fräulein Siegwart erwähnt hatte, keinerlei Bedeutung zugemessen; sie schienen so gar nichts mit dem Entführungsfall zu tun zu haben.

»Das ändert alles. Wir haben also diese Fälschungen und dann die Entführungen. Warum kam es zu den Entführungen? Haben die Fälschungen zu wenig Geld produziert? Das wäre eine Möglichkeit. Oder war die Sache mit den Entführungen sogar eine Täuschung?« Er runzelte die Stirn. »Dieser Junge – David Blösch. Er soll so etwas wie ein Genie und ausgesprochen naseweis gewesen sein. Was, wenn er etwas gesehen oder gehört hat und der Sache auf die Spur kam? Er war ein Großmaul; er dürfte das nicht für sich behalten haben. Wahrscheinlich hätte er es sogar dem Täter unter die Nase gerieben, und dann …« Er sah hoch. »Ich werde mir die Lehrer noch einmal vornehmen müssen, auch den Präfekten.« Gideon seufzte, das waren alles andere als rosige Aussichten. »Aber vor allem will ich mit Madame Theuillerat sprechen, wenn sie eintrifft. Bringen Sie sie sofort zu mir. In Ordnung?«

Friedli nickte und verließ den Raum, während sich Gideon in seinen Sessel lehnte und seinen Blick durch den Salon schweifen ließ. Raffinierte Fälschungen – eine Angelegenheit für einen Naturwissenschaftler. Schmidt wäre prädestiniert: Er war Chemiker und ein heller Kopf, er hatte die *Badische* abonniert, und er hatte den Schlüssel zum Wissenschaftsraum. Aber der Mann kam ihm immer noch viel zu unbeholfen für so einen ausgeklügelten Plan vor, und irgendwie brachte er ihn nicht mit Léonore zusammen. Triebold wäre vom Fach her auch geeignet. Außerdem – so ungern er daran dachte –

hatte er diese betörende Wirkung auf Frauen. Wenn einer bei Léonore Eindruck machen konnte …

Sein Magen verkrampfte sich. Das wollte er nicht denken, und es schien ihm auch nicht sehr wahrscheinlich. Sie war eine viel zu intelligente Frau.

Sind das nicht die, die auf subtile Verführer reinfallen?

Er wischte den Gedanken beiseite. Jenny? Als Sportlehrer hatte er wenig Berührungspunkte mit den Naturwissenschaften. Andererseits besaß er die gleiche Ausbildung wie alle anderen, er konnte das Geld brauchen, das bei den Fälschungen rausschaute, und er hatte viel Charme. Dass er verheiratet war, würde den Druck auf ihn erhöhen, falls etwas ans Tageslicht käme. Eberwein war auch notorisch knapp bei Kasse und in allen Fächern versiert. Der Präfekt? Er hatte früher Naturwissenschaften unterrichtet und besaß einen Schlüssel zum Wissenschaftsraum. Allerdings waren Fossilien weit weg von Glaserei und Chemie.

Ein Klopfen an der Tür ließ Gideons Herz schneller schlagen. Er zog sein Sakko zurecht und atmete tief ein. Seine Hand wanderte wie von selbst zu seinem Haar, dann nahm er den Arm sofort wieder herunter. Er sollte auf die Befragung fokussiert sein, nicht darauf, wie er aussah.

Oder sie.

Friedli kam herein. Allein.

»Was ist? Wo ist Madame Theuillerat?«

Jetzt erst fiel ihm auf, dass Friedli, sonst mit dem geröteten Gesicht des Biertrinkers gesegnet, leichenblass war. Und er registrierte den neuen Streifen Papier in der Hand des Landjägers.

Ihm wurde flau. »Was?«

Friedli streckte ihm das Papier entgegen. Sein Adamsapfel zuckte. »Aus Romont, Herr Korporal. Madame Theuillerat ist tot.«

Gideon starrte ihn lange an. Dann riss er Friedli das Papier aus der Hand, griff nach seiner Uniformjacke und stürmte, Friedli auf seinen Fersen, hinaus.

Es konnte nicht sein. Es *durfte* nicht.

Blind rannte er weiter, sein Atem pfeifend in seinen eng und enger werdenden Lungen. Schließlich blieb er keuchend stehen und starrte auf den harmlosen Streifen Papier. Da stand es, schwarz auf weiß.

Die Lebernstraße war gut befahren, und Föhnwind hatte frühlingshafte Wärme ins Mittelland gebracht. Überall reckten Krokusse und Schneeglöckchen ihre Köpfe in die Sonne, und die Bäume, vor Kurzem noch nackt und braun, trugen einen schwachen grünen Flaum, der neues Leben verhieß. Smaragdfarben leuchtete der Romontberg in den blauen Himmel.

Und dahinter lag sie. Kalt und tot.

Sein Magen drehte sich um. Taumelnd begab er sich zum Straßenrand und beugte sich vor, aber abgesehen von etwas Speichel kam nichts aus seiner Kehle. Hätte er sich nur auf diese Weise erleichtern, einen Teil des Giftes, das über diesen verdammten Zettel in ihn hineingesickert war, loswerden können.

Die paar Zeilen gaben nicht viel Aufschluss darüber, wie Léonore gestorben war. Keine Anzeichen von Gewaltanwendung, hieß es. Also vielleicht Selbstmord. Warum hatte er sie nicht mit mehr Nachdruck gefragt? Vielleicht hätte er sie retten können. Er eilte weiter, als wäre er auf der Flucht, und wusste doch, dass dort, wo sein Weg endete, der Schrecken auf ihn wartete.

Eine Stunde später erreichte er mit Friedli ihr Haus, vor dem ein Landjäger Wache stand.

»Doktor Schild ist schon hier.«

Gideon nickte und trat zögernd ein. Die Läden im Wohnzimmer waren geschlossen; dunkel und still war es. Ob sie das getan hatte, bevor sie …? Er schüttelte den Gedanken ab und ging ins Schlafzimmer.

Doktor Schild saß auf dem Bettrand, als spräche er mit einer Patientin, aber Gideon konnte Léonores Gesicht sehen, blass, verzerrt und leblos auf dem Kissen. Die durchsichtige Haut sah aus wie gesprungenes Glas; qualvoll verzogen die weißen Lippen. Ihre Augen waren geschlossen, und er dankte Gott dafür.

Der Doktor war beim Geräusch der knarrenden Dielen aufgestanden und kam auf ihn zu, einen Handschuh abstreifend. Gideon reichte ihm die Hand.

»Was können Sie mir sagen?«

»Es sieht nach Selbstmord aus.« Der Blick des vollbärtigen Mediziners war gleichermaßen mitfühlend und ernst. »Die Hinweise an ihrem Körper deuten auf Zyankali.« Er deutete auf ein leeres Fläschchen, das auf dem Nachttisch stand. »Unbeschriftet, aber ich bin mir sicher, dass die Untersuchungen meine Vermutung bestätigen werden. Dann ein Glas, in dem Wein gewesen sein muss, und dieser Brief. Vergleiche legen nahe, dass er von ihrer Hand verfasst wurde.« Er räusperte sich. »Er ist an Sie gerichtet.« Damit reichte er ihm den Bogen, und Gideon begann zu lesen, die Kehle eng und das Herz schwer hämmernd in seiner Brust.

Mon cher Gidéon. Wenn du dies liest, werde ich fort ein. Mir tut leid, was geschehen ist. Ich wollte nie, dass jemand zu Schaden kommt – nur Geld für einen neuen Anfang, in einer neuen Welt – mit meinem neuen Gefährten. Gideon wandte den Blick ab. Das hatte er vermuten müssen.

Ich fasste sofort Vertrauen zu ihm, als ich das erste Mal mit Mathieu vor ihm stand und wir über Naturwissenschaften sprachen. Meinen Sohn weiß ich auf Breidenstein in guten Händen, und für alles andere, was er braucht, wird mein Bruder sorgen. Adieu et bonne vie – und verzeih mir.

Tränen brannten in seinen Augen – der Trauer, aber auch der Wut. Warum wurde sie nicht deutlicher? Und warum hatte sie sich für diesen qualvollen Weg entschieden?

Der Gedanke war auch dem Doktor gekommen. »Warum schreibt sie nicht, mit wem sie zusammengearbeitet hat? Und wieso tötet sie sich, wenn sie mit ihrem Gefährten ein neues Leben anfangen könnte?«

»Wahrscheinlich wollte sie ihn nicht ans Messer liefern. Und warum sie sich umbringt? Sie war sehr zartbesaitet. Die Schuld muss sie erdrückt haben.«

»Ich verstehe.« Schild seufzte. »Gott möge ihrer Seele gnädig sein, wie die Pfaffen sagen.«

Gideon presste die Lippen aufeinander. »Eines ist klar. Es ist einer der Lehrer, wie wir es schon immer vermutet hatten. Und zwar einer, der naturwissenschaftlichen Unterricht gibt.« Er ballte die Hände zu Fäusten. »Triebold oder Schmidt. Oder der Präfekt; er hat früher Physik unterrichtet.«

»Oder Eberwein«, sagte Friedli. »Ist Algebra keine Naturwissenschaft?«

»Mag sein. Einerlei: Wir müssen zurück nach Breidenstein.« Er sah noch einmal auf den Brief. Irgendetwas daran kam ihm seltsam vor. »Hören Sie, Schild. Können Sie Léonore ...« Er brach ab, atmete tief durch und setzte neu an. »Können Sie den Leichnam genauer untersuchen? Ob es Hinweise darauf gibt, dass sie das Gift nicht selbst genommen hat oder dass es etwas anderes war?«

Der Doktor nickte. »Das machen wir sowieso, da ein Selbstmord Auswirkungen auf das Begräbnis hätte. Aber wie kommen Sie darauf?«

»Sie haben es selbst gesagt: Da steht nichts von Selbstmord. Es könnte ein normaler Abschiedsbrief mit Geständnis sein. Vielleicht wurde sie getötet.« Gideon drehte sich noch einmal zum Bett, trat näher und sah auf Léonore hinunter. Mühsam richtete er den Blick auf den Nachttisch, auf das Weinglas – und eine halb leere Flasche »Gouttes d'Amour«.

Er betrachtete die Flasche lang, und nun stieg neben der Trauer auch Wut in ihm hoch; Wut und ein Gefühl, als hätte ihm jemand in den Magen geschlagen. Sie hatte ihn benutzt, und er hatte sich benutzen lassen. Wie gut sie ihn gelesen hatte; ihn und seinen unbändigen Drang, der starke Retter zu sein! Sie hatte ihm Liebe vorgespielt, um ihren wahren Geliebten zu schützen, dem sie offensichtlich so verfallen war, dass sie den Tod eines Jungen hingenommen und zugelassen hatte, dass ihr eigener Sohn als Ablenkungsmanöver und Geldesel missbraucht wurde. Wie hatte sie das mit ihrem Gewissen vereinbaren können?

Das stille Gesicht vor ihm gab ihm eine Antwort: Sie hatte es nicht gekonnt.

Die Wut versickerte, und dumpfe Trauer ergriff wieder von ihm Besitz. Sie mochte einen anderen geliebt und ihn, Gidéon, benutzt haben, aber er erinnerte sich an ihre tief verwurzelte Angst und das stille Vertrauen, das ihm aus ihren Augen entgegengekommen war. Das war nicht gespielt gewesen; er war sich sicher. Warum hatte er nicht stärker versucht, ihre Angst zu durchdringen und sie zu einer Aussage zu befreien?

Mühsam wandte er sich ab und trat vor die Tür. Nach der Dunkelheit im Raum wirkten der blaue Himmel und die strahlende Sonne gotteslästerlich und pietätlos. Er schritt aus, so schnell ihn seine Beine trugen. Auch ohne Gottes Hilfe würde er Léonore rächen. Was hatte Schild gesagt? »Gott möge ihrer Seele gnädig sein«? Gott konnte froh sein, wenn *er seiner* Seele gnädig war.

»Was können wir tun?«

Stille breitete sich in Maries winzigem Zimmer aus, während Sarah resigniert in die Gesichter von Rosa, Pauline und Marie blickte. Sie waren früh auf Breidenstein eingetroffen und hatten sich mit dem Vorwand, sie wollten Marie besuchen, im Haus umgesehen. Das war nicht schwierig gewesen; überall waren Schüler und Eltern herumgelaufen, niemand hatte auf sie geachtet. Sie hatten sich an strategisch guter Stelle platziert, um Madame Theuillerat nicht zu verpassen, aber sie war nicht gekommen. Dann hatten sie Ringgenberg wie einen Flüchtenden aus Breidenstein rennen sehen. Marie hatte über den Dienstmädchenkanal in Erfahrung gebracht, was geschehen war.

»Das Dienstmädchen, das den Kaffee in den Salon brachte, sagte, es habe das Wort Selbstmord gehört«, sagte Marie. »Warum sollte sie das tun?«

»Weil ein Junge starb? Vielleicht hat das ihr Gewissen erdrückt; das könnte ich mir jedenfalls gut vorstellen.« Rosa seufzte.

»Die erste Entführung kommt mir immer seltsamer vor.« Sarah setzte sich auf dem Bett nach hinten und lehnte sich an die Wand. »Erst der späte Erpresserbrief, dann wird der Junge am Tag vor der Geldübergabe so platziert, dass er sicher gefunden wird. Dann wird klar, dass er ein paar Tage früher starb. Ich bin immer überzeugter, dass meine Idee stimmt: dass die Entführung von David schiefgegangen ist und Davids Tod etwas mit den Fälschungen zu tun hat.«

»Aber denk daran, was ihr in Madame Theuillerats Haus gefunden habt«, erwiderte Pauline. »Davids Entführung war geplant.«

»Sie könnte trotzdem mit den Fälschungen und einer Entdeckung seinerseits zusammenhängen«, konterte Sarah. »David war ein Genie, besonders in den naturwissenschaftlichen Fächern. Wir gehen davon aus, dass einer der Lehrer auf Breidenstein darin verwickelt ist. Und auch wenn es mir bei dem Gedanken graust, könnte es so gewesen sein: David entdeckt etwas, was die Fälschungen aufdecken könnte. Der Täter beschließt, ihn aus dem Weg zu räumen, aber vorher noch etwas Geld mit ihm zu machen, mit dem praktischen Nebeneffekt, dass die Entführung die Landjäger auf eine ganz andere Spur bringt.«

Rosa runzelte die Stirn. »Aber warum hat er das Geld nicht geholt oder für eine sichere Übergabe gesorgt? Wenn er die komplizierten Fälschungen geplant hat, konnte er das sicher auch.«

»Ich denke immer noch, dass sein Tod zumindest in dem Moment nicht geplant war«, erwiderte Marie aufgeregt. »Regina hat wütende Stimmen und Krach aus einem der Zimmer gehört. Ich stelle es mir so vor: Jemand plant die Entführung und lässt David zu sich kommen, um ihn dann zu betäuben und irgendwo zu verstecken. Aber während sie miteinander reden, reizt David ihn so sehr, dass er die Beherrschung verliert und den Jungen versehentlich tötet.«

»Aber warum hat er dann doch noch einen Lösegeldbrief verschickt?«, fragte Rosa.

»Um zu verbergen, dass der Junge sowieso sterben musste?«, fragte Sarah sinnend. »Wenn David schon tot war, muss er gewusst haben, dass er nicht mehr an Geld herankommen wird. Bei einer Übergabe hätten die Landjäger sicher darauf bestanden, dass sie den Jungen lebend sehen, bevor sie Herrn Blösch erlaubt hätten, das Geld zu deponieren. Und das wäre dann nicht mehr möglich gewesen.«

»Nur: Wie hätte er den Jungen dann noch töten wollen?«, konterte Pauline.

»Da bin ich überfragt.« Sarah seufzte. »Vielleicht mit einem erst spät wirkenden Gift; oder er hätte ihn aus sicherer Entfernung erschossen.«

»Mich schaudert es.« Marie setzte sich auf ihr Bett und kreuzte die Beine. »Ich kann mir keinen der Lehrer bei so einem Verbrechen vorstellen, aber bei Gift denke ich an Schmidt.«

»Nicht Schmidt«, erwiderte Sarah. »Er könnte mit den Entführungen zu tun haben, aber nicht mit den Fälschungen. Er war viel zu unbeschwert, als ich ihn danach fragte, und hat erst seltsam reagiert, als er die Formel sah.«

»Vielleicht hat er dir etwas vorgespielt«, erwiderte Rosa.

»So wirkte es nicht.«

»Wenn es doch nur der Präfekt wäre«, sagte Marie seufzend. »Aber nur, weil wir ihn nicht mögen, ist er noch lange nicht der Schuldige.«

»Und nun?«

Wieder breitete sich düsteres Schweigen aus, und in den Gesichtern der Freundinnen sah Sarah die gleiche Hoffnungslosigkeit, die wie Blei auf ihrer Brust hockte. Was konnten sie noch tun? Sie mussten den grausamen Täter einfach aus dem Verkehr ziehen. Madame Theuillerats angstvolles Gesicht verfolgte sie. Wie mochte es Ringgenberg gehen? Auch für ihn musste das Ganze endlich ein Ende haben.

Schließlich erhob sie sich. »Wir müssen ein anderes Mal darüber brüten. Die Fabrik wartet.«

»Warte noch. Was ist eigentlich mit dir und Paul?«, fragte Pauline. »Gestern habe ich ihn mit Frieda im *Hallgarten* gesehen.«

Frieda. Das kam nicht so überraschend. Überraschender war, dass sie doch einen kleinen Stich in der Herzgegend verspürte.

Sarah holte Luft und strich mit den Händen über ihren blauen Kittel. »Es ist vorbei. Wir haben uns letzten Sonntag zum Essen gesehen, und das Gespräch lief schnell aus dem Ruder. Er ist wütend gegangen, und ich dachte, das war's. Aber dann kam er gestern überraschend vorbei, und einen Moment lang glaubte ich – *hoffte* ich, er hätte seine Meinung geändert. Aber so war es nicht. Er ist einfach davon ausgegangen, dass ich in ein paar Jahren damit einverstanden sein würde, eine Bauersfrau zu werden. Er hat mich bei meinen Zielen nicht wirklich unterstützt. Und das war mir nicht genug.« Sarah verstummte, und einen Moment lang schien das Blei auf ihrer Brust noch schwerer zu werden. »Ich hoffe, ich habe mich richtig entschieden.«

»Das hast du«, erwiderte Pauline energisch. »Du hast so viel Talent. Wir werden dich immer unterstützen, auch Adolf. Verlass dich darauf!«

»Danke, du Liebe! Adolf und du gebt mir Hoffnung, dass es möglich ist, sein Glück zu finden. Du hast weise gewählt!«

Pauline lachte. »Mutter hat immer gesagt, dass ich dann schon wüsste, wen ich wollte, und tatsächlich wusste ich rasch, dass es Adolf war. Aber ich brauchte Geduld. Er war so schüchtern! Erst als er bei meinem Pap vorstellig wurde, gab es kein Halten mehr.«

»Wirklich? Ich hätte nicht gedacht, dass Adolf zur schüchternen Sorte gehört.«

»Und wie! Es gibt sogar ein Gedicht darüber, wie er um mich angehalten hat.«

Bei der Vorstellung, wie der herzensgute Adolf ihrer Freundin aufwartete, wurde es Sarah leichter ums Herz. »Das musst du mir einmal vortragen«, sagte sie lächelnd. »Aber jetzt muss ich endgültig los.«

Etwas getröstet eilte sie in Richtung Dorf, doch das Gefühl wich zusehends, je näher sie der Schild-Fabrik kam. So schön es war, ihre Freundinnen und Paulines Mann auf ihrer Seite zu haben: Wenn sie das Rätsel nicht lösten, würde sie ihre Uhrmacherträume begraben müssen. In Sachen Entführungen waren sie an einem toten Punkt angelangt; jetzt konnte sie nur hoffen, dass sie auf der Suche nach den Steinfälschern besser vorankamen!

Sie beschleunigte ihre Schritte, und als sie kurz darauf die Werkstatt erreichte und in Fabrice' aufgeregtes Gesicht sah, breitete sich vorsichtige Hoffnung in ihr aus.

»Endlich bist du da!« Aufgeregt rieb sich ihr Kollege die feinen Uhrmacherhände. »Ich habe mir die Schleifereien angesehen und bin mir ziemlich sicher, welche mit dem Geschäft zusammenspannt. Ich habe extra auf dich gewartet, damit wir es Flury sagen können.«

»Wunderbar! Dann nichts wie los.«

Sie hasteten zu Flurys Tür und klopften an, und auf sein brummiges »Herein« traten sie in sein Kabuff.

»Was ist denn? Ihr seht aus, als brenne die Fabrik.«

»Fast«, erwiderte Fabrice eilig. »Wir müssen Ihnen etwas sagen.« Er sah zu Sarah, aber sie winkte ab. Er war viel besser darin, die technischen Details zu erklären. Schon ratterte er herunter, was sie sich überlegt und was sie herausgefunden hatten. Als er fertig war, sahen sie atemlos auf Lehrmeister Flury, der seine kurzen Arme auf seinen Kugelbauch gelegt und die Augen hinter den runden Brillengläsern geschlossen hatte, fast, als meditiere er. Schließlich öffnete er sie wieder, ein stolzes Lächeln auf dem Gesicht. »Das ist ja formidabel – ich bin sehr beeindruckt! Ich glaube, Adolf war einfach zu anständig, um auf die Idee zu kommen, dass eine seiner Auftrags-Schleifereien ohne sein Wissen Arbeit in andere Hände geben würde.« Er kratzte sich den kahlen Schädel. »Ich werde zu ihm gehen, und dann stellen wir die Schleifer zur Rede. Allerdings kann ich erst am Montag mit ihm sprechen; er ist eben zu einer Uhrenmesse aufgebrochen.«

»Montag? Das ist eine Ewigkeit hin! Was, wenn die falschen

Schleifer den Braten riechen und verschwinden?«, fragte Fabrice.

»Warum sollten sie? Nur Geduld. Jetzt können Sie alles den Erwachsenen überlassen. Aber nochmals: Das war erstklassig.« Er nickte ihnen zu. »Adieu, schönes Kind! Adieu, Herr Leibundgut.«

Sarah sah zu Fabrice, doch der zuckte nur hilflos die Achseln. Sie trotteten zurück in ihren Arbeitsraum und setzten sich an ihre Pulte.

»Wir können unmöglich so lange warten«, sagte Sarah nach einer Minute betäubten Schweigens.

»Nur die Ruhe«, erwiderte Fabrice. »Vielleicht fällt uns was ein.«

»Das hoffe ich.« Wütend griff Sarah nach ihrem Schraubenzieher und musterte böse die hölzerne Schwarzwälder Uhr auf ihrem Tisch. Das bunte Vögelchen, das aus der Luke guckte, ging ihr auf die Nerven. Was nun? Eines war klar: Sie würde nicht warten. Wenn die Herren sich Zeit ließen, mussten eben Damen handeln. Und sie wusste auch schon genau, was sie tun würde.

Vorsichtig öffnete Sarah die Tür zu dem Haus, in dem die Dépendance aus Bonfol untergebracht war, und spähte in den schmalen Korridor. In der Ecke stand, wie sie sich richtig erinnert hatte, der alte Wandschrank. Jetzt war zu hoffen, dass er ihren Zwecken genügen würde. Sie öffnete das Ding und zuckte zurück. Keine Regale, aber Gerümpel, so weit das Auge reichte; da konnte sie sich unmöglich hineinzwängen! Wohin mit dem ganzen Zeug? Sie inspizierte den Korridor. Da stand ein alter Regenschirmständer; zumindest ein Teil der Ware könnte darin Platz finden. Eilig stopfe sie Stoffreste hinein und als Krönung den kaputten Regenschirm, der zuhinterst im Schrank stand, obendrauf. Jetzt könnte es reichen. Sie quetschte sich hinein und zog die Tür so weit zu, wie es ging. Immer noch war kaum Platz zum Atmen, und die Luft roch irgendwie, als hätte sich vor einer geraumen Weile ein Tier zum Sterben hier verkrochen.

Im Schrank kauernd und durch den Mund atmend, wartete Sarah ungeduldig. Der Klang der Kirchenglocken drang dumpf durch die Schrankwand und das Gerümpel. Schon halb eins! Was, wenn die junge Frau heute nicht in die Mittagspause ging? Ihre Oberschenkel begannen zu brennen. Lange würde sie das nicht mehr aushalten.

Dann, nach einer geschätzten Ewigkeit, ertönten endlich Schritte auf der Treppe und näherten sich dem Eingang. Als das Geräusch bei ihr angekommen war, wagte Sarah einen kurzen Blick durch den Türspalt. Das war die Frau, die sie und Fabrice so misstrauisch in Empfang genommen hatte! Schon öffnete sie die Haustür und verschwand um die Ecke, während die Tür hinter ihr ins Schloss fiel.

Nach einer Minute bangen Wartens hastete Sarah die Treppe hoch bis zur Tür, die in die Schleiferei führte. Ihr Plan war so simpel wie kühn: Wenn hier Glassteine geschliffen wurden, musste es irgendwo welche geben. Sicher lagen sie nicht in Säckchen herum, sondern waren gut versteckt. Dieses Versteck würde sie finden und eines der Säckchen mitgehen lassen, wie Fabrice es vorgeschlagen hatte. Dann würden sie die Steine Herrn Flury zeigen und hatten ihren Beweis. Ein gewagter und illegaler Schachzug – aber manchmal musste man etwas riskieren.

Vorsichtig öffnete sie die Tür, schlüpfte in den immer noch schmutzigen, aber zum Glück leeren Raum und ließ den Blick erst über die Arbeitstische, dann über die Bücherregale gleiten. Die Säckchen, die sie gestern gesehen hatte, waren verschwunden. Ob es irgendwo ein Geheimfach gab? Vielleicht einen Hohlraum in der Wand. Sorgsam klopfte sie die Holzwand ab, an der das Bücherregal stand. Dahinter schien nichts zu sein. Sie nahm sich den nächsten Meter vor und stockte kurz. Hatte das Holz hier einen hohleren Klang? Nochmals hob sie die Hand – und erstarrte.

Schritte auf der Treppe, eilig und bestimmt. Was nun? Panisch sah sie sich um. In einer Ecke des Raumes stand ein kaputter Stuhl, an der Wand eine Kommode – nichts, worin man sich verbergen konnte. Dann fiel ihr Blick auf den riesigen Jutesack, der neben der Kommode lag. Sie hastete hinüber, drapierte das Ding über sich, schlug ein Kreuzzeichen, und nur Sekunden später kam jemand herein – eine dünne, hochgeschossene Gestalt, wie sie durch den Stoff erkennen konnte; nicht die Frau von vorhin. Sie trat an die Wand, die Sarah abgeklopft hatte. Was sie genau machte, war nicht zu sehen, aber plötzlich klickte es scharf. Die Frau kauerte sich hin und schien nach etwas zu greifen. Aber wonach?

Sie musste einfach sehen, was vor sich ging. Vorsichtig betastete Sarah den Jutesack, der sie wie ein Leichentuch umhüllte. Die Webung war locker; vielleicht konnte sie die Fasern so weit dehnen, dass sie etwas sehen konnte. Mit klopfendem Herzen zog sie den Stoff auseinander, so langsam sie konnte, bis sie ein Loch von der Größe eines Fünfzigrappenstücks fabriziert hatte. Sie näherte ihr Auge dem Loch und sah hindurch, darauf bedacht, keine Bewegung zu verursachen. Die Gestalt hatte sich auf einen Hocker gesetzt und drehte ihr größtenteils den Rücken zu; die langen, glatten Haare ließen vermuten, dass es sich um eine Frau handelte. Auf dem Tisch vor ihr lagen mehrere Papierbriefchen, mit denen sie eine danebenstehende Kiste befüllte. Jetzt drehte sie den Kopf, und Sarahs Herz machte einen Satz. Aber sie sah nur zur Seite, um nach den letzten Briefchen zu greifen und sie ebenfalls hineinzulegen. Dann stand sie auf, nahm die Kiste unter den Arm und verließ – gelobt sei Gott! – den Raum.

Sarah wartete atemlos auf die verklingenden Schritte auf der Treppe, die zuschlagende Tür. Dann warf sie den Jutesack von sich und hastete so leise wie möglich die Treppe hinunter, aus dem Haus und um die nächste Ecke, wo sie stehen blieb und tief durchatmete. Ihr Herz raste, aber nicht wegen der abrupten Flucht oder der Treppenrennerei.

Als die Frau nach den letzten Briefchen gegriffen hatte, hatte sie ihr Profil gesehen. Nicht nur kannte sie das Gesicht: Sie kannte nun den Täter.

Sie eilte zurück in die Fabrik und versuchte krampfhaft, sich auf die Arbeit zu konzentrieren, aber es gelang ihr nur mäßig. Die Minuten krochen dahin; das Mysterium Zeit in Reinkultur! Endlich war die Arbeit getan.

So schnell wie noch nie, seit sie ihre Lehre begonnen hatte, packte Sarah ihre Sachen zusammen, verabschiedete sich von einem verblüfften Fabrice und eilte durch den eisigen Regen nach Hause. Jetzt musste sie einen Plan schmieden, der den Übeltäter überführte, und zwar schnell. Sie hastete weiter Richtung Rosas Häuschen, während die Nässe durch den Mantel und durch die Kleider bis an ihre Haut drang; doch noch tiefer drang, dem Eisregen gleich, eine Angst in ihr Herz, die sie lange nicht mehr gespürt hatte. Die Momente in der schneiderschen Villa, als ihr Leben auf Messers Schneide stand, und die Todesangst, die ihr damals den Hals zugeschnürt hatte, ergriffen erneut von ihr Besitz. Wollte sie wirklich einem Mörder eine Falle stellen?

In Rosas Häuschen angekommen, eilte sie in ihr Zimmer und kleidete sich hastig um, griff nach ihrer Tasche und machte sich wieder auf den Weg.

Sie würde handeln, aber dieses Mal würde sie es nicht allein versuchen. Sie brauchte den Korporal.

»Ich danke Ihnen.«

Ringgenberg, der sich Sarahs atemlosen Bericht ruhig angehört hatte, legte die Fingerspitzen aneinander. »Ich weiß Ihren Einsatz zu schätzen, aber wir ermitteln in eine andere Richtung.«

»Sehen Sie die Verbindung zu Madame Theuillerat nicht?«

»Natürlich. Aber wir waren nicht untätig. Wir haben einen anderen Verdächtigen, und die Hinweise verdichten sich.«

»Wer ist es?«

»Das darf ich Ihnen nicht sagen.« Er atmete ein, als schmerze es ihn. »Die Untersuchung von Madame Theuillerats … Leichnam hat Gift zum Vorschein gebracht. Es war in einem Glas Wein, und wir dachten erst, sie habe es im Alleinsein genommen, aber der Arzt hält das für unwahrscheinlich.

Die ... Leiche weist Druckstellen auf. Wir nehmen nun an, dass sie den Wein erst ahnungslos getrunken und dann versucht hat, sich noch zu wehren, als sie die Wirkung des Gifts verspürte. Wir sind einem gefährlichen und skrupellosen Menschen auf der Spur.«

Mitgefühl schnürte Sarah die Kehle zu. Das Licht in Ringgenbergs Büro in Solothurn war trüb angesichts der dunklen Wolken, die von Grenchen her auch die Hauptstadt erreicht hatten, aber sein Gesicht war erschreckend blass und hell. Tiefe Schatten, wie Schmutzfurchen im Schnee, lagen unter seinen Augen. Trotz der Energie, die Ringgenberg in den Fall steckte, wirkte er verletzlich. Dennoch war sie sich ihrer Sache sicher.

»Was ist, wenn Sie den Falschen verdächtigen?« Sarah zögerte. »Ich weiß, wie riskant es ist, aber wie wäre es, wenn ich meinem Verdächtigen eine Falle stelle? Ihm einen Brief zukommen lasse, dass ich weiß, was er getan hat? Ich werde ihm schreiben, dass ich kein Geld will, sondern nur wissen will, wie er es gemacht hat. Danach könne er verschwinden.«

Ringgenberg starrte sie ungläubig an. »Warum sollte er Sie deswegen treffen? Er wird darauf kommen, dass es eine Falle ist. Und wenn Sie dem Richtigen auf den Fersen sind, ist das ein unverzeihliches Risiko. Haben Sie Ihre Lektion aus dem letzten Jahr nicht gelernt?«

»Doch.« Sarah schluckte. Unversehens sah sie wieder das Bild vor sich: Die glühenden Augen, das blitzende Messer. Sie verscheuchte die Erinnerung. »Ich bin mir sicher, dass es funktionieren wird. Er wird darüber reden wollen. Denken Sie nicht? Aber wenn Sie meinen, dass es sicherer wirkt, werde ich Geld verlangen.«

»Das wäre glaubwürdiger, dennoch bin ich dagegen. Bilden Sie sich ein, dass er Sie am Leben ließe?«

»Natürlich nicht! Hier kämen Sie ins Spiel. Wie wäre es, wenn wir unsere Aktionen abstimmen und Sie mir zu Hilfe kommen?«

»Es gefällt mir gar nicht, dass Sie sich in Gefahr begeben wollen.« Er seufzte. »Allerdings glaube ich auch, dass die Zeit drängt. Wir hätten unseren Verdächtigen in Untersuchungshaft genommen, aber uns fehlen stichhaltige Beweise. Wir haben für morgen ebenfalls eine Falle vorbereitet. Wenn der Täter hineintritt, schlagen wir zu.« Er sah aus dem Fenster, während er einen Brieföffner in seinen Händen kreisen ließ. Dann setzte er sich aufrecht hin. »Also gut. Sie schreiben Ihren Brief und setzen morgen fünf Uhr abends als Zeitpunkt der Übergabe. Als Ort wählen Sie eine Ecke auf Breidenstein – nehmen wir den Schuppen, in dem der Täter den Jungen kurz versteckt hat. Wir werden unseren Zugriff auf zehn Uhr morgens planen. Dann bleibt mir genug Zeit, um unseren Verdächtigen nach Solothurn zu bringen und rechtzeitig zurück zu sein, um Ihnen verdeckt Polizeischutz zu geben.«

»Das klingt gut.« Sarah gab sich alle Mühe, gleichmütig auszusehen, obwohl ihr der Plan nur zur Hälfte gefiel. Aber es ging nicht nur um ihre Zukunft, sondern um Gerechtigkeit für den armen David.

Ringgenberg, der ihr die Zweifel anzusehen schein, stand auf, trat auf sie zu und umfasste ihre Schultern. »Sind Sie sich sicher, dass Sie das tun wollen? Wir finden einen anderen Weg.«

»Ich will es. Es soll ein Ende haben.«

Er nickte und drückte ihre Schultern. »Dann viel Glück. Wir sehen uns morgen.«

»Ihnen auch, Herr Korporal.« Sie lächelte ihm zu und verließ die Wache, und trotz aller Angst erfüllte sie eine seltsame Ruhe. Ringgenberg vertraute ihr, außerdem hatte sie die Sorge in seinen Augen gesehen. Es schien ihm nicht egal zu sein, was aus ihr wurde, sicher würde er sie nicht im Stich lassen. Eilends machte sie sich auf in Richtung Bahnhof. Sie musste den Brief schreiben und ihn auf Breidenstein hinterlegen, und dann sollte die Geschichte ihren Lauf nehmen.

41

Gideon trat ans Fenster. Die dunklen Regenwolken erschwerten die Sicht, aber wenn er sich anstrengte, konnte er den braunen Haarschopf des forschen Fräulein Siegwart um die Ecke verschwinden sehen. Hatte diese Frau Nerven aus Stahl? Und wie verrückt war er, dass er bei ihrem Spiel mitmachen wollte? Hatte es damit zu tun, dass er sich doch nicht sicher war, den Richtigen im Visier zu haben?

Er wischte den Gedanken beiseite. Ihren Beweis auf Breidenstein hatten sie gefunden, und zusätzlich hatte ein Apotheker die Verbindung zu ihrem Verdächtigen und zum verwendeten Gift bestätigt.

Gideons Herz hämmerte schmerzhaft in der Brust. Seit er im Bericht des Arztes gelesen hatte, dass Léonore an einem verabreichten Gift gestorben war, und sich die Beweiskette geschlossen hatte, kämpfte er gegen die widerstreitenden Gefühle in seinem Herzen – Erleichterung, weil Léonore sich nicht umgebracht hatte, vor allem aber ein Ausmaß an Wut und Hass, das ihn überraschte; Wut und Hass auf den Mann, der sie getäuscht und ihr so kaltblütig das Leben geraubt hatte. Und, nicht zuletzt: der Schmerz, dass es dem Mörder gelungen war, sie so für sich einzunehmen, dass sie den Betrug nicht bemerkt hatte. Das verstörte ihn mehr, als er sich eingestehen wollte.

Aber das zählte nicht. Jetzt zählte allein die Falle, die sie ihm legen würden – seltsamerweise der Falle ganz ähnlich, die Fräulein Siegwart sich ausgedacht hatte. Mit einer fingierten Erpressung würden sie das Schwein aus seinem Bau herauslocken und in ihrem eigenen Bau einlochen, und dort kam es nicht mehr so schnell heraus.

Wie Gewehrfeuer in einer Schlacht prasselte der Regen gegen die Scheiben der Breidenstein-Bibliothek. Im Raum selbst war es still, während Gideon hinter dem opulenten Vorhang versuchte, möglichst flach zu atmen. Würde er kommen? Sie waren vor Tagesanbruch losmarschiert, um sich frühzeitig verstecken zu können, und lagen – oder besser standen – nun seit anderthalb Stunden auf der Lauer. Es war zehn nach zehn; wenn er kommen wollte, dann musste es bald sein.

Just in diesem Moment wurde die Tür zum Studierzimmer geöffnet, und Gideon hielt den Atem an. Schritte näherten sich. Er wagte einen Blick hinter dem Vorhang hervor. Es war tatsächlich sein Verdächtiger, der zum Regal schlich, das sie vereinbart hatten, und mit blassem, gequältem Gesicht einen dicken Umschlag hinlegte. Dann krachte die Tür auf, Friedli trat ins Zimmer, und Gideon schnellte hinter dem Vorhang hervor und hob seinen Vorderlader.

»Sie sind verhaftet, Herr Schmidt. Wegen der Entführung und wegen des Mordes an David Blösch und der Entführung von Mathieu Theuillerat.«

Er trat näher und starrte dem Mann in die Augen. »Und dem Mord an Léonore Theuillerat.«

Die Augen entsetzt aufgerissen, wich Schmidt zurück. Sein Gesicht glänzte, und auf seiner blassen Haut erblühten rote Flecken. Gideon trat noch näher, doch plötzlich wich Schmidt zurück, rannte panisch zum Fenster und öffnete es.

»Bleiben Sie stehen! Oder Sie haben eine Kugel im Kopf.«

Aber Schmidt schien ihn nicht zu hören. Er riss das Fenster auf, schwang sich auf die Brüstung und sah verzweifelt zurück. »Es ist nicht wahr!« Mit seiner blassen, schweißglänzenden Hand umklammerte er die Fensteröffnung.

»Sachte, Schmidt. Dann erklären Sie sich.«

»Sie würden mir sowieso nicht glauben; dafür hat er gesorgt!«

»Wen meinen Sie?« Den Blick nicht von Schmidt lassend, trat Gideon näher. Schmidt wich zurück. »Bleiben Sie, wo Sie sind!«

»Sie kommen vom Fenster weg, oder ich ...«

Ein Donnerschlag zerriss Gideons Worte. Schmidt schreckte zusammen, wankte und kippte nach hinten, und obwohl Gideon herbeisprang und nach seinem Ärmel greifen wollte, sah er nur noch die verschreckten Augen Schmidts, der sich um die eigene Achse drehte und aus seinem Blickfeld verschwand. Ein dumpfer Aufprall, dann Stille.

Entsetzt sah Gideon zu Friedli, der wie eine Statue unter der Tür stand, offenbar unfähig, sich zu bewegen. Doch auch er selbst schien sich nicht rühren zu können. Erst das Geräusch hastiger Schritte, die durchs Fenster hereindrangen, löste Gideons Starre.

Er griff nach Friedlis Arm. »Schnell, holen Sie den Arzt!«
Dann rannte er die Treppe hinunter, sein Blut laut in seinen
Ohren rauschend.

Blass und reglos lag Schmidt auf dem Rasen. Gideon griff
nach seinem Handgelenk. Ein Pochen. Das war gut. Dann
legte er sein Ohr an die magere Brust, die sich hob und senkte.
Sehr gut. Er ließ seinen Blick über den Körper des Lehrers
gleiten: Ein Arm war verdreht, vielleicht gebrochen. Nichts,
was ihn daran hinderte, eine Gefängnisstrafe anzutreten.

Zehn Minuten später drang Hufgeklapper an sein Ohr.
Donnernd preschte eine Kutsche auf den Haupteingang zu,
die Hufe der Pferde schlitterten funkenschlagend über die
Einfahrt. Mit nassem, glänzendem Vollbart entstieg Franz-Josef Schild dem Gefährt und kam eilig auf ihn zu.

»Er lebt noch«, sagte Gideon rasch. »Er ist nur bewusstlos.«

Regen trommelte auf ihre Köpfe und Kleider, während
Schild Puls und Atmung Schmidts prüfte und dann den Kopf
hob. »Er muss so rasch wie möglich ins Spital. Helfen Sie mir,
ihn in die Kutsche zu tragen.«

Gideon griff nach Schmidts Beinen, um den Mann, der
nichts zu wiegen schien, gemeinsam mit dem Doktor in dessen Kutsche zu platzieren, dann sah Schild zu Gideon. »Sie
müssen auch wieder nach Solothurn, nehme ich an.«

Gideon nickte erleichtert. »Danke, das spart Zeit, und ich
kann für einmal den Fußmarsch lassen. Ich gebe Friedli Bescheid; er soll hier die Stellung halten.«

Zwei Stunden später saß Gideon in seinem Büro. Schild hatte
ihm versprochen, Bericht zu erstatten, sobald er Schmidt

untersucht hatte; so lange konnte das unmöglich dauern! Ungeduldig sah er aus dem schmutzigen Fenster auf die gepflasterte, im Regen glänzende Straße. Weit und breit keine Kutsche.

Er musste noch eine weitere halbe Stunde warten, bis das vertraute Hufgeklapper von Schilds temperamentvollen Gäulen an sein Ohr drang. Gideon erhob sich, bestellte bei Wyss einen starken Kaffee und lief auf und ab, bis endlich ein rotgesichtiger, erschöpft wirkender Schild eintrat, sich auf dem Holzstuhl vor seinem Pult niederließ und dankbar die dampfende Tasse Kaffee aus Wyss' Händen entgegennahm. Gideon setzte sich ihm gegenüber.

»Er wird es gut überleben«, sagte Schild. »Eine schwere Gehirnerschütterung; er ist noch bewusstlos. Ein gebrochener Arm und zwei gebrochene Rippen, Prellungen. Er kommt wieder in Ordnung.«

Gideon nickte und beugte sich gespannt vor. »Wann kann ich ihn befragen?«

»Heute nicht mehr«, erwiderte Schild.

»Es muss heute sein! Er hat wirres Zeug geredet von wegen, wir würden ihm nicht glauben, aber ich bin davon überzeugt, dass er der Schuldige ist. Können Sie ihn nicht mit Riechsalz wecken?«

»Das ist keine Damenohnmacht«, entgegnete Schild kurz. »Sie werden sich gedulden müssen. Brauchen Sie mich noch?«

Gideon schüttelte den Kopf und sah mit ohnmächtigem Ärger zu, wie Schild seinen Kaffee hinunterstürzte wie einen doppelten Schnaps und davonstapfte. Doch bevor er eine ruhige Minute zum Nachdenken fand, stand Friedli in der Tür.

»Die Untersuchungen der Ingredienzien aus dem Labor von Herrn Schmidt sind da. Es wurden tatsächlich Spuren von gelbem Blutlaugensalz und Schwefelsäure gefunden. Damit hätte er die Blausäure herstellen können.«

Gideon nickte. »Überbringen Sie die Nachricht Richter von Arx. Ich mache meinen Bericht fertig, dann gehe ich nach Grenchen.«

Als er damit fertig war, war es schon zwei Uhr. Er musste sich aufmachen. Eilig zog er sich die Jacke über, trat aus der Tür und rannte beinahe in Wittmer, der ihn indigniert musterte. »Schon auf dem Weg, wie ich sehe. Machen Sie vorwärts!«

»Bitte?«

»Die Schlägerei in der Krone! Die Katholiken sind wieder zugange.«

Unbehaglich sah Gideon auf die Uhr. »Kann das nicht jemand anderes machen? Ich wollte nach Grenchen, um …«

»Da ist doch alles geklärt, oder nicht? Der Verdächtige liegt im Spital, wie mir Friedli berichtet, und wird nirgends hingehen. Das hier hat Vorrang. Und am Abend will ich den Bericht.«

Damit drehte Wittmer sich um und kehrte in sein Büro zurück.

Gideon fluchte innerlich. Der Hauptmann musste wieder einmal den Regierungsrat im Nacken haben. Aber er hatte keine Wahl, zumal Wittmer recht hatte: Sie hatten ihren Mann. Fräulein Siegwart durfte er dennoch nicht sich selbst überlassen; immerhin unternahm sie einen Erpressungsversuch. Wer konnte sagen, wie das Objekt ihres Versuchs reagieren würde? Sobald er den Bericht fertig hatte, würde er so schnell nach

Grenchen gehen, wie ihn seine Beine trugen; wenigstens hatte er die vorhin dank Schilds Kutsche schonen können.

Kurz darauf in der Krone angekommen, stellte Gideon erleichtert fest, dass der Höhepunkt der Festivitäten überschritten war. Nur zwei Unermüdliche balgten sich noch, umringt von ein paar Parteigenossen, die zu lädiert oder zu betrunken waren, um mitzuhalten, und dafür lautstark Unflätiges in Richtung der gegnerischen Mannschaft schleuderten. Gideon trat in die Mitte, trennte die beiden Eiferer mit der Energie und der Überzeugungskraft von einem, der Wichtigeres zu tun hat, hielt ihnen eine feurige Predigt über religiösen Frieden und schickte die ganze Bande nach Hause. Die war offenbar so überrascht über seinen leidenschaftlichen Auftritt, dass sie seinen Worten umgehend Folge leistete. Eilends machte er sich auf den Rückweg zur Wache, doch der Stechschritt, den er anfangs anschlug, verlangsamte sich, und während er versuchte, den Krone-Bericht im Kopf vorzuformulieren, suchten ihn beunruhigende Gedanken heim, vermischt mit einer drängenden Sorge um Fräulein Siegwart. Warum? Die auf Schmidt weisenden Indizien bezüglich der Herstellung des Giftes waren vernichtend. Alles war klar.

Und doch. Schmidt hatte versucht, aus dem Fenster zu springen, weil man ihm nicht glauben könnte, sondern – wem? Wen meinte er? Dann der Brief von Léonore – irgendetwas daran passte nicht. Und es schien ihm ohnehin schwer vorstellbar, dass der unbeholfene Schmidt Léonore zu all diesen Unternehmungen überredet haben könnte.

Vielleicht fällt dir mehr ein, wenn du dir die Gespräche mit Léonore in Erinnerung rufst.

Er presste die Hände in seine Jackentasche. Genau das wollte er nicht: an die Zeit mit ihr, an sein Versagen und seine Schuld denken. Er hatte sein Bestes getan, um sich selbst zu vergeben, aber die Scham brannte in seinen Adern wie Gift. Und doch musste er die Tür zu den Erinnerungen öffnen, die er so verzweifelt geschlossen hielt.

Letztlich war es kein Entschluss. Während er mit sich rang, hatte er plötzlich das unerschrockene, entschlossene Gesicht von Sarah Siegwart vor Augen. Sie hatte ihm Mut zugesprochen, als er hatte aufgeben wollen, und gerade riskierte sie alles, um dem Täter auf die Spur zu kommen. Er schuldete es ihr, seine eigenen Erinnerungen zu prüfen, um zu sehen, ob ihm etwas entgangen war.

Seine Gedanken kehrten zu seinem ersten Aufeinandertreffen mit Léonore zurück. Wieder sah er sich den steilen Romontberg erklimmen und schließlich vor ihrem Haus ankommen; sah erneut, wie sich die Tür öffnete und sie vor ihm stand – so zart und blass, als könne ein Windstoß sie umwerfen, und doch erfüllt von einem inneren Feuer. Er sah sie in ihrem Wohnzimmer, wie sie auf der Chaiselongue saß; sah sich selbst, wie er das Wohnzimmer begutachtet hatte, wie er sich die verschiedenen Möbel und Einrichtungsgegenstände angesehen und gedacht hatte ...

Sein Verstand fror ein, als er plötzlich einen Gegenstand vor Augen hatte; einen, der ihm bewusst machte, dass Fräulein Siegwart recht hatte – und sich in unglaublicher Gefahr befand. Das brennende Gift in seinen Adern wurde ersetzt durch eisige Angst. Er rannte auf die nächste Kutsche zu.

42

Sarah kauerte hinter der kleinen Baumgruppe neben dem Schuppen. In einigen Hundert Metern Entfernung stand breit und verlässlich das Institut Breidenstein, in seinen Mauern die Zöglinge, sicher in ihren Zimmern oder auf einem Ausflug. Alle Lehrer und Angestellten ebenso. Fast alle.

Würde er kommen? Und wo blieb Ringgenberg? War er schon hier, sicher verborgen und bereit einzugreifen, sobald es nötig war? Bald war es fünf.

In der Morgenmesse neben der ahnungslosen Rosa kniend, hatte sie beinahe inbrünstig und offenbar so überzeugend um Beistand gebetet, dass Rosa ihr einen misstrauischen Blick zugeworfen hatte. Auf die Schnelle war ihr nichts anderes eingefallen, als dass sie für ihre Schwester Hanna gebetet habe, die sich immer noch überlege, einem Konvent beizutreten – was stimmte. Rosa schien dennoch nicht überzeugt gewesen zu sein, und als Sarah sich um vier für einen Spaziergang verabschiedete, hatte sie die Augen kritisch zusammengekniffen. »Bei dem Sauwetter? Was hast du vor?«

Schließlich hatte Rosa sie gehen lassen, doch mit jeder verstreichenden Minute stieg Angst in Sarah hoch wie Gletscherwasser in einem Bergsee. War sie zu leichtsinnig gewesen? Sie war sich sicher, dass sie auf der richtigen Spur war, und wenn das stimmte, schwebte sie in großer Gefahr, falls der Korporal nicht hier war, um einzugreifen.

Es war fünf. Er konnte jeden Moment kommen.

»Du hast Mut, Sarah.«

Ihr Atem stockte. Es war die Stimme, die sie erwartet hatte, und doch war sie es nicht. Der Charme schimmerte durch, aber kalt, wie durch einen Eisblock von Arroganz und Frohlocken. Beides musste immer da gewesen sein, aber er hatte es gut zu verbergen gewusst.

»Danke, Lukas.«

Sie drehte sich um und war nicht überrascht, als sie die Waffe in seiner Hand bemerkte.

Die junge Dame, die sie in der Schleiferei gesehen hatte, war dieselbe gewesen, mit der Lukas Triebold am Abend des Fasnachtsfeuers gesprochen hatte – so heimlich, so verstohlen, als ob etwas daran nicht koscher sei. Er musste es sein, der Schmidt dazu gebracht hatte, die Formel auszutüfteln. Und dass Madame Theuillerat dem Charme Triebolds erlegen war, war nicht schwer zu verstehen.

Vergnügen stand in seinen Augen, und fast spürte sie erneut die Anziehungskraft, die von ihm ausging. Aber nur fast.

Er winkte mit der Waffe. »Ich hätte nicht gedacht, dass du allein kommst, aber umso besser. Lass uns ein Stück gehen. Ich kenne da ein nettes Plätzchen.«

Die eisige Angst in Sarahs Adern breitete sich weiter aus. Wo war Ringgenberg? Wartete er auf einen guten Moment, um einzugreifen, oder war er wirklich noch nicht da? Und wie sollte er sie – falls er noch kam – finden? Schon packte Triebold sie am Arm und zog sie mit sich. Verzweifelt fuhr sie mit der anderen Hand in ihre Manteltasche. Hatte sie nicht irgendetwas, was sie als Brotkrumenersatz verwenden könnte – wie Hänsel und Gretel? Ihre Fingerspitzen berührten ein Stück Papier. Gespannt zog sie es heraus. Eines der Briefchen, die Fabrice ihr letztens gegeben hatte! Sie ließ es fallen und sah verstohlen zu Triebold hoch. Er strebte so entschlossen voran, dass er nichts bemerkt hatte. Rasch griff sie sich weitere Briefchen aus ihrer Manteltasche und ließ eins fallen, als sie nach kurzer Zeit links in ein Wäldchen abbogen. Während sie bergan stiegen, dachte sie fieberhaft nach. Sie musste ihn hinhalten. Ringgenberg würde kommen, da war sie sich sicher, und wenn sie genug Briefchen hatte, konnte er ihr vielleicht folgen. Sie musste Triebold zum Reden bringen. Das dürfte nicht so schwer sein bei einem eitlen Gecken wie ihm.

Nach ihrem Blick auf die Frau in der Schleiferei hatte sie über all ihre Begegnungen mit Triebold nachgedacht, und nach und nach war er ihr in einem anderen Licht erschienen. Da waren all die Gespräche, in denen er seine Erfolge hervorgehoben und sich selbst in den Mittelpunkt gestellt hatte; wie begierig, ja unersättlich er jedes Lob, jede Anerkennung in sich aufgesogen hatte, die Momente, in denen er es nicht ertragen hatte, wenn andere Aufmerksamkeit bekamen. Der Plan, den er ersonnen hatte, um die Fälschungen herzustellen, war ausgesprochen kreativ, fast genial. Es musste ihn geschmerzt haben, dafür keinen Beifall zu bekommen. Sie musste ihm die einmalige Chance bieten, damit vor ihr zu prahlen – wenn Ringgenberg nicht kam, würde er sie ohnehin beseitigen.

Abrupt wurde sie aus ihren Gedanken gerissen, als Triebold stehen blieb, die Waffe hob und sie auf ihr Gesicht richtete.

»Adieu, Sarah.«

43

Gideon rannte auf den Schuppen zu. Würde er sie noch erwischen? Wie konnte er gleichzeitig schnell und leise sein? Je länger er rannte und keuchte, desto mehr rückte der Lärm, den er machen würde, in den Hintergrund. Er musste schneller sein. Noch schneller. Endlich erreichte er die vereinbarte Baumgruppe neben dem Schuppen. Es war niemand da. Auch im Schuppen selbst war niemand.

Er fluchte innerlich, aber ein Teil von ihm war erleichtert. Lieber sah er einen leeren Schuppen als die leblose Gestalt von Sarah Siegwart – das dunkel gelockte Haar wirr und blutverklebt; das sonst so energische Gesicht blass und tot ...

Léonores Gesicht auf dem Totenbett kam ihm in den Sinn, eilig schob er den Gedanken beiseite.

Wo waren sie hingegangen? In der Nähe war ein Wäldchen; es machte Sinn, dass Triebold sich irgendwohin verzogen hatte, wo man ihn nicht sehen würde, und der Wald schien ihm die beste Option. Er hastete in die Richtung weiter. Ihm wurde warm. Vor fünf Minuten war die Sonne hervorgebrochen, und ein starker Westwind hatte die Regenwolken vertrieben. Er rannte weiter, als er aus den Augenwinkeln einen hellen Fleck am Boden wahrnahm. Ärgerlich fuhr er sich über die Augen. Das musste die Müdigkeit sein; doch dafür hatte er jetzt keine Zeit. Hastig ging er bergan, doch dann blieb er stehen. Der Fleck war unnatürlich gewesen; fast quadratisch – nichts, was in der Natur vorkam. Gespannt kehrte er um und griff sich das Objekt: Es war ein Stück Papier – nein, eine Art kleiner Umschlag. Und er trug den Stempel der Gebrüder Schild AG! Hoffnung keimte in ihm auf, und so eilte er weiter in Richtung Waldrand. Kurz bevor er dort ankam, sah er ein weiteres helles, quadratisches Etwas und rannte darauf zu: ein identisches Papierbriefchen. Zweifellos von Fräulein Siegwart, die versuchte, ihn auf ihre Spur zu bringen. Das waren gute Nachrichten, aber er musste sich sputen! Entschlossen rannte er weiter.

44

»Warte. Bitte! Willst du mir nicht wenigstens erzählen, wie du es gemacht hast?«

Triebold lächelte kalt. »Du willst nur Zeit schinden.«

»Es interessiert mich wirklich! Wie hast du das alles geplant? Die Fälschungen waren genial. Ich muss einfach wissen, wie du darauf gekommen bist.«

Mit hämmerndem Herzen wartete Sarah auf seine Reaktion. Vielleicht wollte er es einfach schnell hinter sich bringen. Doch er tat nichts weiter, als sie unbeweglich anzustarren, dann verengten sich für einen Moment seine Augen. Ihr Atem setzte aus.

»Ich bin doch in der Uhrmacherlehre«, sagte sie hastig. »Nicht einmal mein Lehrmeister konnte sich vorstellen, dass so eine perfekte Fälschung möglich ist.«

Sein selbstgefälliges Lächeln ließ ihren Puls noch weiter in die Höhe schnellen. »Na gut, ich erzähle es dir.«

Sarah atmete auf, auch wenn sich ihre Kehle wie zusammengeschnürt anfühlte, während Triebold, die Waffe immer noch auf sie gerichtet, das Kinn reckte. Jetzt musste nur noch

Korporal Ringgenberg rechtzeitig erscheinen, dann konnte sie ihren Kopf noch einmal aus der Schlinge ziehen. Und noch einmal, das schwor sie sich, würde sie so ein Manöver nicht riskieren.

»Du weißt ja, dass ich die Uhrmacherei von der Pike auf kenne«, sagte Triebold. »Als ich hierherkam, wo das Uhrenwesen blüht, traf ich zufällig Léonore.« Er strich sich das zerzauste Haar aus der Stirn und lächelte. »Sie war sofort vernarrt in mich. Erzählte mir von ihrem Vater und dessen marodem Edelsteingeschäft, von der Schwester, die dort kaum ein Einkommen habe, von deren deutschem Mann, der sie mit der Glaserei kaum ernähren könne. Und dann spazierte ich im Dorf herum, sah die vielen Schleifereien und fragte mich, ob sich da nicht Geld verdienen ließe.«

»Und Georg Schmidt hat dir geholfen?«

Seine Züge verhärteten sich, und Sarah erstarrte. Das waren die falschen Worte gewesen. »Schmidt ist ein Fachgenie«, sagte Triebold gepresst. »Kennt sich mit Formeln aus, hat aber keine Ahnung vom Leben. Ich habe ihm vorgelogen, dass ich für mein Patentantchen eine Vase machen lasse. Habe ihm gesagt, dass ich kleine Verzierungen will, die wie orientalischer Rubin aussehen, aber aus Glas gewirkt sind. Er hat mir eine Formel aufgestellt, mit der der Glaser die Ingredienzien mischen konnte, um das perfekte Ergebnis zu bekommen – alles, ohne eine Ahnung zu haben, wofür ich sie brauche.«

»Aber warum brauchtest du das Geld? Verdienst du hier so schlecht?«

»Der Lohn ist tatsächlich nicht hoch, aber das ist es nicht. Ich brauche es, um nach Amerika auszuwandern.«

»Amerika?«

Er nickte. »Männer meines Kalibers sind dort gern gesehen. Breidenstein ist eine Nummer zu klein für mich, das wusste ich immer. Aber ich glaube, das reicht jetzt.« Er entsicherte die Waffe und kam einen Schritt näher.

»Eines muss ich noch wissen: Warum hast du David getötet?«

In seine sonst so warmen grün-braunen Augen schlich sich eine dunkle Kälte. »Der Junge war undankbar. Erst hat er sich ständig an mich drangehängt, wollte alles über meine Spezialgebiete wissen. Dann klebte er plötzlich an Schmidt, und wenn er doch einmal bei mir war, hat er mich kritisiert. Irgendwann hat er angefangen, seltsame Fragen zu stellen – er habe diese Formel bei mir gesehen; was es damit auf sich habe. Ich habe ihn abgewimmelt. Aber da er so ein unsägliches Genie mit einem eidetischen Gedächtnis ist, hat er die Schrift erkannt. Er muss Schmidt danach gefragt haben, und der hat ihm wohl meine Geschichte von der Vase für das Patentantchen erzählt. Dann kommt der kleine Mistkerl eines Tages in mein Zimmer, plaudert harmlos dahin, sieht sich meine Uhren an und erwähnt wie nebenbei, dass man diese Formel auch verwenden könnte, um Rubine zu fälschen. Eine Weile würden solche Uhren wahrscheinlich auch laufen; dann würde sich das Glas abnutzen, weil es nicht so hart sei wie die Rubine … aber bis es so weit sei, könne man gutes Geld machen, wenn man jemandem die falschen Steine für die Uhrenproduktion andrehen könne. Dann hat er schief gegrinst und gesagt, er müsse unbedingt einmal Schmidt fragen, ob er daran auch schon gedacht habe. Der dumme Kerl wusste ganz genau, dass ich dahinterstecke.« Triebold zuckte die Achseln. »Ich musste ihn loswerden. Genau wie dich.«

Er hob die Waffe, aber dieses Mal war Sarah vorbereitet. Sie fiel ihm in den Arm und entriss sie ihm, doch er schlug sie so hart ins Gesicht, dass sie auf den feuchten Waldboden stürzte. Mit schwindenden Sinnen sah sie, dass sich ein graugrüner Schatten auf Triebold stürzte. Ringgenberg!

Wie durch einen Nebel sah sie die beiden miteinander ringen, aber obwohl Ringgenberg größer und kräftiger war, schien Triebold die Oberhand zu gewinnen. Verzweifelt versuchte Sarah aufzustehen, aber ihr Bein brannte wie Feuer. Mühsam zog sie sich an einem Baum hoch, humpelte zu den Kämpfenden, griff nach dem Revolver, der auf dem Boden lag, drehte ihn um und schlug ihn Triebold mit letzter Kraft gegen die Schläfe. Er zuckte zusammen, taumelte, und Ringgenberg, seine Gunst nutzend, holte aus und traf Triebold mit einem gewaltigen Fausthieb am Kopf. Lautlos sackte Triebold zusammen, woraufhin Ringgenberg eilig nach den Handschellen an seinem Gurt griff, Triebold auf den Bauch drehte und dessen Hände auf dem Rücken fesselte. Währenddessen lehnte sich Sarah an eine Tanne und versuchte, wieder zu Atem zu kommen. Schließlich war Ringgenberg fertig, blieb jedoch noch eine Weile neben Triebold knien, das Gesicht im Schatten der Föhre, die neben ihm hochragte. Schließlich stand er auf und kam langsam auf Sarah zu, mit angstvollem und gleichzeitig erleichtertem Blick.

»Es tut mir so leid, Fräulein Siegwart.«

Sie wollte ihm antworten, aber kein Wort kam ihr über die Lippen. Auch ein zweiter Versuch endete in einem Krächzen.

»Schon gut«, sagte sie schließlich. Es klang roh und zittrig.

Er lächelte, legte die Arme um sie und drückte sie an sich. »Ich bin so froh, dass es Ihnen gut geht.«

Einen Moment war es so still wie auf einem Friedhof, aber es war eine gute Stille. Schließlich löste er sich von ihr. Sein Gesicht hatte sich leicht gerötet, er lächelte verlegen und zog sein Sakko zurecht. »Danke für Ihren Mut. Ich schlage vor, dass Sie jetzt nach Hause gehen und sich erholen. Bringen kann ich Sie leider nicht; ich habe etwas im *Prison* abzugeben.« Er warf einen hasserfüllten Blick auf Triebold, der sich langsam regte. »Ich schaue morgen bei Ihnen vorbei, wenn ich darf.«

»Gern. Es müsste aber über Mittag sein; ich muss arbeiten.«

»Sie wollen zur Arbeit gehen?« Besorgt schüttelte er den Kopf. »Sie sollten sich ausruhen.«

»Ich bin nicht krank. Viertel nach zwölf bin ich zu Hause. Und Herr Korporal ...«

»Ja?«

»Ich schlage vor, dass wir uns ab heute duzen. Ich bin Sarah.«

Sein Gesicht wurde noch etwas röter. »In Ordnung – Sarah.«

»Danke, Gideon.«

Ringgenberg drehte sich weg, zog Triebold, der wieder halbwegs bei Bewusstsein war, vom Waldboden hoch und stapfte davon, den Verbrecher hinter sich her zerrend. Sarah sah ihm nach, müde, erschüttert, durcheinander – und unsagbar froh, am Leben zu sein.

Für den Weg ins Dorf brauchte sie bedeutend länger als sonst, aber schließlich erreichte sie Rosas Häuschen. Bevor sie die Tür aufmachen konnte, wurde sie krachend geöffnet, und Rosa, mit großen Augen und dem Zorn Gottes im Gesicht, musterte sie fassungslos von oben bis unten.

»Wo um Himmels willen warst du? Hast du dich im Dreck geprügelt?«

»So ähnlich. Lass mich rein, Rosa, dann erzähle ich dir alles.«

»Erst, wenn du in trockenen Kleidern bist.« Rosa bugsierte sie in ihr Zimmer, reichte ihr ein Tuch und lief in die Küche. »Ich setze eine Suppe auf, und dann kommst du und rückst raus, was du wieder angestellt hast.«

Genau das tat Sarah, nachdem sie sich umgezogen hatte, und je weiter ihre Geschichte fortschritt, desto mehr sah Rosa aus, als wäre sie froh gewesen, nie etwas davon gehört zu haben. Nach Sarahs Bericht saß sie eine Weile nur da, dann seufzte sie zittrig.

»Kind, du bringst mich noch um«, brachte sie hervor, stand auf und presste Sarah so fest an sich, dass sie beinahe keine Luft mehr bekommen hätte. »Aber ich danke dem Herrgott, dass er dir diese Briefchen mitgegeben hat. Er sorgt immer für uns!«

Sarah grinste. »Du siehst überall das Wirken des Herrn! Der ›Herr‹, der mir diese Briefchen gestern gegeben hat, war Fabrice; als ›Entschädigung‹, weil er mir sonst immer die letzten wegnimmt.«

Rosa zuckte die Achseln. »Wer sagt denn, dass der Herr nicht Menschen gebraucht, um sein Werk zu tun? Aber es muss schon hart auf hart gegangen sein, wenn er auf einen Christkatholiken zurückgreifen musste.«

Sarah lachte laut, während Rosa sich, ein maliziöses Lächeln im Gesicht, die Hände rieb. »Und jetzt braue ich einen Grog, und wir essen die Willisauer Ringli, die in der Vorratskammer liegen. Fastenzeit hin oder her!«

45

»Die Löwenterrasse eignet sich hervorragend für ein nachkri-
minelles Treffen. Findest du nicht, Gideon?«

»Bitte? Ach so. Ja.« Er lächelte etwas verlegen, hob seine
Tasse und nippte an seinem Kaffee. »Hast du dich erholt – Sarah?«

Sarah konnte sich ein amüsiertes Lächeln kaum verkneifen.
Vor einer halben Stunde hatte der Landjäger bei ihr geklopft
und so verlegen ausgesehen, als hätten sie gestern etwas Un-
anständiges angestellt. Sie hatte ihn reinbitten wollen, aber
dann hatte sie sich überlegt, dass er sich vielleicht wohler
fühlte, wenn sie nicht allein waren.

»Es geht mir gut, danke. Das Bein schmerzt noch etwas,
aber ich bin heute Morgen erstaunlich frisch erwacht! Das lag
wahrscheinlich daran, dass Rosa mich gestern so gut umsorgt
hat. Sie hat mir Grog gebraut und mich mit Walliser Ringli ge-
füttert.«

Gideon hob die Brauen. »In der Fastenzeit? Das gibt aber
was zu beichten!« Seine Mundwinkel zuckten.

»Was weiß schon ein reformierter Ketzer wie du?«, erwiderte Sarah forsch. »Außerdem mache ich das wett mit dem Bericht, den der *Anzeiger* über die heldenhafte katholische Frau bringen will, die den Übeltäter gestellt hat. Die Ehre, die ich Gott damit mache, reißt das heraus. Allerdings muss ich noch ein Telegramm nach Hause schicken. Falls der Bericht in der Blütenlese des *Vaterland* endet, will ich meine Eltern vorwarnen.«

»Und warst du wirklich auf der Arbeit?«

»Ich wollte, aber Rosa hat es mir verboten. Aber jetzt erzähl mal. Was hast du aus Herrn Triebold noch herausgebracht?«

»Eine ganze Menge«, erwiderte Gideon lebhaft, offensichtlich dankbar, dass sich das Gespräch wieder auf seine Arbeit verlagerte. »Er hat gestanden – widerwärtig stolz, um ehrlich zu sein; ich glaube, er genießt das Ganze.« Er seufzte. »Eigentlich hatten wir den Schlüssel zu seiner Persönlichkeit schon länger in Händen, aber wir kamen nicht darauf, dass es etwas mit seinem Motiv zu tun hat. Er galt an der Universität als aufgehender Stern in der Forschung, aber der Glanz hat offenbar rasch nachgelassen, egal, wo er war. Ein früherer Mentor meinte, es fehlte ihm an Disziplin und am Funken Genialität für eine erfolgreiche wissenschaftliche Karriere.«

»Das muss ihn getroffen haben«, erwiderte Sarah. »Mir ist erst nach und nach klar geworden, dass er ein krankhaftes Geltungsbedürfnis hat.«

Gideon nickte. »Menschen wie er halten sich für herausragend und auserwählt und haben einen nie versiegenden Drang nach uneingeschränkter Bewunderung. Darum hat er es nirgends lange ausgehalten. Alle Vorschusslorbeeren vertrocknen irgendwann.«

»So muss es ihm auf Breidenstein ergangen sein, und darum wollte er nach Amerika. Aber warum hat Schmidt ihm geholfen?«

»Ich habe ihn mir noch einmal vorgenommen«, erwiderte Gideon. »Er hat wirklich nicht gemerkt, was Triebold im Sinn hat. Aber er war so erleichtert, weil er nicht mehr verdächtigt wird, dass er uns seine vermeintliche Sünde gebeichtet hat: Er hat tatsächlich kein Abitur. Offenbar ist er wegen seiner Prüfungsangst aus dem Gymnasium ausgeschieden und war dann im Kriegsdienst. Sein Kommandant, ein Professor der Universität Tübingen, hat ihm angeboten, bei ihm zu studieren, und da während der Besetzung von Sigmaringen viele Dokumente verloren gegangen sind und Schmidt offenkundig ein begabter Wissenschaftler ist, hat der Mann sich nichts dabei gedacht, als Schmidt ihm sagte, er habe sein Diplom nicht. Irgendwie muss der junge Blösch dies bei seinen Gesprächen mit Schmidt herausgebracht haben und hat Triebold davon erzählt. Der hat daraufhin Schmidt zum Sündenbock erkoren – wahrscheinlich auch, weil der so viel begabter und genialer in seinem Fachgebiet war als er. Das verträgt so ein Mann nicht.« Er lehnte sich auf seinem Stuhl zurück. »Ich vermute, dass Davids Tod nicht nur mit dem Fälschergeschäft zusammenhing, aber es war der Anfang vom Ende: Er hat die Formel bei Triebold gesehen, aber erkannt, dass Schmidt sie geschrieben hat, und hat hinter die Geschichte mit der Vase blicken können; vielleicht, weil ihm Triebold etwas über den Aufbau der Uhr mit ihren Lagersteinen erzählt hat. Der Junge war wie ein Schwamm! Aber dass Triebold den Jungen getötet hat, hängt meiner Meinung nach mit Davids untrüglichem Gespür für menschliche Schwächen zusammen. Er hat Triebold damit konfrontiert, dass er nur Mittelmaß ist – etwas, was dieser Mann niemals hätte akzeptieren können, weil es sein ganzes Selbstbild zerstörte. Darum hat er David getötet, bevor er das Geld für ihn bekommen hat. Mord im Affekt.«

»Hat er ihn tatsächlich in seinem Lehrerzimmer getötet?« Sarah schauderte. »Wenn ich daran denke, dass ich dort mit ihm allein war, wird mir ganz anders.«

Gideon nickte. »Wir haben das Zimmer untersucht. Unter dem Teppich fanden wir einen blassroten Fleck im Holzboden.«

»Das erklärt den hässlichen Teppich!« Sarah grinste. »Ich habe mich schon länger gewundert, weil Triebold doch sonst einen guten Geschmack an den Tag legte.«

»Davon verstehe ich nichts«, erwiderte Gideon lächelnd. »Die fingierte Entführung des jungen Theuillerat diente ihm jedenfalls dazu, alle Spuren von sich wegzulenken, indem er für ein Alibi sorgte und den Gärtner zum vordergründigen Schuldigen machte – immer mit dem Hintergedanken, später Schmidt für alles verantwortlich machen zu können. Und das Lösegeld wollte er – wie bereits bei der Entführung von David geplant – für seine Geschäftsverluste einsetzen, weil er annehmen musste, dass durch die Entdeckung der Fälschungen bei Schild diese Einkommensmöglichkeit früher oder später dahinfallen würde. Für seine Zukunft in Amerika brauchte er mehr Geld, als er bis zu diesem Zeitpunkt ergaunert hatte.«

»Und – Madame Theuillerat?«, fragte Sarah zögernd.

Gideons Gesicht verschloss sich kurz. »Ich kann nicht in ihre Seele blicken«, erwiderte er dann langsam. »Aber ich weiß, dass sie von ihrem Mann vernachlässigt wurde und nach Zuneigung hungerte. Triebold muss das ausgenutzt und sie völlig für sich eingenommen haben; so etwas können diese Menschen gut.«

»Aber so gut, dass sie ihren eigenen Sohn zum Schein hat entführen lassen?«

»Das hat mich auch erstaunt«, erwiderte Gideon. »Aber es war wohl die einzige Möglichkeit, wie sie an das Geld ihres Mannes kommen konnte, um es dann Triebold zu geben. Anscheinend hat sie die Entführung selbst übernommen: Mathieu getroffen, ihn betäubt – natürlich mit einem Mittel, das Triebold aus Schmidts Labor mitgehen ließ – und ihn dann in die Jagdhütte ihres Mannes in der Nähe von Romont gebracht. Die liegt nicht allzu weit von Plagne entfernt, sodass sie ihn selbst versorgen konnte; natürlich wird sie darauf geachtet haben, nur zu flüstern, wahrscheinlich hat sie auch andere Kleider getragen, damit er nichts merkt. Dann hat sie ihm wieder eine Dosis Betäubungsmittel verpasst. Die ›Übergabe‹ war natürlich auch fingiert, und Mathieu hatte eine Augenbinde auf, bis der vermeintliche Entführer ihn gehen ließ und seine Mutter zu ihm kam. Und dann hat Triebold das Geld einfach bei ihr abgeholt.«

»Und warum meinst du, hat er sie ...«

Gideons Gesicht verzog sich schmerzvoll. »Ich nehme an, er wollte keine Mitwisserin und sah zudem die Gelegenheit, Schmidt endgültig loszuwerden, indem er ihn für den Mord verantwortlich machte. Er hat die Ingredienzien für die Blausäure in Schmidts Labor geschmuggelt und brauchte nur noch zu warten, dass die Falle zuschnappt.«

»Ein teuflischer Plan. Und der arme Mathieu! Was passiert mit ihm?«

»Direktor Breidenstein hat mir gesagt, er sorgt dafür, dass der Junge hierbleiben kann und sich jemand im Dorf um ihn kümmert, wenn er nicht im Internat ist und sein Vater beruflich unterwegs ist.«

»Da bin ich froh!« Sarah trank ihren Kaffee aus. »Woher wusstest du eigentlich plötzlich, dass es Triebold war?«

»Die verdammte Mütze.« Gideon errötete. »Entschuldige die Wortwahl. Als ich das erste Mal bei Léonore war, habe ich sie gesehen; ein albernes Ding. Triebold hat eine ganz ähnliche – vielleicht war es sogar dieselbe – aufgehabt, als ich ihn das erste Mal befragt habe.« Er strich sich über das Gesicht. »Ich hätte es früher sehen müssen.«

Sarah legte ihm eine Hand auf den Arm. »Du bist nur ein Mensch und kannst etwas übersehen – oder dich sogar irren. Wie wir alle.«

»Da all meine Freunde das ständig betonen, muss es wohl stimmen.« Er zögerte kurz. »Ich muss mich bei dir bedanken, Sarah. Letztlich war es dein Besuch bei mir, der mir den Mut gab, zurückzukehren.« Sein kantiges Gesicht schien weicher als sonst.

Sie lächelte. »Das ist gern geschehen. Ich freue mich, dass du wieder in Amt und Würden bist, wo du hingehörst!«

Er lächelte zurück und erhob sich. »Ich muss zurück – die Administration ruft. Sehen wir uns wieder?«

Sie erhob sich ebenfalls. »Das hoffe ich. Wie wäre es mit einem baldigen Schachduell?«

»Sehr gern! Nächsten Sonntag? Meine Sonntage sind meist

langweilig.« Er errötete. »Nicht, dass du mir den Lückenbüßer machen musst«, erwiderte er hastig, ehe er abbrach und leise hinterherschob: »Es würde mich freuen.«

»Mich auch«, erwiderte Sarah fest. »Wie wäre es bei uns? Kaffee mit Rosa, Schach mit mir.«

»Abgemacht.«

Er lächelte und streckte die Hand aus, und ohne zu wissen, dass sie das vorgehabt hatte, trat Sarah auf ihn zu und umarmte ihn. »Danke für alles. Und bis bald.«

Rasch ließ sie ihn los und ging davon, bevor er etwas erwidern konnte. Aber sie spürte seinen Blick in ihrem Rücken und das Lächeln auf ihrem Gesicht, und die drei Worte, die er so nebenbei in einem Satz verwendet hatte, klangen in ihrem Herzen nach. »All meine Freunde.«

46

Gideon sah Sarah nach, wie sie leicht hinkend die Löwentreppe hinunterstieg und in der Frühlingssonne in Richtung Bielstraße davonging. Nachdenklich strich er sich über sein stachliges Gesicht. Er brauchte eindeutig eine Rasur, aber was ihm noch mehr auffiel, war die Wärme in seinen Wangen. Nun, es war ein frühlingshafter Tag. Nach einem letzten Blick auf Sarah wandte er sich gen Osten, gen Solothurn. Dann hielt er inne. Es gab noch jemanden, dem – oder besser der – er schon lange einen Besuch schuldete. Er drehte sich um 180 Grad und machte sich auf in die andere Richtung.

»Du hast vielleicht Nerven, in voller Montur hierherzukommen!« Helena prostete Gideon zu. »Dein Glück, dass Mutter gerade unterwegs ist.«

Er lächelte achselzuckend und nahm einen Schluck von seinem Bier. »Ich wollte direkt zurück nach Solothurn, aber dann hatte ich den Wunsch, dich zu sehen.«

»Nett von dir.« Helena nippte am Epesses, den er ihr bestellt hatte.

»Wie ich gehört habe, hat sich nun alles geklärt. Willst du mich nicht einweihen? Und was war mit Freund Marthaler und seinen geplatzten Alibis?«

»Er hat offenbar eine Gespielin im Dorf«, erwiderte Gideon. »Irgendein armes Wesen, dem er ab und zu einen Fünfliber dagelassen hat. Friedli hat sie nach hartnäckiger Suche aufgetrieben.« Er seufzte. »Ich hätte es Marthaler gegönnt, wenn seine Frau ihn zum Teufel geschickt hätte, aber sie scheint es nicht vorzuhaben.«

»Was hast du heute in Grenchen gemacht?«

»Ich habe nach Sarah Siegwart gesehen. Sie hat etwas durchgemacht.« Er erzählte ihr kurz, wie der Fall ausgegangen war.

»Das Fräulein hat Mut.« Helena hob die Brauen. »Hat sie sich denn schon erholt?«

»Sie ist zäh.« Er lächelte und nahm einen Schluck Bier, während Helena ihn mit einem eigentümlichen Lächeln ansah.

»Was ist?«, fragte er.

»Ach, nichts. Ich freue mich, dass es deiner Freundin besser geht.«

»Sie ist nicht – ich meine, so gut kennen wir uns nicht.« Hastig nahm er einen weiteren Schluck Bier.

»Schon gut.« Sie wandte sich ab, um einen eintretenden Mann zu grüßen, der ziemlich verschreckt aussah, als er die Landjägeruniform erblickte. Gideon leerte sein Glas. »Ich muss sowieso los.«

»Warte noch kurz.« Forschend sah Helena ihn an. »Wie geht es dir wegen – der Dame? Du musst dich schrecklich fühlen.«

Er schluckte trocken. »Ich weiß ehrlich gesagt nicht, wie ich mich fühlen soll. Ihr Tod …« Er stockte. »Es lastet auf mir, dass ich ihr nicht helfen konnte, und es tut weh, dass sie sich von diesem Schwein hat täuschen lassen.«

»Das verstehe ich. Aber es war nicht deine Schuld.« Sie legte ihm sanft eine Hand auf den Arm. »Und was die Täuschung angeht: Ich könnte mir vorstellen, dass sie im Verlauf der Zeit ihre Zweifel bekommen hat – auch dank dir. Wer deine Aufrichtigkeit erlebt, wird auch das falsche Spiel anderer besser erkennen.«

»Vielleicht«, erwiderte er kurz. »Aber wenn, dann hat das ihr Schicksal nur besiegelt. Dieser Mann nimmt auch das winzigste Abflauen von Interesse und Anerkennung wahr. Falls er jemals vorhatte, sie mitzunehmen, dürfte dieser Plan in dem Moment gestorben sein, als sie ihm nicht mehr ihre uneingeschränkte Bewunderung geschenkt hat.« Sein Magen zog sich zusammen. »Der Gedanke daran, wie sie diesen Brief geschrieben hat, wie sie dachte, dass er sie mitnimmt, und dann diesen Wein getrunken hat – gespürt hat, was passiert; erkannt hat, wie sie hintergangen wurde –, wie sie sterben musste in dem Bewusstsein, dass er sie niemals geliebt hat. Es ist unerträglich.«

»Hast *du* sie geliebt?«, fragte Helena ruhig.

Er strich sich mit den Händen über die rauen Wangen. »Ich dachte es«, erwiderte er schließlich. »Aber es war eher ein Wahn. Und ich glaube, ich liebte vor allem, wie ich mich mit ihr fühlte; wer ich in ihren Augen zu sein schien.«

»Der hehre Retter. Wie Vater.«

Er zuckte zusammen und sah hoch, sah das Mitgefühl in ihren Augen und nickte stumm.

»Es gibt schlimmere Träume«, erwiderte sie. »Und ich glaube, für sie warst du das wirklich. Vielleicht tröstet dich der

Gedanke, dass sie in dir jemanden hatte, der wirklich und wahrhaftig für sie da sein wollte.« Sie lächelte. »Und dann findest du hoffentlich einmal eine Frau, die du nicht retten musst, sondern die dir ebenbürtig ist und dir auch mal den Kopf zurechtrückt. Ich kann ja nicht immer zur Stelle sein.«

Er lachte laut und umarmte sie fest. »Schön gesagt, Schwester. Und was das angeht: Danke.«

»Wofür?«

»Eben. Du warst für mich da – du weißt schon. Hast mir eben ›den Kopf zurechtgerückt‹ und mir gute Ratschläge gegeben.«

»Auf die du nicht gehört hast.« Sie grinste amüsiert.

»Inzwischen bin ich schlauer.«

»Auf bald.«

Unter den erleichterten Blicken der Anwesenden verließ Gideon das Fleur und machte sich auf in Richtung Solothurn. Vorher griff er in sein Sakko und zog die Taschenuhr heraus. Wenn er sich beeilte, konnte er Viktor vor dem Büro abfangen und für ein Feierabendbier in die Krone schleppen – dieses Mal würde er sich nicht abwimmeln lassen. Heute war der Tag, an dem er seine Freunde würdigen wollte. Es war gut, welche zu haben, selbst – oder gerade weil? – sie einem manchmal Dinge sagten, die man nicht hören wollte.

Er lächelte in sich hinein. Zu denen, die das fertigbrachten, gehörte auch Sarah Siegwart. Er freute sich auf die Schachpartie am nächsten Sonntag. Dieses Mal würde er sie schlagen! Energisch schritt er aus und fuhr sich prüfend durch die Haare. Vorher würde er allerdings noch bei seinem Barbier vorbeigehen. Es war Zeit.

»Auf die Heldin von Breidenstein!« Pauline hob theatralisch ihr Kristallglas.

»Jetzt übertreib nicht«, erwiderte Sarah grinsend.

»Ich war noch nicht fertig«, konterte Pauline. »Und auf die Frau, die nicht alle Murmeln beieinanderhat und wahrscheinlich vor ihrer Zeit im Grab landet.«

»Darauf trinke ich!« Sarah hob ihr Glas und sah zu Rosa und Marie, die es ihnen gleichtaten. Sie stießen ihre Gläser zusammen, dass es klirrte.

Rosa legte Marie ein zweites Stück Wähe auf den Teller.

»Hier, Kind! Du verträgst noch eine.«

»Danke, Rosa. Du bist die Beste!« Zufrieden garnierte Marie ihr Stück mit Schlagrahm. »In Breidenstein kehrt langsam Ruhe ein, vor allem, seit Marthaler weg ist.«

»Ist der alte Präfekt wieder gesund?«, frage Sarah.

»Nein, er kommt erst nach Ostern zurück. Aber Direktor Breidenstein wollte Marthaler nicht mehr im Amt sehen nach all den Frauengeschichten. Das gebe kein gutes Beispiel ab für die ›jungen Herren‹, wie er meinte.«

»Junge Herren!« Rosa schnaubte. »Die brauchen weiß Gott kein schlechtes Beispiel, um zu wissen, wie man den Damen nachsteigt. Erst gestern habe ich ein paar vor dem Sternen herumpoussieren sehen. Aber es gibt Schlimmeres.«

Eine Weile blieb es still, und Sarah blickte in die Gesichter ihrer Freundinnen, die sich in Rosas Küche versammelt hatten. In irgendeiner Weise dachte jede an David Blösch, der nun in heimischer Berner Erde begraben war und dessen grausamer Tod endlich gerächt wurde.

»Ich hoffe, dass Herr Blösch jetzt nach vorn schauen kann«, sagte Sarah schließlich. »Dass Triebold gefasst ist, bringt ihm sein Kind nicht zurück, aber er weiß zumindest, dass Davids Tod nicht ungesühnt bleibt.«

»Etwas frage ich mich«, sagte Rosa plötzlich. »Warum ist Triebold nicht verschwunden, nachdem er das Geld von Theuillerat hatte? Und warum hat er dich überhaupt angehört?«

»Ich glaube, er fand immer mehr Gefallen daran, mit all den Verbrechen durchzukommen, und genoss es, dass alle Welt sich fragte, wer dahintersteckte.« Sarah nahm einen Schluck Apfelsaft. »Er fühlte sich unschlagbar, nach diesem Gefühl wurde er süchtig. Er wollte es noch eine Weile genießen und dann alles so konstruieren, dass er Schmidt ins Verderben reiten konnte, weil der ihm seine Grenzen als Wissenschaftler bewusst gemacht hat. Irgendwie wollte er es jedem heimzahlen, der eine Schwäche an ihm entdeckte.«

»Das könnte sein«, erwiderte Rosa. »Ruedi hat mir erzählt, dass er einmal Streit mit Triebold hatte, weil der Blumen ausgerissen hat, um sie einem Fräulein zu schenken.« Sie schüttelte den Kopf. »Der Mann konnte keine Kritik vertragen.«

»Das stimmt«, erwiderte Sarah. »Aber ich frage mich die ganze Zeit, warum sich die anderen Lehrer so seltsam aufgeführt haben. Ihr nicht?«

»Ich nicht. Ich weiß es.«

Alle Augen richteten sich auf Pauline, die triumphierend lächelte. »Nicht nur du hast Geheimnisse. Ich habe Eberwein und Jenny zu einem Schieber mit Adolf und mir eingeladen, ihnen etwas Wein serviert und dann …«

»Raus damit«, rief Sarah. »Was war dann?«

»Nur die Ruhe«, erwiderte Pauline gedehnt. »Wir haben schön gespielt und die Herren gewinnen lassen, danach hat Adolf sich mit Joseph zurückgezogen, und ich habe Herrn Jenny in die Zange genommen. Er hat mir schließlich anvertraut, dass er seit Kurzem zum Grütliverein gehört.«

»Na und? Dass er ein Vereinsmeier ist, wissen alle«, erwiderte Sarah.

»Nur ist der Grütliverein kein Verein, sondern eine neue, radikale Partei! Der Mann, mit dem Jenny sich gestritten hat, gehört offenbar der Solothurner Fasnachtszunft an und wollte ein paar Verse über Jenny in den *Hudibras* einbauen; das hat er dann gelassen.« Pauline hob die Brauen. »Ich musste Jenny versprechen, auch Adolf nichts zu verraten, und vor allem nicht Direktor Breidenstein. Der hat es nicht gern, wenn seine Lehrer sich politisch betätigen, schon gar nicht in von manchen als ›Revoluzzerhaufen‹ betrachteten Gruppen.«

»Ich dachte, die Grenchner seien alle Revoluzzer«, warf Sarah ein.

»Nur bis zu einem gewissen Grad«, erwiderte Pauline trocken.

»Und was ist mit Eberwein?«, fragte Rosa. »Von seinem dummen Kistchen habe ich sogar geträumt!«

»Das hat Adolf schließlich herausgebracht«, erwiderte Pauline. »Es hat ihn sehr getroffen, dass er – wie er meinte – in der Fälschungssache so schwer von Begriff war. Ich konnte sein Gewissen etwas erleichtern, als ich ihm aufzeigte, was er in den letzten Wochen alles bewältigen musste. Als frischgebackener Vater, der daneben eine neue Kirche aufbauen muss und auf allen Hochzeiten tanzt, kann man nicht genug Energie haben! Jedenfalls hat Joseph ihm erzählt, dass er ein vielversprechendes Angebot bekommen hat, an einer renommierten Schule Geschichte zu unterrichten. Nebenbei hätte er auch Zeit für eigene Studien erhalten und ein fürstliches Gehalt.«

»Das ist doch nichts Schlimmes«, erwiderte Marie verwundert.

»Für ihn war es eine Gewissensfrage«, erwiderte Pauline. »Er fühlt sich Direktor Breidenstein sehr verpflichtet, weil er ihn damals in seine Dienste genommen hat, außerdem liebt er Grenchen sehr. Letztlich hat er sich entschieden hierzubleiben, aber er hatte Angst, dass Breidenstein von dem Angebot hört und ihm übel nimmt, dass er überhaupt darüber nachgedacht hat.«

»Das hätte er sicher nicht getan«, erwiderte Sarah fest. »Aber ich gratuliere dir. Du bist die geborene Verbrecherin – uns einfach deine Ermittlungen zu verheimlichen!«

»Das sagt die Richtige«, erwiderte Pauline. »Aber feiern wir, dass wieder alles im Lot ist, ja?«

»Das ist es wirklich«, warf Marie ein. »Auf Breidenstein herrscht wieder eine ganz andere Stimmung, und Georg

Schmidt ist richtig aufgeblüht.« Sie lächelte verlegen. »Er hat mich gestern gefragt, ob ich einmal einen Kaffee mit ihm trinken würde. Ich weiß gar nicht, wie er auf die Idee kam.«

»Wieso denn nicht?«, erwiderte Pauline fest. »Du bist mit Abstand das hübscheste Mädchen vor Ort, und außerdem das netteste.«

»Dem stimme ich zu«, erwiderte Sarah. »Und ein Kaffee ist ein guter Anfang.«

»Genau wie dein Schachspiel mit dem Korporal nächsten Sonntag«, warf Rosa ein.

»Sieh einer an!«, rief Pauline. »Davon hast du gar nichts gesagt – von wegen ›verheimlichen‹ …! Wir erwarten danach einen ausführlichen Bericht!«

»Wir spielen nur Schach. Da gibt es nichts zu berichten. Und jetzt raus mit euch, ich will morgen frisch sein für die Arbeit.«

Sarah scheuchte die Freundinnen unter fröhlichem Gelächter aus dem Haus. Allerdings freute sie sich wirklich auf das Schachspiel – mehr als sie ihnen auf die Nase binden würde. Und eine besondere Freude würde es ihr natürlich bereiten, Gideon klarzumachen, dass die letzten Geheimnisse nicht von den hehren Landjägern, sondern von den unerschrockenen vier Damen aus Grenchen ans Licht gebracht worden waren. Ob ihm diese Erkenntnis ebensolche Freude bereiten würde wie ihr? Sie lächelte in Vorfreude auf sein Gesicht, wenn sie ihm diese Tatsachen eröffnete.

»Ist es wahr, dass du den Schurken fast im Alleingang gefasst hast?« Ehrfürchtig starrte Fabrice Sarah an.

»Das ist weit übertrieben!« Sie zog sich die Handschuhe aus

und setzte sich an ihr Arbeitstischchen. »Erstens ist Korporal Ringgenberg zur Stelle gewesen, und zweitens – aber ich muss wohl etwas weiter ausholen.«

»Allerdings musst du das! Ich will es brühwarm weitererzählen können«, rief er und grinste verschmitzt. Also schilderte Sarah ihm so kurz wie möglich, was sich zugetragen hatte, während seine Augen immer größer wurden.

»Das ist ja allerhand! Du musst die mutigste Frau in Grenchen sein.«

»Ach was. Vielleicht war es einfach Dummheit.« Sarah winkte ab, aber Fabrice' bewundernder Blick befriedigte sie doch ein klein wenig.

»Aber jetzt erzähl du: Hat man die Schleiferei nun zur Rede gestellt?«

»Und wie! Die sind aus dem Rennen für die nächsten Jahre. Lehrmeister Flury hat der Fabrikleitung berichtet, dass seine beiden Erstjahrslehrlinge das Rätsel gelöst haben.« Er reckte das Kinn. »Wie findest du das?«

»Grandios! Ach, und ich habe auch noch etwas.« Sarah griff in ihre Tasche. »Rosa hat mir die von Herrn Schneider für dich mitgebracht – ein Dankeschön von der Firma Schild.«

»Eine Taschenuhr? Das ist ja ...« Er strahlte sie an, offensichtlich um Worte verlegen.

Sie lächelte, als sie die Freude in seinem Gesicht sah. Dann warf sie einen Blick auf sein Heft. »Wir haben ihm schließlich den Verkauf gerettet! Aber sag: Woran sitzt du gerade?«

Er seufzte. »An der Zeigerwerkberechnung.« Er schob ihr das Heft herüber. »Hier habe ich die Zahnzahlen, die Rad- und die Triebgrößen. Aber ich weiß nicht weiter.«

Sie zog ihr eigenes Heft hervor. »Das hat mir heute Morgen auch Kopfzerbrechen bereitet. Ich zeige dir, wie ich es gemacht habe.« Nachdem sie ihm ihre Rechnung Schritt für Schritt erläutert hatte, beugte er seinen Kopf über sein eigenes Heft. Gespannt schob er es schließlich zu Sarah hinüber. »Stimmt es jetzt?«

Sie überflog die Zahlenreihe und nickte lächelnd. »Gar nicht so schwierig, oder?«

Er grinste sie an, wie so oft höchstzufrieden mit sich selbst und der Welt, und fast wähnte sie sich in ihrem ersten Schulzimmer mit dem stupsnasigen und sommersprossigen Karl, der solche Mühe mit dem Lesen bekundet hatte. »Vielen Dank!«, ergänzte er. »Wenn ich mich revanchieren kann ...«

»Das kannst du«, erwiderte Sarah eifrig. »Ich habe diesen Wiener Regulateur auseinandergenommen; offenbar bleibt er spätestens nach einer halben Stunde immer stehen. Ich sehe aber nicht, wo das Problem liegt. Ist es das Walzenrad?«

Sein aufmerksamer Blick flog über die Teile auf ihrem Tisch. »Nein, ist es nicht. Es ist ein Teil des Rechenschlagwerks, hier: das Ankerrad.«

»Woran hast du das gemerkt?«

»Ich erkläre es dir, und danach setzen wir alles wieder zusammen.«

Eine halbe Stunde später war es geschafft. Dankbar sah Sarah sich das getane Werk an, dann wandte sie sich zögernd an ihren Kollegen.

»Ich muss mich bei dir entschuldigen, Fabrice«, begann sie. »Ich war voreingenommen gegen dich, als ich hier anfing.« Ihre Wangen wurden warm. »Alle haben immer erzählt, was für ein Genie du bist, und ich fühlte mich dir unterlegen und hatte Angst, ich würde im Vergleich zu dir niemals genügen können. Dann bekamst du den Mund kaum auf, und ich dachte mir, du seist ein eingebildeter Esel. Bitte verzeih mir.«

Fabrice lächelte verlegen. »Schon gut. Ehrlich gesagt hatte ich Angst vor *dir*. Du bist so viel älter, und bevor du anfingst, hat Herr Schneider dich bei Lehrmeister Flury so angepriesen – was du alles schon kannst, dass du aus gutem Haus und gebildet bist. Als du in der Theorie so gut warst, hat mich das noch mehr verunsichert. Ich dachte, du willst sowieso nichts mit so einem jungen Kerl zu tun haben.«

»So kann man sich täuschen!« Sarah lächelte. »Aber von heute an arbeiten wir zusammen. Nur so sind wir auf die Fälschungen gekommen.«

»Und ob. Und morgen erzählen wir Herrn Flury, dass wir nächsten Sonntag zusammen in die Messe bei Pfarrer Walser gehen. Wetten, dass er sich an seinem Mittagessen verschluckt?«

»Wer verschluckt sich hier an was?«

Sie zuckten zusammen, als ihr kugeliger Lehrmeister plötzlich im Raum stand.

»Nichts«, erwiderte Fabrice hastig. »Wir haben nur ...«

Er winkte ab. »Schon gut«, sagte er kurz. »Ich will es gar nicht wissen.« Aber der amüsierte Ausdruck in seinem Gesicht verriet ihnen, dass er mehr gehört hatte, als ihnen lieb sein konnte.

»Ich habe eine Neuigkeit für Sie beide«, fuhr er fort. »Ich habe vor einigen Tagen erfahren, dass der bekannte Uhrmacher Benedikt Wernli momentan in Luzern weilt und bei

Breitschmid und an der Uhrmacherschule sein Wissen weitergibt. Ich möchte, dass Sie davon profitieren, und schicke Sie zusammen für ein paar Wochen nach Luzern.«

Sarah sah zu Fabrice. Sie musste nicht in einen Spiegel blicken, um zu wissen, dass sie genauso begeistert aussah wie er.

»Das ist famos!« Fabrice schlang die Arme um sie und hob sie hoch – oder versuchte es zumindest.

»Lass, sonst brichst du dir noch etwas, du Spargel«, erwiderte Sarah lachend. Dann wandte sie sich ihrem Lehrmeister zu. »Ist das Ihr Ernst, Herr Flury? Das ist einfach wunderbar!«

»Natürlich! Ich mache nie Scherze.« Seine Mundwinkel zuckten. »Machen Sie mir Ehre, schönes Kind – und Sie auch, Herr Leibundgut. Und vergessen Sie nicht: ›Wohin das Schicksal den Uhrmacher auch verschlagen möge, das Werkzeug begleitet ihn und macht ihn sofort am fremden Werktisch heimisch.‹« Er nickte schroff. »Und jetzt zurück an die Arbeit!«

In einträchtigem Schweigen arbeiteten sie weiter bis zum Mittag. Dann zottelte Fabrice mit seinem belegten Brot Richtung Dorfplatz, und Sarah eilte zu Rosa. »Du wirst nie glauben, was Flury uns heute erzählt hat!« Hastig berichtete sie Rosa die Neuigkeiten und schlang gierig die Kartoffelsuppe herunter. »Ist das nicht wunderbar?«

»Nicht so schnell! Du verschluckst dich noch«, sagte Rosa mahnend. »Und was heißt hier wunderbar? Du verlässt mich in Richtung Heimat!«

Sarah winkte ab. »Heimat ist hier in Grenchen, bei dir. Aber ich freue mich so. Ich habe mir immer gewünscht, von jemandem lernen zu können, der selbst Uhren entwirft!«

Rosa lächelte und wollte eben antworten, als es klopfte.

»Ich gehe schon«, sagte Sarah rasch. Sie eilte zur Tür, öffnete und sah in das freundliche Gesicht des Briefträgers, der ihr ein Papier in die Hand drückte. »Ein Telegramm für Sie, Fräulein. Und schönen Tag noch!«

Ein Telegramm? Sarah drehte es um. Es war von ihrem Vater. Sie ging zurück in die Küche, wo Rosa sich des Abwaschs angenommen hatte.

»Vater hat geschrieben, Rosa! Er ist sicher außer sich, nachdem der Zeitungsartikel im *Vaterland* erschienen ist.«

Sie begann zu lesen. »Er hat sich über meinen Brief erschrocken, aber er ist stolz über den Bericht im *Anzeiger*. Der hat es tatsächlich in die Blütenlese im *Vaterland* geschafft.« Eifrig las sie weiter. »Wie schön! Hanna wird in Solothurn im Kloster Visitation ihre Ausbildung machen und kann mich ab und zu besuchen.« Dann stockte sie. Ihre Beine begannen zu zittern, und sie setzte sich auf einen Stuhl.

»Was ist?« Rosa setzte sich neben sie. »Geht es den Eltern nicht gut?«

»Doch.« Sarah starrte auf das Blatt. »Vater schreibt ... er schreibt, Hannes' Vater habe einen Umschlag erhalten – mit einer verkohlten Blume und einem Muttergottes-Bild. Wie bei dem Mord in einem Kloster letztes Jahr und dieses Jahr an Aschermittwoch in Luzern.« Sie schloss die Augen und krampfte die Hände um das Papier. »Sie glauben jetzt, dass auch Hannes ermordet wurde.«

ENDE

Nachwort zum historischen Hintergrund

Die Geschichte um Sarah Siegwart ist erfunden, nicht aber das Grenchen der 1870er-Jahre, das geschildert wird, und genauso wenig die Schweiz des 19. Jahrhunderts.

Die Schweiz: Vom Unruheherd zum Stabilitätsgaranten
Heute gilt unser Land als behäbige Insel der Stabilität, aber bei der Gründung des Bundesstaates 1848 wurde es von seinen Nachbarländern als Unruheherd und größte Kloake Europas bezeichnet. Nach der Gründung des Deutschen Reichs war die Schweiz von riesigen Monarchien umgeben. Sie hat gemeinsame Wurzeln mit Deutschland und Österreich und ist doch wie England eine Insel – nicht im Atlantik, sondern im Herzen Europas.

Die 1870er-Jahre: Industrialisierung und Konfessionskriege

In den 1870er-Jahren waren Industrialisierung und Religion in der Schweiz und insbesondere in der Region Solothurn aufs Engste miteinander verknüpft. Die papsttreuen Katholiken stellten sich gegen die Auswüchse der Moderne und gegen den Einfluss des Staates auf ihre Kirche, während die liberalen Fabrikherren an vorderster Front für die Vormachtstellung des Staates und für eine eigene Kirche kämpften. 1873 entluden sich die Konflikte auf höchster Ebene, wie in Band 1 der Uhrensaga nachzulesen ist. Doch auch 1874 loderte der Konflikt weiter. Die Annahme des neuen Kirchengesetzes, die im Roman erwähnt wird, erzürnte die Berner Katholiken, vor allem im Berner Jura entbrannten heftige Unruhen, denen der Kanton Bern mit massiver militärischer Besetzung entgegentrat. Die hier beschriebenen Ereignisse in Bonfol sind verbürgt. Die dargestellte Messe in der Scheune ist es nicht, aber gemäß entsprechenden Quellen und wissenschaftlichen Arbeiten dürfte es sich in etwa so abgespielt haben.

Das Grenchen des 19. Jahrhunderts

Grenchen war 1874 noch ein Dorf, aber schon lange international vernetzt. Hier fanden in den 1830er-Jahren Revolutionäre wie die Italiener Mazzini und Ruffini sowie der Badener Karl Mathy Schutz vor den Behörden, und das von einem Deutschen gegründete Knabeninstitut Breidenstein zog Schüler aus ganz Europa an. Die Uhrenindustrie belebte das Dorf und brachte mit den Töchtern des Uhrenpioniers Anton Schild bereits in den 1850er-Jahren weibliche Uhrmacherinnen hervor.

Die Beschreibung der Uhrenindustrie Grenchens um 1870 habe ich der Grenchner Geschichte *Grenchen im 19. und 20. Jahrhundert* sowie ihren Vorgängern entnommen. Die alteingesessenen Familien wie die Schilds und die Girards hatten einen entscheidenden Anteil daran, dass aus dem Dorf eine Industriestadt wurde. Für die Beschreibung der Örtlichkeiten in Grenchen stütze ich mich auf alte Karten und ein Verzeichnis der Infrastruktur, das Hinweise auf die damals bestehenden Gebäude gibt – Schildfabrik, Eusebiuskirche, das heutige Schulhaus I, das Institut Breidenstein, die Allerheiligenkapelle und die Gasthöfe, die zum Teil zumindest als Gebäude noch bestehen. Im Gasthaus Bären findet sich heute das Britannia Pub, im Gasthaus Löwen das Fotogeschäft Ryf.

Das Institut Breidenstein – heute Kinderheim Bachtelen – nimmt in diesem Band einen besonderen Platz ein. Während Direktor Breidenstein und Lehrer Joseph Eberwein historische Persönlichkeiten sind, entspringen alle anderen Lehrer meiner Fantasie. Das Schlittschuhlaufen, das im Buch erwähnt wird, war Ende des 19. Jahrhunderts tatsächlich bereits bekannt. Dass es auf Breidenstein damals ein solches Eisfeld gab, ist zweifelhaft. Ganz sicher konnten hingegen die Kinder des Kinderheims Bachtelen zwischen 1970 und 2009 über viele Jahre von einem solchen selbst gemachten Tummelplatz profitieren – dank eines Nachfolgers und Vornamensvetters des fiktiven Bruno Jenny.

Für die Grenchner*innen, die sich über fehlende Elemente der Grenchner Fasnacht wundern: Laut einer Zusammenstel-

547

lung des Grenchner Stadtarchivs wurde bis 1874 in den einschlägigen Quellen kein Bööggverbrennen, kein Umzug und keine Grenchner Zunft erwähnt. Dass gefasnachtet wurde, wissen wir aber dank dem Grossätti vom Leberberg, Franz Josef Schild, der zwei Gedichte zum Thema verfasst hat.

Grenchen und die Grenchner heute

Noch immer ist die Uhrenindustrie der Schwerpunkt der Grenchner Wirtschaft. Die ETA SA, heute Teil der Swatch Group und direkte Nachfolgerin der Gebrüder Schild AG, nimmt auf dem Rohwerkmarkt eine Vormachtstellung ein, die Eterna SA, ebenfalls ein Spross der Gebrüder Schild AG, hat nach wie vor einen Namen als Uhrenmanufaktur und begann vor einiger Zeit mit der Produktion eigener Rohwerke. Daneben sind auch Uhrenmarken wie Breitling, Fortis und Titoni in Grenchen angesiedelt. In den letzten Jahrzehnten hat sich der Industriesektor diversifiziert mit Konzernen im Bereich der Feinmechanik, der Medizinaltechnik und vielen mehr.

Aus dem Bauerndorf ist eine Industriestadt im Grünen geworden. Der Grenchner selbst ist sich gleich geblieben: stolz und rebellisch, festfreudig und beredt, engagiert und eigen. Immer bereit, an seiner Stadt herumzunörgeln, aber sofort in Verteidigungsstellung, wenn jemand von außerhalb es wagt, an seiner Heimat herumzukritteln. Eben »Vo Gränche bi Gott, wo suure Wy wachst …!«

Personenregister
(fiktiv und historisch)

Personen mit einem * hinter dem Namen sind historisch verbürgt. Die wichtigsten finden sich im nächsten Kapitel mit
Kurzbiografien.

Sarah und ihr nächstes Umfeld zu Hause und an der Arbeit

Sarah Siegwart: Ehemalige Lehrerin und Exil-Luzernerin aus
verarmtem Patriziat. Hat sich dickköpfig und leidenschaftlich
den Weg in die Uhrenlehre erkämpft.

Rosa Schubiger: Sarahs Schlummermutter, eine warmherzige Ur-
Grenchnerin mit viel Lebensweisheit.

Pauline Schild-Hugi*: Sarahs Freundin, Frau von Adolf Schild.

Marie Flückiger: Sarahs Freundin, ehemalige Prostituierte im
Fleur, jetzt Dienstmädchen im Internat Breidenstein.

Robert Schneider: Leitender Angestellter in der Uhrenfirma
Schild, ehemaliger Arbeitgeber Sarahs.

Paul Schneider: Robert Schneiders Sohn aus erster Ehe und Sarahs Freund. Träumt vom eigenen Bauernhof.

Sophie und Euseb Schneider: Robert Schneiders Kinder aus zweiter Ehe.

Ferdinand Flury: Sarahs Lehrmeister. Klein, kugelig und mit dem Uhrenmetier verheiratet.

Fabrice Leibundgut: Sarahs Lehrlingskollege. Linkisch, aber ärgerlich genial, wenn es um Uhren geht.

Bei den Landjägern und im Amtsgericht, Gideons Umfeld

Gideon Ringgenberg: Protestantischer Landjägerkorporal mit Wurzeln im Berner Oberland. Gesetzeshüter aus Leidenschaft.

Viktor von Arx: Amtsgerichtspräsident, ehemaliger Landjäger und Gideons bester Freund.

Landjäger Friedli: Stationsleiter in Grenchen mit Hang zu Bier und zum schönen Geschlecht.

Landjäger Wyss: Frischling in Landjägerdiensten.

Leutnant Johann J. Wittmer*: Chef der Landjäger in Solothurn.

Helena Dolder: Buchhalterin des Bordells Fleur, Gideons Halbschwester.

Magdalena Ringgenberg: Gideons Mutter.

Internat Breidenstein und Plagne

Wilhelm Breidenstein*: Direktor des Internats Breidenstein.

Alfons Marthaler: Präfekt.

Joseph Eberwein*: Lehrer vieler Fächer und rechte Hand von Direktor Breidenstein.

Bruno Jenny: Sportlehrer.

Lukas Triebold: Lehrer für Mathematik.

Georg Schmidt: Lehrer für Chemie.

Ruedi Schubiger: Gärtner und Aushilfe, Rosas Schwager.

Dorothea, Regina und Else: Dienstmädchen.

David Blösch: Schüler.

Konrad Blösch: Vater von David.

Mathieu Theuillerat: Schüler.

Léonore Theuillerat: Mutter von Mathieu.

Jean-Pierre Theuillerat: Vater von Mathieu.

In Bonfol

Madame Bregnard: Sarahs Schlummermutter in Bonfol. Schwatzhaft, fromm und versessen auf feine Bisquits.

Maître Corbat: Uhrmacher, Sarahs Arbeitgeber in Bonfol.

Valérie Vigueret: Steinschleiferin.

Marlène Dupont: Steinschleiferin.

Amadée Vigueret: Besitzer des Geschäfts Pie Jesu.

In Luzern

Balthasar Siegwart: Sarahs Vater, Kantonsarchivar und verarmter Patrizier, der vorwiegend den alten Zeiten nachtrauert.

Daniel Siegwart: Sarahs Bruder.

Hanna Siegwart: Sarahs Schwester.

Hannes Pfyffer: Sarahs verstorbener Verlobter.

Sonstige Personen

Urs Josef Feremutsch*: Bezirkslehrer in Grenchen.

Sylvan Walser*: Römisch-katholischer Pfarrer in Grenchen.

Lise: Köchin bei Girards, Freundin Rosas.

Hans Bühler: Strammer Katholik.

Erich Bühler: Sein ebenso stramm katholischer Sohn.

Gäthchen Weber: Frommes älteres Fräulein.

Peter Obrecht*: Kirchgemeinderatspräsident.

Jolanda Schwarzentrub: Durch Kinderlähmung beeinträchtigte junge Frau.

Thomas Schwarzentrub: Jolandas Bruder.

Kurzbiografien historisch verbürgter Personen

Anton Schild: Mitbegründer der Grenchner Uhrenindustrie, arbeitete ursprünglich als Bleicher. In seiner Garnbuchi bildete er die ersten Lehrlinge aus. Das Haus wurde 1966 abgerissen, der Türsturz ziert nun das Kulturhistorische Museum, das erste 1821 in Grenchen gebaute Schulhaus.

Urs Schild-Rust: Einst tüchtiger Lehrer, der 1856 zusammen mit Josef Girard junior die Uhrenfirma gründete, die einer der Schauplätze dieser Geschichte ist.

Adolf Schild-Hugi: Der jüngere Bruder von Urs lernte die Uhrmacherei von der Pike auf. 1864 trat er als Visiteur in die Firma seines Bruders ein und wurde dann technischer Direktor. Adolfs Freude an der Musik ist keine Erfindung von mir: Er war tatsächlich ein begabter Sänger und Trompeter, der – wie in Band 1 beschrieben – in seinem Wohnhaus Musikabende veranstaltete. Das Wohnhaus gegenüber der römisch-katholischen Kirche steht noch heute.

Josef Girard sen.: Der zweite Begründer der Grenchner Uhrenindustrie regte an der berühmt gewordenen Gemeindeversammlung die Förderung neuer Erwerbszweige an. Er baute das Heilbad im Bachtelental und versteckte dort die Umstürzler aus Italien und Deutschland.

Josef Girard jun.: Der politische Heißsporn ließ sich zum Arzt ausbilden und kümmerte sich um die Gäste seines Vaters. Zusammen mit seinem Bruder Euseb gründete er 1852 die erste Uhrenfirma in Grenchen und nach deren Konkurs 1856 im gleichen Jahr zusammen mit Urs Schild die Girard & Schild Cie., die er später Urs Schild verkaufte und die zum Zeitpunkt unserer Geschichte besagte Gebrüder Schild AG wurde. Er baute sich ein Haus im klassizistischen Stil direkt gegenüber dem Bahnhof. Heute beherbergt es das Kunsthaus Grenchen.

Euseb Girard: Der Löwenwirt und Bierbrauer war auch Unternehmer. Nachdem die Firma, die er mit seinem Bruder gegründet hatte, in Konkurs ging, gründete er 1860 eine eigene Uhrenfabrik. Die Fabrik stand an der Stelle, wo sich heute die Grenchner Post befindet, und bestand bis 1893.

Pauline Schild-Hugi: Die Tochter von Chly Hugi, dem Müller auf der Unteren Mühle (eines der wenigen noch intakten Grenchner Gebäude des 19. Jahrhunderts), besuchte eine Handelsschule. In späteren Jahren führte sie einen Fabrikladen, mit dem sie laut der Familienchronik mehr verdient hat als ihr Mann Adolf. Die biografischen Hinweise entstammen der Familienchronik *Schild-Hugi-Bilderbogen*.

Josef Schild: Der dritte Schild-Bruder war ein berühmter Sänger, für den das Publikum die Kassen in Bern stürmte, und verlor für einige Zeit seine Stimme, als er sich zum Heldentenor umschulen lassen wollte. Später konnte er wieder auftreten, wenn auch nicht mehr im gleichen Maße. Die in Band 1 erzählte Geschichte, wie er auf dem Balkon der Schild-Hugis für die Leute gesungen hat, ist nicht nur herzig, sondern wahr.

Franz-Josef Schild: Der Arzt und Volksdichter ist ein Onkel der Gebrüder Schild. Er hat sich lange auf Augenärztliches konzentriert und in späteren Jahren vor allem auf die Sammlung alter Sagen und Geschichten über Grenchen. Allerdings betätigte er sich auch, wie im Roman erwähnt, als Allgemein- und Gerichtsmediziner, da die damalige Polizei noch keine eigenen Ärzte hatte.

Joseph Eberwein: Geboren im preußisch-hohenzollerischen Sigmaringen. Erst Kaufmann in Genf, dann mit Wilhelm Breidenstein Lehrer in dessen Institut in Berg am Irchel und ab 1864 im Internat Breidenstein in Grenchen. Später Bezirkslehrer in Grenchen. Verfasste eine nicht mehr vollständig auffindbare Geschichte Grenchens.

Glossar

Allgemeine Schweizer Ausdrücke

Auffahrt: Christi Himmelfahrt.

Beiz: Restaurant der eher einfacheren Sorte.

Bieter: Variante des Jass für drei Spieler.

Bride: Achselklappe einer Uniform, die den Grad des Trägers anzeigt.

Bise: Scharfer, kalter Wind aus Norden, Nordosten oder Osten.

Chilbi: Jahrmarkt.

Chnöiblätz: Fettreiches Gebäck, das in der Fasnachtszeit genossen wurde.

Christkatholiken: Katholiken, die das Unfehlbarkeitsdogma ablehnen. In Deutschland und z. T. auch noch in der Schweiz Altkatholiken genannt.

Dézaley: Schweizer Weinbauregion und Name eines Weißweins.

Epesses: Schweizer Weinbauregion und Name eines Weißweins.

Fasnacht: Schweizer Karneval/Fastnacht.

Firsi: Flurname, liegt im obersten nordwestlichen Teil Grenchens.

Fritschi: Gestalt der Luzerner Fasnacht.

Fünfliber: Fünffrankenstück (Schweizer Währung).

Glauer: Nachlässigkeit, Säumigkeit.

Gnagi: In Deutschland unter anderem als Schweinshaxe bekannt.

Götti: Patenonkel.

Grütliverein: Schweizer Partei, Vorläufer der Sozialdemokraten.

Guetzli: Kekse.

Halbbatzig: Mehr schlecht als recht.

Henusode: Berndeutscher Ausspruch der Gelassenheit, wenn man etwas nicht ändern kann.

Honolulu-Zunft: Eine Fasnachtszunft der Stadt Solothurn.

Hudibras: Solothurner Fasnachtszeitung.

Jass: Schweizer Kartenspiel.

Jou-Jou: Spielzeug, heute Jo-Jo.

Muni: Stier.

Murmeli: Murmeltier.

Pilatus: Luzerns Hausberg.

Regierungsrat: Fünfköpfige Kantonsregierung.

Schenkeli: Fettreiches Gebäck, das in der Fasnachtszeit genossen wurde.

Schieber: Üblichste Spielvariante des Jass.

Sprenzel: Dünner Mann/Knabe.

Stumpen: Zigarre.

Suure Mocke: Sauerbraten.

Willisauer Ringli: Luzerner Traditionsgebäck.

Witi: Ebene südlich von Grenchen.

Zustupf: Finanzieller Unterstützungsbeitrag.

Zwetschgenluz: Heißgetränk aus Kaffee und Zwetschgenschnaps.

Begriffe aus der Uhrenindustrie

Ankerrad: Rad mit spezieller Zahnform, treibt das Pendel einer Pendeluhr an.

Aufzugswelle: Auf der Aufzugswelle sitzt die Aufzugskrone zum Aufziehen bei mechanischen Uhren und zur Einstellung der Zeiger.

Diamantspitze: Scharfkantiger Diamant zum Gravieren oder Drehen.

Drehherz: Werkzeug, mit dem man Metallplättchen in die Drehbank spannt.

Dreikantsenker: Harter Metallstift, vorne mit drei Flächen angeschliffen, um die Kanten eines Lochs zu brechen.

Etampieren: Ausstanzen.

Federhaus: Zylinderförmige Trommel mit Zahnkranz.

Gänggi: Tischlampe eines Uhrmachers.

Grabstichel: Gravierwerkzeug.

Lagerstein: Halbedelstein (meist Rubin), auf dem das Uhrenlager läuft.

Nut: Rille.

Prémontage: Vormontage des Uhrwerks ohne bewegliche Teile.

Schleifstein: Stein zum Schleifen von Werkzeugen.

Terminage: Fertigstellen der Uhr.

Tripet: Schleifmaterial.

Unruh: Gibt dem Anker den Takt an.

 Tuusig Dank zum Zweiten!

Dank gebührt auch für den zweiten Band der Uhrensaga vielen. Ich wähle wieder den chronologischen Weg und danke dem Penguin Verlag; besonders meiner Lektorin Magdalena Heer sowie der freien Lektorin Susann Harring, die mich beim Feinschliff des Buches unterstützt haben. Dass die Buchreihe die Aufmerksamkeit eines Verlags auf sich zu ziehen vermochte, verdanke ich der Agentur Hille & Schmidt, insbesondere meiner Agentin Dr. Dorothee Schmidt. Sie hat meine Kenntnisse in Sachen Plot, Spannungsbogen und Charakterentwicklung vertieft und mich mit ihren treffenden Statements ermutigt und angespornt.

Daneben haben zahlreiche Experten mein Wissen erweitert. Ich danke Herrn Walter Wittmer für die Einblicke in die Geschichte der Landjäger im Kanton Solothurn, Rebekka Meier für die Einblicke in das Uhrmacherhandwerk und die Prüfung entsprechender Textstellen, Professor Urs von Arx für die Auskünfte zur Geschichte der Christkatholiken im Kanton Solothurn und einmal mehr Professor Urs Altermatt für die Recherchetipps, für die Einblicke, die ich aus seinen Büchern zum Katholizismus gewonnen habe, vor allem aber für das herzliche Interesse an meinem Schaffen und die Ermutigung, die er mir bis heute zuteilwerden lässt.

Auf dem Weg zum letzten Entwurf haben mich mehrere Freund*innen unterstützt. Ich danke meinen Beta-Leser*innen Bettina Müller, Anne Parpan, Christian Ringli und Marisa Thöni für das kritische Lesen und Kommentieren. Ich zähle für Band 3 fest auf euch!

Vor allem danke ich einmal mehr dem Menschen, der mich freigesetzt hat, dem Ruf zum Schreiben zu folgen: meinem Mann und besten Freund Beat. Es bleibt dabei: Partner, die sich an den Erfolgen des anderen freuen, sind ein besonderes Geschenk. Der Stolz und die Mitfreude meiner Schwester Bettina Müller am Erfolg von Band 1 sind ein besonderer Schatz in meinem Herzen.

Am Ende kommt wieder, der am Anfang von allem steht: Herr der Dinge, Fundament meines Lebens, Anker im Sturm, Inspiration meines Schreibens. Ohne ihn hätte ich nach wie vor wenig zu sagen.